ハーフライン 1
HALF LINE
マンゴーベア［作］
Kanapy［イラスト］
加藤智子［訳］
10
すばる舎
プレアデスプレス

［ハーフライン１ 目次］

Book Design　Coji Kanazawa
Illustrations　Kanapy

01

ポーン！

実際に聞こえるのは観客の歓声だったが、まるでそんな効果音が聞こえてきそうなシーンだった。ハーフライン近くから蹴り出されたミドルシュートは、まるで光のように他の選手たちの間を抜けると、頭上を越えた後に高度を下げ、キーパーの素早いガードも虚しくゴールネットを揺らした。

豪快なシュートシーンは一度では終わらない。集中するあまり無表情になり怒っているかのような顔をした男が次々とゴールを決めると、そのたびに観客席がワッと沸いた。

鋭い目つきの男の顔がクローズアップされると、静止画になりカメラアングルがグッと引いた。スクリーンの前に座った男女二人のアナウンサーが、暫く正面を見つめてから会話を始めた。

［いやぁ、いつ見ても素晴らしいシュートです。実に気持ちいいですね］

［そうですね。先ほどのヒーロー、キム・ムギョン選手は本日から韓国でのチーム練習に参加します］

［今、サッカーファンの間で最も注目されている話題ですよね。海外移籍した選手が国内チームに復帰するのは、パフォーマンスが落ちたり引退目前だったりする場合が多いのですが、キム・ムギョン選手は今が全盛期ですよね？］

［はい。韓国人選手が欧州のビッグクラブで、数シーズン連続レギュラーメンバーだったのはキム選手が初めてです］

画面が切り替わると、騒がしい雰囲気の中、入国するムギョンの姿が映った。記者に四方を取り囲まれていたが、体格もガッチリとして背の高い彼は、そんなことは気にも留めずズンズン歩いた。前に進むたびに集まった人々が自然と道をあけるので、まるで競走馬や戦車が前進していくようだった。

サングラスをかけた彼は、記者たちの質問攻撃にも口を開かず黙々と歩いた。アナウンサーたちが、また話し始めた。

［復帰と断言できないのは、一年という期限付きのレンタ

ル移籍だからなんです。つまり選手を一定期間貸してくれるということです。契約更新を目前にキム・ムギョン選手が強く要望し、現在の所属チームであるグリーンフォードに年俸を返すことで今回の契約が実現したそうです。シティーソウルがキム選手のレンタル料を負担するのは困難ですし、所属チームとしても本望ではないレンタルだったので妥協したのでしょう」

「現在の所属チームから受け取っている年俸だけでも数百億ウォンと言われています。なぜそこまでして韓国のチームに来たのでしょうか」

「シティーソウルの監督に就任したパク・ジュンソン氏のためだと思われます。中学生だったキム選手を発掘し、選手に育て上げたという逸話は有名ですよね」

「とはいえ、海外のビッグクラブで活躍している選手が、所属チームと交渉してまで国内活動にこだわるなんて前代未聞ですが……。世界的にも珍しいことではありませんか？」

「はい。昔、デンマークのラウドルップ選手がホームシックにかかり、年俸を返納して自国リーグに戻ったことはありますが、今回の例とは少し事情が違います。ですからファンの間でも今回のレンタルに対して賛否両論の激しい論争がありました。キム選手の国内復帰を止めてくれという署名が大統領府に上がったほどでした」

アナウンサーの一人が可笑しそうに笑った。

「キム・ムギョン選手は、いつも前代未聞の話題を提供してくれますからね」

その時、画面が切り替わった。記者会見の様子だった。画面の隅に三年前のワールドカップの時の映像であるというテロップが出た。

「キム・ムギョン選手、ウルグアイ戦の敗因はなんだったとお考えですか？」

記者の一人が質問を投げかけると、質問者を見つめるムギョンがクローズアップされた。彫りの深い整った顔が、冷めて無表情になっている。マイクに近づいた唇から低い声が静かに響いた。

「なんでそんなこと、俺に聞くんだ？」

彼は少し間を置いて、こう続けた。

「こっちだって忙しい時間を割いて来てるんだから、不満なら協会に招集するなって言ってください」

ここでVTRは止まり、再びアナウンサーが正面を向いた。

「はい。いつも話題の尽きないキム・ムギョン選手ですが、たったワンシーズンだけでもKリーグに注目するファンが急増しそうですね」

「では次のニュースです」

　画面が切り替わって次の話題に移った。キャプテン兼ゴールキーパーのイム・ジョンギュがリモコンを持ちチャンネルを変えると、隣に座っていたムギョンの肩をトンと叩きケラケラと笑った。ムギョンはテレビには目もくれなかった。

　スポーツ専門チャンネル以外のニュース番組までが彼の帰国を伝えるほど、今ムギョンは話題の中心人物だった。だが当事者にとっては、ただただ面倒なだけだ。

「あの記者会見、また放送されてたぞ」

「百年でも千年でも、使い回せって言っとけ」

　興味ナシと言わんばかりに答えたムギョンは、靴下を引き上げ練習の準備を終えた。立ち上がり、手を組んだまま腕をグッと前に伸ばし、軽くストレッチをしながらザッと周りを見回した。

　仕方ないとはいえ、ロッカールームの雰囲気は静かながらも、どこか落ち着かなかった。大声で話しているのはジョンギュをはじめとした数人のみで、選手の大半はいつも通りのおしゃべりもできずにムギョンを横目で見ている。

　十七歳でのイングランド二部リーグチーム入団を足掛かりとして、二年でプレミアリーグやビッグクラブのレギュラーの座を掴み、チームを何度も優勝に導いた。次期バロンドール[1]受賞候補にも度々名前が挙がるほど、ムギョンは韓国サッカー界、ひいてはアジアサッカー界をひっくるめ、文字通り前代未聞な存在だった。

　同じ選手でも、ジョンギュのように学生時代に縁があったり、韓国代表チームで共にプレーをしたことがあったりする選手以外は、生でムギョンを見るのが初めての人間ばかりだ。だから、暫くの間は宇宙人扱いされることも覚悟しなければならなかった。まぁ、長くても一週間程度だろうが。

「先に行ってるぞ」

1　訳注：サッカー選手個人に与えられる賞の中で最も権威ある賞。一九五六年からフランスのサッカー専門誌《フランス・フットボール》で選ばれていたが、二〇一〇年「FIFA年間最優秀選手賞」と統合。二〇一六年に再び別の賞に分けられた。

ムギョンは着替え中のジョンギュを残してコートに出ると、大きく深呼吸した。今はまだチームメイトたちと一緒にいるよりも一人でいたほうが気楽だった。

非常にやりにくかった。周りの人たちもスタジアムも、こうしてまたソウルの空の下でサッカーをすることになったことも。十七歳の時にイギリスに行ってからは、韓国代表として招集された時以外は韓国でプレーすることはなかったのだから。

大勢の人たちから「なぜ韓国に行くのか」と聞かれた。彼らの心配や疑問は、ムギョンにも十分理解できた。自分でも頭がおかしいと思うような決断だったからだ。日々変化していくのがスポーツ選手の体だ。今のような全盛期の一年を辺境リーグで埋もれているなんて、ぶっちゃけ時間がもったいない。サッカーは個人競技ではないので、強く優秀なチームで活躍すればするほど、どんどん洗練される。逆に、いくら一人で努力しても落ちぶれることだってあるのだ。

「時間の無駄」。決心してから、一番よく耳にした言葉だ。みんなムギョンの選択を理解できないと言いながら、表では心配し陰では非難した。

「すぐに練習に入れそうか？」

空を見上げながら軽い心のざわつきを静めていると、そばから聞き慣れた声が聞こえてきた。顔を向けると、ずんぐりとした体型の人の良さそうな中年男性が、チームエンブレムが入ったトレーニングウェアを着て微笑(ほほえ)んでいた。

ムギョンもクスッと笑いながら答えた。

「二日後には休みなんだから、その時休めばいいさ」

監督のパク・ジュンソンだった。選手として全盛期の一年を無駄にするのは惜しいが、初めて国内プロチームの監督を任された彼に、教え子として一年という時間を託すのは本望だった。

熟考の末に監督の役職を受け入れた恩師に、最高のプレゼントを贈りたかった。パク監督のおかげでキム・ムギョンを呼ぶことができたという評価、スターになった昔の教え子が新たなキャリアを歩み始めた恩師のために駆けつけたという事実ほど、華やかなお祝いの仕方があるだろうか？　目的を再確認すると、心のざわつきも落ち着いた。

「早く始めたほうが、慣れるのも早いだろうし」

「そうだな」

ジュンソンがムギョンの肩をトントンと叩いた。

「ありがとう。それに、すまない。ここまでしてくれなくても良かったのに」

「オッサンは来るなって言ったのに、俺がワガママ言って来たんだよ」

自ら下した決断ではあるが、型破りだったのは事実だ。テレビの中のアナウンサーのコメントさながら前代未聞の決断。心配にならないわけではなかったが、すでに決めたことだった。ムギョンは、できるだけポジティブに考えようと努めていた。

コーチがホイッスルを吹いた。監督と並んで歩いていたムギョンは、集まり始めた選手たちのほうへ向かって走っていった。散り散りになってふざけていた選手たちが急いで集まると、練習が始まった。

＊　＊　＊

体力トレーニング中心の午前の練習を終え、選手たちは練習場内にある食堂に集まった。ジョンギュ、そして顔見知りの選手二人と共にテーブルに着いたムギョンは、トレイを置くなり周りに視線をやった。ロッカールームでの空気が、露骨に続いている。

（当分の間、メシも落ち着いて食えなさそうだな）

チラチラとこちらを窺う視線に気付かないふりをしつつ、心の中でため息をついていると、ジョンギュが通り過ぎていく数人の選手を手招きした。

「ウジン、ソンミン！　こっち来いよ。一緒に食おうぜ」

「あっ、はい！」

やっと二十歳を過ぎたばかりに見える若い選手たちは、驚きつつも嫌がることなくトレイを持ったまま小走りでやってきた。どうしてもムギョンの隣には座れず、ジョンギュと並んで座り、視線を交わしながらニヤニヤしている。ムギョンがクスクスと笑っている間、ジョンギュは彼らをたしなめた。

「お前たち、ムギョンのことが気になるなら、気さくに声かけて親しくしなきゃ。そうやって遠くから見つめてるだけで、こいつが先輩らしく声でもかけてくれると思ってるのか？　こいつにはそんな真似できないよ」

「本人の目の前で、そういうこと言うか？」

気に食わない紹介のされ方をしたムギョンは、眉間に皺を寄せた。テーブルに加わった選手たちに軽く会釈をすると、二人も深く頭を下げた。すぐさま一人がムギョンに声をかけた。

「ムギョン先輩、本当にこのチームに一年いるんですか?」

「信じられない……」

初日だから信じられないだろうが、そのうち信じられるようになる。

ムギョンは一足遅れて食事を始めた。毎日しっかりした食事を摂ることができるのは大きなメリットだった。グリーンフォードの食事も悪くなかったが、白米、汁物、おかずで構成された韓国料理を前にすると、心の奥から満ち足りた気分になる。ここ十年、イギリスで暮らしてきたが、子どもの頃に覚えた食の好みというものは変わらない。食事を続けていると、一人の選手が忘れていたことを思い出したかのように口を開いた。

「そうだ、先輩たち。ハジュン先輩の話、聞きました? 明後日からだったか明々後日からだったか、チームに合流するそうですよ」

「そうそう。ハジュンが来るんだよな。もうそんな時期か」

ジョンギュをはじめ、数名が知っている素振りを見せた。ムギョンは眉をピクリと上げながら尋ねた。

「ハジュン?」

「イ・ハジュン、知ってるだろ? 前回のワールドカップで、一緒にプレーしたじゃないか」

「あー……」

イ・ハジュン、イ・ハジュン……。心の中で名前を繰り返しながら、ムギョンは適当に頷いた。プライベートな交流はなく、韓国代表招集の時に顔を合わせただけの選手全員のことなど詳しく覚えてはいないが、ワールドカップの時だったなら相当長い期間一緒にいたはずだ。

だが、「ああ、そんなヤツもいたっけな……」程度に思い出しただけで、ハッキリとは思い出せなかった。

「覚えているような、覚えていないような……」

「顔を見れば思い出すさ。どの試合だったっけ? お前にアシストしたんだけど」

「他のチームから移籍してくるのか?」

ジョンギュが顔をしかめ、首を横に振った。

「いや、コーチとして来るんだよ。事情があって、若くして引退したんだ。引退するなり猛勉強して資格を取って、昨シーズンまでインターンを兼ねてジュニアユースチームにいたんだが、今シーズンからこのチームに移ることになったんだってさ」

「何歳なんだ？」

「俺たちと同い年」

引退してコーチになるには、二十六歳はたしかに若いが……。まったくあり得ない話ではない。このチームのコーチの中では最年少だろう。ムギョンは、何の気なしに頷いた。

「俺とお前、それにハジュン。みんな同い年だな。ハジュンが合流したら、三人で一杯やろうぜ。お前もハジュンも、それぞれここに来た事情はあるけど、俺はうれしいよ」

「お前とも仲がいいんだな」

「あいつは誰とでも仲がいいんだ。性格がいいからな。お前と違って」

「だったらお前とも違うな」

憎まれ口を叩きつつも、自分一人だけいい人ぶるジョンギュが小憎たらしい。ムギョンは鋭く言い放つと、また食べ物を口に運び始めた。その後、黙って食べることに集中した彼は周りより一足早く食べ終え、他の人たちが食事中だろうが構わず席を立った。長テーブルの間をズンズンと歩き、空（から）になったトレイを返却した。

「ごちそうさまでした」

「おや、キム・ムギョン選手！　おかわりは？」

トレイを受け取った調理師の目は、まるで軍隊から休暇で帰ってきた息子を見るように温かかった。

ムギョンは丁寧に返事をした。

「お気持ちはありがたいですが、結構です」

「今度は、もっとたくさん食べてよ。何が好き？　言ってくれれば、作ってあげるから」

あからさまな好意にムギョンが黙ったまま微笑むと、愛情攻撃は長引いた。

「どうしてこんなにカッコイイんだろう。うちの娘とくっつけたいよ。その気があるなら、いつでも言って。最近の若い子は、一度会うくらい平気でしょう？」

「やめなさい！　まったく初日から……」

ムギョンが答える隙もなく、調理師同士の口ゲンカが始まった。小競り合いを背にして彼は食堂を出た。味も悪くないし、厨房の雰囲気も気に入った。ムギョンはほっこりした気分で、コートへと戻っていった。

午後の練習開始まで、まだ二十分ほどある。新しい練習場に慣れるのも兼ねて、ムギョンは散歩をするように芝生の上を歩いた。周囲を見渡すと、向こうに監督のジュンソンの姿が目に入った。彼は一人の男と向かい合って立ち話をしていた。ムギョンは微笑みながら、そちらへ向かった。

「監督、食事は済みました？」

「ああ、ムギョン。お前は？」

「今、食べてきたところです」

その時、後ろ姿しか見えていなかった男が振り返った。ムギョンと彼の目が合った。

午前の練習で一緒だったコーチのうちの一人かと思ったが、どうも見覚えがない。素朴そうな印象の男だった。ジュンソンが、ちょうど良かったと言わんばかりに手招きをした。

「前もって挨拶しておいたほうが、いいだろう。話は聞いてるよな？　今シーズンから、このチームでプレーすることになったキム・ムギョンだ」

「はい、知らない人なんかいませんよ」

男は答えながら、ムギョンのほうへ向き直った。正面から顔を見ると、印象が少し変わった。

割と大きめの黒目が入った丸く切れ長の目がムギョンに向けられた。大人しそうに見える一方で、すぐにクシャクシャになる薄い紙のような雰囲気の男だった。

無気力だとか元気がなさそうな感じではないが、色白で繊細な顔立ちからくる印象なのかもしれない。彼のほうから先に声をかけてきた。

「久しぶり。会えてうれしいよ」

誰だろう？　知り合いのような口ぶりだし、どこかで会ったことがあるような気はするんだが……。

内心湧き上がる疑問を口に出す代わりに、ムギョンは挨拶を兼ねて手を差し出した。男はその手を見つめると軽く握り、すぐに放した。ジュンソンが男の紹介をした。

「新人フィジカルコーチとして、チームに加わることになったイ・ハジュンだ。合流は数日後からだが、今日はちょっと書類を出しに来たんだ」

「ああ」

ムギョンは思わず声を漏らした。この男が食堂であいつらが話題にしていた人物か。

顔を見れば分かるというジョンギュの言葉は間違っていた。見慣れた顔でも、かと言って見覚えがないわけでもない感じだ。会ったことがあるような気もするが、記憶がハッキリしない。そこまでぼんやりした印象でもないのに。

誰だろうと考えあぐねていたムギョンは心の中で苦笑し

た。前回のワールドカップの時、彼はずっと神経質な状態だったし特に周りと交わることもなかった。その頃に顔を合わせていたなら、記憶から消えていても無理はない。

三年前だ。グリーンフォードでトップクラスのメンバーたちと三六五日足並みを揃えていたのに、あちこちから集まった韓国代表選手たちと、たったひと月程度の練習をして、ギクシャクしたチームを率いて立て続けに試合をこなすことは、耐えがたかった。やりにくさを隠しもせず、初めてのワールドカップということで自分一人のやる気ばかりが空回りしてしまったせいで、他の選手たちとの溝は深まるばかりだった。

マスコミや世間の非難は、案の定ムギョンに集中した。「海外で活躍しているスター選手だからって、生意気だ」という理由からだった。そのせいで、一番多くゴールを決めても「敗因」として名指しされた。ムギョンの初ワールドカップは、わざわざ振り返りたくないものとして残った。そのせいか、当時一緒にプレーしたチームメイトたちに関する記憶がハッキリしなかった。あの頃ほどの心情ではないが、今も多少は落ち着いたという程度だった。

昔も今もムギョンは誰かから必要とされなければ、自分から積極的に他人に近づくことはしなかった。かと言って、人が近づきやすいように隙を与えることもなかった。他人と比べて特に性格が悪いほうではないと本人は信じているが、多少無愛想な印象の見た目と、あまり感情を隠さないストレートな性格のせいか、それとも大きな体格のせいなのか……。じっとしているだけでも周りの人々は自然と距離を感じてしまうのだ。

おかげで言葉も通じない外国生活序盤には余計に苦労したが、そんな経験をしても性格を直そうとは思わなかった。どうせ時間が解決してくれる問題だったから。

「こいつ。何が、ああ……だよ。挨拶しろ」

決まりの悪そうな監督の嫌みが、他のことを考えていたムギョンを現実へ呼び戻した。ムギョンは目の前に立っているハジュンを見つめた。なんと言えばいいだろう……。少し悩んだ彼は無難に済ませることにした。

「よろしくお願いします。イ・コーチ」

するとジュンソンがハハッと笑いながら尋ねた。

「ああ、コーチだから敬語使ってるのか？　お前たち、同い年だろ？」

「はい。練習の時以外は、呼び捨てでいいよ」

ハジュンは答えながら笑った。

向こうはずいぶんと親しげだが、記憶が曖昧なので気まずかった。その時「おおっ」という感嘆詞に似た声と共に、背後から他の人たちの声が聞こえてきた。

「ハジュン先輩！」

「ハジュン！」

「ここに来るのは、数日後からだって聞いてたんだけど」

一瞬で周りが騒がしくなった。どうやらハジュンはムギョンとは違う意味でスターのようだった。様子を窺ってムギョンに近づくこともできなかった選手たちが、ハジュンには群がって歓迎した。イ・ハジュンという男も満面の笑みで彼らの質問に答えていた。

コーチと言われれば納得できるが、サッカー選手と言われると少し意外だと思うほどに、少々元気がなさそうな男だった。ニコニコとよく笑う目も、大人しそうな色白の顔も。

まぁたしかに、選手らしい顔というものがあるわけではない。そうでなければ、みんなわざわざサッカー選手の顔に似合う別の職業なんぞを冗談めかして挙げたりするものか。

「ムギョンとは挨拶したか？」

「ああ」

ジョンギュの質問にハジュンは笑いながら答えた。

「でも俺のこと、覚えてないみたいだ」

「……」

バレてたか。

たしかに名前を聞くなり「ああ」なんて気の抜けた声を出したりしたら、気付かれないわけがない。否定するのもなんだから黙っていると、案の定少し困った様子のジョンギュがフォローをし始めた。

「こいつはさ、昔から記憶力が悪いんだよ。いつだって自分のことばかりだから。こいつ中学生の頃、十回くらい顔を合わせてる俺になんて言ったと思う？『お前もサッカー部だったのか？』だぜ？ひどいだろ？」

ハハッとハジュンが声を出して笑った。とにかくコーチとして赴任してきたってことは、よーく分かったから、もう忘れることはないだろう。なら、それでいいじゃないか。

コーチの一人が午後の練習開始を告げた。若い選手たちが急いで走っていき、ジョンギュとムギョン、ハジュンだけが残ると、ハジュンも帰り支度をするようにカバンを掛け直しながら言った。

10

「リーグの一軍コーチは俺も初めてだから、これからよろしくな」

「おぅ。またな。俺たち三人、同い年だろ？　これからお互い助け合いながら、上手くやっていこうぜ」

「ああ。会えてうれしかったよ。ほら、二人とも早く行け」

ハジュンはそう言うと手をヒラヒラさせた。ジョンギュが改めて別れの挨拶をした後、ムギョンも背を向けた。選手たちがコート中央に集まり輪になった。これから行なわれる練習に関する指示を受けたムギョンは、ふと視線を移しハジュンが立っていた場所を見た。

すぐにでも帰ろうとしていたハジュンは意外にも、まだその場に立っていた。

＊　＊　＊

韓国に入国して四日目。ムギョンは到着当日に一日休んだだけで、翌日からすぐに通常練習に参加し、他の選手たちと同じ練習をこなしてから、一日の休日を過ごした。

到着直後とはいえ特別なことはなかった。韓国で一年間暮らす家もロンドンで契約を終え、入居準備やインテリアの準備も、ムギョンの入国前にエージェンシーが終わらせていた。本人が同席しなければならない書類手続きのために役所などを回り、韓国に来る前から話のあった業務契約の件で打ち合わせに参加した。それがすべてだった。

「これ、見たか？」

休みを満喫した翌日の練習日。チームメイトのジョンギュが、ムギョンに会うなり険しい顔で携帯電話を突き出した。ロッカールームに入ってきたばかりのムギョンは、肩に掛かったカバンをまだ下ろしてもいなかった。

あまりに近くに差し出されたせいで、何が何だかちゃんと見えなかった。ムギョンは眉間に皺を寄せながら、指で携帯電話を押し返した。ポータルサイトのコメント欄に短いコメントが並んでいた。

@*******：早すぎだろ

@*******：デビュー戦もまだなのにｗｗｗｗ

@*******：下半身が暴れすぎ。いくらサッカーが上手くたって、気に入らない

@*******：シティーソウルのサポーターだけど、コイツ
には来てほしくなかった
@*******：何がサポーターだよｗｗｗｗサッカーさえ上
手けりゃ、プライベートは関係ないだろ

どんな記事に付けられたコメントなのか、聞く必要もなかった。ムギョンは表情一つ変えずに携帯電話を片手で押し返した。

「朝っぱらから、こんなもの見せやがって」

「韓国に来るなり、コレか?」

「最後のコメント、気に入ったよ。サッカー選手なんだからサッカーさえ上手けりゃ、それでいいよな」

ムギョンは大した事ないと言わんばかりに答えながら、着ていたジャージと半袖Tシャツを脱いだ。Tシャツを脱いでいるだけなのに、腕を動かすたびに広々とした広背筋と、背中を縦断する筋肉が山脈のようにうごめいた。高い背を支えている骨格とガッチリした体にぎっしり詰まった筋肉が露わになった。

同じ男から見ても威圧感と感動を同時に覚えざるを得ない体だった。ジョンギュはもちろん、周りの選手たちも暫し言葉を失いムギョンに視線を向けたが、彼が練習用ユニフォームを頭から被り始めると視線を逸らした。

「うーん。いくらなんでも、あんまりだろ。これはチームの品位に関わる問題だ。行動を慎め。外国とは違うんだ。分かってるだろ?」

ジョンギュが咳払いをしながら、おずおずと小言を加えた。ムギョンも軽く眉間に皺を寄せた。まさか初っ端から写真を撮られるとは思わなかった。

数年前の韓国は、ここまでパパラッチが横行していなかった気がするが、それも昔の話なのだろうか。世界的に悪名高いイギリスのイエロー・ジャーナリズムほど悪質に追いかけ回すことはないだろうが、むしろ韓国のほうが面倒さのレベルは上かもしれない。

ジョンギュの言う通り、イギリスと違って韓国でのムギョンは異邦人ではないのだから。そのせいで気楽な面もあるが、反対に都合の悪いことも起こる。頭では理解しているが、不快なものは不快だ。ムギョンは眉間の皺を深め、抗議した。

「職場でプライベートまで管理されなきゃいけないの

か？」

「分かってるくせに。世間がどう思うのかを考えてくれってことだよ」

　ムギョンは周りが気付かないほど小さくため息をついた。ムギョンがソウルにレンタルされてくるというニュースが知られるや否や、入国前からエージェンシーを通じて入った仕事は一つや二つではなかった。

　スポーツ関連の仕事だけではなく、様々な商品のＣＭやインタビュー、バラエティ番組、ドキュメンタリーなどのテレビ出演の依頼が数え切れないほど入ってきた。引き受けることになったコーヒーのＣＭも、その時に入ってきた仕事の一つだった。グアテマラ産のコーヒー豆の香りをそのまま生かしたというインスタントコーヒーのイメージに、ワイルドなムギョンがピッタリだとかなんとか。

　ムギョンは普段コーヒーを飲まないが、お互いのニーズが合い契約が結ばれると、会社側はすぐさまＣＭ共演者のハ・ウヌと合同ミーティングの場を設けた。

　ＣＭコンセプトは「新婚夫婦のロマンチックな休息」だった。商品に関するプレゼンとＣＭコンテの説明で打ち合わせは終わり、仕事の話を終えたクライアントたちは先に席を立った。マネージャーを帰し二人きりになったムギョンとハ・ウヌは、暫く会話を交わした。

「普段からサッカーが好きで、あなたの試合を楽しんで見ている。コーヒーのＣＭでお会いできるとは思わなかった」と切り出したハ・ウヌは、メキシコやグアテマラを旅行したことがあると話を続け、ムギョンはメキシコへ遠征試合に行った体験談で応じた。こうして些細な話題をやりとりした二人は、暫くしてムギョンのベントレーに同乗した。

　その後は自然とそういう流れになった。すでにポータルサイトにはハ・ウヌの「仕事仲間。いい友人」という弁明コメントがアップされており、ムギョンのエージェンシーも同様のコメントを準備しているところだった。

「お前もいい人を見つけて、早く落ち着け。あちこちの女に手を出してないで」

　結婚二年目で子どもまでいるジョンギュが真剣な口ぶりで言った。ムギョンは鼻で笑った。

「俺はお前じゃないんだから。なんでそんなことを」

「そんな生き方してて、疲れないか？　落ち着けば、体も心も安定する。本当だぞ」

　スポーツ選手は国内外を問わず、若くして結婚し家庭を持つ人が多いので、それほど的外れなアドバイスではなかった。遊びまくっていた選手が結婚後、精神的に安定しコンディションが良くなったという話もしばしば耳にする。所属チームのグリーンフォードにも、そんなヤツがいた。

だがムギョンは、今回だけは本気でジョンギュのことを理解できないという目で見つめた。

「そんなの、つまらないじゃないか」

「何が?」

「安定なんて望んでないから、小言はやめろ。俺に向かって人生論の説教を垂れる筋合いはないと思うけど」

「おい、説教なんかじゃなくて……」

「それに、手を出すって言うけど、大人の男女が合意の上でデートしたんだ。既婚者だから威張るにしたって、今からそんなオッサンみたいなこと言って見苦しいぞ」

「お前なぁ。傷つけるようなこと言うなよ。分かった。もう小言は言わないから、やめるんだぞ」

ムギョンは決まりが悪そうなジョンギュを背にして外へ出た。ジョンギュ以外に、こんなスキャンダルをネタに話しかけてくる人間がいないからマシだった。まだみんなムギョンの様子を窺っていて、下手に話しかけられずにいるのだ。

ムギョンにとって人生とは絶えず勝ち取り、その状態を変化させ、未来に向かって踏み出していくダイナミックなものであり、どこか一か所に落ち着いて安定を楽しむようなものではなかった。流れない水は腐るものだし、何より面白くない。

セックスはゲームと似ている。一対一でお互い望むものをギリギリ隠したままコッソリとシグナルを送り合い、シュートを打つかどうか見計らうのは、それなりに面白かった。自分と相手の意思がピッタリ合った時には、見えないゴールにボールを蹴り入れたような、ささやかな達成感に似たものを感じることができた。

サッカーほどではないが、人生に欠かせない楽しみの一つだったし、何より有り余るエネルギーや試合前後のストレスを解消できる、いい手段でもあった。だが、それまでだ。一人の人間に縛られたくもないし、他人に肉体関係以上の意味を与えたくもなかった。

その一線を越えようとする者も稀にいたが、相手にすがられればすがられるほど、飽きるだけだった。その上、愛なんて口に出されたら、その時は人間としての情すらなくなってしまう気がした。お互いの外見や興味、条件が適度に気に入って、何度か肌を合わせたからって、愛だって？

　人は皆、あまりに簡単にその単語を口にする。

　笑える話だ。そんな人間だと分かっていたら最初から避けていただろうが、出会ったばかりの頃には相手の本心を知る術がない。誰でも最初はクールを気取るが、関係が終わりに近づくほどクールになれない場合が往々にしてあった。そんな時は、それこそ地雷を踏んだような気分になる。だがすべてのゲームには、いつだって罠があるものだ。ムギョンは突発的な状況までも一種のルールとして理解していた。

　ヤれなきゃ死にそうだから金で女を買うというわけでもなし……。若い盛りの男女が目を合わせ意気投合して、自然と一夜を共にすることの何が悪いんだ？　その頻度が多すぎるということは、ムギョンだけのせいではなかった。なぜ世間の人たちは女性の性欲を否定するのだろうか。

　まぁ俺もいつか老いて疲れたら、誰かの頭を撫でる平和な日常なんかに落ち着きたくなるかもしれない。だが少なくとも今はまだ、そんな気分には到底なれなかった。

　イム・ジョンギュの小言から始まった人生考察に暫し浸っていると、手に持っていた携帯電話が小刻みに震えた。見下ろした液晶画面には知らない番号が表示されていた。少し悩んだムギョンは画面を通話モードに切り替えた。もしかすると今回のスキャンダルに関する連絡かもしれない。

「キム・ムギョンです」

――あ、どうも。こちらの番号で合ってたんですね。

　聞き慣れない声だった。ムギョンは眉をひそめた。

「どちら様ですか？」

――改めてご挨拶申し上げます。プロデューサーのジョ・ヒョンチョルと申します。エージェンシーのほうには、ドキュメンタリーの撮影について何度かご提案差し上げているのですが。

「……エージェンシーから俺の番号を聞いたんですか？」

――いえ。知り合いから聞きました。ずっと断られていたので、一度ちゃんとお話をしたくて……。

　濃く伸びた眉の間の皺が深くなった。

「エージェンシーを通じて話をしろという意味が分からないんですか？　連絡先さえ手に入れれば誰でも連絡していいんだったら、エージェントを置く意味がないでしょう？」

――ええ。その点については本当に申し訳ありません。ですが、私どもとしても是非一度……。

「テレビ業界のヤツらの中でも俺が一番嫌いなのは、あんたのような人の裏を探るネズミ野郎どもだ。そんなヤツを信用して一緒に仕事ができるわけがないだろ？　お望み通り俺の口から答えて差し上げますよ。あなたのところの仕事を受ける気はありませんので、とっとと失せてください」

ムギョンは返事も聞かずに通話終了をタップした。ただでさえスキャンダルのせいで朝から不愉快だった。空気も読まず、こんなタイミングで非公開のプライベート携帯に電話をかけてくるだなんて。

舌打ちをすると、ピーッ！　と練習開始を知らせるホイッスルが鳴った。ロッカールームから出てきた選手たちが練習コートに二列に並んだ。監督とトレーニングコーチの隣に、休日前にはいなかった人物が立っていた。

チームエンブレムが入ったネイビーの半袖シャツと薄手のウェア、そして長ズボンという服装。首にはホイッスルとタイマー、片手にはノートを持っていた。まるで体育大の一年生か体育の教育実習生のような姿に、ムギョンの口角が微かに吊り上がった。

ジュンソンが咳払いをし、教育実習生の紹介をした。

「うむ。まぁ、みんなもう知っているとは思うが、こちらは今日からフィジカルコーチとして加わることになったイ・ハジュンだ。知っての通り、以前はみんなと同じサッカー選手だった。最近は専門的なフィジカル管理が重要になってきていることは、言うまでもない。非常に優秀なコーチだから、しっかり言うことを聞くように。では、一言挨拶を」

隣に立っていたハジュンがペコリと頭を下げ、爽やかな微笑みに満ちたその顔を上げた。

「イ・ハジュンです。どうぞよろしく。普段からしっかり管理すれば、怪我は減らせます。頑張りますので、皆さんも俺を信じてついてきてください」

温和でありながらも堂々とした話し方だった。彼の挨拶が終わると、選手たちは声を上げ拍手をした。手を後ろで組んで立っていたムギョンは、諸手を挙げてハジュンを歓迎する雰囲気にも心から同調することができず、みんなより遅れて上の空で拍手をした。

練習はいつものように軽いランニングとストレッチから始まった。だが前回の練習と比べると進め方が若干変わっていた。ハジュンが投入され、今までのストレッチルーティンが変わったせいだ。その新鮮な変化を選手たちは楽しんで受け入れている様子だった。

「いつもより少し時間はかかりますが、初日ですし皆さんの体の状態を見たいので、協力してください」

「はい！」

ハジュンが微笑みながら言うと、選手たちは幼稚園児のように声を揃えて返事をした。野郎どもにはまったく似合わない微笑ましい雰囲気に、ムギョンは眉をひそめた。

ハジュンは選手たちに大きな円を作って並ばせると、次のストレッチを指示した。ノートを開きメモを取りながら、一人ひとりをじっくり観察していく。ストレッチ中の選手の脚をいろいろな角度で持ち上げたり、骨盤や尾骨の周り、太ももの内側などに触れ、脚を閉じたり開いたりして様々な動きをテストする横顔は、とても真剣だった。ムギョンはクスリと笑った。

(新人臭さがプンプンするな。頑張りすぎなんだよ)

練習に情熱を注ぐコーチは、選手としては大歓迎だ。ムギョンは指示された通り真面目に動きながら、体をほぐしていった。その間に、選手たち一人ひとりを観察していたハジュンも、ちょうどムギョンの前にやってきた。彼は座り込むとノートを自分の膝の上に広げ、ペンを持ったままムギョンに指示を出した。

「まずは脚を開いて座ってくれ」

ムギョンは、その通りにした。

「うん。体を前に倒してみて。脚を閉じて。うん、よし。今度は開いてみて」

ムギョンが言われた通りに動くと、ハジュンは一生懸命に何かを記録した。指示は続いた。

「ちょっと足首を見るぞ」

ハジュンがムギョンの足首を軽く掴んだ。靴下の上から何度か指で押すと、痛くないかと尋ねた。

大丈夫だと答えると、うんうんと頷きながら、また何かを書き留めた。

「うつ伏せになって、右脚だけを上に伸ばしてみて。うん。左脚も。もう少し上へ」

サラサラとペンを走らせる音が続いた。うつ伏せになり、また座り、今度は立ち上がって左右を交互に行ったり来たりしながら、片足を上げたり下ろしたり腰や腕を曲げたりするように指示が続いた。ムギョンが言われた通りに動き、ハジュンが記録してを何度か繰り返した。

「よし、オッケー。ありがとう」

確認するポイントを調べ終えたのか、ハジュンは満足そうに言うと、隣へ移動し次の選手をチェックし始めた。

（……なんだ？）

選手一人ひとりをチェックしつつも、ハジュンは選手全員に次のストレッチの指示を出した。ムギョンは体を起こし彼の指示に従いながらも、どこか違和感を覚えた。なんと言うか……。コーチの前でストレッチをしたサッカー選手ではなく、競りにかけられる前に検査される牛や馬のような気分だ。

だがハジュンが行なった身体検査は基本的なものだったし、このような種類のテストは、どのチームだってやる。ストレッチをしている間、ムギョンは他の選手たちをコーチングするハジュンを目で追った。だが特別なことはなかった。他の選手たちにも似たような動きを指示し状態を把握した後、記録した。特に不快な理由もなかったので、言葉で表現できない漠然とした不満だけを感じているうちに、ストレッチの時間が終わった。ハジュンが選手たちの前に立った。

「今日のストレッチタイムは、いつもの倍だったので大変だったと思います。個人別の練習プログラムを組むためなので、ご理解願います。午後の練習もチェックして、明日からは個別プログラムに入ります」

「はい！」

選手たちは、また新人のように声を揃えて返事をした。練習の雰囲気は非常に良かった。ただムギョンだけが理由の分からない違和感に顔をしかめ、時々ハジュンを見つめているだけだった。

＊　＊　＊

ハジュンが選手たちから人気がある理由は、ムギョンにもすぐに分かった。

韓国スポーツ界ならばどの分野でも同じだろうが、サッカー選手もやはり小学生の頃から厳しく……正確に表現するならば「暴力的」な教育を受ける。井戸の中でつまらない権力を振りかざす人間は監督やコーチだけではなかった。ともすると、それよりも耐えがたいのは先輩との上下関係だ。実力や経歴があるならともかく、年齢を笠（かさ）に着て後輩を殴ってイジメるなんてことも珍しいことではない。それに耐え切れずスポーツを辞める人も山のようにいた。

ムギョンは運良くパク・ジュンソンという教育者として確固たる価値観を持つ監督に出会い、早くから海外生活を始めた。実力、性格、体格、イメージなどの様々な要素が絡み合い、国内ではそれほどイジメられたことはなかったが、もちろんそれがどれほど酷いものなのかは知っている。やり方や性質は違ったが、ムギョンも十分にイビられた経験はあった。今のムギョンのホームとも言えるグリーンフォードのロッカールームも、それほど平和な場所ではなかったから。

そんなスポーツ選手たちの世界で微笑みながら自分の話を聞いてくれる優しい人間がいたら、当然のように頼りにしたくなるだろう。きっと誰だってそうだ。

「先輩、じゃなくてコーチ。ちょっといいですか？」

「ああ、休憩室に行こうか」

ベンチでノートを片付けていたハジュンに、一人の選手が近づき声をかけているところを目で追いながら、ムギョンは水筒のストローをチュウッと吸った。彼が来てから、ちょくちょく見かける光景だったが、どうやら何人もの選手がハジュンに悩み相談をしているらしかった。

相談とはいえ大した話ではなく、スポーツに関する悩みをシェアしているらしいのだが、とても不思議だった。ムギョンが知る限り、サッカー界でコーチや先輩に相談に乗ってくれと頼んだり、それをあんなに快く受け入れたりすることは珍しかったからだ。

スポーツをしている男の中で人の話に耳を傾け、一緒に悩んであげるような人当たりのいい人間は、なかなかいない。悩みを聞くと言っても、人の悩みに対する解決策だと言って適当なアドバイスをしては、相談を持ちかけた側から離れていくことが大半だった。

グリーンフォードをはじめとして、ヨーロッパのチームでは選手たちのメンタルケアに責任を持つスポーツ専門相談員や、連携する精神科の医師がいる。だが国内ではまだまだだ。シティーソウルでさえ、そういった部分には手を拱いているのが実情だった。

(フィジカルコーチが、あんなことまでしなきゃいけないのか？　手当が出るわけでもないだろうに)

そんなことを思いながらも、ムギョンはあえて口に出さなかった。自分には彼を気遣う理由がなかったから。

ともかくハジュンがコーチとして出勤し始めて数日目。

ハジュンとムギョンは衝突もなく、かと言って急接近することもなく、よそよそしい状態を維持していた。

「おはようございます。ムギョン先輩」

「ああ」

数人の選手に取り囲まれて話をしていたハジュンのそばを通り過ぎた瞬間、一人の男がムギョンを見逃すことなく挨拶の言葉を投げかけた。特に彼らの会話を邪魔するつもりもなかったムギョンは、軽く返事をするだけで通り過ぎようとした。しかしハジュンの退場宣言のほうが、それよりも先だった。

「じゃあ、俺は事務所に顔出さないといけないから、これで。また後で話そう」

「あっ、お忙しいんですね。はい、分かりました。コーチ」

……いや、よそよそしい状態というわけではないかもしれない。

数人で集まって話をしていたのに、ムギョンが現れるなり突然その場を去るハジュンを見ながら、ムギョンは微かに湧き上がる疑いを抑えようと努めた。

初日に感じた違和感は、その後も続いていた。ハッキリとどうだとは言えないが、ハジュンが自分のことをあまり快く思っていないという印象を拭うことはできなかった。

なぜそう思うのかと訊かれれば、以下のような点からだ。

……他の人たちと話をしていても、ムギョンが現れるとハジュンは急に席を立つ。

……コーチ数人で同時に複数の選手たちのトレーニングを担当している時も、なぜかハジュンはムギョンには割り当てられない。

……ハジュン一人でトレーニングを見る場合、他の選手たちとムギョンとの接し方に、なんとも説明しがたい微妙な差を感じる。

……ムギョンとハジュン、二人きりになることは決してない。

だがムギョンもハジュンも、このチームに加わってまだ数日しか経過しておらず、すべて偶然の一致であり気のせいだとやり過ごせる程度のことだった。

実はムギョンとしては、向こうが自分のことを快く思っていないとしても、どうだってよかった。ムギョンに親しみを感じる人間よりも快く思わない人間のほうが多いなんてことは、昨日今日に始まったことではない。

だから、知ったことか。ムギョンは心の中でボソッと不満を漏らし、休憩の終わりを告げるホイッスルの音と共に練習コートの中央に向かって走り出した。今から室内練習場に場所を移し、新たに導入されたトレーニングをするのだった。

　ハジュンの意見に従い、シティーソウルの選手たちは週に二回ピラティスをすることになった。グリーンフォードではすでに正規プログラムとしてピラティスが採用されており、選手たちのコンディションによってはヨガもしていたので、ムギョンは慣れたものだった。しかし室内練習場に集まったシティーソウルの選手たちの大半は、この運動には不慣れだと言わんばかりにハジュンの指示に従って体を軋ませていた。

　ムギョンは新しいプログラムが気に入った。シティーソウルの基礎体力トレーニングはグリーンフォードとは量も質も格段の差があったので、個人トレーニングをする場所を探しているところだった。新しいプログラムが一つ新設されたとはいえ、ここには水中トレーニング施設もジャグジーもなかった。だが何もしないよりはマシだ。

　各種器具と小道具の間で、ぎこちなく浮いている男たちをコーチたちが忙しそうにサポートしている。新しいプログラムを導入しようと主張した人間は、その中でも特に忙しそうだった。

「脚をもう少し左に。よし。この動きをする時には骨盤をまっすぐにして」

「こんな感じですか？」

「うん。かなり良くなったよ」

「本当ですか？」

「ああ」

　ハジュンがある選手の腰を掴み姿勢を支えながら、おしゃべりをしていた。現役生活を終えて間もない上、年もさほど変わらないので、別に相談なんかに乗らなくたって選手たちは彼に親しみを感じやすいのだろう。それは必ずしも若い選手たちだけに限ったものではなかった。自分よりも年上の選手たちにもハジュンはいつも気さくに振る舞い、気分を害さないように指示を出した。

「先輩は脊柱側彎症が進んでいます。ですから、この運動をする時は左側を多めにしてください。そうするとバランスが取れますから」

「ああ。この前、病院でそう言われたよ。たまに腰が痛くなるのも、きっとそのせいなんだよな？」

「たぶんそうですね。ほら、ここを押すと痛いでしょう？　バランスが崩れてるから、こっちの筋肉ばかり使って硬くなってるんですよ。このままじゃ体に負担がかかります」

ムギョンはバランスボールの上で腹筋運動をしながらハジュンを見つめた。彼は選手たちを順番に指導しながら、だんだんとムギョンに近づいてきていた。セラバンドを使って骨盤の歪(ゆが)みを取るトレーニングの指示をしながら、一人。リフォーマーを使った腹筋運動を指示しながら、また一人。

そして今日も最後にムギョンの番がきた。ハジュンはバランスボールの上に寝そべったムギョンを見下ろすと、すぐに持っていたノートに視線を移した。

「お前は大きな問題はないけど、右足首に力が入りすぎる傾向がある。軸足の右側をたくさん使うからだろう。右への負担を減らし、左足首を強化してバランスを取ろう。そうすればキック力もアップする。もちろんコアも鍛えられるし」

「分かってる」

「こっちに来て。まずはバンド。次にリフォーマー。ほら、それを足首に引っかけて」

ハジュンが教えてくれた運動は、ムギョンも知っているものだった。彼の指示に従い、ムギョンはバンドを足首に掛け、その場で足踏みをして脚を上げる動きや、リフォーマーの上に乗ってボードを片足で押す動作など数種類の強化トレーニングを行なった。他の選手たちとは違う、こなれた様子にハジュンが微かに笑った。

「この程度のこと、俺に言われなくたって分かってるよな？　左の強化運動は右の二倍するように」

「ああ」

「下半身と上半身は対角線状に繋(つな)がってるから、腹筋運動をする時は、意識して右上半身を締めながら体を起こすように気を付けてくれ。尾骨をもう少し下げて」

ハジュンは笑いながら通り過ぎようとしたが、ムギョンが彼を呼び止めた。

「コーチ」

「ん？」

「それだけか？　他には？」

「他？」

リフォーマーに乗ったムギョンはハジュンを睨(にら)みつけるように、じっと見下ろした。ハジュンは目を丸くして「なんだ？」という表情を浮かべながら、ムギョンを見つめていた。

「いや、なんでもない」

　ムギョンが手をヒラヒラさせると、ハジュンは照れくさそうにフッと笑ったように見えた。そして踵を返すと次の選手の状態をチェックしに行った。その選手を指導するハジュンの姿を見つめながら、新しいフィジカルコーチが来て数日が経った今この瞬間、ムギョンは心の片隅を蝕んでいた違和感の正体にハッキリと気が付いた。

　単に快く思っていないというレベルではない。イ・ハジュンは、俺にだけ手を触れない。

　姿勢を正す時、ハジュンはいつも選手たちの体に触れて指示を出した。どうしても必要だからというより、ほぼ癖になっているようだった。筋肉触診だって気兼ねなく、ほぼ毎回選手たちの体に触れていた。さっきも、そうしていた。

　もちろん彼がムギョンにまったく触れないわけではない。だが意識的に接触を最小限にしようと努めているような雰囲気が伝わってきた。彼が来てから数日間、こんなにも彼に触られない選手は、今この場所で自分しかいないとムギョンは断言できた。

　見た目と違って、意外と根に持つタイプのようだ。初日に会った時、自分のことを覚えていなかったからスネているんだろうか。

　いくらなんでも、これはない。矯正や触診が必要ならば、してくれないと。それがフィジカルコーチの務めだ。必要がないと判断してしないだけなのかもしれないが、自分一人だけ触ってもらえないというのは、どう考えてもおかしい。必要性の問題というより、対人関係が原因だという推測ばかりが強くなった。

「コーチ」

　ムギョンは自分の前を通り過ぎたハジュンを、もう一度呼んだ。ハジュンは目を丸くしてムギョンを見た。

「ん？」

「最近少し腰が痛むんだけど、ちょっと診てくれないか？」

「えっ？　いつから？　腰を痛める原因なんか、思い当たらないけど」

「さぁ……。二日前くらいからかな」

　ハジュンは頷きながら、慌ただしく床にマットを敷いた。

「じゃあ急性痛かもしれないな。ちょっとここに、うつ伏せになってくれ」

ムギョンは言われた通りにしながら、心の中では首を傾げた。意外と素直だな。やはり気のせいだったのか？

「ジョン・コーチ！」

「ん？　どうした？」

その時、ハジュンが隣にいた別のコーチを呼んだ。うつ伏せになっているムギョンに近づく足音が聞こえてきた。背中の向こうで、二人の会話が続いた。

「キム・ムギョン選手なんですが、腰が痛いらしいので触診をお願いできませんか？　俺よりお上手でしょう？」

「ああ、分かった」

ジョン・コーチとハジュンが、ムギョンのそばに座り込んだ。ムギョンは顔を横に向け、ハジュンを見上げた。真剣な表情でノートを広げ、メモを取る準備を終えたハジュンが尋ねた。

「腰のどこが痛いんだ？」

「……もう痛くない」

「えっ？」

「大丈夫です。ジョン・コーチ」

ムギョンが体を起こし座り直すと、ジョン・コーチは特に疑問も持たず「そうか？」とだけ言い、元の場所へ戻っていった。マットの上に座ったムギョンと、その隣に膝をついて座ったハジュンが互いを見つめた。ハジュンは驚いた様子でマットを指さした。

「痛いんだろ？　もう一度うつ伏せになってみろ。ちゃんとチェックしないと」

「じゃあ、イ・コーチが直々に診てくれないか？」

「なんだって？」

「お前が診るんだよ。他の人に頼むんじゃなくて」

ハジュンはムギョンの言葉の意味がよく分からないと言わんばかりに、目をパチクリさせた。彼が黙って座っている間、ムギョンは返事を待つこともなく、再びマットの上にうつ伏せになった。暫く黙っていたハジュンが膝立ちで歩いて近づいてくる気配を感じた。彼が持っていたノートがペンと共に床に置かれた。

ムギョンはハジュンのほうへ顔を向け、彼の姿を盗み見た。ハジュンがムギョンの腰をじっと見下ろして聞いた。

「どこが痛いんだ？」

「左側」

適当に答え、ムギョンは彼の次の行動を待った。ムギョンの腰を見下ろしていたハジュンは、鼻で深く息を吸いながら、微かに眉間に皺を寄せた。

　そして手を動かし、ついにムギョンの腰にその手を乗せた。ググッ。四本の指の関節と親指の先で腰の左側が押されるのを感じた。力を入れて腰を押していたハジュンが、おずおずと尋ねた。

「痛いか？」

「いや、もう少し下のほうだ」

「ここ？」

　ハジュンの手が場所を変えながら、腰をグッグッと押してきた。なかなか気持ちいい。背中の上を小さな動物がグッグッと足踏みしながら歩き回っているような気分になり、ムギョンの気持ちにも次第に余裕が生まれた。

　だがハジュンは正反対だった。ムギョンが顔を向け表情を窺うと、初めは多少困った様子だったが、真剣な顔にジワジワと困惑と疑問の色が広がっていった。当然だ。実際、腰はなんともないし、痛みもまったくないのだから。

　ハジュンの手は上下左右を行ったり来たりしながら、痛みの原因を探し出そうとムギョンの背中の上を必死に探った。腰ばかりを触っていたが、これは違うと思ったのか、ついには骨盤や尾骨の周り、脇腹や太ももの横や裏まで触り始めた。

（手が柔らかいな）

　ムギョンは腕の上に顎を乗せたうつ伏せの状態で目を閉じ、マッサージを楽しむかのように触られるがままだった。

　ムギョンの体が完璧だということを確認すればするほど、ハジュンの表情はますます険しくなっていった。体のあちこちを押して触診していた彼は、結局諦めたかのようにため息をつくと体を起こした。ノートを拾い上げメモをする声は平静を装おうとしていたが、すっかり気落ちしていた。

「俺の力不足だ。よく分からないよ。腰や腹筋に問題はないのに痛みがあるのなら、原因は別のところにある可能性が高い。でも骨盤や脚も筋肉に大きな問題はなさそうだしい。俺から伝えておくよ」

……。医療チームのほうで詳しく検査してもらったほうがいい。俺から伝えておくよ」

　そんな面倒なことまでする必要はない。健診は入団時に終えたばかりだ。ハジュンをからかいたかっただけ。仮病で何人もの人たちに無駄な手間をかけるつもりはなかったので、ムギョンは適当に言い逃れることにした。

「二日前に……」

「ん？」

「ベッドで腰を蹴飛ばされたんだ。そのせいかな?」

ハジュンが、「どういうことだ?」と言わんばかりの表情でムギョンを見たが、すぐに理解したように「ああ」と口を微かに開けた。

困っていた顔にサッと虚しげな表情が差した。ハジュンは暫く黙ったままぼーっと虚空(こくう)を見つめていたが、頷いた。

「そうかもしれないな。それなら一時的なものだよ」

「そうだよな」

「もし痛みが続くようなら、教えてくれ」

「分かった」

ハジュンが手で膝を押して支えながら立ち上がった。他の選手のほうへ向かって歩く彼の後ろ姿が、さっきよりもなぜか力なく見える。からかわれたと気付いたようだが、だからといってムギョンは彼に申し訳ないとは思わなかった。そもそも誤解されるようなことをしたのはハジュンのほうだ。もしかしたら誤解じゃないかもしれないし。自分の腰を押す前にハジュンが見せた表情が、彼の疑いに確信を与えた。

(やっぱり俺のことが気に入らないようだな)

ハジュンに教わった足首強化運動を、彼の指示に従い左を二倍行ないながら、ムギョンは気がかりを噛(か)み締めた。

新任コーチと摩擦を起こすのは良くない。ここがグリーンフォードだったら絶対に一言言ってやるところだが、ここはジュンソンのチームだ。チームに加わって早々、どうでもいいトラブルを起こして監督を困らせたくはなかった。だが、こんなふうに自分だけ差別されたらムギョンとしても対策を立てるしかない。仕事に関する問題だったから。

ハジュンを自分のトレーニングスケジュールから完全に外すとか。もしくはハジュンに態度を改めさせ自分のことをちゃんと見るようにするとか。

＊　＊　＊

カルビチム、ほうれん草のナムル、干しタラのスープ、卵焼き。

トレイに乗せられたおかずを見ながら、ムギョンは心から満足した。食べたいものがあれば言ってくれと言われたので、冗談めかしてリクエストしただけなのに、今日のランチメニューは本当にムギョンが頼んだおかずでいっぱいだった。

「毎回というわけにはいかないけど、また好きなものを作ってあげるから。食べたいものがあれば、いつでも言ってね」

「ありがとうございます。お母さん」

「あらぁ。愛想がいいんだから」

ちょっとしたデートの相手なんかよりも親切にしたくなり、微笑みながら礼を言うと、調理師たちは喜んでカルビチムを大盛りにしてくれた。座る席の狙いをつけていたのに、すでに席をキープしたジョンギュがムギョンに手を振った。

ああだこうだと鬱陶しいヤツだが、ジョンギュのおかげでみんなと早く仲良くなれるのはメリットだった。ムギョンは彼の席に近づきトレイを置いた。みんな食事をしながら、おしゃべりをしていた。

「最近ここのメシ、美味くなってませんか?」

「前から美味しかっただろ?」

「でも最近、グッと美味くなった気がします。ムギョン先輩、お食事楽しんでくださいね」

「お前たちもな」

選手たちも、今やムギョンに気軽に声をかけるようになっていた。ムギョンも適当に返事をしてスプーンを持ったが、ジョンギュがまた他の誰かを見つけたのか、手を振った。

「ハジュン、じゃなくてイ・コーチ。一緒に食べよう!」

中学や高校のランチルームでもあるまいし、知り合い全員を近くに呼んで一緒に食べようとする姿が可笑しかった。ムギョンはクスッと笑いながら、顔を向けた。ジョンギュの呼びかけに応じたハジュンがトレイを持って近づいてきたが、ピタリとその場に立ち止まった姿が見えた。ムギョンと目が合った彼は、少し驚いたように顔をこわばらせたかと思うと、すぐに笑顔になった。

「俺はコーチたちと一緒に食べなきゃいけないから」

「ああ、そうなのか?」

「うん、しっかり食えよ」

ハジュンは素早く踵を返すと、自分よりも年上のコーチたちが集まっているテーブルに足早に歩いていき、そこへ座った。彼の姿を見ていたムギョンの片眉がピクリと上がった。違和感などまったく覚えず食事を始めたジョンギュの隣で、一人スプーンをテーブルに置き黙っていたかと思うと、何かを思い出したかのように口を開いた。

「お前、この前イ・コーチと三人で飲もうって言ってたよな？」

「おぅ。お前さえ良ければ、企画しようか？」

「ああ。アイツも俺も新しく移籍してきた者同士だ。親睦を深めるのも悪くないだろ？」

ジョンギュが水を飲みながら驚いたように目を丸くした。

「親睦を深める？　お前、どうしたんだ？　そんな言葉、知ってたのか？」

「人のことを社会不適合者みたいに……」

「似たようなモンじゃないか」

その言葉に隣に座って食事をしていた選手たちが笑った。

「そんなこと言わないでくださいよ、ジョンギュ先輩。ムギョン先輩って、実際会ってみるとメチャクチャいい人じゃないですか」

「笑わせやがって。それも全部、俺のおかげだろ？　俺がいなかったら、お前ら今こうしてこいつの隣ではしゃいでメシなんか食えないぞ。こいつって自己中なんだから」

悔しく思うところもあったが、あながち間違ったことを言っているわけでもなかったので、ムギョンは反論できずスプーンを持ち上げた。料理はかなり美味しかった。先ほどハジュンが見せた怪しい言動さえなかったら、特に何も思わずに食べていられたはずなのに。コーチ陣のテーブルに着いたハジュンは楽しそうに笑いながら、周りの人たちとおしゃべりをしている。

大したヤツじゃないのに、どうしてこんなに気になるんだ。ヘッドコーチでもなく、仕事を始めたばかりの同い年の新米コーチじゃないか。遠くのテーブルに視線を送っていると、ジョンギュが携帯電話を手に取りながら尋ねた。

「お前は、いつなら都合がいいんだ？　飲み会」

「明日でも構わない。明後日でもいいし。時間なら作るよ」

「どうしてそんなに積極的なんだ？　お前の気が変わらないうちに、早く決めちまわないとな」

ジョンギュは、その場でメッセージを打ち始めた。ムギョンは干しタラのスープの中の豆腐を割りながら、遠くに座っているハジュンを見つめた。

メッセージを受信したのか、ハジュンが携帯電話の画面を覗（のぞ）き込んだ。首を傾げた彼の躊躇（ためら）った表情がムギョンの目に入ってきた。彼はすぐには返事をせずに画面を見つめていたが、暫く経ってから携帯電話を手に取った。

ヴーッ。今度はジョンギュの携帯電話が鳴った。食事に没頭していたジョンギュは、のそのそと携帯電話を確認した。苛立ったムギョンは、待ち切れずに声をかけてしまった。

「なんだって？」

「当分の間は難しいってさ。仕事後にワークショップがあるんだって。まぁ、あの仕事はいろいろと勉強しなきゃいけないからな。また今度仕切り直そう」

当分の間は難しい？

仕事を始めたばかりの二十六歳の新米コーチが、このキム・ムギョンよりも忙しいだと？

「性格いいって言ってたくせに」

「えっ？」

「いや、なんでもない」

性格がいい？　どこが？　心の狭さが尋常ではなかった。初日に自分のことを忘れられていたことを根に持っているから、目すらまともに合わせないんだ。メシや酒くらい断られたってどうだっていいが、仕事中までそんな態度を取られては黙っていられない。

（新米コーチごときが選手を差別するだなんて。しかもこの俺を？）

自分のことを避けていると分かっていながら、こちらからチャンスをやろうとした。今までムギョンが生きてきて、親睦を深めようと酒に誘ったことなど両手で数え切れるほどだ。

よくよく考えてみると、こんなことをした経験なんてほとんどなかった。それもジョンギュやジュンソンのように元々仲のいい人から誘われるばかりで、誰かと仲良くなるために飲み会を設けて約束を取り付けるなんて、よほどのことがなければしない。

百万人に親切ぶったところで、その親切が自分に向けられなければ意味がない。ムギョンはトレイの隣に置いたコップを持ち、水を飲み込んだ。

目には目を、歯には歯を、度量の狭さには度量の狭さを。ピッチの中でも外でも、自分の悪口を言う人間、つらく当たる人間、暴力を振るう人間には、できる限り同じように仕返しをする。それがムギョンだった。いくらでも大人げなくなる準備はできていた。

＊　＊　＊

午前の練習は体力トレーニングを中心に、午後の練習は主にテクニカルトレーニングを中心に行なわれる。午後になるとフィジカルコーチは外に出て練習を観察しながら指示を出したり、練習の種類によっては事務室で翌日のスケジュールを立てたりデータをまとめたりした。

今日の午後の練習は前者だった。怪我をした選手たちはリハビリトレーニングコース。残りの選手たちはパスやドリブルをはじめとした基本練習を終えてからミニゲームをすることにした。練習場でミニゲームをする時、選手たちは少し大胆になる。実際の試合ではリスクが高くてチャレンジしにくいオーバーヘッドキックを練習したり、利き足とは逆の足を使ってみたりしながら、積極的に挑む。

「おおっ！」

ミニゲームとはいえ、れっきとした試合だ。負けず嫌いな選手たちに火がつくには五分もあれば十分だった。興奮した若い選手が、ムギョンの背後から反則タックルをかけた。その選手とムギョンの脚が絡まり、二人は芝の上に転んだ。ゴール前に立っていたジョンギュの口から、すぐに怒号が飛んできた。

「お前、何してるんだよ！　練習中にそんなタックルしちゃダメだろ！」

「先輩、すみません。つい熱くなってしまって……」

「同じサッカー選手なんだから！」

他でもなくワールドクラスの選手であり、その体の価値だけでも一千億ウォンはするキム・ムギョンに、練習試合で怪我でも負わせたら収拾がつかなくなる。個人間の問題では終わらず、全世界から非難されメンタルが粉々になる可能性が高い。タックルをかけた選手は真っ青になり、何度も頭を下げながらムギョンに謝った。

ぶつかった膝が痛んだ。暫くすれば消える痛みではあるが、練習中のミニゲームなんかで負う必要はない痛みだ。当然ムギョンも一瞬腹が立ったが、ここまで周りがオロオロしていては怒るに怒れない。

気持ちは分かるが、こんなふうに特別扱いされたくはなかった。クリスタルカップでも扱うように、慎重に取り扱わなければならないサッカー選手だなんて。自分の体格を思うと可笑しかった。

「もういいよ。今度から気を付けろ」

そう冷たく言い放つと、いい人を見るような視線が注がれた。それでも気まずさは変わらないのでムギョンは練習場の隅へと歩いていき、その場を立ち去った。用意された水で喉を潤すと、少し休みたくなる。ベンチに座り練習風景を見守っていると、誰かが急いで近づいてくる気配を感じた。

「脚は大丈夫か？」

イ・ハジュンだった。

ムギョンはそんな彼と無表情で視線を合わせ、心の中で皮肉った。プライドが高く恐れ多い新米コーチ様がなぜこんなに卑しいキム・ムギョンの前に自らお出ましに？

一応フィジカルコーチらしく、怪我をしたのではないかと気になっているようだった。

「ちょっとベンチから降りて脚を診せてみろ。膝をぶつけたみたいだけど」

すでに痛みはほとんど消えていたが、ムギョンは大人しく彼に従い、膝を立てて地面に座った。ハジュンはもう一度言った。

「脚を伸ばしてくれ」

だがムギョンは黙ったまま動かなかった。彼の向かいに座り、姿勢を直してくれるのを待っていたハジュンは怪訝な顔でムギョンを見つめていたが、聞こえなかったと解釈したのか同じ言葉を繰り返した。

「キム・ムギョン、脚を伸ばしてくれ」

その時ムギョンは、他の人には聞こえないように小さな声で答えた。

「イヤだ」

「えっ？」

ハジュンの目が丸くなり、口が微かに開いた。予想外の返事にぽかんとしていた。ムギョンは嘲笑うかのように彼を見つめながら、こう続けた。

「お前じゃなくて、ジョン・コーチを連れてこい。ジョン・コーチのほうが上手いんだろ？」

「……」

「自分でそう言ってたじゃないか。俺は、そんなことを言う人間の実力は信じられない。だからジョン・コーチを連れてこい」

ハジュンが細く開けていた唇をグッと結んだ。目が軽く震えていた。怒っているのか驚いているのか、表情は硬かった。

この程度で固まっちまうとは。ずっと自分のことを無視していたくせに、イヤだという一言を聞いただけで真顔になるのが可笑しかった。

ムギョンは地面に手をつき、体を後ろに傾けて座りながら、もう一度言った。

「連れてこいよ」

まるで命令するような口調だった。ゴクリと喉を鳴らしたハジュンは、結局立ち上がった。彼は分かったとも、いいとも、イヤだとも言わず、もたもたと退いた。そして背を向けると、ムギョンに言われた通りジョン・コーチのほうへ向かって歩いていった。

すぐにクシャクシャになってしまう薄い紙のような第一印象。今、ジョン・コーチを呼びに歩いていくハジュンの後ろ姿もやはり、あの時と同じだった。ムギョンは立ち上がると、再びベンチに腰掛けた。ハジュンがジョン・コーチに話しかけ、二人がムギョンのそばにやってきた。ジョン・コーチは先ほどのハジュンと同じ指示を出した。

「膝をぶつけたんだって？　どれ診てみよう。脚を伸ばしてくれ」

「えっ？　いいえ、なんの問題もありませんけど」

「なんだって？」

ジョン・コーチが眉間に皺を寄せた。ハジュンに呼ばれてムギョンの状態を確認しに来たのに、大丈夫だという言葉を聞いたのは、今日だけでもう二度目だ。ジョン・コーチが二人を交互に見ながら、咎めるように言った。

「お前たち、俺をからかってるのか？」

ムギョンやハジュンよりも十歳ほど年上のベテランコーチのお叱りは、自然と選手であるムギョンよりも同じ仕事を学んでいる最中のハジュンへと向けられた。しかめっ面で自分を見るジョン・コーチの前で、ハジュンはどうすればいいか分からず、再び頭を下げ謝った。

「すみません。もう少し詳しく診ていただきたくて……」

「ジョン・コーチ。せっかく来てくださったことですし、ちょっと診ていただけませんか？」

ムギョンがそう言いながら、地面に座り脚を伸ばした。ジョン・コーチは事のついでだとチェックをしたが、ムギョンの脚はピンピンしていた。それもそのはず。そもそも確認する必要もない少しぶつけただけの単発的な痛みに過ぎなかったのだから。

それなのに、突然ハジュンが膝をチェックするなどとらしくないことを言って大騒ぎしただけだった。ジョン・コーチまで呼ぶほどのことでもなかったのに、ムギョンが意地を張ったせいで、仕方なく呼んできてしまったのだ。ムギョンの膝をチェックしたジョン・コーチは案の定、少し呆れた表情になり、立ち上がった。

「イ・コーチ。ちょっとこっちへ」

ハジュンは間違いを犯した学生のように彼の後をついていった。今日一日だけでガックリと肩を落とした後ろ姿を何度見たことだろう。歩くたびに髪先が揺れる頭の上に、垂れ下がった犬の耳でもつけてやりたくなる姿だった。

「イ・コーチ。こんなことで、いちいち俺を呼びつけるな。ムギョンの体の状態は注視すべきだが、まずは状態を把握してから協力を求めないと。こんな仕事の進め方をしていたら、体がいくつあっても足りないだろ？」

「すみません。焦ってしまって……」

二人の抑えた声が、ムギョンの座っている場所まで聞こえてきた。話をしている二人は放っておいてムギョンは立ち上がり、またピッチへと入っていった。休憩はこの程度で十分だった。

練習に合流して二人のコーチの姿を窺うと、説教は大体終わったようだ。ハジュンはベンチに置いたノートとペンなどを持って歩いていた。よほど落ち込んだのか、遠くから見ても彼の横顔は塞ぎ込んでいるように見えた。ハジュンはそのまま事務室へ入ってしまった。

（どうしてあんなに生意気なんだ？）

ムギョンは心の中でハジュンを責めた。それなりに円満に解決しようとしたのに、仕事後には時間が取れないとおっしゃるから、勤務中に俺の立場を理解させてやらざるを得なかったんじゃないか。

……最初はハジュンが折れるまでたっぷりイジメてやるつもりだった。しかし飼い主に叱られた犬のような哀れな後ろ姿を見たせいで参ってしまった。上司の小言程度で落ち込むくらいなら、どうして人を嫌っていると言わんばかりの態度を取ったんだ？　図々しいのかバカなのか、理解できない。

（もう一度だけチャンスをやろう）

心の狭いイ・ハジュンとは違い、俺は寛大な人間だから。ムギョンは自分を慰めながら頷いた。少し席を外すとコーチに言い残し、いくつもの事務室が集まっている建物へと向かった。

まだ練習の時間だから、事務棟は比較的静かだった。窓から日の光が差し込んでいた。リノリウムタイルが敷かれた廊下の半分には日が当たり、半分には影が差しており、まるで二色で塗り分けられたようだった。遠くから外で練習中の選手たちの声が微かに聞こえる。

　静かな廊下を歩き、コーチたちの事務室兼控え室のドアをコンコンとノックすると「はい」という返事と共にドアが開いた。午後の練習の真っただ中なので、コーチ控え室にはハジュンしかいなかった。

「あ……」

　ドアをノックした人物の正体が予想外だったのか、ハジュンが気の抜けた声を出した。その目から、驚きに加え若干の恐怖を感じているとムギョンは気付いた。

　思ったより図々しいタイプではないようだ。少し肩透かしを食らった気分になりながら、ムギョンは顎で部屋の中を指し示した。

「入ってもいいよな？」

「あ、うん」

　ハジュンが後ずさりしながら周りを見渡し、ソファのほうを指さした。

「誰かに用か？　今みんな外に出てるけど。そこに座れよ。何か飲む？」

「お前」

　その言葉にハジュンがこわばった顔でムギョンを見た。ムギョンは、その表情すら気に食わなかった。あちこちに愛想を振りまいて気さくな言動でみんなから好かれているようなのに、なぜ俺の前では、いつも真顔なんだ？

　もちろん今ここでニコニコと笑いかけてほしいわけではない。数分前に自分への当てつけの言葉を耳にした上に、俺のせいでジョン・コーチに叱られたんだから。この状態でムギョンの前で笑顔になれるなら、プライドがないか、むしろ腹黒いヤツだということにならないだろうか。

　ムギョンの不満はすでに数日分溜まっていたので、大人げない態度を取るヤツには同じ態度で返してやればいいと割り切った。つらく当たってきたり怒ったりするようなら、もっとイジメてやろうと思っていたが、さっき肩を落とした姿を見て気が引けたので計画を変更した。平和的で理性的な対話を通じて問題を解決することに。

「お前」と指名されたハジュンは唇に軽く力を入れると再び尋ねた。

「俺になんの……用があるんだ？」

「お前さぁ」

　チッ。ムギョンは舌打ちをした。グチグチとこんな話をしに、わざわざ事務室まで来る羽目になるとは。事を荒立てず解決するためには仕方ない。要点だけを簡潔に話さなければ。

「俺のことが気に食わないみたいだが、公私は区別してもらわないと」

「えっ？」

「練習の時、俺にだけは絶対に手を触れないだろ？　曲がりなりにもフィジカルコーチなんだから、選手のことが気に入らないからって、それはダメだろ。怪我でもしたら？　お前が責任取ってくれるのかよ」

ハジュンは何のことだか分からないと言うように目をパチクリさせ、眉間に皺を寄せた。

「手を触れるって……？　なんの話だ？」

「触診のことだ。午前中に腰が痛いと言った時もジョン・コーチを呼んだだろ？　自分の手で触りたくなかったからなんじゃないか？」

その言葉にハジュンは目を丸くし、口をグッとつぐんだ。バカげた話を聞いて呆れているようにも、図星を指されて困っているようにも見えた。

ムギョンは眉間に皺を寄せて返事を待った。すぐに正気を取り戻したように、ハジュンはキッパリと首を横に振った。

「触診は必要な時だけにするものなんだ。お前は、いくつかの動作テストをしただけでもバランスがちゃんと取れていたから、わざわざ触診をする必要がなかったんだ。普通はバランスが悪いから、触診するんだし。だから腰が痛いと言われた時、ヘンだと思ったんだよ。何より俺はフィジカルコーチであって、理学療法士やマッサージ師じゃないだろ？」

「他の選手たちには触ってたくせに、俺だけ必要がなかっただと？」

「それだけお前のフィジカルが完璧だから。運動してる時の姿勢もいいし」

褒めるように言ったハジュンは、困り顔で話を続けた。

「ジョン・コーチを呼んだのは、俺よりもベテランだからだ。俺の目には異常がなさそうに見えたけど、痛いって言うから。俺がチェックを続けるより他の人に診てもらったほうがいいだろ？　お前が体のコンディションに人一倍気を遣っていることは、俺も知ってる。お前レベルの選手のコンディションを、俺みたいな新米コーチ一人に判断できるわけないじゃないか。誤解させてしまったのなら悪かった。そんなふうに思っているなんて、思わなかったよ」

なんだ？　この気持ち悪いほど理路整然とした言い訳は？

　ムギョンは顔をしかめた。彼の答えにはケチをつける余地は大してなかった。だが、頭でそう思っただけで、トレーニング時以外でもムギョンは彼に避けられているとハッキリと感じた。それも何日間も。

　だからと言って、これ以上問い詰めるのも無意味だった。プライベートで自分を避けようが避けまいが、仕事さえきちんとしてくれれば、それで終わりだ。

「言い訳はいい。大事なのは俺が選手として、そう感じたってことだ」

「それは……」

「小さなスポーツジムに通ったとしても、トレーナーが俺にだけ誠意のない態度を取っていると感じたら、やる気が失せる。どちらかにしろ。俺にもしっかり誠意を見せてトレーニングさせるか、それとも俺のスケジュールからは完全に外れるか。ジョン・コーチでも誰でもいいから、コーチ陣で話し合って俺の専任担当をつけろ。それくらいチームに要求したっていいだろ？」

　ハジュンは、その言葉に緊張したように顔をこわばらせた。新米コーチが「キム・ムギョンが自分をトレーニングスケジュールから外したいと言っています」なんて言えるわけがない。あんなふうに怒られた直後なら尚更だ。自ら無能だと言いふらしたいのならともかく。

　ハジュンが少し間を置いて口を開いた。

「分かった。つまり……触診をすればいいんだよな？　お前の体に……触れれば」

　シンプルにまとめると、まったくおかしな文章になった。だがムギョンの要求はたしかにそういうことだった。

「ああ」

「分かった」

　ハジュンは、それくらいわけもないという態度で、素直に頷いた。一方ムギョンは、さらにしかめっ面になっていた。話が終わってみると、あまりに奇妙な会話を繰り広げてしまったと思った。だが、もう取り返しがつかなかった。

　スッキリはしないが、とにかく引っかかっていた要素の一つはなくなるだろうから、戸惑いくらいはやり過ごすことにした。二人の間に沈黙が流れ、ハジュンは気まずそうに尋ねた。

「せっかく来たんだし、何か飲んでいくか？」

「いい。もう行かないと」

ムギョンは、すぐさま事務室のドアを開けた。事務室を出ると、なんだか奇妙な催眠術や呪いから解放されたような気分だった。この数日間ハジュンが自分を避けようが避けまいが、そんなつまらない問題に全神経を集中させていたこと自体が間違いだったのではないだろうか。そう自分自身を顧みた。

まったく、どうでもいい理由で人のメンツを汚しやがって。もう一度舌打ちをすると、ムギョンはまだ練習真っ最中のコートの中央へ向かって走っていった。

＊　＊　＊

否定する人もいるが、Kリーグは国内でもかなり軽視されている。あまり中継もされないし、されたとしても人気のない時間帯での録画放送ばかりだった。最近のようにテレビチャンネルが溢(あふ)れかえっている時代に国内サッカーリーグを生中継してくれるテレビ局がないという事実は、悲しいことに現実だった。

だが今シーズンは違った。キム・ムギョンがソウルに来て、メジャースポーツ放送局が今までになくKリーグの放映権をかけて争ったおかげで、なんとすべての試合の生中継が確定したのだ。ムギョンの凱旋(がいせん)試合は満席。チケットは高値で転売されていた。

ふぅ。入場前、ムギョンが短く深呼吸をすると、ミッドフィルダーの一人が意外そうに尋ねた。

「先輩も緊張するんですか？　ぶっちゃけ、先輩が緊張するような試合じゃないと思いますけど」

「サッカーなんだから、当たり前だろ？」

十一人で行なうスポーツは、いくら一人の技術がズバ抜けていたとしても勝敗を予想することは難しい。相手チームが死に物狂いでマークしてきたら、いくらムギョンといえどもノーゴールで試合を終えてしまうことだってあるのだ。韓国に来て初めての試合だった。必ずゴールを決め、カッコもつけて、ジュンソンのメンツも立ててやりたかった。ただゴールを決めるだけでは足りない。カッコよく勝利する必要があった。

とにかく数年ぶりに戻ってきた韓国だ。それなりに錦も飾ったのだから、スタジアムまで自分を見に来た人たちが期待する姿をワンカットくらいは見せてやるべきだ。若くしてプロ生活を始めたので、ムギョンにとっては国際試合よりもプロリーグのほうが重要に感じられた。

選手たちが順番にピッチに入った。ホーム試合なので、ムギョンの名前が書かれたボードや横断幕が四方を取り囲んでいた。辺境リーグだとか移籍してきたばかりの新規チームだとか、そんな事実を忘れ、観客たちの歓声にムギョンの胸はいっぱいになった。幕開けは最高だった。

両チームがフォーメーションを取り、向かい合って立ち、ハーフラインから最初のパスが渡され試合が始まった。ムギョンを中心として攻撃的な戦略を立てたシティーソウルとは対照的に、相手チームは序盤から守備寄りの戦略を立てムギョンを必死にマークした。

ボールがペナルティエリア[2]付近に来るなりボールを奪いパスをする。チャンスを窺いボールを相手チームのエリアまで持っていき、すぐに攻撃を狙うパターン。口で言うのは簡単だが、ロングカウンター戦術はなかなか成功しない。

ムギョンならば、そんな戦術にも合わせてプレーすることができる。ハーフライン付近からでもゴールを叩き込むムギョンのミドルシュートは有名だったからだ。他の選手たちが遠くでボールを奪い取ってくれるのを待ち、そのままゴールに向かって疾走できた。

一方は攻撃、一方は防御に集中する試合の様相は、池に閉じ込められた魚のように自然と片方の空間だけに選手を固まらせた。鉄壁の防御にぶち当たり、相手チームのゴール前に留まるべきムギョンは次第にラインの外側に下がり、攻撃が上手く通らないせいで守備たちはだんだんと上がっていった。

シティーソウル側のフィールドには人がまばらな一方、相手チームのゴール前は混雑していた。遠くでゴールキーパー兼キャプテンのジョンギュが手を叩き大声で叫びながら指示を出した。

「ポジション！　相手エリアに行ってばかりじゃダメだ！　すぐに戻る準備をしろ！」

前半戦が終わりに近づくまで、両チームのゴールネットは揺れなかったが、応援はどんどん激しくなっていった。シティーソウルの応援席からは声援と歌が、うるさいほど

2　訳注：サッカーで守備側の選手が反則した際に、攻撃側にペナルティキックを許すエリア。

に選手たちの耳に響いた。

「オオオー、ソウル。オオオー、ソウル！」

　試合に没頭している選手たちは、いつになく本能的な存在となる。空気の流れ、風の角度、勝利を熱望する人々の声が血のように体の中を流れる。体と頭が一つになり、考える前に勝手に足が動く。だが、そんな中でも判断力を失ってはいけないのがサッカーだ。

　その時、集まっている選手たちの足にぶつかり、プップツとカットされていたボールがコロコロと端に転がった。フィールドの左から長いクロスが上がった。ゴール前にいた選手たちがボールをキープしようと、顔を上げボールを追った。誰が先にボールを取れるかの競い合いだった。味方も敵も関係なしにゴール前に選手たちが押し寄せた。

　守備が疎かになっている間に、ゴール前から締め出されフィールドのほぼ中央まで出てきていたムギョンがボールを追い走り始めた。ムギョンが足を踏み出すたびに、ハーフパンツの下で脈打つ太ももの筋肉が露わになり、まるで馬の太もものように逞しい段差を作った。斜線状の深く太い影が、くっきりとしていた。

　まるで怒っているかのように集中した表情は、獲物を狙う鋭い目つきをしていた。ボールが地面に向かって落ち始めると選手たちが一斉にジャンプしたが、中央から走ってきたムギョンが誰よりも先に飛び上がっていた。

　一番高くジャンプしたムギョンの頭に当たったボールが、そのままゴールへと吸い込まれネットを揺らした。ジャンプ力がズバ抜けている上に一九〇センチを超えるムギョンの空間認知能力は、以前から有名だった。前半戦の終わりがけに決まった先制ゴールにスタジアムが沸いた。「キム・ムギョン！　キム・ムギョン！」という歓声が雷のように響いていた。

　怒っているかのように硬くなっていたムギョンの顔は、たちまち喜びでいっぱいになった。彼はワンゴールを決めたという意味で、人差し指を立てた腕を高く上げ、サポーター席のラインに沿って走った。他の選手たちも彼の後を追った。

　ムギョンがニコッと笑いながら指でハートを作り、中継カメラに向かってウィンクをした。大型ビジョンに彼の顔が映ると、歓声は一層大きくなった。やっと立ち止まったムギョンを追いかけてきた選手たちが、彼を抱きしめた。そして間もなく前半戦終了のホイッスルが鳴った。

「スゲー！　実際に見ると、本当に速いな！」

「今シーズン、俺たちクラブワールドカップに出られるかもな。優勝しちゃうんじゃね？」

前半戦を終えたハーフタイム。控え室で選手たちは興奮した様子で騒いでいた。もちろん話題の中心はチームのエース、キム・ムギョン。しかしムギョンは彼らのおしゃべりを背にし、自分の前に膝をついて座っている男だけを、じっと見下ろしていた。自分の脚をグッグッと押しながら、足首からふくらはぎ、太ももの筋肉をチェックする手を目で追いながら。

「大丈夫そうだ。痛いところはないよな？」

「ああ」

イ・ハジュンだった。熱血新人コーチはハーフタイムにも休まず選手たちの体を観察していた。フィジカルコーチはメディカルチームではないので、医療陣のようにいちいちチェックする義務は彼にはないが、ここ数日間観察してみたところ、ハジュンは選手たちの体の状態をつぶさに把握し、データを集めることを何よりも重視しているようだった。

彼はただすべきことをしているだけなのに、白い手が自分の太ももや足首を押す姿を見ていると、まったく可笑しなことに妙な満足感が湧いた。言い争いの末に手に入れた結果だからだろうか。

必要な時にだけ触れると言っていたが、ムギョンの指摘を受けてからハジュンはたしかに変わった。どんなトレーニングでも、姿勢を直す時は必ずムギョンの体に意識的に手を当て、筋肉をチェックする時も手を触れた。「必要ないから手を触れないんだ」という彼の言葉通り、触診で異常が見つかったことは一度もなかったが。

ただ、ハジュンはあの日以降、ムギョンに対して一層よそよそしくなった。事務室まで会いに行って声を上げたことが気に入らなかったのだろうか。今もハジュンはムギョンの脚を見ているだけで、言葉を交わしながらもムギョンの顔を見ることは一度もなかった。

見た目と違って器の小さいヤツだ。ムギョンは心の中でフンッと笑った。

「イ・コーチ。ちょっと太ももが痛いんですけど」

「ああ、今行くよ」

太ももが痛いなら、医療チームを呼べばいいだろう。なぜコーチを呼ぶんだ。ムギョンは心の中でそう文句を言ったが、ハジュンは立ち上がって自分を呼んだ選手のほうへと向かった。二人が交わす会話がムギョンにも聞こえてきた。

「コーチ。見たでしょ？　ムギョン先輩のヘディング。瞬間移動でもしてきたのかと思いましたよ。俺、興奮しちゃって自分がゴール決めたみたいに叫んじゃいました」

「見たよ。あとは後半戦でお前がとどめのゴールを入れればいい。急に力が入ったせいで、ちょっと硬直してるみたいだ。一応マッサージでクーリングしてテーピングしよう。医療チームのところへ行って、やってもらえ」

「はい」

ムギョンはその話を聞き、眉間に皺を寄せた。

相手があそこまで興奮しているのに、「ああ、カッコよかったな」の一言くらい言ってくれてもいいじゃないか。「後半戦でお前がとどめのゴールを入れればいい」だと？

（で？　俺のヘディングシュートに対する感想は？）

客観的に見ても、前半戦の自分のヘディングシュートは稀に見るほどバチッと決まったシーンだった。もう自分の体にちゃんと触れているのだから、あれこれとケチをつける口実もないのだが、とにかく何かにつけて引っかかることが多いヤツだった。

監督と後半戦の戦略を話し合い、水を飲み、体の状態を確認し、汗で濡れたユニフォームを着替え、呼吸を整えていると十五分のハーフタイムはあっという間に終わった。選手たちは、また一列に並び後半戦の準備をした。フィールドに出る前から、ファンの声援が大きな波のように入場前の待機場所に押し寄せてきた。

02

初試合は3対0で勝利し、そのうち2点を決めたのがムギョンだった。デビュー戦で華麗な勝利を収めたムギョンは、その後も続けて話題になるに値するゴールを炸裂させた。

強力な主砲を備えたシティーソウルは連戦連勝を収め、その「前代未聞」の韓国サッカーリーグのニュースは、国内のみならず海外でも話題になった。韓国リーグの試合で韓国人選手が何ゴール決めたかが、サッカー界で大きな話題になったことは一度もなかった。だがムギョンのゴールならば話が違ってくる。

昨日エージェンシーを通じて受け取った、イギリス人少女からのファンレターに書かれた最後の文章を読みながらムギョンは苦笑いをした。

キム。会いたいです。早くグリーンフォードに戻ってきてください。あなたを愛するエイミーより

レンタル元チームであるグリーンフォードの成績は近頃パッとしない。これは必ずしもムギョンがいなくなったせいではなく、今シーズンから新しく赴任した監督と選手たちの足並みが揃っていないせいだった。しかしファンとしては、やはりメインフォワードだったムギョンが抜けたせいでチームが上手く回っていないと思っているようだった。

(戻るさ。ワンシーズンだけ待ってくれ。パク・ジュンソンのオッサンに、俺なりの餞を贈った後でな)

そう思いながらベンチに腰掛けていると、ジュンソンが隣に座り、ゴツゴツとした手で肩をトントンと叩いた。ムギョンは少年のように笑いながら、そんな彼に向き合った。ごく少数の人にしか見せない、警戒心の欠片もない表情だった。

「お前のおかげで、最近どこへ行っても鼻が高いよ」

「俺のような教え子を持ったことを、幸せに思わなきゃな」

ジュンソンは、その通りだと相槌を打ち笑った。そうは言ったものの、ムギョンのほうこそジュンソンに出会えたことに、いつも心から感謝していた。ジュンソンは感慨深げに話を続けた。

「当時はお前という宝くじが、こんなに大当たりするとは

思ってなかったよ」

「単なる宝くじじゃないだろ？　どう考えたってユーロミリオンズじゃないか」

「ユーロ……なんだって？」

「ロトみたいなものさ。オッサンは、もう何も心配しなくてもいい。老後の準備も俺が全部してやるから、監督の仕事も辞めたくなったら辞めればいい」

「早く結婚して落ち着け」というジョンギュの小言を、ふと思い出した。結婚なんかが、なぜ世間では永久不滅の繋（つな）がりであるかのように褒め称（たた）えられているのだろうか。ムギョンにとって、この世で一番確実で変わらない関係があるとすれば、それは恋人ではなく恩人だった。

愛はともかく、恩は必ず返す。パク・ジュンソンがいるから、今のキム・ムギョンがあるのだ。そう思うと、長い人生の一年くらい惜しくもなんともない。しかし、そんなムギョンの健気（けなげ）な思いを知ってか知らずか、ジュンソンまで小言を言い始めた。

「どうでもいいけど、もう韓国に来たんだから夜遊びはほどほどにしろよ。海外にいる時には何も言えなかったが、もうそんなザマは見たくないから」

「はぁ。オッサンまで、なんなんだよ」

ムギョンはベンチの背もたれに頭を乗せ、ため息をついた。落ち着けだの、結婚だの。

「お前、また別の女性とスキャンダルだって？　一体いつまで女遊びを続けるつもりだ？　お前もそろそろ、いい人を見つけて仲睦まじく幸せに暮らさなきゃ」

「ジョンギュと同じことを言うんだな。これは俺のやり方だ。そういうタイミングがくれば、誰かとちゃんと付き合うかもしれないが、今はそういうつもりはない。結婚なんて、あり得ないよ。昔から言ってるだろ？　俺には家族なんて必要ない」

ジュンソンは何か言いたげに口を開いたが、一瞬寂しそうな表情を浮かべ、話題を変えた。

「でもジョンギュやハジュンがいるから、気が楽だろ？　なんだかんだ言って、同い年の仲間が一番だからな。仲良くするんだぞ」

「ああ。まぁ、そうだな」

ジョンギュはともかく、イ・ハジュンは気楽に接することのできる存在などではなかったが、適当に返事をしてやり過ごした。とにかく練習時に気に障（さわ）ることは、もうない。

だから不都合もなかったし、彼に避けられようが避けられまいが、正直ムギョンが気にする問題ではなかった。

「俺は練習に戻るよ」

「ああ」

ジュンソンが背中を叩いた。中学生の頃に戻ったような気分を感じつつ、ムギョンはいたずらっぽく微笑（ほほえ）みを浮かべ、ピッチ中央へと歩いていった。ジョンギュもジュンソンも「早く相手を見つけて結婚しろ」だなんて小言さえ言ってこなければ、いいんだが。それも、ここの人たちのお節介だと考えるから面倒なだけで、そこまで嫌というわけでもなかった。

*　*　*

その日の午後、今シーズンの素晴らしいスタートを祝って、チームは軽い飲み会を開くことにした。食欲旺盛な選手団の食事会なので、クラブ側は広い店を丸ごと貸し切って、十分な料理を用意した。

食いっぷりのいい若者たちのスピードに合わせようと、ホールスタッフたちは肉を運んだり焼いたりと、忙しそうに動き回った。特にムギョンが座ったテーブルにはホールスタッフが次から次へと訪れ、数人の年配者は図々しく声をかけてきた。

「ムギョン選手、サインもらえませんか？　ウチの子がファンなので」

「はい、帰る前にサインしますね」

「絶対ですよ、絶対！」

一人が立ち去ると、また次の人がやってきた。ムギョンが「はいはい」と適当にあしらいながら食事を続けていると、とうとう店長までやってきて写真をねだった。

「ムギョン選手。お帰りになる前に、私ども店のスタッフと一緒に写真を撮っていただけませんか？」

「サインなら構いませんが、写真はちょっと……」

あぁ。店長はため息をつきながら残念がったが、キッパリと断るムギョンの前では、それ以上粘ることもできずに立ち去った。ジョンギュがサンチュに巻いた肉を頬張りながら尋ねた。

「どうして写真はダメなんだ？」

「断りもなく店の宣伝に使われたら、どうするんだよ。本人も知らない間に、ジダンが韓国の病院の宣伝に写真を使われた事件、知らないのか？」

「ああ、たしかにそうだな」

ジョンギュがケラケラと笑いながら、焼酎のグラスを傾けた。ムギョンの前にある空のグラスにも酒を注ぎ、二人は静かに乾杯した。小さな声で話しながら酒を飲んでいる二人の間に入ってくる人間はいなかった。

チームの中には三十代の選手もいるにはいたが、新生チームであるシティーソウルの選手陣は全体的に平均年齢が低めだった。なので、スタープレーヤーであるムギョンとキャプテンのジョンギュは、かなり年長者扱いされていた。ムギョンの返答など気にも留めず、自分の言いたいことを喋りまくっていたジョンギュが、ふと思い出したように言った。

「そうだ。せっかくだから、ハジュンと一緒に飲もうぜ」

「好きにしろ」

ムギョンは上の空で答えた。ハジュンは自分のことを避けているのだ。誘ったからといって、こちらに来るとは思えなかった。

ハジュンは、別のテーブルでコーチたちと一緒に食事をしていた。ジョンギュがそのテーブルに近づきハジュンと話をしている様子を、ムギョンは何の気なしに見つめていた。しかしハジュンが立ち上がり自分のほうへと近づいてくるのを見て、ムギョンは内心驚き酒をひと口飲み込んだ。ジョンギュが元の席に座りながら文句を垂れた。

「同い年三人で酒を飲むのが、こんなにも難しいとはな」

「ああ。ちょうど飲み会が開かれて良かったよ」

ハジュンは笑顔で答え、ジョンギュからのお酌を受けた。

(意外だな)

ムギョンは軽く目を細め、向かいに座ったハジュンを観察した。白い顔に、ほんのり赤みが差していた。その頬に視線を留めたまま、ムギョンが尋ねた。

「あっちで飲んだのか？」

ムギョンの質問にハジュンは「ん？」という表情で彼を見て、すぐにまた目尻に皺を寄せて笑った。

「少し」

そう答えるハジュンを見て、ムギョンはクスッと笑ってしまった。

「もう酔ってるな」

「祝いの席で酔ったって、いいじゃないか。悪酔いさえしなきゃ。さぁ、乾杯しよう」

ジョンギュの呼びかけで、カチンという音を出しながら焼酎(ソジュ)グラスがぶつかった。特に何かを喋るわけでもなく、ゆっくりとグラスを傾けるムギョンの隣でジョンギュとハジュンは会話をした。

「そうだ、ハジュン。ドンフンが結婚するって話、聞いたか？」

「ああ。結婚式の招待状の送り先を教えてくれって電話があった」

「出会って三か月で結婚だなんて、驚いたよ」

「友人の紹介で知り合ったんだってさ。縁があったんだろうな」

ムギョンは不思議な気持ちでハジュンを見つめた。必死に俺を避け、目を合わそうとすらしなかったくせに、少し酒が入っただけで気が変わったらしい。俺の前でヘラヘラ笑ったり、いつもと変わらずおしゃべりをしたり。酒が入ると、嫌いなヤツのことは余計に嫌いにならないか？　ぶん殴ってやりたくなったり。

自分はもう恋愛できない身の上になってしまったせいか、周りの人間も同じ境遇にしてしまおうと結婚を勧めまくっているジョンギュが、ハジュンにもお決まりのウザい質問をした。

「お前は結婚しないのか？」

ハジュンはその質問に、呆(あき)れたようにクスリと笑った。

「急に結婚だなんて。それよりもまず、付き合ってる人がいるかどうか訊(き)くもんじゃないか？」

「いやいや、彼女いるに決まってるじゃん。白状しろよ」

「本当に、いないってば」

「お前もムギョンも変わってるよな。女にモテるのに、どうして誰とも付き合わないんだ？」

人の恋愛や結婚などに一切興味はない。招待状を送ったというドンフンが誰なのかも知らないし、知りたくもなかった。ただ、自分の前で日常的な会話を繰り広げるハジュンの姿が珍しいからか、やたら目が向いてしまう。ムギョンは頬杖をついて、ほんのり赤くなったハジュンの顔をじっと見つめた。

すると、その視線に気付いたのか、ハジュンは顎や頬のあたりを触りながら、ムギョンのほうへ向き直った。

「なんだ？」

先に尋ねたのはムギョンのほうだった。ハジュンは、おずおずと小さな声で答えた。

「いや、顔に何か付いてるのかと思って……」

「ん？　いや、何も付いてないけど？」

ジョンギュが答えた。ムギョンが空いたグラスに再び酒を注ぎながら尋ねた。

「イ・コーチは女性にモテるんだな」

「この顔だぞ？　モテないわけがないだろ？　こいつも現役時代には、いつも若い女性ファンを引き連れてたんだ。お前ほどじゃなかったけどな」

　本人の代わりに得意げな顔をしているジョンギュの言葉は、お世辞というわけでもないのか、ハジュンは否定しなかった。「そうか？」と思いつつ、ムギョンは彼の顔をじっと見つめた。いかにも屋外で体を使う仕事をしていそうな見た目のムギョンに比べると、全体的にかなり大人しく可愛らしい雰囲気だった。

　とはいえ、スラッとして可愛らしいだけという感じではない。目鼻立ちもハッキリしているし、背も高い。それに元選手なだけあって体格もいい。

　そう思うとジャージ姿で芝生の上で転がしておくには、もったいない。スーツを着て会社に行くような仕事をしても、きっと似合うはずだ。ムギョンはなんとなく相槌を打った。

「ああ、まぁ。イ・コーチほどなら、カッコイイ部類に入るだろうな」

「だろ？　でも、なんだか気になってきたよ。お前たち二人に挟まれて、俺一人だけ引き立て役になってるんじゃないか？」

「今さら気付いたのか？」

　ジョンギュの冗談に冗談で返しながら、ムギョンはハジュンに質問を加えた。

「ポジションは、どこだったんだ？」

「ディフェンダーだよ。サイドバック[3]」

　ハジュンが短く答えた。どうせハジュンのことをロクに覚えていないということはもう知っているのだから、ポジションを尋ねたからといって今さらいじけることもないだろう。サイドバックか。重要だが、苦労の割に報われにくいポジションだ。ヨーロッパならばともかく、Kリーグで専業サイドバックだったということは、相当苦労したに違いない。

　その時、ガシャンと音を立ててグラスがひっくり返り、テーブルに透明な液体が広がった。ハジュンが目を大きく見開き、自分の手を見下ろしていた。グラスを持ち上げようとして手を滑らせたのか、彼の手も濡れて光っていた。こぼれた酒がポタポタとテーブルの下へ落ちた。

　酔って赤くなったハジュンの顔が、さらに赤くなった。彼は決まりが悪そうに笑うと、ナプキンを何枚か急いで抜き取り、手やテーブルを拭いた。

「悪い。粗相しちゃったな」

　酒を飲んでいてグラスをひっくり返すくらい大した粗相でもないのに、何をあんなに恥ずかしがっているのだろうか。そんなハジュンの姿を、ムギョンは黙って見守った。その間にテーブルや手を綺麗に拭いたハジュンは、倒れたグラスを元に戻しながら言った。

「少し酔ったみたいだ。このへんにしておかないと」

　彼はジョンギュの肩を掴み、席を立った。ジョンギュが尋ねた。

「どこへ行くんだ？」

「ちょっと風に当たりに」

「大丈夫か？　付き合おうか？」

「いや、いいよ。二人で飲んでてくれ」

　ハジュンはテーブルとテーブルの間を抜け、店の扉を開けた。その後ろ姿を見つめていたムギョンは、鼻で笑った。せっかくいい雰囲気だったのに、まったく拍子抜けしてしまった。

（やっぱりな）

　どういう風の吹き回しで、俺の前でおしゃべりをしているのかと思った。たった数分座っていただけですぐに席を外したということは、まだご機嫌が直るには程遠いらしい。知るか。飲み会なんだから、監督にお酌しに行かないと。ムギョンは心の中で嫌みを言いながら席を立ち、あちこちテーブルを回った。監督だからコーチングスタッフと同じテーブルにいるかと思ったが、ジュンソンの姿は見えなかった。ムギョンは各テーブルを回りながら、何人かに尋ねた。

「監督は？」

「ああ、さっきまでいたんだけど」

「トイレかな？」

　すでにできあがっている選手たちは、おしゃべりに夢中でムギョンの質問を適当にあしらった。ムギョンはあたり

3　訳注：ゴールキーパー前の左右の守備を受け持つ選手、または、その守備ポジションのこと。最後尾に立つ守備陣。

を見回してジュンソンを探したが、彼の姿は見えなかった。みんなが言うように、トイレにでも行ったのだろうか。ムギョンは待つことにして、自分の席へ戻ろうと踵を返した。

「なんだって？」

その時、騒がしい店内でもハッキリ聞こえるほどの大声を上げながら、ジョンギュがスクッと席を立った。大柄な彼が突然立ち上がったせいで椅子が後ろへ倒れたが、そんなことは気にも留めず、息を切らしながらテーブルの間を押しのけるように出ていった。彼は誰かと電話をしていた。

「今どこにいるんだ？　ビルの裏？」

ジョンギュは深刻な表情をしていた。イヤな予感がした。ムギョンは電話をしながら走っていくジョンギュの後を追い、店を出た。何か大変なことが起きたと思ったのか、選手数人も彼の後を追った。急いで走っていたジョンギュが、足を止めた。

「ハジュン！」

ジョンギュの視線の先へ、ムギョンも目を向けた。店が入っているビルの裏、ゴミなどが集められている奥まった場所にハジュンが膝をついて座っていた。

何があったんだ？　なぜ、あんなところに座り込んでるんだ？　ムギョンの視界に真っ先に飛び込んできたのは、驚いて真っ青になった顔、そして地面に倒れた男の姿だった。今度はムギョンの顔にも驚愕の表情が浮かんだ。

「オッサン！」

ムギョンは叫びながら、飛び掛かるように倒れているジュンソンに駆け寄ろうとした。しかしそんな彼を、誰かの腕が素早く制止した。ハジュンだった。ムギョンが「何するんだ？」という目でハジュンを見たが、間髪を入れず彼はこう続けた。

「落ち着け。動かしちゃダメだ。１１９番に電話して応急処置をしている最中だから、お前たちは救急車が早く来られるようにしてくれ」

「救急車が早く来られるように？　どうやって？」

「大通りで待機するんだ！　裏路地だから迷うかもしれない。だから救急車が見えたら、救急隊員を誘導してほしい」

ハジュンの指示に、ムギョンは慌てて頷いた。数分後、サイレンを鳴らしながらやってきた救急車は、予想通りそのまま直進して細い路地を通り過ぎようとした。

「こっちです、こっち！」

ムギョンは徐行する救急車を追い、ドアを叩いた。車が止まった。必要な物を持った救急隊員たちは急いで車を降り、地面に倒れていたジュンソンは、ずっしりとした置物のように救急車に運び込まれた。目をグッと閉じたジュンソンは、すでに死人のようだった。ムギョンの背中に冷や汗が流れた。

移送準備を終えた隊員が、選手たちに尋ねた。

「病院には、どなたが付き添いますか？」

「俺が行きます。俺が倒れているところを最初に見つけました」

ハジュンが手を上げながら前に出た時だった。誰かにその手が掴まれた。ハジュンは振り向き、自分の手を掴んだ男を仰ぎ見た。

「俺も行く」

ハジュンは、すぐ後ろに立って自分を見下ろしているムギョンの目をぼんやりと見つめていたが、ハッとして頷いた。ムギョンが救急車に乗り込みながら、ジョンギュに言った。

「ジョンギュ、お前は残れ。みんなに説明しないと」

「あ……ああ。分かった」

救急車のドアが閉まると、ムギョンは唇を噛みながら携帯電話を手に取り電話をかけた。とりあえずジュンソンの家族に知らせなければ。

プルル、プルル。呼び出し音が鳴っている間、ムギョンの視線は向かいに座ったハジュンに向けられた。相当驚いたのか、魂が抜けたように顔面蒼白で無表情だった。

何か話しかけたほうがいいかと思ったが、電話の向こう側から「もしもし」という女性の声が聞こえてきた。ムギョンは深呼吸をしてから、ジュンソンが倒れたと伝えた。

ジュンソンの妻と息子は、すぐに病院に駆けつけた。

ジュンソンの妻は、数年会わない間にずいぶんと老けていた。最後に会ったのは、前回のワールドカップの際、韓国に帰国した時だった。彼女は長時間飛行機に乗るのが怖いからイギリスには遊びに行けそうにないと言った。

ジュンソンが父親だとしたら、ムギョンにとって彼の妻は母親のような存在だった。夫が「将来、素晴らしい選手になるだろう」と言って、頻繁に家に連れてくる血の繋がりもない孤児。しかも、乱暴な思春期の男子である。彼女としては快く思えなかっただろうに、それを微塵も顔に出すことなくムギョンの世話を焼いてくれた。ムギョンにとって、彼女もまたジュンソンと同じく恩人だった。

サッカー好きで幼い頃からムギョンに懐いていたジュンソンの息子とは、ロンドンで何度か会ったことがあるが、会わない間にグンと大きくなっていた。他に血縁のいないムギョンにとって、ジュンソンの家族は自分の家族だった。ジュンソンの妻がムギョンの姿を見るなり、駆け寄りながら彼を呼んだ。

「ムギョン！」

「おばさん」

「どうなってるの？　ねぇ、一体どうなってるのよ」

彼女はムギョンの腕にしがみつき、涙まみれの顔で詰め寄った。

急性脳出血。それがジュンソンの病名だった。幸い迅速な応急措置を受けて病院に搬送されたため、大きな問題はないだろうと医者は慎重かつ楽観的に言ったが、手術をして予後を見守らねばならなかった。

「おばさん。とりあえず手術の同意書にサインして。俺は親族じゃないからダメなんだってさ」

ムギョンの言葉に彼女は「どういうこと？」という表情で、涙に濡れた目を見開いた。ゆっくりと理性を取り戻したように、体をしっかりと起こし頷いた。ジュンソンの息子が母の手を握り、手続きに向かいながら言った。

「ありがとう、ムギョンさん」

いいや。ムギョンはそんな顔で軽く手を上げた。

台風が過ぎ去ったような気分だったが、肝心の手術室の中は今が一番忙しいだろう。台風はまだ留まっていた。今は台風の目に入っただけだ。

手術室の前にある椅子に座って一息ついていると、突然目の前にペットボトルがチャプンと音を立てながら差し出された。顔を上げると、ハジュンが立っていた。

「水でも飲めよ。こういう時は、待っている人も水分補給しないと」

そう言われてみれば、喉がカラカラだった。受け取ったミネラルウォーターのキャップを開けると、半分ほど一気飲みした。ムギョンは手の甲で唇をグイッと拭い、残り半分を差し出した。

「お前は？」

「俺は飲んだよ」

緊急手術の話でバタバタしていたので、いつの間にか姿をくらましたハジュンが、どこへ消えたのかなんて考えもしなかった。ハジュンの顔色は、今も真っ青なままだった。

「何があったんだ?」

そう尋ねる余裕が、やっと生まれた。ムギョンの質問にハジュンが首を横に振った。

「俺が発見した時、監督はすでに倒れていたから、詳しいことは分からない。たぶんタバコを吸いに外に出て倒れたんだろう。あそこが、あの辺の店の喫煙場所みたいだから」

ムギョンは頷いた。ジュンソンは禁煙に関してだけは、昔からずっと言ってるのに。ジュンソンは禁煙に関してだけは、まったく聞く耳を持たなかった。

「かなり店から離れた場所だったけど、お前はどうしてあんなところに行ったんだ?」

「俺も一本吸おうと思って」

淡々と返ってきた答えに、ムギョンは驚いた。タバコとは縁がなさそうだから、喫煙場所という言葉を聞いても、なかなかハジュンとは結びつかなかった。

それ以上何も言わず時計に目をやると、すでに十一時を回っていた。もうハジュンがここにいる必要はないと、ふと思った。ムギョンはジュンソンとその家族を肉親のように思っているが、ハジュンは違う。

「お前も驚いただろ?」

「いや。お前に比べたら……」

「とにかく、ありがとう。お前がいなかったら、監督はあそこで亡くなっていたかもしれない」

「縁起でもないこと言うなよ」

その時、ジュンソンの妻が戻ってきた。彼女は泣き止んでおり、それなりに落ち着いていた。ハジュンの姿を見つけた彼女が、ムギョンに尋ねた。

「こちらの方は?」

ハジュンがサッと頭を下げ、挨拶をした。

「イ・ハジュンです。パク監督と同じチームに所属しているコーチです」

「ああ、噂(うわさ)は聞いてましたが、本当だったんですね」

ジュンソンの息子は、ハジュンのことを知っている様子だった。サッカー監督の妻なのにサッカーについて何も知らない母親とは違い、彼はサッカーが大好きだったから、現役時代のハジュンのことを覚えているのだろう。

ムギョンが付け加えた。

「イ・コーチが、倒れていた監督を発見してくれたから、すぐに病院に運ぶことができたんだ」

「あら、そうだったの？　本当に……本当にありがとうございます」

「いいえ。奥様」

深々と頭を下げて丁寧にお礼を言われたハジュンは、どうしてよいか分からず困って俯いた。お互い挨拶もしたし、やるべきことはすべて済ませた。ジュンソンの妻と息子を椅子に座らせ、相変わらず立ったままのハジュンに、ムギョンは尋ねた。

「お前は帰ったほうがいいんじゃないか？　もう十一時も過ぎてるし」

「それはそうだけど……」

やはり手術室の中の様子が気になるのか、ハジュンは「手術中」の文字が光るランプの灯ったドアを見つめた。しかし、そんなハジュンの顔色も病人のように悪かった。ムギョンはキッパリと言った。

「お前も驚いただろうし、帰って休め。家族も来たことだし、三人もいるんだから心配ない」

その言葉にハジュンは暫く悩んだが、コクリと頷いた。

「ああ。俺がここにいたら、ご家族に気を遣わせてしまうだろうしな」

(別にそういう意味で言ったんじゃないんだが)

ムギョンが心の中で呟いている間に、ハジュンはジュンソンの家族に歩み寄り、もう一度簡単な挨拶を済ませムギョンの前に戻ってくると、小声でこう言った。

「奥様は相当お泣きになったみたいだから、忘れずに水分補給をして差し上げろ。お前もな。徹夜で待ってると、脱水症状を起こすこともある。夜中は寒いだろうから、毛布か何か借りて、くるまってろ。順番に休憩を取るとか」

そうムギョンに指示する顔は心配でいっぱいだった。ムギョンは真面目な空気を一瞬忘れ笑いそうになったが、なんとか我慢した。

「分かりましたよ、コーチ」

「それから……」

何かを付け加えようとしたハジュンは口をつぐんだ。「なんだ?」と、ムギョンはそんな顔をしたが、ハジュンは椅子に置いたカバンを肩に掛けた。

「先に帰るよ。またな」

「気を付けて帰れよ」

ムギョンは軽く手を上げ、ハジュンはコクリと頷いて背を向けた。歩くたびに後頭部の髪がふわりと揺れた。ムギョンはその後ろ姿を暫く見つめてから、ジュンソンの家族に近づいた。先ほどハジュンが買ってきたミネラルウォーターのボトルを一本、ジュンソンの妻に手渡した。

「おばさん、これ飲んで」

「ええ。ありがとう」

「毛布も持ってくるよ」

「いいの。暑いから。更年期かしらね。どうしてこんなに体が火照るのかしら。驚いたから余計に暑いのね。毛布は、あなたとヒョンミンで使ってちょうだい」

　ジュンソンも、その妻も、かなり年を取った。

　ムギョンはなんだか気が重くなり、それ以上何も言わずに椅子に座った。他にすることもなく、病院の壁に掛かった時計の数字が変わるのを、ぼんやりと数え始めた。今まででで一番長い夜になりそうな気がした。

＊　＊　＊

――ムギョン。ごめんね。

「やめてくれ。何を謝ってんだよ」

――あの人のために、苦労して韓国に戻ってきたんでしょ？　こんなことになってしまって……。

　ジュンソンの妻と電話をしていたムギョンは、手でこめかみを押した。病院ではバタバタしていたので特に話はしなかったのだが、ジュンソンが回復するなりムギョンに言ってきたのが、この発言だ。こんなふうに謝られても、気持ちがかき乱されるだけだった。

　ジュンソンの手術は六時間にも及び、手術が終わる頃には夜が明けていた。ジュンソンの家族とムギョンは交代で仮眠を取り、手術室から出てきた医者も疲れ果てて見えるのは同じだった。しかし表情は明るかった。医者は「かなり大変だったが手術は成功し、幸い後遺症もなさそうだ」と楽観的な結果を伝えた。手術が終わるのを待っていた全員が胸を撫で下ろし、ムギョンも飛び上がるほどうれしかった。

　一日が過ぎ、意識を取り戻したジュンソンは「驚かせて、すまない」と謝った。話すのにも何の問題もなかったし、確認したところ体に痺れもなく、感覚が鈍くなっているところもなかった。一番心配していた麻痺症状は現れなかった。選手やスタッフが何人かまとまって、代わる代わる見舞いにやってきた。また、クラブからもお見舞い品が贈られた。

こうして一命を取り留め、他に体に異常はないということを確認しながら安堵と喜びを分ち合う瞬間が過ぎると、現実的な問題が徐々に押し寄せてきた。

少なくとも数か月は休養が必要なので、その間シティーソウルの監督は不在になってしまった。すぐに内定した臨時監督が来ることになっていたが、最高潮に盛り上がったチームの雰囲気は冷めてしまった。言うまでもなく、ムギョンの気は重かった。彼はため息をつきながら、電話の向こうの相手に言った。

「今大事なのは、そんなことじゃないだろ？　オッサンの命が助かって手術も成功して後遺症もないんだから、それでいいんだよ。俺のことより、オッサンの心配をしてやれ。オッサンだって初めてプロチームの監督を任されて腹を括ったってのに、今の心情を思うと……」

――あの人の心配は、しなくてもいいからね。あなたも見たでしょ？　もうピンピンしてるんだから。すぐに復帰できるだろうし、リハビリも頑張ってるしね。

喜ばしいことなのに憎らしそうにこぼす声に、ムギョンはクスリと笑った。

「じゃあ、いいじゃないか。謝ることなんかないだろ？　オッサンが早く復帰さえしてくれれば、俺だって問題はまったくないんだから、気を落とさないで」

――……ええ。分かったわ。私も年を取ったわね。自分の身の上を嘆きたくなっちゃったみたい。あなたが一番もどかしく思ってるでしょうに。ごめんね。

仕方ない、気にするな、俺の世話より自分たちのことを気にしろ。ムギョンはそんな言葉で適当に通話を終え、電話を切った後も暫くソファでダラダラしていた。

しかし、そんなことをしていても何も解決しない。のそりと立ち上がり休憩室を出て、建物の外へ出た。今日に限って、練習後に雨まで降り出した。人で溢れ返っていた時の熱気を忘れたグラウンドは、がらんとしていた。

芝の上には、ぼんやりと霧が立ち込めていた。建物全体がくすんだ灰色になり、いつもならば鮮やかな黄緑色に見える芝は、雨空の下で濡れてダークグリーンに見えた。

春雨だった。この雨の後には次第に暑くなり、木や草が生い茂るのだろう。生命力を帯びた雨は、今のムギョンにとって気持ちをさらに憂鬱にする装置に過ぎなかった。

ムギョンは建物から駐車場へとまっすぐ続く道をズンズンと歩き、立ち止まった。歩道の上にも屋根がかかっているので、傘のないムギョンも濡れずに済んだ。プラスチックでできた簡易屋根の上を雨が叩き、うるさく音を立てていた。

「まったく……」

虚しい独り言が、煙のように漏れた。練習はとっくに終わっており、あたりは静まり返っていた。ムギョンだけが電話に出るために休憩室に閉じこもっていたせいで、他のみんなはもう帰ってしまったのだ。

問いも答えもない息苦しさが、胸をざわつかせた。チームに対する愛情など、正直言って今は皆無だった。どうせワンシーズンで去るチームだ。一瞬とはいえ、ビッグクラブでのエースの座を手放して韓国に帰ってきたのは、ジュンソンのために他ならなかった。彼の監督デビューを華やかに飾ってやりたかったから。そしてプロリーグでも、彼の選手として活躍してみたかったから。ただそれだけだったのに。

キム・ムギョンを発掘し育て上げた監督という事実だけでも、ジュンソンはプロチームの監督に相応しい人間だった。今までラブコールがなかったわけではないが、本人は中学・高校チームの指導者というポストにこだわり続けてきた。そんな彼がシティーソウルの監督職を受け入れたという知らせを聞いた時は、ムギョンも驚いた。クラブオーナーによる粘り強い説得の賜物だったという話も耳にした。

ジュンソンを説得したチームなら、そしてジュンソンが初めて監督するチームなら、一年くらい時間を捨ててもいいと思った。ついさっきまで、そう思っていた。今シーズンはキャリア的な面は捨てるんだ、と。

臨時監督として誰が来ようが、ムギョンは一番重要なモチベーションを失ってしまったも同然だ。ジュンソンが普通に仕事をしながら生活できるようになるには、早くて三か月。通常半年、遅ければ一年以上もかかるとのことだった。

彼が監督に復帰できるならいいが、もしそうじゃないのなら……。

どのみち、すでに決まってしまった契約だ。ワンシーズンは韓国で過ごさなければならない。仕方のないことだったが、ジュンソン抜きでこのやりがいのない約一年をどう過ごせばいいのだろうか……。このままでは、ムギョンの決断は本当に時間の無駄になってしまいそうだった。

トン、トン、トン。

ロッカールームで練習用ユニフォームに着替えてから、雨の降る芝の上で、ムギョンはボールをつま先でトントンと蹴り上げた。降り注ぐ雨が彼の髪や服、体を濡らしたが、ムギョンは気にも留めなかった。

水を含んだ芝は滑り、濡れたボールは何度もつま先から逃れようとした。雨天試合が大変なのも、このせいだ。海中の海藻にでもなったかのように、すべてのものがツルッルと滑る。ボールは方向を見失って転がっていくし、普段通りに走っても転んでしまうし、顔に雨が当たって前が見づらくなるし、ユニフォームは全身に張りつくし。

だが今は試合中ではない。ムギョンは、まるでサッカーを習いたての子どものように簡単なトラッピングを続けるだけだった。つま先で蹴り上げたボールが膝の上に乗り、左右の膝を行き来し、転がったボールが再びつま先の上に乗った。

ポーン。

軽く蹴り上げたボールを、ムギョンがサッと伸ばした足の甲で強くキックした。ボールは雨粒の間を飛んでいき、誰もいないゴールネットをザッと揺らした。

パスを出す機械でもあれば気が済むまでボールを蹴っていたかったが、ビッグクラブにさえ置かれていない高価な設備が、ここにあるわけがない。ムギョンは数個のボールを次々と蹴ってゴールの中に入れ、ゴールネットの中に留まったボールを自分の足で外へ蹴り出した。腰に手を当ててブルブルと唇を鳴らしながら元の場所へ戻ると、ふと歩みを止めた。

「ん？」

ムギョンは目を見開き、雨の中に見える人影を凝視した。見間違いでなければ、ついさっきまでムギョンがいた屋根の下に人が立っていた。雨のせいで視界が暗く、よく見えなかった。ムギョンは首を傾(かし)げながら、それが誰なのか確認するために歩き出した。

徐々に近づいていくと、人影の顔がハッキリ見えた。ムギョンは彼の名を呼んだ。

「イ・ハジュン」

「……あ」

人に出くわすと、ムギョンはなぜか照れくさくなった。誰もいないと思って、がらんとしたコートで雨に濡れながらボールを蹴っているところだった。別に恥ずかしがることでもないが、絡まった糸のようにグチャグチャになった心の内がバレてしまったようで、なんだか気まずかった。

「まだいたのか？　もうみんな帰ったと思ってたのに」

「ちょっと仕事が残ってたから。他のスタッフたちは、みんな帰ったよ」

「そうか。お前も今から帰るんだろ？　気を付けてな」

ムギョンはそう言って、再び背を向けた。ボールをあと数百回は蹴り飛ばさなければ、気持ちが晴れそうになかった。

「キム・ムギョン」

その時、ハジュンが彼を呼び止めた。ムギョンは面倒くさそうな表情を隠すことなく振り返った。名前を呼んだ張本人は暫く躊躇ってから、こう続けた。

「パス、出してやろうか？」

「えっ？」

「ボールを蹴っては集め、また蹴って……。一人じゃ面倒だろ？　俺がパスを出してやるよ」

ムギョンは即答せずに、屋根の下に立つ男をじっと見つめた。ハジュンの格好は、このまま帰宅するつもりだったということを物語っていた。カバンも肩に掛けているし、肩に羽織ったコートも私服だった。

いつも俺を避けてるくせに、わざわざ声をかけてくるなんて、どういうつもりだ？　そう思いムギョンは、彼に見えないほど微かな苦笑いを浮かべた。

あの日、ハジュンと共に救急車に乗って病院に到着し、一緒に手続きをした。思えば、かなり大変な作業を二人でやり遂げた。仲間意識でも芽生えたのか、自分のことを覚えていなかったという恨みは帳消しにしてくれたらしい。

ムギョンにとっても、ハジュンは感謝すべき存在になった。あの時ハジュンが酒に酔って風に当たりに店を出ていなかったら、ジュンソンの発見はどれほど遅れていたことだろう。脳出血は、一秒でも早く病院に行くことが一番だそうだ。もし発見が遅れていたら……。そう考えただけでもゾッとした。

「ありがとな」

「えっ？」

「パス、出してくれるんだろ？」

「あ、うん」

ハジュンはカバンとコートをその場にドサッと下ろし、急いで靴を履き替えた。屋根の下から出た彼も、ムギョンのところに着く前にずぶ濡れになってしまった。

ムギョンはハジュンを見下ろしながら、上辺だけの軽い謝罪を口にした。

「雨も降ってるのに、面倒かけちまうな」

「いや」

ハジュンがゴール前に向かった。

ハジュンが位置につくのを待っていたムギョンは、何度もボールをポーンと蹴った。誰もいないゴールネットが、ザザッと反り返って揺れた。ハジュンは地面に落ちたボールを素早く集め、ムギョンへ返した。もう一度、ポーン。ムギョンがボールを蹴ると、ハジュンはそのボールを、またムギョンにパスした。

二人は暫く黙ったまま、その行為を繰り返した。サッカーというより、子どものボール遊びのようだった。もし、それと違う点があるとしたら、二人の間には会話も笑顔も一切ないということだけ。雨の降る音。一定の間隔でボールを蹴る音だけが、二人きりのコートに響いた。

雨は止む気配もなく、雨足を強めていった。前髪が下りてしまったハジュンは、雨に濡れ目を覆う髪を何度もかき上げた。その姿を見ていたムギョンは、自分の前に転がってきたボールを足で止めた。

「やめよう」

ムギョンが終わりを告げた。ハジュンは息を長く吐くと、腕を左右に振ってストレッチをした。

「気が済むまで蹴れたか？」

「ああ。日が沈む前に帰らないとな。今日は雨が降ってるから、いつもより早く暗くなるだろうし」

ハジュンは残ったボールを集め、とぼとぼと歩きムギョンに近づいてきた。現役選手、中でも体力があることで評判のムギョンと、引退したハジュンの体力が同じであるわけがない。雨の中パスを出し続けていたハジュンは、相当疲れたようだった。欲を言えばもっと続けたいところだが、関係のない人間に風邪を引かせてまでして、することではない。

雨の中、二人はボールを片付けて、一緒にロッカールームへと向かった。練習が終わった後に一度体は洗ったのだが、びしょ濡れになってしまったのでシャワーを浴び直さなければならなかった。

「着替えは、あるのか？」

ロッカーの前に立ったムギョンが、濡れたユニフォームを脱ぎながら尋ねた。雨に濡れ、ベタベタとまとわりつく服を脱ぐと、一気に体が軽くなった。ムギョンは素早くズボンや下着も脱いだ。

広々とした肩とガッチリとした厚い胸板。荒く削ったような腹筋のついた腹部。広い背中と、そのせいで少しくびれて見える腰、引き締まったお尻とゴツゴツとした骨格、性器までが一気に露わになった。お尻の下に伸びた太ももは痩せた女性の腰ほどの太さで、その上でも筋肉が割れていた。

濡れた服を適当にベンチの上に放り投げたが、ハジュンからの返事はまだなかった。彼はムギョンから少し離れた場所に立ち、濡れたTシャツも脱がずにぼんやりと立っていた。

疲れたのか？　怪訝に思ったムギョンが、もう一度声をかけた。

「イ・コーチ」

「……えっ？」

「着替えはあるのかって聞いてるんだけど」

ハジュンがハッとした表情で頷いた。

「あるよ。俺たちも予備の着替えを置いてあるから」

「だったら何をぼーっとしてるんだ？　早く脱げよ」

「あ、ああ。先にシャワー室に行っててくれ」

ムギョンはクスッと笑い、シャワー室の扉に向かって歩いていくと、ハジュンの背中をノックするように手の甲でトントンと叩いた。

「なんだよ。恥ずかしがってんのか？」

避けているんじゃなくて、ただ内気なだけなのか？　みんなと仲良くしている姿からは、そんなふうには感じなかったが、人の性格というのは見かけだけでは判断できないものだ。

最初の頃に避けられていたと思っていたのも誤解だったのかもしれない。今さらそう思いながら、ムギョンはシャワーの下に立ち、お湯を出した。もうすっかり寒さは遠ざかっていたが、雨の降る日は、まだ肌寒い。

雨に濡れて冷えた体が温まると、高ぶった気持ちも溶けていくようだった。

隣のシャワーの下に人が立った。一足遅く入ってきたハジュンだった。そういえば、コーチたちとはシャワー室を使う時間も違うし、わざわざ練習場で体を洗う人も少ないので、彼と一緒にシャワーを浴びるのは初めてだった。

服の上からもそう見えたが、元々スポーツをしていた上に肩幅が広く、それなりにガッチリした骨格なので、それほどほっそりとした体ではなかった。ぜい肉のない、適度に筋肉がついている、いわゆる細マッチョ体型だ。

女性から一番人気のある体というのは、こんな感じではないだろうか。ムギョンは攻撃ポジションの選手である上に、筋力を育てれば育てるほど確実に体力とスピードがついてくると感じ、かなり筋肉を鍛えたほうだ。しかし俗に言う、男の「イイ体」ならば、隣に立っているハジュンくらいがちょうどいい。

顔と同じように体もかなり色白だった。靴を脱いで並んで立つと、身長は一八〇センチを少し超えるくらいだろうか。ムギョンより十センチほど低そうだ。シャワーを浴びながら閉じたまぶたの下に、睫毛(まつげ)が長く伸びていた。濡れた髪はすべて後ろに流され、綺麗な額が現れた。高く突き出た鼻筋や、ちょうどいい濃さの優しそうな眉まで、ムギョンの視線が滑るように彼の上に落ちた。

じっと見ていると、上手く描かれた絵画を見ているような気分になる横顔だった。ジョンギュの発言に納得した。たしかにこいつも女にモテそうだ。ムギョンが沈黙を破って尋ねた。

「運動は続けてるのか?」

「えっ?」

「運動は続けてるのかよ?」

「してるよ。選手たちのペースに合わせたほうが、コーチングしやすいからな」

静かなシャワー室に二人の声が何重にも響いた。ムギョンは、それ以上何も訊かずに頷き、髪を洗って先にシャワー室を出た。すでに一度洗った体だから、雨さえ洗い流せれば十分だった。

一足遅く入ってきたハジュンは、出るのも一足遅かった。ムギョンはすでに新しい服に着替え、鏡の前で髪を拭いているところだった。鏡に映ったハジュンは、恥ずかしそうに急いでロッカーの前に立ちタオルで体を拭き、大急ぎで服を着ているようだった。ムギョンはニヤッと笑った。

(ちょっと男同士が裸になったからって、何を恥ずかしがってるんだ?　さっきまで一緒にシャワーを浴びてたくせに)

二人が再び建物の外に出ても、雨はまだ降り続いていた。まったくウンザリする。

　ムギョンが今度こそ駐車場のほうへ歩き出そうとすると、ハジュンの声が聞こえてきた。

「キム・ムギョン」

「ん？」

　隣に立っているハジュンは、彼を呼び止めたくせに黙ったままだった。ボールを蹴る前に比べてかなり気分が穏やかになったムギョンは、催促せずに次の言葉を待った。だがハジュンはさっきよりも余裕のない表情で、たどたどしく続けた。

「最近、いろいろ大変だと思うけど……。元気出せよ」

「……」

「監督が、お前の恩人だって話は有名だろ？　倒れた監督を見て俺も驚いたけど、お前は言うまでもない。いろいろと考えてしまうだろうけど、今シーズンはこのチームでプレーすることにしたんだから、あまり複雑に考えるなよ」

　ハジュンは、ムギョンを慰めようとしているようだった。話しながらも照れくさいのか、息を整えながら、先ほどのように髪をかき上げた。

　ムギョンは、ハジュンに悩みなどを相談して慰められている選手たちの姿を何度も見ていた。そのたびに屈託のない笑顔で会話に臨んでいたハジュンが、こんなふうに力を絞り出すように他人を慰めるなんて珍しかった。

　手櫛（てぐし）でかき上げられた前髪が、再び音もなくはらりと額の上に滑り落ちた。薄暗がりの中でも、飲み会の時のように彼の顔がほんのり赤くなったのが見えた。

　ムギョンは首を傾げながら尋ねた。

「俺が監督のことを恩人だと思っている理由を知ってるか？」

「中学の頃にお前を発掘してくれた人だから、父親のように思ってるんだろ？　お前はサッカーを始める前に相当苦労していたそうじゃないか。だから監督がいなかったら、まともな人間にはなれなかっただろうって、いつも……」

「サッカーを始める前、俺が何をしていたのか知ってるのか？」

「……苦労してたって、耳にしただけさ」

　尻つぼみになっていくハジュンの言葉に、ムギョンが頷きながら付け足した。

「サッカーをしてなかったら、今頃俺は牢屋にでも入っていただろう。両親もいないガキが、万引きやケンカ……あらゆる悪事をやらかして、何十回も警察の世話になったからな。まだ子どもだったから釈放されたけど、あのまま大きくなっていたら、少年院行きは免れなかった。いや、それだけじゃ済まなかったかもな。大人になったら、刑務所にも行っていたかもしれない」

　ムギョンの発言は、あくまでも自分自身の話だったが、ハジュンは反論でもするかのように話に割り込んできた。彼は、まるでムギョンの弁護士にでもなったかのような語調で声を上げた。

「知ってるよ。でも、そうならなかったんだから、いいじゃないか。若気の至りだし、非行に走っても仕方ない環境だったんだから」

「知ってるって？」

　話を遮られて、伏し目がちに前だけを見ていたハジュンは顔を上げた。ムギョンが眉間に皺を寄せ、ハジュンを見下ろしていた。

「どうして、お前が知ってるんだ？」

「……」

　ハジュンの唇と瞳がこわばった。口を滑らせてしまったと、ハッキリと顔に書いてあった。

「そんなに俺に興味があるんだな」

　しかし、その後に続いたムギョンの言葉に、ハジュンはカッと目を見開いた。結ばれた唇も微かに開いた。彼は言い訳するように、焦って答えた。

「この程度の話、みんな知ってるさ。全部お前がインタビューで話した内容だし、テレビでも放送されてたから……」

　ムギョンの低い笑い声が耳元をかすめると、ハジュンは問い詰められた罪人のような表情を浮かべながら、そっぽを向いた。おかしな質問をしたわけでもないのに、斜めを向いた横顔には隠し切れない困惑と恥ずかしさが張りついていた。

　ムギョンはハジュンにさらに一歩近づき体を屈め、逸らした目線の正面に顔を押し入れた。

「イ・ハジュン」

「……」

「お前、なんなんだ？」

　ムギョンは眉間に皺を寄せたまま、ニヤリと笑った。ムギョンが何を考えているのか分からないと言いたげな困った表情で、ハジュンは無言でチラリと様子を窺ってから再び目を伏せた。彼は何か答えようと言葉を探しているようだが、適当な答えが見つからないのか、不安げな視線をどこともなく彷徨(さまよ)わせた。

さっきから非常に奇妙な「ある仮説」が、ムギョンの頭の中をグルグル回っていた。それは論理的に導き出された結果というより、単なる勘のようなものだった。

遊び人としての勘なのかと聞かれれば、そうかもしれない。その時々に醸(かも)し出される、その場の雰囲気を察知し慣れた男としての勘なのかと聞かれれば、それもそうかもしれない。ピッチで鍛えられた瞬発的な判断力のようなものかもしれない。

とにかく、ハジュンと出会ってから一度も考えたことのない可能性が、今のムギョンに強力なシグナルのように伝わっている最中だった。

「顔を上げろ」

ムギョンの両手が、ハジュンの顔を包み込むようにして持ち上げた。ハジュンは、その手を振り払うことなく自分の顔を任せた。再び合った目をじっと見つめるが、日が落ちたせいか瞳の中の表情を読み取ることはできなかった。

それでもムギョンは確信に似たものを抱え、白い顔に向かってゆっくりと顔を近づけた。

綺麗な白目にクッキリとした黒目をしたハジュンの瞳が、微かに揺れていることだけは見逃さなかった。ムギョンの口角がさらに上がった。

チュッ。

雨音に比べれば、ごく小さな接触音と共に、ムギョンの唇がハジュンの唇に軽く当たり離れた。ムギョンはすぐに顔を上げる代わりに、触れるか触れないかの距離で留まっている唇を、もう一度、相手の唇の上に軽く押しつけた。

ムギョンは目を瞑(つむ)りもしなかった。彼はハジュンの表情の変化を窺いながら、非常にゆっくりと顔を元の位置へ戻した。突然キスされたハジュンは微動だにせず、瞬(まばた)きもしないで驚いたようにムギョンを見上げていた。

一方的に口づけをしても、ムギョンは言い訳や謝罪の言葉など一切口にしなかった。彼はただハジュンの目を見つめながら、図々しく微笑みを浮かべ首を傾げただけだった。

どうする?

そう尋ねるような小さくゆっくりとした動作に、ハジュンはやっと俯いた。もう表情は見えなかった。だらりと下がって軽く震えていた手が、ギュッと握られるのが見えた。

怒ったのか?

俺の勘違いだったのか？

一発殴るつもりか？

ムギョンが目を細く開け、目の前にいる男の心情を量っていたその瞬間。ハジュンが再び顔をバッと上げた。ついさっきまで握られていた手が、ムギョンの両頬をガシッと包み込んだ。ぶつかりそうな勢いで近づいてきた唇が重なった。

いや、唇だけではなく全身を放り投げるように飛びついてきたハジュンの勢いに押され、ムギョンは一歩後ずさりをして壁にもたれた。ムギョンを取って食うかのように襲い掛かった彼は、息が切れそうなほどに唇を押しつけたが、なぜか舌は入れずに、ただ触れるだけのじれったいキスを続けるだけだった。

ムギョンは、そんなハジュンの後頭部を優しく撫でながら、がむしゃらに重ねられる唇を、舌で広げて押し入った。すると中に隠れていた熱く湿った舌は、すぐにムギョンのものに絡みついて迎え入れた。キスというより、エサを食べさせてもらっている小鳥のように焦った動きだった。

「ふぅ、んっ……！」

相手が焦ると、なぜか余計に感じる余裕を満喫しながら、ゆっくりと舌を擦ってやった。ハジュンの唇から、熱を帯びた喘ぎ声が漏れた。彼の熱い反応に、ムギョンは思わず声を上げて笑いそうになった。ハジュンの頭を撫でる指先から頭のてっぺんまで、痺れるような快感が込み上げてきた。

隠されたシグナルをキャッチし、シュートする。ゴールが決まった時のように、思惑がピッタリと合致した時に覚える満足感。それは今まで、セックスしようという相手と幾度となく交わしてきたやりとりだが、今のようなエクスタシーに近い喜びを感じたことは、ただの一度もなかった。

ハジュンのシグナルは、それほど分かりにくかった。今まで自分を上手く避けつつ隠してきたものを、ムギョンがすくい上げたのだ。目に見えているものを手に入れるより、しっかり隠れていたものを見つけ出した時、人はより大きな達成感や勝利の喜びを感じるものだ。本性を現した男の腰をグッと抱き寄せながら、ムギョンは心の中でやれやれと首を振った。

呆れるよ。完全に騙されるところだったじゃないか。

どうりでディフェンダーにしては大人しすぎると思った。

03

「はうっ、ふぅ」

　口の中を舌でグッグッと突き、熱を帯びた肉の塊を撫でるたびに漏れる微かな喘ぎ声は、男が出す声にしては、さほど耳障りなものではなかった。わざとなのか無意識なのか、何度もしがみついてくる体をムギョンは快く腕の中に閉じ込め、たまに首筋や頭を撫でてやった。そのたびに、いつの間にかムギョンの服の裾を掴んでいたハジュンの手に力が入った。

　雨の日の空気はヒンヤリしており、シャワー直後で髪が湿ったままの二人には、その冷気が殊更鮮明に感じられた。だがハジュンの口の中は熱く、彼の柔らかな舌に自分の舌を絡めるたび、ムギョンは快感で体が熱くなっていくのをハッキリと感じた。

　しきりにエサをねだる舌先を厳しく叱るようにツンツンと叩くと、それに応じるように口の中のものが大人しくなった。もっと口を開けろという意味で唇をさらに押しつけると、その意味を理解したのか、それとも本能的な反応なのか、重ねられた唇が開いた。中で自分を待ち構えていた舌を吸い上げると、腕の中に抱かれた肩がブルブルと震えた。その敏感な反応に、ムギョンは次第に満足していった。

「うっぷ、んっ……」

　舌と唇の絡み合いによって生み出される湿った小さな音が、ムギョンの耳には地面を叩く雨音よりも大きく聞こえた。ハジュンの後ろ髪を引っ張るようにして顔を仰け反らせ、舌を口の奥深くへと押し入れた。口の中がいっぱいになり、ハジュンの喘ぎ声も押さえつけられた。

「ふっ、ふぅ」

　喘ぎ声は甘く、まるで耳で砂糖水を飲んでいるかのように頭の中まで甘く濡れていく気がした。時間が経つのも忘れ、口づけに酔いしれた。ハジュンの口の奥深くを何度か掻き回していたムギョンはふと、ずいぶんと長いキスをしている、と思った。

　口の中の粘膜を喉の奥のほうから舌で撫で上げると、ハジュンの唇の間からため息がこぼれた。ムギョンは歯を立てて彼の下唇を甘噛みし、軽く引っ張りながらキスを終えた。唇を噛まれた男が腕の中で腰をビクつかせた。やっと離れたその顔は、魂が抜けたようにぼんやりとしていた。

ムギョンは不思議なものを見るような目で、腕の中でぼんやりしているハジュンを見下ろした。その表情は、普段みんなの前で見せる人の良さそうな笑顔でも、自分の前で見せていた改まった顔つきでもなかった。

長いこと噛んだり吸ったりしていたせいで軽く腫れたように濡れた唇や、ムギョンを見つめているのに焦点が合っていない半開きの目、単なる気のせいか、それとも天気のせいか、湿り気を帯びて普段より滑らかで柔らかそうに見える白い肌までもが、やたらとムギョンの目を引いた。

幻でも見るかのようにムギョンを見上げていたハジュンは、じっと自分を観察している視線に気付いて恥ずかしくなったのか、慌てて唇を閉じた。胸に抱かれた体を離し、姿勢を立て直そうとした。彼の顔に、いつもの硬い表情が戻ろうとした。ムギョンは腕の中から抜け出そうとするハジュンの腰を引き寄せながら、取り調べでもするかのように詰め寄った。

「とぼけるつもりか？」

「……えっ？」

「これから、どうする？　キスまでしておいて」

その瞬間、明らかにハジュンの目が泳いだ。取り調べに対する答えを見つけられないのか、彼は口をつぐんでムギョンの胸元あたりを辛うじて凝視した。彼が考え込んでいる間、ムギョンも同じように少し悩んでいた。

（そういう俺のほうこそ、どうしよう？）

男とヤったことなんてない。ロンドン、休暇中のバカンス先やリゾート地などでは、仲間や知り合いの有名人によってパーティーが催されることがあった。そういう場所で夜遅くまで遊んでいると、自分に近づいてくる男も少なくなかった。そんな経験から、ムギョンは自分が男に対しても性的な魅力を持つ存在だということに早くから気付いていた。

酒に酔って上機嫌になり、愛想を振りまきながら近づいてくるヤツらの相手を適当にしてやったことはある。しかしセックスはおろかペッティングやキスさえ、したことは一度もない。ハッキリ言って男にそそられたのは、これが初めてだった。なぜ突然こうなったのかは分からないが、欲望に理由を求めたことなど今までだってなかった。

「いつからだ？」

「えっ？」

「いつから俺と、こういうことをしたいと思ってた？」

ムギョンは、額に垂れ落ちたハジュンの髪を親指ですくい取り、耳のほうへと撫で上げた。とても優しい手つきだった。

「素晴らしい演技力だな。まったく気付かなかったよ」

顔を真っ赤にしたハジュンは黙っていた。彼はさっきから必死に言葉を探しているようだった。

押し寄せる直感、予想外の状況、本性を現したイ・ハジュン、ちょっと変わった悩み。これらすべてがパズルのピースのようにパラパラと降ってきた。今からこのパズルを組み立てるんだと思うと、ムギョンは楽しくなった。ジュンソンが倒れてからずっと沈んでいた気分が、新しいゲームを目の前にした時のように少しワクワクしてきた。

「お前は？」

突然ハジュンが質問を投げかけた。その意味を理解できず、ムギョンは聞き返した。

「何が？」

「お前は、どうして俺に」

「どうしてお前にキスしたのかって？」

その言葉にハジュンの頬は一層赤くなり、さらに焦った表情になった。ムギョンはハジュンの腰を掴んだまま、肩をすくめた。

「カマかけてみようと思って」

「……」

ハジュンは言葉を失ったかのように口をグッとつぐみ、ムギョンとまともに目も合わせられずにいた。ついさっき脇目も振らずに襲い掛かってきたのが嘘のようだった。

ダメだ。ここでなかったことにしてしまっては、つまらない。せっかく遭遇したこの興味深い状況を、そう簡単に手放したくはなかった。ムギョンは、本気でどうすべきか考え込んだ。キス直前にムギョンが感じた直感は、ただ一つ。

（こいつ、俺に気があるのか？）

あんなに俺のことを避けていたのに、その割に興味津々じゃないか。みんなにしていたように励ましの言葉をズラズラと並べながらも、顔を真っ赤にして照れたようにしていたし。

矛盾を把握するや否や好奇心にスイッチが入り、興味は行動に移された。結果、テストは成功に終わった。

自分に気があるのかと、ストレートに訊くつもりはなかった。手に負えない質問だったから。もしもイエスと答えられたら、どう対処すればいいのか分からない。

だが今後の心配よりも、この状況を引き延ばしたいという欲望のほうが、なぜか大きくなった。ふぅ。ムギョンは呆れたと言わんばかりに大げさにため息をつき、叱責するような口調で尋ねた。

「イ・ハジュン」

「うん」

「お前、俺に特別な感情を持ってるのか？」

ハジュンは可哀想なほどに焦った顔で、困ったようにムギョンをチラリと見た。眉間に軽く皺を寄せて自分を見下ろしているムギョンと目が合うと、ゆっくりと首を横に振った。

「じゃあ、どうして？」

まともに口も利けずにいるハジュンに、ムギョンは次々と質問を投げかけた。あれこれ考える必要もなく、はい、いいえだけで答えられるように。

「男が好きだから？」

「……ああ」

「好意はなくても、下心はあったようだが。違うか？」

ハジュンは肯定も否定もしなかった。興奮で火照った顔が、今は少し疲れ果てているように見えた。

イエスなのかノーなのか。答えを待っていたが、ハジュンは返事をする代わりに聞き返してきた。

「どうすればいい？」

「何を？」

「どうすれば、お前の気を悪くせずに済むのか教えてくれ……。言われた通りにするから」

ハジュンは間違いでも犯したかのように、沈んだ面持ちになっていた。ムギョンは微笑みを消せないまま首をすくめ、顔を近づけた。

「気を悪くしただなんて、言ってないだろ？」

「……」

「ただ、ちょっと悩んでるんだ」

「悩んでるって、何を……？」

最初にハジュンの心の内を想像した時だって、その「気持ち」がプラトニックなものなのか、それとも自分と「そういうこと」をしたいという淫らな欲求なのか分からなかった。しかし試しに熱烈なキスをしてみて、よく分かった。その気持ちの中には、たしかに性欲も存在しているということを。

「さっきまで少しヘコんでたから、今日は気が済むまでボールを蹴って、家に帰って一人で寝ようと思ってたんだ」

「それで……?」

「そのつもりだったんだが、気が変わった」

ムギョンがハジュンと目を合わせた。

「俺とシないか?」

「……何を?」

ハジュンは言葉の意味をすぐには理解できず、呆然とムギョンを見つめた。散々濃厚なキスをしておいて、すっとぼけやがって。ムギョンはしかめっ面で、ご丁寧に説明を付け加えてやった。

「セックスだよ。する気はあるのかって訊いてるんだ」

「……」

「重く考えるなよ。別に、絶対お前じゃなきゃダメってわけじゃないんだから」

分かりやすく説明したにもかかわらず、ハジュンはすぐには答えなかった。彼は戸惑い気味に、視線をゆっくりと落とした。生唾を飲み込んだのか、喉仏が軽く上下した。

沈黙は思ったよりも長かった。だがムギョンが思うに、ああいうキスは次のステップに進もうと思った時にするものだ。性的な接点がなかった関係ならば、尚更。ハジュンなりに焦らしているのかもしれないと思い、ムギョンは催促せずに待ってやった。

ついにハジュンがゆっくりと頷いた。ムギョンの思った通りだった。状況把握もままならず焦ったりぼんやりしたりしていた雰囲気も、いつの間にか消えていた。

「ある」

彼はハッキリと答えた。こうなれば、もうムギョンも悩む必要がなくなった。互いの思惑が一致したのだから。

理由など知ったことではなかった。とにかく今日は目の前にいるハジュンに、やたらとそそられる一日だった。趣味が変わったのだろうか。今まで男とは無理だと思っていたが、そういうわけでもなかったらしい。楽しみは減るより、一つでも増えたほうがいい。だから、こうなって良かったんだ。

「じゃあ、行こうか」

男とヤるなんて新しいチャレンジだからか、無性にソワソワしている気がした。こんなにワクワクするのも、かなり久しぶりだった。やはり人生は、絶え間なく変化してこそ楽しいものだ。いつだって新たな挑戦は、しないよりしたほうがいい。

　ハジュンの肩に腕を回して歩き出そうとすると、彼もムギョンの腕を肩に乗せたまま並んで歩き始めた。そんなハジュンの横顔は、ついさっき情熱的なキスをした時や、自分の腕の中で目を逸らしていた時に比べると、素っ気なく見えた。こういうことには慣れているんじゃないかと、ふと思った。ムギョンが首をすくめながら、囁いた。

「お前、こういうことするの、初めてじゃないよな？」

　その質問にハジュンは、ムギョンのほうへ顔を向けると、少し間を置いてから頷いた。

「ああ」

　ふむ。ムギョンは納得して頷いた。

「良かった」

「何が？」

「俺は男とヤるのは初めてなんだ。ベテランでいらっしゃるでしょうから、いろいろとご指導頼むよ、コーチ」

　ハジュンは、その言葉に力なくクスッと笑うと「ああ」と短く答えた。とぼけてみせたものの、ムギョンは内心かなり驚いていた。ついさっき襲い掛かるようにキスをしてきたのにも驚いたが、こういった一夜限りの突然の誘いにも慣れているだなんて。

　みんなの前で見せる気さくな笑顔も、時折自分に見せる真面目な顔も……。軽く言い争ったことはあるとはいえ、全体的には大人しく目立たないタイプだとばかり思っていたのに、こっちが本性だった。「大人しい猫が先に竈に上る」[4]とは、このことだ。やはり人は見かけによらない。

「車は？」

　駐車場に着き、そう尋ねるとハジュンは首を横に振った。

「車はない。バス通勤なんだ」

「じゃあ、隣に乗れよ」

　助手席のドアを開けるハジュンの姿に、ムギョンは妙な気分になった。練習場には、いつもアウディのような目立たない乗用車で来るのだが、今日は特に理由もなく、ランボルギーニに乗ってきていた。少し気落ちしていたので明るい色の車に乗りたい気分だったのか、それともこうなることを予想していたのか。助手席に座ったハジュンに言った。

「その席に男を乗せるのも初めてだ」

4　訳注：「猫を被っていた人が本性を現す」という意味の韓国のことわざ。

「……光栄だと言うべきかな？」

「どうぞお好きに」

ムギョンは笑いながらエンジンをかけた。雨の中を車がゆっくりと走り始めると、すぐさま速度を上げた。

＊　＊　＊

ムギョンの自宅は、芸能人をはじめとした多くの著名人が住むという高級プレミアムヴィラだった。セキュリティがしっかりしており、プライバシーも比較的よく守られていた。どうせたった一年、一人で住むだけならこれほど暮らしやすいところもないからと、さほど悩むこともなく決めた部屋だった。

エレベーターを降りるとゴージャスな照明を受けて光る大理石の廊下が広がっており、その壁に見えるのはムギョンの部屋へと続くドアだけだった。先にムギョンが部屋の中へと入っていった。リビングへと続く玄関スペースも、一般的な家に比べてずっと広かった。

部屋はモダンなインテリアでまとめられていたが、これは面倒がったムギョンがマネージャーや業者に一任した結果であり、ムギョン自身で選んだ物はあまりなかった。数台の車と数枚の服を除き、家財道具はすべて現地で新しく購入するつもりだったので、ロンドンで使っていた物は管理を任せ、ほとんど置いてきたのだ。

「シャワーはさっき浴びたばかりだから、しなくてもいいよな？」

そう言いながらムギョンはハジュンを見つめた。ハジュンは居心地が悪そうに、ぎこちなく立っていた。

一方ムギョンは、先ほどからクスクスと笑っていた。

「何してるんだ？　こっちへ来いよ」

今さら猫被ってないで、早く本性を現せってんだ。

ムギョンがリビングのソファのそばに立ち手を差し出すと、ハジュンは彼に近づき、ゆっくりとその手を掴んだ。

ムギョンはそのままハジュンを引き寄せソファに腰を落とすと、膝の上に彼を座らせた。かなり大柄な男を乗せたというのに、ムギョンのガッチリした太ももは、重さなど感じていないかのようにビクともしなかった。

二人の顔が近づいた。ふいに目が合うと、ハジュンはパッと視線を下に逸らした。ムギョンは、ハジュンの頬から滑らかなうなじまでを手で撫で下ろしながら彼に尋ねた。

「部屋は気に入ったか？」

「ものすごく……広いな」

「お客にルームツアーでもすべきところだが、俺は今そんな状況じゃないから」

ついさっきまで啄(ついば)んでいたせいか、まだハジュンの唇はいつもより赤く少し腫れているように見えた。練習場でのキスの続きをするように下唇を噛むと、ハジュンの手がムギョンの肩を躊躇(ためら)いがちにそっと掴んだ。

恥ずかしがり屋を気取ったり真面目ぶったりしていても、一度始めてしまえばなあなあになって抱かれて逃げないところが気に入った。唇を噛んだまま首を傾(かし)げ、左右に軽く振りながら歯でくすぐってやると、ハジュンは「うぅん」と苦しそうな声を上げながら、力の入った腕でムギョンをグイッと引き寄せた。その小さな動きになぜかそそられ、すぐさま口をこじ開け奥深くに舌を押し入れると、ハジュンの口から驚いたような小さな声が漏れた。

「ふっ」

ハジュンの頭を支え上体を傾け、その体をソファに寝かせた。膝の上に座っていたハジュンは自然と仰向けになり、ムギョンに押し倒された。

上顎の天井部分を舌先でなぞってやると、ハジュンは思わず呼吸を乱した。さっきも思ったが、口の中が相当敏感なようだ。やはり、感じやすいほうがセックスは楽しい。こういうところも気に入った。

「ううっ、ふうっぷ！」

ゆっくりと舌を出し入れしながら口の中を優しく突っついて、喉の奥深くへ押し込むと、喘ぎ声は大きくなり体をガクガクと震わせるほどだった。

ここがイイんだな。頭の角度を変えて、粘膜の奥に舌を滑り込ませた。ソファに横たわったハジュンは、ムギョンを何度も引き寄せた。

「あっ、あふっ、うっ」

ムギョンがキスを止め、笑いながら指先で頬をツンツンと突っついた。

「コーチ、しっかりしてください」

「はぁ、うっ」

6　訳注：四階建て以下の小規模な共同住宅。高級なものになると、一つのエリアに何棟も立ち並び、共同エントランスが設けられたり、警備員が常駐していたりもする。

「ぼーっとしてないで、俺のも舐めないと」

その言葉に、目を閉じて喘いでいたハジュンが目を開けた。ムギョンがそっと舌を出すと、ハジュンはその意味をしっかり理解したと言わんばかりに、口を開けながら顔を近づけてきた。差し出されたムギョンの舌を唇で捕らえると、チュッチュッと音を立て舐め始めた。なんだかくすぐったくて、ムギョンは声を出さずに何度も笑った。

やみくもに自分の舌を舐め続けている様子は、まるで親鳥からエサをもらって食べる雛鳥のようだった。

キスは好きらしいが、大して上手くはないようだ。ムギョンは顔を上げ、自分を啄んでいる唇から離れた。

「イ・コーチ、キスの実力はイマイチだな」

「……悪かったな」

低評価を受けたハジュンは、ムスッとして顔を赤くした。それでもキスが足りないのか、口を微かに開け、まるでエサを奪われたかのようにムギョンを見た。ムギョンは笑いをこらえ、また顔を近づけ軽く唇を舐めてやった。

するとハジュンは酸っぱい物を食べたかのように顔をしかめて、自分の唇をペロッと舐めた。これにはムギョンも笑いをこらえ切れなかった。

「くすぐったいか？」

答えを待たず、ハジュンの耳元に顔を近づけた。アイボリーが少し混じった白い陶器のような肌は、見た目から想像できる通り滑らかで柔らかく、熱を帯びた今は非常に熱かった。

ムギョンは、手慣れた様子で動いた。舌と唇で首筋を優しく舐めながら、その手をTシャツの中へと滑り込ませた。が、その手がピタリと止まった。

（男も胸を触ったら感じるのか？）

正直言って、ムギョンは前戯をそれほど本気で楽しむタイプではなかった。しかしセックスの際に前戯をしなければ挿入しにくいし、お互いに苦労することになる。だから一応マナーだと思って、そのステップを飛ばしたことはない。ムギョンにとってセックスはゲームだし、そのゲームが成功するか否かのポイントは、相手の満足度にもかかっていた。しかし男は前戯をしたからといって、下が濡れるわけでもないだろうし……。だったら前戯なんて必要なのだろうか？

しかし、せっかくTシャツの中に手を入れたのだ。自分と同じ平たい胸には、手で掴んで揉むほどの物がなかったので、ムギョンは、ぷくりと立った乳首を指で擦った。するとハジュンの体がビクッとして固まった。

「んっ、あぅ」

「……はぁ」

　ムギョンの口から笑いの混じったため息が出た。乳首でも十分に感じるらしい。すぐさまムギョンは、ハジュンのTシャツを胸元までグイッと捲り上げた。首筋を咥えていた顔を下に移動させ、指で擦っていた乳首を口に含んだ。

　チュッと音を立てて吸い上げると、驚いたように体がビクンと跳ね上がった。面白い。ムギョンは小さな豆粒のような乳首を吸っては、舌で潰すように舐めた。かと思えば、今度は舌先でツンツンと刺激するように叩きながら、まるでオモチャのように転がしてみた。そのたびにハジュンの体が小さく跳ね上がった。

「はっ、はぁ。ああ、んっ、うっ！」

　声を上げていたハジュンは、ある瞬間、自分の声に驚いたかのように口をグッとつぐんで声を抑えた。ムギョンは顔をしかめた。彼は反応の大きなタイプが好きだった。普段の大人しい振る舞いが芝居だろうが性格だろうが、やる時は積極的になると思っていたから気に入っていたのだ。それなのに、これでは困る。

「抑えるな」

「え……えっ？」

「声だよ。我慢するな」

　そう言いながら手をズボンの中に突っ込んだ。男のモノを触ったことなど今まで一度もなかったが、不満ついでに取った行動だからか、まったく抵抗なく自然にできてしまった。

　サッカーチームの練習場で働くハジュンの通勤ファッションはラフなスタイルだった。ストリングパンツの下に重ねられたインナーの中に、ムギョンの手がスルリと滑り込んだ。柔らかな肌の上を指がかすめ、明らかに興奮した様子の性器が、その手に握られた。

　同じ男としてコレをどう触ればいいかは、よく知っている。カウパー液が滲み出た亀頭を親指の先で擦りながら手のひら全体で掴んでしごき上げると、またハジュンの体が大きく跳ね上がった。

「うっ、はぅ、ふっ」

　男に口づけされ、乳首を吸われながら、こんなにも勃たせているという事実が本気で不思議だった。突然、興奮が一気に込み上げてきたが、どうすればいいのか分からず、その先のステップに進むことができなかった。ムギョンはハジュンの耳元に顔を近づけ、耳の穴に舌先を入れた。

ハジュンが避けようとして顔を背けたので、ムギョンは彼の頬を引き寄せ、自分のほうへと向き直させた。身動きが取れないほどの力で顔を掴まれたまま、ハジュンが無我夢中で声を上げた。

「んんっ、それ、あっ、あっ！」

ずいぶんと敏感に反応しやがって。

耳の穴を少しほじくってやっただけで、こんなにも大騒ぎするということは、本番はもっとすごいんじゃないだろうか。ムギョンはそんなことを考えながら、ハジュンの耳元で囁いた。

「どうすればいい？」

「ふっ、んんっ……」

「イ・ハジュン、どうすればいいのかって訊いてるだろ？」

「はぅ、な……何を」

ムギョンが耳をガブッと噛んだ。ハジュンの肩と首が同時にすくんだ。

「お前の中に挿れるためには、どうすればいい？　初めてだって言ったじゃないか」

「うっ、い……いいから。もう、このまま……」

このまま挿れろって？

そんなわけがあるか。いくら男との経験がないとはいえ、このまま挿れてはダメだという常識くらいムギョンにだってある。

さっきから感じすぎて頭がおかしくなったのか？　それとも……ヤりまくってるから、何もしなくてもすんなり入るくらいガバガバってことか？　ムギョンは眉間に皺を寄せ、喘いでいるハジュンの頬を手のひらでポンポンと叩いた。

「本当にこのまま挿れるぞ？」

「ああ、うん」

「……すごいな、イ・コーチ。派手に遊びすぎなんじゃないか？」

ちょっと言ってみただけなのに、本当に許可が下りるとは。内心驚きつつ、結局ムギョンは一人で自分の準備を整えることになった。

後ろに挿れるんだから、いくらなんでもローションくらいは必要だろう。ムギョンは練習に持っていくボストンバッグの中に入っていたジェルを取り出した。スポーツ選手なのでジェルくらいはいつも持ち歩いている。他の人たちはどうだか知らないが、コンドームも。

　これから挿れるんだと思うと、体が熱くなった。ムギョンがシャツを脱ぎ捨てズボンと下着を下ろすと、膨れ上がった性器が腹のほうへと反り立った。ハジュンを愛撫している間に、自分のモノがちゃんと勃ったということも不思議だった。自分を見つめるハジュンの目が見開かれたのを見て、ムギョンはクスッと笑った。

「どうした？」

「えっ？」

「気に入らないか？」

「い、いや」

　ハジュンは首を横に振り、面食らったように気の抜けた返事をした。

「すごく、大きいから……」

「それくらいのサイズなら、お前のだって小さくはないと思うけど」

　ムギョンはジェルをつけた手で自分のモノを掴み、グチュグチュとしごきながら笑った。

「コレ、お前のせいで勃ってるんだぞ」

　その言葉にハジュンは微かに口を開け、恥ずかしそうに目を伏せて頷いた。遊び慣れているのかと思えば、恥ずかしがって見せたり、コロコロ変わる様子が可笑しかった。まっすぐ立たせていた体をムギョンが屈めた。

「服、脱げよ」

　ハジュンは相変わらず催眠術にでもかかったようにぼーっとしたまま、動く人形のようにぎこちなく頷いた。膝を曲げ持ち上げると、まだ太もも近くに居座っていたズボンのウエスト部分を引き下げた。四つん這いになったムギョンの上体の下で、ズボンから抜け出そうと白い足がバタバタと動いた。

　最後にTシャツを脱ごうと黙ってもがいているハジュンを、微笑ましく見下ろしていたムギョンだったが、その視線は彼の右骨盤あたりで止まった。微笑みを浮かべていたムギョンは顔をしかめた。

「ここ、どうしたんだ？」

　ムギョンは手を伸ばし、そこを撫でた。たちまちハジュンの体が硬直した。忘れていたことを思い出したかのように大きく目を見開き、Tシャツの裾をサッと引き下ろした。

しかし腰から骨盤の端まで続く赤黒いアザは太ももの上にまで広がっており、かなり丈の長いTシャツでも隠し切れなかった。シャワー室では、そのアザに気付かなかった。

「怪我(けが)したのか？」

「数年前……もう昔のことさ。ただの傷痕だよ」

ムギョンはハジュンが握っているTシャツの裾を奪い、再び素肌を露(あら)わにした。美しく白い肌のせいで、その傷痕はかなり目立っていた。肌の表面にできた、いびつな形の赤いアザ。その隣には縫い跡が長く続いており、ほぼ一つの傷痕となっていた。なぜ彼が若くして引退したのか、尋ねずとも想像がついた。

傷痕を見下ろすムギョンの額には、皺が寄ったままだった。ハジュンの顔が固まった。彼はムギョンに握られた服の裾を、下へ引っ張りながら言った。

「見苦しいだろ？　ごめん。全部脱がなきゃ、そんなに見えないから」

ムギョンは、やっと眉間の皺を緩め眉を軽く引き上げた。

「どうでもいいさ。別にヤるのに支障はないんだし」

男の体に傷痕の一つや二つ、あろうがなかろうがどうだっていい。しかし本人が気乗りしないようなので、ムギョンはTシャツを脱がすことなく、体の中心部を隠していた下着を引き下げた。下着に覆われていた肌と性器が露わになり、服に遮られていた傷痕まで繋(つな)がった。

両膝を掴み、太ももをガバッと開いた。そして両手でお尻を掴み、その両側の肉をゆっくり広げてみた。一度も挿れたことのない他人の入口が、そこにあった。

後ろだから、ただ横になっている姿勢では無理そうだ。太ももを持ち上げ、ふくらはぎを自分の肩に掛けるとお尻も上がり、入口の位置も少し高くなった。

たっぷりとジェルを塗った性器を掴み、先っぽをグッと押しつけてみた。入口は固く閉ざされており、濡れてもほぐれてもいなかった。ムギョンは少々困ってしまった。こんな狭いところに、本当に入るのか？　入るからみんなヤってるんだろうが……。

ムギョンはセックスが好きだったが、それはあくまでも一時的な楽しみとストレス解消の手段に過ぎず、セックス自体を追求し、さらなる快感や新しい方法を試したりするようなタイプではなかった。後ろを使った挿入は、必ずしも男性との関係に限ったものではない。しかしムギョンは、そういったタイプの人間だったので、今までアナルセックスを試したことはなかった。

「挿れるぞ」

「う……うん」

ムギョンは片手でハジュンのお尻を掴んで広げ、もう片方の手で自分の性器を握ったまま、腰をゆっくりと押しつけた。絶対に無理だと思っていたが、潤滑剤をたっぷり塗ったせいか、キュッと閉じられた入口の中に性器がゆっくりと入っていった。亀頭の先に粘膜の熱くヌルヌルした感触を感じた。

(ヘンな感じだけど)

いいとか悪いとかいう以前に、ただ不思議だった。ムギョンは視線を落とし、自分のモノがハジュンのお尻の間に少しずつ飲み込まれていくのを、じっと見守った。

まるで他人の挿入シーンを撮影した動画を見ているような気分だった。しかし大きな性器を受け入れているハジュンにとって、それは他人事ではなかった。挿入が始まっても、お尻と腰をビクつかせながら喘いだ。

「あ、あ……」

ムギョンにとっても他人事のような感覚は一瞬だった。ぐぷんと吸い込まれるように亀頭が入り切ると、一瞬で感覚が敏感になった。

入口はもちろん中もとても狭い。中に挿れるなりギュッと締めつけられ、このまま挿れ続けてもいいのか疑問に思ってしまうほどだった。コンドームを着けていたから良かったものの、生のまま挿れていたら、皮が剥けてしまうのではないかと思うほどキツかった。

それほどものすごい快感だった。ハジュンの体を探りつつも、さほど期待していなかったムギョンは、このセックスに本気で興味を覚えながら、ゆっくりと腰を前へと押し出した。

「お前の中、メチャクチャ狭いぞ」

「うっ、う、ううっ」

「なかなかイイよ」

「うっ、はぁ」

気が焦ってきた。早く動きたいが、中が狭すぎて全部挿れるにも相当時間がかかりそうだ。一番太さのある亀頭は入ったが、ハジュンの体は思うようにほぐれず、ムギョンのモノを吐き出そうと縮むばかりだった。

最初はゆっくりと腰を沈めていたが、ムギョンの我慢はすぐに底をついた。せっかく楽しもうとしているのに、いつまでもスタート地点に留まっているわけにはいかないじゃないか。

唇を軽く噛み、思い切り腰を打ちつけ一気に挿れた。みっちりと塞がった内側を無理やり引き裂くように道を広げながら、性器が押し込まれた。ハジュンが仰け反りながら驚いたように声を上げた。

「あうっ、ふぁ！」

急に突き上げられたせいで浮き上がった腰を、手で掴み引き下ろした。ハジュンがムギョンの手首をガシッと掴んだ。

ハジュンの手にはグッと力が入っており、ソファの上に横たわった体はガクガクと震えていた。うっすら涙の溜まった目は軽く充血し、口を半開きにして息を切らしていた。脚にも力を入れて膝を閉じようとしたが、間にムギョンの顔があるせいで、それすら思い通りにはならなかった。

中はさらに締めつけるばかりだった。やっとのことで挿入したムギョンも、状況は同じだった。

「はぁ、ふうっ」

ハジュンが息を切らしながら喘いだ。胸を激しく上下させる姿が、ムギョンの目に鮮明に入ってきた。一気に挿れたにもかかわらず入り切らずに残った陰茎を、歯を食いしばって押し込みながら、ムギョンが尋ねた。

「痛いか？」

いくらなんでも、一気に挿れすぎたか？　まぁ、入ったから挿れたんだが。しかし、そのまま挿れろと言うくらい激しい性生活を楽しんできたのであれば、この程度きっと平気だろう。ハジュンは、やはり首を横に振った。

「あ、あぅぅ……。いや、痛くない……」

「じゃあ、動くぞ」

相変わらず息を切らしながらハジュンは頷いた。ムギョンはニヤリと笑った後、頑張れと言うようにハジュンの頬をポンポンと叩いた。限界まで押しつけていた腰を、そろそろと後ろに引いた。

「うぅん、うっ、あううっ」

「はぁ……」

ムギョンも喘ぎ声の混じったため息をついた。ギッチリと性器を締めつけていた内壁が、今度はねっとりと絡みつきながら陰茎を掴んだ。挿れる時は狭すぎてまともに挿れられなかったのに、抜こうとすると今度はガッシリと噛みついて離さない。結局、半分ほど抜いてから、腹立ち紛れに再度ずぷんと押し入れると、またハジュンの体が跳ね上がった。

「ああっ！」

「イ・ハジュン。お前が離してくれなきゃ抜けないだろ？」

「はぁ、はぁ、俺は、ふっ、何も、してない」

「吸盤じゃないんだから。力を抜け」

ムギョンはクッと喉の奥で唸り声を出し、腰を引いた。ハジュンの中は相変わらず性器を離そうとしなかったが、今度は無視して最後まで腰を引き切った。

太く長い陰茎が内壁から抜けていく間、ハジュンの体はひっきりなしにビクついていたが、ずっと反応ばかりを観察しているわけにはいかない。亀頭だけが入口に引っかかる程度に抜いてから、ムギョンは短く息を吐き、今度は最後まで一気に挿れた。

「ふあっ、ああっ！」

突然押し込まれ、ハジュンは泣きそうな悲鳴を上げながら首を左右に振って仰け反った。キツく締めつけてくることを考慮して、ムギョンは激しく腰を振ってピストン運動を続けた。そうしている間に、リビングはハジュンの喘ぎ声の混じった悲鳴でいっぱいになった。数え切れないほど何度も穴を突きまくった果てに、ある瞬間からグチュグチュという湿った接触音も混ざり始めた。

自然に濡れなくても何度か突けば、ある程度ほぐれていく感じはあった。すると動きが滑らかになり、いい感じになってきた。ムギョンが満足そうに笑いながら、身を屈めた。

「やっと少し動けるようになったな。大丈夫か？」

白い額を汗で濡らしたハジュンは息を切らして喘ぐばかりで、ムギョンの問いかけに答えもしなかった。ムギョンもあえて返事を求めずに、ゆったりと内壁の感触を楽しみながら腰を動かした。挿れる時は熟れた果実にズブッと突き刺さるように自分のモノを受け入れ、抜く時はタイミング良く締めつけてくる感じが、想像以上に気持ち良かった。これは悪くないぞ。

「イ・ハジュン、中が締まってるの、お前も分かるか？口よりも後ろのほうが、舐めるのが上手いんだな」

「うぅん、うっ、はうっ……」

「でも、お前はイマイチみたいだけど」

「い、いや。うっ……いい。俺も……気持ちいいよ」

叫んだせいか、ハジュンの声はいつもよりもハスキーになっていた。だがハジュンのモノは言葉とは正反対のことを物語っていた。ムギョンは、「うーん、どうも分からないな」と言うように考え込みながら、愛撫の時よりも萎えてしまったハジュンの性器を掴んで左右に揺らした。

「コイツは死んでるじゃないか」

「あぅ、うっ」

「一人で楽しむ趣味はないんだが……」

いくらなんでも男なんだから、後ろばかり突いたって、そりゃあイケないだろう。普段は興味すら持ったことのない同性とのセックスだった。突然ヤろうと思い立ったところで、何をどうすればいいのか、まったく事前知識がなかった。

ムギョンは、その辺に放ったジェルを再び手に取り、手のひらにチュッと絞り出すと、そのままハジュンの性器を掴んだ。

「ふっ、あ……、あっ、あっ！」

腰を突き上げると同時に、目の前で揺れる性器を手で揉みシュッシュッとしごいてやると、声の熱からして変わってきた。また興味を覚え始めたムギョンは、ハジュンをまっすぐ見下ろしながら動きを速めた。

黒い瞳が濡れていた。白い顔を赤く上気させ、眉間に皺を寄せ首を横に振りながら喘いでいる。普段の顔からは想像できないほどに崩れた表情だった。次第に乱れていく顔を目の当たりにしていると、心の奥底から蜜のように甘い満足感が広がった。

手の中で復活したハジュンの性器が、もうすぐ射精をするかのように痙攣した。ハジュンは首をさらに激しく横に振りながら、ムギョンの手を払いのけようとした。

「ふうっ、うっ、ふううっ」

「出したいなら、出せ」

「手、ふうっ、手を離してくれ」

「このまま手の中に出せよ。俺もお前の中に出すから」

もちろんゴムは着けてはいるが。

「あふっ、あっ！」

その言葉が終わるや否やハジュンの性器が大きく波打ち、熱い液体が手の上に垂れ始めた。ムギョンの手のひらは、ハジュンの出した精液でベトついた。思春期真っただ中の中高生の頃だって、手コキなんかしたことはなかったのに、まさかこの年になってすることになるとは。

意外と大したことはなかった。他の男の精液なんか、ちょっと飛んできただけで相当汚く感じると思っていたのに。手についた精液をハジュンの腹で拭った。

「お前はイッたから、次は俺の番だ。公平だろ?」

「ふっ、うぅんっ、あっ! ああっ!」

　手で触ってやっている間に少し動きが遅くなった腰を、またパンパンと突き上げた。その力に抗えず、ハジュンの体は揺れながら仰け反った。射精をしたからか、さっきよりも中が締まる感じがした。中はグッグッと自分のモノを咥え込むのに、突き上げるたびに体がずり上がって挿入が浅くなってしまい、軽い苛立ちを覚えた。

　ムギョンは唇を軽く噛み、体を深く屈めハジュンの肩を抱きかかえた。軋むような摩擦音を出しながら、革のソファの上で揺れる体を引きずり下ろした。ムギョンが体を屈めたため、肩に掛かっていた脚がずり上がった。体重を乗せられた性器がズブッと突き刺さり、挿入が深くなった。ハジュンは悲鳴に近い声を上げながら身悶えした。

「ああっ! はううっ、ふぁ、あっ!」

　ハジュンがムギョンの胸の中から抜け出そうともがいたが、ムギョンは腕の力を緩めなかった。むしろ、さらに強くハジュンを抱きしめた。背中の筋肉がぴくぴくとヒクつき、ガッチリとした肩が膨れ上がった。太い腕の血管が、さらに浮き上がった。

　指先に感じる柔らかく弾力のある手触りが心地良かった。押し込まれた性器により、ピッタリと閉じた粘膜が少しずつ割れてできた隙間が、押し出したり吸い込んだりするように亀頭を包み、うねうねと絡みついてくるのを感じた。

「おい、イ・ハジュン。はぁ、メチャクチャ気持ちいい……」

　適当に言ったわけではなく、本心だった。気持ちいいという言葉に反応するように、ハジュンの中が、さらに大きくうねった。熱い内壁がヒクつく感覚を楽しみたくて、ムギョンはできるだけ深く腰を押し込んだまま、腰を回した。ハジュンは叫び声はおろか、抑え気味の低い喘ぎ声を出すことしかできず、ムギョンの腕をギュッと掴んだ。

　頬は赤く火照っているのに額は白く、汗まみれだった。整った眉の下にある、いつもの落ち着きがすっかり消えて歪んだ瞳は、魂が抜けたように焦点が合っていなかった。ぽかんと開いた唇の間に、白い歯と赤い舌がぼんやりと見えた。

　その顔をじっと見つめながら、ムギョンが腰を後ろにゆっくり引いた。またピストン運動を始めると分かったのか、ハジュンの手にさらに力が入った。

「はぁ、はぁ、キ……キム・ムギョン」

「ん？」

身悶えをして疲れ切ったように肩を震わせていたハジュンが、突然ムギョンを呼んだ。中に突っ込もうとしていたムギョンがその呼びかけに応えるや否や、腕にしがみついていたハジュンの手が伸び、突然ムギョンの肩を掴んだ。

「キス……キスしてくれ」

それくらい、お安い御用だ。

「ふぅぅ……」

ムギョンは彼の要望通り唇を重ねてやりながら、深く腰を押し込んだ。とろけた喘ぎ声が耳元に流れ、顎先や唇がブルブルと震えているのが伝わってきた。

唇を触れ合わせていただけだった最初の頃とは違い、ハジュンも今や懸命にムギョンの口の中に舌を差し入れた。ムギョンは柔らかな肉の塊をゆっくりと吸うと、ハジュンを悦ばせるために舌を喉の奥まで押し入れ突っついてやったりもした。絶頂を迎えたばかりの口の中は、溶けてしまうほど熱く甘いにおいがした。

「んっ、うっ、ふうっ、うっ」

上顎の奥を舌先で突くたびに、性器を咥え込んだ内壁がヒクヒクしながら締め上げてきた。上を触ると下が締まるのが面白くて、ムギョンは舌で口の中の粘膜をまさぐった。そのたびにハジュンの喘ぎ声が漏れ出た。

快感が頂点に近づくにつれ、そんなおふざけもなくなり、ムギョンの口元に浮かんでいた微笑みも消えた。ムギョンの腰の動きがだんだんと速くなった。お尻を激しく突き上げるガッチリとした骨盤と、弾力のあるお尻が激しくぶつかり、パチュンッという音が出た。その反動で、ハジュンの体が上下に大きく揺れた。ピストン運動に没頭していたムギョンも息を切らし、ある瞬間、絶頂を迎えた。

「はうっ、あふっ、うっ、あっ！」

喘いでいたハジュンが一瞬、鋭い喘ぎ声を漏らした。ムギョンが口の中を掻き回していた舌をスッと抜くと、下唇をグッと噛んだのだ。さっきまでは優しく触れる程度の甘噛みだったのに、今度は唇を噛みちぎられるのではないかと思うほどの力に、ハジュンの体が硬直した。

だがムギョンの顎に入った力は、すぐに緩んだ。歯形がハッキリとついた唇の内側を、薬でも塗るかのようにペロリと舐めた。そしてハジュンの鎖骨あたりに顔を埋め、鼻

先を擦りつけながら長く息を吐いた。

「はぁー……」

性器がドクドクと精液を吐き出し続けた。セックスをしていたからか、それとも気のせいか、甘ったるいにおいがしているような気がした。男の体臭が、こんなに甘いなんて。最後の最後まで文句ナシだ。ムギョンは首筋に鼻を埋め、暫く深呼吸をした。

驚いたことに、ハジュンの体の中で最後までイッた。最初は、最後までできるのかと疑問に思っていたセックスだったが、まったく期待以上だった。二人は熱くなった体を寄せ合ったまま、切らした息を整えた。静かな室内に広がるのは、「はぁはぁ」という獣のような呼吸音だけだった。

先に息を整えて、体を起こしたのはムギョンだった。コンドームの先端をつまみ、ゆっくりと体を後ろへ引いた。ハジュンの中にずっぽりとハマっていたテラテラとした性器は、射精を終えても硬く勃起したままだった。硬い肉の柱が、お尻の間からつるんと抜けた。

亀頭まで抜き切っても、ムギョンはハジュンの脚を開いたまま、お尻の間をじっと見下ろしていた。太いモノを吐き出した後も、まだヒクついたままの赤い穴を目の前にしていると、なぜかもう一度ハメてやりたいという欲望がムクムクと湧き上がってきた。

「終わった、んだよな……？」

だがメチャクチャになった下半身を露わにして、Tシャツ一枚だけの姿でソファでぐったりしているハジュンを見て、先ほどの衝動を抑えた。終わったのかと尋ねる声にすら、力がなかった。思えばハジュンが雨の中でのパスの渡し合いに疲れたように見えたから、自主練を切り上げて帰ることにしたのだ。さっきのセックスも、ハジュンにとってはキツかったのだろう。

「なんだ。もっとヤりたいのか？」

ハジュンが驚いたように首を横に振った。ムギョンはクスッと笑い、頷いた。一日のお遊びとしては、ムギョンもこの程度で十分だった。これ以上手を出して、いじめられたと陰口を言われるのは御免だ。

「体は大丈夫か？」

汗に濡れた髪を指で散らすと、ハジュンは黙ってムギョンを見つめ、頷いた。ムギョンはハジュンの頬をトントンと軽く叩いて、ソファから立ち上がった。

「俺はシャワーを浴びに行くよ。あっちにも浴室があるから好きに使ってくれ。そこの右にドアが見えるだろ?」

「ああ」

ハジュンもフラつきながら、ソファから体を起こした。しかし、すぐには立ち上がらず、背もたれに寄りかかり呼吸を整えた。汗に濡れた顔はセックスを終えたばかりというよりも、病院でつらい治療でも受けてきたかのように、力なく真っ青だった。

ムギョンは彼が体を起こしたところを見届けて、浴室に入った。さっき一瞬込み上げてきた衝動のせいか、射精をした後もまだ熱が体内に残っているような気がしたが、頭から水を被ると、それも次第に落ち着いていった。体を洗い、まだ硬さを完全に失ってはいない性器を見下ろすと、ムギョンは苦笑いを浮かべた。同じチームの男性コーチとセックスをするだなんて。人生何が起こるか分からないものだ。

練習場でもそうだったように、ハジュンはムギョンよりも遅れて浴室から出てきた。どうせ、どこもかしこも見た仲なんだから、気にせずに出てくればいいものを、しっかり服を着た状態だった。事が終わると、もう完全に夜になっていた。

する時は欲求に駆られ熱くなってばかりだったが、終わってみると、なんだか恥ずかしい気持ちになった。デートをしていてこういう成り行きになったわけでもない。それに今後も関係を発展させる予定はないから、食事や酒に誘うこともままならなかった。

(ホテルに行けばよかった。どうして後先考えずに、家に来たんだろう)

ムギョンは後悔した。いつもなら誰かと一夜を共にする時、ホテルを利用するか、いっそ相手の部屋に行くなどして、できる限り外で関係を持つようにしていた。そうすればマナー違反にならない程度に、先に帰りやすかったから。ムギョンはセックスの相手を家に泊めることはなかった。しかし、自分が連れ込んだ手前、帰れと言うわけにもいかなくなった。

「そろそろ帰らないと。母さんが待ってるから」

もう帰れという言葉をどう切り出そうか悩んでいたその時、ハジュンのほうから口を開いた。意外な発言に、ムギョンは目を見開いて尋ねた。

「親と一緒に住んでるんだな」

「ああ。何も連絡してないから、これ以上遅くなると、きっと心配する」

帰れと言う前に自分から帰ってくれるならば、ありがたい。ムギョンは内心喜んで頷きながら立ち上がると、カバンの中から財布を取り出した。

「これ、タクシー代にしてくれ」

「えっ？」

財布の中からクレジットカードを一枚出して差し出すと、ハジュンは目を丸くした。

「タクシーに乗って帰れってことだ。雨も降ってるし。今、現金がないから、これを使ってくれ」

「……いい。もう小降りだし」

「意地張ったって、送ってやらないぞ。いいから受け取れ」

「要らないって言ってるだろ？」

次第に強情になっていく口ぶりに、ムギョンは心の中で舌打ちをした。ヤってる時は散々甘えてきたくせに、この頑固な態度はなんなんだ？

「イヤなら、結構」

それ以上は勧めずに、カードを財布の中に戻した。ついさっきまでリビングを満たしていた熱気は、すっかり冷めてしまった。ハジュンは無言で玄関へと向かい、靴を履いた。ムギョンはそんな彼を壁にもたれたまま見つめていた。

そのまま帰ろうとしていたハジュンが振り返り、呆れたと言わんばかりの口調で文句を言った。

「クレジットカードなんか、そんなに簡単に他人に渡してどうするんだ？」

「どうせ明日また会うんだから、別にいいだろ？」

「俺が好き勝手使ったら、どうするんだよ」

「カード会社に紛失連絡入れて、お前は警察に通報。それだけだ」

呆れたと言うように短く息を吐いたが、ハジュンはこれ以上、言い争いをするつもりはないようだ。ぶっきらぼうに挨拶を続けた。

「じゃあな。また明日」

「ああ」

事が済んでしまうと、メチャクチャ気まずい。だから職場の人間と一夜を共にしてはいけないと言うのだろうか。顔をこわばらせ玄関のドアを出ていくハジュンを見つめながら、ムギョンは今後のことを思い、今さらながら後悔した。しかし彼の姿が完全に見えなくなってからは、その後悔もすぐに振り払ってしまった。

＊　＊　＊

「お兄ちゃん、お兄ちゃん！　早く起きて！」

明るい声が響き、目が覚めた。いつにも増して十トン級にズッシリと重いまぶたを、ハジュンはやっとのことで持ち上げた。寝ぼけていて何を言われてもピンとこなかったが、意識がハッキリし始めた瞬間、寝坊したという危機感が冷や水のように押し寄せてきた。

驚いたハジュンはガバッと体を起こしたが、「あっ」という声も出せずに、そのままベッドに倒れ込んだ。

ハジュンを起こしに部屋に入ってきた妹のミンギョンが急かした。

「もう七時四十分だよ」

「あー、うん。起きるよ」

「あたしはちゃんと起こしたからね！　早く朝ごはん食べて」

ミンギョンが部屋を出ると、弟のハギョンが濡れた顔をタオルで拭きながら、ドアの隙間から顔を覗かせた。

「兄ちゃん、母さんが早くメシ食えって」

「ああ、今行く」

双子の弟妹が、なんだかんだ言い合っている声が聞こえた。騒がしい朝が始まったというのに、ハジュンはベッドの上に転がったまま天井を見つめていた。

「こりゃ遅刻だな」

そう思いながらも、すぐに体を起こすことができなかった。姿勢を変えることすらできず、顔の上に枕を乗せ、暫くそのままの状態でいた。

腰がとても痛かった。お尻も。それだけではない。お腹の中のどこかが、殴られてアザでもできたかのようにズキズキと痛んだ。

ムギョンの前では、なんとか平気なふりをした。彼の自宅を出ると、高級ヴィラ群の共同エントランスまで急いで歩いた。その道のりは、一般的なマンションのそれよりも遥かに長かった。バスか地下鉄に乗ろうと思っていたが、結局ムギョンの言った通りタクシーを拾わざるを得なかった。

二万ウォンほどの手痛いタクシー代を支払い、家に帰った。食事をしろという母の声を背に「体調が優れないから、このまま寝るよ」と言い残すと、自分の部屋へ直行しベッドの上に倒れ込んだ。しかし痛みのせいですぐには眠れず、鎮痛剤を一錠飲んで、なんとか眠りについたのだ。

ものすごく痛かった……。痛いだろうとは思っていたが、予想以上だった。ムギョンがいきなり入ってきた時は、本当に気絶するかと思った。あんなにデカいだなんて。すべてが終わった今も、自分の体にあんな大きなモノが入ってきたという事実が、なかなか信じられなかった。

しかしムギョンと肌を合わせたという事実に酔って、痛みなどいくらでも耐えることができた。最後にムギョンが下を触ってキスをしてくれた時は、痛いながらも気持ち良かったし……。

何よりムギョンが自分とのセックスが気持ちいいと言ってくれた時は、少しクラッとした。

だが家に着いた頃には様々な気分は消えてなくなり、酔いが覚めた時のような物寂しさと体の痛みだけが残った。体を突き刺す鈍い痛みは、このところムギョンを見るたびに感じていた胸の痛みとも少し似ていて、まったく知らない痛みというわけでもないような気がした。

「……でも、後悔はない」

ハジュンは自分自身に語りかけるように、一人小さく呟いた。この程度の痛みなら安いものだ。この何倍も痛かったとしても、ハジュンは昨日と同じ選択をしただろう。

共にボールを蹴り合って、シャワーを浴びて、建物を出て、彼が口づけをしてきた瞬間から始まったすべての出来事には、まったく現実味がなかった。体に残る痛みがなかったら、夢だと思っていたことだろう。

あんなことがあったからといって、何かを期待しているわけではない。ムギョンが女を取っ替え引っ替えしてナイトライフを楽しんでいることなど、彼に少しでも関心がある人なら、誰でも知っている事実だった。

昨日はなぜか、自分がその役目を任されたのだ。男は初めてだと言っていた。どうして急に自分とシたくなったのかは分からない。突然することになったセックスが怖くもあった。しかし二度とないチャンスだということはハッキリしていたので、逃すわけにはいかなかった。

後悔は微塵もなかった。今日、顔を合わせるのは気まずいだろうが、それはいつものことだ。きっと時間が解決してくれるだろう。

重い体を起こし、リビングへ向かった。狭苦しいリビング兼ダイニングキッチン。その片隅に置かれた食卓に家族が集まって朝食を食べていた。

「おはよう」

「お兄ちゃん、起きた？　早く食べなよ」

ご飯を食べていたミンギョンが、椅子を引きながら催促した。ハジュンは食卓につき、急いでスプーンを持った。

「疲れてるみたいね。具合が悪いなら、今日一日くらい休めないの？」

向かいに座ったハジュンの母、セヨンが心配そうに尋ねた。そうしたいのは山々だが、他の日ならばともかく、今日仕事を休んだりしたらムギョンの目にどう映るだろう。

ハジュンは笑顔で答えた。

「いや、大丈夫だよ。昨日の雨で少し疲れたみたいだ。それで寝坊しちゃって」

「新しいチームでの仕事、大変なんでしょ？」

「そんなことないよ。みんな親切にしてくれるし、仕事しやすいよ」

「嘘ばっかり。唇が腫れてるじゃないの」

ゴホゴホッ。ハジュンが咳き込むと、彼女はすぐに水の入ったコップを差し出した。ハジュンは水を飲みながらも、顔を上げることができなかった。

なぜか悪いことをしたような気がして、彼女の顔をまっすぐ見ることができなかった。子どもの頃を除いて、母親の前でこんなにも後ろめたい気持ちになったことなど、ほとんどないのに。ご飯を食べていたハギョンが、突然思いついたかのように尋ねてきた。

「そうだ、兄ちゃん。今、キム・ムギョンと同じチームにいるんだろ？　じゃあ少しは仲良くなれたよな？　兄ちゃん、キム・ムギョンのこと好きじゃん」

「えっ？　好きだなんて、いきなり何を言い出すんだよ」

ハギョンの言葉にビックリして問い返すと、今度はミンギョンが「何を今さら」と言うように顔をしかめた。

「キム・ムギョン関連の記事のスクラップファイルばっかり、何冊も持ってるくせに……。じゃあ、好きじゃないわけ？」

「それは選手分析用の資料だろ？　お兄ちゃんの仕事がコーチだってこと、忘れたのか？」

「だったら他の選手たちも、同じように分析しなきゃ。コーチが選手を贔屓してもいいの？　それにスクラップなんて、コーチになるずっと前からしてるじゃん」

鋭い指摘にハジュンがまごついていると、ミンギョンはフンッと軽く鼻で笑いながら、彼女なりの選手分析を披露し始めた。

「あたしは、キム・ムギョンはイマイチだなぁ。いくらフォワードとはいえ、ディフェンスしなきゃいけない状況でも、まったく守備しないんだもん。だからディフェンダーの選手たちも大変そうじゃん」

その言葉にハジュンは笑いながら、ミンギョンのおでこを人差し指でツンと突いた。偉そうに選手批評をしていたミンギョンは、ブツブツ言いながら兄の顔を見上げた。

「何よ」

「お兄ちゃんがディフェンダーだったから、肩を持ってくれてるのか？　でもフォワードは、必要な時にキチンとゴールを決めてくれるのが一番だ。そのためには九十分間、体力を上手く配分しないといけないから、守備は疎(おろそ)かになるものなんだよ」

「あたしにとっては、お兄ちゃんが一番だよ」

ミンギョンが言い放った。

引退して三年余りが過ぎたが、妹や弟にとっては未(いま)だに韓国代表としてワールドカップにも出場した自慢の兄だった。それなりに有望だった時期に、あまり一緒に過ごせなかった家族が当時の栄光を簡単に手放せないのは当然のことだった。それがうれしくもあり、重荷でもあった。

家族との朝の食卓でムギョンのことが話題に上(のぼ)ると、ハジュンは複雑で微妙な気分になった。二十六歳。信じてもらえないだろうが、今までセックスはおろかキスすらまともにしたことがなかった。キスといえば、熱狂的なファンが半ば無理やり頬にしてきたキスがすべてだった。それなのに溜まった宿題を一気に片付けるかのように、二つを一度に済ませてしまった。しかもキム・ムギョンと。

思い出しただけでも耳が熱くなりそうで、ハジュンは料理を数口食べただけで席を立ってしまった。

「どうしたの？　もう、ごちそうさま？」

「遅刻しそうだから。残してごめん」

腰やお腹など、まだあちこちが痛くて食欲も出なかった。母は何か言いたげな様子だったが「母さん、おかずのおかわりある？」というハギョンの問いかけによって、会話が途切れた。その隙にハジュンは急いで洗面所へと向かった。

顔を洗い、鏡に映った自分の顔を見た。

初体験をした。約十年間、片想いしていた相手と。

しかし鏡に映ったハジュンの顔は、昨日と同じだった。少し疲れたように目の下に隈(くま)があるだけ。ハジュンは鏡をゴシゴシと手で擦った。

ムギョンに「こういうことをするのは初めてじゃないだろ?」と聞かれた時、ハジュンは頭を高速回転させなければならなかった。自分を試そうとキスをしたというムギョンが、何の狙いもなくこんな質問をするわけがなかった。

ハジュンはムギョンのことをよく知っている。彼は一夜限りの遊びを望んでいた。自分に特別な気持ちがあるのかと尋ねるその口ぶりからは、そうではないことを望む確認手続きであることがハッキリと分かった。

こんなふうにワンナイトで初体験をする人間なんて、この世に何人いるだろうか? 「初めてだ」という正直な回答は誤りだ。ムギョンは負担を感じたり、この状況に興味を失ったりして、やめようと言い出すかもしれない。

ハジュンはそう結論付け、ムギョンが望むと思われる返事をしてやった。幸いハジュンの考えに間違いはなかったらしく、ムギョンは自分の肩に腕を掛け、満足そうにした。残念ながら彼が期待していた「ご指導」は、セックス自体が初めてのハジュンには無理だったが。

朝食を終えた家族は登校や出勤の準備に忙しく、母一人がキッチンで後片付けをしていた。気にはなったが、手伝っている時間はない。ハジュンは声を落として尋ねた。

「母さん、今度はいつ病院に行くの?」

「来週木曜日よ。あんたは気にしなくていいわ。母さん一人で行くから」

「でも、行く予定くらいは、知っておかないと」

「行く前に言うわよ。心配しないで」

「様子見て、できそうだったら半休でも取るよ」

「いいって言ってるのに」

急いで出勤準備を終え玄関に向かうと、ミンギョンが腰を屈めていた。ハジュンが靴を履こうとして尋ねた。

「何してるんだ?」

「靴紐(くつひも)がほどけちゃって」

ハジュンがカバンを後ろに回し、妹の前に跪(ひざまず)いた。ミンギョンは、そんな彼を止めた。

「お兄ちゃん、いいってば。自分でやるから」

「お前が結ぶと、またすぐにほどけちゃうだろ?」

「まぁ、そうだけど。どうしてギュッと結んでも、すぐほどけちゃうんだろう。お兄ちゃんが結ぶと、なかなかほどけないのに」

ハジュンはクスリと笑いながら、自分の物に比べ、ずっと小さなスニーカーの紐を固く結んだ。節々が少しゴツゴツとした長く滑らかな指の中から、綺麗な蝶結びが出来上がった。

「これでよし」

立ち上がると、ちょうど玄関に来ていたハギョンが顔をしかめた。

「お前は靴紐もまともに結べずに、忙しい兄ちゃんにやらせてるのか？」

「別にあたしがやらせたわけじゃないし。お兄ちゃんが結んでくれるって言うから！　口出ししないでよ」

雰囲気が険悪になってケンカになりそうな勢いだった。ハジュンはサッとドアを開けた。高校生になった双子と合わせて三人も玄関にいると、狭くて仕方なかった。

「お前たちも、のんびりしてると遅刻するぞ。早く出ろ」

「行ってきます！」

同じ柄の制服を着た弟妹が同時に挨拶をして、勢いよくドアから飛び出していった。廊下を並んで歩きながら文句を言い合っている後ろ姿を見守りながら、ハジュンはただ笑っていた。

「お兄ちゃん、行ってらっしゃい！」

「兄ちゃん、じゃあな！」

「車に気を付けるんだぞ。ケンカせずに」

双子とはマンションの入口で別れ、ハジュンは二人が歩いていく方向とは逆方向にあるバス停へと向かった。いつもより少し遅いが、ギリギリセーフだった。乗客が多い路線ではないので、通勤時にはいつも空席があるのがささやかな幸せだった。

ハジュンは重い体を椅子に座らせると、軽くため息をついた。やっと一人になれたという安心感が訪れた。今日のような日は、愛する家族の声も少々つらかった。

窓ガラスに寄りかかり、ゆっくりと流れていく外の景色を見つめた。いつも目にする看板を過ぎると、時折見慣れた店の名前が消え、まったく別の店の看板になっていたりもする。ピカピカの新しい看板に出会うと、あの場所には何があったんだっけ……と思い出そうとする。だが、毎日見ていた景色なのに、どうしても思い出せない。そんな時ハジュンは少し寂しくなった。消えゆく物は、すぐに忘れ去られてしまうものなんだ、と。

街路樹は青々と茂り、人々の服装も薄着になった。もうすっかり春だ。今から六月中旬くらいまでが、サッカーをするのに一番いい季節だ。いつものバス停で降り、十分ほど歩けば練習場だった。

遅くなってしまったので普段より急がねばならなかったが、腰やお腹が痛くて早歩きできなかった。やっとのことで事務室に着いた時には、冷や汗が滲むほどだった。それでもハジュンは、部屋に入りながら明るく挨拶をした。

「おはようございます」

「おはよう」

「少し遅くなりました。すみません」

「なんの。始業時間ピッタリだ。俺たちは先に行ってるぞ」

ハジュンは急いでデスクにカバンを置くと、トレーニングの準備をした。選手たちのコンディションをチェックし、トレーニングスケジュールをまとめるためにいつも持ち歩いているノートも、いつの間にか新しい物になっていた。ノート、ペン、ホイッスル、タイマー。持ち物を一つひとつ確認してから、事務室を出た。練習場へと続くドアを開ける直前、ハジュンは暫く立ち止まり、深呼吸をした。

イ・ハジュン、分かってるだろ？　何も変わってない。何も。

いつも通りにするんだ。いつも通りに。

ドアを開けると鮮やかな芝の緑色が目を突き刺した。いつもと同じその風景は、何も変わっていないという事実をハジュンに教えてくれているようだった。選手たちはすでにグラウンドに集まっていた。ハジュンは今日赴任した臨時監督の隣に急いで駆け寄った。

「おはようございます」

監督の前で一列に並んで立っている選手たち一人ひとりを目で数えていたハジュンの視線が、ムギョンと合った。ムギョンは表情一つ変えず、一瞬ハジュンと目を合わせると、すぐに隣の選手に話しかけようと目を逸らした。ハジュンも視線を外した。

何もなかったと言わんばかりの、そっけない表情。期待はしていなかったが、予想通りだった。苦笑いが出そうになり、ハジュンは意識的に口角を下げた。

……昨日、彼にキスされた時には気持ちがバレたと思った。そう思うといたたまれなくなって、何年も一人胸に抱いてきた気持ちをさらけ出してしまった。

いや、さらけ出したというのは勝手な勘違いだった。ムギョンはただワンナイトの相手を求めて、短い口づけで自分の気持ちを探ろうとしただけだ。気持ちを抑え切れず、何も知らずに彼に飛びついた瞬間を思い出すと、今さらながら恥ずかしくなった。ムギョンがあのキスを、一夜のお誘いに対する単なる同意程度に受け取ってくれて、本当に助かった。

ハジュンは何度か手を叩いて選手たちの注目を集めると、いつものようにトレーニングを指示した。

「午前の練習を始めます。ランニングからスタートです。今、名前を呼ばれた人たちは特別メニューですので、ランニングはせずに残ってください」

「はい！」

昨日と同じ一日が始まった。昨夜のことは夢ではないと教えてくれるのは、体に残った痛みだけ。残念じゃないと言ったら嘘になるが、ハジュンは昨日のことをラッキーなハプニングくらいに思って、心の引き出しに入れておくことにした。

最後が少し寂しくつらかったとはいえ、ラッキーとしか説明できないサプライズプレゼントのような出来事だった。ハジュンはムギョンの気まぐれに感謝したかった。腰やお腹の中のズキズキした痛みに加え、体の中が擦りむいたようにヒリヒリする中であちこち動き回ろうとするので、いつもより大変ではあった。だが、この痛みがあまり早く消えてしまわないことを願った。

トレーニングをしている間、昨夜の出来事についてムギョンは何も言わなかった。それはトレーニングが終わっても同じだった。もしかして自分を呼んだり声をかけてきたりしないかと密かに待ってみたが、ムギョンは普段よりも事務的な態度で接してきた。

おかげでハジュンも、あまり彼を意識せずにトレーニングを進めることができた。スケジュールを終えると、一言もなしに帰っていくムギョンを見ながら、ハジュンは彼の言いたいことを十分に理解した。

こうして、いつもと変わらない数日が過ぎていった。次第にアザが薄くなっていくように、体の痛みは虚しくもぼやけていき、それがほぼ消えた頃にムギョンの新しいスキャンダルが発覚した。ハジュンとのセックスは、やはり単なる一夜の火遊びに過ぎなかったという明確な証拠だった。

最初から何もなかったものと考えていたが、ハジュンの胸の中に残り、息を潜めていた小さな期待も消えてしまった。まるで切れたトカゲのしっぽが暫くピクピク動いた後、完全に死んでしまったかのように。

＊　＊　＊

ジョンギュの表情は硬かった。それはムギョンも同じだった。二人は誰もいない会議室のドアに鍵をかけ、向き合っていた。ジョンギュがため息をつきながら、首を横に振った。

「いい加減にしろよ。チームの品位に関わるって言っただろ？」

「ジョンギュ。俺だって被害者なんだよ」

ムギョンが眉間に皺を寄せ、二人の間に置かれた携帯電話の画面を見下ろした。今日、「キム・ムギョン」という名前は、ポータルサイトの検索ワード第一位にランクインし、順位を下げる気配すらない。サッカーと関係のある話題ではなかった。

セックス後、その場で寝てしまうことなどほとんどないが、ムギョンも人間だ。ごく稀にそのまま眠ってしまうことがある。韓国に来て間もないある日、疲れていたのか三十分ほど寝てしまったことがあったのだが、その間に相手に写真を撮られたらしい。きっと、ふざけていたのだろう。

故意だったのかミスだったのかは分からないが、下半身の大事な部分を白いシーツでギリギリ隠した状態で全裸で寝ているムギョンの写真が、今日未明、ネットに流出してしまった。

@******：また一試合やったらしい

@******：たしかに腹立つくらいイケメン。俺が女でもコロッといくと思う

@******：めっちゃカッコイイんだけどｗｗｗ観賞でもしておいてください。特に男どもは、キーボード叩いてクソリプしてないで、体鍛えたら？

@******：相手の女、誰だろうｗｗｗ

@******：なんかの宣伝じゃね？　ノイズマーケティングってヤツ

彫刻のような裸体が露わになったその写真は、誰が見てもセックス直後に撮られたと思えるものだった。ともすると下品になりがちな光景だが、被写体がムギョンだったおかげで、それはまるで一枚の名画のようだった。

写真がネットにアップされるや否や、人々は行為に対して非難したり、目を閉じて角ばった顎を少し傾けた小憎たらしいほどに整った顔や完璧な体に感心したり、相手の女性の正体を推理したりで大忙しだった。

携帯電話のカメラでこっそり撮られた写真だが、グラビアだと言われたら信じてしまうほどだった。そのせいでノイズマーケティングではないかという疑いを買った。それだけではない。ムギョンの裸体を包んでいるシーツまでもが演出のように見えるのか「キム・ムギョン　シーツ」「キム・ムギョン　寝具」などのキーワードまでがリアルタイム検索ワードランキングに上がっていた。

世間は大騒ぎだったが、当のムギョンといえば最近はむしろ大人しくしていたほうだった。この前ハジュンとヤって以降、他の人とはシてもいないというのに、昔のことで非難されなければならないだなんて心外だった。何より自分は隠し撮り写真をネットに流出された、れっきとした被害者だった。

ジョンギュは、「誰がお前のことを被害者だと思う？」と尋ねたそうな顔でムギョンをキッと睨んだ。しかし、そう思う気持ちはともかく、彼の意思とは無関係に写真がアップされたのは事実だったので、それ以上は非難できずに会話を終わらせた。

「お前、もうこんなトラブル起こすんじゃないぞ。チームの士気が下がるんだよ。こうもスキャンダル続きじゃ、みんなも悪く言われちまう」

「分かったよ。今回は本当に分かったから、心配するな」

「これ……どうするんだ？　誰の仕業なのか、知ってるんだろ？」

「ほっとけば、そのうち収まるさ」

韓国に来てから、セックス後にうっかり寝てしまったのは一度だけだ。犯人が誰なのかはハッキリしていたし、問い詰めようとすればできないこともない。損害賠償を迫ったところで向こうには何もできなさそうだから、事を大きくしたくはなかった。

帰国後、ハジュンとの一夜を除けば、ムギョンの相手はいつも芸能人や有名人ばかりだった。別に最初から有名人だけと決めていたわけではないが、失う物が多い人を相手にしたほうがアッサリと終われると気付いてからは、その選択を守り抜いてきた。

事が大きくなって困るのは、ムギョンよりも相手のほうだ。本人に得がなければ、故意に流出させたりはしないはずだ。しかし、相手からの連絡やマスコミ出演もなく大人しくしているということは、恐らくミスなのだろう。ならば今頃、気を揉んでいるのではないだろうか。そう思うと、薄情なことはしたくなかった。

「見たいなら、どうぞ存分にご覧くださいとでも言っておけ。単なる上半身裸の写真だろ?」

面倒くさそうに言いながら、ムギョンは席を立った。

「お前なぁ、下まで写ってたら……クソッ。いっそ、そのほうがマシだったよ！　そしたら新聞にデカデカと載ることもなかったはずだ」

「何言ってんだ。そんなのモザイクかけりゃお終いだろ?」

慎めというジョンギュの言葉に、今後は耳を傾けるつもりだった。スキャンダルは面倒だ。韓国でのスキャンダルは余計に。こんなふうにプライベートを侵害する雑音は、ムギョンも望んでいなかった。

キャプテンとの面談という形を取った短い会話を終え、ムギョンは会議室を出てロッカールームへと向かった。選手たち数名が興味津々な目で彼をチラチラと見たが、詳しい話を尋ねることなど到底できずに黙っているようだった。

ヤツらが知りたがっているのは、相手の女が誰なのかだろう。そんな下世話な期待に応じるつもりは微塵もなかったので、ムギョンは無言で服を着替えた。

サッと荷物をまとめてロッカールームを出ようとすると、携帯電話のバイブが鳴った。その場で電話に出ようと思ったが、念のため誰もいない廊下に出て応答した。未登録番号からの電話を取ると、予想通りのセリフが聞こえてきた。

――ムギョンさん、ごめんなさい。

緊張した声でハッキリと謝罪を切り出す女性の声。あの夜と同じように馴れ馴れしく彼の名前を呼ぶが、二人は単に一夜を共にしただけだった。ムギョンは何も言わず苦笑いを浮かべた。

――わざとじゃないの。本当にうっかりして……。

「どうして写真なんか撮ったんだ?」

――ごめんなさい。あんなことしちゃいけなかったのに……。自分一人で見ようと思って撮ったの。

「よく撮れてたよ。俺もそんなにガードの堅い人間じゃないしな。君の仕業だって言いふらすんじゃないかと思ってるんなら、そんな心配はしなくていい」

──……本当にありがとう。それに、ごめんね。今度なんとかしてお詫びをするわ。

「いや、もう会うこともないから、そんなことする必要ない」

通話を終えたムギョンは、携帯電話をロッカーに戻した。

今日は室内トレーニングをする予定になっていた。体育館ではコーチたちがあちこちに散らばって、それぞれの役目を果たしていた。自然とムギョンの視線は、彼らの間でノートを覗き込みながら話をしているハジュンへ向かった。

あんなことがあったのだから、翌日には何か言ってきたり匂わせてきたりすると思っていた。だがハジュンは、数日が過ぎても普段と同じように振る舞った。相手の出方を窺おうとわざと彼を無視していたムギョンは、心の中で感心した。

ここまできたら、クールという以上にプロフェッショナルだと褒めるべきじゃないか？　あの日、気まずい別れ方をしたせいで、翌日の出勤中に少し心配になった。「なぜ同じチームの人間に手を出してしまったんだろう」という後悔が、遅まきながら押し寄せてきた。もし昨夜のことを匂わせてきたり、昨日以上の関係を望むような態度を取られたりしたら、どう関係を断ち切るべきか悩みもした。

それもそのはず、自分からハジュンにキスをした日に突然襲ってきた直感は、かなりハッキリとした確実なものだった。自分に対して一度も優しい態度を取ったことなどなかったハジュンが、慰めるかのように長々と語った話の端々に違和感が潜んでいた。

このクラブで一番ムギョンに関心がなさそうだった彼は、思ったよりムギョンについてたくさんのことを知っていた。必ずしもそのせいだけではないが、普段とは違うハジュンの雰囲気や表情などの様々な要素が、ムギョンに疑問を抱かせた。自分に気があるのではないか、と。

……しかし時が過ぎて冷静になって考えてみると、あの時のハジュンの言葉は、彼の言う通り、ほとんどムギョンがインタビューやテレビ番組で話した内容だった。自分に大した興味がなくたって、サッカーコーチならば熟知していたとしても、おかしくはない。

彼が熱心な新人コーチだということくらいは、ムギョンも知っていた。眉間に皺を寄せ、穴が開くほどノートを覗き込みながら考え込んでいる今の表情からも、それは明らかだ。

数日前、自分を壁に押しつけるようにして襲ってきた雛鳥のようなキスは、彼のコーチングよりも十倍は情熱的だった。ただ男が好きだという性的指向のせいであんなキスをしたにしては……。本当に別の類の好感を少しは抱いていたのかもしれない……。

とはいえ、馴れ馴れしくするつもりはなかった。お互い、一時の気の迷いで起きたことにしておいたほうがいい。

「前回の指示通り、各自トレーニングポジションについてください。確認しに回ります」

「はい！」

グループストレッチ、ランニング、バランストレーニング、スピードトレーニングなどを順に終え、選手たちは各自指示された個人トレーニングを行なうため方々に散らばった。ムギョンはハジュンに指示された足首とコアの強化訓練をするため、リフォーマーに向かった。

ハジュンはムギョンの足首のバランスの悪さにかなり気を遣っているようで、毎回トレーニングの時間になると細かくチェックをした。イギリスにいた頃にも何度か指摘はされたが、こんなにも気にかけてくれるコーチはいなかった。サッカーは全身運動だが、主にどちらか一方の足ばかりを使うため、意識しなければ体のバランスが崩れていかざるを得ない。それはムギョンもよく分かっているので、普段から気を付けてはいた。

「痛いところはないよな？」

「ああ」

ムギョンはボードの上に横たわると足にストラップを引っかけ、ハジュンの指示に従い脚を交互に伸ばした。ハジュンはその動作をじっと見守っていたが、「ストップ」と小さく言うと、右膝の上に手を伸ばした。

ハジュンはムギョンのふくらはぎを腰のあたりで抱えると、太ももの内側を手で力強く押しながら撫で下ろした。ハジュンの顔は真剣だったが、くすぐるような手つきに、ムギョンはつい笑ってしまいそうになった。

「ここ、大丈夫か？　こうやっても痛くないか？」

「少し張ってるような気もするけど」

「腰の筋肉をマッサージしたほうがいい。物理療法に通ってるところがあるだろ？　俺が意見書を書いてやるから、それを持ってマッサージを受けろ」

ここ数日間観察していたハジュンの様子を基に、ムギョンは判断を下した。彼はすがりついたりして、自分を困らせるようなことはしないだろう。

人の心理というものは、まったくおかしなものだ。つい先日まで彼が行き過ぎた態度を取るのではないかと心配していたというのに、こう結論付けてしまうと、事務的にドライに振る舞うハジュンの態度に反抗心が芽生え始めた。

(どうせお互い楽しんだんだから、二度ヤっちゃダメな理由はないじゃないか)

ハジュンが淡々と振る舞ってくれて良かった、と数分前まで安心していたというのに。しかし本来、欲求というものは、風に揺れる葦のように昨日とは変わるものだ。ムギョンは口を開いた。

「お前がしてくれればいいだろ?」

「えっ?」

ムギョンは、もう少し丁寧に言い直した。

「イ・コーチがしてくれませんか?」

「……俺もできるけど、マッサージはプロにしてもらったほうがいい」

「そう言わずに。ウチに来てしてくださいよ」

ハジュンがムギョンのほうを見た。ムギョンは笑顔で体を起こし、ハジュンの耳元に唇を近づけた。

「今さら、とぼける必要ないだろ?」

体を倒しながら反応を見ると、ムギョンを見つめるハジュンの顔に、小さな驚きの表情が見えた。揺れる瞳は、ただ驚いているだけのようにも見えたし、「頭おかしいんじゃないか?」と詰っているようにも見えた。単純に驚いているだけではないのか、次第に白い目元が赤くなっていった。

(顔色が変わったってことは、覚えてるみたいだな)

あまりにも素っ気ない態度だから、完全に忘れちまったかと思ったよ。

ムギョンはクスッと笑いながら、そう付け加えようとした。

「いてっ!」

しかし次の瞬間、ムギョンは短く悲鳴を上げた。マッサージを受けたほうがいいと言っていたハジュンの手が、腰とへその間のあたりをグッと押してきたのだ。凝り固まっていた部分だったのか、顔をしかめるほど痛かった。

ハジュンは同じポイントを何度も押し、歯を食いしばったまま声を出しながら言った。

「ここが、いわばお前の筋肉をほぐすツボのような場所だ。意見書を書いてやるから治療を受けに行って、ここをしっかりほぐしてもらえ。分かったな？」

「嘘つけ。人を殺すツボなんじゃないか？」

「大げさなんだよ。ほら、さっきの動作を左右二十回ずつ三セット。そしたら左だけ二セット追加。それが終わったら、先週教えたのを続けて。またチェックしに来るからな」

「分かりましたよ、コーチ」

大人しく返事をして、ストラップを巻きつけた足を黙々と上げ下げすると、ハジュンはクルッと背を向けて他の選手を見に行ってしまった。ムギョンは天井を見上げながら、さっき頭の中をかすめた考えをゆっくりと整理していった。

さっきの行動は衝動的なイタズラだったが、よくよく考えてみると、なかなかのアイデアだった。ジョンギュの言う通り、今後は夜遊びを控えるつもりだった。小言を聞くのもウンザリだし、つまらないスキャンダルや噂に巻き込まれるのも面倒だ。ロンドンでも面倒なことはあったが、自分に対する注目度がより高いソウルで感じる煩雑さは、その数倍だった。

とはいえ、人生の楽しみの一つを簡単に諦めたくはない。そんなことをして、パフォーマンスが落ちでもしたらどうするんだ？　一般人だって急な変化に適応するのは容易くないのに、スポーツ選手にとって日常のネジというものは、こんなに急いで締めたり緩めたりできる質のものではない。

（イ・ハジュンと合意の上で、暫くの間だけでもあいつ一人に絞ってヤるのはどうだろう）

頻繁に家に連れ込んでも怪しまれない人間なんて、そうはいない。男同士でチームの同僚だ。二人がセックスをするだなんて、誰が怪しむだろう。

ジョンギュにも喜ばれそうだし。ハジュンがムギョンを避けていることまでは気付かなかったようだが、ハジュンと自分が思ったように仲良くならず、板挟みになって気まずそうだった。さすがキャプテン気質だ。子どもの頃から仲間内で仲違いが起こると、本人が針の筵に座っているかのように振る舞うヤツだったから。ジョンギュのそんな性格のせいで、自分にまで面倒事が降りかかることも多かった。だが、ヤツのお節介のおかげで得をしたことも多かったので、あいつを責めるつもりはない。

そんな趣味はなかったのに、男とまたヤりたくなるとは。

他のコーチたちと話をしているハジュンの姿が目に入ってきた。ノートをめくっているところを見ると、今までの記録を見ながら何やら論議をしているようだった。

別にオシャレなどしなくても、生まれ持ったルックス自体が整っている。性格も明るく、どんなことにも一生懸命で真面目なタイプだ。それでいて、誤って手を触れるとガラガラと崩れてしまいそうな印象がある。ムギョンは自分だけがそう感じるのか、他の人もそう思うのか気になった。ベッド……正確にはソファの上で乱れた姿を見たから、そんな想像をしてしまっているのかもしれない。

現役時代はどうだったかは知らないが、今は髪を染めたりカッコをつけた髪型にしたりもせず、ヘアスタイルも地味だった。裸を見たが、みんながよく入れるタトゥーもなかった。タトゥーよりも、もっと印象的な傷痕が残ってはいたが。

そんなルックスだからか、無表情な顔や真面目に何かに見入っている時などは禁欲的な雰囲気さえ漂っている。それなのに、組み敷かれメチャクチャに乱れた姿を一度見てしまったせいで、強く残った夢の残像のようにあの時のことを思い出してばかりだった。ワールドカップにまで一緒に出場したのに、覚えていないだなんて信じられなかった。

＊　＊　＊

「イ・コーチ、一緒に食べましょうよ」

昼食時、トレイを持ち、いつものようにコーチ陣の席に向かおうとするハジュンをムギョンが呼び止めた。隣に座っていたジョンギュが、何事かと目を丸くした。また避けようとするんじゃないかと思っていたが、ハジュンはピタリと立ち止まると、すぐに向きを変え、ムギョンが座っているテーブルに近づいた。

ムギョンを囲んで座ったテーブルでは、ロッカールームでは出なかった話題がヒソヒソと冗談めかして繰り広げられていた。少し仲良くなったヤツらは好奇心を抑え切れないようだ。一人がハジュンに先陣を切って尋ねた。

「コーチも見たでしょ?」

「何を?」

「ネットにアップされたムギョン先輩の写真ですよ」

ハジュンが顔をしかめた。

「どうして本人の前で、そういう話を……」

「別にいいじゃないですか。先輩にとっちゃ、何も恥ずかしいことじゃないんだし。人気があるから、そういうこともありますよ」

ニヤニヤしているヤツらの間で、ハジュンは困った表情でムギョンのほうをチラリと見て、黙ったままスプーンを動かした。ムギョンはかぶりを振った。

「今日たっぷり説教されたから、今後ああいうことはないようにするよ」

「俺に少し注意されたからって、そんなこと言ってるのか？　まるで人の言うことに大人しく従うヤツみたいじゃないか」

「食堂の人たちも、今日は俺に話しかけてこない。こんなこと、ここへ来て初めてだよ」

「俺に言われたからじゃなくて、そこを気にしてるんだな？」

ジョンギュがケラケラと笑った。ムギョンは軽く顔をしかめた。

「今回のことは、俺も驚いた。写真が流出するだなんて、ただ事じゃないだろ？」

「誰なんですか？　ずいぶんと度胸があるなぁ」

「そんなことは、どうだっていい」

ムギョンがキッパリと答えると、何気なく尋ねたヤツは口をつぐんだ。

「とにかく、俺も少し生き方を変えるつもりだ。ジョンギュ、お前の言う通り……落ち着きみたいなものが必要なのかな、とも思うよ」

「なんだって？」

いつも結婚相手を探せ、落ち着けと仲人のように小言を言っていたジョンギュは、いざムギョンがそう言うと驚いて怪訝な視線を送った。ハジュンも目を丸くしてムギョンを見た。ムギョンは水の入ったコップを傾けながら真面目に話を続けた。

「周りに騒がれるのもイヤだが、ずっと一人でいなきゃいけないってのもイヤなんだ。この機会に誰かいい人を見つけるのも悪くないだろ？」

「ああ、それがいい。今は遊びまくってても長くは続かない。だんだんと疲れていくから。好きな人といる時に感じる心の安らぎが、どれほどいいものか知ってるか？」

「ジョンギュ先輩は、奥さんと仲がいいんですね」

ジョンギュが結婚と安定した愛のメリットについて自慢げに語っている間、ムギョンはハジュンの様子を窺った。彼はこの会話にあまり興味がなさそうに、黙って食事を続けていた。ジョンギュが肩をぶつけながら、ムギョンに絡んできた。

「お目当ての人はいるのか？　それとも誰かいい人を紹介してやろうか？」

「いる」

「おいおい、なんだよ。いつから？　そんな人がいるなら、俺に教えてくれなきゃ」

「まだ、その人と話をしてないんだ。俺が勝手にそう思ってるだけだから」

「先輩、マジですか？　いつから付き合ってるんですか？　イギリスに住んでるんですか？　それとも韓国の女性ですか？」

テーブルがザワつき始めると、他のテーブルからも視線が集中した。その時、黙って食事をしていたハジュンが浮ついた空気を断ち切るように椅子から立ち上がった。

「ごちそうさま。じゃあ、午後の練習で」

「あ……ああ。後でな、ハジュン」

ジョンギュがアタフタしながら返事をしている間に、ハジュンの姿は遠くなった。ハジュンの隣に座っていた選手が小声で言った。

「ハジュン先輩、いやコーチはこういう話、お嫌いみたいですね」

「人の噂話を楽しむタイプじゃないだろ？　お前たちもハジュンの前では気を付けろよ。特に本人がいないところで陰口言ったりとか」

ハジュンの後ろ姿を見送りながら、ムギョンは一層満足した。口も堅いし、他人の噂話も嫌い。だから二人の間に何かが起きたとしても、外に漏れることはないだろう。写真が流出するようなアクシデントは絶対に起こらないはずだ。ハジュンと長期的な関係を結ぶというアイデアは、どう考えても完璧だった。

午後の練習が始まってからも、ムギョンは真面目にトレーニングを行なった。選手たちは列を作ってスタート地点からゴール地点までを行き来する短距離ダッシュや、障害物をジグザグに避けながらドリブルをしてすぐさまパスを出す練習をした。ムギョンを含むフォワード選手たちは、別メニューでスピードトレーニングを行ない、最後に二チームに分かれて試合をした。その間ハジュンは、記録を取ったり指示を出したりしながら、最後まで練習に付き添った。

「コーチ」

練習が終わると選手たちはバラバラと帰り始め、ハジュンは検討事項が残っているのか、ノートを持ちポツンと立っていた。ムギョンが近づくと彼は無表情で顔を上げた。

「どうした？」

「さっきドリブル練習をしてから、足首の調子が悪いんだ」

ムギョンが大げさに顔をしかめながら言うと、ハジュンは目を見開いた。

「えっ？」

「ちょっと診てくれないか？」

「もちろん。あっいや、ちょっと待ってくれ。俺が診るより医療チームに」

「とりあえず診てくれ。俺の足首のことは、お前が一番よく知ってるだろ？」

その言葉にハジュンは驚いた様子だったが、頷いた。

「座ってくれ」

ムギョンは芝生の上に脚を伸ばして座り込んだ。ハジュンは、今はもう躊躇することなくムギョンの脚に手を乗せた。白い手がそっと足首のあたりに触れ、触ったり押したりし始めると、ムギョンは前回も味わった満足感を覚えた。

「コーチ」

「ああ」

ハジュンは足首のチェックに集中しているのか、ムギョンに呼ばれても顔も上げず機械的に返事をした。呼びかけの後に言葉を続けなくても、気にも留めていないようだった。ムギョンの目が細くなった。

「膝の問題か……？」

ハジュンが独り言を言いながら、脛の長い筋肉から膝までをグッグッと押した。異常の有無にかかわらず、いつ押しても痛いポイントだった。ムギョンの顔が少し歪んだ。ハジュンは膝に手を当て、親指で太ももの内側を軽く押した。脚を調べようと少し俯いた顔の上で、ふさふさと伸びた睫毛が音もなく上下した。

コーチが行なう簡単な触診が、こんなにもいやらしく感じるものだろうか。

「人が呼んだら、こっちを向けよ」

「えっ？」

ハジュンはやっと顔を上げ、目を合わせた。するとムギョンが言葉を切り出すよりも前に、彼が仮病を使っているという事実に急に気付いたようだった。

ハジュンは怒った目で、ムギョンの太ももをバシッと叩いた。ムギョンの口から低い悲鳴が飛び出した。

「いてっ！」

「また仮病かよ。人をからかうのが、そんなに楽しいか？」

「こうでもしなきゃ、俺のこと避けてばかりじゃないか」

ハジュンが呆れたという表情を浮かべて問い返した。

「俺がお前を避けてるだって？」

「訊きたいのは俺のほうだ」

「さっき昼メシだって一緒に食べただろ？」

「あからさまに避けたらバレバレだから、近くに来て避けたんだ。一種の偽装戦術だな」

「今だって、お前のそばにいるんだけど」

「これは俺に痛いって言われて、フィジカルコーチとして避ける口実がないからだろ？」

ハジュンはウンザリだと言わんばかりにため息をつき、前髪をかき上げた。

「お前……。この前も、俺がお前にだけ触れないとか……。被害妄想だよ」

「あの日のことのせいか？」

俯いていたハジュンが、視線だけをムギョンに向けた。さっきと同じように、詰るような目つき。ムギョンは気にせず話を続けた。

「そこまでして、なかったことにする必要はない。余計に気まずいから」

「じゃあ、どうしようって言うんだ？ どうしてわざわざ今、その話を持ち出すんだよ」

ハジュンは怒ったように、その場からスクッと立ち上がり歩き始めた。ムギョンも急いで後を追った。

「さっきの俺の話、聞いただろ？」

「さっきの話？」

「もうそろそろ落ち着きたいって話さ」

「ああ、いい考えだと思うよ。今回のような記事が出続けたら、チームにも迷惑がかかる」

ムギョンがハジュンの前に立ちはだかると、ハジュンは面倒くさそうな表情を隠すこともなく虚空(こくう)を見つめ、小さくため息をついた。ムギョンは、そんなことなどお構いなしに質問した。

「目当ての人がいるって話も？」

「耳は付いてるから、聞こえてきたけど。どうして、そんな話を？」

「お前も知ってる人だから」

その言葉に、ハジュンはやっとムギョンと目を合わせた。隠し切れない好奇心が瞳に滲んだが、それも一瞬のことだった。彼はすぐに眉間に皺を寄せ、笑わせるなと言うように反抗的な顔になった。

「俺とお前の間に、共通の知り合いの女性なんていないはずだけど」

「女じゃないんだ」

ムギョンの短い答えに、ハジュンの目は見開かれ、ショックを受けたような表情がよぎった。彼は無意識に唇を一度舐め、そのまま少し黙った後に尋ねた。

「……このチームの人間か？」

「ああ」

「お前、男は……」

男は俺が初めてだって言ったじゃないか。ハジュンが言わんとする言葉が、ムギョンにも聞こえてきそうだった。

ここまで言えば分かりそうなものなのに、彼はまだ、ムギョンの示唆する相手が自分自身だとは思っていないようだった。ついさっきまでの、ムギョンの言葉など信じないという様子のしかめっ面が、いつの間にかどこか物悲しそうな真顔に変わった。ムギョンはいい加減イライラしてきた。

「気にならないのか？」

「何が？」

「誰なのか、気にならないのかよ」

「……興味ない。紹介してほしいんだったら、ジョンギュに言えよ。あいつって、そういうの得意じゃないか」

ムギョンは、再び歩き出したハジュンの隣に立った。

「鈍いヤツだな。猫被ってんのか？」

「何が？」

「お前の知ってるチームのヤツらの中で、俺が目を付けそうな人間が誰なのか、考えてみろよ」

「まったく分からないけど」

嘘つけ。数日前に俺とあんなことをしておいて、分からないわけがあるか。

微かに怒りが込み上げてきて、ムギョンは急いで目の前の男を呼び止めた。

「イ・ハジュン」

「なんだ？」

「お前だよ」

「何が？」

「いい加減、気付け。目当てはお前なんだよ」

その言葉に、ハジュンの足がピタリと止まった。ムギョンも立ち止まった。

選手やコーチは全員、すでに建物の中に入って帰り支度をしている最中だろう。がらんとした芝生には二人きりだった。とはいえ真っ昼間なので、あちこちから騒音が聞こえてきてもいいはずなのに、静けさに取り囲まれているように感じた。

どんなリアクションをするのかと思っていたが、ハジュンはじっと前を見たまま突っ立った後、また歩き始めた。驚いたのは、むしろムギョンのほうだった。彼はハジュンを追いながら答えを催促した。

「どうして何も答えないんだ？」

ハジュンは歩みを速めた。

「ついてくるな」

「イ・コーチ、被害妄想だよ。俺もこっちに行かなきゃいけないんだ」

二人は黙ったまま競争でもするかのようにズンズン進み、建物の中へ入った後も並んで廊下を歩いた。暫くして、コーチ事務室の前でハジュンが足を止めた。ロッカールームは、もう少し向こうだ。

ハジュンは素早くドアノブを掴もうとしたが、ムギョンのほうが速かった。ムギョンの手がハジュンの手首を掴み、ハジュンは反対側に力を入れて、もう一度ドアノブに手を伸ばした。一応スポーツをしていた人間だから、簡単には引っ張られない。ムギョンはグイッと腕を引き寄せながら、声を落とした。

「今のうちに大人しくついてこい。そのうち怪我するぞ」

「お前のほうこそ、怪我する前に離せ」

「なんなんだよ。話をしようって言ってるのに、どうしてそう反発するんだ？」

二人の息が次第に荒くなった。プライドを賭けた争いでも始まったかのように、ドアノブ一つを巡って一人はノブを握ろうとして、もう一人はそれを阻止していた。その時だった。

「……お前たち、何してるんだ？」

虚しくも内側からドアが開いた。ムギョンとハジュンは、いつの間にかお互いの手を掴んで、空中で腕相撲のようなことをしていた。ドアを開けたコーチは、その姿を見るとフッと鼻で笑った。

「同い年だから仲良しなのは分かるが、子どもじゃあるまいし……。廊下でふざけてないで、早く帰れ」

「はい、コーチもお気を付けて」

ハジュンがサッと手を払いのけて、ペコリとお辞儀をした。そしてドアが開いた隙を逃さず、事務室の中に体を押し込んだ。

「イ・ハジュン！」

ムギョンが叫んだ時には、もうドアは閉まった後だった。すぐ目の前でターゲットを逃したムギョンは顔をしかめ、喉の奥で唸り声を出しながら、ロッカールームへと向かった。いずれにせよ服は着替えなければならなかった。

事務室に入るとハジュンは、すぐには自分の席に向かわず、ドアにもたれかかっていた。まだ部屋に残っていたジョン・コーチが、そんなハジュンに怪訝そうに尋ねた。

「イ・コーチ、その顔どうしたんだ？」

「えっ？」

「真夏でもないのに、顔が真っ赤だぞ。たしかに最近、暑くなってはきたけど」

「あ、はい。時々こうなるんです」

ハジュンは急いで自分の席に着いた。帰り支度のためにノートやファイル、ペン、その他の物をカバンの中に入れていたはずが、ふと気付くと机の上にある物を手当たり次第に入れまくっていた。

ブルブルと首を振って、誤って入れた物をゴソゴソと取り出しながら、ハジュンは何度も深呼吸をした。心を静めるには呼吸が大切だ。コーチングの授業を受け、自分のリハビリや今後の指導のため、様々な授業に参加しまくって学んだことだった。選手であれ自分自身であれ、落ち着く必要がある時は呼吸を整えろ。

……冗談か、何か別の意味で言ったに違いない。今日、女性とのスキャンダルが出たばかりなのに、俺一人に決めて落ち着きたいだなんて。辻褄（つじつま）が合わない。

あの日、一度寝て以来、一言もなかったのに今日になって突然。あり得ない。

「いきなり、なんなんだよ」

「えっ？」

「いえ、なんでもありません」

ハジュンはカバンを持っても事務室をすぐに出ようとは思えず、席に座って時間を潰した。扉の向こうでムギョンが待ち伏せているのではないかと思うと、怖かった。

最近の自分の状態からすると、彼の意図がどうであれ、話を聞いたらなんでもオッケーしてしまいそうなのに。初めてキスをした時のように、一人で勘違いして恥ずかしい姿を見せるのではないかと心配だった。冗談で言われたことを一人真に受けて、バカみたいに振る舞うのは御免だった。一回目は気付かれずにスルーされたとしても、二回目は……。

(二回目なら、どうだっていうんだ?)

ふとハジュンの頭の中にそんな疑問が、ピカッと電光板のように光った。

ハジュンは、もうかなり時が経ってしまったあの日のキスを思い出した。普段、触れる機会もないので想像すらできなかったムギョンのキスは、思ったよりも柔らかく優しかった。

体から消えた痛みは、忘れられた夢のように遠くなり、ムギョンのキスや指から感じた甘い快感だけが何度も脳裏に蘇(よみがえ)った。記憶は濃縮された感覚の集合体となり、あの日以降も時折ハジュンの心を惑わせた。

パク・ジュンソン監督が倒れてからずっと、一言くらい彼に応援の言葉をかけたいと思っていた。彼がパク監督のことをどれだけ特別に思っているかは、彼に少しでも関心があれば知らないはずはないのだから。

励まして応援したかっただけ。ただそれだけだったのに、あの言葉のどこからバレてしまったのだろう。どこから気持ちが漏れて、ムギョンに目を付けられてしまったのだろう。ただ励ましただけであそこまで心の内が表に出てしまったのなら、さらに親しくなったら自分の本当の気持ちがバレるのも時間の問題ではないだろうか。何をどう言い繕っても、無駄なんじゃないか?

選手の頃から、いつも彼を避けてばかりだった。顔を見ると胸がドキドキしたし、近くにいると緊張でヘンなことをやらかしそうで必死に距離を置いた。ロッカールームに入る瞬間から、宿泊先で過ごす時間、食事の時間まで。常に彼を避けていた。

練習場でも自由時間には他の選手たちとばかり一緒にいて、ムギョンから一番離れた場所にいることを選んだ。回り回って最終的に同じチームで顔を合わせることになったと判明した日には、練習場を訪れる三日前から、自然に挨拶をする練習までしていたくらいだった。

長くても数週間、短ければ数日程度足並みを揃えただけで、すぐさま試合に投入されるナショナルチームでチームワークを固めるのは意外と難しい。そんな韓国代表チームの中で、ムギョンは欠かすことのできないエースであり、同時に他の選手にとっては目の上のたんこぶのような存在だった。実力を認めることと、傲慢な態度を受け入れることとは別物だった。

ムギョンを受け入れたばかりのグリーンフォードは、大きな大会でなければ滅多にムギョンを代表チームの試合に送り出そうとはしなかったし、長い間待っていた分、ムギョンは自分のワールドカップデビューにかける期待が大きかった。しかし彼の理想に現実がついていけず、ムギョンは代表チームの仲間たちに「お前らのせいで、俺は足を引っ張られているんだ」というようなニュアンスの不満を隠さず表に出した。先輩後輩の序列など知るか、という態度だった。比較対象がいないほど飛び抜けた選手であるにもかかわらず、彼を招集したこと自体に対する論争が起こったのには、それなりの理由があった。

すでにギスギスした関係だった上に、自分が認めていない人たちと同じピッチで走っていたムギョンが仲間たちについて覚えている情報といえば、戦術に合わせた機能的な動きのための、いわゆる「パーソナルデータ」のみ。特に年上の選手たちは、若いエースに駒扱いされる不快さを露わにした。「スポーツ選手はスポーツさえ上手ければ、それでいい」という言葉も、同業者には通用しない。

だから彼が自分のことをまともに覚えていないのも無理はなかった。しかもハジュンはレギュラーメンバーでもなかったから。もちろん、本当に覚えていないとは思わなかったが……。

ハジュンも最初からムギョンを避けてばかりいたわけではない。勇気を出してみようかと考えたこともあった。二十歳になる直前に招集されたアジアカップでのことだった。久しぶりに実際に目にした彼の姿に、改めて胸が弾んだような気持ちになったのを未だに覚えている。

ただでさえ背の高かったムギョンはさらに背が伸びており、顔も大人っぽくなっていた。当時からジョンギュはムギョンの隣に座り、親しげに何かを話していた。それが、どれだけ羨ましかったことか。

挨拶をしてみよう。「俺のこと、覚えてる？」と尋ねてみればいい。

そう決心して近くをウロウロしていると、二人の会話が聞こえてきた。

『えっ？　マジで？　男が、お前に？』

『そんな嘘つくと思うか？』

『外国は、そういうことにもオープンなんだな。で？　どうしたんだ？』

『断ったに決まってるだろ？　ぶっちゃけ鳥肌立ったけど、食事会やパーティーでは、そういうヤツらを嫌うような態度をあからさまに取るなって、エージェントにうるさく言われたよ』

二人は、ムギョンがロンドンで男に言い寄られたことについて話をしていた。ハジュンは彼らに背を向けてベンチに座り、二人の会話に暫し耳を傾けた。

長く聞く必要もなかった。ムギョンは男が自分に性的な目的で近づいてくることを気色悪いと感じ、悪態をつくほどに嫌がっていた。しかしエージェントに頼まれて、あからさまな態度を取らないように努め、それとなく無難に断ったという話だった。

そう大した問題じゃないじゃないか。彼はハジュンについて話をしているわけではなかった。

今すぐ彼に何かを告白するつもりもなかったし、自分がムギョンに抱いている好意が、天才少年に対する憧れなのか、好きな人に向けられる恋心なのか、ハッキリとした区別すらできていなかった時期だ。

しかしムギョンとジョンギュの会話を盗み聞きしたあの日、ハジュンは自分の気持ちの正体に気付いてしまった。彼への気持ちが単なる憧れだったなら、憧れの選手に近づきたいという思いがすべてだったなら、その会話を聞いて恐怖を感じたり、締めつけられるような胸の痛みを味わったりすることもなかったはずだから。ハジュンはそのままベンチから立ち上がり、他の選手たちが集まっているほうへと向かった。

彼の近くにいたら気持ちがバレてしまうと思った。ハジュンはムギョンのことが好きなだけあって、彼の性格やプレースタイルに関しても知り尽くしていた。周りにはまったく無関心に見えて、ひとたびピッチに立てば、相手の考えを見透かすように動くキム・ムギョン。

彼が自分の中途半端な芝居に騙されるとは、とても思えなかった。もしも彼を見つめる特別な視線に気付かれ、彼にとって鳥肌が立つ存在になってしまうくらいなら、たまに顔を合わせる存在感のないチームメイトでいたほうがマシだった。

十六歳、初めて招集されたユース韓国代表チームで、初めて試合に出た日。あの日からハジュンは呪いにでもかかったかのように、自分を見つめることのない男の虜になってしまった。あれから十年が過ぎても、一度も他の人に心を奪われることはなかった。

報われない気持ちを大切にしようと努力したこともない。いや、できることなら誰に頼まれたわけでもない自発的な束縛から抜け出し、他の人と同じように恋人を作って、平凡に堂々と愛を囁きながら愛し愛されたかった。ただ、ムギョンを見つめて感じていた胸の苦しさはおろか、似たようなときめきや緊張すら誰にも感じられないまま、いつの間にか十年が過ぎてしまっただけだ。

一回目だったら、どうだというんだ？　バレたら、どうだっていうんだよ……。

頭の中で、もう一人の自分が危険な誘惑を囁いた。ムギョンと話をするよりも前に、なぜか自らを絶壁に追いやったような気持ちになった。好きな相手を目の前にした片想いというものは、一日に何度も一人で大騒ぎするワンマンショーを繰り広げさせる。他の人の目にはそうは見えないだろうが、このチームに来てからずっとハジュンの心の中は暴風注意報状態だった。

「イ・コーチ。帰らないんですか？」

「帰ります」

最後まで残っていた職員の問いかけに、ハジュンは立ち上がり部屋を出た。ロッカールームのほうを一度振り返って、わけもなく足音を抑えて廊下を歩いた。

「また明日」

「はい、お疲れ様でした」

挨拶を終えたハジュンは、足早に練習場を抜け出した。練習場の中では結局、ムギョンと一度も鉢合わせなかった。きっと帰ったんだろう。練習場から完全に出るとハジュンは軽くため息をつき、歩くスピードを少し落としてバス停へと向かった。なんとか今日は無事にムギョンを避けることができたらしい。

明日は明日の日が昇る。明日になれば気まぐれなムギョンの考えも変わるだろう。あの日以来、何もなかったかのごとく振る舞っていたように、明日になれば今日のこの会話もなかったかのように振る舞うかもしれない。

「なんてことない。転がってきた幸運を掴んだんだ」と、懸命に自分に言い聞かせたが、あの日以降のムギョンの「何もなかった」と言わんばかりの態度は、やはり少し寂しかったような気もする。調子を合わせて自分もそんな素振りをしたが、そう簡単なことではなかった。

どんな結論が出ようと、明日になれば豹変するかもしれない男の衝動的な冗談に、一人踊らされることだけは避けたかった。ワンマンショーなら心の中で一日に何度も公演していたし、それだけでも十分恥ずかしい。少なくとも今度は、初めてキスをした時のような恥ずかしい失敗だけは絶対に……。

パーン。

その時、クラクションの音が聞こえた。物思いに耽っていて、いつの間にか地面だけを見て歩いていたハジュンは反射的に顔を上げた。ハジュンだけでなく道を歩いていた人たち全員が、音が聞こえてきたほうに顔を向けた。

バス停に向かう途中の路肩に、記憶に鮮やかに残るオレンジ色のスポーツカーが、ハザードを灯して停まっていた。

ハジュンは目を見開いた。すぐに顔を正面に向け、歩みを速めた。すると車がそろそろと動きながら、彼に並んでついてきた。

パンパーン!

抗議するかのようにクラクションが二度鳴った。ハジュンが聞こえないふりをして、さらに足を速めると、クラクションの音もつられて長くなった。

パーーーーーーーー。

「ああっ、なんなの？」

「頭おかしいんじゃないか？　警察に通報しようか？」

「ああいうヤツらが高級車ばかり乗り回して……。頭の中は空っぽなくせに」

耳をつんざく意図的な騒音公害に、通りすがりの人々は一言ずつ暴言を吐いた。その非難の声を聞いたハジュンは結局、ため息をつきながら歩みを止めた。体を車のほうに向けると、やっとクラクションの音が止まった。ハジュンが助手席の横に立つと、車の窓が下りた。

当然ながら、中では私服に着替えたムギョンがハンドルを握っていた。「お前がそんなことをしたところで、どうにもならないだろ？」と言わんばかりの憎らしい微笑みを浮かべた顔で。

「乗れよ」

ハジュンが勢いよくドアを開け、車に乗り込みながら鋭く言い放った。

「窓を閉めろ」

「どうして？　俺と閉め切られた空間にいたいから？」

「今、外ではみんながお前の悪口を言ってる。写真を撮られでもして、また非難されたくなかったら早く閉めろ」

ムギョンは頷きながら窓を閉めた。路肩を斜めに抜けた車は、まっすぐ車道に入って走り始めた。

「こんなに話をしようって言ってるのに、どうしてそう逃げるんだ？　誰も取って食いやしないよ」

「突然あんなことを言われて、俺は二つ返事で言うことを聞かなきゃいけないのか？」

ムギョンは、その言葉に呆れたと言うようにクスッと笑った。

「大人しそうに見えて、意外と根性があるんだな。予想はしてたけど」

ハジュンは答えずに窓の外を見ていた。男を乗せたのは初めてだと言っていたランボルギーニの助手席。ここに二度も座ることになるとは思わなかった。

「悪い話をしようってんじゃない。さっきも言ったが今回の写真の件もあるし、もうよく知らない人と一晩寝て終わりってのは、やめようと思うんだ」

「……」

「一人に絞って長く付き合ったことはないが、俺たちなら悪くないだろ？　どうせチームで毎日顔を合わせる仲だし、男同士だから人に怪しまれることもない。どうせお前だって相手は必要なんじゃないか？」

空中高くに吊り下がった信号に、黄色の光が灯った。並んで走っていた車が次第に徐行し始めた。ムギョンは考えてもいなかった可能性を、今思いついたように尋ねた。

「もしかして、付き合ってる人でもいるのか？　俺は浮気相手になったってことか？」

「いや」

「じゃあ、いいじゃないか。俺とステディな関係になってみたって」

そんな提案をされても、ハジュンは黙っていた。無言の間に信号が赤になり、車が完全に停止した。ハンドルを握ったムギョンは、隣に座っているハジュンをじっと見た。暫くしてから、ハジュンの口が開いた。

「……つまり、アレだろ？」

「アレ？」

「セフ……」

「恋愛しようとでも言うと思ったのか？　そんなの、お前だって面倒だろ？」

唇を引き上げながら答えると、ハジュンはやっと目を合わせた。ムギョンは、またふざけた。

「なんだ？　俺と恋愛したいのか？」

しかしハジュンは、その質問を無視して聞き返した。

「いつからだ？」

「何が？」

「いつから始めようって言うんだ？」

「そりゃあ、お前次第だ。俺は今すぐだって構わない」

「今日はダメだ」

ハジュンはキッパリと言った。

「だったら？」

「次の遠征試合までに……考えてみるよ」

「そうしろ」

どうせ一度いくところまでいった仲だ。今さら何を考えると言うんだ？　不満だったが、ムギョンは気にしないふりをして答えた。初日からそうだったが、ハジュンは見かけによらず駆け引きを楽しむタイプらしい。「よし。もう一度、調子を合わせてやろう」とムギョンは心の中で笑った。

信号が青になると車が動き始めた。そういえば、この車はどこへ向かっているのだろう。目的地も知らず乗り込んだ車の中で、今さらながらハジュンは思った。心の内を読んだかのようにムギョンが尋ねた。

「せっかく乗ったんだから、送ってやるよ。家に行こうか？」

「ああ」

「住所を入れてくれ」

ムギョンが顎でナビを指した。ハジュンは拒まずにナビのキーボードを指でタッタッと押しながら、とても妙な感慨に耽った。ムギョンの車に自分の痕跡を残していた。

止まることなく走り続けた車は、築四十年になろうとしている古びたマンション団地の前でスピードを落とした。団地の敷地内に入ろうとしたムギョンを、ハジュンが止めた。

「ここで降りるよ。中まで入らなくてもいい」

「いい家だな」

本気なのか皮肉なのか分からない感想だった。住民の経済力は各家庭それぞれだったが、とにかく長期居住者が多く、大きな団地ではないため、マンションにしては住民の交流は少なくなかった。

こんなスポーツカーが入っていったら、近所の人たちの注目を集めてしまう。未だに現役選手に会ったかのように自分に声をかけてくる人もいるのだ。だからこの車から降りる姿を、あまり人に見られたくなかった。

ムギョンが深く息を吸うと、独り言のように言った。

「花の香りがする」

「団地内にライラックの木がたくさんあるんだ」

ハジュンの答えに、ムギョンはどこか満足げな表情で景色を見渡しながら頷いた。珍しく柔らかな微笑みを浮かべた顔に、ハジュンは思わず見とれた。

「そうか。気に入ったよ。俺が一番好きな花なんだ」

どうしたことか、好みが似ている部分もある。内心うれしく思いながらも、ハジュンは不満を呟くように尋ねた。

「お前に好きな花なんてあったのか？」

「もちろん。俺はロマンチストなんだよ」

肯定するにしては可笑しいし、否定するにしてはその通りのような気もする。ハジュンが返事を躊躇っていると、ムギョンは冗談だと言うように別れの挨拶を口にした。

「じゃあな。また明日」

ハジュンは、自分を降ろし遠ざかっていく車の後ろ姿を見送り、小さくため息をついた。どんな提案をされようが結局は承諾してしまうということは、とっくの昔に分かっていた。選択の瞬間を先延ばしにすることが、自分にできる最善の策だった。本当に彼の言う通りにするためには、体も心も準備が必要だったから。

落ち着く。目当ての人。

いくつかの単語のせいで、また勝手に期待を抱いてしまったバカな自分にウンザリだった。まったくおかしな話だが、たしかに頭では期待していないはずなのに、心はまた別物だった。「自分が期待した言葉じゃない、別の意味で言ったんだ」と、ハジュンは当然そう思っていた。しかし、いざムギョンの言葉が本当に肉体関係に限定されていたと判明すると、ガックリしてしまうのはなぜだろう。

「何を期待してるんだ。当たり前じゃないか」

ハジュンは自分をたしなめるように、一人呟いた。

ムギョンが自分のことを、そんな意味で好きになる理由がない。彼の目の前を通り過ぎたであろう多数の魅力的な女性たちのことを思った。最近スキャンダルで関わったハ・ウヌも、女神という枕詞が日常的に付けられる女優だった。ムギョンに関して詳しい分、彼の女性遍歴も女性のタイプも、ハジュンは不必要なほどに熟知していた。

ジョンギュの言う通り、現役時代のハジュンには女性ファンも多かったし、そのファンの中の一部は、「ハジュンのことが好きだと言うと、サッカーが好きなのではなくカッコいいサッカー選手が好きなだけの『面食い』なのでは？　と冷やかされる」と文句を言ったりもした。鏡を見ても、特に外見のせいで不満を感じたことはない。だがそれも、あくまで男としてだ。頭のてっぺんからつま先まで、どこをどう見てもムギョンにアピールできそうな要素は一切なかった。

「ハジュン、おかえり」

「うん、ただいま」

家に入るなり、リビングにいた母が立ち上がって息子を出迎えた。面倒に感じることもあるが、こうして疲れてボロボロになった気分の時には、優しい母親の声に癒される。

ハジュンは微笑みながらリビングに入り、久しぶりに彼女を抱き寄せた。

「母さん、愛してるよ[6]」

「あら。帰ってくるなり何よ。何かいいことでもあったの？」

その言葉に、つい虚しい笑みが出てきた。いいことか。そうだな、そう考えよう。

「うん、職場で」

「そう。私の息子なんだもの。なんだってやれるわ。きっと何もかも上手くいくはずよ」

（ああ。そうだよな？　俺は何も間違ってないよな？　上手くやってるんだよな？）

母親が夕飯のメニューの相談をしてきたので、ハジュンは彼女の質問に答えつつ、双子が喜びそうなメニューを一緒になって考えた。二人とも高校三年生なので、特に気を配って面倒を見なければならない時期だった。平凡な日常が、乱れた気持ちを徐々に落ち着かせてくれた。

04

十二歳の冬、父が車の中で自殺した。

長期休暇の時などには、いつも家族みんなで海や山へ遊びに行った、あの車の中で。

父は工場経営者だった。それまでどうにかこうにか不自由なく生きてきたし、これからもそう生きていくんだと思っていた。しかしこの世を去った後に知った父は、不渡りを出す直前の会社を辛うじて維持していた、名ばかりの社長だった。

差し押さえ、返済、担保、競売などという言葉を、その時初めて覚えた。そして、これらの単語の意味を知るや否や、住んでいた家を追われるように明け渡さなければならなかった。今までずっと社長夫人と呼ばれてきたのに、一瞬ですべてを失った母。そして、まだ小学生にもならない双子の弟妹と手に手を取って、家を追い出された。ほぼ全財産を債権者に引き渡した後、ほんの少しの残りカスをかき集め、半地下のワンルームに家族四人で暮らすことになった。

母は鬱とパニックに陥り、酒と薬を交互に飲んでいた。こんな状況でも誰かは働かなければならなかったため、昼には薬を飲んで出勤し、夜に帰宅すると酒を飲んだ。そんな行動が危険だということを彼女だって分かっていただろうし、ハジュンもそんな母の姿を見るのは嫌だった。しかし彼女を止めることはできなかった。

町の小さな託児所の厚意に甘え、母が働きに出ている間、弟妹を預けることにした。ハジュンは授業を終えると、すぐに弟妹を迎えに行き、二人の面倒を見た。「お父さんは、ちょっと遠くに旅行に行っているんだ」と思い込んでいる何も知らない五歳の幼い子どもたちも、家庭がメチャクチャになったということくらいは本能的に気付いた。同い年の子たちとは違い、弟妹は暗くなった。

幼いハジュンは、自分がもっと幼かった頃のことを思い出した。弟妹の年齢の頃の自分は、毎日がただひたすら幸

6　訳注：「サランへ（愛してる）」は、韓国では好きな人や恋人だけではなく家族や友達に対しても親しみを込めてカジュアルに使われる。「大好き」のようなニュアンス。

せで楽しかった。自分のような子ども時代を、弟妹は送ることができないということが可哀想だった。だが自分にできることなど、ほとんどなかった。だから双子と一緒にいる時だけは、なんとか笑顔を見せ、楽しい時間を作ってやろうと努めた。

そんな時は必ず、弟妹も昔のように無邪気に笑ってくれた。兄として弟妹と遊んでやるのに必要なのは時間と努力だけで、幸いお金は要らなかった。

母は双子が眠ると、時折ハジュンを胸に抱いて泣いた。まだ幼い双子を前に辛うじて感情を抑えていた彼女も、長男であるハジュンの前では、そうはできなかった。母が泣いているのに自分まで泣いてはいけないような気がして、ハジュンは涙が出そうなところをグッと耐え、「母さん、泣かないで」などという決まり文句で慰めながら、彼女が泣き止むまで待った。時折、小さな手で母の背中をポンポンと叩いたりもした。

もう少し大きくなっていたら、その時期を正気で過ごすことは難しかっただろう。ハジュンはたまに当時を思い出しては、「本格的な思春期に入る前だったから、悲しみに暮れることなく、なんとか耐えることができたんだ」と思ったりもした。幼い子どもというものは、半ば野生動物のようなものなので、自分のことを可哀想に思う術も知らなかった。

『ハジュン。お前には才能がある。サッカー部に入る気はないか?』

中学に入学した十四歳の時。ハジュンは突然、体育教師に呼び出された。「何か怒られるようなことでもしたっけ?」と心配しながら体育準備室を訪れたのだが、サッカー部の顧問でありサッカーマニアの彼は、まったく予想だにしない提案をしてきた。

ハジュンは聞き間違えたのかと思い、一瞬目をパチクリさせると、恥ずかしさを隠し平静を装って答えた。

『ウチには余裕がないので、運動部は無理です』

『ああ。俺も大体の話は聞いてるけど、だったら尚更入部するべきだ。この学校のサッカー部は有名だろ? 支援もたっぷりあるから、自分で準備しなきゃいけないものはない。ユニフォームだってもらえるし。お前が入部するって言うなら、サッカーシューズは俺が買ってやるよ。担任の先生から聞いたんだが、その—……生活保護を受けてるんだって?』

『はい』

『知らないようだけど、だったら部活をしたほうがいい。少しでも補助金をもらえるように、先生がなんとかやってみるよ。もし有望選手に選ばれれば、学校や区から奨学金ももらえるんだ』

『……どうせ上手くできないと思いますけど……』

『練習中に軽食も出るんだぞ！　とにかくお前の損になることは、一つもない』

「考えてみます」と答えて、家に帰って一晩悩んだ。補助金、軽食、運が良ければ奨学金。条件は悪くなかった。とりあえずやってみて、無理だと思ったら辞めればいいんだから。

スポーツをするにはお金がかかると思っていたので、運動部に入ろうだなんて思いもしなかった。それなのに運が良かったのか、ハジュンはサッカーをしつつ、少ないながらも逆にお金をもらえるようになった。

小学生の頃も友達とよくサッカーをしていたが、自分に才能があるとか、このボール遊びが特別好きだとか、そんなことを思ったことはなかった。だから才能があると言われて驚いたし、二学期に有望選手に選ばれ校内奨学金を受け取った時は、もっと驚いた。

しっかりとした指導を受けてみると、本当に少しは才能があるような気もした。子どもの頃、友達としていたサッカー遊びでは、ただ速く走ってゴールを決める子ばかりが上手いと言われていたが、サッカー部で行なうサッカーは、どう相手チームの攻撃を防ぎ、戦術に従ってボールをキープしたまま運んでパスをするのかも、ゴールを決めるのと同じくらい大切だった。

監督曰く、ハジュンは戦術の理解度とサッカーＩＱが高かった。そして、注目を浴びるポジションよりはサポートのほうが性に合っており、我慢強く粘り強い性格で、全体的な試合の流れをしっかり読める人間がディフェンダーになるべきだと言った。だからハジュンはディフェンダー、その中でも左側の守備を受け持つ左サイドバックを中心に任されるようになった。

十六歳。中学三年生の頃、初めてユース韓国代表チームに招集された時は、信じられなかった。うれしくもあり、怖くもあった。単に飯に釣られ、お金に困って始めたサッカーだった。本当にこんな場所でプレーする資格が自分にあるのだろうか。

事が大きくなりすぎたと思った。大舞台でボロが出て、今までもらえていた支援金まで止められてしまいそうな気がした。

集まったユース代表チームに中学生は数名だけで、ほとんどが高校生だった。中学生の多くはローテーションのために選ばれた補欠で、ヘンに目立って先輩に目を付けられないよう黙って練習を行なうだけだった。喜びより不安のほうが大きかったハジュンも、同じように黙々と練習をこなした。

代表チームのトレーニングを受けながらも、母にも弟妹にも代表チームに招集されたと言い出すことすらできなかった。練習プログラムには約半月にわたる長期合宿も含まれていたが、事情を話して最後の二泊のみ参加することにした。監督は不満そうだったが、わざわざハジュンをリストから外すことはしなかった。

その頃、母の状態はかなり良くなったが、まだ時折襲ってくる鬱や感情の波に苦しんでおり、日常生活を送るのがつらそうだった。双子はまだ幼く、自分がユース韓国代表に招集されたということが、どんな意味なのかすら理解できなかっただろう。きっと母は喜んでくれただろうが、当時のハジュンは、母が喜ぶあまりに平穏が揺らいでしまうのではないかと、それさえも怖かった。

合宿はチームワークを固めるため、言い換えると、幼く荒っぽい選手たちを効果的に統制・統率するために行なわれた。監督が比較的すんなりとハジュンを合宿から外してくれたのは、彼が他の誰よりも従順に練習を行なっていたからだ。どうせ補欠だったし、まだ幼く、主戦メンバーの前では顔すら上げることのできない選手のうちの一人だった。だから、その程度の参加だけでも満足だったのだろう。

実際、合宿に参加しながらも、チームワークなんか知るかと言わんばかりの行動をする問題児もいた。だから監督の立場からしたら、ハジュンの頼みなど気にするほどの問題でもなかった。

終わりがけに参加した二泊三日の合宿で、ハジュンは何度か「アイツ」を見かけたが、彼は練習の時以外は、他人には何の関心もないという様子で耳にイヤホンを挿し、一人で遠くの山を見つめたり、目をギュッと閉じて寝たりしてばかりいた。

特に人を遠ざけている感じでもなかったのだが、かなりの有名人である上に、話しかけるなという無言のプレッシャーが感じられて、同い年のメンバーもなかなか近づけなかった。それはハジュンも同じだった。

ただ、自由時間に家に電話をしに出た時に、偶然アイツと鉢合わせたことがある。誰と電話をしているのか、アイツらしくなく笑いながら冗談を言っているような雰囲気だった。そんな姿が珍しくて暫く見つめていたが、目なんか合ったりしたら大変だと思い、急いでその場を去った。

こうして初めて参加したU-17ワールドカップ予選試合が近づいてきた。緊張で呼吸が荒くなった。主戦メンバーでもないのに、どうしてこんなに緊張するんだ？　そう自分を咎めたが、震えは思うように抑えられるものではなかった。

空き時間になり、ハジュンは誰もいない静かな場所へ行って隠れた。気持ちを引き締めたくてサッカーシューズの紐を結び直そうとほどいたのだが、手が震えるばかりで、きちんと結ぶことができなかった。

どうしよう？　スタジアム裏の空間、ゴミの分別のために並べられたプラスチックの箱の上に座り、軽いパニックに陥ったまままつま先だけを見つめていると、誰かが声をかけてきた。

『こんなところで、何してるんだ？』

ハジュンが顔を上げた。そこには自分と同い年のカッコイイ少年が立っていた。いつも音楽を聴いていたり、寝たりしてばかりいる彼だった。中学生の中でただ一人、スタメンに選ばれた同級生。

韓国代表に選ばれたというのに、機嫌が悪くなると時々勝手に練習を抜け出し、そのせいで監督が怒り狂うというシーンを何度も目にした。

ハジュンは「どういうつもりなんだろう」と思いながら時々遠くからその光景を見守っていたが、監督に怒られても彼がいじけた表情を見せたことは一度もなかった。あんなに小言を言われながらも最後まで韓国代表選抜メンバーの座から降ろされることはなかったので、その図々しさに納得がいった。練習には参加せずとも、いざ練習試合や正式なトレーニングに入ると、完璧なコンディションを見せ、怒った相手を気後れさせるヤツだったから。

合宿を抜け出してサッカーを教わったパク・ジュンソン先生の元に帰り、大目玉を食らって基礎練習をこなしてから合宿所に戻ってきていたという事実を後になって知った。

向こうは自分のことなど知らないだろうが、ハジュンは招集される前から彼のことを知っていた。キム・ムギョンは国内の中高生選手の中では、飛び抜けて有名だった。彼が数年後に様々な面で成熟した選手になるのを、サッカーファンが今から首を長くして待っているくらいだったから。

同じく韓国代表に招集されたといっても、ハジュンとムギョンはスタメン組とサブ組に分けられているも同然だった。なので実際に話をしたり同じプログラムの練習をしたりしたことは、ほとんどなかった。部屋も別だったので、近くで見るのは初めてだった。

目の前で見ると、同じ中学生とはいえ自分よりずっと体格がいいということを実感した。高校生の先輩たちの前にいても、少しも気後れなどしそうになかった。顔つきからして自分とは違っていた。緊張の表情を見せないばかりか、余裕に溢れ、傲慢にさえ見える瞳や口元。

返事もできずに顔を見上げている間、ムギョンが羽織っていたジャージから何かを取り出し、口に咥えた。ハジュンの目が見開かれ、グッと詰まっていた喉が通って声が出た。

『吸うな』

『……どうして？』

『どうしてって……。もうすぐ試合なんだぞ？　いや、そうじゃなくても、スポーツしてるのにタバコなんか吸っちゃダメじゃないか』

ムギョンが呆れたと言わんばかりに、ニヤリと笑った。彼はバカにするような目でハジュンを見下ろした。

『ヨハン・クライフ、ジネディーヌ・ジダン、ウェイン・ルーニー、アシュリー・コール、オリバー・カーン』

『……』

『みんな吸ってるぞ』

ムギョンはライターを取り出し火をつけると、息を吸い込み煙を吐き出した。

白い煙が空へ向かってゆらゆらと上ると、ハジュンは焦った。誰かに見られたら、どうするつもりだ？　居ても立ってても居られなくなり、こう続けた。

『タバコを吸ってたから、ヨハン・クライフは肺ガンで死んだんだろ？』

『……』

『ヨハン・クライフは、たしかこう言ったんだ。サッカーは自分にすべてをくれて、タバコはすべてを奪ったって』

悲壮な言葉に、ムギョンは横目でチラリとハジュンを見るとクスッと笑った。

『それは知らなかったな』

『早く火を消せよ。さっきお前が言った選手は、みんな大人だろ？　俺たちはまだ中学生なんだ。見つかったら、今すぐ荷物をまとめて帰らなきゃならなくなるかもしれない』

『望むところだ。追い返したいなら、そうすればいい』

　余裕たっぷりに答えた少年は、内心その言葉が気になったのか、それとも心境の変化があったのか、ひと口ふた口吸っただけで、まだ吸い始めたばかりのタバコを消した。そしてハジュンを見下ろした。

『そういうお前は、用もなさそうなのに、どうしてこんなところにいるんだ？』

　手が震えて靴紐が結べないだなんて言えるわけもなく、ハジュンは自分へ向けられた視線を避け、軽くうなだれるしかなかった。しかし少年はハジュンの様子を窺うと、その理由に気付いたようだった。

　その時だった。少年が数歩近づいてきたかと思うと、突然ハジュンの前に片膝を立てて座った。

「何をするんだ？」とハジュンが尋ねる前に、素早く手を伸ばし、ハジュンのほどけた靴紐を結び始めた。だらりとほどけていた靴紐が固く結ばれ、緩かった靴が足全体をピタリと包み込んだ。

　ハジュンは突然の状況に何も言えないまま、目の前で腰を屈めた少年の頭のてっぺんと、自分の足の甲の上で機敏に動く彼の手を見つめていた。

『手の力が抜けちまったのか？　相当緊張してるみたいだな』

　同い年に見下されたようで恥ずかしくもあったし、今日初めて会話を交わした未来のスターが、目の前で膝をついて座って靴紐を結んでくれたという意外な状況にソワソワしたりもした。あっけにとられ言葉を失っている間に、立ち上がった彼の手がトンッと肩を軽く叩いた。

『何ビビッてるんだよ。サッカーコートなんて、どこだって同じじゃないか』

　そう言うと彼はその場を去ってしまった。吸いかけのタバコの吸い殻だけが、地面に残っていた。

　ハジュンは暫くぼんやりと座っていたが、それを素早く拾い上げ、ゴミ箱を探して捨てた。犯罪の証拠を隠滅する共犯者になったような気分だった。

　トントン。つま先とかかとで地面を軽く叩いて靴の状態を確認すると、ハジュンはやっとみんなのいる場所へと戻っていった。みんなはハジュンが姿を消していたことには気付いていない様子で、自分のことに忙しかった。幸い遅れずに到着し、全体招集がかかる前にみんなと合流することができた。

スタメンが発表された。選手の間ではすでに分かり切っていたリストを、ハジュンは今一度確認した。ハジュンは補欠。そしてムギョンは当然、スタメンだった。

噂(うわさ)通り、見たまんまの生意気なヤツだ。さっき目(ま)の当たりにした悪名高い傲慢さを思い出しながら、ハジュンはベンチに座って試合を観戦し始めた。どれほどの実力なんだ？　意地悪な好奇心もチラリと覗(のぞ)いた。

ハジュンはサッカー選手として活動していたにもかかわらず、それまで他人の試合をわざわざ観るほどサッカー自体が好きなわけではなかった。サッカー選手なら当然、試合観戦も好きなはずだと思うだろうが、観るのが好きなだけでプレーすることには興味がない人がいるように、当然その逆の人だって存在する。

試合が始まった。相手チームはユースドイツ代表だった。少年たちのサッカーは大人たちのゲームよりも荒々しくワイルドだったが、それでもレベルの差は明白だった。ヨーロッパから来た少年たちは、韓国チームよりもずっと完成されたサッカーをしていた。

そもそも勢いからして違っていた。まだ国際試合の経験が少ない少年たちは、サッカー強豪国から来た相手に怯(おび)えてしまった。体と体がぶつかるスタジアムで、その恐怖心はすぐに見破られた。

最初から勝機が傾いた雰囲気だったが、幸い経験不足もあってか、相手チームも興奮しすぎてゴール前で焦っていた。センターサークルでは韓国のディフェンダーを右往左往させつつパスを上手く回しながらも、いざゴール付近に来ると過度に焦ってシュートをしたり、決定的な瞬間にパスを出しながらもゴールを決められずにいたりした。

オロオロしていたチームの中でも、ムギョンは自分がいるべき場所を比較的素早く見つけて走っていた。チームで一番年下の選手だが一番荒々しく走り、獲物を追う狩人(かりうど)のようにボールを追っていた。背の高いドイツチームの選手に囲まれても、体格的に引けをとっている印象はまったく与えなかった。

走り方は乱暴だったが、ボールを扱う技術は飛び抜けて巧みで精錬されていた。ボールを持つと、彼はむしろ落ち着くようだった。しつこくボールを追っていても、前進するかのように思わせてディフェンダーを欺き、次の瞬間にはパスを出して相手選手を驚かせたりもした。

問題は、彼のパスをちゃんと受け取ることのできる選手がいないということだった。反対に、適切な場所にポジションを取ってボールを待っていても、パスが及ばずボールがカットされ、ムギョンにまで届かないこともあった。

ベンチからも、何度も「あー」「はぁ」というため息がこぼれた。出場もできないくせに誰よりも緊張していたハジュンは、そんなため息すら出すことができず、肩をグッとすくめ試合に集中していた。そうして何度か上手くいかない場面が続くと、ムギョンは怒ったように腕をバッと上げて叫んだ。

『あーっ、クソッタレ！』

ムギョンの口から吐き出された暴言が、ベンチにまで響いた。彼がそろそろイラつき始めていることは、ハジュンも感じていた。

前半三十三分頃、ドイツのコーナーキックのチャンスだった。戦力の差がハッキリしているとはいえ、なかなかゴールが入らないので、ドイツの選手たちの間からも相手を軽く見るような空気が消えた。焦りが消え、ある程度緊張がほぐれてきたドイツチームを相手に、韓国チームにとっては先ほどよりも不利なムードが作り出されていた。

長く蹴り上げられたコーナーキックは、幸い韓国のディフェンダーの頭に当たり、ゴールから遠く外れた。反撃のチャンスだったが、そのボールは韓国のものにはならなかった。再びセンターサークルで奪われたボールがドイツの右ウィングに渡り、ついに韓国チームのゴール付近からドイツのシュートが放たれてしまった。

だが運良くボールはゴールポストに当たり、跳ね返った。速いスピードで放たれたボールは予想外の角度で飛んでいき、ほんの一瞬、誰もいないフィールドをコロコロと転がった。その時ムギョンがすぐさま駆けつけ、ボールをキープした。

結局、自分一人で解決しようと決心したかのように、ムギョンは相手チームのゴールに向かって全力疾走した。全員が韓国チームのゴール前に集まっていたので、ドイツ側のフィールドは、キーパーを除いてがら空きだった。すぐにディフェンダーが元の位置に戻るために走り始めたが、彼らよりも後ろにいたムギョンが先頭に出るほうが早かった。

選手たちを追い抜き、パスを一度もせずドリブルだけでボールを蹴りながら走るムギョンを、ドイツの選手たちが追いかけた。彼はとても速かった。後を追う選手たちも必死だったが、前を走るムギョンと彼を追う選手たちとの間の距離は、ムギョンがゴールキーパーと一対一の状況になるまで縮まらなかった。

オフサイドを気にする必要もない状況。一度も動きを止めることなく、ムギョンはボールを鋭く蹴り上げた。

初ゴールだった。韓国チームが先制ゴールを入れるだなんて、誰も期待していなかったので、スタジアムの空気は一気に変わってしまった。

『あいつ、マジ天才だな』

ベンチに座っていた誰かが、感嘆混じりに呟く声が聞こえた。ムギョンが猛獣のように雄叫びを上げながらピッチを走った。少年たちが後を追って走り、ムギョンを囲んだ。そして、お互いを抱き寄せ合いゴールを祝った。相手チームのスタッフや、あちこちから観戦に来ていたスカウトマンたちが、驚きながら何かを話し合う姿も見えた。

三十分と少し。

ベンチに座ってムギョンを目で追っていたハジュンの魂が、彼に奪われるまでにかかった時間は、たったその程度だった。

イヤホンを耳に挿し音楽を聴いていた無愛想な横顔、誰かと電話をしながらいたずらっぽく笑っていた顔、目の前で叫んでいる幼い野獣のような姿。

嫌みっぽく自分を見下ろしていた嘲笑の混ざった生意気な目つき。唇の間から漏れ出る白い煙、サッと膝をついて座り靴紐を結んだ後、肩を軽く叩いていった手の重さ。

そのすべてが行き交いながら、ハジュンの魂を渦のようにどこか深い場所へと吸い込んだ。その日から十年、一度奪われた魂は、戻ってくる気配すらなかった。

＊　＊　＊

キム・ムギョン、キム・ムギョン、キム・ムギョン！

スタジアムに彼の名前を呼ぶ歓声が溢れ、続いてチームの応援ソングが覆いかぶさった。ハジュンはベンチでその声援を聞きながら、後半戦を終えようとしている試合を瞬きも忘れて見守っていた。終了まで一分ほどが残った状況で、相手のファウルによるフリーキックのチャンスが巡ってきた。このフリーキックが入れば、そのまま試合終了となる。

フリーキッカーはムギョンだった。ムギョンは示された場所にボールを置き、数歩下がって立った。いつも遠い外国の地で繰り広げられる、映像でしか見たことのなかった彼のフリーキックを目の当たりにすることになった観客席からは応援ソングや声援が消え、水を打ったように静かになった。

超人的な勘と表現されたりもするが、ハジュンはムギョンが彼独自のメカニズムに基づいてフリーキックを蹴るということを知っていた。腰に手を当てて立ち、距離と角度の狙いをつけ、数歩助走した後、ボールの狙ったポイントを正確に蹴るのだ。

ジャンプするガードの壁を越え、ボールは低いアーチを描きながら飛んでいった。ゴールキーパーが方向を正確に予測して飛び上がったが、勢いよく飛んできたボールを止めるには一足遅かった。

ワーッ！

観客の歓声が一層大きくなった。さっきのフリーキックゴールで、今日のムギョンはハットトリック[7]を成し遂げ、大勝利を収めた。今日も観客席は満席だった。そして、ジュンソンの不在により沈んでいたチームの雰囲気も、徐々に高まり始めていた。試合終了のホイッスルが鳴った瞬間、ハジュンもノートを閉じた。

「お疲れ様でした！」

「お疲れ様でした！」

気持ち良く勝利を収めた選手たちの表情も、お互いにかけ合う声も明るかった。シーズン序盤から中盤にかけて、シティーソウルは無敗を続けていた。今シーズンのリーグ優勝はもちろん、前に誰かが言っていたように、クラブワールドカップでもいい成績を狙えそうだった。

「おめでとう、ムギョン！」

「おめでとうございます、先輩」

ハットトリックを成し遂げた主役に集中するお祝いの言葉に、ムギョンは大したことないというようにクスッと笑っただけだった。

7 訳注：一人の選手が一試合に三ゴール以上決めること。

「そうだよな。お前にとってハットトリックなんて、朝飯前だよな?」

ジョンギュの皮肉にも、みんなからの祝福にも平然としたふりをしながら、ムギョンはこのリーグ初のハットトリック達成記念ボールをサッと抱えていった。

キム・ムギョンといえば、Kリーグで毎試合三、四ゴールを入れそうなイメージだが、実はそうでもなかった。サッカーは一人の選手の裁量だけで回るスポーツではない。飛び抜けた選手が一人いるだけで無差別に突破できるのであれば、ワールドカップに予想外の出来事など起こりやしない。それにムギョンは、どんな試合だろうがどんなリーグであろうが、勝利後には同じように喜びを感じる選手だった。

今日が、ハジュンの言った「今度の遠征試合」の日だった。試合直後、特に勝利直後は、いつも達成感と性欲が入り混じった興奮が体を熱くした。勝とうが負けようが、ムギョンは試合前より試合後にセックスを必要とした。今日はもう一度、新人コーチの意志を確認する必要があった。

「イ・コーチ」

ハジュンは、今日の試合でタックルされて派手に転んだ選手の体を医療スタッフたちと共に確認していた。ムギョンが近づくと彼は素っ気なく振り返った。

「この前話した件について、今日ちょっと相談したいんですが」

「ああ、後で決めよう」

仕事をしながら無表情で答える顔を見て、ムギョンは小さく笑い、そのままシャワー室へと向かった。

スタジアムにある共用シャワー室には、すでに何人かの選手が真っ裸になって体を洗っていた。ムギョンは意識的に一人ひとりを見ながら、彼らの裸体から興味を感じようとしてみた。

しかし何かを感じるどころか、かえって不快な気分になるだけだった。

「ちょっといいか?」

「はい?」

チームの選手の中でも、それなりに可愛らしくイケメンの部類に属する後輩の肩をトンと叩いて、自分のほうへと振り返らせた。なんだ? という表情で自分を見ている後輩を凝視した。が、すぐにまた指で払った。

「やっぱりいい。あっちを向け」

「はい……」

　ムギョンは気まずそうに背を向ける彼の後ろを通り過ぎ、空いているシャワーの下に立った。どの男にでも勃つというわけではなさそうだ。まぁ女相手でもそうなんだから、男が相手でも同じだろう。

　汗を洗い流しながら、この後するであろうハジュンとのセックスを思うと、ついさっきまで何も感じなかったのが嘘のように体が熱を帯び始めた。ムギョンは髪を洗いながら、自分にしか聞こえないほどの小さな声で鼻歌を歌った。傍から見れば、ハットトリックを決めたからご機嫌なんだろうと思われそうな光景だった。

　ロッカールームで服を着替え終えた選手たちは、順番にソウルへと帰るバスに乗り込んだ。スタッフたちはすでにペアを組んで座席についていたが、ハジュンは一人で窓際の席に座っていた。今日も試合を見ながら何かをずっとメモしていたが、その記録をまとめているのかノートとタブレットＰＣを膝に乗せて、忙しそうに仕事をしていた。ムギョンは躊躇うことなく彼の隣の席に座った。

　ハジュンは自分の隣に座った人間を確認すると、警戒した目で彼を見てから、無言でノートに視線を戻した。ムギョンが耳元に顔を近づけ、小さな声で尋ねた。

「決めたか？」

「ああ、明日しよう」

「今日だ」

「……分かった」

　まるで仕事の話でもするかのように落ち着いた口調だったが、今まで聞いた中で一番うれしい返事だった。ムギョンはニヤリと笑い、姿勢を正して座り直した。ハジュンはムギョンに返事をしながらも、ずっとノートとタブレットＰＣを見つめながら作業に集中していた。

　真面目すぎじゃないか？　ムギョンはそう思いながら背もたれに頭を預け、目を閉じた。勝利に浮ついた選手たちは、バスに乗っても騒がしかった。ブルルンとエンジンがかかると、バスが出発した。

　暫く眠っていたムギョンはふと目を開けた。みんな疲れていたのか、出発した時には騒がしかった車中は静まり返っていた。座ったまま寝たせいで固まった首を左右に回して周りを見渡すと、隣の席に座っている乗客の姿が目に入ってきた。ハジュンも膝の上にノートを置いたまま眠っていた。

ムギョンは手を伸ばし、ハジュンが毎日のように携えているノートを広げた。自分も彼もチームに入ってまだ日が浅いが、今書いているノートはすでに二冊目らしく、「2」と書かれたラベルが貼られていた。

複数のページに色とりどりのテープがぎっしり貼られていた。選手別に問題点、補強すべき点、トレーニングの指示内容などが、端正な顔にしては多少荒い文字で、しかし分かりやすく整理されていた。

内容は非常に細かかった。ある選手については、今日は顔色が悪かったから練習量を減らしたと書いてあり、食事メニューや睡眠時間をチェックした内容もあった。ムギョンは、自分にも時々生活リズムに関する質問を投げかけるハジュンの姿を思い出した。各選手のタイプを分類して、持久力があるのか、瞬発力があるのか、パワーが持ち味なのか、疲労回復スピードが早いのか遅いのかなどもすべて記録されていた。

それをゆっくり読み進めていたムギョンは、ページを一気に飛ばし、自分の名前を探してみた。前のほうが毎日の記録帳になっていて、後ろのほうは選手たちの背番号順に整理されており、ムギョンの名前は序盤に出てきた。自分が体で実践中だからよく熟知しているトレーニングプログラムの記録は飛ばし、その下に星印をつけてメモしてある部分に目がいった。そこにはハジュン自らコーチングをする際の注意点が書かれてあった。

☆ 今後も足首のバランスの悪さに注意。しっかり矯正しないと、膝まで壊す可能性あり。

☆ コア強化に加え、上半身の筋肉は少し減らしたほうがいいかも？ 様子を見て指示。

☆ 休息チェック。休む時には、しっかり休むようにすること。睡眠時間も随時チェック。

なんなんだ⁇

クッ。簡潔にまとめられたトレーニング関連のメモの間に、突如として心の声が書き殴られていた。ムギョンは声を出して笑いそうになり、口をグッとつぐんで耐えた。

「うーん……」

ハジュンがムニャムニャ言いながら頭を動かした。ムギョンは急いでノートをハジュンの膝の上に置き、腕を組み、正面を向いた。幸いハジュンは目を覚まさず、軽く頭を窓のほうへ向けた。目を閉じたまま、寝息を立てていた。

ムギョンは腕組みをしたまま、体を少し横へ傾けて彼の顔を見下ろすと、微笑みながら座り直した。まったく、何気に面白いヤツだ。

二時間ほど走り、バスが練習場に到着した。順番にバスから降りた選手たちは、長距離の移動で疲れた体をほぐすため、ハジュンの指示に従って簡単なストレッチをした。彼は手を叩いて選手たちに解散を告げた。

「今日は本当にお疲れ様でした。しっかり休んで、明日の午後に会いましょう。明日は通常トレーニングはせず、疲労回復プログラムを行ないます」

「お疲れ様でした!」

挨拶を済ませた選手たちは、急いで駐車場へと向かった。ハジュンはどうしようかと躊躇いながら、その場をウロウロしていた。前回は人目がなかったが、今日は人がたくさんいる。ここからムギョンの車に乗って移動するのは憚られた。その時、携帯電話にメッセージが届いた。

[バス停に来い]

ハジュンは、そのメッセージを暫く見つめていた。自分の携帯電話にムギョンからのメッセージが映し出されているという事実が、とても不思議だった。

ハジュンはコーチとして緊急時に備え、シティーソウルに所属する選手全員の電話番号を登録しているが、ムギョンが自分の番号を知っているという状況は、なんだかこそばゆい。選手やコーチの連絡先はすべてクラブのイントラネットに載っているので、普通に知ることのできる情報ではあるのだが。

ハジュンはバス停に向かった。そしてオレンジ色のランボルギーニの代わりに、シルバーのマセラティが、前回と同じ場所に停まっているのを見つけた。すでに話をつけたにもかかわらず、なぜかすぐには踏み出せず暫く突っ立っていたハジュンは、深呼吸を一度してズンズンと早歩きで車に近づき、無言で助手席にドカッと座った。

「スパイ作戦でも繰り広げてるみたいじゃないか?」

ムギョンが冗談を言ったが、ハジュンは答える気分ではなかった。不愉快だからでも、後悔していたからでもなく、単に緊張していたからだった。ハジュンの硬い表情を見て、ムギョンは肩をすくめただけで、それ以上は声をかけずに車を出した。

セックスをしに行く二人が乗った車とは思えないほど静かな雰囲気の中、車は夜の道を勢いよく走っていった。

＊　＊　＊

到着した場所は、今回もムギョンの自宅だった。リビングに入ると、ムギョンが服を脱ぎながら尋ねた。

「シャワー浴びるか？」

「うん」

ハジュンは前回と同じバスルームに入った。痛すぎて空のバスタブに座ってひたすらシャワーだけを浴びていた前回とは違い、体の隅々まで泡で洗った。関係を持つ前と後とでは、やはり気になり方が違う。

頻繁に使われているバスルームではなさそうだが、浴槽のある広いバスルームは、タイルに塵一つなく綺麗だった。

バスタブや洗面台、壁に取りつけられた鏡までもが、ハジュンの想像する家庭用バスルームの規模を優に超えていた。整理整頓して棚に置かれたバスグッズにすら生活感はなく、水が跳ねるのが申し訳なくなるほどだった。

シャワーを終えたら服を着て出ていったほうがいいかな？　それとも裸で？　どうせ脱ぐんだから、わざわざ着る必要あるのか？　悩んだ末に、ハジュンは元通りに服を着た。

ドアを開けてバスルームを出ると、ムギョンもタオルで髪を乾かしながらバスルームから出てくるところだった。しっかり服を着たハジュンとは対照的に、彼は裸にバスローブを一枚羽織った姿だった。高級そうな濃いグレーのバスローブがガッチリした体を包んだ姿は見慣れないものでもあり、今まで見たことのない大人びた魅力を纏っていた。

ハジュンは暫くぼんやりと彼を見つめていた。ムギョンが自分を見つめてフッと笑うまで。

「どうせ脱ぐのに、しっかりと着込んだもんだな」

「……裸でウロウロするのに、慣れてないんだ」

「そういえば、家族と一緒に住んでるんだっけ？」

ムギョンが使い終えたタオルを投げ捨て、ハジュンに近づいてきた。

「まぁ、いいさ。脱がす楽しみもあるし」

チュッ。そう言い終えるとすぐに、耳たぶのすぐ下、顎のラインに口づけた。ハジュンは早くもクラクラした。

「あの日は、ちょっと我慢できずにソファでヤったけど」

　今度は、もう少し下のほうに唇が触れた。人に肌を触れられることに自分はこんなにも敏感なんだと、ハジュンはムギョンを通じて初めて知った。いたずらっぽく唇が押しつけられたり肌の上を滑ったりするたびに、脚の力が抜けそうになった。ムギョンの腕は、いつの間にかハジュンの背中に回っていた。

「あっ、ふっ……」

「分かった、分かった。イ・コーチも我慢できないみたいですね」

　ムギョンが首筋に埋めていた顔を上げ、ハジュンを見下ろした。彼の瞳には欲情というよりも、どちらかというといたずらっぽさが滲んでいた。ハジュンは一人ソワソワして少し悔しくなった。

「とにかく今日はのんびりと、ベッドの上でヤろう」

　ハジュンはムギョンに引っ張られるようにして歩いた。背後でドアが開き、ハジュンはある瞬間ベッドの上に寝かされた。

　広々としたベッドに横たわったハジュンは、サッと部屋を見回した。広くシンプルな部屋だった。ベッドの脇には、サイドテーブル、鏡、小さめのクローゼットなどが置かれていた。壁には大きな窓があり、外には木々が見えた。たしか階高がかなりある建物の三階だったような気がするが、窓の外に生い茂った木の葉が見えているのが不思議で、ハジュンは暫くそこを見つめていたが視線を戻した。

　男一人が使う部屋としては十分だとも思ったが、意外と地味で平凡だという気もした。なぜか人が生活している場所という感じがしなかった。部屋自体は寒くもないのに、ひんやりとした空気が入ってきた。

　唇が体中に押しつけられている間にも懸命に目をキョロキョロさせていると、ムギョンはしかめた顔を上げた。

「集中もせずに、何をキョロキョロしてるんだ？」

「いや、なんとなく」

　部屋のあちこちを見ていた間に、すでにズボンは脱がされていた。ムギョンの手がTシャツの裾をまくり上げた。ハジュンは腕を上げ、彼が自分の服を脱がせやすいように協力した。

　初めての時は服を着たままヤった。裸になってしまうと傷痕が気になる。ハジュンが傷痕を手で隠すと、ムギョンは邪魔するなと言わんばかりに、その手を払いのけた。なぜか恥ずかしくなり、ハジュンは顔を背けた。

ベッドに敷かれた濃いネイビーのシーツと掛け布団の上で、ハジュンの白い肌は一層際立った。ムギョンは彼の姿を見下ろしながら、手に入れた獲物を見つめるハンターのような満たされた気持ちになり、ニヤリと笑った。本人にこんなことを言ったら気を悪くするかもしれないが、その傷痕さえ、まっさらな肌を際立たせてくれる柄のようだった。

じっくりと見たことのないハジュンの体は、全裸にして寝かせてみると、ほどよく筋肉がついており、逞しすぎず痩せすぎずの絶妙なバランスが感じられた。ネックラインから直角に続く肩の線や、その肩の先から腕へと続くガッチリした線、小さな乳首が突き出た厚い胸板、その下で直線を描く硬い腹筋も。

曲線がまったくない上に細身でもない男の体なのに、全体的に繊細に作り込まれたような雰囲気は生まれ持ったものなのだろうか。ムギョンの体が荒いタッチの油絵ならば、ハジュンの体は線だけで描かれたペン画だった。

顎のラインと、その下の鎖骨まで続く斜線状の筋肉、まっすぐ一文字に置かれた鎖骨まで、指でなぞってみた。ハジュンはそのたびに、身をすくめながらギュッと唇を噛んだ。声を我慢するなと言ったのに、また我慢しているようだった。

だったら我慢できないようにしてやろうか。ムギョンはハジュンに勢いよく覆いかぶさると、首筋に歯を立てた。力を入れずに優しく引っ掻くように噛みながら指で乳首を擦ると、思惑通りハジュンの努力は一瞬で無駄になった。

「あっ、はぅ」

今日、シャワー室とロッカールームを見て回って今さらながら感じたのだが、男……それもスポーツをしている男の肌がこんなにも綺麗であることは珍しいのに、ハジュンの肌はただ白いだけではなく滑らかで柔らかく、きめが細かかった。

だから触っただけで、こんなに喘ぐのだろう。改めて楽しくなったムギョンは、首筋に埋めていた唇をゆっくりと滑らせ、指でいじっていたのとは逆の乳首に持っていった。水滴のように胸の上に乗った突起をチュッと音を立てて吸って引っ張ると、腰が少し浮いた。その動きに、衝動的に乳首をカリッと噛んでしまった。

「あっ、痛っ！」

ハジュンの声が一気に大きくなった。彼は顔をしかめ、不満そうにムギョンを見つめた。ムギョンはそんなハジュンの目を見つめながら、舌を突き出し、さっき噛んだ乳首を慰めるように舐めた。舌が突起の上をスーッと撫でると、彼は詰るのを諦めたかのように目を閉じた。

さっきよりも赤くぷっくりと膨れ上がった乳首がムギョンの目を引いた。今度は胸の真ん中のラインを舌で撫で下ろした。舌先がみぞおちに届き、空いた手で骨盤のあたりを触ると、どこが感じているのかも分からず、体がビクッと跳ね上がり喘ぎ声が上がった。

「んんっ、うっ、ふっ、あっ」

面白い。

なぜハジュンとのセックスを思い出してばかりなのか、ムギョンはその理由が分かった気がした。挿入した時の感じも良かったが、とにかく自分にとってハジュンとのセックスは、非常に面白いものだった。

同じチーム、同じ練習場で働く仲間をベッドの上に組み敷くということ自体が刺激的だったし、仕事の時には常に整っている顔が、自分の下で快感に歪むのを見るのも楽しかった。どこをつついても敏感に感じる体は、それ以上に興味深かった。

この楽しさがどれほど続くのか自分でも確信が持てないが、少なくとも二回で飽きる程度の体ではなさそうだ。それでこそ、こちらから誘った甲斐があったというものだ。

「あっ、はぁ、うっ！」

ブリーフを引き下げて露わになった性器の横、内ももの付け根に唇を当てると、お尻が軽く浮いた。ハジュンは愛撫を避けようと体を横に向けかけたが、ムギョンの手が脚をガバッと広げ、それを制止した。優しく肌の上を行き来していた唇が、内ももを強く吸い上げた。ハジュンは腰を浮かせたが、ムギョンの手で押さえつけられた脚は、そう簡単には逃れられなかった。

「あっ、あぅ、そこ……くすぐったい。はうっ！」

「くすぐったいなら、笑えよ。これがくすぐったいのか？」

「あ、あっ、はぁ……！」

太もものあちこちを噛んだり吸ったりすると、手に押さえつけられた脚に力が入っていくのが感じられた。引退して数年が経つらしいが、しっかりと筋肉のついた太ももはかなりガッチリとして弾力があった。どうしようもなく漏れる喘ぎ声を音楽のように聴きながら、ムギョンは自分の性器がすでに勃っているのに気付き、顔を上げた。

拒んでも拒んでも続けられる愛撫に、ハジュンは泣き顔になった。そんな顔も気に入った。ムギョンがハジュンのブリーフを完全に脱がし、自分の下着も脱いでベッドの脇に投げた。サイドテーブルの引き出しを開けローションとコンドームを取り出すと、ハジュンが緊張したように体をすくめたのが分かった。

「手」

ムギョンの言葉に、ハジュンがおずおずと手を差し出した。

恐る恐る近づいてきた白い手のひらに、ムギョンは説明もなしにチュッとローションを絞り出した。ハジュンは自分の手のひらを見て、どうしろという意味なのか分からないという表情でムギョンの顔を見た。ムギョンはクイッと顎で自分の下を指し示した。

「今日はお前も俺のを触ってみろ。俺ばかりが触らなきゃいけないわけじゃないだろ?」

ハジュンの視線が、ムギョンが顎で指し示した先にあるしっかり勃起した性器に届いた。ハジュンの視線がそそり立った性器の先からゴツゴツと浮かび上がった血管に沿って下り、睾丸にまで届いた。生唾を飲み込むハジュンの姿が、ムギョンにも見えた。

ハジュンが緊張すればするほど、なぜかムギョンはどんどん余裕が出てきた。ゆっくりと座ると、ハジュンが横になっていた体を起こし、膝立ちで近づいてきた。その姿に、ムギョンはまた心の中で笑った。バカなのか好き者なのか、どちらなのかよく分からない時があるが、こういう姿を見るとやはり後者のような気がする。前もそうだったが、俺のモノを見ると目を輝かせる。

自分にも同じモノがついているくせに、ハジュンは不思議な物を見るような表情で、ムギョンの性器を恐る恐る掴んだ。ピアノの鍵盤でも叩くかのようにゆっくりと指で竿を包み、手でムギョンのモノを握った彼は独り言を言うように感嘆の声を漏らした。

「熱い」

「なんだよ。まるで初めて触るみたいに」

ハジュンは手で包んだ肉棒をしごき上げた。ローションを塗った柔らかな手のひらで性器をしごかれる感触は、また格別だった。緩んだ気分に軽くため息をつきながら、ムギョンは自分の前で背中を丸めて座っているハジュンを見下ろした。彼は口をグッとつぐみ、ムギョンの性器をじっと見つめながら手を動かしていた。

その手は懸命に上下に動き、性器の表面と手のひらが接触する部分からはクチュクチュという摩擦音が出ていたが、ハジュンの表情にいやらしさは一切ない。練習場でノートを読んでいる時よりも、ずっと真剣だった。まるでアソコではなく、練習場で自分の足首を観察する時の表情じゃないか。これには、ムギョンも我慢できずに声を出して笑ってしまった。

「どうしたんだ?」

突然クスクスと笑い出したムギョンを、ハジュンは狼狽(うろた)えた目で見つめた。何かヘンなことをしてしまったのか? そんな心の声が聞こえてきそうな表情だった。ムギョンはすぐさま首を横に振った。

「いいや」

ムギョンが体を前に屈めると、ハジュンは彼の性器から手を離し躊躇いながら、また彼の下に横たわった。ハジュンの手の中で一層大きくなったムギョンのモノは、もう準備万端だった。

ムギョンがゴムのパッケージを口に咥え、封を切った。するとハジュンがビクッと驚きながら、ムギョンの腕を掴んだ。

「ちょっと待ってくれ」

「ん?」

「その前に、ちょっと……」

ちょっとなんだ? ムギョンが顔をしかめている間、ハジュンは放り投げられたローションをゴソゴソと拾うと、その手に何度か絞り出した。

何をしようってんだ? 目の前にある男の尻に早く突っ込みたいと下が叫んでいたところだったが、ムギョンは自分をなだめながら待った。ハジュンが何をするのか気になったからだ。そして、すぐにムギョンの目は見開かれた。

「ふっ……」

ハジュンはローションをたっぷり塗った手を、ムギョンの性器にも自分の性器にも持っていくことはなかった。サッと脚を広げると、自分のお尻の間に突っ込んだ。濡(ぬ)れた中指を自分の体の中に突然入れるという行為に、まったく躊躇(ちゅうちょ)はなかった。

それで終わりではなかった。彼は指を押し入れたまま自分の下半身を見下ろすと、指を入れただけでは飽き足らず、手首を動かし始めた。入口を広げようと中に入れた指をグリグリと回すのを、ムギョンは言葉を失って見つめた。指を一本入れただけでもつらいのか、ハジュンは顔をしかめ小さく喘いでいた。

「ふぅ、あっ」

これは、なんなんだ？

サービスで見せてくれてるのか？

二度目だから？　二度目は目で楽しませるサービスをするという個人的な方針でもあるのか？

経験値ならば、よほどのことがない限りひっくり返されない自信のあるムギョンだった。しかしまだ始めてもいないのに、いきなり目の前で自慰を始める相手なんて初めてだった。しかも、それが自分の後ろをほじくっている男ならば尚更だ。

今までベッドの上ではいつもリードしてばかりで、どうすればいいのか分からなくなったのは初めてなので戸惑ってしまった。とにかく、その驚くべき光景に下半身は一層熱くなった。ムギョンは、目の前で繰り広げられる行為をぼーっと見つめていた。その沈黙に耐えられなくなったのか、ハジュンが口を開いた。

「ちょっとだけ待っててくれ。すぐに終わらせるから」

顔が少し赤くなったハジュンは息を切らしながら手をモゾモゾさせると、すでに中に入っている中指に加え薬指も入れようとした。ようやくムギョンがグンと近づき、手首を掴んだ。

「サービスもいいが、ずっと見てるだけってのは俺の趣味じゃない」

「サービス？」

たしかに刺激的ではあった。もう限界まで興奮し切ったと思っていた性器が、さらに反り上がったのだから。手首を下に引っ張ると、中に入っていた中指がズルンと出てきた。指が入っていた時と同じくらい、指が出てくるのにもムラッときた。

中腰で座っている男を、元通りに押し倒した。硬くなったモノを入口に挿れるかのように擦りつけると、ハジュンが焦ったように言った。

「あの、あともう少しだけ……」

「なんだよ。もう、いいって」

「こうしておかないと痛いらしい……いや、痛いから」

その言葉にムギョンは顔をしかめた。

「どうして？　この前は、そのまま挿れただろ」

「あの時は……」

短い沈黙が過ぎた。ハジュンが喉をゴクリと鳴らして答えた。

「我慢できなかったんだ」

「なんだって？」

ムギョンの口から呆れたと言わんばかりのせせら笑いが出た。ハジュンの顔がさらに赤くなった。

だから、最初にどうすればいいのか教えてくれと言ったのに、人のことをおちょくりやがって……。

自分が我慢できない時には、そのまま挿れろと言ったくせに、今日はそのまま挿れると痛いだと？

頭の中に、無視して今すぐブッ込めと叫ぶ声と、痛いって言うんだから仕方ないだろ？　と、なだめる声が共存した。この二つの声の戦いを終えたムギョンは、小さくため息をついて、お尻の間に擦りつけていた性器を引くと、ハジュンの隣に寝そべってしまった。そして自分の手にローションを塗りながら、ブツブツと文句を言った。

「じゃあ最初から、そう言えばいいだろ？　抗議アピールかよ」

「えっ？　いや、そんなつもりじゃ……」

「黙れ」

怒りに任せて大量にローションをつけた指二本を、すぐさまハジュンの脚の間にガッと押し入れた。手のひらがお尻に当たって、バシッという音が出た。ハジュンが体を浮かせ、短く悲鳴を上げた。

「あっ！」

「グチョグチョにしてくれってことじゃないのか？」

「ふっ、あうっ！」

ムギョンは性器をぶち込むように、指で中を激しく突き上げた。あっ、あっ、あっ。痛いのか気持ちがいいのか、ハジュンが体を震わせながら喘いだ。

いざ指を入れてみると、熱く湿った内壁が指を包み込む感触がなかなかだった。挿入の快感を早く味わいたいという衝動の上に、新たな興味が顔を覗かせた。怒りに任せて乱暴に突いていた最初とは違い、指を出し入れする速さが次第にゆっくりになり、一直線にばかり動いていた指の軌道も変わり始めた。その変化に合わせて、ハジュンの呼吸も荒くなった。

「はぁ、あっ、ううっ……」

円を描くようにして手首を回しながら内壁を擦る動きが、少しずつねっとりとしていった。ムギョンはゆっくり深く指を入れ、体温で温められたローションを中に広げながら、四方の内壁を入念に探ってみた。

この前はゴムも着けていたし、激しいピストン運動ばかりしていたので感じられなかったが、柔らかくねっとりと指にまとわりつく内壁の感触は、触り甲斐があった。指二本がやっと入るほどの狭い場所に無理やり指を入れていると、前回はどうやって自分のモノを一気に挿れられたのか不思議な気もした。

もう少し深く押し入れ、指の関節を曲げた時だった。

「ふっ！」

突然ハジュンの腰が大きく跳ね上がった。と同時に、指を包み込んでいた内壁がうねるのを感じた。単純に締めつけるだけでなく、うごめく感じだった。

ムギョンは微かに顔をしかめ、もう一度同じ場所をゆっくりと撫でた。探るような手つきに、ハジュンが腰を後ろに引きながら体をすくめた。ハジュンの表情は微妙に固まっていた。

「あっ、ちょっと待ってくれ」

「どうして？」

ムギョンの口元に微かな笑みが広がった。逃げようとするハジュンを引き寄せ、自分の腕を腕枕にして寝かせた。

その状態で指先を、あるポイントにくっつけるようにして、激しく擦り始めた。するとハジュンは体を掴まれているにもかかわらず、お尻を後ろに引きながら、その手から必死に逃れようとした。

「ちょっ、あっ、あうっ、んっ、あっ！」

「ここがイイのか？」

「ふっ、ふぅ、あっ、ちがっ……そんなんじゃ、ああっ、あっ！」

「逃げずに正直に言えよ。イイならイイ、イヤならイヤだって」

内壁の一点を執拗にいじめていた指が、突然ズルッと抜かれると、大きな手がバシッと音を立ててハジュンのお尻を引っぱたいた。

「あふっ！」

突然の平手打ちに、後ろに逃げていたお尻がまたムギョンのほうへピタッと張りついた。ムギョンは、また乱暴に指を押し入れた。

「あ、あっ！」

「ヤる時に猫被られるのは大嫌いだから、いい加減にしろよ」

今度は指を一本増やして、三本入れてみた。少しキツかったが、すでに一度広がった穴は割とすんなりと太く長い指三本を飲み込んだ。

最初はキツく締めつけるばかりだったのが、うねりながら自分の指にまとわりついてくる感触が、とても面白かった。

何度も擦ったポイントはすでに大きく腫れ上がっていたので、その部分を探し出すのは簡単だった。

ピストン運動をするように指を出し入れしながら、その部分を擦り、それに飽きると手首を激しく揺すって振動を与えるように刺激した。そのたびに体をビクつかせ喘いでいたハジュンは、ある瞬間、もう我慢できなくなったのか首をブンブン振りながら懇願した。

「ああっ、あっ、あっ！　キム・ムギョン、も……もう……！」

「気持ち良くてたまらないくせに」

「あ、あっ……！」

「もう一本入りそうだな」

自分の胸に顔を埋めるように抱かれて全身を震わせているハジュンを、ムギョンは知らず知らずのうちにニヤニヤしながら見下ろしていた。狭い穴には人差し指と中指、それに薬指まで深く押し込まれていた。残った小指を入口付近に当ててそっと擦ると、ハジュンは怖がるように肩をすくめた。ムギョンの指四本は、普通の人の手の幅と変わりなかった。

でも、ほらな。イヤがってるふりはしているが、やはり猫を被っているのか、最後まで「やめろ」というセリフは出ない。

ムギョンは唇を舐め、結局小指も突っ込んだ。指三本を飲み込んだ時も破れそうなほど広がっていた入口は、いざ小指まで押し入ってくると、一層広がりながらそれを飲み込んだ。

一体どれだけ広がるんだ？　好奇心が芽生えたムギョンは、ハジュンを抱いていた体を起こし入口を見た。髪の毛一本すら入る隙もなくギュッと閉じられていた場所が丸く広がり、その間で太く長い指四本が体液とローションに濡れていく様子に、ムギョンは生唾を飲み込んだ。下腹部が攣るほどに性器が膨張した。

正直言って、四本も指を中にぶち込むなんて今まで誰ともしたことがない。ムギョンにも未経験の刺激的な行為は、まだまだたくさん残っていた。何度も指を出し入れしながら、ムギョンは低く笑った。

「しっかり広がってるぞ。このまま続けたら、手が全部入っちまいそうだ」

「ふうっ、あっ！　はぁ、あっ！　んっ、ううっ……！」

ハジュンは腰を震わせながら、腕で顔を隠した。指の動きが速くなり、内壁を擦る力が次第に強まっていった。はあっ、はっ。気持ちがいいのかつらいのか、ハジュンは息を切らしながら、悲鳴なのか喘ぎ声なのか呼吸音なのか分からない声だけを吐き出した。

ずっと擦っているだけなのにも少し飽きて、擦っていた場所を力を込めてグッと押した、その時だった。ハジュンが腰を跳ね上げたかと思うと、また首を横に振りながら仰け反った。ムギョンの手首を必死に掴んだ。そのせいで、腕で隠されていた顔がムギョンの目に入ってきた。

「ヘン……ふうっ……あっ、ヘンなんだ。た……頼む！あっ、ああっ！」

クソッ。

口には出さず心の中でそう呟きながら、ムギョンは指を一気に抜いた。ねっとりとした内壁が、指を離すまいと最後まで絡みついてきた。

執拗にいじめられていた体がようやく解放されると、ハジュンは「うぅん」と小さく喘ぎながらうずくまった。しかし休息は束の間だった。ムギョンの隣でうずくまっていた体は、すぐに組み伏せられた。大きな手が太ももを広げ、両ふくらはぎを肩の上に乗せた。

「あうっ、あーっ！」

ムギョンは指を抜くなり予告もなしに亀頭を入口に挿れ、一気に突っ込んだ。

ずっと指四本を咥えていた穴の中は、前回よりはずっとスムーズに性器を飲み込んだが、だからといって大きな肉棒を簡単に受け入れられるわけではなかった。指よりもずっと長い性器が奥まで入り、お腹の中を圧迫すると、ハジュンは息を切らしたように浅い呼吸を繰り返した。ムギョンは「はぁ」と、自分の耳にしか聞こえないほどの小さなため息をついた。

仰向けに寝かせて挿れると顔がよく見えた。瞳までが揺れている危うげな表情。

　つらいのか気持ちがいいのか、どちらにせよ強烈な感覚に苛まれ、いつもの端正な顔が大きく歪んだ。開かれた唇は唾液で濡れ、焦点の合っていない瞳を包む目元が微かに濡れているようだった。

　ついさっきまでは、雷の日の犬のように胸の中でブルブル震えるハジュンの反応が面白かったが、今は笑えなかった。男が感じている表情が、なぜこんなにも刺激的なのか分からない。しかし、見ているだけでも腹の中で熱く滾るものを、何も考えずにぶち込みたかった。あの顔をもっと見たかった。

「ふうっ、ちょっ、待っ……、はぅぅ」

　自分の恥骨とハジュンのお尻がぶつかるまで腰を押しつけ、根元が見えなくなるくらい深く挿れると、亀頭を包み込んでいた内壁があるポイントで急激に狭くなった。初めてシた時よりもずっと深く挿れたはずなのに、あの時のように閉ざされたものを無理やりこじ開ける感じはしなかった。あの日あんなふうに挿れたのは、やはり少し無理な行為だったのだろうか。

　キュッと狭まった部分を亀頭でグッと押し広げてから、ツンツンと軽く突き上げると、ハジュンの腰が跳ね上がり、お腹がブルルッと痙攣するように震えた。

「あっ、あっ！　ふうっ、頼む……、もう……、ああっ！」

「はぁ、ふぅ」

　そういえば、ゴムを着けるのを忘れていた。さっき封を切っておいたのに。

　そう思いつつも、挿れたものを出したくなかった。男同士のセックスに妊娠の心配はないから、必要ないんじゃないか？

　のぼせた頭でなんとなく正当化しながら、ムギョンは無言で浅いピストン運動だけに集中した後、腰を後ろに引いて、深く突っ込んでいたものをゆっくりと抜いた。一度抜かなければ、また挿れられないから。

　暫く体の中に留まっていた性器が抜けようとすると、内壁の肉がねっとりと絡みついた。性器の形に沿って狭まる熱くヌルヌルした粘膜のせいで、今まで意識したことのない自分のモノの形が、ムギョン自身にまで感じられるようだった。食いちぎろうとするかのようにきつく締めつけていた前回とはたしかに違う。男とのセックスでも前戯が大切なんだということが、よく分かった。

「ふぁ……」

性器を抜くと、ハジュンはため息をつくかのように小さく喘ぎながら腰を跳ね上げた。内ももに力が入り、脚全体がムギョンの肩の上でビクビクしているのが感じられた。

ムギョンはもう一度低く笑い、顔の横に置かれた膝を舌でねっとりと舐めた。舐められたほうの脚が何かを蹴り飛ばすかのように上下に揺れたが、ムギョンの手によって押さえられ、無駄な抵抗に終わった。

「挿れる時と抜く時、どっちのほうが気持ちいい？」

そう尋ねながら、ゆっくりと抜いていたモノを一気に挿れると、ハジュンが仰け反りながら腰をよじらせた。

「ああっ！　ふうっ、はぁ、あっ……」

「どっちも？」

そして、またゆっくりと抜いた。ハジュンもそのスピードと同じくらい、力の抜けた、長いすすり泣きのような喘ぎ声を漏らした。

「ふうっ、うっ、ふううっ……」

ほぼ最後まで抜いてから激しく突き、プクッと突き出た亀頭の先端や性器の凹凸が内壁を引っ掻くのをしっかり感じられるようにゆっくりと抜いては、また激しく突き上げた。

完全に抜き切ってから激しく突き上げたり、半分ほどか、それ以下しか抜かずにまた挿れたりするので、入ってくるタイミングを予想できず緊張していたハジュンの体がビクビクと跳ね上がった。そのたびに泣き声のような喘ぎ声が上がり、まるでお尻を叩かれたかのようにグッと力が入り、性器をギュウギュウと締めつけてきた。

その感覚に酔い、疲れもせずにピストン運動を繰り返していると、さっき指で中を触っていた時のようにハジュンが首を横に振った。ムギョンの肩を掴み、もう一度懇願した。

「あっ、あっうっ、ちょっと……。頼む、待ってくれ……、はあっ！」

「どうした？　つらいのか？」

「ふうっ、んんっ、うんっ！」

ハジュンが何度も頷(うなず)いた。とても切迫した目だ。赤く火照(ほて)った頬を、ムギョンの手が軽く叩いた。

「大丈夫。できる、できる」

大げさな。

ムギョンは、肩の上に乗せていたハジュンの脚を腰に回した。怒っているかのようにより激しく性器をぶち込むと、諦めたかのような悲鳴に似た喘ぎ声を上げ、白い手がシーツをギュッと握り締めた。

ムギョンは腰の動きを止めることなく、ハジュンの骨盤を掴んだ。深く突くたび、すでに中に抱えている性器を避けるかのように何度も左右に逃げる腰を固定するためだった。

緩急の調節を完全にやめ、ムギョンは膝立ちの姿勢でパンパンと腰を突き上げた。ムギョンの恥骨と太ももがお尻に当たるたびに、ハジュンの体が揺れまくった。

「ふあっ、あっ、ああっ、ああっ！」

声を上げて喘いでいたハジュンが腕を伸ばした。シーツを握り締めていた手が、頭の上、格子状の木製ヘッドボードを掴んだ。あまりに体が揺れるので、自分で固定しようとしているのかと思ったが、ハジュンは足でシーツを蹴りながら、体を上に引き寄せた。

逃がすか。逃げようとする腰を、再びムギョンの手がガシッと掴んで引き下ろした。そのせいで挿入が深くなると、ハジュンはムギョンの手首を掴んで身震いした。

「あっ！　あ、あっ、俺……もうっ……！」

「逃げるなって言っただろ？　ヤりたくないのか？」

ムギョンが怒ったふりをしてドスを効かせた声ですごみながら、ゆっくりと突き上げると、その言葉にまた激しく首を横に振った。

「イ……イヤなんじゃ、ない。そうじゃなくて！　はぁ……！　あうっ、ふっ、うっ……」

切羽詰まった言葉尻が濁ると、半開きの黒い瞳から、突然ツーッと涙が流れ落ちた。

一瞬、ムギョンも内心驚いて腰の動きを止めた。激しくしすぎたのだろうか。しかしもっと驚いたのは、その後だった。ムギョンが腰を止めて待っている間、ハジュンの腰から脚までが痙攣するようにガクガクと震え始めたのだ。

「あっ、あっ、あ……」

しきりに喘いでいたかと思うと、ムギョンは動いてもいないのに、一人で腰をヒクつかせながら途方に暮れていた。反らしたまま横に向いている青い血管が透けた首の、首筋と筋肉がピクピクした。

人の体とはこんなにも震えるものなのかと思うくらいブルブルと全身を震わせ、性器を咥えたお尻からシーツを蹴っていたつま先にまで力が入り、ベッドから腰が軽く浮いた。いつの間にか白い体のあちこちに広がった薄赤い斑点がエロチックだった。

ヌルヌルしつつも柔らかく凹凸のある中の粘膜が、うねりながら性器を咥え込んだ。今までより大きな刺激にムギョンも顔をしかめ、歯を食いしばった。そして同時に、

『ふぅ、うっ、あっ、あっ、あっ!」

勃起したまま揺れていたハジュンの性器から、一瞬で白い精液がポタポタとこぼれ落ちた。ムギョンの目が見開かれた。放たれた精液がハジュンの腹の上はもちろん、ムギョンの恥骨や腹のあたりにまで飛んだ。

「はぁ、はぁ……!　ううっ、んっ、はぁ……」

息を切らしながら射精すると、ハジュンの痙攣は少しずつ落ち着いていった。真っ赤になった顔を手の甲で隠し息を整えているハジュンを、ムギョンは珍しい物を見るような目で見つめた。

前回も射精こそしたものの、あの時はアソコを手でしごいてやった。後ろだけで、挿入だけでイけるとは。

男と男の関係では後ろを使うという程度のことを知っていただけで、前回のハジュンがそうだったように、挿入だけでは絶頂に達することはできないと思っていたムギョンにとって、この光景は呆れるほどに不思議で刺激的だった。


「うわぁ」

思わず笑いの混じった感嘆詞が出た。精液を垂らしている性器を指でツンツンと突くと、それだけでも感じるのか、ふうっ、うっ、という泣き声の混ざった喘ぎ声が唇の間から漏れた。ムギョンは体を屈め、からかうように耳元で囁いた。

「イ・コーチ、後ろでヤったのは一度や二度じゃないみたいだな」

「ふぅ、ううっ……」

「だからって、こんなふうに一言もなく勝手にイっていいのか?」

不思議なのでからかっただけなのに、ハジュンの肩がすくんだ。手の甲で隠された顔が、さらに赤くなるのが見えた。

「ごめん……」

(別に謝らなくたって。出てくるんだから、仕方ないだろ?)

ムギョンは心の中ではそう答えながら笑ったが、ハジュンの恥ずかしがる姿が気に入ったので、あえて言うことはしなかった。

今まで根元まで押し入れていた性器をゆっくりと抜いた。

射精をしたハジュンとは違い、絶頂を迎えられなかったムギョンのモノは相変わらず硬く反り上がり、中のものが出されるのを待っていた。性器の直径ほどに伸び、皺一つなくつるんとした状態になった入口が、会陰部を伝って流れ落ちたハジュンの精液とローションで濡れて光っていた。

めちゃくちゃエロい光景だった。パンパンに広がった入口の間を自分の亀頭が抜けるところを、ムギョンは黙って見つめた。性器を吐き出すと、広がった穴はすぐに閉じはせず、唇のようにパクパクした。

ムギョンはハジュンの腰を押し、仰向けになっていた体をうつ伏せにした。まだぼーっとしていたので、息を切らしていたハジュンは、理由も尋ねず大人しく姿勢を変えた。

ハジュンの背中とお尻が同時に目に入ってきた。胸や腹筋と同じくらい、肩甲骨や背中の筋肉も美しく並んでいた。尾てい骨の両横で軽くへこむお尻のえくぼもかわいい。今まで寝そべった状態でやってばかりだったので、お尻をちゃんと見たことがなかったが、うつ伏せにさせてみると、白くふっくらと盛り上がった形が気に入った。

「キム・ムギョン……?」

何をするつもりなのか分からないというように自分の名前を呼ぶ声に答える代わりに、ムギョンは手でお尻を持って広げ、その間にある閉じた穴を広げた。シーツの上にうつ伏せになった体の上に自分の体を重ねて、ムギョンは性器の先を入口に当てた後、垂直に突っ込んだ。

「ふぁ、あああっ、あっ！」

すぐに悲鳴が上がった。ハジュンの体が、ムギョンの下に押し潰されたまま感電でもしたかのように、またブルブルと震えた。

体重を乗せただけでは飽き足らず、ムギョンは自分の腕をハジュンの肩の下に押し入れた。縛りつけるように後ろへ引き寄せ、さっきのように逃げられないようにした。

「お前はイっても、俺はまだなんだ」

「うっ、ふぅ、ふうっ！」

「二人とも終わらなきゃ、終われないだろ？」

ムギョンが腰を動かし始めた。顔が見えないのが少し残念ではあったが、後ろから突くので、仰向けでするよりも確実に深いところにまで入る感じがした。

一度ほぐれた穴からクチュクチュという湿り気のある音がした。今や根元まで簡単に飲み込む内壁を少しでも長く味わおうと腰をグリグリと押しつけると、ハジュンはうつ伏せのままでも首を反らしながら泣いた。

　少しだけ俯くと、ハジュンの耳がそこにあった。ムギョンが耳を丸ごと舐めながら言った。

「お前の中さ」

「はぁ、あっ、ああ」

「挿れると、はぁ、奥のほうで、急に狭くなる、場所が、あるんだよ。そこを突くと、クソッ、お前が俺を、ギュッと、強く咥え込むんだ」

　ムギョンは肩を掴んでいた腕から力を抜き、手を下に移動させた。胸をスリスリとさすりながら、滑らせた手がシーツと触れた下腹部の間に割り込んだ。どのあたりだろうか。自分の亀頭が当たっていそうなポイントを探し、ムギョンの指先がハジュンの腹の上を撫でた。

「このあたりかな？」

　おへそのあたりのどこか、気のせいか本当にお腹が少し突き出たような部分を、ムギョンの手が上からグッと押した。中がもう一度キュッと狭くなり、ハジュンは下敷きになったまま身震いをした。

「あううっ！」

「ここか」

　腹に手を当てたまま激しく腰を前後に動かすと、ピストン運動の振動が指先に届きそうだった。本当にハジュンのお腹の中を貫いているような感じがして、ムギョンは思わず低い声を出して笑った。重なってうつ伏せになった姿勢でハジュンの耳元で笑うと、あまりに近すぎたのか、ハジュンが肩をすくめながら体を震わせた。そのたびに中がヒクつき、粘膜がアソコを揉みしだいた。

　また肩を掴んで腰を揺らした。神経を刺激する肉体的快感、イ・ハジュンという男をすっかり支配しているような精神的快感が混ざり、全身を貫いた。

　まずまずだとか悪くないとかいうレベルではない。気持ちいいという表現すら不十分だ。

　イ・ハジュンとのセックスは最高だ。こんなに面白いセックスは今までしたことがない。

　本気で感心しながら、ムギョンは我を忘れて腰を突き出した。泣き声どころか、むせび泣きに近い喘ぎ声も甘いBGMか何かに聞こえるだけ。相手への配慮など考えることすらできず、スピード調整なども忘れ、上下左右に角度を変えまくりながら、中を激しく突くピストン運動を繰り返した。

「ああっ！　あっ！　ふっ、キム……ムギョン、はっ……、キム・ムギョン……！」

　ムギョンの両腕に拘束されたように掴まれ、俯いたまま必死に自分の名前を呼ぶハジュンの声に、ムギョンはやっと理性を取り戻した。ハジュンは喘ぎ声の合間に、すがるように彼に懇願していた。

「ふうっ、ふっ、早く……、あっ、頼む、早く……」

「速く？　はぁ、もっと、速く、ふぅ、突いてほしいのか？」

「ちがう！　ふぅ、ちがっ、あっ、あっ、あっ！　早く、早く、出してくれ！」

　激しく突かれるたびに悲鳴を上げていたところに、突然吐き出されたいやらしいセリフに、ムギョンの性感が高潮した。今までセックスでは感じたことのない、ある種の暴力的な衝動が全身を熱く支配し、体が水蒸気になってしまった気分だった。

　ムギョンはさらに深く俯くと、赤く火照ったハジュンの耳を噛んだ。ガムでも噛むかのようにくちゃくちゃと歯で噛みながら、ハジュンの望み通り射精をするため、黙ったまま激しいピストン運動でお尻をぱちゅんぱちゅんと突いた。

「あっ、ふぅ、はぁ」

「んんんっ、う、うっ、ふぅぅう、あっ……！」

　反動で体が揺れると、それに応じて喘ぎ声にも波ができた。耐え切れない様子で、何度も声が上がり続けた。ハジュンの喘ぎ声にすっかり囲まれたような気分を感じながら、熱く自分を締めつける穴の中に性器を深く埋めたまま、ムギョンは勢いよく射精をしてしまった。

　中に出してもいいのか聞くこともなく、直前に性器を抜こうともせず、精液を体の中にドクドクと解き放った。射精しているのを感じでもしたのか、ハジュンは脚をバタバタさせながら、さっきよりも激しく体をピクピクさせた。

「ふぅ、はぁ」

　荒い息が声となって出てきた。熱い穴の中に精液が放出されるのをハッキリと感じながらも、ムギョンは射精が終わるまで自分のモノを挿れたままだった。普通ならここまでしないのだが、なぜかハジュンは気にしないだろうと思った。

　セックスをストレス解消の手段として使うということは、性的な刺激と快感を極致に到達させ、他の雑念を振り切るという意味だろう。そういうことなら、今ハジュンとしたヤックスこそが、まさにそれだった。ここまで行為にのみ集中させるセックスは、経験豊富なムギョンでも初めてだった。

最後の一滴まで出し切ったと感じてから、ムギョンはゆっくりと体を起こした。ピッタリとくっついていた二人の体の間に隙間ができた。ムギョンは自分の下で押さえつけられていた体を見下ろしてみた。

うつ伏せの姿勢で射精されたため、ハジュンのお尻は出されたものを中に留めていた。こぼれ落ちた精液もほとんどなく、始める前のように綺麗な姿が気に入った。

「終わった……のか?」

すっかり力の抜けた小さな声は半分シーツに飲まれ、鼻づまり声のようだった。ベッドの上にぺちゃんとうつ伏せになった後ろ姿を見下ろしたムギョンは、ハジュンの骨盤の下に手を入れ腰を引き寄せた。

膝をついた状態になり、お尻が引き上げられた。ついさっきまでムギョンのものを中に留めていた入口が広がるところが、しっかり見えた。

「あっ……」

お尻だけを高く上げた姿勢が恥ずかしいのか、ハジュンは急いで手をついてフラフラと上体を起こした。しかし姿勢を完全に直す前に、ムギョンはまた穴に亀頭を当てて、まだ硬いままの性器を一気に突き刺した。

「うっ、あっ、ああっ!」

内壁はすぐにムギョンのモノをピッタリと包み込みながら締めつけてきた。四つん這(ば)いの姿勢でもハジュンの腰はアーチ状に曲がり、肩のあたりがビクビクと震えているのが見えた。

終わったのかという質問をしたのは、終わるのを望んでいたからなのか、終わるのが惜しいからなのか分からないが、終わらせたかったのなら早く出してくれなんて言うべきではなかった。

後ろからパンパンと全身に響くほどに打ちつけると、そのリズムに合わせて揺れていたハジュンの上体は、耐え切れずにベッドの上に倒れ込んだ。もう一度お尻を高く上げた姿勢にしてから、ムギョンは震えるハジュンの骨盤をしっかりと掴み、深く突いた。そのまま動きを止めて、内壁が不規則にヒクつきながら自分のモノを咥え込む感じを満喫した。

「あ……」

「はあっ……、ああっ、はぁ、うっ……」

ねっとりとした感触を最後まで感じたくて、わざとゆっくり抜くと、熱くなった内壁は「出ないでくれ」とねだるように性器をギュッと掴んだ。ハジュンがシーツの上に顔を擦りつけるようにして悶えている様子を見下ろすと、興奮はさらに大きくなった。

深く突き刺し、そのまま速いピストン運動を何度かした後、また動きを止めた。止めるとむしろ快感の余韻が大きくなるのか、ハジュンの内壁がキュッキュッとすぼんだ。体を支える脚までもがガクガクと震えているのが、手のひらから伝わってきた。

「あっ、あ……、ああっ、もうっ……、やめっ……！」

一晩中だって、何度だってできそうだ。止めていた腰を激しく動かし始めると、ハジュンは息を切らしながら、たどたどしくこう続けた。

「はうっ、やめるって……あっ、お前が終わったら、ふっ！　やめるって……！」

「そんなこと、言った、覚えは、ない」

俺も終わらなきゃ、終われないと言っただけで、一度射精したら終わるとは言っていない。予想外の返答にハジュンはどうすればいいか分からず、泣きそうになりながら喘ぐだけだった。ムギョンは体を屈め、ハジュンの耳元で囁いた。

「じゃあ、終わらせてやるから、今度は一緒にイこうか？」

ムギョンは手を伸ばし、ハジュンの性器を探った。すでに一度射精した後なのでどうだろうかと思ったが、バックでもちゃんと感じているらしく、ハジュンのモノも再び勃起していた。ムギョンは軽く笑い、体液でヌルヌルした性器を手でギュッと握ってしごきながら、パンパンと後ろを突いた。ハジュンが首を横に振りながら叫んだ。

「あううっ、はぁっ！　あっ！　あ、た……助けて、くれ、ふあっ、あっ！」

「どうした？　誰が、はぁ、殺すなんて言った？」

どうせ逃げられもしないのに、ハジュンは腰を引きながらしきりに喘いだ。手で包み込んで何回かしごき上げた性器が、硬くなりながらヒクついた。ハジュンの口から哀願に近い言葉が出た。

「キム・ムギョン、もう、で……出そう。出る、はぁ、ふっ」

「あと、少しだけ、我慢しろ。ふっ、一緒に、イこうっつったろ？」

「もう、む……無理……ふぅぅ、あっ……、あっ、ああっ！」

ムギョンの手の中が一瞬で熱くなった。我慢しろという言葉も虚しく、ハジュンが射精したと気付いた瞬間、ムギョンにも比較的早く二度目の絶頂が迫ってきた。

ムギョンは何度も息を吸い込みながら、全身でハジュンに覆いかぶさった。高く持ち上げられていた腰がまた沈んでムギョンの下に組み敷かれると、脈打つ性器をその体の中に閉じ込めた。

「はあっ……ふ、ううっ、ああっ、あ……」

ムギョンは、ゼェゼェと息を切らしている体をすぐには解放せずに、射精をしながらも、ゆっくりと腰を動かした。性器が熱い体液を注ぎながら内壁を引っ掻いている間、ハジュンはブルブルと震え、何度も体をビクビクさせた。

二度目の射精が終わるまで、かなり長い時間がかかった。絶頂がある程度落ち着いてから、ムギョンはゆっくりと腰を引き、白いお尻の間からまだ太さをキープしているモノを抜いた。

ムギョンがどいた後も、ハジュンは息を切らしながらうつ伏せ状態のままだった。長時間突かれまくったせいで塞がらない入口を見るのも、自分の影が落ちた白くスラリとした背中を見下ろす気分も最高だった。肘枕をして隣に寝転んだムギョンが、その姿を見てクスッと笑いながらお尻を軽く叩いた。

「もう終わったから、抗議アピールはやめろよ」

そう短く告げると、ハジュンはようやくゆっくりとシーツの上に手をつき、うつ伏せの姿勢のまま顔だけを横に向けた。涙の滲んだ顔が赤くなって傾いていた。

うつ伏せになってるからって、何をそんなに深く顔を埋めてるんだ？　ムギョンは目尻に溜まった涙を指先で拭いながら不満そうに呟いた。

「できることなら、もっとシたいんだけど……」

その言葉にハジュンの瞳が不安そうに揺れた。ムギョンがいじわるな口ぶりで尋ねた。

「いつもこんなふうに、一、二回で終わるのか？」

ハジュンは困惑したようにモジモジして、言い訳をするように答えた。

「……いつもそうじゃないけど……。今日はちょっと疲れてるから……」

「とにかく、今日はもういい。俺はシャワー浴びに行くけど」

その言葉に、ハジュンが腕で体を支えながら、のそのそと体を起こした。

「俺も……」

「この前のバスルームを使え」

ムギョンが立ち上がると、ハジュンも頷きながらベッドから降りた。その時だった。一瞬、脚から力が抜けたのか、ハジュンがぐらりと体を傾けた。幸い、すぐにヘッドボードを掴んでフラつきながら立ったのだが。ビックリして駆け寄りそうになったムギョンは、心の中で安堵(あんど)のため息をついた。

安心したら、今度は笑えてきた。

（ったく……。なんでセックスして、生まれたての仔馬や仔牛を見てる気分にならなきゃいけないんだ？）

最後まで変わっていると言うべきか。呆れて心の中で笑っていると、立ち上がったハジュンはすぐには歩き出さずにその場にじっと立っていた。

「何してるんだ？」

「……ああ」

返事になっていない返事をするハジュンは、どうすべきか分からないかのように目をパチクリさせた。顔が赤く火照っていた。セックスの時よりも、ずっと赤い顔。わけが分からず、ムギョンは眉をひそめ近づいた。

「どうしたんだ？　歩けないのか？」

ハジュンの裸体をじっと見下ろしたムギョンの視線が、少し開いた脚の間に向かった。不透明な白い液体がお尻の間を伝って流れ落ち、床の上にポタポタと落ちていた。

ゴムもせず、中に出したからだ。当然のことなのに恥ずかしいのか、ハジュンは固まった表情で困惑を隠せずにいた。そんな顔をされたら、からかいたくなるじゃないか。つい笑いが出そうになったが、ムギョンはわざと深刻そうにハジュンを脅した。

「早く出してくれってせがんだくせに、こんなにこぼして、どうするつもりだ？」

ハジュンはまともに答えられずに、顔を真っ赤にして髪をかき上げながら、アタフタと答えた。

「ごめん、俺が拭くよ。掃除道具のある場所を教えてくれれば……」

「いいから、シャワーでも浴びろ。それ以上、こぼしてないで」

早く行けと言いながらハジュンの背中を押すと、彼はバスルームの中へ入りながら、こう言い残した。

「ごめん。今度から気を付けるよ」

中に出した人間は別にいるというのに、申し訳なさそうにしている姿が可笑しかった。ムギョンはクスクスと笑いながらベッドシーツを片付けて、ハジュンが立っていた床を拭いた。

（つーか、一体何をどうやって気を付けるってんだ？）

シーツの片付けなど、最近は自分ですることもほとんどなかったのに。濡れたシーツをランドリールームに持っていくと、初めて立った生まれたての仔牛のようにブルブル震えながら立っていたハジュンのことを思い出し、また口元が緩んだ。

さほど口数が多いほうではないのに、まったく飽きないヤツだ。ムギョンは、この楽しみが長く続き、新しい提案をしてよかったと思えることを望みながら、自分もバスルームへ向かった。

ムギョンがシャワーを浴び終えて出てきた時、先にシャワーを済ませたハジュンは、いつの間にか服をしっかり着てソファに座ってうたた寝をしていた。近づいたムギョンがハジュンの肩に手を乗せた。

「眠いなら、少し寝ろよ」

「いや……。帰らないと。声だけかけて帰ろうと思って待ってたんだ……」

時計を見ると、夜十一時になろうとしていた。二時間の距離の遠征試合から帰ってくるなり、かなり長時間絡み合っていたので、ムギョンほどの体力がなければ眠くなって当然の時間だった。

「そんなに眠いんじゃ、帰れないだろ？　ちょっと寝ていけよ」

「いや、帰らなきゃ……」

ムギョンは目もまともに開けられないハジュンの両手を掴んで立ち上がらせた。帰らなきゃと呟きながらも眠そうなハジュンは、歩いていくムギョンの後をついてきた。生まれたての仔馬の歩みを支え、新しいシーツを敷いたベッドに寝かせ掛け布団まで掛けてやると、ハジュンは「じゃあ十分だけ」と呟いて、すぐに眠ってしまった。

セックス相手はもちろん、他人を自宅で寝かせたこと自体、今までほとんどなかったが、ハジュンは今までの人とは違った。ムギョンとしても、長期的なセフレ関係を結んだのは今回が初めてだったから。

そんな関係を結んだら、やはり泊まることだってあるだろうし、ハジュンだけの空間も必要になると思い、取り急ぎ人ひとりが使える部屋を別に用意しておいた。その部屋を初日からしっかり活用することになり満足だった。

ムギョンは灯り(あか)を完全に消し部屋を出たが、また戻ってきてベッドの脇にあるムードランプを点(つ)けた。ぐっすり寝入った男の白い頬を、指で一度ツンッと突いてからリビングに出た。

そしてソファに座り、携帯電話で今日の試合に関する記事を隈(くま)なく漁った。他人の言葉や評判にはまったく関心のないふりをしているが、実は自分に対する評価には非常に敏感だった。プライベートや性格に関する雑談などは別に構わないが、サッカーに関することは聞き流せない。後でマネージャーが要点を整理して伝えてくれるであろう記事も、自分の目で読まないと気が済まない。

好評一色の反応に満足感を覚え、そろそろ寝ようと携帯電話を切ったその時、勢いよくドアが開く音が聞こえた。ムギョンは音のしたほうを見た。狼狽えた様子のハジュンが、寝ぼけた顔で焦って立っていた。ムギョンは素っ気なく尋ねた。

「起きたか」

ハジュンは慌ててリビングに入ってくると、ムギョンをまともに見ることもなく別れの挨拶をした。時間はすでに十二時になろうとしていた。

「俺……帰るよ。夜中にすまない。おやすみ」

「もう遅いし、泊まっていけばいいだろ?」

「ダメだ。家に連絡を入れてないんだ」

その言葉にムギョンは、少し嘲笑(あざわら)いながら尋ねた。

「ガキかよ。親に許可をもらわなきゃ外泊もできないのか?」

「そういうわけじゃ……」

「今、電話しろよ。心配してるんなら、まだ起きてるはずだろ?」

ムギョンの言う通りだ。泊まっていこうが今帰ろうが、まずは連絡だ。ハジュンは目を覚まそうと首を何度か横に振り、リビングに置いてあったカバンから急いで携帯電話を取り出し電話をかけた。

「母さん、俺だよ」

電話が繋(つな)がると、携帯電話の向こう側の声がムギョンの耳にまで聞こえてきた。今にも泣き出しそうな大きな声が響いた。予想していなかった深刻な雰囲気に、可笑しいと言わんばかりにニヤッと笑っていたムギョンの表情も少しぎこちなくなった。ハジュンはアタフタしながら必死に謝っていた。

「ごめん。同じチームの同僚の家で少し寝ちゃったんだ。うん、うん。本当にごめん」

そうしている間、腕組みをしてハジュンをじっと見つめていたムギョンが、突然パッと携帯電話を奪った。ハジュンは目を丸くして、それを取り返そうとしたが、ムギョンはハジュンを手で押しのけながら怯まず通話を続けた。

「こんばんは、お母さん。イ・コーチと同じチームの選手、キム・ムギョンと申します」

何してるんだ！　返せ！　ヒソヒソ声で叫びながら携帯電話を奪おうとするハジュンの力も、彼を押しのけるムギョンと同じくらい強かった。そういえば、こいつもサッカー選手だったんだよな。しかもディフェンダーは体のぶつかり合いを得意とするポジションだ。ムギョンは今さら彼の前職を思い出しながら、平気な様子で会話を続けた。

「はい、そうです。今日は遠征試合を終えてソウルに戻ってきてから、話し合いたいことがあったのでウチに寄ってもらったのですが、ちょっと遅くなってしまいました。お母さんさえ構わなければ、今夜はここに泊まって、明日の朝帰ったほうがいいと思うんですが。ええ、はい。ご心配なく。おやすみなさい」

プツッ。

勝手に電話を切って携帯電話を差し出すと、ハジュンは黙ったまま、ムギョンがいつか見た険悪な表情を浮かべていた。大きく見開いた目でムギョンを責めるようにキッと睨みつけた。

「許可、もらったぞ」

ムギョンの言葉に、ハジュンは呆れた口ぶりで責め立てた。

「勝手に何するんだ？　誰が泊まっていくと言った？」

「二十六にもなって、そんなことといつまで続けるつもりだ？　お母さんにも子離れする機会を与えてやれ。今日以外にも外泊することだって多い仕事なのに、毎回こんな面倒なことしてるのか？」

「事前に言っておけば大丈夫なんだけど、今日は遅くまで連絡できなかったから……」

ハジュンの表情が変わった。やはり前にも一度見たことのある、図星を指されたような困惑したような、二つの心情が重なった顔。ムギョンは、いつの間にかハジュンが見せてくれる様々な表情に、少し慣れたことに気付いた。

ハジュンは何かもっと言いたげに口を開いたが、すぐに諦めたのか、小さくため息をつきながら自分のカバンを肩に掛けた。

「さっきの部屋で寝ればいいか?」

「ああ。どうせゲストルームとして用意した部屋だ。好きに使ってくれ。何か必要な物は?」

服とか歯ブラシとか。だが遠征試合の帰りだったので、ある程度のものはハジュンのカバンの中に入っていた。ハジュンが首を横に振ると、ムギョンのほうからおやすみの挨拶を投げかけた。

「俺はもう寝るから、おやすみ」

「ああ」

濃いグレーのバスローブ姿のムギョンがサッと手を振り、リビングの片隅にある階段を上(のぼ)っていった。彼の寝室は二階にあるようだ。

やっぱりな。ハジュンは納得した。ムギョンの寝室にしては地味すぎると思った。普段から使っている部屋にしては、妙にひんやりとした空気にも納得がいった。ハジュンは、ムギョンの部屋なのか気になって忙しく目をキョロキョロさせていた数時間前の行動が、少し恥ずかしくなった。

彼は部屋に戻りカバンを下ろした。照れくさそうに立っていたのも一瞬。カバンに入っていた部屋着に着替え、ベッドの中にもぞもぞと潜り込んだ。ついさっきまで使っていたベッドは、まだ自分の体温がそのまま残っていた。家にある自分のベッドとは、体を包み込む感触に天と地ほどの差があった。高級ベッドは、こうも違うものなんだな。ハジュンは右へ左へ転がりながら、フカフカのマットレスの感触を楽しんだ。

(泊まっていけと言われるとは思わなかったな)

ゲストルームまで作ってあるということは、ムギョンにとっては特別なことではないのかもしれないが、ハジュンの胸は浮ついた。かなり悩んだが、やはりヤろうと言われた時にヤってよかった。体だけなら、どうだろう? いや、違う。「体だけ」ではなかった。ムギョンとアレもして、こうしてムギョンの自宅にまで泊まっているのに、ここまできたら、ハジュンにとってはサプライズプレゼント級だった。

ムギョンが自分の携帯電話を奪い、母に対して外泊のアリバイ証人になってくれた時は、学生時代にもできなかった「友達の家でのお泊まり」に成功したみたいで、ここが弾んだ。ムギョンの家だという事実とは関係なく、胸が少し弾んだ。ハジュンの母は、長男が家を空けることを快く思わなかった。しかし現役の頃も今も合宿や遠征試合、地方研修が度々あるため、出発前にきちんと話をして、到着してからも毎日電話をしなければならなかった。

だから研修以外の外泊など、昨日まで夢に見ることさえできなかった。飲み会で大酒を飲まされる立場だった新人時代だって、家に帰ることばかりを考え、まともに酔ったこともないハジュンだった。

そういえば、今日は一度もキスをしなかったということに、ふと気付いた。

この前はキスしてくれたのに。それも何度も。

(もうキスはしてくれないのかな……?　俺からするのもヘンだよな?)

こちらから口づけをして恥ずかしい思いをした記憶が残っているからか、臆病になる。一瞬悩んだハジュンは、気にしたところでどうにもならないことは後で考えることにした。

不慣れで危険そうに思えた提案に果敢にオッケーを出した自分を褒めながら、枕とシーツに顔を埋め、クンクンとにおいを嗅いでみた。しかし、完全に綺麗な新しいシーツに交換されたせいで、ムギョンのにおいはまったく残っていなかった。

少し残念に思って横になっていたハジュンは、カバンを開けてノートとタブレットPCを取り出した。短時間の熟睡とムギョンとの押し問答で完全に目が覚めてしまったので、バスの中でやっていたまとめ作業を終わらせるつもりだった。本当は家に帰って、今日の試合を見返し、分析を終わらせてから寝るつもりだったのだが、計画が少し変わってしまった。しかし資料さえあれば、どこにいてもできる仕事だ。記憶が少しでも鮮明なうちに記録を残したかった。

選手たちにはいつも正しい姿勢を強調しているプロサッカーチームFCシティーソウルのフィジカルコーチ、イ・ハジュンは、ベッドでうつ伏せになったまま試合の撮影動画を再生しながら、メモを取り始めた。選手一人ひとりの動きを追う視線は、深夜のものとは思えないほど鋭かった。

＊　＊　＊

誰かが肩を揺すった。ハジュンは寝返りを打つと、顔を枕に埋めながら呟いた。

「うん、起きるよ」

しかし、その手は待ってはくれず、もう一度ハジュンを揺さぶった。ハジュンは自分の肩の上に置かれた手をトントンと叩きつつ、寝ぼけながらボソボソと答えた。

「ミンギョン、今日は午後からの出勤なんだ。そんなに急いで起こさなくてもいい」

「ミンギョンって……女とも付き合ってるのか？」

いつも自分を起こしてくれる明るくハツラツとした声ではなく、太く低い声が耳をかすめた。ハッとしたハジュンは慌てて体を起こした。そのせいで手を振り払われたムギョンが、微かに顔をしかめてベッドの横に立っていた。

目が覚めると、やっと昨夜ムギョンの家に泊まったということを思い出した。いつの間に寝てしまったのだろう。ベッドの上にはノートやタブレットPC、ペンなどが散らばったままだった。ムギョンがそれをザッと見て尋ねた。

「仕事中に寝落ちしたのか？」

「まとめておこうと思って……。そのまま寝ちゃったみたいだ」

「試合の後はしっかり休めって、俺たちには口うるさく言うくせに」

「俺は選手じゃないだろ？」

恥ずかしくなって言い訳すると、ムギョンはドアに向かって歩きながらハジュンを呼んだ。

「来いよ。朝飯にしよう」

ハジュンは携帯電話をチラリと見て時刻を確認した。まだ朝の九時だった。今日は遠征試合の翌日だから午後二時までに出勤すればいい。朝寝坊したっていいのに早くに起こされて、少し恨めしかった。自分の家だったら十二時まで寝ていただろうに。

自分が試合に出たわけでもないから、体の中の鈍い痛みはともかくとして、全身を包み込むだるさや筋肉痛は、やはり遠征試合のせいだけではないだろう。初めての時よりもずっと長く激しい、狂ってしまいそうな行為の余波に違いなかった。

ムギョンのモノが、火でもついたかのように自分の中を激しく出入りする感覚、そのたびに打ちつけられた体の奥から全身を震わせる重い衝撃、目の前が真っ白になり失神しそうなくらいの慣れない絶頂。

いくらやっても終わる気配がなく、今となっては快感なのか苦痛なのか分からない欲求と焼けるような痛み、ムギョンがイくまで終わらないと言うから「早く出してくれ」と懇願した昨夜の記憶が今も鮮明で、顔が少し熱くなった。

ムギョンの発言からして三、四回はするのが普通なのかと思ったが、まだ経験が少ないからか、ハジュンはたったの二回でもつらかった。そのうち平気になるのか？　なんだって最初のうちは大変だから……。しかし、体の中にずっしりとした鈍い痛みはあるものの、ネットで調べた通りに挿入前に指でほぐしたからか、前回のように中がただれたようなつらい痛みは酷くなくてよかった。ドアから外に出ると、ムギョンはハジュンを待っているのか、そう遠く離れてはいない場所に立っていた。急いで追いつくと、無言でダイニングルームに向かって歩いていった。

食卓の上にはチキンサラダとフルーツ、牛乳などが並べられていた。シンプルだが、しっかりしたメニューだ。家が立派だからか、セッティングされた食卓でさえ雑誌の一ページのようだった。二人分が用意されているのを見たハジュンの胸がときめいた。椅子に腰掛けながらムギョンに聞いた。

「朝はいつも、こういう物を食べてるのか？」

「しっかり食べなきゃ、練習に支障が出るからな」

「……お前が作ったのか？」

「いや。プロアスリート用のメニューを配達してくれるところがあるんだ」

ハジュンは家族と同居しているので、こんな食事は現役時代ですら摂ったことがほとんどなかった。どこか洗練された気分を感じながら、フォークでサラダを突き刺して食べた。鶏胸肉がしっとりしていて柔らかかった。

「美味い」

「たくさん食え」

つい口から出てしまった独り言に返ってくる返事までもが柔らかかった。だが、その穏やかな返事のせいで、むしろハジュンはむせてしまった。サラダもフルーツも美味しいし、普通の牛乳までもがいつもよりも芳醇に感じられたが、なぜか自宅で食べるようにスムーズには飲み込めなかった。ムギョンが自分の朝食を用意してくれたという事実に、心臓がバクバクした。

とはいえ、残すつもりはまったくなかった。昨日体を酷使したからか腹も減っていたし、残したらムギョンが機嫌を損ねそうだ。懸命にサラダを咀嚼（そしゃく）している間、黙々と食事をし続けていたムギョンが彼を呼んだ。

「イ・ハジュン」

「ああ」

「さっきの質問に、まだ答えてもらってないんだけど」

「質問？　どんな？」

「お前、女とも付き合ってるのか？」

その言葉にハジュンはむせかえってしまった。いつそんなことを聞かれたのか、記憶すらなかった。なんて答えればいいんだ？　自分を見つめるムギョンと目を合わせたまま、小さく咳払（せきばら）いをした。

付き合えるのかどうか分からない。付き合おうとしたことがないから。美しい女性を見て目を奪われることもあるが、恋愛感情を抱いたことはない。

しかし、それは男が相手でも同じだった。十六歳のあの日から、ハジュンの胸が反応するのは、呆れるほどにムギョン一人だけだったのだ。

「そんなこと、知ってどうするんだ？」

結局、心にもなく反発するような返事をしてしまった。

正直に言うのは簡単だったが、正解が分からないので誤魔化すしかない。すでに嘘を交えて始まった関係だ。こんな質問をされた時にはムギョンの望む答えを、ムギョンの気に入る答えを探すべきだったが、今は答えが分からなかった。

幸いムギョンは、それ以上根掘り葉掘り聞いてくることはなく、二人はまた無言で食事を続けた。ただでさえなかなか喉を通らない食事が余計に喉に引っかかった。

「俺が片付けるよ」

「いや、いい」

なんとか食事を終えた。朝食をごちそうになった代わりに後片付けくらいしようと思ったのに、ムギョンはキッパリと拒んだ。家があまりにも立派で、食器を勝手に片付けるのも気後（きおく）れするくらいだったので、ハジュンは意地を張らずに大人しく申し出を取り消した。テーブルを片付けようとしたムギョンが、ふと思い出したように尋ねた。

「コーヒーって飲むか？」

「えっ？　まぁ時々……」

「これ、事務室に持っていって、コーチたちと飲めよ。要らないなら捨ててもいいし」

ムギョンが棚の上にあったスティックコーヒーの入った箱をハジュンに差し出した。優しそうな笑顔を浮かべたハ・ウヌとムギョンがパッケージにプリントされていた。ムギョンはコーヒーを飲まない。こういったインスタントコーヒーは特に。ハジュンも特段好きなほうではなかったが、急いでそれを受け取った。

「ありがとう」

「俺は、もう出かけようと思うんだけど、お前は？」

ムギョンは疲れてもいないのか、決められた練習時間よりも前に出かけるつもりのようだった。ハジュンが眉間に皺を寄せながら反論した。

「どうして？　休むことも大切だ。無理するな」

「いつものペースを守ることも大切だろ？　早めに行って軽くランニングでもするほうが俺には合ってる。知ってるだろ？　一般論も大切だが、個人差も大切だ」

何も言えなかった。ムギョンほどの選手なら、自分のコンディションを熟知している。ムギョンの家に一人で残るわけにもいかないし、一度家に帰って出勤するには微妙な時間だ。ハジュンは仕方なく頷いた。

「分かった。じゃあ俺も行くよ」

「ならシャワーを浴びて、準備しろ」

シャワーと歯磨きを済ませ服を着ると、ハジュンの支度は終わった。比較的早く出かける準備を整えたハジュンはソファに腰掛け、まだシャワーを浴びているムギョンを待った。昨日と同じくバスローブ姿でバスルームから出てきたムギョンは、濡れた髪を手で散らして乾かしながらハジュンの前を通り過ぎ、どこかへと入っていった。

暫くして髪を乾かすドライヤーの音が聞こえてきた。またリビングに戻ってきたムギョンは、ズボンだけを穿（は）いた状態で上半身裸だった。彼はハンガーに掛かったシャツを二着持っていた。

「イ・ハジュン」

「ん？」

「どっちがいい？」

ムギョンは緑と青の二枚のシャツが掛かったハンガーを、両手に一つずつ持ちながら尋ねた。ハジュンは、出かかったしゃっくりを飲み込み、ドキドキする胸をなんとか押さえつけながら緑のシャツを指さした。

実のところ、ムギョンは何を着ても似合うので、あまり慎重に選べなかった。シャツを指す指先の震えがバレないように、急いで選ばなければならなかった。

「うん」

ムギョンは軽く頷くと、またドレスルームへ入っていった。そして暫くして、本当にハジュンの選んだ緑色のシャツを着て出てきた。

身支度のためにリビングを何度か横切るムギョンを、ハジュンは無意識に目で追った。素敵な家だからか、そこにいる人がカッコイイからか、リビングに立っているだけでもグラビアのようだった。ムギョンが左に行けば左に、右に行けば右に。ソファに座って目をキョロキョロさせていると、ムギョンは突然ピタッとその場に立ち止まり、手を上げた。

(なんだ?)

ムギョンが手を左に伸ばした。ハジュンの視線も左に動いた。今度は手が右に伸びた。ハジュンも右を見た。その次は指揮者のように、空中で絵でも描くかのように適当に腕を大きく動かした。ハジュンも首を微かに動かしながら目をキョロキョロさせた。

するとクックッという笑い声が聞こえた。ふと我に返ってムギョンの顔を見ると、彼が歯を見せて笑っていた。

「監視カメラか？　何をそんなに動きを追って見つめてるんだよ」

「……目の前でヘンな動きをするからだろ？」

恥ずかしさが押し寄せ、急いで俯いて携帯電話に視線を落とした。信じられないほど胸がドキドキした。その後ムギョンが支度を終えるまで、ハジュンは携帯電話を見つめ、ひたすらネットを見ていた。暫くして二人は並んで家を出た。エレベーターに乗り駐車場に下りると、ムギョンがまた曖昧な質問を投げかけた。

「どれがいい？」

「えっ？」

「どれに乗っていく？」

ハジュンはムギョンが顎で示した方向に目を向けた。停めてある車のことを言っているのだと分かった。今度こそ顔が赤くなるのを止められず、慌ててそっぽを向きながら答えた。

「なんでもいいよ」

「乗ってみたい車とか、ないのか？」

「車は、よく知らないんだ」

自家用車を乗り回すほど生活に余裕もないし、他の人のように車種に興味もないので、有名な車以外はよく知らない。もちろんムギョンが乗っている車はある程度把握していたが、名前を知っている程度で、それ以上の知識はない。

上手くいっていたら、自分もあんな車の一台や二台、持っていたかもしれない。しかし今のハジュンの経済状況は、それこそ小市民の二十代の若者らしい規模だった。それも平凡な若者ではなく一家の大黒柱。最近はフィジカルコーチのギャラもかなり高くなったが、それも経歴と名のある人たちに限った話だ。やっと一人前に仕事を始めたばかりのハジュンにとっては、他人事だった。

ムギョンはそれ以上尋ねずに歩き、ハジュンはそれについていった。ムギョンが選んだのは、車高の高いSUVだった。たまにスポーツカーに乗っていくことを除けば、いつもは比較的平凡に見える中型車に乗っていくのだが、今日は少し違った。

並んで車に乗ると、ムギョンはゆっくりとハンドルを回しながら運転し始めた。駐車場を出ると、終わりかけの春の日差しがのどかにハジュンを照らした。彼はつい目を細めた。白い静寂が過ぎると、外の風景が目に入ってきた。

ムギョンも顔をしかめるとサングラスを取り出してかけた。

何も言えずに黙って助手席に座っているハジュンの頭の中に、今まで噂に聞いていたムギョンの行動が頭に浮かんだ。長続きしない使い捨ての付き合い、一晩か二晩だけ、愛し合っても朝がくる前に帰ってしまうキム・ムギョン。

あれは根も葉もない噂だったのか？

他の人たちもムギョンが用意してくれた朝食を食べ、彼に服を選んであげたのだろうか。

こうして並んで車に乗って、陽の光を浴びたのだろうか。

自分だけが特別扱いされたいというわけではない。しかし、彼が出会ってきた他の人たちに申し訳ないとは思いつつも、ムギョンの遊び人としての噂が真実であることを初めて控えめに望むようになった。

「何をそんなに考え込んでるんだ？」

「……別に」

目ざとく尋ねてくるムギョンに嘘をついて、ハジュンは窓の外を見た。

試合で勝った。ムギョンと寝た。ムギョンの家に泊まった。彼が朝食を用意してくれた。着る服を選んでくれとも言われた。一生目にすることなどないと思っていた彼のプライベートな日常の姿を見た。コーヒーももらった。乗る車も選んでくれと言われた。

天気がいい。空が青い。花が咲いている。鳥が飛んでいる。街のカフェでは、人々が笑いながらお茶を飲んでいて、自分は今、彼と一緒に車に乗って同じ練習場に向かっている。

死んでもいいと思った。たとえ今ここでムギョンの気が変わって「やっぱり、この話はなかったことにしよう」と言われたとしても、ハジュンは笑顔で「そうしよう」と言える気がした。

彼に心を奪われてから今までで、最高の春の日だった。

＊　＊　＊

練習場から歩いて十分。いつも乗り降りしているバス停が見えた。ハジュンがカバンを持った。

「ここで降りるよ」

ムギョンは何も言わず車を路肩に寄せて停めた。練習開始時刻までまだだいぶ時間はあったし、練習場からある程度離れた場所であるにもかかわらず、ハジュンはキョロキョロと周りを確認してから車を降りた。まるで不倫でもしているみたいだな。ムギョンは心の中で皮肉を言った。

「じゃあ、また後で」

ハジュンは声を落として囁くと、歩道をタタッと急いで歩いていった。ムギョンはすぐにハンドルを回し、車道へ入った。窓の外に、車の後ろに流れていくハジュンの姿が見えた。

二人のうち先に練習場に現れたのはハジュンだった。意外とたくさんの選手が早めに出勤していた。連戦連勝だから怠けても不思議はないのに、むしろ連勝中だからこそ、みんな意欲がみなぎっているようだった。

「こんにちは、コーチ！　お早いですね」

「休むのも大事だって、あんなに言ったのに、俺の言うこと全然聞かないんだな」

叱るようにそう言ったが、意欲的な姿を見るのは悪くなかった。前日の影響で相変わらずだるいし疲れていたが、選手たちの朗らかな姿にハジュンも元気が出た。少し体を動かせば筋肉痛も和らぐだろう。気持ちを切り替え、選手たちの間に割って入りながらこう言った。

「無理はするなよ。早く来た人同士でペアを組んで、ストレッチでもしようか？　俺とする人は？」

「はいっ！」

「はいはい！」

　体が大きいだけで、まだ高校を卒業したばかりの選手たちが勢いよく手を上げた。太ももを頻繁に痛めるので注視しているミッドフィルダーの一人とペアを組むことにした。二人ずつペアを組んだ選手たちが円を作ると、ハジュンが指示を出した。

「寝転んで片脚は外側に向けて曲げて、もう片方の脚は伸ばして。そう。ペアの人は曲げた脚の膝を外に押してやれ。伸ばしている脚がついていかないように、しっかり固定してやるんだぞ」

　若い選手たちは、太陽の下で干からびているカエルみたいだと言ってケラケラと笑った。ハジュンも一緒になって笑いながら寝転んだ選手の膝を押し、脚を広げた。太ももの内側と骨盤の柔軟性を高めるので、股関節の筋肉を傷めた選手たちに特に効く動きだった。

「交代」

　ハジュンが芝生の上に寝転んだ。次第に暑くなり始めた春の終わり頃。ハジュンも指導をする時には、もう長ズボンを穿くことはなかった。彼は膝丈の半ズボンを穿いていたので、相手の手が膝を外側に押すと、ズボンの裾がつられて引き上がった。

　青い空、レモンを絞ったかのような眩しい太陽の光の下で、ハジュンの白い太ももが緑色の芝生の上に大きく開いた。体を屈めた選手の手が両膝をグッと押し、さらに脚を広げた。内ももの筋肉が伸びていく感じが心地よく、軽く目を瞑（つむ）った。

「どけ」

　そんなのどかな天気にまったく似合わない、低く冷たい声が割り込んできた。ストレッチを手伝い始めたばかりの選手が、驚いて後ろを振り返った。大きな男が二人を見下ろしていた。

「こんにちは。ムギョン先輩」

「他のヤツとやれ」

「はい、分かりました」

　ムギョンの口調に慣れたのか、同い年の選手とコーチの仲がいいと思っているからなのか、突然割り込んできたムギョンに特に不快な様子も見せず、彼は場所を移った。ムギョンは寝転んでいたハジュンの前にズンズンと近づいて座ると、さっきまで他の人が触れていた膝の上に大きな手を乗せた。もう片方の手は反対側の太ももを掴んで、ゆっくりとハジュンの膝を押し、脚を開いた。限界まで開かれた骨盤の内側が引っ張られ、鈍い痛みを感じた。ハジュンは思わず顔をしかめながら、小さく喘いだ。

「あっ」

ムギョンはそんなハジュンをじっと見下ろし、伸ばされていた脚を曲げ、曲げられていた脚を伸ばした。反対側の脚を同じように押して開いたムギョンは、体をサッと屈めて声を低くして囁いた。

「帰りも俺の車に乗っていけ」

「えっ？　いや、バスで帰るよ」

「乗っていけ」

それ以上答える隙を与えず言葉を遮ったムギョンが、ハジュンの手を掴んで体を起こした。今度は反対にムギョンが芝生の上に寝転び、ハジュンはムギョンの脚の間に膝を曲げて座った。ただ寝転んでいるだけなのにレリーフマップのように浮き上がった筋肉のついた、日に焼けて浅黒い太ももに白い手が触れた。

ハジュンは生唾を飲み込んだ。おかしな気分だった。他の選手の脚に手を乗せて押していた時は、まったく感じなかったこそばゆさが、触れた手のひらから広がった。

ムギョンの太ももと短くなった短パンの裾の間が少し浮き、細く暗い空間ができた。あの奥に、昨日の晩自分をあんなにも苦しめた大きくて熱いモノが隠れている。ムギョンの裸体を見たのは昨日が初めてでもないのに、すべてが以前とは違って感じられた。

どうしてこんなことを考えているんだろう。今まで人の服越しに体を想像したことなど一度もなかった。しかもストレッチ中に。変態になったような気がして、頭が熱くなった。そんなハジュンの顔を見上げていたムギョンが尋ねた。

「顔が赤いけど」

「えっ？　暑いから……」

ムギョンが暫く黙ってから、いきなり図星を突いてきた。

「お前、エロいこと考えてるだろ」

「何言ってるんだ？」

慌てたハジュンは、グッと力を入れて掴んでいた太ももを押した。ムギョンがクスリと嘲笑う声が聞こえたので目が泳いだ。

「そんなに焦って、図星のようだな」

なんて目ざといんだ。

ストレッチで体をほぐし集合指示が出された後も、ハジュンはなぜかずっとフワフワした気分でトレーニングを続けた。短縮練習の日だから、まだ良かった。体力強化より試合の疲れをほぐすための回復トレーニングを中心にコーチングを行なっていたハジュンは、やっと今日のメニューを終えると、思わず安堵のため息をついた。

事務室で記録をまとめて建物を出て、バス停まで歩いた。ムギョンの提案を忘れたふりをしてバスに乗ってしまおうか悩んだが、午前中に乗ってきたムギョンの車がバスよりも先に路肩に停まっていた。ため息をついたハジュンは、仕方なく車に乗った。またクラクションをパンパン鳴らされでもしたら困る。

ムギョンは、ハジュンが選んだ緑色のシャツ姿に戻っていた。また胸がドキドキして、ハジュンは何も言えずに大人しく助手席に座った。きっと自分だけだろうが、沈黙に緊張した。ハジュンは舌で唇を湿らせ、沈黙を破るために、朝から気になっていたことをついに尋ねてみた。

「いつも寝た後は……こうやって家に送り届けたりもするのか?」

「いや」

「じゃあ、どうして?」

ムギョンが眉をピクリとさせた。

「一人の人間と長期的な関係を持つのは、初めてでもあるし」

「……」

「それに、俺たちはただのセフレとは違うだろ? チームメイトじゃないか」

チームワークなんかクソくらえと言わんばかりに振舞っていた数年前のことを思うと、同一人物の口から出た言葉とは思えなかった。たまたま一緒に招集された韓国代表チームと、今後一年を共にすると自分で入団を決めたプロチームに対する態度の差なのかもしれない。ムギョンも所属チームであるグリーンフォードでは、トラブルメーカーではなかったから。

ハジュンにとってサッカーは情熱を傾ける対象というよりは、「なんとなく」やることになり「やってみたら」それなりの才能があって、支援金も出て、将来食べていく道になりそうだったから選んだ進路に近かった。十六歳のムギョンの試合を、その目で見るまでは。彼はハジュンの心を鷲掴みにしただけでなく、ピッチを夢見る場所に変えた。

その後も毎回代表チームには選ばれたものの、なかなか運はついてこなかった。監督の戦術に合わなかったり、似たような役割をしそうな先輩たちに押し出されたりして毎回サブ扱いだったハジュンは、いつか主戦メンバーとしてムギョンと一緒に試合に出ることが目標になった。三年前に、やっと韓国代表主戦メンバーに選ばれ夢を叶えたが、残念ながらムギョンはその時の代表チームを自分のチームとして認めなかった。何度も一緒に試合に出た自分のことを、まともに覚えていないほどに。

だからハジュンは、ムギョンの口から「チーム」という単語が出てくることが信じられなかったし、この話題で出てくることが奇妙だった。それでもうれしくて笑顔になってしまいそうになり、ハジュンは急いで顎に手を当てるふりをして口元を隠し、窓の外に顔を向けた。唇がピクピクしそうだった。

こうして他のことを考えられず、ムギョンだけを意識しながら窓の外を見ていたハジュンは、暫くして車が自分の家に向かっていないことに気付いた。かと言ってムギョンの家に向かっているわけでもなかった。

「どこへ行くんだ？」

夕飯でも食べに行くのか？　それにしては時間が少し早かった。それに昨日は外泊したのだから、できることなら今夜は家族と一緒に食べたかった。ムギョンは曖昧な返事をした。

「いいところ」

「今日は早く帰らなきゃいけないんだけど」

「すぐに済む」

どこへ行くという具体的な話もなしに、ムギョンはそのまま車を走らせ、ひと気のない駐車場に車を停めた。ビル内ではなく屋外の駐車場なので、一体どこへ行くつもりなのか分からなかった。ハジュンが目をパチクリさせている間に、ムギョンはすぐに体を屈めてハジュンのシートベルトを外し、首筋に歯を立てた。

突然の接触に驚いて全身がビクッとした。ムギョンが噛んでいた場所を唇で優しく撫でながら、やっと目的を吐き出した。

「ここでヤろう」

「えっ？」

「また家まで行って準備してヤるのは面倒だし。一回ヤったら、家まで送ってやるよ」

やるって何を？

まさか自分が考えているアレか？　ハジュンはにわかには信じられず、ムギョンがチュッチュッと音を立てながら自分の首筋を舐めるのを止めることもできずにいた。しかし、彼の手がシャツの下に入り込み胸をまさぐり始めると、その意図を確信してムギョンを押しのけた。

「何するんだよ！」

ムギョンが顔をしかめた。ドキドキする胸をやっとのことで押さえつけながら、ハジュンは口を開いた。

「誰かに見られたら、どうするつもりだ？　バカなこと言うな」

「外からは見えない。誰が見るってんだ？」

「知ってる人が見れば、お前の車だってすぐに分かる」

平凡な車ならばともかく、国内では珍しい外車ばかりを乗り回しているくせに、どうしてこんなに人の視線に鈍感なんだろう。彼がいつもマスコミの餌食になるのは、単に人気のせいだけではないらしい。ムギョンは不用心なのだ。

「わざわざ大きな車に乗ってきたのに、つれないじゃないか」

「……」

「お前だって、練習の時から考えてたんだろ？」

「お前と一緒にするな。俺はそんなこと考えてない」

いやらしいことを考えていたのは事実だが、車でこんなことをするだなんて、誓って考えてない。だが気を悪くしたかのようにブツブツ言っているムギョンの隣で、ハジュンは黙って一人こっそりと唾を飲み込んだ。いつもはあまり乗らない車に乗ってきたと思ったら、あの時からこういうことをしようと考えていただなんて。

誰かに見られたらと思うと心配になったし、ただでさえ二日連続だなんて想像していなかった。昨日突かれまくった体の中心部は未だにズキズキしているし、体のあちこちがだるかった。前回のように体の中がただれたような痛みはないが、かと言って痛くないわけではない。今日もヤったら、前回よりも後遺症は大きいだろう。

ムギョンはハンドルを指でトントンと叩きながら、ハジュンの答えを待つように黙った。だが、了承の言葉は出てこなかった。その時ムギョンが沈黙を破った。

「お前、口は使えるか？」

最初は彼の言葉をすぐには理解できなかったが、彼が示す行為が何なのか徐々に分かってきた。

　どうだろう。使ったことがないから、上手いのかどうか分からない。同じ理由から、自信もなかった。返事をせずにいると、ムギョンは笑いながらハジュンのうなじに手を当てた。下から撫で上げられ、ゾクッと鳥肌が立った。

「口でするくらい、バレないさ」

　ムギョンがハジュンのうなじに当てていた手に力を入れ、そっと顔を引き寄せた。ハジュンはムギョンの太ももに手をついて体を屈めた。ズボンのチャックが開いて、ブリーフの中のモノが姿を現した。昨日ローションを塗った手で何度か触りながら観察していた性器は、すでに勃起していた。

　まだ何もしてないのに。自分とセックスをすると考えただけで勃ったのか？

　そう考えるとハジュンは妙にうれしい気も、ムギョンの要求を聞き入れてやれないことが申し訳ない気もした。ムギョンが自分を相手に性的に興奮しているだなんて、何度目の当たりにしても不思議だった。

　したことはないが、何にでも初めてはある。キスもセックスも、ムギョンとしたのが初めてだった。ハジュンは何も言わずに目の前の肉棒を掴んだ。かなり大きな男の手でも簡単に掴めないほど太いモノは、掴んだ手のひらから大きくはみ出るほど長かった。

　チラッとムギョンの顔を見上げた。ムギョンは指示をすることも催促することもなく、余裕のある表情で、好きにやってみろと言うようにハジュンを見下ろしていた。少し躊躇ってから、体を屈めて亀頭を口に含んだ。

「んっ」

　ムギョンが短く唸り声を出した。気に入ったのか、満足げな声だった。

　暫くそのまま止まっていたハジュンは、慣れない様子で頭を上下させながら、厚ぼったい亀頭と、その下に続く竿を舐めた。とても大きいので、口を大きく開けて含もうとするだけでもキツかった。咥えたまま上手く動けなかった。

　どうにか頭を動かしながら暫く舐めていると、口と顎が疲れてきた。開かれた口から垂れた唾液が、顎やムギョンの性器をべちょべちょに濡らしたが、ムギョンのモノは相変わらず硬く反り上がったまま、射精をする気配はまったく見えなかった。助手席から運転席のほうに斜めに曲がった背中と腰が痺れてきて、ハジュンは少し途方に暮れた。

いっそ寝転がって彼を受け止めたほうが楽かもしれない。

「そんな調子じゃ、いつ終わるんだよ」

同じようなことを思っていたのか、笑いの混じったムギョンの声が頭の上から聞こえてきた。はぁ。ハジュンは息を吐きながら、咥えていたモノを吐き出した。唾液で濡れた性器がハジュンの頬に当たった。ムギョンは自分のモノをハジュンの頬と腫れた唇に交互に擦りつけながら、からかった。

「キスが下手だから予想はしてたけど、フェラの実力もイマイチだな。言ったろ？　口よりも後ろのほうが、咥えるのが上手い気がするって」

酷評と冷やかしを同時に飛ばしたムギョンが、もう片方の手でハジュンの後頭部を撫でた。

下手だからキスしてくれなかったのか？　昨夜の疑問に対する答えを得たハジュンは、内心その気付きについて再び考えたが、時間的余裕はあまりなかった。頭をグッと押さえ込まれ、また性器を咥えなければならなかったからだ。実力がイマイチだとからかいながらも、ムギョンの声は満足そうだった。

「今日は俺が手伝ってやるから、次は上達した腕前を見せてくれよ、イ・コーチ。コーチだろ？」

「ふっ……」

ムギョンはそう言い終えると、ハジュンの後頭部を押した。太く長い性器が上顎を引っ掻きながら、喉奥の手前までいっぱいに押し入ってきた。ただ口に咥えて、飴のようにチュッチュッと舐める以上のことは考えていなかったハジュンは、つらいからというより驚いて目を見開いた。

ムギョンが手から力を抜くと、ハジュンは顔を上げながら性器を吸い上げた。するとムギョンの手がまた後頭部を押し、性器を深くまで飲み込ませた。

「ふうっ、うっぷ、うっ」

ハジュンはただ口を一層大きく開けて、喉の奥まで入ってくるずっしりとした肉の塊を少しでも飲み込もうと喘いだ。反射的に涙目になり、当然ながら呼吸がつらくなり、たちまち顔が赤く火照った。

口の中をいっぱいにするほうが、下で受け止めるよりもずっと重く感じた。竿の表面に浮き上がった血管が、舌や上顎、粘膜を引っ掻きながら、昨日の情事を思い起こさせた。誰に責められたわけでもないのに、そんな想像をしているということ自体にハジュンは一人恥ずかしくなった。

こうしている間にも、太い性器はグチュグチュと湿った音を立てながら口の中を行き来し続けた。最初は喉彦のある場所をツンツンと突いていた亀頭が、少しずつ喉の奥深くまでスルリと入っては出ていった。後ろを性器が出入りする時もそうだったが、食道付近を太く長いモノが行き来する感覚は、食べ物を飲み込んだり吐いたりする時とはまったく違う、とても奇妙な感じだった。軽く感心したようなムギョンの声が上から聞こえてきた。

「だけど、覚えは早いな」

そうなのか？　ちゃんとやれてるのかな？

ただでさえ気になっていたところに、後頭部に当てられた手が褒めるように頭をポンポンと叩いた。しかし次の瞬間、すぐに性器が濡れた口の中を出入りするスピードが速くなり、息も絶え絶えのハジュンの喘ぎ声も荒くなった。

「ふっ、うっぷ……、んんっ、ふっ！」

吸ったり舐めたりすることにまで気が回らなかった。肉棒が中にズプズプと入ってくるたびに、えずかないように口を大きく開け、舌を下に押しつけて喉の奥を開こうと努めた。深く、もっと深く。口の中を突き刺すように入ってくるモノを受け止めなければならないという考えで頭がいっぱいになった。

「はぁ」

短く吐き出したため息と共に、ハジュンの口の中に熱い液体が勢いよく広がった。と同時に、大きく開いたまま口の中の太いモノを締めつけようとグッと力の入っていたハジュンの喉や顎からも力が抜けた。射精が終わるまで、暫くかかった。ハジュンは脈打つ性器から口を離しもせず、彼が射精を終えるのを大人しく待った。実際には車でオーラルセックスを始めてから数分しか経っていないのに、何時間も過ぎたかのように感じた。

やっと口の中のヒクつきが止まると、ハジュンは精根尽き果て、ムギョンの太ももの上に顔を乗せた。性器が唇の間から滑り出た。なんとか口の中に含もうとしたが、亀頭に残った精液がハジュンの頬の上にこぼれた。

自分も男なので精液のにおいを初めて嗅いだわけではなかったが、口に含んだ感じは、やはりまったく違った。ハジュンがそれをゴクリと飲み込むと、ムギョンは驚いてハジュンの顎を引き上げ、目を見つめた。

「飲んだのか？」

「……ああ」

飲み込んじゃいけなかったのか？

ハンなことをしてしまったのかと思い困惑したハジュンは、大きな手の中に顔を預けたまま、目をパチクリさせた。だがムギョンはさほど不快そうな様子ではなかった。驚いたような笑顔で独り言を言っただけだった。

「ベテランと言うべきか？　それともクールだと言うべきかな？」

よく分からないが飲んではいけなかったようだ。ハジュンは少し緊張してピクリとも動けず、無表情でムギョンを見上げた。

「じっとしてろ」

ムギョンはグローブボックスを漁ると、何かを取り出した。新品のタオルのようだった。それを折りたたんで、ハジュンの頬を優しく拭った。いかにも高級そうなフワフワのタオルだから、精液なんかを拭いてもいいのか気になったが、貧乏くさく思われそうなのでハジュンはあえて黙っていた。

頬を綺麗に拭ったムギョンは、ハジュンの体の下に手を入れて、まだ突っ伏しているハジュンを起こし、シートに座り直させた。体と体が触れた部分から、ムギョンの腕の硬さが感じられた。現役の頃に比べれば少し痩せはしたが、ハジュンの体つきは大きくは変わっていなかった。選手時代から体力トレーニングなら誰よりも真面目にやっていたが、ムギョンとは生まれ持った筋肉の質が違った。ムギョンのような腕は、いくら努力しても自分には手に入れられないものだった。

「味はどうだ？」

「……プールの水のにおいがする」

正直な感想を言っただけなのに、ムギョンは声を上げて笑った。ハジュンは、その横顔をぼーっと見つめた。歯を見せて笑うムギョンの顔は、あり得ないほどカッコよかった。ああいう顔を見たのは、今日はこれで二度目だ。

無表情な時もいつも少し怒ったように硬く、ボールを追う時には荒々しい獣のように変わる印象が、男らしさをまったく失わないまま柔らかくほぐれ、角ばった顎のラインの横で唇の端が曲がった。毎回自分を理由にあんなふうに笑ってくれるのなら、唇がヒリヒリしたり顎がだるくなったりするくらい、どうってことない。

「行こうか」

「ああ」

車が出発した。予想すらしていなかった行為を終えると、大きな関門を通過したかのように力が抜けた。ハジュンはぼんやりとした気分で窓の外だけを見つめた。

ひと気のない道を走り始めた車はすぐに大通りへ入り、そのうちハジュンの見慣れた道を走り始め、いつかと同じようにハジュンの住む団地の前に停まった。ムギョンは路肩に車を停めても黙っていた。ハジュンはなぜか降りるタイミングを掴めずモジモジしていたが、別れの挨拶を切り出した。

「明日な」

「ああ」

ありきたりな挨拶をしてムギョンに手を軽く振ると、車のドアを開けた。その時突然、自分を呼ぶ大きな声が聞こえてきた。

「お兄ちゃん！」

ハジュンは車のドアを閉めるのも忘れ、自分を呼びながら駆けてくる少女を見つめた。元サッカー選手の妹らしく同級生たちに比べて足の速いミンギョンは、すぐにハジュンのもとに駆け寄るとニコニコと笑った。ハジュンは密会現場がバレたかのように、オロオロする気持ちを落ち着かせながら尋ねた。

「学校、早く終わったんだな」

「先生たちの都合で、今日は短縮授業だったの」

そう答えながらも、ミンギョンはそこに停まったままの車のほうに顔を向け、運転席に座っているムギョンと目を合わせた。目を見開いたミンギョンが、彼を指さしながら叫んだ。

「あっ、キム・ムギョン！」

「選手」や「さん」も付けずに呼び捨てにすると、ハジュンがミンギョンの手をガシッと掴んで下ろした。幸いムギョンは嫌な顔一つせず、ハンドルに腕を乗せたまま手を振って応えた。

「やぁ」

「こ、こんにちは」

「君のお兄ちゃんとサヨナラの挨拶をしたいから、先に帰っててくれるかな？」

「あっ、はいっ！　分かりました！」

ミンギョンは即答したが、すぐには歩き出さずに目をパチクリさせた。スタジアムでもテレビ局でもなく、自分の家の前で一流スターを目の当たりにしているのが信じられないと言わんばかりの表情だった。いくら自分の兄がサッカー選手だったとはいえ、その人気はキム・ムギョンとは比べ物にならなかったので仕方ない。しかしミンギョンはすぐにペコリとお辞儀をしながら別れの挨拶をした。

「さようなら。頑張ってくださいね！　シティーソウル！　グリーンフォード！　大韓民国！　ファイト！」

ミンギョンは手を振りながら団地の正門に向かって走っていった。嵐のように現れ、場を引っ掻き回して消えていく少女の後ろ姿を見ながら、ムギョンは低く笑った。

「元気だな」

「ああ。勉強もできるんだ」

「仲もいいみたいだな」

「まぁな。年が離れてるからかな」

ムギョンがハジュンの顔をじっと見て尋ねた。

「いつも朝は妹が起こしてくれるのか？」

唐突な質問だった。不思議に思ってハジュンは目を丸くして問い返した。

「どうして分かったんだ？　ほとんど俺の目覚まし担当だよ」

ムギョンが、やっぱりなと言うように頷いた。ハジュンは彼の顔に妙な満足感がよぎったのに気付いたが、理由を知ることはできなかった。ムギョンが体を向き直しながら別れを告げた。

「じゃあ、また明日」

「あ、うん。送ってくれて、ありがとう」

ドアを閉めると、車はすぐに出発した。暫くその後ろ姿を見送っていたハジュンも、クルリと背を向けてマンション団地へと向かった。一人になると、やっと自分の感情が徐々に顔を出した。

突然の車内オーラルセックスの強烈さと、これまた突然現れたミンギョンのせいで感じた驚きが混ざり合い、混乱なのか眩暈（めまい）なのか分からない感覚がハジュンの目の前をクラクラさせた。このところ暑くなってきたせいかもしれない。

家に向かっていたハジュンは歩みを止めて、団地内の共用ベンチに座った。少し気持ちを落ち着かせてから家に入らなければいけないような気がした。団地内の庭に植えられたライラックの香りが漂ってきた。もうライラックの花の見頃も終わりかけだった。

父がまだ生きていた子どもの頃、家族みんなで住んでいた一戸建ての庭には、古く大きなライラックの木が何本かあった。庭いじりが好きな父が生きていた頃には、庭のないマンションに引っ越すことになるだなんて思いもしなかった。ライラックは今もハジュンの一番好きな花だった。

選手生活を送りながら、ある程度まとまったお金を貯め、やっとのことで忌々しいワンルーム生活から抜け出した時、この古いマンションを家族と共に暮らす新居として選んだのは、手頃な価格だったせいもあるが、一番の決定打になったのは団地内に何本か植えられているライラックの木だった。

胸やけのようなドキドキのような、絡まっていた気持ちが春の花の濃厚な香りに沈み、甘いときめきのヴェールを纏った。

(うれしいからかな)

ハジュンは、そう結論付けた。

05

試合終盤にタックルされて倒れ、足を引きずっていた時から不安だったのだが、シーズン初の怪我による長期離脱者が出てしまった。フィジカルコーチの最も重要な仕事は、競技力を向上させるための選手の体力管理とコンディショニング、それを通じて怪我を防止すること、そして回復トレーニングだった。

同じコーチといっても様々なタイプに分かれる。筋力や走力を中心に鍛えるコーチ、全体的なバランスやコンディショニングを重視するコーチ、テクニックと戦術を組み合わせた体力強化に重きを置くコーチ、リハビリと怪我の回復に重点的に神経を使うコーチなどだ。サッカーにおいて何が一番大切なのかは人それぞれ考えが違うので、それは自然な現象だった。

ハジュンは、できるだけ多くのことをバランスよく取り入れようと努めるタイプだった。筋力は十分だがバランスの悪い選手もいるし、その逆のパターンもある。選手一人ひとりの状態を把握することに特に気を遣った。一人のコーチが複数の選手をコーチングするので、ともすれば選手個人に合わないトレーニングをさせてしまうこともあるからだ。

そしてハジュンは最後に挙げた、怪我の回復とリハビリに特に注意を払うタイプだった。自分が怪我で引退したせいか、やはり選手が怪我をすると気になった。ある意味医療チームの仕事に近い、あえて自分がする必要のない領域にまで気を遣うのは、そんな理由からだった。

「そうだ、もう少し速く！　よし、二分休憩。座らずにゆっくり歩きながらウォームアップ状態を保とう」

今日は先輩のジョン・コーチに他の選手たちのコーチングを任せ、ハジュンは四週間の離脱から戻った選手一人につきっきりで、実戦復帰のための特別トレーニングを行なっていた。暫く休憩時間を取って一息ついていると、遠くからみんなの声が聞こえてきた。

「ここでグズグズしてちゃダメだ。すぐに攻撃するかボールを回すかしないと」

「動線をもっと体に覚え込ませなきゃ」

練習と練習の間の隙間時間、選手数人が集まって過去の試合映像を流し、試合を振り返っていた。勝利で終わった試合ではあったが、その中にもミスや隙はあるので、いつだって復習は必要だった。

「パスが全然ダメだ。こんなにスペースがあるんだから、すぐに繋げないと。俺がもらいに行ってもボールが来なきゃ、なんの意味もない」

ムギョンの指摘に続いて、「はい」「はい」と答える選手たちの声が聞こえた。どうせ後で監督が会議室に選手たちを集めるだろうが、選手たちが進んで熱心に学ぼうという雰囲気は好ましい。ハジュンは彼らの声をBGMのように聞きながら、自分の仕事に集中した。その時、コーチング中のハジュンの携帯電話にメッセージが届いた。

[今日はどうだ?]

何の気なしに、すぐに携帯電話を確認したハジュンは思わず口をぽかんと開けた。ムギョンはまるで別の人にメッセージを送ったかのように、ハジュンに目をくれることもなくジョンギュや試合のレビューをしている選手たちに混ざってシラを切っていた。

ハジュンは問い返した。

[今日?]

[なんだ? 他の約束でもあるのか?]

約束はなかったが、ふと気になった。ムギョンのセックスは、どの程度の頻度で行なわれるものなのだろうか。というか、普通の人はどれくらいおきに関係を持つのだろうか。

恋愛もセックスもしたことがないので、普通の人のペースがまったく分からない。しかし、世間から浮気者だの遊び人だのと非難されているのだから、ムギョンのペースは他の人に比べて早いならともかく、決して遅くはないはずだ。

「コーチ、終わりました」

「ああ、今度はカールに変えよう。うつ伏せになって」

「はい」

レッグエクステンションを終えた選手に背筋運動を指示した。いち、にぃ、さん。目の前の選手が脚に乗せられた重量バーを上げるたびにカウントしながら、躊躇っていた指でゆっくりとキーパッドを叩いた。

[あれからまだ二日しか経ってないけど]

暫く返事がなかったが、またヴーッと携帯電話が鳴った。

[一昨日メシを食ったら、今日は食わないのか? なんの

関係があるんだよ」

突然食卓に並べられた料理になったかのような気分になると共に、ハジュンはどう答えていいのか分からず、暫く携帯電話の上で指を彷徨(さまよ)わせた。どう答えようかと入力欄に返事を打ち込んでは消した。

まだちょっと、キツそうだ。

こんな返事では、ただでさえ気まぐれから始まったこの「長期的な関係」が、一瞬で終わってしまうんじゃないかと思うと送信ボタンを押せなかった。

長期的な関係。聞こえはいいが、ムギョンにとっては、その関係を結ぶ相手が必ずしもハジュンでなければならない理由はさほど多くはないだろう。近くにいるから、他の人にバレなさそうだから、もしかしたら軽く見ているから。まぁ、その程度のものだろう。だから、いつだって他の誰かと替えは利(き)くはずだ。始まったばかりの関係から、早くも脱落したくはなかった。

どうしてキツいのかと質問でもされたら、なんと答えればいいのだろうか。他の予定があると嘘(うそ)をつくべきか？ まだ体がつらいと正直に答えたら？ そう答えたところで、なんの関係があるのかという返事がきたら、やはり少し傷つきそうだ。やぶ蛇になるのはイヤだ。

悩んだ末にハジュンは結局、こう返事を送った。

「分かった」

ムギョンから返事はこなかった。

こうしてハジュンは、心の片隅に小さな悩みを抱いてトレーニングを行なった。つい二日前は自分で選んだ決定に満足して喜んでいたのに、今日は練習を終えて彼が会いに来ることを思うと心配が先立った。

予定外の初体験を終えてから数日間抱えていた痛みは、二度と感じることはないと思っていたので、消えていくのが惜しいほど大切だった。しかし、ああいう痛みが日常的になってしまうとなれば、それはまた別問題だった。前回の痛みが消える前に、またあの痛みを味わわねばならないなら、解決策を考える必要があった。

一日中座って仕事をする事務職ならばともかく、ハジュンは選手たちを追いかけ、彼らと共に体を動かすサッカーコーチだ。二日前、ムギョンと過ごした夜は朦朧(もうろう)とするほど気持ちのいい瞬間が何度も訪れたが、だからといって尻尾のように事後にくっついてくる痛みがなくなるわけではなかった。

しかし、ハジュンの不安など、それこそ関係ないと言わんばかりに時間はあっという間に流れた。一日のスケジュールを終えたハジュンは、みんなと別れの挨拶を交わし、とぼとぼとバス停のほうへと向かった。今日も自分を待ち構えているシルバーの中型車が見えた。

誰かに見られるんじゃないかと気にしながら車に乗り込むと、ムギョンは何も言わずすぐに車を出した。不本意ながらも、やはりハジュンはこの後にするであろうセックスが少し怖かった。

(俺って、こんなにも根性なしだったのか?)

つい先日、初体験を美しい春の日だと自ら祝っていたのに。そんな自分が気に食わず、ハジュンはわけもなく怒ったように口をグッとつぐんでいた。

＊　＊　＊

「何してるんだ?　早く入ってこいよ」

躊躇う気持ちが表にも出ていたのか、ハジュンはムギョンにたしなめられて家の中に入った。最初はムギョンの自宅に来たということだけでうれしくて言葉も出なかったのに、たった二回で入るのを躊躇うだなんて、自分が卑怯な人間のように思えた。ハジュンは硬い態度でカバンを肩から下ろしながら、まるで気合いでも入れるかのようにムギョンに尋ねた。

「荷物は、昨日の部屋に置いてもいいよな?」

「言っただろ?　好きに使えって」

やればそのうち慣れるだろう。なんだってそうだ。スポーツを始めた時だって、最初は全身がズキズキと痛んだが、続けているうちに習慣になった。体が痛むのも、こんな気分になるのも、全部経験がないからなんだ。ハジュンは自分自身にそう言い聞かせながら、ゲストルームだと言われた部屋のドアを開けた。

「……」

しかし威勢よくドアを開けたハジュンは、その場に立ち尽くした。ついさっき玄関で立ち止まったのと同じように、またもや動きを止めたハジュンを、ムギョンは理解できないと言わんばかりに暫く見つめてから近寄ってきた。

「今日は、どうしてそうぼーっとしてばかりなんだ?　何してるんだ?」

「あ、いや」

ハジュンは少し驚いた目でムギョンを見ると、また部屋のほうに顔を向けた。ムギョンもハジュンの視線を追うと、昨日までなかった物に目が止まった。

「ああ」

ムギョンは思い出したと言うように短く声を出すと、そこで初めてハジュンに言い聞かせるように告げた。

「残ってる仕事があれば、これからはアレでやれ。ベッドにうつ伏せになって、やったりしないで」

「……買ったのか？」

ムギョンが、何を当たり前のことを聞くんだと言わんばかりに、皮肉っぽい口調で言った。

「そりゃあ、拾ってきたわけないだろ」

「俺の……ために？」

「俺の家なんだから、一つくらい置いとけば、誰かが使うさ」

部屋には、昨日まではなかったシンプルな木製の机が置かれていた。ハジュンは少しあっけにとられた気分でゆっくりと部屋の中に入り、その上にそっとカバンを置いた。滑らかに整えられた天板を手のひらでサッと撫でてみた。シンプルで小さな本棚がついただけの、余計な飾りのない高級そうなデザインが気に入った。

ムギョンの言う通り、自分にくれたものではなくムギョンの自宅の家具だということを分かっていながらも、やたらと顔が火照ってきた。

「まさか、今から仕事しようってんじゃないだろうな？」

ムギョンの皮肉にハジュンは首を横に振った。できることならば、理由はどうあれ自分のために用意してくれたこの机を今すぐ使ってみたかったが、ムギョンが催促する理由はよく分かっているので後回しにするしかない。ドア付近にもたれかかりハジュンの様子を見守っていたムギョンが、姿勢を正しながら言った。

「シャワー浴びるなら、早くしろよ」

「うん」

暑くなり始めた季節。練習を終えると汗だくになってしまうので、いつもシャワーを浴びてから帰るムギョンとは違い、比較的運動量の少ないハジュンは、できるだけ家に帰って体を洗うタイプだった。誰も気にして見る人などないと分かってはいるが、それでも傷痕が気になるからだ。

自分のことを知らない人ならばともかく、事情をすべて知っている人たちの前で服を脱ぎ、あの傷痕を見せたくはなかった。こんな気持ちになるのは自責の念からだと分かってはいるが、みんなが気にしなくとも、わけもなく気まずかった。そういう点においてムギョンは自分のことをよく知らなかったし、こういう関係になってからも一貫して自分に興味がないので、むしろ気が楽だった。

　プレゼントと言うには少し無理があるが、突然現れた机のおかげで緊張が少しほぐれた。机が現れたからといって、今からするセックスの大変さが減るわけでもないが、それでも一段と楽になった気持ちでバスルームに入ると、また足を止めた。

　ハジュンはモタモタしてから再びドアを開け顔だけを出して、まだリビングにいるムギョンを大声で呼んだ。

「キム・ムギョン！」

「今度はなんだよ」

「バスルームにある歯ブラシ、使ってもいいか？」

「そんなこと、いちいち聞くな」

　うん。ハジュンは自分にしか聞こえないほど小さな声で答え、ドアを閉めた。

　前に来た時は遠征試合直後だったので、自分で持ってきた旅行用歯ブラシで歯を磨いたのだが、今日はバスルームに入ると新品の歯ブラシセットが洗面台の横の棚に入れてあった。スキンローションセットも。体を洗うバスグッズは前回も用意されていたが、こういった個人用の消耗品はなかった。

　歯を磨き、温かなお湯で体を洗っている間ずっと、妙に気分が浮ついた。ハジュンはカバンの中に入っていた服に着替え、バスルームを出た。ムギョンはリビングのソファに座り、何かを読んでいた。集中した横顔に、少し躊躇ってから声をかけた。

「キム・ムギョン。シャワー、浴び終わったよ」

　ムギョンはすぐさま振り向くと、ハジュンを上から下へとじろりと見てソファから立ち上がり、ハジュンの横を通り過ぎながら指をクイッとさせた。

「こっちへ来い」

　ハジュンはおずおずと彼の後をついていった。ゲストルームに入るのですぐにベッドに向かうと思ったが、ムギョンは何かを探しているのかあちこちを漁って、最後にはクローゼットの扉まで開け放った。呆れたと言うように独り言が出た。

「やっと見つけた。なんでこんなところに入れといたんだ？」

するとと中から何かを取り出し、ハジュンに差し出した。

「……これは？」

「シャワー後に着ろ。いつも服を着込んで出てきて面倒じゃないか？　替えもあるから、必要ならここから出して着ろ」

手の中がくすぐったいほど柔らかな感触でいっぱいになった。最初は何なのか分からなかったが、少し離して見てみると、それは白いバスローブだった。

気のせいでなければ、ムギョンの着ていたグレーのバスローブと同じ生地に同じデザインだ。色が違うだけ。今度こそ完全に面食らって口をつぐんでいると、ムギョンが顎をクイッとさせてハジュンの手を指しながら言った。

「着てみろよ」

「えっ？」

「合うかどうか、確認しないと」

別にサイズを合わせて着るような服じゃないと思うけど。そう思いながらも、ハジュンは驚きを無表情の裏に隠し、一枚ずつ服を脱いでいった。お互い裸を見せて恥ずかしがるような仲でもない。実際、自分を見つめるムギョンに恥ずかしそうな気配は、まったくなかった。目の前でじっと見つめられながら服を脱ごうとすると、ベッドやソファでもつれ合いながら服を脱ぐ時とは違い、体の内側が熱くなった。下着だけを残したままバスローブを羽織ろうとすると、黙って見ていたムギョンが口を開いた。

「パンツも脱げよ。どうせ脱ぐんだから、残したって仕方ないだろ」

おかしくなりそうなほど恥ずかしかった。だが恥ずかしがっているように見せたくなかった。ハジュンは平気なふりをしてパンツを脱いだ。すると、シャワーを終え湯気も冷め切らないスベスベの白い体が露わになり、白いバスローブ一枚がその体を音もなくサッと包んだ。腰紐を結んでチラッとムギョンを見ると、彼がニヤリと笑って満足そうな表情を浮かべていた。

「ピッタリだな」

ハジュンは、すぐに言葉が出てこなかった。机と同じように単なるゲスト用のバスローブなだけで、ハジュンにくれたわけではなかった。だから、お礼を言うのも妙な状況だった。

（ペアルックみたいだ）

何度も浮かんでしまうバカげた考えを頭の中から追い出しながら、ただただ恥ずかしくなるだけ。しかしそれはハジュンの頭の中だけで起こっているワンマンショーで、実際のハジュンは口をつぐみ、無表情でムギョンに向き合って立っていた。

ムギョンがハジュンの手首を掴み、ベッドへと引っ張った。バスローブ姿が気に入ったのか、機嫌が良さそうだ。脚を伸ばして座ったムギョンが、太ももの上にハジュンを座らせた。バスローブの裾をめくると、大きな手がすぐにお尻を掴んだ。その力強さに、ハジュンはこの後に続く激しい行為を思い、思わずムギョンの肩に顔を預けた。

激しい行為に対する期待と不安、気分良く笑っているムギョンの顔、プレゼントではないプレゼントをもらったときめきが、色とりどりの絵の具のように入り混じった。どこかプカプカと浮ついた気持ちから、ハジュンはついお願い事を口にしてしまった。

「キム・ムギョン、少しだけ優しくしてくれ……」

その言葉のどこが可笑しいのか、ムギョンが声もなく小さく笑う気配が感じられた。危機感に耐えられず、つい口から出た弱音が嘲笑を買ってしまい、さらに恥ずかしくなった。ハジュンは熱を帯び始めた顔を上げられず、じっとしていた。

「お前次第だな」

笑みを隠すこともせず、ムギョンが言った。

「優しくしてほしかったら、まずは落ち着かせてみろ」

「……どうやって？」

「また、とぼけやがって」

ムギョンがハジュンの手を掴み、自分の股間に当てた。服の中でそびえ立っているモノの重量感が、ダイレクトに伝わってきた。ムギョンの表情を窺いながら、ハジュンは彼にくっつけていた体を離した。白い手がゆっくりとムギョンのズボンのファスナーを下ろし、下着と一緒に引き下げた。

ビックリ箱の中の人形のように、待っていましたと言わんばかりに飛び出てきたモノは、何度見ても見慣れないほど大きかった。ハジュンは生唾を飲み込んだ。ムクリとそそり立った竿を両手で包み、頭をゆっくりと深く下ろしながら目を閉じた。昨日学んだことを、まるで新しく覚えた技術を復習するかのような感覚で思い浮かべた。

「んっ」

低くこぼれる声は、たしかに満足げだった。ハジュンはホッとしながら頭を上下に動かした。

「優しくしてやるよ。覚えた通りに上手くやれれば」

その言葉と共に、ヘッドボードにもたれて座っていたムギョンはハジュンの頭を撫でると、手に体重を乗せて押した。えずきと咳が混ざったような声が二度ほど小さく上がったが、すぐに何かを吸い込むような湿った音が部屋を満たした。

ムギョンは、ハジュンの黒くフサフサした髪を手で流しながら、従順さすら感じる口淫を余裕な気分で楽しんだ。頭を働かせて小細工をしているのか生まれつきなのか分からないが、ハジュンは実に人を惑わせた。今まで生きてきて初めてのことだった。

たしかにムギョンはセックスが好きだ。だが、行為そのものが好きというより、お互いに押したり引いたりしてポイントがピッタリ一致しゴールが決まった時の快感や、溜まっていたストレスと性欲を吐き出す解放感が好きというのに近かった。特定の相手に性的に溺れたことはない。なのでムギョンにとってこの新しいセフレは、非常に楽しく新鮮な存在だった。

なぜ人々が様々なセックススタイルや、いろんなプレイなどに目を向けるのか、やっと少し分かったような気がした。ハジュンになら、ムギョンも変わったことや目新しいことを試してみたくなると思った。見かけによらず妖艶に振る舞うコーチのおかげで、今日も飽きる暇もないセックスができそうだった。

皺がピンと張るほど広がった後ろの穴に性器が出入りするのも刺激的だったが、目一杯開けられた唇の間を出入りする光景も、また刺激的だった。車では上から見下ろしていたので、俯いた後頭部しか見えなかった。

しかしムギョンは今、ヘッドボードにもたれかかって座っているので、脚の間に膝をつき体を屈めて自分のモノを咥えているハジュンの顔がよく見えた。カーセックス代わりにオーラルセックスをさせた時とはまた違った快感に、ムギョンは微笑んだ。支配欲や征服欲などという単語が似合う達成感が、徐々に胸の中を満たしていった。

イ・ハジュン。いつも誠実で一生懸命で性格も明るく、チームのみんなから人気の新任コーチ。

そんなヤツが、実は男好き。俺のアソコを口に咥え、後ろを突かれながら射精する。

　彼のそんな姿を見たのは、別に自分が初めてではないのだろうが、少なくともこのチームの中では俺しかいないだろう。そう考えると、ちょっとやそっとでは感じられない満足感がグッと心を満たし、それだけでこの行為が二倍は楽しくなった。

「ふっぷ、うっ……」

　少し道筋を示してやるだけで、今はわざわざ頭を押さなくても、自分で息を調節しながら喉の奥まで性器を咥え込む。セックスも体を使うものだからか、ハジュンはよく知らない行為も覚えが早かった。

　それとも、知らないふりをしていただけなのかもしれない。どちらにせよ、楽しいならそれでいい。ムギョンとしては細かいことまで知りたいとは思わなかった。亀頭が上顎の凹凸の上を滑り、深く狭い喉の奥へズブンと入った。

「あっ……」

　あまりの気持ち良さに思わずため息をつきながら黒い髪をまさぐると、それが何か意味のあるジェスチャーだと思ったのか、ハジュンが頭を動かすスピードを上げた。

「舐めながら頭を左右に回してみろ」

　アドバイスでもするかのように言葉を投げかけると、ハジュンはすぐに従った。しゃぶりながら頭をあちこちに回すと、性器が口の中の粘膜を隈なくかすめた。滑らかで整った歯の裏側の凹凸までが感じられ、ムギョンは荒いため息をつきながらハジュンの頭を撫で続けた。

「ふっ、うっ、ううっぷ……」

　そうしているうちに、性器を口いっぱいに含んで半ば息ができなくなったハジュンの喘ぎ声が少し変わったことにムギョンはふと気が付いた。最初はただ苦しそうに呻いていただけの声が、少し濁りつつも、その中に密かに熱が混ざっていた。

　気のせいではない。ムギョンはハジュンの頭に手を乗せたまま、彼が動く姿をじっと見つめた。亀頭付近に唇を寄せ、一度息を吸ったハジュンが、また滑らかにそれを吸い上げながら深く咥え込んだ。

「うっ、ふぅ……」

　上顎の真ん中から喉彦を越え、喉の奥深くまで。そのあたりのどこかを亀頭で擦ると、喘ぎ声が明らかに甘くなった。

　ほらな。ムギョンは性器を舐めることに必死なハジュンの顔を微笑みながらじっと見つめ、わざと腰を軽く突き上げた。突然、性器が喉の奥に滑り込んだ。

「ふうっ！　ううっ、んっ」

するとハジュンは、マナー違反だと怒るどころか体をビクリと震わせ、むしろ喘ぎ声は一層大きくなった。

いつだったか酒の席でチームメイトの一人が酔って、こんな下ネタを言っていたことがある。ディープスロートをして感じる人がいるのだと。下の穴と同じく、喉も性器のように使う人間がいるというのだ。

その時のムギョンは、ポルノの見すぎでバカなことを言っているだけと思っていたし、他のヤツらも大体同じような反応だった。目を覚まして現実に戻ってこい、誰かがそんなふうに叱ったりもした。それなのに、芝居でなければ、バカ言えと思っていた話が今、目の前で繰り広げられているらしい。

自然と下がさらに熱くなり、性器がピクピクしながら一段と反り立った。当然ハジュンもそれを感じたのか、驚いた表情で軽く顔を上げて視線をムギョンに向けた。目が合った瞬間、ムギョンはもう我慢できなくなった。

「出せ」

「あ……」

長く太いモノがハジュンの口からズルッと抜け出た。ハジュンは理由を尋ねることもなく肉棒を掴んだまま、なぜだろうと言うようにぼんやりと見つめていた。それでもアソコは掴んだままなのが可笑しい。本当にチンコが好きなんだな。

少し暑くなり、ムギョンはそれまで着ていた服を脱ぎ捨てた。その時になってハジュンがおずおずと尋ねた。

「……下手だった？」

そういえば、上手くやれたら優しくしてやると言ったんだっけ。採点を待つ学生のように、厳かで真面目な雰囲気にクスリと笑いが出た。

「いや、良かったよ。一人だけ気持ち良くなって悪いな」

「えっ？　いや、俺もいいよ」

その言葉にムギョンがクスッと笑った。笑った理由が分からないのか、ハジュンの顔が少し赤くなった。そうだな、お前の言う通り気持ち良さそうに見えたよ。そう言おうとしてやめた。

「こっちに来い」

指で呼んでも、ぽかんとして座っているだけだ。どれくらい、どうやって、近づく方法すら分からないと言いたげな姿に、ムギョンは笑いを押し殺して自分から体を起こし、ハジュンの腕を引き寄せた。膝立ちのまま引っ張られ、ムギョンの脚の間で向かい合わせに座った。脚と脚とが交差した。バスローブの裾で辛うじて隠れた性器が、ムギョンのモノと触れそうだった。

「あーんしろ」

「あーん……?」

ハジュンが躊躇いながら、ゆっくりと口を開けた。ムギョンは歯医者にでもなったかのように、その中をじっと見つめると、突然人差し指と中指を入れた。ハジュンは口を開けたまま、目をパチクリさせた。

「舐めろ」

下のモノでもなく、指を……?

ハジュンはそんな疑問を込めた表情でムギョンを見たが、すぐに言われた通りにチュッチュッと音を立てながら口の中に入ってきた指を舐めた。濡れた唇が従順に自分の指を舐めているのを見ていたムギョンが、口の中でゆっくりと指を動かし始めた。長い指が口の中で動く感覚がヘンなのか、ハジュンが微かに眉間に皺を寄せた。

あまり奥まで入れると、えずいてしまうだろう。ゆっくりと指を回して、ムギョンはハジュンの柔らかな舌をそっと擦ってみた。今度は両側の粘膜を、続いて硬く凹凸した上顎を引っ掻いてみた。

「ふっ……」

低い喘ぎ声が漏れた。ムギョンがニヤリと笑った。指を咥えているせいで、ちゃんと飲み込めない唾液がムギョンの指をぐっしょりと濡らし、唇の下にまで垂れた。

ハジュンは一体何をしているのか分からないという表情で、しかし明らかに感じている顔でムギョンをじっと見つめていた。その瞳に、いつまで続けるんだという疑問が込められていた。ムギョンはもう一度、今回は指先で上顎のさらに奥を強く擦った。

「うっ、んっ」

ハジュンが反射的に目を閉じながら喘いだ。ムギョンの微笑みがさらに濃くなった。口に咥えられていた指を抜くと、ハジュンがゆっくりと目を開けた。

「イ・ハジュン」

「うぅん」

「口の中に突っ込んでもいいか?」

「あ、うん」

平気な顔をして頷(うなず)くから、また笑ってしまいそうになった。なんでもオッケーか。まったく大したヤツだ。座っていたハジュンの後頭部に枕を当て首を少し反らし、ヘッドボードにもたれかけた状態で寝かせた。

「口を大きく開けろ」

またも大人しく口を開いた。唾液で濡れた唇の間に深い穴ができた。フェラチオなら何度もやったことはあるが、こんなふうに人の口に性器を突っ込むようにしたことは、当然ながらなかった。

片手でヘッドボードを掴み、膝立ちになって股をハジュンの顔の近くまで持っていった。そして相変わらず反り立っている性器を、開かれた唇の間に滑り込ませた。するとムギョンの言葉の意味を正確に理解したかのように、一瞬ハジュンの目が見開かれた。

焦(あせ)らずにゆっくりと口の中へ自分のモノを押し入れた。大人しく口の下に敷かれている柔らかな舌と、開かれた粘膜が性器全体をズルズルと擦って通り過ぎていく感覚が、ハジュンが舐めてくれた時とはまた違った形で末梢(まっしょう)神経を刺激する。厚ぼったい亀頭が、徐々に狭まる口の中の洞窟に入り、喉彦付近を通り、温かく狭い喉の奥の穴にまでスルリと入っていった。

「ふぅ、うっぷ……」

そこを過ぎると、下のほうからハジュンの呻き声が聞こえてきた。息が苦しいのか、唾でも飲み込もうとするようにゴクリと喉を鳴らしながら、亀頭を優しく締めつけた。

「はぁ」

ムギョンの口から感嘆の込められた短い笑みが漏れた。これだ。フェラチオじゃなくて、本当に挿入をしている気分だ。しかし入れているのが他でもなく口だということに、妙な背徳感があった。

ムギョンは喉の奥に性器を押し入れ軽く腰を前後に揺らしながら、柔らかく弾力のある肉と筋肉がアソコを締めつける感覚を、余裕を持って楽しんだ。下に挿(い)れる時とは、まったく違う感じがした。

「ふっ、くふっ、うっぷ」

グッと詰まった小さな喘ぎ声が漏れ続けた。もう少し、この変わった快感を楽しみたいが、窒息でもしたら大変だ。ムギョンは欲張りすぎず、そろりと性器を抜いた。

案の定半分くらい抜いた時から、咳き込みながら急いで息を吸うハジュンの息遣いが感じられた。ゼェゼェという熱い息遣いが性器にかかる。ムギョンは、呼吸ができるように暫くハジュンを放置してから、また口の中に押し込んだ。今度もずぷんと奥のほうまで入っていった。

さっきよりも息が苦しいのか、ハジュンは喉をゴクリと鳴らしながら、さらに速く息を吸った。そのたびに亀頭を刺激する快感は大きくなるばかりだ。生理的な反動で、いつの間にかハジュンの目には涙が溜まり始めた。顔をしかめ自分の口を犯している男根を見下ろす表情が、ムギョンの欲求を刺激した。

一回、二回、三回。押し入れるたびにビクつきながら喉が狭まるのを感じているうちに、ムギョンは少し大胆になった。口の中を性器が出入りするスピードが速くなった。

「うっ、うっぷ、ふうっ！」

強すぎず、しかし奥深くまで性器を入れては出し、また突っ込んだ。最初は口の下に大人しく敷かれていた舌が、今は何度も持ち上がった。口の中にズブズブと入ってくる太いモノを押し出そうとする本能的な行為のようだった。しかし、そのたびにムギョンは柔らかな舌が性器を舐め上げているように感じるばかりだった。上顎と舌の間の空間が狭くなり、挿入する時の快感がさらに大きくなった。

「ふぅぅ……、ふうっ、うっぷ、ふうっぷ！」

「はぁ、これはヤバい……」

亀頭が喉を越える直前、柔らかくヌルヌルした粘膜を突くと、ハジュンは苦しそうにビクつきながらも、熱のこもった喘ぎ声を出した。その声に、ムギョンは腰を止められなくなった。

ゆっくり、しかし途切れることなく腰が前に突き出され、性器が根元まで口の中へと消える。真っ赤に火照ったハジュンの顔が、苦しそうに歪(ゆが)んだ。

「ふあっ、あっ！　ふぁ」

ムギョンが腰の動きを緩めた時、ハジュンはそれ以上耐えられず、ついに顔を横に向けた。口の中に押し入ることのできなかった性器がハジュンの頬の上を滑った。

「はあっ、ゴホッ、ふうっ、はぁ、もう、む……無理だ。ふっ……」

息を切らしたハジュンを、相変わらずムギョンは膝をついたまま見下ろしていた。顔はもちろん、襟の間に見える首までが赤く熟れていた。ムギョンは体を屈めてハジュンの顔に自分の顔を近づけた。呼吸の乱れたハジュンの口は、開かれたままだった。

長いことこじ開けられていた唇はもちろん、顎の下まで唾液でベトベトになっていた。太いモノを咥え込んで下の穴のように突っ込まれていた口が、いやらしく見える。濡れた唇の上を親指でゆっくりと擦ると、ハジュンはつい軽く舌を出した。

ムギョンが差し出された舌を指でくすぐると、ハジュンはため息を漏らしながら顎と唇を細く震わせた。涙で濡れた目が、何かを求めるようにムギョンを見上げていた。

その表情にムギョンは思わず顔を下げ、唇と唇が重なりそうなくらい近づいた。ハジュンがフッと目を閉じようとした時、ムギョンが軽く笑いながら尋ねた。

「なんだ？　急に空（から）になったから、口の中が寂しくなったのか？」

ハジュンは黙ったまま顔を赤くして首を横に振った。キスをしようかと思ったが、ついさっきまで自分のモノが入っていたところに口づけするのは、気乗りしなかった。ムギョンはまた体を起こした。

面白い経験だった。少しずつ練習させて、そのうち口にハメるだけで最後までいくのも悪くなさそうだ。だが今日はまだ、そこまでは無理だろう。ムギョンは、そろそろメインに入ることにしてベッドの上に座り直した。

ハジュンも、ムギョンと目の高さが合うくらいに体を起こしながら、これから何をするんだろうという表情でムギョンを見た。

「後ろを向け」

「……後ろ？」

「四つん這（ば）いになるんだ。尻を俺のほうに向けて。『69（シックスナイン）』知らないのか？」

「シッ……」

ハジュンの喉仏が軽く上下した。ムギョンの言っていることの意味が分かったのか、顔がまた赤くなった。

「優しくしてほしいんだろ？　俺はまだ一回もイってないんだぞ」

ハジュンはゆっくりと頷き、暫くオロオロと狼狽（うろた）えてから体勢を整えた。腕で体を支え、バックをする時のように四つん這いになった。次に体を低くし、頭をムギョンの性器のあるところに持っていき、お尻をムギョンの顔に突き出さなければならないのだが、ハジュンはその状態から動けずもたついた。

お尻を隠したバスローブの裾を、ムギョンがバッと巻き上げた。ぷりんとした丸いお尻の肉はピッタリとくっついていて、今の姿勢ではその間にある穴はムギョンに見えもしなかった。

「腰を落とせ」

「あ、うん」

「早く」

催促しても、なかなか姿勢を低くしない。ムギョンは顔をしかめ手を上げ、目の前にあるお尻をパシッと叩いた。

「いたっ！」

「早く下ろせ。口に突っ込んだからって、それで終わりじゃないんだから」

「わ、分かっ、あっ！」

パシッと音が出るようにもう一発叩くと、ハジュンは震えながらやっと腰を下ろし始めた。そのスピードに合わせて、ムギョンもゆっくりとベッドの上に寝転んだ。白いお尻が顔の前に突き出され、その前についた性器もやっとムギョンの目に入ってきた。

やっぱりな。ムギョンはクスリと笑った。

ハジュンの性器はしっかりと勃っていた。呆れたことに。同じ男のアレを挿れられたわけでもなく、舐めて、正確には口の中に突っ込まれて勃起したのだ。

世間は、自分のようなオープンな人間にばかり浮気者だのプレイボーイだのと後ろ指をさすが、本物は本来大人しいものだ。イ・ハジュンのようなヤツこそが本物だ。本当にものすごかった。

「舐めろ」

「う、うん」

ハジュンの指が、またおずおずと竿を握った。濡れた口の中が性器全体を包み、噛みついてくる感覚が続いた。ムギョンはその温かく静かな快感に小さくため息をつき、テーブルを漁ってローションを取り出し、指全体にベタベタと広げた。ハジュンの入口にもローションを振りかけるように、たっぷりと塗ってやった。透明な粘液がついたお尻の間が光った。

厳密に言えば、自分もハジュンのモノを舐めてやらなければ公平ではないのだろうが、同じ男のモノを口に咥えたいという気持ちは微塵もなかった。後ろに挿れるのと、アソコを舐めるのはまったく違う。触るのは意外と大丈夫だったが、口に入れるのはちょっと……。

ムギョンは指にローションを広げながら、目の前に突き出された入口をゆっくりと観察した。お尻を突き出しているのにキュッと閉じられた穴は、何度見ても自分の太いモノを飲み込めるとは思えなかった。だがムギョンは、ここがどれほど広がるのか、すでに目にしている。

「ふうっぷ！」

ローションを塗った人差し指で、穴の上を引っ掻くように撫で下ろすと、腰がビクンと跳ね上がった。

「大人しくしてろ」

「うっ、ううっ」

突然の刺激に入口がビクついた。ムギョンは目を細くして、人差し指をゆっくりと押し入れた。指が奥深くに入っていくほどに、ハジュンの喘ぎ声が切羽詰まっていった。

「ふっ、うっぷ、ううっ！」

前回と違って、なかなか力が抜けない。不安がっているかのように腰も硬かった。この体位にはあまり慣れていないのだろうか。

「口」

ムギョンの性器を舐めていたハジュンの口が止まったまま動かないので一言言うと、ハジュンはハッとしたように、またムギョンのモノを慌てて舐め上げた。さっきより疎か（おろそか）になった気がする。まぁ、仕方ない。こんな状況では、やはりなかなか集中もできないだろう。

しかし、これもすべてハジュンのためにしていることだ。喉でも感じる珍しい体質じゃないか。突かれりゃどこでも感じるヤツなんだから、上も下もハメられれば、メチャクチャ気持ちいいんじゃないか？

「ちゃんと飲み込め。喉の奥まで」

指示でもするように言って、押し入れた指で中を掻き回した。この前は性器の面積と同じくらい広がっていた中は、今は人差し指を咥えているだけで、もうそれ以上は広がらないと主張するかのようにギュッと指を締めつけていた。それはまるでハジュンが猫を被っている姿そのものみたいで、ムギョンはクスリと笑ってしまった。

前回のあそこはどこだったっけ。ムギョンは内壁を探り、ハジュンが腰をビクつかせながら感じていたポイントを探した。ムギョンが把握している限り、ハジュンは内壁のそこと、指では届かない、かなり奥にある狭まる部分が大好きだった。

「うっ、ふぅ、ふっ……うっ！」

一度見つけた場所を、もう一度探し出すのはさほど難しくなかった。少し膨らんだ前立腺の上を指で擦ると、ハジュンは腰を震わせながら驚いたように喘ぎ声を吐いた。

「歯を立てるな」

「あっ、キム・ムギョン、そこ……」

勝手に性器を吐き出して何かを言おうとするハジュンの後ろに、中指まで押し入れた。ローションで濡れてヌルヌルした入口は進入を阻めず、キツくはあるものの抵抗なく指を咥え込んだ。そのまま指先で感じるポイントを押し、手首も使って振動を与えるように強く押すと、ハジュンは耐え切れず声を上げた。

「あふっ！　ふっ、あっ！　あっ……！」

「上手くやったら優しくしてやるって言ったのに」

「あっ、あ、あっ！」

「勝手にやめたら許さないぞ」

はぅ、うっ。ハジュンが喘ぎ声とため息の混ざった呼吸を性器に吐き出した。

ハジュンの震える唇が猿ぐつわでも噛むようになんとか自分の性器を咥え込むまで待ってから、ムギョンは穴を広げ、快楽を汲み出すようにして中をグリグリと掻き混ぜたり、前立腺の上を押したりを繰り返した。そして予告もなしに薬指まで追加して入れ、ついには前回と同じく指四本を入れた。

「あぅ、あ……」

到底我慢できそうにないのか、ハジュンは再び性器を吐き出し、太い竿をただ指だけで掴んだまま、ひたすら喘ぎ声を垂れ流していた。

指四本を飲み込んだ腰とお尻がピクピクと震え、そのたびにお尻に力が入っては抜けた。広がった入口が勝手に締めつけたり緩んだりするのが、感触だけではなく目でも分かった。前回は突然本番に入ったせいで、指では十分に楽しめずに残念だった。

「イ・ハジュン、口」

ムギョンが再び指摘すると、股に顔を埋めるようにしていたハジュンがフラつきながら顔を上げ、また口で性器を包んだ。しかし力が抜けた口の中は、まともに性器を舐められなかった。

ムギョンは指四本を手のひらと指が繋がる関節の部分、一番厚いところまでズブッと押し入れた。手のひらの面積と同じくらい穴も広がった。指を咥え込んだ内壁がヒクつきながら指先をくすぐった。

「ううんっ、ふぅ、うっ」

前立腺の上をグッと押しながら、指がずるんと外に滑り出た。また入れて、感じる部分を擦ってまた抜いて。それを何度か繰り返した。

「ふううっ、ふっ！　ふっ！　ううううっ……」

熱く濡れた内壁を指が押しながら出入りするたびに、今はただ性器を咥えているだけの口から喘ぎ声が漏れ続けた。唾液が竿を伝って流れていくのが感じられた。ハジュンが喘ぐたび、その淫らな声がもたらす小さな振動が、口の中に入っているモノを刺激する感触も悪くなかった。

性器を締めつける時のようなダイレクトな快感ではないが、これもかなり面白かった。人というものは、柔らかいものに触れると気持ち良くなるらしい。自分の足首や膝などに触れる時のハジュンさながら、触診でもするかのように内壁の奥を手で探ったかと思うと、突然素早く手首を揺らして中をガシガシと突いた。

「ああっ！　あっ、ああ、ああ、あっ！」

声が大きくなり、ハジュンの腰が上下に大きく揺れた。お尻にグッと力が入り、中に入っている手を動かせないくらいに締めつけた。

「ふぅ、あっ、あ……！　もう、やめてくれ！　あっ、出そ、う、あっ！　ふぁ……！」

「俺のを舐めるのを途中でやめて、先にイくつもりか？」

「手、手を抜いてくれれば、我慢でき、はうぅ……うっ、あっ！」

「ほら、イけよ、ん？　どうなるのか見てやるよ」

性器をぶち込むように、出し入れを速くした。まるで水の中に手を出し入れするようにパチュパチュと湿った音が出た。

すぐ下で寝転がっているムギョンの体と、どうしても腰を下げ切れないのか、お尻を上げたハジュンの体の間には隙間があった。その隙間から、斜めに勃起したハジュンの性器が揺れているのが丸見えだった。腰と内もも、骨盤がブルブルと震えている姿や、ヒクつく筋肉の動きも。

こうして下から見上げるのも悪くない。

「あっ、ふぅ、ダメ、ダ……うっ、ふっ！」

耳にはグチュグチュという音が聞こえ、目にはハジュンのつま先がビクビクしながら、血の気もなく白くなって縮こまっているのが見えた。足の指にかぶりつきたい。

「――あっ、あっ、ふぅぅ……うっ！　あ、あっ……！」

耐え切れず、揺れていた性器の先からついに白く濁った液体がドクドクと溢れ出た。四つん這いになっていたハジュンの精液が、ムギョンのガッチリした胸から腹筋のついたお腹の上にまで、ポタポタと流れ落ちた。絶頂の衝撃に勝てなかったのか、ハジュンは全身をブルブルと震わせ、なんとか最後まで持ち上げて耐えていた腰をドサッと落とし、伸びてしまった。そして下半身をムギョンの上体にピタッとくっつけると、それだけでは足りないのか、精液で濡れてヌルヌルしたムギョンのみぞおちとお腹のあたりに自分の下半身を擦りつけた。

「ふぅ、んんっ、はぁ」

「はぁ」

ムギョンの口から苦笑いが出た。散々恥ずかしがるふりをしていたくせに、気持ちがいいのか小さく喘ぎ声まで出しながら、自分の上でせわしなくヒクついているとは。彼の腹筋を見て洗濯板や板チョコのようだと言う人は何人かいたが、その洗濯板にアソコをすりつけてオナニー道具にするヤツが出てくるだなんて、今まで一度も想像したことがなかった。

「参ったな」

我慢できずにムギョンが体を揺らしながら笑うと、ハジュンはやっと正気に戻ったようにハッと顔を上げ、フラフラしながらまた腰を持ち上げた。

「はぅ、うっ、ご……ごめん」

「まずは落ち着かせてみろって言ったのに、俺のことは放置で一人でイって、アソコまで擦りつけやがって」

寝そべっていたムギョンも体を起こした。ハジュンはうつ伏せの姿勢のままだった。ムギョンはメチャクチャになった自分の胸や腹を可笑しな気分で見下ろし、過ちに対する処罰を待つかのように大人しくうつ伏せになっているハジュンのことも、似たような気持ちで見下ろした。

今どんな顔をしているんだろう。そろそろ顔を見たくなった。ムギョンはうつ伏せになっているハジュンの肩を引っ張り、自分のほうへと向けた。そのままシーツの上に寝かせてから、ハジュンの姿をじっくりと鑑賞した。

泣いてはいないが、興奮したせいか赤く染まった目元も、性器を咥えたり舐めたりして少し腫れて濡れた唇も、性感や羞恥心、困惑で泣きそうな顔で自分を見上げてから、視線を下に外す表情も……今日もすべてが気に入った。

最初は綺麗に整っていたバスローブの前身頃が乱れ、白い胸板と小さな乳首が露わになった。精液でバスローブの前身のあちこちが濡れ、肌についた姿が良かった。まだ完全にはほどけていない緩んだ腰紐の下、分かれた裾の間から、さっきの射精で濡れた性器と白い太ももが丸見えだった。

これはいい。全裸になるよりも、はだけているほうがセクシーだと言うけれど。

「似合ってるよ」

「な、何が……？」

「白」

適当に答えながら脚を掴んで開き、ローションと飛び散った精液で濡れた入口に亀頭をグッと押しつけた。今回は最初からゴムなど取り出そうともしなかった。ムギョンは、ずっと咥えたり舐められたりして唾液で濡れた性器をそのまま中に押し入れた。

「はぁぁ、あーっ！」

ハジュンが仰け反りながら叫んでいる間に、ずぷんと吸い込まれるように性器が一気に奥深くまで入っていった。

指四本を咥えていた入口は、ちょうどいい具合にほぐれており、さっき射精したばかりの中は波打つように細かく震えていた。挿れるなり自分にガッと噛みつき、まるで絞るように締めつける内壁の感触にゾクゾクする。ムギョンは短く息を吐いた。

この前よりも、ずっと気持ちいい。ムギョンは腰を強く突き上げ、内壁の一番奥、ハジュンの好きな狭まったポイントに届いた。そこを短く速く集中的に突き上げると、ハジュンがゆっくりと首を横に振りながら喘いだ。

「あっ、はうっ、クッ、ふぅ、あっ、あ！　そこ、ふっ、へ……ヘンだ……！」

「はぁ……。ヘンなんじゃ、なくて、気持ちいい、んだろ？」

「はぁ、ふうっ、あっ、あ……！」

前回のように手で腹を探り、ピストン運動をするたびにポコッと突き出るポイントをグッと押すと、ハジュンは激しく体を震わせながらムギョンの手を掴んだ。押さないでくれと懇願するようなその動きにムギョンはフッと笑い、体を屈めて耳元に顔を近づけて尋ねた。

「深すぎるか？　抜いてやろうか？」

「ふうっ、ううんっ！」

喘ぎ声なのか返事なのかよく分からない声を、無我夢中で垂れ流している。

「そうか、分かった」

ムギョンは素直に答えながら、耳を噛んだ。クチャクチャと噛んで、穴の中を舐めると、「ふぅぅ」と泣き声を出しながら、中が一層狭まった。そのタイミングを狙って、腰をゆっくりと後ろに引いた。性器の上で、熱い内壁が糊(のり)でも塗ったかのようにキュッと縮んだ。

ぷっくりと膨れ上がった亀頭と性器の表面に浮き上がった血管が、内壁を引っ掻きながらゆっくりと抜けると、ムギョンの手を掴んだハジュンの手にも、しがみつくように力が入った。

「あぅ、うっ、ふぅぅぅっ、ふぁぁ……！」

ゆっくりと抜けていく性器と同じくらい、長く続く喘ぎ声が甘かった。抜くたびにこんなにも大騒ぎするくせに、抜いてくれだなんてよくも言えたものだ。

せわしない喘ぎ声を悠々と耳で味わったムギョンは、ハジュンの膝の裏を手で押し上げながら、もう一度体勢を立て直した。両脚がムギョンの肩の上に乗った。お尻まで持ち上げられたハジュンをじっと見下ろしながら、今度は上から下に突き刺すように体重を乗せて奥まで突き入れた。

「あふうっ！　あっ、あ、あっ！」

さっきよりもさらに挿入が深くなると、ハジュンは喘ぎながらもがいた。そのたびに激しく上下する白い胸元や、バスローブの合わせの間から見え隠れする乳首、片方の袖が滑り落ち露わになった鎖骨や肩、すべてがムギョンの目を楽しませた。

最後まで押し入れたモノを抜こうとすると、行かないでくれとすがるように内壁の粘膜が性器にピッタリ張りつく。ムギョンがクスクスと笑いながら、抜いたモノを元通りにパンッとぶち込みながら尋ねた。

「ふあっ！」

「そんなにチンコが好きか？」

「う、うっ、ふぅ！」

「少し、抜くだけも、我慢できないんだな」

「ち、ちがっ……、あ、あうぅ……！」

「何が違うん、だよ。イイなら、イイって、言えよ。ん？」

からかうのはやめて、釘(くぎ)を打つようにパンパンとメチャクチャに中を突き刺した。ハジュンはどうすればいいか分からずシーツを引っ掻いたが、大きな手で脚を掴まれ、まったく逃げられなかった。お尻と恥骨がぶつかるたびに体が大きく跳ね上がり、そのたびに肩の上の脚も揺れた。

「あ、ああ！　少し、ふうっ、もう少しゆっくり……！

あっ！　あっ！　頼む……！」

ムギョンは答える代わりに、両手でお尻をガッと掴んで開いた。太い性器を咥えて皺一つなくピンと張った入口が、また少し広がった。

ムギョンは無言でその上を指でなぞり、指先をスッと中に押し入れてみた。太い性器でいっぱいになった中は、懸命に締めつけて隙間などなかった。しかしムギョンは、この穴はかなり伸縮性が良く、弾力があるということを知っていた。ハジュンは一気に怖くなったのか、まだ何もしていないのにムギョンを止めた。

「ふっ、あ、あっ！　ダ……ダメだ、ダメ……！」

「とりあえず、やってみよう。優しくしてやるって、ふぅ、言っただろ」

「あううっ！　ふうっ、あっ！」

「舐めるのも途中でやめて、先にイきやがって。ん？　一人で楽しんだら、それで終わりか？」

「ふうっ……ご、ごめん、ああっ！」

こんなふうに責めるように言いはしたが、正直ハジュンは何も悪くない。舐めたくないなら舐めずに、イきたければイけばいいのだ。

だが、これくらいはベッドの上で雰囲気を盛り上げるための意地悪じゃないか？　ハジュンもそこに調子を合わせてくれたのだろう。ムギョンは指を入れたまま、トントンと腰を打ちつけた。指の第一関節程度ではあるが、さらに何かを入れたからか、内壁がより強くギュッと縮んだ。

「力を抜け」

「あ、あ……！」

「イ・ハジュン、指を入れてみたい」

ムギョンが突然態度を変え、お願いでもするかのように尋ねた。

「入れてもいいだろ？」

そう言いながら第二関節まで入った指を、そろりそろりとさらに押し入れると、ハジュンはいいともダメだとも答えず、はぁはぁと息を切らした。

「なっ？　こうやって押してやりながら入れると、お前だってもっと気持ちいいはずだ」

硬い竿とピンと張った入口の間に辛うじて入った指が、性器に押さえられた前立腺の上をもう一度グッと押すと、ハジュンの目が見開かれ、瞳と目元がプルプルと震えた。開かれた口が声にならない悲鳴を出すかのように何度か短く息をした。胸と腰が跳ね上がるように震えながら、中がモノを食いちぎるようにギュッと噛みついた。

　ムギョンは指と性器を交互に押し入れたり抜いたりするようにして、腰と手首をゆっくりと前後に動かしながら内壁を擦った。ハジュンの骨盤の上の筋肉がビクビクしているのがよく見える。赤くなった顔と首を反らして、首を横に振りながら狂いそうになっている。我慢はしていないのに、開いた口の外にちゃんと声が出てこないようだ。

　苦痛ではなく、快楽に耐えられずにいるのは明らかだ。中に入っているモノがさらに硬くなるのを感じながらムギョンがもう一度訊いた。

「ダメか？」

　ダメかと尋ねている間にも、その行為を止めなかった。許可を待つようにハジュンを見下ろすと、なんとか息をしていた唇が、何度か上下し、少しハスキーになった声がこぼれ出た。

「はあっ、いい……ふぅ、うっ、いい……」

　ムギョンは微笑みながら体を屈めた。可笑しなことに、いいと言われるとわざわざしなくてもいいような気になるのはなぜだろう。どうせ許可が下りた頃には、指一本を丸々入れて、ピストン運動までした後だった。最後まで入れていた指を抜き、ほとんど脱げて肩が露わになったバスローブを完全にまくった。両方の乳首を軽くつねるようにつまんだ。

「ああっ！」

　やっと声が出たのか、ハジュンの艶めかしい声がさらに大きくなった。指が抜かれた隙間を埋めるかのように、中がギュッと縮んだ。

　その体をグッと抱き寄せ、指でいじめていた乳首に歯を軽く立て、齧るように愛撫した。そして舌でねっとりと舐め上げ、また吸って引っ張ってを繰り返すと、ハジュンは背中を仰け反らせ、足でシーツを蹴りながら体をガクガクと震わせた。ムギョンがハジュンを腕ごと胸に収めたまま背中と腰を抱きしめているので、どう足掻いても彼の胸から抜け出すことはできなかった。

「あうぅ、ふぅ、ふっ、ふぁ、あ……」

　優しくするどころか、今日は前回よりも長くかかっている気がした。

こんなに面白くては、ヤるたびにセックスにかかる時間が長くなっていくんじゃないだろうか。

ムギョンはそう思いながら、暫く動きがゆっくりになっていた腰を激しく突き上げながら、ハジュンを責めた。胸の中に抱いた体、ハジュンのにおい、声、そして自分を吸い込むねっとりとした中。すべてがムギョンの快感を頂点にまで引き上げた。

「ふうっ、頼む！　ふううっ！　頼む、頼む……。ゆっくり……！　あっ、あ！　あ！　あっ！」

「はぁ、ふぅ、あー……」

スパートをかけながら、さらに強く激しく腰を打ちつけると、射精感が急速に押し寄せてきた。ムギョンはハジュンをさらに強く抱き寄せながら、奥深くにぶち込んだまま射精し始めた。

まだ時間はたっぷりあったし、これはまだ最初の絶頂に過ぎなかった。

＊　＊　＊

ムギョンが体を起こしたのは、夜になってからだった。始めた時には着ていたバスローブは、腰紐も何もかもがベッドの下に落ちてぶら下がっていた。優しくしてくれというハジュンの頼みは、結局最後まで完全に黙殺されてしまった。いや、守れなかったと言っておこう。

顔についている口は優しくしてくれと言って泣きそうな表情をしていたが、もう一つの口はまったく正反対のことを言うので、どちらの言うことを聞くかはムギョンの選択だったし、ムギョンは気の向くままにした。

眠った、もう少し正確に言うと気絶したも同然のハジュンは、縁が赤くなった目を閉じ、意識を失ってもまるで泣き出しそうに呼吸を荒げていた。そんな状態でも、ムギョンはハジュンの中に留まったまま、ゆっくりと腰を動かしていた。夢うつつでも中を擦られる感覚があるのか、体が小さくビクついた。ムギョンは彼を起こして、さらに続けるかどうか少し悩んだが腰を引いた。

「まぁ、少し休むか」

眠りながらも中が寂しくなったのが分かったのか、ハジュンは微かに顔をしかめながら体を横に向けた。ムギョンは声を出さずに笑いながら、裸になった自分の体を起こした。十時近くになった時計を確認したムギョンは、そのまま立ち去ろうとしてハジュンの携帯電話を手に取った。

　裸にバスローブを引っかけただけのムギョンは前身頃を整えることもなく、バルコニーに向かうドアを開けた。バルコニーといっても、最上階のムギョンの自宅には、そこらの一軒家の庭と同じくらいの広さのプライベート空間があった。

　端には大きな木々が植えられ、見た目のいい景色を作ると同時に、万が一のプライバシーの侵害も防いだ。その気になれば花でもなんでも植えて育てることもできるのだろうが、そこまで手間をかけて管理するつもりはなかった。どうせ一年ちょっとで出る仮住まいだった。

　ムギョンは、寝転がれるように作られた休憩用の長椅子に脚を伸ばして座った。もう夜に裸で外に出ても、寒いどころか肌寒くすらなかった。息の切れるような激しい行為の後、暑苦しささえ感じていた部屋を出ると、まだ体の中に残っていた欲求の余熱が少し抜けていくようだった。

　ヴーッ。

　その時、体の上に乗せていたハジュンの携帯電話が震えた。もしかしてと思って持ってきたのだが、やっぱりな。画面に「母さん」という文字が映し出されていた。仕事の時はしっかりしているくせに、こういうところは学習能力が足りないらしい。前もって泊まると言っておかないと。

　ムギョンは電話に出た。

「はい、キム・ムギョンです」

――……あ、あら？　すみません。間違えました。

「いいえ、イ・ハジュン・コーチの携帯電話ですよ、お母さん」

　ムギョンは、頭の下に腕を入れ、のんびりと横になった。

「今日は会議があって俺の家に来たんですが、あまりに遅くなってしまって、コーチは寝てしまいました。申し訳ないのですが、今夜も俺の家に泊まっていったほうがいいと思います」

――あっ、そうだったんですか。あの子ったら、どうして前もって連絡してくれないのかしら……。心配になって電話してみたんです。

「最近チームの成績もいいですし、とても優秀なコーチなので仕事が忙しいんでしょう。これからも時々こういうことがあると思いますので、ご理解願います」

――はぁ、はい。分かりました。ハジュンのことを、よろしくお願いします。やだ、どうしましょう。息子のおかげで、ムギョン選手とこんなふうに電話できるなんて。

ハジュンの母が恥ずかしそうに笑った。大抵の女性がそうであるように、彼女もまたムギョンに好意的だった。

「心配要りませんよ、おやすみなさい」

礼儀正しく挨拶を交わしたムギョンは、電話を切って黒く変わった携帯電話の画面を凝視した。通話を終えて画面をタップしてみたが、やはりロックがかかっているため、着信電話を取ること以外の機能は使えなかった。

勉強もできるというハツラツとして元気そうな妹、息子に依存する傾向はありそうだが、口調や声から長年積み重なった優雅さと慈悲深さが感じられる母親。仲睦まじい家族のようだ。

ムギョンは初めて会った時のハジュンを思い出した。スラリとしてまっすぐだが、少し力を入れたらすぐにクシャクシャになりそうな紙のように白い顔。この明るく仲睦まじい家族の一員にしては、なぜか少し不自然な印象だが、印象は単なる印象。それが何かを代弁してくれるわけではない。

「……キム・ムギョン？」

その時、少し開けておいたドアの隙間から微かな声が聞こえた。ハジュンが目を覚ましたようだ。ムギョンは体を起こし、ドアを開け室内に入った。

ハジュンは灯り（あか）も点（つ）けず、薄暗いリビングの真ん中で道に迷った野兎のように突っ立っていた。小さくもない男にはおかしな例えだが、ちょうどそんな姿をしていた。白いバスローブを羽織ったハジュンの横顔は青白く、幽霊のように真っ青で暗い光を放っていた。ムギョンは言葉を失って彼を見つめていたが、ようやく口を開いた。

「起きたのか？」

ハジュンがピクリと後ずさりしながら、ムギョンのほうに体を向けた。リビングにいなかったムギョンが突然現れて驚いたようだった。

「バルコニーにいたんだ」

「ああ……」

ムギョンがハジュンの携帯電話を持ち上げてみせた。ハジュンの目が見開かれた。

「家から電話がきたけど、泊まっていくって言っておいたぞ」

ハジュンは彼の手に持たれた携帯電話をぼーっと見つめ、頷いた。

「うん……。ありがとう」

寝起きだからか、妙にぼんやりとした雰囲気だった。ムギョンは眉毛をピクリとさせて、ハジュンに近づいた。まだシャワーを浴びる前だからか、相変わらず涙の滲んだ目尻はほんのり赤く、近づくと体液のにおいがした。

情事の痕跡が色濃く残った姿と体臭にまた体が密かに熱を持ち始めたが、なぜか今この状態のハジュンを押し倒したくはなかったので、とりあえず我慢することにした。

「風にでも当たれよ」

「風？」

「バルコニーで」

仕事の時とは違いワンテンポ理解が遅れているような様子に、微かに笑いが出た。ハジュンが頷き、ムギョンは彼の前を歩きドアを開け放った。

青々とした庭の木々がバルコニーに出た二人を出迎えた。爽やかな外気とその風景が、ぼんやりとしていたハジュンを目覚めさせたようだ。軽く見開かれた彼の目に光が入ると、ハジュンはムギョンのほうに振り返りながら不思議そうに言った。

「三階なのに窓から木が見えたから、不思議に思ってたんだ」

「ああ、あの部屋の窓の外まで続いてるんだ」

「すごい……。完全に庭みたいだな。こんな建物にも、こんな庭があるんだな」

そう言うと続けて呟いた。

「俺も子どもの頃は、庭のある家で暮らしてたけど……」

「庭のある場所がいいなら、引っ越せばいいだろ？」

「そう思って、お金を貯めてるところさ」

その答えが、やけに純粋に感じられた。ムギョンは笑いながら、また長椅子に寝そべった。

「こっちに来いよ」

指で呼ぶと、ハジュンが躊躇った。無表情だが、黒い瞳を包む目元にふと警戒心がよぎったのが見えた。そりゃあ優しくしてくれと頼まれて、上手く舐めれば優しくしてやるとそそのかしたくせに、まったく聞き入れなかったのだから、こんな態度にもなるだろう。ムギョンは両手を肩まで上げながら、降参の意思を示した。

「手は出さないよ」

「……別に何も言ってないだろ？　まだシャワーを浴びてないから、椅子が汚れると思ったんだよ」

「そんなこと、お前が気にする必要はない。掃除しろだなんて言わないから」

警戒に満ちた表情で様子を窺い、恐る恐る近づいてくる。椅子のそばまで近づいた時、ムギョンはハジュンの腕を引っ張って座らせた。

「おい」

乱暴な行動に顔をしかめるも、「そんなこと知るか。早く寝ろ」と椅子を手でトントンと叩かれ、小さくため息をついて椅子の上にゆっくりと寝そべった。背もたれが斜めになった休憩用の椅子は、男性二人が寝ても十分なほど広かった。

長く激しいセックスの後、二人とも体を洗いもせず夜空を見上げながら寝そべり、もうすぐ近づいてくる夏を知らせる生暖かい風に当たっていると不思議で、それでいて悪くはない気分がして、ムギョンは声を出さずに小さく笑った。ここにプールでもあれば、このまま飛び込んで潜っても良さそうだと思った。

「母さんと電話で話したって?」

今になって気になりだしたのか、ハジュンが尋ねてきた。

「ああ」

「なんて言ってた? なんか言ってなかったか?」

「キム・ムギョンと話せたって喜んでたけど」

「食堂の調理師さんたちとも仲がいいし、お母さん方に人気があるんだな……」

そう言うハジュンの顔は、淡々として無表情だった。最初からずっと変わらず、ハジュンはムギョンの前ではまったく笑わなかった。チームで仕事をする時は笑顔がデフォルトの表情だと言ってもいいくらいに、いつも笑いながら人と接しているヤツが、ムギョンの前ではいつも少し憂鬱そうな無表情だった。

まぁ、いつも笑ってばかりいるのも疲れるだろう。感情労働という言葉は、伊達(だて)にあるわけじゃない。仕事場で会った人とベッドの上で会う人に同じように接していたら、それこそ余計におかしい。

最初は自分を避け表情を硬くする態度がコーチとしては差別行為や義務放棄なのではと引っかかったが、それも自分を意識していたせいだと分かった今、彼の無表情な顔にも大満足だった。チームでよく見せる笑顔も、この無表情な顔も、どちらもベッドの上で見せる表情とはまったく違うと思うと尚更。

そう考えると、また下が熱くなってきた。

「あっ」

ハジュンが驚いたような声を出した。

「手は……出さないって言ったじゃないか」

前がはだけたバスローブは、簡単に手を入れることができた。指でいじると、さっき思い切りいじめられた小さな突起が、すぐにピンと立って硬くなった。

「イ・コーチ、意外と簡単に人を信じるんだな」

数時間前にすでに一度ベッドで裏切られたのを忘れたかのような発言が可笑しくて、そう耳元で囁(ささや)くと、くすぐったいのかハジュンは肩を震わせながら縮こまった。したくないとか、できないとかなら、そう言えばいいのに、ハジュンは困った素振りを見せながらも拒みはしなかった。これだから、もったいぶっているようにしか見えないのだ。

ムギョンが自分の体で、ハジュンの体の半分ほどを覆った。手が太ももの裏に潜り込み唇が胸に触れると、ハジュンはこう言うだけだった。

「ふっ、キム・ムギョン。ここは外じゃないか……」

「違うさ。ここも俺んちだ」

その時、そばに置いていたハジュンの携帯電話がヴーッと短く鳴った。こんな遅くに、なんの連絡だろう。ムギョンは空いていたほうの手で、ハジュンよりも先に携帯電話を持ち上げた。画面にメッセージの一部が表示されていた。

［愛しの息子ハジュン〜、お仕事お疲れ様〜〜〜♡♡ でも遅くなるなら、これからは前もって電話してほしいな〜：）♡♡♡ 頑張って。また明日ね♡♡］

ハジュンが携帯電話を奪った。

「どうして人の携帯を勝手に見るんだよ」

ムギョンは答えなかった。バスローブの中に入れていた手は止まったままだった。「ハジュンのことを、よろしくお願いします」と心配そうに頼む中年女性の優しい声が耳の中で蘇(よみがえ)ると、たまに存在感をアピールしてくる良心が、そろりそろりと姿を現した。

「……戻ろう。そろそろシャワーも浴びて」

「えっ？ ああ……」

ムギョンが体を起こした。なぜ雰囲気が一変したのか理解できないような、しかし助かったという感じで、ハジュンも急いで体を起こすとリビングに入った。

各自シャワーを終えた後、ムギョンはもう手を出すことなく、アッサリと二階にある自分の寝室に上がっていった。ハジュンもゲストルームに入った。前回と同じく、ハジュンがシャワーを浴びている間にベッドメイキングされており、ハジュンはサラサラの新しいシーツの上ですぐに眠りについた。

翌朝は前回よりも少々慌ただしかった。練習が午後からではなかったからだ。急いで食事を終え、出かける支度を終えた二人は一緒に駐車場へ下りた。今回も車を選べと言うムギョンの提案に、ハジュンは今回は拒むことなく、いつも通勤に使っているアウディの乗用車を選んだ。

「カーセックスがそんなにイヤか？」

「何言ってるんだ？　ただ無難な車を選んだだけだよ」

不満を言うムギョンと反論するハジュンを並んで乗せた車が出発し、ハジュンは運転しているムギョンをバレないようにチラリと見た。

初日には朝食を用意してくれて服や車を選んでくれと言われ、昨日は部屋に机を置いてくれて自分が使う歯ブラシやバスローブを用意してくれて……。母さんと電話をして、二人ともひどい格好だったが一緒に寝そべって夜空を見上げて。

（よく分からないけど……セックスだけの関係って、普通こういうものなのかな……？）

ムギョンが本当に自分のことを特別扱いしているのか、なんでもないことに勝手に期待してしまっているだけなのか、恋愛経験のないハジュンには分からなかった。自分の意思とは関係なく、心臓のあるところにまで跳ね上がろうとする些細な喜びと期待。予想に反した展開の中で、言葉では言い表せない混乱に苦しめられていると、自動車ハンズフリー装置と繋がったムギョンの携帯電話に電話がかかってきた。彼は発信者をチラリと確認すると、ハジュンと目を合わせ、シッと人差し指を唇に当てて電話に出た。

「ああ」

――ムギョンさん、私よ。

車内に女性の声が大きく響いた。

「今、運転中なんだ」

――ああ、そうだったの？　ごめんね。かけ直すわ。

「ああ」

短い会話だったが、雰囲気だけでもどんな関係なのか知るには十分だった。電話を切ったムギョンが苦笑いを浮かべながら言った。

「いつもは一人で乗るから、スピーカー設定にしたままだった」

「お前の車なんだから、お前の勝手だろ」

窓の外を見つめながら無表情で答えたハジュンは、それでも少し可笑しくなってムギョンを責めた。

「もう女には会わないって言ってたのに」

「俺がいつ？　当分の間、寝るのはやめるって言っただけだろ？　かかってきた連絡を、わざわざ無視する必要あるか？」

「まぁ、そうだな」

ハジュンは相槌を打ちながら笑った。その通りだ。またいつ彼女たちと縁があるかも分からないのに、連絡まで断つ必要はないだろう。

考えてみれば当然だった。ムギョンは他の人たちとも同じデザインのバスローブを着たまま一つのベッドで寝てバルコニーの長椅子に寝そべって夜空を見上げたり、同じ食卓で朝食を摂って服や車を選んでくれと言ったりしたのだろう。自分の知らない、もっと様々なことをしたはずだ。

きっとそうだ。今まで恋人と付き合ったこともない自分にとっては、こういった些細なことすべてが特別なだけで、いつも誰かと一緒にいることを楽しむ人間にとっては自然な手順なのだろう。

ムギョンは元々細やかな人間だ。その時その時、気の向くままに行動し、興味のない人には無愛想に振る舞って、相手や時や場所を選ばず挑発的な言葉を発して評判を落とすが、ハジュンは彼の細やかさを知っている。ハジュンはムギョンに親切にされた張本人だったから。

世間の言う通り、彼が本当に礼儀知らずのクズならば、たった一年を恩師と共にしたいという理由だけで、プレミアリーグでの活躍を捨てるという大きな損を甘受してまで、こんな辺境リーグに果たして帰ってきただろうか。その決断を極端で気まぐれな行動だと解釈する人もいたが、ハジュンはそうは思わなかった。

彼の言った「当分の間」が自分に与えられた時間であり、その間ムギョンの性欲を満たしてやることが自分の役目なのだ。一瞬感じていた混乱から抜け出すと、むしろ気持ちが落ち着いた。

06

ドンドンドンドン。応援用のスティックバルーンのぶつかる音がグラウンドに響いた。試合は生中継されており、解説員たちの声にも活気が溢(あふ)れていた。

「五分五分の試合ですね。今日の龍仁(ヨンイン)FCは、非常に素晴らしい守備を見せてくれています」

「前半戦、ソウルはまだ強力なシュートを一度も出せていません。キム・ムギョン選手がいるにもかかわらず」

「ハハッ、ムギョン選手の豪快なゴールを期待している観客には、少し退屈かもしれませんね。サッカーというものは、大まかなルールは単純なんです。相手チームのゴールにボールを多く入れれば勝ち。ですので、逆にディフェンス一辺倒の戦術というのも存在するんです」

「サッカーの長所は、ルールがシンプルだということじゃありませんか？　そのおかげでルールを知らずに観ても楽しめますし、家族で観戦にも来やすいんです」

「しかしルールを知ると、非常に複雑で魅力的なんですよね。あっ、龍仁(ヨンイン)FCのイ・ヨンジェ選手が動きました！」

今日のソウルの対戦相手である龍仁(ヨンイン)は、ムギョンにプレッシャーをかけるために徹底的にディフェンス中心の戦術を繰り広げていた。ディフェンスを固めつつ、隙を突いて反撃することだけを集中的に狙う戦略。大きな勝ち点差でリーグ一位を守っているシティーソウルとやり合って、無失点引き分けで終わったとしても上等だという決意のようなものが感じられた。

ディフェンダーはもちろんミッドフィルダーまでもがディフェンス中心に動いており、龍仁(ヨンイン)のゴール前は鉄の防壁のようだった。前が塞がっているので、いくらパスを回して前進しても、そのたびに流れが断ち切られ、ボールが空回りしているだけだった。

勝率を高め、失点を最小限にするための戦略とはいえ、ディフェンス中心のサッカーは必然的に退屈をもたらす。前半戦が終わろうとしているのにこれといった見どころもないので、期待を抱いて試合を観に来た人々も熱気を失い、観客席は比較的静かだった。ただ両チームのサポーター席だけは、歌や応援が途切れずに響いていた。

勝つサッカーこそがいいサッカーだと言うが、ムギョンの好みはもう少しうるさい。

　前半戦の終わりが近づいてきた頃、シティーソウルはセンターバックのタッチから再び攻撃を展開した。今までディフェンスに成功し続けていた相手チームのディフェンダーたちの警戒心が微かに鈍り始めた頃だった。その時、ゴールに向かって走ってくる味方を見つめていたムギョンは、相手チームのディフェンス陣を越え、ゴール近くに視線を送った。どうボールを差し込もうか狙っている目だった。

　その視線が始まりだった。ムギョンが狙いを定めているのに気付いたディフェンダーの一人が、彼を近くでマークしようと反射的に持ち場を離れたのだ。試合序盤の研ぎ澄まされた集中力と緊張をキープしていたなら、ポジションを離れることはなかったかもしれない。しかし体力的、精神的に疲弊した相手チームの選手は瞬間的に誤った判断を下した。こうして陣形が崩れたディフェンスにできた隙間に、すぐさまムギョンが飛び込んでいった。

「あっ！　イ・ヨンジェ選手、焦って動いてしまいましたね」

　肝心のボールは、ムギョンがディフェンスを破った後になって彼の前にやってきた。突然フィールドで繰り広げられたドラマチックな展開に、観客席も沸き上がった。

「速い！　速いです！」

「ボールタッチの鮮やかさは、芸術と言ってもいいでしょうね」

　ゴール前では最後方のディフェンダーたちがまだ耐えていたが、ムギョンは彼らにボールを奪う隙を与えなかった。素早く、かつ余裕を持って正確に二回のタッチでディフェンダーを欺き、蹴ったボールがほぼ一直線の軌跡を描きながらゴールに突き刺さった。

「キム・ムギョン選手、ゴール！」

「はい！　今回も試合を面白くしてくれますね！」

　キャスターの声が大きくなり、さっきまで熱気が冷めていたのが嘘のように、観客席が一瞬で盛り上がった。ソウルはもちろん龍仁の観客たちですら、たくさんの人が拍手をしながら興奮していた。

「素晴らしいシーンでした。ムギョン選手、一瞬でディフェンス陣を破りましたね。ムギョン選手を相手するディフェンダーは、一瞬たりとも油断してはいけません。でないと、こういうことになってしまうんですね。ムギョン選手がボールを受け取る準備をしているだけでも、ディフェンダーは彼にピッタリ密着してパスを通すものかと動きます。集中していないと、持ち場を離れずにポジションをキープすることは非常に難しくなります」

「そうですね。前回、天安での試合でも同じようなシーンがありましたね。一瞬油断した隙にムギョン選手をフリーにしてしまったんです。きっとゴールを決めるには遠いと判断したのでしょうが、ムギョン選手は少しフリーにしただけで、どこからでもゴールを決めることのできる選手です。ほんのちょっと放し飼いにしただけでも首に噛みついてくると考えるべきでしょう」

「よく『クリエイティブなサッカー』と言いますが、ムギョン選手はそのいい例です。韓国サッカーに一番足りない点でもありますが、これからは次第に改善されていくことを期待しましょう」

ボールを持っていない時でも、ムギョンは危険な存在だ。ボールを狙おうと前進する彼を止めるためにディフェンダー全員が前に集まってきたかと思うと、突然後ろに下がって遠くでボールを受け取り、ディフェンダーがまた上がってくる前に、すぐさまそこからボールをゴールに蹴り入れる。

ボールを持って疾走していても、前が塞がっていると思えば躊躇うことなくパスをする。ボールを受け取った選手にディフェンダーの気が逸れると、パスを受け取った人がボールをまた自分に戻せるように、彼はすでにゴール前に走ってポジションを取っている。

キム・ムギョンは才能と体格がずば抜けた選手でもあったが、生まれつきのギャンブラー気質でもあった。騙し騙され相手を看破し、虚を突くことを好んだ。そして勝つ。彼のサッカーはそういうサッカーであり、人々がムギョンに熱狂する理由でもあった。

「お疲れ様でした！」

お互いに大きな声で挨拶を終えて戻ったシティーソウルのロッカールームは、今日も興奮で熱くなっていた。前半の不振を完全に消し去ったムギョンのゴール、そして後半戦では別のミッドフィルダーの追加ゴールで、2対0で勝利したのだ。

ソウルの選手たちとムギョンが足並みを揃え始めてから、

8 訳注：ゴール前を守るディフェンダー。ピッチの中央（センター）に配置される。

どうにかこうにか時間が過ぎた。ムギョンを中心に繰り広げられる戦術と、その戦術に合わせたトレーニングも体に染みつき、選手たちはもう実戦でも躊躇うことなくスムーズにパスをし合えた。

シーズンが進み、稀に同点で終わる試合や負け試合もあったが、勝ち点は一位から微動だにしなかった。ジョンギュの失点率も前シーズンよりめっきり低くなり、チームの雰囲気は和気あいあいとしていた。シーズン前半も終わりが近づき、今日が夏のシーズンオフに入る前の最後の試合だった。

その一方、シーズン中盤に入り大小様々な負傷者が増え、ハジュンは次第に忙しくなっていった。彼は今日も選手一人ひとりを注視しながら、コンディションをチェックしていた。

順番に選手たちを細かくチェックしていたハジュンが、ムギョンの前に立った。ムギョンはベンチに座り、ユニフォームのTシャツを脱ぎ、上半身裸のまま水を飲んでいた。矛と盾を併せ持ったような体は、相変わらず大きくがっちりしている。今日も勝利の喜びを味わった瞳がグラグラと沸き立っていた。

ハジュンはその瞳の意味を知っていた。ときめきと緊張が、縒り合わさった縄のように同時に体を伝って上がってきた。喉仏を短く鳴らしてムギョンの前に座り、彼の膝と足首をチェックした。ムギョンが体を屈め、ハジュンの耳に囁いた。

「今日、来いよ」

ハジュンは微かに頷いた。誰にも聞かれていないだろうし、聞かれたとしても、その意味は分からないはずだ。

二人の「定期的」な関係は淡々と続いていた。暑苦しい風が吹く頃に始めて、暇を見つけては忙しく体を重ねている間に、いつの間にか季節は完全な夏になっていた。シーズンもピークを迎えた。ある程度、暗黙のサイクルも作られた。関係は、多ければ二日に一度、少なければ一週間に一度。毎日は無理だ。ハジュンが二日連続で帰宅が遅くなるのを嫌がっただけではなく、ムギョンが何度か無理を言って二日連続でした翌日、眠すぎて仕事に集中できなかったからだ。体が少しだるい程度ならば我慢すれば済むことだ。しかし選手たちのコンディションを見るべきコーチが、自分のコンディションが悪いせいで仕事に集中できないだなんて話にならないと、ハジュンは念押しした。ムギョンは不満そうだったが、彼もハジュンのコーチングを受けている選手だったので、そこはハジュンに合わせざるを得なかった。

そして試合を終えた日には、何があっても必ず。

場所はいつもムギョンの家だった。コーチが選手の自宅に出入りしたからといって怪しむ者はいないだろうが、二人は相変わらず人目を避けて退勤した。他の選手たち、特にジョンギュに見られでもしたら、疑われることはないにしても、別の意味で面倒なことになりそうだったからだ。二人は、それなりに仲のいいコーチと選手、その程度に見えるのが一番良かった。

玄関に入るなり、ムギョンはハジュンを抱き寄せ、覆いかぶさるように首筋に顔を埋めた。まだ靴もまともに脱いでいなかった。ハジュンは突然飛び掛かってきた巨体に押され一瞬バランスを失ってフラついたが、ムギョンが素早く腕でハジュンの腰を支えた。

「おい、中に入ろう」

ハジュンがたしなめるように呟いたが、ムギョンは返事もしなかった。首筋を噛んでいるのかにおいを嗅いでいるのか、歯を立てて顔を埋めたまま動かない。ハジュンはムギョンを押しのけながら、頼むように言った。

「ちょっと、シャワーを浴びてから」

「待ってろ」

その姿勢でなんとか靴を脱ぎ、部屋に上がった。サッカーもできそうなくらい広い家の中で、窮屈な場所に閉じ込められているかのようにピッタリとくっついて歩く姿は、なんとも滑稽だった。玄関から続く廊下の中間あたりに来ると、ムギョンが顔を上げながら言った。

「ゴールを入れた後、ハーフタイムからずっと、お前にぶち込むことしか考えられなかった」

「自慢することか？　試合中は集中しろよ」

冷静なふりをして答えたが、顔は赤く火照った。ムギョンがそこまで自分を求めていたという事実に、早くもハジュンの体の奥にも熱が満ちようとしていた。

ムギョンがニコッと笑いながら答えた。

「でも勝ったじゃないですか、コーチ」

ムギョンはそう言うと、すぐにハジュンの腕を引っ張ってベッドのある部屋へと向かった。発情した犬のように、すぐさま自分を組み敷いて服を脱がそうとする男を、ハジュンは何度も押しのけた。

「ちょっとどけよ。シャワーを浴びてからにしようって言ってるだろ」

「先に一回ヤってから、シャワーを浴びろ」

「何をバカなことを言ってるんだ？」

こんな押し問答にも慣れた。

特別なことはなかった。最初から今まで二人は、時にはよく、時にはたまに、こうして時間を合わせて一緒に退勤してムギョンの家で関係を持った。

ハジュンは、「今日はダメだ」と言って急いで帰宅する日もあったし、セックス後の気だるさに勝てずにムギョンの家に泊まる日もあった。ムギョンの家に泊まった日の翌朝には、一緒に朝食を摂って、一緒に車に乗って出勤した。練習場から歩いて十分ほど離れた場所にハジュンだけを先に降ろすのも、いつも同じだった。

関係が長くなると、お互いのニーズが変わることもある。ムギョンはそういった経験を、もう何度もしてきた。始めた時はクールなふりをしているが、何度か会っているうちに「愛」などという言葉を口にして、窮屈で面倒になるヤツら。

そんな人たちとは違い、ハジュンは時間が経っても自分のいるべき場所から離れなかった。ハジュンの気持ちを推し量りつつ始めた関係だったので、暫くしたらハジュンも似たようなことを言って、事を台無しにするのではとムギョンは心配していた。しかしハジュンは、まるで最初からそうだったかのようにクールでプロフェッショナルだった。心の内はどうであれ、しつこい言動は一切しなかった。

今しているように適度にはねつけてもったいつけても、いざ本番になれば今まで他の人とのセックスでは考えたことのないほど無理な要求まですべて受け入れる。寛大だからなのかベテランだからなのか、ムギョンはまだ正確に判断できずにいたし、だからこそ余計にハジュンとの行為が興味深かった。

自分の素晴らしい選択に、ムギョンは心の中で拍手をしたかった。定期的で安定した関係。最高のセックス。

ジョンギュの言う「落ち着き」とは言えないだろうが、かなり長く続いているこの関係に、ムギョンは最初から今まで変わることなく満足していた。短所など何一つ見つからない選択だった。

＊　＊　＊

グチュグチュという水音と、タンタンという体と体がぶつかる鈍く重い音に、空気が震えるように揺れた。ムギョンは、ベッドの上に四つん這いになってシーツをギュッと掴んでいるハジュンの後ろ姿を鑑賞するように見下ろしながら、腰を打ちつけていた。

大きな手が、お尻の上の柔らかな肌を味わうようにゆっくりと撫でた。硬く反り立った性器が、白いお尻の間を出入りするのが丸見えだった。

「ふっ、ううっ、うっ」

まただ。

激しく感じているらしく、快楽に勝てずに大人しくベッドにくっついているべき脛までをシーツから浮かせて体を震わせているのがハッキリと見えるのに、ハジュンはある瞬間から声を抑え始めた。ムギョンが体を屈め、乳首を軽くつねった。

「はっ、ううっ！」

「はぁ……コーチ、今日はどうしてそんなに声を抑えるんだ？」

「あうっ、うっ、ふっ」

「ん？　我慢するなって言ったのに」

指で乳首を転がしながら、うなじに歯を立てた。ハジュンはやめろと言うように首を横に振ったが、暫く腰の動きを止めて手でイタズラをしている間、ねっとりとまとわりつく内壁は、彼の見せる意思とは反対に、ムギョンを催促するかのように性器を揉みしだいた。

その動きに、ムギョンは声を出さずに唇だけを引き上げて笑った。こういう時にゆっくり抜いてやると、また身をすくませるのだろう。今のムギョンはハジュンの体について、最初にシた時よりもずっと多くのことを知っていた。

「ああっ！　はぁ、んんっ……！」

乳首をいじっていた手で上体をスーッと撫で下ろしながら体をゆっくりと後ろへ引くと、案の定ハジュンはさらに力を入れてシーツを掴み、まるで逃げ出そうとするかのように腰をビクつかせながら体をひねった。そんなふうに腰を動かしたら、余計に刺激が強くなると分かりそうなものだが。ムギョンは心の中でそう思いながら、腰を引くスピードをさらに落とした。

「ふっ、はぅぅ……、あっあっ……！　それ、や……やめッ……！」

「何をやめろって？　抜かなきゃ挿れられないだろ」

「あっ、お前、わ……わざと、ふううっ！」

「わざと？」

パンッと押し入れながら、耳元で囁いた。

「あっ！」

「わざと、なんだ？　喘いでないで、ちゃんと言ってみろよ」

もちろんハジュンは答えられなかった。乳首やうなじなどをいじめられて狭まった内壁の中をゆっくりと引っ掻きながら抜くと、彼が身をすくめると分かっているから、ムギョンはわざとやっているのだと。わざと。そうだ。ハジュンを焦らそうと、わざとやったことだったし、答えられないと分かっていながら、わざと尋ねた。

「答えないのか？」

「ふあっ、ああっ、あっ、あっ……！」

亀頭が抜けるか抜けないかのあたりまでゆっくりと滑り出たモノを、鞭でも打つかのように一気に根元までぶち込むと、一度出し入れしただけなのに喘ぎ声が続けざまに上がった。厚ぼったい亀頭が内壁の奥に届き、ハジュンのお尻に太ももや恥骨がぶつかっても、ムギョンはさらに押し込むように体重をかけて腰をゆっくりと回した。

辛うじて体を支えていたハジュンの腕と背中がブルブルと震えていたが、最後には崩れながらシーツの上に完全にうつ伏せになってしまった。崩れ落ちたハジュンの体の上でムギョンも体勢を低くし、恥骨を奥深くに差し込むように押しつけた。本当に何かが突き刺さったかのように、ハジュンの全身が震えた。次第に呼吸が荒くなり、性器を咥えた体の中は、その呼吸と同じくらいの速さで激しく締まったり緩んだりを振動のように繰り返した。

「はぁ、あっ、はっ、あふっ……」

つい上下に揺れてしまう腰と、ギュッと力の入るお尻、痙攣する内壁の動きから、うつ伏せの姿勢で顔が見えなくても、ムギョンはハジュンが絶頂を迎えたのが分かった。

彼が絶頂に達すると、いつものように内壁の奥に届いた亀頭を細かくツンツンと突き上げた。ハジュンが首をブンブン振りながらすがった。

「ふぁ……！　ふっ、頼む、やめて……それ、やめてくれ……ああっ、あっ！」

「それって言われても、なんのことか分かるかよ」

「ううっ、ふううっ」

「ほら、また声を抑えてるだろ」

うつ伏せのまま震える体を横に転がし、片脚を肩の上に乗せた。性器が深く入った状態のままで体位が変わると、内壁が強く刺激されたのか、ハジュンは唇を噛みながら腰をビクつかせた。ずっとうつ伏せになっていたハジュンの赤くなった顔と、度重なる射精でぐっしょり濡れた体がいやらしかった。

ムギョンは彼の顔を暫くじっと見つめては、不満げに軽く眉間に皺を寄せ、また腰を激しく動かしてピストン運動を始めた。

「はぁ、あっ、あっ、あっ！」

横向きに寝転んで脚を大きく開いたハジュンが、汗に濡れた首を反らして声を上げた。暫くの間、突き上げられるたびに声を上げながら揺れていた彼は、また喘ぎ声を殺し、いつものように自分の手の甲を噛もうとした。ムギョンがすぐに体を屈め、手首を掴んだ。

「うっ、ふっ、ううっ」

「なんで、そうやって我慢しようとするんだ？」

何度尋ねてもハジュンは答えなかった。ムギョンは少しイラついてため息をつき、バシッとお尻を一発叩いた。

「いたっ！」

ピストン運動もしていないのに中がギュッと締まり、ハジュンの腰がビクンと浮いた。ムギョンがすぐに中をパンパンと突き上げながら畳みかけた。

「シたくないなら、シたくないって言えって、ふっ、言っただろ」

「ちっ、ち……違う、シたく、ないんじゃ、なくて！」

ハジュンが言葉を続けられずにいるので、結局ムギョンが体を屈めて顔を近づけた。頬をツンツンと指先でつつきながら、なだめるように尋ねた。

「言わなきゃ分からないんだから。今日はどうしてそんなに声を我慢するんだ？　声が聞きたいって、我慢するなって、いつも言ってるのに」

殊更優しい態度に、ハジュンは激しく息をしながらも、黒い瞳をムギョンに向けたまま目を瞬かせた。快感が高まりシーツで擦れて真っ赤になった顔で、ハジュンは口をヒクヒクさせていたが、おずおずと言った。

「……い、ふっ、息が、苦しく、て……」

息？　予想外の答えにムギョンが微かに目を丸くし、クスクスと笑いながら腰をゆっくりと回した。

「あー……。叫びすぎて、苦しいのか？　だから我慢したほうが楽なのか?」

「はぅ、うぅん……」

からかおうと思って言ったのに、ハジュンは喘ぎ声を吐きながらもコクコクと頷いた。その姿にムギョンはまた笑ってしまった。つまり、体力を温存するためにやっていたということだ。そりゃあ、叫ぶのにも当然体力を使うだろう。

「俺は、てっきり、なんか問題が、あるのかと、思ったよ」

「あっ! あっ! あっ! あっ!」

大したことはないと結論づけたムギョンが、ある程度加減をしていた力を全開にしてガンガンとぶち込むと、ハジュンはもう耐えられないと言わんばかりに悲鳴を上げた。

「この程度で、息が上がって、どうするんだ? ふぅ、一応、選手だったんだから」

それ以上は質問することも話すこともなく、ムギョンは絶頂に向かって激しく腰を動かした。ヌルヌルした粘膜が絡みつきながら性器を締めつける感覚だけに集中すると、快感はすぐにやってきた。中を強くズブズブと突き刺すたびに、すでに中を満たしていた精液が溢れ出て、穴の下へ、会陰やお尻の上にゆっくりと流れ落ちた。

その光景にムギョンは思わず舌なめずりをした。もう我慢することもなく、ハジュンの太ももをグイッと抱えて引き寄せながら、自分のモノを深く埋めたまま射精した。

「あううっ、ふっ、はぁ……!」

三度目の射精を受け止めたハジュンの体が、ムギョンの大きな体の下で横たわったまま、シーツの上でゆっくりともがいた。射精に達する時間が長いムギョンと続けざまに何度も体を重ねると、ハジュンはいつも最後には息も絶え絶えになってしまった。

元々ムギョンのセックスは荒いほうだが、試合に勝った日にはさらに激しくなった。行為前のやりとりで勝利したハジュンは、体を洗うとすぐに部屋に引きずられるようにしてベッドにうつ伏せの状態で寝かされた。後ろを適当にほぐしてすぐに挿入したため、比較的早く最初の射精を迎え、ムギョンも本来の自分のペースを取り戻した。その後は血でも舐めるかのように長時間ハジュンの体をたっぷりと楽しんでいた。

三度の射精を迎えるまで一度も抜かずにハジュンの体の中に吐き出したムギョンは、肩の上に乗せた脚を下ろすと、今度はハジュンを腕の中に抱きすくめ、大きく反り返り青い血管が透けた白い首筋をねっとりと舐めた。首の上を舌が滑るたびに、内壁がビクビクと震えながら性器を締めつける感覚に中毒になってしまったようだ。

生ぬるく濡れた肉が、すっかり敏感になった肌を飽きることなく舐め上げる感覚に耐えられず、ハジュンは首をブンブンと振りながら舌を避けようとした。しかし、拘束するように体が抱きしめられた状態なので、簡単にはいかなかった。

「あっ、うっ、やめろ……」

首がすっかり火照ってしまいそうで、ハジュンは耐え切れずにストップサインを出した。ムギョンはチラリとハジュンの顔を見ると、ゆっくりと体を後ろへ引いた。長い射精がやっと終わったのか、彼が性器を抜いた。

こん棒のように体の中を突いていたモノが抜けると、ハジュンは熱気とヒリついた痛みの残ったお腹を抱えて喘いだ。汗に濡れた白い体には、あちこちに赤い痕が残っていた。ムギョンが乱暴に吸ったせいで赤く染まった部分もあったし、体が熱くなって自然と咲いた熱の花も見えた。

そんなハジュンを見下ろしていたムギョンは、まだ貪り食える肉がたっぷり残っている食べ物を見るようにして、軽く唇を舐めた。

ムギョンは元々、いわゆる「アッ」くて、リアクションが大きく、文字通りセックスが上手い人が好きだった。セックスをするために会っている関係において、無意味な慎ましさや羞恥心などは必要ない。お互いの思惑を測ることはゴールを決める前に楽しむゲームであり、一旦試合を始めてしまったら、もっと本能的に行動したかった。最初ハジュンに口づけして家に連れてきた時は、彼もまたそういうタイプだと思っていたが、何度も体を重ねながら、ムギョンはハジュンが案外いろんな面で不慣れだということを知った。

最初の日に、我慢できなかったという理由で前戯もまったくせず、そのまま挿れてくれと頼んだことや、自分がじっと見ている前で後ろをイジりながら自慰をしていた姿を思うと……。そして、ちょっとした要求すべてにオッケーを出す寛大さを思い浮かべると、その事実は少し意外だった。

(誰でも知ってることは知らないのに、ヘンなことばかり知ってるだなんて、一体どういうヤツと付き合ってきたんだ?)

不慣れなのは、覚えていけばいいから構わない。ただ、本性を隠そうと大人しい仔牛を装わず、もう少し思うがままに大胆になってほしい。ハジュンのほうから自分に飛びついてキスをしてきた時の勢いを、ムギョンはハッキリと覚えていた。

ムギョンは、ベッドの上に横になって息を整えているハジュンの腰に腕を回し、体を起こしてやった。不思議そうな目で自分を見つめるハジュンを太ももの上に座らせると、黒い瞳の中に微かな怯え（おび）が透けて見えた。

まただ。そんな目をせずに、少しは喜んでみろってんだ。ムギョンは心の中で不満をこぼしつつ言った。

「突かれるのがキツいなら、お前が上に乗れ」

「……上に？」

「上でしてみろよ。腰を振る実力を見せてくれ」

ハジュンは、何を言っているのか分からないと言うように目をパチクリさせた。最後までウブなふりをする姿は正直かわいくもあるが、今日は大目に見たくなかった。三回じゃ足りない。

ムギョンはハジュンの腰を持ち上げた。あっという間にまた硬くなった性器を、精液で濡れてベトついた入口に当てた。それでやっとムギョンの言葉の意味が分かったのか、ハジュンは困惑して逃れようと腰を引きながら尋ねた。

「まだヤるのか？」

「久しぶりにヤるんだから、三回じゃ終われない」

弟妹の学校は夏休みに入ったそうだ。補習授業が始まったら普段よりも顔を合わせられなくなるから、しっかり休める時に彼らと一緒に過ごそうと、ハジュンは一週間以上定時キッカリで退勤していた。

そのせいで二人は比較的久しぶりに関係を持つことになった。溜（た）まっていた欲求と今日の勝利がもたらした興奮は、二、三回の射精で解消するには大きすぎた。

「んんっ……」

そしてハジュンは諦めが早かった。そういうところもムギョンは非常に気に入った。

自分を避けていた最初の頃の姿を思うと、死にそうな素振りを見せながらも、すぐさま要求に応え、ムギョンの性器の上にお尻の位置を合わせて自ら腰を下ろす今の姿に快感を覚えざるを得ない。

逃げようとするふりをするのは、やはりこういう精神的快感のためのハジュンの狙いなのかもしれない。芝居なのか素なのか分からないが、あれこれ教える真似事（まねごと）をしながら楽しむのも悪くなかった。いや、正直言って悪くないどころではなかった。むしろ、そういう瞬間を目の当たりにするたびに、ムギョンは彼に初めて口づけた時に感じたゾクゾクするような悦びを味わっていたのだから。

「はぁ、はあっ、あっ」

ハジュンの唇の間から、荒い息の音が漏れた。そそり立った性器が、また濡れた穴に入っていった。

何度も突きまくったとはいえ、一度すべて抜いたせいで縮んでしまっていた。狭くなった入口に太く厚ぼったい亀頭が改めて割って入ってくると目がクラクラして、ハジュンの背中にゾクゾクと鳥肌が立った。

ハジュンとしては、寝そべったり四つん這いになったりしている時よりも深く入ってくるこの体位は、いつもキツかった。ムギョンに動いてみろと言われたのは初めてだが、上に座ったのは初めてではなかった。ベッドやソファに腰掛けたムギョンの膝の上に座らされ、下からガシガシと突き上げられるたびに手先や足先が縮み上がり、ムギョンの背中に腕を回してしがみついていることすらキツかった。いっそ自分が上で動けば、あんなふうに突っ込まれることもないだろうから、少しは楽かもしれない。

長時間、激しいピストン運動を受けていたハジュンの中は、熱く腫れ上がり狭くなって敏感になっていた。その間を太い竿が押し入ってきて、ぷっくりとした亀頭と竿に浮いた血管が内壁を引っ掻いた。

「はぅ……」

自分自身の体重がかかって下から上へと押し上がってくる重量感は、上から下へ差し込まれる感覚とはまた違った。腰を最後まで下ろさなければならないのにスピードを出せず、ハジュンは苦しそうに喘いだ。敏感になった中をこじ開けて、再び入口から逆らって上がってくる性器が、まるで凶器のように感じられた。

ムギョンは、ハジュンが自分を飲み込み終えるのを待っていたが、すぐに我慢は底をついた。軽くため息をついた彼は、ハジュンの骨盤を掴んで根元までぶち込むようにグイッと一気に引き下げた。ストンとお尻を下げられたことで突然なされた深い挿入に、ハジュンの背中は反り返り、口からは悲鳴が上がった。

「ああっ！　はぁ、あっ！」

「そんなんじゃ、夜が明けちまう」

ムギョンが不満そうに呟いた。

「あぅ、うっ」

　ハジュンはお腹の中に再び入り込んできたズッシリとした異物感に慣れるため、暫く動きを止めた。ムギョンの硬い胸に手をついたまま息を切らした。腰を掴み下ろしたムギョンはハジュンを見つめているだけで、自分の腕を枕にしてベッドにもたれかかって見物でもしているかのように大人しかった。

　動かなければならない。こんなことをさせられると分かっていたら、何か参考になりそうなものでも観てきたのに……。急だから準備ができていなかった。

　ハジュンがまた腰を持ち上げた。中を引っ掻く凸凹した血管のせいで思わず腰がフラつき、お尻に力が入った。川の字に伸びた腹筋にも力が入り、汗と体液で濡れたお腹がピクピクした。ムギョンはその場所をじっと見つめ、ニヤリと笑った。

　満足そうなムギョンの表情を見ながら、ハジュンは少し自信が持てた。もう少し積極的に腰を上下させ始めた。

「ふうっ、んんっ」

　ムギョンとセックスを繰り返しながら、ハジュンは自分でも体の中のスイッチが分かるようになった。長時間刺激されて充血した内壁が絶え間なく裂かれるような感覚には苦しさが伴わざるを得なかったが、関係に慣れた体は、苦痛よりも大きな快感を覚えることができるようになった。

　ハジュンは知らず知らずのうちに、自分が一番感じるポイントにムギョンの性器の先を合わせて腰を動かしていた。竿から亀頭に続く性器の一番出っ張った部分が、すでに何度も擦られて腫れ上がった前立腺の上を押したり擦ったりした。

「あっ、あっ、ううっ、はぁ……」

　自分で汲み上げた快楽といえども、簡単に我慢できるものではない。

　ハジュンは、またムギョンの胸に手をついて体を支え、腰を止めたまま体を震わせた。ある瞬間、体中に広がって全身を麻痺させる濃厚な快楽に耐えられなくなった。何も考えられないほど頭がぼーっとして、眩暈がした。

　パンッ。その時、もう待てないと言わんばかりにムギョンが腰を突き上げた。ハジュンの体が軽く跳ね上がり、また元の位置に戻った。ハジュンは首を横に振りながら悲鳴を上げた。

「あっ!」

「まだそんなに動いてないのに、何を休んでるんだ？」

「あっ、あっ、あっ！」

ムギョンが突き上げるたびに、ハジュンの体が紐の切れた操り人形のように揺れた。下から上へ、ズブズブと深く突き上げる性器が、お腹の中を響かせ、脳天まで揺さぶるゾクゾクとした衝撃のような快感を絶え間なく伝えた。ハジュンは耐え切れず、急いで立ち上がって逃げようとした。


だがムギョンが先に手を伸ばし、ハジュンの手首を掴んだ。ムギョンの大きな手が、手錠のようにハジュンの手首を包んだ。腕を下にグイッと引っ張られたハジュンは身動きできず、拘束されたようにムギョンの上に座り、すすり泣くように喘ぎ始めた。ムギョンが腰を打ちつけるスピードが速くなった。

「ふっ、あうっ、あっ、うっ、ふっ……！」

体をトントンと軽快に突き上げられると、声にならない喘ぎ声が漏れ出た。ムギョンが腕を引っ張ると、ヘッドボードにもたれかかって寝そべっているムギョンの上体に覆いかぶさるようにハジュンの体が崩れ、互いの胸とお腹が触れた。

ムギョンは手首を掴んだまま、ハジュンの腰を抱いた。


自分の腕を腰の後ろに回され、ハジュンはまるで後ろ手に縛られたような姿になった。そうする間もムギョンは動きを止めず、ハジュンのお腹の中にズンズンと響く快感が、苦痛なほど無慈悲に押し寄せた。ハジュンはムギョンの首筋や肩のあたりに顔を埋め、額を擦りつけた。

「はぁ、あっ、あっ、んっ！」

「今までこういうこと、誰も、教えてくれなかったのか？」

ムギョンが可笑しそうに尋ねた。こういうことって、なんだろう。何を言っているのか分からない。ハジュンはぼーっとした頭で首を横に振った。

「まともに腰も振れないで。今まで一体どんなヤツらと付き合ってきたんだ？」

「うっ、あうっ、ふっ、ごめ、ん……」

追及するような言い方に反射的に謝ると、ムギョンはまた笑うようにして体を軽く突き上げた。おかしなことを答えてしまったんだろうか？　ハジュンが口をつぐんで、思わず喘ぎ声まで我慢してしまっている間に、ムギョンが手を解いてくれた。

はぁ、はぁ。ハジュンは息を切らしながら、急いでムギョンの肩にしがみついた。少しでも体を浮かせて挿入を浅くしようとする本能的な動きだったが、ムギョンの手が今度はハジュンの骨盤あたりを掴んだ。

「こうやって前後に揺らしたり」

ムギョンが掴んだ骨盤を揺らした。体の中を満たした太い性器が、ヘンな角度で内壁を突き、新たな快感を作り出した。ハジュンは声も出せなかった。ムギョンの肩に顔を埋めたまま、口だけを開けて静かに悲鳴を上げた。

ムギョンは、自分の肩に埋められた頭の下のうなじがビクビクと震えているのを見下ろした。動きを変え、自分の上に乗ったハジュンのお尻を、円を描きながら回した。

「こうやって回したりもして。こうやるんだよ」

「――はっ、あうっ、ふっ……あふうっ！」

「ほらな。お前も気持ちいいだろ？」

「んっ、うっ、ふっ！　うぅんっ、いい」

亀頭が奥まで突っ込まれ、体の中を掻き回す。全身の内と外に絡みつく快感を、どうしても払いのけることができない。ハジュンは夢中で答えながら頷いた。ムギョンの大きく力強い手が、ハジュンの腰を好き勝手に前後左右に動かす。ハジュンの口から、しきりに熱のこもった喘ぎ声が漏れた。

そうしている間に、がっちりとした背筋から繋がった強くしなやかな腰は、すぐに新しい動きに慣れた。ムギョンは、腰を掴む手がなくてもハジュンが自分の思い通りに動いていることに気付いた。

自転車の乗り方を教えている時にこっそりと手を離すように、ムギョンは腰を掴んでいた手をゆっくりと滑らせた。そして自分の上で揺れているお尻を持った。ハジュンは、もう逃げることなくムギョンの首の後ろに腕を回し、腰を上下についたり回したりしながら、自分の内壁を掻き回した。

「はっ、はぁ、あ、あっ！」

「上手くなったな、イ・コーチ」

褒めるようにお尻をトントンと叩くと、暫くしてハジュンの体がブルブルと震え、もう何度も射精したせいで薄くなった精液をボタボタとこぼした。上に乗り、自分で腰を振って絶頂に達したのだ。

ムギョンは、これで何度目の絶頂なのか数えようとしてやめた。体が敏感になったせいか、ハジュンがオーガズムに達する間隔は次第に短くなっていた。ムギョンは、その姿に満足げな笑顔を浮かべ、ハジュンと目を合わせた。わざとなのか無意識なのか、ハジュンは何か言いたそうに口を微かに開き、こちらを見た。

初めての日から見せてくれた、キスしたがっている表情だ。

口づけをしてやるのは、難しいことじゃないが……。こんなふうに何も言わず物欲しげにされると、なぜか意地悪したくなる。ムギョンはまるでキスをするかのように、ゆっくりと俯いた。キスをしてやる代わりに、奥深くに突っ込んでいる性器を抜くこともなく、またハジュンをベッドの上に寝かせた。

「あっ、ちょっと……。俺、まだ……」

どうせ「無理だ」とか「待ってくれ」とかいう言葉を口にしようとしているハジュンの唇の上にやっと唇を重ねながら、ムギョンは言葉を塞いだ。柔らかな唇を押さえつけながら、舌で舌をくすぐり、ハジュンの好きな喉の奥のあたりまで滑るように入り込むと、ムギョンを押しのけようとしていた体の力が抜けた。ムギョンを包んだ内壁が、より大きく感じたかのように、うねりながら締めつけた。

キスだけでも中を締めつける体は、天性のものなのだろうか。押し入れた舌を引きながら上顎をスーッと引っ掻いてやると、舐めたのが口ではなく後ろの穴かのように、下のほうをビクつかせた。

何度やってもいつも同じ、いや、どんどん高くなるハジュンの感度を、ムギョンはかなり気に入った。少し落ち着いていた欲求が、また脈を打ち始めた。ハジュンが上で頑張っていたためさほど消耗もしていなかったエネルギーが、完全にチャージされでもしたかのように、ムギョンは乱暴に腰を動かし、自分を包んだ体の中をズブズブと突いた。キスで塞がれたハジュンの悲鳴は、外に出ることもできずに飲み込まれた。

そうして突きまくっていたが、下に組み敷かれた体がブルブルと震え始めると、やっと腰の動きを弱め、前立腺の上を亀頭でスリスリと擦った。自分で腰を振っていた時は止めることもできたが、今のハジュンにできることは何もなかった。

「うっ、ううっぷ、ふっ……うっ！」

ムギョンの下から逃げ出そうとするかのようにハジュンは身悶えていたが、力が抜け切った体は微かに足掻いただけで反抗をやめた。やっと唇を離すと、今にも泣き出しそうに懇願した。こういう時に聞くハジュンの声こそが、最近ムギョンが試合後に飲む一番甘い勝利酒だった。

「あ、あ……もう、やめっ、はうっ……頼むからやめて……ふっ、うっ、ふううっ！」

耳を溶かす喘ぎ声を楽しみ、予告もなしに中を深く、内壁が狭まるポイントまで一気に何度もぶち込んだ。ハジュンが首を反らしながら、熱を帯びた悲鳴を上げ始めた。

「あっ、ふあっ！　はあっ、あっ！」

指先がシーツの上を引っ掻き、弾力のある白い太ももの内側にグッグッと力が入っては抜けた。脚や骨盤から始まり、全身が壊れてしまったかのようにガクガクと震え、大人しく下ろした両脚が勝手にシーツの上を滑りながらビクついた。お尻がギュッと締められ、腰が何度もシーツから浮いた。

パンッという音が出るように強く、最後の挿入をしたムギョンは腰を止めたまま、ハジュンの骨盤をしっかりと掴み、彼が逃げられないように固定した。こうなると、奥まで突っ込んだ状態のまま動かなくても、ハジュンは快感に耐えられない。

硬く反り返ったまま、一方に傾いたデコルテラインの軟骨がヒクついた。微かに開いた唇も同じように震えていた。首でも絞められているかのように、軽く舌まで出している。

「あ……あっ……！　ふぅ、うっ……！」

全身で快楽の極地に達している姿を見せてくれるが、彼の性器はむしろ萎え、もう何一つ排出することもない。ムギョンがニッと笑った。同じ男の体がこんなふうに感じている姿、自分のせいで、こうして絶頂の限界に追いやられている姿は、何度見ても飽きなかった。

腰を掴まれ、その場所で震えていたハジュンが、シーツを掴んでいた手を上げて顔を隠した。ゆっくりと腰を回して中を掻き回しながら、ムギョンはハジュンが思い切り感じられるように放っておいた。

「ああ……あ、はぁ、あっ！　あうっ、ふううっ、ふっ、ふぁ、あ……！」

「はぁ……」

中が不規則に締まったり緩んだりしながら、震えるように性器を上下にしごき、グッグッと噛みついた。ムギョンは波打つ柔らかな内壁を満喫した。腰を打ちつけながらピストン運動をする時の快感と、止まったままゆっくりとハジュンの体を楽しむ快感は、それぞれ違った味わいがあった。

「ふううっ、ふっ、ふうっ……」

体には、すでに何度も後ろだけで達して射精した余韻が積み重なっていた。その上さらに襲いかかってきた絶頂が消えもしないうちに敏感になった粘膜を刺激される感覚に、それ以上は耐えられず、ハジュンは最後には涙を流しながらむせび泣いた。

泣き顔を見下ろし、彼が全身から発する震えを向かい合った体を通じて十分に感じたムギョンは、やっと満足したかのように笑顔で口を開いた。今まで何人もの人とシながらも、一度も尋ねたことのないことを、セックスを覚えたての若造にでもなったかのように、ハジュンには何度も訊いてしまう。顔を隠していたハジュンの手をどけ、白い額が出るように汗で濡れた髪をかき上げた。

「イ・ハジュン、気持ちいいか?」

「あうっ、ふっ、うん、いい……はぁ、いい……」

そう答えるハジュンは涙を流しながらも、必ずそうしなければならないかのようにぼんやりとした眼差しでムギョンと目を合わせた。その表情が好きで、セックスをする時は必ず一度は泣かせ、確認したくなってしまうようだ。

最初のうちは二度ほどしただけでも涙を見せていたのに、今はもうかなりの長時間を耐えられるようになった。いっそのこと早く泣いてしまえば、少しは手加減したかもしれないのに。ムギョンは俯いてハジュンの涙を舐め、濡れた目元に唇を擦りつけた。すると涙は止まるどころか、さらにたくさん流れてムギョンの口を濡らした。

ムギョンの指が、シーツに投げ出されたハジュンの手首をなぞった。手首の真ん中にある細い骨で分けられた筋肉を親指で軽く押し、手のひらの上まで指で撫で上げた。手を絡ませるようにして重ねて指を組むと、ハジュンが指を震わせながら手を握り返してきた。

「あ……あああっ! ふぁ、あっ!」

そうして手をギュッと握ったまま再び腰を動かし、まだビクついている中を滑らせ始めると、濡れた肉同士がぶつかるグチュグチュという音と共に、もう完全に泣き声になった嬌声が耳に響いた。だがムギョンは動きを止めなかった。

* * *

再びハジュンの体内に射精を終えたムギョンは、打ち上げられた魚のように息を切らしている男を見下ろした。たっぷりと精液を飲み込んだ下の穴は、それを留めていることができず、そのまま垂れ流していた。ムギョンは、この滑らかな腹がパンパンになるまで中に射精してみたいという非現実的なことを思いながら、奥深くにぶち込んだ性器を抜いて体を起こした。

　汗と体液で濡れた銅色の筋肉質な体が薄暗い緋色の照明を受け、ところどころ光っていた。まだ続けるにしても一度洗い流したかった。ムギョンは寝そべっているハジュンに言った。

「ちょっと汗を流さないと。お前もシャワーを浴びたいなら浴びてもいいし、もう少し休んでもいい。好きにしろ」

「うん……」

　ハジュンが寝転んだまま力なく頷いている間に、ムギョンは部屋を出た。閉められたドアを見つめながら横たわっていたハジュンは、暫く目を閉じた。

　小さな照明が一つだけ灯った部屋は、暗く静かだった。水音のようなクチュクチュという情事中の音、自分とムギョンの喘ぎ声やベッドフレームが軋む音などで騒がしかった部屋は、自分の息の音以外何もないかのように、しんとしていた。ムギョンが戻ってくる前に早くシャワーを浴びたかった。ハジュンは体を起こすため、ベッドに手をついた。

「ふっ……」

　しかし、体の奥をひっくり返すように何度も掃いては通り過ぎていった性感のせいで、まだ全身が断続的に震えていた。手足に力がまともに入らず、肌はシーツが触れただけでも痛むほどに敏感になっていた。現役の頃だって、こんなふうにヘロヘロになったことはなかったのに……まったく不思議だった。

　ハジュンは諦めて、もう少し横になっていることにした。セックスが終わって一人残されるのはあまり気分のいいことではないと、とっくに気付いていたが仕方ない。

　初めてそれに気付いたのは、たしか三度目のセックスでのことだったと思う。行為の途中で意識を失うようにして眠ったのだが、目を開けるとムギョンはいなかった。窓の外からほんのりと光が入ってくるだけの真っ暗な部屋の中で、一人寝転んでいた。

　意識を失う前の記憶さえも瞬間的に途切れたかのように霞んでいき、わけが分からなくなり怖くなった。床に落ちたバスローブを慌てて羽織って部屋を出た。しかし、そうして入ったリビングも、やはり真っ暗なのは同じだったし、彼の姿も見あたらなかった。仕方なくぼーっと立ってムギョンの名前を呟いた。すると突然バルコニーからムギョンが入ってきたので驚いた。それでも一緒に寝そべって夜空を見上げた記憶は今思い出してもうれしく、あの時のことを思うとフッと笑みが漏れた。

ハジュンは窓の外に見える木の葉の影を数えた。一、二、三、四、五。初めて来た時よりも木の葉は大きくなり、その色も一層と濃くなっていた。子どもの頃、母が自分を抱き寄せて泣いたり愚痴を言ったりすると、ハジュンはこうして壁紙の柄を数えた。そうすると母が泣き止むまで待つのも少し楽になったし、何より母につられて泣いてしまいそうになるのを我慢できた。十、十一、十二。

しかし今日は、木の葉を数えるという単純な行為にも少し疲れた。ハジュンは天井に視線を向けた。

……生きていると、最初は平気だったことやうれしかったことも次第に心の重荷になったりもするものだ。最近、ハジュンにとってムギョンと共にする時間が、そういう存在になりつつあった。

嫌なのではない。彼とのセックスは少しキツくはあるが、とても気持ちいい。必ずしも肉体的な快感のためではなくとも、一分一秒でさえ共にいる時間を増やしたいと思うほど当然のように良かった。

ただ、炎のように激しい行為が終わった後に一人でいると、体を燃やして通り過ぎていった快楽の後を追うように灰のような寂しさが駆け寄ってきた。最初は、その時その時の刹那的な気分に過ぎなかったが、「塵も積もれば山となる」というように、感情の欠片も溜まっていくらしい。ムギョンとのセックスを終えると、いつも一皮剥けたように体が敏感になる。皮が剥けるとなんでも柔らかくなるように、敏感になった体が心にも影響を与え、いつもならば平気なことがチクチクと気になった。

いつも見つめていただけの男と夜を共にする。付き合っているわけではないが、明らかに恋人がするような行為を継続的に共にしていた。最初は痛いだけだったセックスも今は完全に体が慣れ、ムギョンと夜を過ごす時には、ハジュンも何度も絶頂に達し、我を忘れて快楽に溺れた。

ムギョンの家に初めて泊まった日、一緒に車に乗って感じたうれしさをハジュンは今も覚えていた。彼がくれたささやかな親切に喜びを感じた瞬間も。その時から何一つ変わったことはないのに、いつからか行為後にムギョンが先に部屋を出ていくと、ムギョンが自分の存在をまともに知りもしなかった頃、一人でムギョンを想っていた時に感じていた苦しさや焦りに似た気持ちが、ふいに何度も押し寄せてきた。そのたびにハジュンは少し戸惑った。

「まだシャワー浴びてないのか？」

ちょうどその時、ムギョンがタオルで髪を拭きながら部屋に入ってきた。やっと少し気力を取り戻したハジュンは、返事をせずに体を起こした。

罪悪感に似たこの感情には当然いくつかの理由があるのだろうが、自分がムギョンを完璧に満足させられないというところからもきているのではないだろうか。今日だって、他の人にはできることがキチンとできず、からかわれたじゃないか。

ハジュンが知る限り、ムギョンが付き合ってきた女性たちは美しくセクシーだった。自分の魅力を熟知していて、余裕のある微笑みを浮かべながら人々の相手をしつつ、自分のフィールドで高い評価を受けているという自信に溢れた成熟した人たち。まるでムギョンと同じ。きっとベッドの上でも、そうだったのだろう。

そんな人たちに比べて、自分は何もかも不慣れで平凡だ。きっとセックスも同じだろう。ムギョンにとって、ハジュンとのセックスはスキャンダルを回避しつつ性欲を解消するための次善策なのだから、今まで彼がしてきたことに比べれば、退屈でつまらないものなのかもしれない。

こうなると分かっていたら、恋もセックスもして、気乗りしなくても人並みになろうと努力くらいすれば良かった。そうしたらムギョンとの夜も、もう少しスムーズに楽しく送れただろうに。だから世間は、みんながすることはなんでも一通り経験しろと言うのだろう。

少し欠けた自信を取り戻したくなったハジュンは、ベッドに腰掛けたままムギョンを呼んだ。

「キム・ムギョン」

「ん？」

「口でしてやろうか？」

ハジュンの突然の提案に、ムギョンはタオルの下に隠れた目を丸くすると、すぐにクスクスと笑い出した。

「なんだよ。じっと横になってたら、口がウズウズしてきたのか？」

「イヤならいい」

「誰がイヤだって？　そりゃあ、ありがたいさ」

ムギョンはベッドの上のハジュンの隣にくっついて座り、ハジュンの頬をトンと叩いた。自分なりに、もっと何かしてあげたいと思って言い出したことだが、ムギョンは何が可笑しいのか、いたずらっぽい顔をしていた。

ハジュンはベッドから降り、ムギョンの脚の間に膝をついて座った。お尻の間からムギョンの精液がしきりに流れ落ちるので、足首を立ててお尻を支えた。

竿を舌でそっと舐めながら唇をすぼめ、ムギョンの性器を飲み込んだ。長く太いムギョンの性器は口の中を満たし、すべてを飲み込むと喉の奥まで割って入ってくる。最初はえずきもしたが、今はコツを掴んだので丸ごと口の中に入れられるようになった。

喉の奥を緩めたり締めたりしながら亀頭を刺激し、頭を左右に回しながら性器を吸い上げたり舐め下ろしたりを繰り返した。亀頭に上顎と中の粘膜が擦れると、ハジュンも不思議と湧き上がってくる微かな快感を覚えながら、ムギョンの太ももに乗せた指先に少しずつ力を入れた。

「ふぅ……」

頭の上で気持ち良さそうなため息が漏れた。ハジュンが上手くやれているという証拠だった。ムギョンの手がハジュンの頭を撫でた。

「すっかり上手くなったな。俺には教える才能もあるみたいだ。俺も将来引退したら、コーチをやろうかな」

最初はキスもフェラも下手だと皮肉ったムギョンが褒めてくれた。ハジュンの心がミルクの泡のように柔らかくなり、さっき一人だった時に感じていた暗い感情も押し流されて霞んでいった。

（そのうち上に乗っても少しは上手くやれるようになるよな？）

うれしくなって、さらに懸命に頭を動かすと、どこからか微かにヴーヴーという振動音が聞こえた。

キョロキョロしていたムギョンはベッドの下に置いていた携帯電話を手に取ると、暫く画面を凝視した。電話に出るかどうか悩んでいるようだったが、それを耳元に持っていった。

「ああ」

通話の邪魔になるのではと思い、ハジュンは咥えていた性器を吐き出した。ムギョンはチラリと下を見ると、ハジュンの後頭部をグイッと引き寄せた。ムギョンが言わんとすることを察知したハジュンは、また性器を口の中に深く咥え、さっきまでしていた行為を続けた。

「今？　俺、忙しいんだよ」

　ムギョンが面倒くさそうに答えた。相手が何やら話をする声がハジュンにまで微かに聞こえてきた。内容は把握できなかったが、何かを頼んでいるようだった。

「うーん。何か楽しみでもないとな」

　ムギョンの長い指が櫛（くし）のようにハジュンの髪をサラサラと梳（と）かしながら撫でた。上手いと褒めるような手つきだった。高揚したハジュンが、亀頭と竿が繋がる部分を舌でねっとりと擦ると、電話をしているムギョンの声が一瞬伸びて緩んだ。

「ああ……覚えてる。うーん……、この前、軽く挨拶はしたよ」

　その声がセクシーに感じられた。ハジュンは暫く動きを止めてから、ゆっくりと頭を動かした。

　また相手が暫く言葉を続けた。思わず聞き耳を立てて盗み聞きしようとしたが、どんな内容なのかまでは分からなかった。

「……分かった。まぁ、明日は休みだし」

　ムギョンは後で会おうと言って電話を切った。携帯電話を置いた手で、残念そうにハジュンの頭をポンポンと叩いた。

「用ができたから、行かないと」

　そう言うと、腕を伸ばしてハジュンを起こそうとした。ハジュンは口に咥えていたモノを吐き出した。

　眉間に皺が寄り、つい不満そうな口調になった。

「最後までやる」

　キッパリとした通告にムギョンは軽く目を見開き、今度は何が可笑しいのか困り顔でクスリと笑った。どうして何か言うたびに笑うのだろうか。二人きりでいるとムギョンはよくああいう反応を見せるが、ハジュンは彼がなぜ笑うのか理由がまだ分からなかった。しかし分からないという素振りを見せたくないので、あえて理由を尋ねたことはなかった。

「さすがイ・ハジュン・コーチですね」

「……どういう意味だよ」

「真面目だってことさ」

　ハジュンはムギョンの性器をまた口に咥えた。頬をさらにすぼめ、顔を前後により速く動かした。

そうして暫く舐めていると、ムギョンの腹筋の下のほうがピクピクしているのが目に入ってきた。射精が近づくと見せる、彼の生理現象や癖のようなものだった。

「あっ」

短く低い喘ぎ声。セックスの時だけに聞くことのできる、熱の染み込んだ声を聞くだけでも胸がドキドキして、ハジュンは目を閉じてしまった。大きな手がハジュンの頭を軽く掴んだ。

ベッドに座っていたムギョンが体を起こした。急に立ち上がったせいで、咥えていた性器が口の中から滑り出ようとした。急いで追いかけて膝立ちになると、ずぷんと口の奥まで性器が押し入ってきた。ふうっぷ。ハジュンの唇から、息の音と喘ぎ声が混じった声が出た。

「はぁ、俺が動くから咥えてろ」

ハジュンは小さく頷いた。

自分で舐める時は、今はテクと言えるほどのこともできるようになったが、ムギョンが口に入れて動くとなるとそうはいかなかった。喉を締めたり緩めたりするタイミングや、息を調節するペースになかなかついていけず、ただムギョンが射精するまで性器を口に含むことだけに集中するしかなかった。

だからハジュンにしてみたら自分が舐めてあげるほうが気持ちいいと思うのだが、ムギョンは何がいいのか、時々こうして口に突っ込んで自分で腰を動かそうとした。唇の力が抜けてしまわないように締め続けようと頬に力を入れている間に、唇から口全体を貫通するかのようにムギョンのモノが入ってきて、喉の奥まで滑り込んできた。

「うっぷ……、うっ、ふうっぷ、うっ」

イヤではなかった。口の両側の粘膜と舌の上をいびつな竿が擦り、亀頭が上顎を引っ掻きながら入ってきては喉の奥にまで滑り込んでを繰り返すと、くすぐったいような、耳元がゾクッとする妙な快感が何度も気を遠くさせた。しかし、やはり少し息がしづらい。

グッと詰まった喘ぎ声と、唇の間を性器が侵入することで出る濡れた音が、次第に大きくなっていったある瞬間、ハジュンの口の中でムギョンの性器がビクついた。射精の瞬間がきたと分かり飲み込む準備をしたが、ムギョンの性器がずるんと抜かれた。

そのせいで、口の中に注がれようとしていた精液が、摩擦でいつもより腫れた唇の上に流れ落ちた。突然肌に注がれた精液の熱気と、長時間引っ掻き回されていた口の中から滲み出た快感に、膝をついて座っていた体が小刻みに震えた。ムギョンは精液を吐き出した太い性器を掴みハジュンの顔に擦りつけ、ハジュンの頬や口元には不透明な白い液体がついた。ハジュンは目を閉じて、彼の好きなように自分の顔を体液で塗らせた。

長い射精をしながらハジュンの顔に性器を擦りつけていたムギョンは、やっと最後まで出し切ったのか、短いため息をつきながら性器を掴んだ手を離した。そして、相変わらず床に座ったままのハジュンの脇の下に腕を入れ、抱えるようにして起き上がらせた。ハジュンをベッドにそっと寝かせ、ジロジロと体を見ると、また何か可笑しそうにクスクスと笑いながら言った。

「上からも下からも垂れ流して、傑作だな」

今まで黙っていたハジュンも、今回ばかりはカッと顔が赤くなった。手の甲で顔についた精液を拭いながらスクッと立ち上がると、ずっと膝をついて座っていた脚が痺れた。

「シャワー浴びてくる」

「いい感じだから言ったのに、なんで怒るんだよ」

冗談めかして憎たらしいことを言うムギョンを残して、ハジュンはいつものバスルームに入った。

自分が頻繁に使っているにもかかわらず、中に入るたびにバス用品の量が少しずつ減っていること以外は相変わらず生活感など一切ない、ホテルのようなバスルームだった。シャワーのレバーを上げ、その下に立った。

ザーッ。雨音のような音を出しながら、細く水圧の強い水流がハジュンの頭の上に落ちた。お湯を浴びながら歯磨きをしていたハジュンは口を開いてお湯を受け止め、何度も口の中をすすいだ。顔についた液体を泡で拭い、髪も洗った。シャワージェルを絞って体も洗った。

フックに掛かっていたシャワーを持ち、脚やお尻についた体液も擦った。しっかり洗い流さないと精液はなかなか取れない。そして最後に片足をバスタブの縁に乗せ、ゆっくりと指をお尻の間に入れた。

最初の一、二回は平気だったので分からなかった。だが、ヘンな物を食べたわけでもないのに後になってお腹が痛くなった。懸命に原因を考えてみると、必ずムギョンとセックスをした時にだけお腹が痛くなるという事実に気付いた。調べてみたところ、中に射精をすると腹痛が起こることもあると知り、それからはシャワーを浴びる時に必ず中まで洗うようにした。

そっと中を指で掻き出してから立ち直ると、柔らかく小さな塊のような物がムッと胸元まで押し上がってくるようだった。ついさっきまでムギョンに褒められて、温められたミルクのように穏やかになっていた気持ちが、今は過熱しすぎて吹きこぼれそうな鍋のように落ち着かなくなった。ハジュンは急いでまた顔の上にシャワーを持ち上げた。

(最近、一体どうしちゃったんだ?)

ハジュンは暫くの間、シャワーを浴びながら突っ立っていた。

体を洗い終えたハジュンは、バスローブを着たまま浴室を出た。ムギョンが買った、一瞬だがペアルックみたいだと思いながら受け取った、あのバスローブだった。ムギョンはドレスルームで出かける支度をしているようだった。ハジュンも脱いだ服を着て、携帯電話とカバンを持ち、椅子に座ってムギョンが支度を終えるのを待った。

ハジュンは視線をぼんやりと机の上に落とし、手のひらで滑らかな木の板を撫でると、ゆっくりと体を曲げて、まるで学生時代に居眠りをした時のように机の上に頭を乗せて突っ伏した。久しぶりで激しかったからか、今日はやけに疲れた。

だが、すぐにコンコンとドアをノックする音が聞こえてきた。机に突っ伏していたハジュンは素早く体を起こした。

「疲れたんなら、泊まってけよ」

髪をセットし着飾ったムギョンがドアの近くに立ってそう言った。ハジュンは首を横に振りながら椅子から立ち上がった。

「いや、主人が留守の家に一人でいたって仕方ないだろ。俺も帰るよ」

「じゃあ早く出ろ」

ムギョンが手でハジュンを呼び、ハジュンはカバンを肩に掛け後をついて部屋を出た。無言でエレベーターに乗り、駐車場に行って車に乗るまでハジュンは黙っていた。

最初はタクシーに乗って帰れとクレジットカードを差し出したのに、最近はほぼ毎回車で家まで送ってくれる。母親のせいで頻繁には無理だったが、泊まったこともすでに数回あった。最近はどこからどう見ても不満に思うことなど一切ないはずなのに、どうしてこうも憂鬱な気分になるのだろう。理由もなく気分が沈んで駄々をこねたがるのは、子どもだから許されることなのに。ハジュンはそんな自分に嫌気が差していた。

「どこか行くのか?」

そして口からそんな質問が出た時は、自分でも驚いた。コーチとして選手に接する時やセックスをする時以外は、ムギョンのプライベートにまで干渉するつもりはなかったからだ。しかし幸いムギョンは、さほど不快そうな素振りもなく答えた。

「エージェンシーの社長の弟が事業をしてるんだ。今日、ホテルのオープンパーティーをするから、ちょっと顔を出してくれって頼まれてさ」

「こんなに急に?」

「前から言われてたんだけど、忘れてたんだ」

平然と答える声を聞きながら頷いたが、ハジュンは正直言って別のことが気になっていた。

覚えていると言った、この前軽く挨拶だけは交わしたという人は誰なのか。女なのか。だとしたら、その女のためにそこへ行くのか。その人に会いたいからフェラも途中で拒んで、自分とのセックスが終わるなり、すぐに身なりを整えてそこへ行くのか。そういったことが気になった。

しかし自分に何の資格があって、そんなことまで気にしたり尋ねたりできるというのだろうか。

ムギョンの家からハジュンの家までは、地図上はさほど近い距離でもないのに、毎回驚くほど短く感じた。いつも降りる団地の近くにムギョンが車を停めた。助手席から降りながらハジュンは余計な小言を言った。

「休みだからって、あんまり遅くまで遊ぶなよ。飲みすぎないように」

「コーチは、自己管理のキム・ムギョンって聞いたことないのか?」

ムギョンはハンドルにもたれかかり、悠々とした微笑みを浮かべながら答えた。知っているも何も。彼はプライベートこそ小言を言うポイントが一つや二つではないが、スポーツ選手としての管理だけは徹底していることで有名だった。

不思議だった。初めてムギョンと会った時、彼は大人に隠れてタバコを吸っていたのに、今となってはムギョンはタバコを口にもせず、ハジュンはたまに喫煙を楽しむ人間になっていた。怪我(けが)を負って引退を決心し、心が乱れまくっていた時に初めてタバコを口に咥えて思い出したのは、他でもなく十六歳のあの時のムギョンだったのに。

その逆転が可笑しく、また、それだけの年月が過ぎたということを実感して、思わず微笑んだ。

「送ってくれて、ありがとう。じゃあな」

簡単に挨拶をしながらドアを閉めた。去っていくムギョンの車の後ろ姿を暫く見つめ、ハジュンは急いで踵を返した。できることなら、いつも彼の車が見えなくなるまで見つめていたかったが、そんな自分をムギョンがバックミラー越しに見て、ヘンに思うんじゃないかと気になった。

(一本だけ吸って帰ろう)

ハジュンはポケットからタバコを一本取り出して咥えた。赤く燃えていく小さな丸い火の光が点滅し、白く細い煙が夜空の合間に混ざって消えた。

……どんな火も、最後には消える。

リッカーを始めた時は、才能があると言われただけでも驚いたし不思議だった。有望選手として選ばれ奨学金をもらった時は、才能があると言われた時のように改めて驚いた。しかしユース韓国代表に招集された頃には、もう才能があるという褒め言葉や校内奨学金のようなものには驚かなくなった。

初めて韓国代表として招集された時は手が震えて靴紐も結べないほど緊張したが、その後は招集自体には慣れ、スタメンでなくてもいいから試合にちゃんと出てみたかった。サブメンバーとして試合に出て、いずれは主戦メンバーになりたかった。

そんな自分が可笑しくて、高校生の時に一度チームメイトに「俺も意外と欲張りみたいだ」と、話の流れで言ったことがある。だが、ハジュンの隣のロッカーを使っていた友達は「それくらいの欲がなきゃ、スポーツなんかできないだろ」と笑いながら答えた。

選手生活を諦め、あんなこともこんなことも、すべて過去のことになってしまったが。

ハジュンはなぜか最近、時々あの頃のことを思い出した。

＊　＊　＊

ムギョンの知人が所有するホテルは、いい時期にオープンした。梅雨が過ぎた夏、人々は刺激的で面白い経験を求めて彷徨っていた。流行に合わせて作られたルーフトップで開かれたパーティーの盛り上がりは最高潮だった。ＶＩ

P客たちは、飲み放題のカクテルやワイン、ビールを楽しみながら熱気の高まったパーティーの雰囲気の中に溶けていった。

酔った人たちが屋外プールに入って水を飛ばして遊んでいるのを、ムギョンは悠々とした気分で見物しながら、ゆっくりとカクテルを味わった。すでに何人かがムギョンのそばをうろついたが、ムギョンには目的があったので、適当にあしらった。

「キム・ムギョンさん？」

ゆったりと椅子に座り、夜景とルーフトップの涼しい空気を楽しんでいると、誰かがムギョンを呼んだ。ムギョンはわざとすぐには気付かないふりをして、その声がもう一度自分を呼ぶのを待った。

「ムギョンさん」

ムギョンはグラスを手に持ったまま顔を向けた。そして「ああ」と、やっと相手に気付いたふりをしながら体を起こした。そこにはキラキラした素材の黒いミニドレスを着た魅力的な女性が立っていた。

「ユ・シウンさん、お久しぶりですね」

「こちらこそ。いらっしゃるかもと聞いていたけど、本当にいらしてたんですね」

彼女は、いつぞやの業務ミーティングで挨拶を交わしただけのモデルだった。ルックスはかなりタイプだったし、あの時は挨拶をしただけにもかかわらず、密(ひそ)かにアイコンタクトを交わした記憶があった。

達成した目的よりも、達成できなかったミッションのほうが心に残るというものだ。女性と一度きりのセックスはしないと決めた「当分の間」を、まだ破るつもりはなかったが、もう一度相手の意向を確認したくはあった。ウェイターがカクテルをサービングしながら歩き回っており、ムギョンはトレイの上から青い酒の入ったグラスを一つ手に取ってシウンに渡した。

「こちらへどうぞ」

ムギョンの提案に、彼女は微笑みながら向かいの席に座った。爽やかに吹く夏の夜風が二人の髪を撫でた。


約二十分後、ムギョンは少し困った心持ちで、誰もいない非常階段に一人で立っていた。

ユ・シウンは予想通り楽しい女性だった。話も合うし、セクシーなマスクと背が高くスラッとしたボディ、優雅でありながらも自分の長所を上手く生かしたボディコンドレス姿まで完璧だった。しかしムギョンはなぜか会話に集中することができなかった。今までならば、相手の気持ちを探り、どんな方法でゴールを決めようかと一番楽しく思案している時間が、ただただつまらなく感じた。

ユ・シウンではなく、自分のほうに問題があるということは自覚していた。だが、その理由が分からず、ちょっと急ぎの電話をしてくると言い訳をして非常口に出てきたところだった。

……いや、思い当たる節がまったくないわけではない。

ムギョンはさっきから思い浮かぶ一人の人物を頭の中から消そうとするように、眉間に皺を寄せ、顔を手で一度擦り上げた。

ゲーム本番に突入する前に、お互いを見定める過程を楽しんでいたムギョンだ。ボールをやりとりするように思惑が一致するかどうか確認し、そしてピッタリと合致した時にゴールを決めることが女性と会う時の楽しみだったが、そんな過程をすべて省略しても、自分の欲望を丸ごと受け入れてくれる人ができたのだから。

「……悪い癖ができちまったな」

ムギョンは自分を責めるように呟きながら、壁にもたれていた体を起こした。もちろん、必ずしもそれが理由でなくとも、人は生きていれば、いつもは楽しかったことがつまらなくなることだってある。それでも、せっかくの気分転換に失敗したことが少し不満で、ムギョンは心の中で文句を言いながら階段を下りていった。

プールパーティー中のルーフトップの下、最上階に設けられたラウンジバーでは、また別のパーティーが行なわれていた。比較的静かな屋外テラスとは違い、音楽とダンス、声に溢れた室内がムギョンを出迎えた。カクテルにも飽きたムギョンはビールを一本受け取り、人々の間を縫うようにして進んでいった。

頭が一つ突き出ているので、顔を隠すのも難しかった。人々が彼に気付いてチラチラと見るが、ムギョンは無視した。踊る気分でもなかったので、適当に楽しめそうなものがないか歩き回ろうとしていたところだった。

「ムギョン！」

その時、誰かがムギョンの肩をトンと叩いた。振り返ると、今日ムギョンを呼び出したホテルのオーナーが立っていた。

「よぉ。来たなら来たって連絡してくれよ。いつ来たんだ？」

「さっきまで外にいたよ」

「ユ・シウンは？　テラスにいると思うけど」

「今もいるさ」

　彼は意外そうな表情になった。

「上手くいかなかったのか？」

「なんかつまらなくて、ちょっと待たせてラウンジに来たんだ。少し休んだら戻らないと」

「よく見ろよ。ユ・シウン以外にも、今日はイイ女だらけだぞ」

　上の空で話をしていたムギョンは、ふと目を引く光景を発見し、それを顎で指した。

「ゲームか？」

「ああ、賞品が出るんだけど、お前もやるか？」

　バーの一角にダーツゲームが設置されていた。オープンパーティーイベントとして、賞品付きで行なわれているようだった。ゲームや賭けが好きなムギョンは賞品リストを見た。一等の賞品は、時価一千万ウォン程度のブランドバッグで、その下には協賛品と思われる物がリストアップされていた。ムギョンはクスリと笑った。

「ケチくさい賞品だな」

「あのなぁ、ダーツゲームの賞品としては十分だろ。これ以外にも賞品の出るイベントはたくさんあるから、適度にしとかないと」

　何気なくリストを読んでいた視線が突然止まった。

「これも賞品なのか？」

　ムギョンが賞品リストの中の一つを指さすと、ホテルオーナーは笑いながら頷いた。

「クラブパーティーの賞品に、なんでぬいぐるみ？　って思うだろ。最近はどこも品切れで、金を積んでも買えないんだ。ほら、誰だっけ。リアリティ番組でアイドルのベッドに飾ってあったのが放送されたせいで、間接広告でもないのに大人気になったろ。でも、すべて手作業で作ってるものだから、生産速度が追いつかないんだとさ。俺たちも運良く、どうにか何体か手に入れて賞品にしたんだよ」

　最近、抱き枕として人気のある長細い猫のぬいぐるみだった。ムギョンがこのぬいぐるみを知っているのは、ハジュンのせいだった。

「妹がこの猫のぬいぐるみを欲しがっているから買って

やりたいのだが、どこを探しても売っていない」とジョンギュと話していたのを聞いた覚えがあったのだ。ジョンギュも「子どもに買ってやりたいのだが、どこにもない」と二人で嘆いていた。

『どこへ行っても品切れだ。在庫があるって聞いて飛んでいっても、すぐに売り切れちまう』

『俺は妹に買ってやりたいんだ。高校生の間でも大人気らしい。ちょっといいお兄ちゃんぶろうとしたんだけど、簡単にはいかないな』

『お前はそんなプレゼントしなくたって、いいお兄ちゃんだよ』

あの時は、子どものぬいぐるみくらいで大の大人が二人して頭を突き合わせて何を嘆いてるんだか、と鼻で笑ったが、こうしていざ目にするとラッキーだと思った。ダーツゲームは元々好きだし金がかかるわけでもないから、これしき。

「これ、俺も参加するよ」

「おっ、マジで？　お前がやってくれるなら、こっちとしてはありがたいさ」

ムギョンが参加意志を示すと、静かだったダーツゲームコーナーが急に盛り上がった。イベントを進行していた司会者が「スターサッカー選手のキム・ムギョンがダーツゲームに名乗りを上げました！」とアナウンスすると、人々が集まって見物し始めた。

ムギョンは残ったビールを一気に飲み干し、矢を持った。ダーツには自信があった。グリーンフォードのロッカールームにはダーツボードがあり、様々なつまらない賭けをして矢を投げたりしていたから。自分に対する悪意的な記事を出した記者の写真を切り抜いて、三日ほどダーツボードに貼って練習したこともあった。

勝負欲の強いスポーツ選手たち同士で賭けをして、プライドをかけた戦いに発展したことも一度や二度ではない。ある時は、いつものダーツゲームでキャプテンとちょっとしたケンカになり、一週間ほど雰囲気が殺伐としたことがあった。それをタブロイド紙は「グリーンフォード更衣室の王座を巡る戦い」などというヘッドラインをつけて、まるでものすごい政治闘争でもあるかのように大げさに報道したりもした。

9　訳注：映画やドラマ、テレビ番組内に実在の商品を小道具として登場させる広告手法。PPL（プロダクトプレイスメント）ともいう。

シャツの袖の下から現れた長くがっちりとした腕が後ろに軽く反り返り、スッと前に伸びた。躊躇うこともなくヒュッと飛んでいったダーツの矢が、最高得点のすぐ下のトリプルリングの部分に刺さった。人々が、わっ！　と短く歓声を送ってくれた。

賭け用のダーツではないからか、点数のエリア分けが厳しい。わざとエリアを細かく分けて命中度を落としてあった。その代わり普通のダーツボードと違って、狭いエリアに上手く刺しさえすれば、いつもは出せない高得点が得られた。ムギョンは落ち着いて、高い点数のトリプルリングコーナーを順番に狙った。

みんなから見られていたら少しくらい緊張しそうなものだが、ムギョンは長い腕を悠々とヒュッヒュッと伸ばした。タッ、タッ、針山に針を刺すように狙った場所に簡単に刺さる矢を見て、人々がざわつきながら声を上げた。「キム・ムギョン、カッコイイ！」と叫ぶ声も混ざった。

「キム・ムギョン選手！　今のところ一位です。あっ、これはこのダーツで出せる最高得点ですね。制限時間内にこれを超える人が出なければ、このまま優勝。同点に並ぶ人が出れば決勝戦となります」

司会者の声に、ムギョンは手を振りながらニコリと笑った。一等の賞品のカバンなんかは必要ない。ダーツイベントが終わるにはまだ少し時間が残っていたので、ムギョンは酒を一本受け取り、音楽を聴きながら最終順位が決まるのを待った。

順位が決まったら、四等の賞品のぬいぐるみを受け取る人に賞品を交換しようと言うつもりだった。家に持ち帰り、明後日（あさって）練習場でハジュンに渡せば終わりだった。

＊　＊　＊

♪♫♪～

ぐっすり寝入っていたハジュンは、遠くから聞こえてくるような電話の着信音にふと目を開けた。

ぼーっとして目をパチパチさせていたハジュンは、その着信音が気のせいや夢ではなく、本当に自分の携帯電話から出ている音だということに徐々に気付いた。顔をしかめ、まずは枕元の時計を確認した。深夜三時。

チームに何か問題でも起きたのか？　イタズラ電話？　じゃなきゃ、どんなイカれた人間がこんな時間に電話をかけてくるんだ？　いろいろなことを考えながら携帯電話を手に取ったハジュンは、発信者を確認するなりビックリして素早く電話に出た。

「キム・ムギョン？」

——ああ、イ・ハジュン。

深夜三時らしからぬ一切眠気など感じさせないムギョンの声が聞こえた。まだ外にいるのか？　ハジュンは固まって上手く開かない目を擦りながら尋ねた。

「どうしたんだ？　こんな時間に」

——イ・ハジュン、ちょっと出てこいよ。

「……えっ？」

——今、お前んちの前にいるんだ。ちょっとでいいから出てこい。すぐに済むから。

ハジュンはすぐに答えられず、暗がりの中で座ったまま戸惑って目を瞬かせた。

しかし、即座にムギョンが「すぐに済む」と言う時のパターンを思い出した。ムギョンは、ハジュンが困ってしまうような状況でセックスをしたがる時に、よくそう言った。初めて車でシようと言った時もそうだったし、毎回ではなかったが、その後も時々その言葉で自分をなだめ、結局セックスやらフェラやらをさせることがあった。

女に会いに行ったんじゃなかったのか……？　そこでシなかったのかな……？　いや、シなかったかもしれないけど、出発する前に家で何回もシていったのに、まさかまた……？

——なんで黙ってるんだ？

「ああ、ごめん。分かった。ちょっとだけ待っててくれ。すぐ行くよ」

ハジュンは急いで体を起こし、適当に着替えて部屋のドアを開けた。足音はもちろん、息も殺してそろりそろりとリビングを突っ切った。家族みんなが眠っている時間だった。ハギョンの部屋から、ぐぅぐぅと小さくいびきをかく音が聞こえてきた。

泥棒にでもなったような気分で、静かに玄関のドアを開け閉めしたハジュンは、エレベーターに乗って下に降りていく間中、なぜか焦った。深夜三時にキム・ムギョンが自分を訪ねてくるだなんて。何の用だか知らないが、突然すぎるし、おかしすぎるし、そして、いずれにしても困った状況が自分を待っているような気がしたからだ。

焦りを抑える前にエレベーターはハジュンを一階へと降

ろし、ハジュンはオートロック機能などない二十四時間開きっぱなしのマンションの共同玄関を抜けていった。夜なのに暑かった。肌を包む不安に似た熱い湿気が不快で、一度顔をさすった。

古いマンション団地は、最新ＬＥＤランプの代わりに、旧式のオレンジ色の白熱灯を相変わらず街路灯として使っていた。薄暗い影が垂れ下がった歩道を歩いていると、近くのベンチでポケットに手を突っ込んで座っている大きな男の横顔が見えた。

ハジュンは驚いて足を止めた。家の前だと言っても、団地の前や車の中で待っているとばかり思っていた。まさか本当に自分が住んでいる棟の前まで来ているとは思わなかった。なぜかすぐには彼を呼べず、黒い木の影の下で立ち止まったまま、彼の姿を見ていた。

一体なぜこんな時間に自分を訪ねてきたのだろうか。

表情を見る限り、さほど機嫌が悪そうだとか、試合直後のように体が熱くなっていそうな感じはしなかった。ベンチの前に投げ出された長い脚や街路灯の下で影が差した顔は、数時間前に別れて再会しても、相変わらずカッコよかった。

「キム・ムギョン」

数歩近づいて名前を呼ぶとムギョンが振り向き、ハジュンを見て立ち上がった。一九〇センチを超える体格のいい男が真夜中に街路灯の下に立っているので、何も知らない人が見たらたしかに怖い光景だった。

少しずつ彼に近づけば近づくほど、ハジュンの眉間に次第に皺が寄っていった。向かい合うとすぐに小言が口から出た。

「なんでそんなに飲んだんだ？」

「飲んでないけど」

何が楽しいのか、ムギョンはクスクスと笑った。

「どこがだよ。メチャクチャ酒臭いぞ。シーズン前半が終わったからって、そんなに飲んじゃダメだろ」

「そんなに飲んでないよ」

「車は？」

「団地の入口に」

「……お前まさか、運転したんじゃないだろうな？」

「運転代行を呼んださ。待たせてある」

ムギョンは軽く笑みを含んだ顔で、ハジュンを見下ろしていた。何を言うために、酒に酔ってこんな時間にここまで来たのだろう。ハジュンは結局小言も止めて、ムギョンに向き合うだけだった。

「お前に渡したいものがあって来たんだ」

しかしムギョンの口から出た言葉は、ハジュンが予想だにしていなかったものだった。ハジュンは言葉の意味を把握できず、ムギョンを見つめた。

「渡したいもの？」

「ほら」

そう言うと、ベンチに置いてあった包みを差し出した。ラッピングされ、リボンまで結ばれているプレゼントボックスだった。ますます状況が分からなかった。とりあえず受け取りはしたが、どうすればいいのか分からずぼんやり立っていると、ムギョンが顔をしかめながら催促した。

「何してるんだ？　開けてみろよ」

「えっ？　うん」

ムギョンをチラリと見ながら赤いリボンをほどくと、ラッピングは簡単に取れた。箱の蓋を開けたハジュンの目が見開かれた。箱の中のものを見て驚いた瞳をそのまま上げてムギョンを見た。ムギョンとそれを交互に見ていたハジュンが、先に口を開いた。

「俺にくれるって？」

「ああ」

「ど……どうしたんだ？　これ……今はどこにも売ってないから、なかなか手に入らないのに」

「キム・ムギョンに手に入れられないものはないさ」

ムギョンがクスッと笑いながら答えた。

箱の中には、最近の爆発的な人気による品切れで、どこのショッピングモールや店でも手に入れられない猫のぬいぐるみが入っていた。

あまりにミンギョンが欲しがるのでプレゼントしたかったのだが、どこを探しても買えず、いつ再入荷するかも分からなかった。赤ん坊のいるジョンギュも状況は同じで、つい最近も二人でこのぬいぐるみの話をして愚痴をこぼし合った。ハジュンは、その時ムギョンが近くをうろついていたことを思い出した。

（まさか、あの話を聞いてたのか？　ホテルのパーティーに行くって言ってたのに、真夜中にぬいぐるみなんて一体どこでどうやって買ってきたんだ？）

様々な疑問が頭の中で絡み合うと、どうリアクションすればいいのか分からなくなり、ハジュンはモタモタしながら立っていた。お礼を言うべきだが状況把握が上手くできず、そんな当たり前の言葉さえも上手く出てこなかった。礼儀がなってないとか、挨拶ができないとか、生まれてから今までそんなことを言われたことは一度もないのに。

「要らないのか？」

　何の反応もないので、ムギョンが眉をひそめながら尋ねた。ハジュンは急いで首を横に振った。

「いや！　そうじゃない。すごく欲しかったものだよ。ただ、ちょっとビックリして……」

　ハジュンは黙り込んでいたが、遅まきながらお礼を言った。

「ありがとう」

　その言葉に、ムギョンはニカッと歯を見せて笑った。からかったり皮肉ったりするのではなく、時々見せてくれる素直に笑っている時の表情だった。十代の少年のような印象の、ハジュンが大好きだがなかなか見られない顔。

　家に帰る時には、水垢（みずあか）や煤（すす）のついたように汚く散らかっていた心が、また白い綿雲のように変わった。ハジュンにとってムギョンは超能力者も同然だった。一日に何度も自分の心を弄（もてあそ）ぶ能力を持った超能力者。雰囲気が柔らかくなると、ハジュンはさっき訊けなかったことを尋ねることができそうな気になった。

「ホテルのパーティーに行くって言ってたけど、行かなかったのか？」

「行ったさ」

「楽しかった？」

「クソつまんなかった。もっとお前と遊んでれば良かったよ」

　その言葉に顔が真っ赤になり、喉が詰まった。自然と声が小さくなった。

「誰かに会いに行ったと思ったんだけど」

「あっ」

　するとムギョンは眉間に皺を寄せながら髪をかき上げた。困ったように首の後ろに手を当て、斜めに視線を送ると呟いた。

「あー、忘れてた。待ってろって言ったのに」

「……」

「まぁ、いいや。そんなに待ってるわけないし。どうせ、もう会うこともないんだから、ちょっと悪口言われて終わりだろ」

「ああ……。上手くいかなかったみたいだな」

やけくそになって独り言を呟いている男に何と答えればいいのか分からず、適当に調子を合わせると、ムギョンは少し俯いていた顔を軽く上げてハジュンを睨んだ。

「それだけか？」

「えっ？　だって、その人とお前の間の出来事に、俺が言うことなんかあるわけないだろ」

なぜ急に自分を睨むのかと思い、ハジュンは口を閉ざして視線を避けると、すぐさま顔をしかめた。

「あっ」

バシッ。ハジュンがチクリとした感覚を覚え、手のひらで自分の腕を叩いた。夏の夜、ずっと外にいたから蚊の餌食になってしまった。するとハジュンを睨みつけていたムギョンが、クスッと笑いながら顔をまっすぐ上げた。

「帰れよ。これ以上、刺される前に」

「……本当に、これを渡すためだけに来たのか？」

「そうだって言ってんだろ」

ムギョンはそう言うと、早く帰れと言うように手をヒラヒラさせた。しかしハジュンは立ち止まったままだった。

何かおかしい気がした。本当に他の用もなく、自分にぬいぐるみを渡しに深夜三時に家の前まで来ただって？　モタモタしていたハジュンは、箱を持つ手に力を入れながら、やっとのことで言葉を口にした。

「キム・ムギョン。俺、少しならできるけど……」

「できる？　何を？」

何って。そこまで言わなきゃいけないのか？　ハジュンの声がさらに小さくなっていった。

「なんでも……」

その言葉に、ムギョンは本当に何を言っているのか分からないと言うように軽く顔をしかめ、じっとハジュンを見つめていたが、やっとその意味を理解したのか「ああ」と短く嘆声を吐いた。本当に理解できなかったからなのか、それともまた自分をからかうつもりなのか見分けがつかず、ハジュンはただ顔を赤くして立っていた。すぐにムギョンがクスクスと笑い始めた。

「まったく、うちのコーチはエロすぎて困る」

「――誰が……！」

「さっき、あんなにヤっても足りないのか？」

「おい、それはないだろ。お前に良心があったら、そんなことが言えるか？」

悔しくて顔が一層赤くなり、また声が大きくなった。いつも何時間も人をメチャクチャにして、まっすぐ立ち上がることもできなくするのは一体誰なんだ？　それなのに俺がエロいだなんて。

ムギョンは、そんなハジュンに向かい合い、わざとなだめるような口調で言葉を続けた。

「今はダメだ、イ・ハジュン」

「……」

「時間が遅すぎる。今は寝る時間だろ？　お前は俺よりスタミナもないじゃないか」

そんな事情を汲んでくれたことなんかないくせに……。呆れかえってしまうほどのバカげた配慮だった。ハジュンは微かに口を開けるだけで、何も答えられなかった。

その時、ムギョンの大きな手が顔のそばに近づいてくると、そっと痛くない程度に頬をつねった。

「いつもかわいいんだから」

「……」

「じゃあ、帰るよ。おやすみ」

手を離したムギョンが、本当に背を向けて歩いていった。

ついさっき繰り広げられた出来事が信じられなかった。ハジュンはムギョンがつねった頬に手を乗せてぼんやりと立っていたが、すぐに歩き出して彼を追った。家に帰らず自分の隣に追いついたハジュンを、ムギョンは見下ろしながら尋ねた。

「なんだ？」

「いや、ここまで来たんだから、そのまま帰すのもちょっとなんだし。車まで送ってやるよ」

「車？　ここから団地の入口なんて、すぐそこだろ」

「でも」

酔っていないと言い張るが、たしかに酔っていた。ムギョンが自分にこんなふうに接してくれるのは、どう考えても今だけだという気がして、ハジュンはせっかくなら一秒でも長くこの瞬間を引き延ばしたかった。本人がやる気の時は死ぬ直前までこちらを追い立てるくせに、もっと一緒にいたい今は帰れとしか言わないムギョンが少し恨めしかった。ムギョンが不満を漏らした。

「お前に車まで送ってもらったら、今度は俺が一人で帰っていくお前を見送らなきゃいけないじゃないか」

「……」

酔ったんじゃなくて、イカれたのか？

ムギョンの変貌に頭が痛くなりそうだった。うれしいのかどうかよく分からない気分で、ハジュンは自分が酒を飲んだかのようにクラクラして力の抜けた笑いが出た。ムギョンが尋ねた。

「なんで笑うんだ？」

「突然プレゼントをもらったから、気分がいいんだよ」

ブツブツ言う男を連れて歩いていくと、本当に団地の前にムギョンの車が停まっていた。長引いた待機時間が手持ち無沙汰なのか、外で風に当たっていた代理運転手がペコリと会釈をした。一分一秒さえ惜しむ運転手が文句も言わずに待っていたところを見ると、たっぷりとチップを受け取ったのだろう。

「乗れよ、早く」

ドアを開けてムギョンを車に乗せようとすると、ムギョンが踏ん張りながら言った。

「イ・ハジュン、お前も乗れ」

「俺じゃなくて、お前が乗らなきゃ」

「一緒に家に行こう」

「今は無理だよ」

「どうして？」

どうしてって……。

だんだん酔いが回ってきたのか、ムギョンの発言が支離滅裂になった。そんな姿を見ていると、代理運転手が家まで送るにしても、その後のことが心配になった。運転手は駐車場まで送り届けて帰ってしまうだろうに、ちゃんと部屋まで行けるのだろうか。車で眠ってしまうならばまだマシだが、酔った勢いで駐車場の地面や玄関前なんかで伸びたりしたら、どうしよう。

ハジュンは考え込んだ。ポケットをひっくり返すと、幸い財布が入っていた。今は夜中だからタクシーに乗って急げば、家に帰るのはいつもの半分程度の時間に短縮できそうだ。

「分かった。一緒に行くよ。早く乗れ」

ハジュンはムギョンを車に乗せて隣に座った。運転手が出発を知らせた。

「出発しますね」

「はい」

運転手がバックミラー越しに二人の姿をチラリと見て声をかけた。

「キム・ムギョン選手、かなりお飲みになるようですね。

スポーツ選手だから、そんなに飲まないと思ったのに」

「いつもはこんなに飲むことはないんですが、これから暫くシーズンオフなので」

「いえいえ。少しくらい飲んだって構いませんよ。スポーツさえ一生懸命やればいいんだから。あっ、さっきサインもくれましたし、噂で聞いていたよりもずっといい人でしたよ！」

　要らぬ陰口が出るかと思って慌てて言い訳するように説明したが、運転手は好意的だった。酒に酔ったムギョンは、運転手にもかなり手厚い対応をしてやったらしい。なんとも、いい酒癖だ。

　後部座席に座るなり、ムギョンはその大きな体を傾けてハジュンの肩に頭を乗せてもたれかかり、アルコールのにおいの漂う息を吐きながらスヤスヤと眠り始めた。呆れながらも、またバカみたいに胸がドキドキした。落ち着こうとしたが抗えなかった。

　家に到着した時にはムギョンは熟睡していた。ハジュンは、やっとのことで彼を支えて車から降ろした。元スポーツ選手の自分だから良かったものの、普通の人なら男性でも一人で引きずっていくのは無理だっただろう。背も高く体重も重い彼を背負うようにして、ハジュンはなんとかムギョンを自宅のドアの前まで連れてきた。

「キム・ムギョン、キム・ムギョン！　しっかりしろ。キーはどこだ？」

「うーん、えっ？」

「ドアを開けるキー」

　ムギョンはぼんやりと目を開けてハジュンを見ると、ゴソゴソとポケットに手を伸ばした。ムギョンが取り出すよりも前に、ハジュンが先にムギョンの財布を抜き取ってカードキーのような物を見つけ、ドアロックにタッチするとドアが開いた。うんうんと唸りながら、ムギョンを引きずって中に入った。

　二階の寝室まで連れていくのはとても無理だ。何よりハジュンは、まだムギョンの寝室に入ったことがないので、自分が彼の寝室に入ってもいいのかどうか分からなかった。ハジュンはフラフラと歩いて広いリビングを横切り、ソファまでムギョンを引きずっていくと、ムギョンを放り投げるようにしてソファに座らせた。

「はぁ……」

　こんな真夜中にこんな力仕事をする羽目になるとは。

ムギョンはソファにもたれかかって座り、相変わらず寝ていた。ハジュンは彼を見下ろしながら、ソファの下に座り込んでしまった。こっそりと家を抜け出して、少ししたら戻ろうと思っていたのに、事が大きくなってしまった。

でも、ついてきて良かった。一人だったら、代理運転手は部屋まで上げてくれなかっただろう。車で一夜を過ごしたからってどうなるものでもないだろうが、酒に酔っている上に、せっかくの休日なんだから、ゆっくり休んでほしかった。

「うーん」

体温が上がって暑くなったのか、ムギョンが顔をしかめながら首のあたりを手でまさぐった。ハジュンは、「うっ」と唸り声を出しながら立ち上がった。シャツを脱がせるために彼の腕を引っ張り上げると、ムギョンがハッと目を開け、ハジュンと目が合った。ちょうど良かったと思い、声をかけた。

「暑いだろ？　服を脱げよ」

ムギョンが大人しく服をすぽんと脱ぎ捨てた。突然、筋肉質な体が露わになった。暫く悩んでいたが、ハジュンはムギョンがいつも使っているバスルームへ向かった。寝室と同じく、今まで一度も入ったことがない場所だったが、今は非常時だった。

バスルームは、面積と浴槽が広く見えるだけで、ハジュンが使うゲスト用の浴室と大きな違いはなかった。ハジュンは棚から歯ブラシを見つけ、その上に歯磨き粉を絞ったものを持ち、またムギョンのほうへと戻っていった。幸い、彼はまだ目を開けていた。

「酒を飲んで、そのまま寝たら虫歯になるぞ。歯磨きしろ」

ムギョンはぼーっとしてハジュンを見つめているだけで、手をピクリともさせなかった。ハジュンがため息をつきながら手に歯ブラシを持たせてやり、口の中に歯ブラシを持っていくと、やっと機械的に歯磨きを始めた。

なんとかしてバスルームに彼を引きずっていき、口をすすがせてから手足を洗った。一瞬悩んだが、家に帰らなければならない状況で、とてもじゃないが酒に酔った巨体にシャワーまで浴びせる気にはならなかったので、これくらいで終わりにして、いつもセックスをする時に使うゲストルームの寝室に彼を引きずっていった。

ベッドを見るなり、ハジュンが何も言わなくてもムギョンは自ら横になると、長いため息をついた。薄暗い部屋、マットレスの縁に腰掛けてその姿を見下ろしていたハジュンは、思わず笑いながら尋ねた。

「大丈夫か？」

「ああ」

「何かあったのか？　どうしてそんなに飲んだんだよ」

「長引いて、ムカついて、なんとなく……」

「長引いた？　何が？　どうしてムカついたんだ？」

ムギョンは答える代わりにハジュンの腕を引き寄せた。突然の襲撃に対処できず、ハジュンはそのままムギョンの体の上に倒れた。酒を飲んでいつもよりも強く速く打つ彼の鼓動が、触れ合った胸から伝わってきた。

「うーん……」

すぐにムギョンの手がハジュンのユルユルのシャツの中に入ってきて、背中を撫でた。酔いが滲んだ指先が、いつもよりも熱かった。部屋の中が涼しいからか、ムギョンを支えて部屋に上がろうとして熱くなった体でも、その指先の熱気は嫌ではなかった。もう片方の手が、頭からうなじまでを何度も撫で下ろした。

彼に突かれながら死にそうなくらいに何度も絶頂を迎えたのが、たった数時間前のことだった。激しい行為の余波は、まだ消えずに体の中に残っていた。コンディションを考えたら口や手で済ませるべきだが、今のハジュンはムギョンが求めるならば、何だって応じたかった。今度いつこんな瞬間が訪れるだろうか。どうせ明日は休みだし。

酒に酔ったムギョンは、キスもすぐに与えてくれた。アルコールと歯磨き粉のにおいが同時に香る唇が重なると、頭の中に陽炎(かげろう)が立ち上(のぼ)るように目の前がクラクラした。

酔った彼のキスは、いつもとは違った。すぐに舌を深く入れる代わりに、まずは唇を擦りつけた。柔らかな唇が羽根のように唇を左右にくすぐる感覚に耐えられず、軽く顔を上げて笑った。ムギョンは黙ってハジュンを見つめていたが、ゆっくりと顔を引き寄せた。

そのまま俯こうとしていたハジュンは、ふと気になった。すぐに口づけをせずに、首に力を入れて耐えながらムギョンを見下ろした。「なんだ？」と、彼が少し不満そうな表情でそう尋ねると、ハジュンは口を開いた。

「キム・ムギョン。俺が誰だか分かるか？」

「イ・ハジュンだろ？　うちの真面目なコーチ」

ムギョンはバカげた質問を耳にしたかのように無愛想に答えて、またハジュンの顔を引き寄せた。今度はハジュンも大人しく体を屈めた。

分かってるんだな。

いつもとまったく違うから、酔って他の誰かと勘違いしてるんじゃないかと思ったよ。

最初はキスから始まったものの、この関係を続けてみるとムギョンはあまりキスをしてくれない男だった。何時間もかけて後ろをいじめながらも、唇だけは簡単に許してくれることはないし、自分の気が向いた時や、行為が終わった時にはお礼でもするかのように、たまにキスをしてくれた。

そのたびにハジュンは、激しい行為のせいで感じていたヒリヒリとした苦痛や耐えがたいほどに敏感になった感覚を、しっとりとした水で濡らして紛らわせるかのように、その唇に全身を委ねた。

普通、酒に酔ったら普段より乱暴になるはずなのに、ムギョンは酔うと優しくなるタイプのようだ。とはいえコーチとして、彼には頻繁に酒を飲んで酔ってほしくはない。ただ、彼と初めての夜を過ごした時のように、突然与えられた幸運に少しでも長くしがみついていたかった。彼の体にほんのりと漂うアルコールのにおいに、自分まで酔っているようだった。

「んっ、うっ……」

唇をくすぐってから濃厚な口づけをしたムギョンが、ついに口の中に侵入してきた。舌先とその奥を探り、柔らかな粘膜のあちこちを撫でる硬く柔らかな舌の感触に次第に体が震え、我慢しようとしても喘ぎ声が漏れた。彼のキスは、いつも挿入でもするかのように荒く深く押し入れるキスだったが、今はまるで舌で撫でられているかのようだった。

少し。もう少しだけ。

なかなか与えられない珍しい快感に、ハジュンは胸がいっぱいになった。息を切らしながら、体をさらにムギョンにくっつけた。すると口の中を掻き回していたムギョンは、ハジュンの両頬を手で包んでそっと押し出すと、今度は唇で唇を噛んだ。キスというより、まるで美味(おい)しいものを食べるかのように。

「ふっ……うっ」

強く噛みつく必要もなく、唇を当てただけでも崩れてしまうソフトクリームか何かを食べるように、ムギョンの唇がハジュンの下唇と上唇を、そして時には唇を丸ごと、交互に含んだり軽く吸って引っ張ったりを繰り返した。

優しく、とても優しく……。そうして何度も唇を噛むと、自分が本当に彼の口によって崩れていくクリームにでもなったかのような眩暈（めまい）に似た錯覚に陥った。キスというより、まるで愛撫（あいぶ）のようだった。ハジュンは頭の中がぼんやりとした。

いつも鞭が振り下ろされるかのように自分を追いやってきた強烈な快感とは違った。ゆっくりと流れ込んだお湯が一か所に溜まっていくかのように、体の内側の下のほうがじんわりと熱くなった。

自分を立たせていた目に見えない芯のようなものが体の中心部から崩れ落ちていくような気分を感じながら、ハジュンはしがみつくようにムギョンの顔を抱き寄せた。ハジュンのうなじと腰に回したムギョンの手にも少し力が入った。

「はうっ、あっ……」

そうして溶けそうなほど柔らかく唇を吸われていると、ある瞬間開かれた口の間に音もなく舌が入り込んできた。舌の裏を、先端を、横側を、何度もねっとりと舐め回し、ハジュンがその柔らかな快感に耐えられず体を震わせながら苦しそうな喘ぎ声を吐き出すと、またトントンと叩くように唇と唇が重なった。

顔の角度を変えながら唇が何度も重なり、そのたびに出るクチュクチュという小さな音が、静かな部屋の中で、ハジュンの心に細く落ちる雨のように染み渡った。

「んっ……」

しかし、ある瞬間。

ハジュンの腰を抱いていた手の力が次第に抜け、唇を包んでいた感触と温もりがスッと遠ざかった。すっかりキスに夢中になっていたハジュンは、それを感じながらも暫くそのままの状態でいたが、ゆっくりと目を開けて体を起こした。

ムギョンは固く目を瞑（つむ）ってスヤスヤと眠っていた。ついに酔いが彼の体を完全に支配したようだった。彼の顔をじっと見つめていたハジュンは静かに微笑みを浮かべ、体を起こしてムギョンの体から離れた。

短いイベントの終わりだった。早く家に帰れるようになって良かったというべきだろうか。

ハジュンはベッドのそばに膝をついて座り、眠ったムギョンの横顔を暫く見つめた。毎日のように見ても飽きないカッコイイ顔がそこにあった。何もかもが完璧に作られた顔。軽く吊り上がって意地っ張りそうに見える濃い眉に、スッと伸びた高い鼻。スッキリしていながらもほどよく角ばった顎。

そして厚くも薄くもない、ついさっきまで自分をうっとりさせてくれた唇。今はグッと閉じられているが、笑うと、時に飾り気のない顔を作ってくれる、あの唇。

「俺だから良かったものの、酔って他の人にこういうことしたら、誤解されて罵られるぞ」

ハジュンは、その顔に向かって憎からず文句を言った。

「ぬいぐるみ、ありがとう」

眠ったムギョンに向かって、ハジュンは再び小さな声で告げた。

「キスも」

ハジュンは、ムギョンの家まで持ってきたぬいぐるみを持ち上げた。なんだかんだ一時間以上が経ち四時が過ぎようとしていた。家族にバレないように家に帰らなければならなかった。

ムギョンの家から出ると、自宅から出た時と同じように暑い湿気が顔を包んだ。さっきは不安の幕開けのように感じていたその空気が、今は別世界のお迎えのように神秘的で穏やかに感じた。朝霧の立ち込めた、街路灯だけが静かに照らしている霞んで真っ暗な道路は、本当に別世界のように車一台すら通り過ぎなかった。

それでも焦る気持ちもなく、ぼーっと夏の夜の空気に染まって立っていたハジュンは、遠くから灯りをつけて走ってきたタクシーを見て手を上げた。魔法の時間が終わったことを知らせ、自分を現実世界に送り届けてくれる通路。

車に体を乗せると、運転手がつけていたラジオから時代遅れの流行歌が流れてきた。ハジュンは浮ついたため息をつきながら、シートの上に頭を預けた。

こうしてまた今日もキム・ムギョンのせいで一日に何度もジェットコースターに乗った。でも今日は、とても良い締めくくりだった。

* * *

「お兄ちゃん。お母さんが、お昼は食べて寝なさいって」

ハジュンが目を開けると、もう十二時になろうとしていた。夜中にムギョンのせいで寝そびれたからだ。

以前は、いちいち誰かに起こされなくとも早起きはつらくなかった。寝不足の心配をしたことはあっても寝坊の心配はしたことがなかったし、遅刻なんかとは無縁で、家族の中でもいつも一番に目覚めていたが、怪我の治療以降は朝に起きられないことが増えた。

補習授業があると言っていたが、今日は午後からの登校なのか、昼時にもかかわらずミンギョンがハジュンを起こした。ハジュンは体をフラつかせ、寝ぼけながら答えた。

「うん、行くよ」

「あっ、お兄ちゃん！　これ何？」

その時、突然一オクターブ上がったミンギョンの声が、ハジュンの眠気を吹き飛ばした。

ガバッと体を起こすと、すでに枕元から離れて立ったミンギョンが猫のぬいぐるみを手に持ち、驚いた表情でハジュンを見つめていた。目を見開いて、慌てて尋ねた。

「お兄ちゃんが買ったの？　今なかなか手に入らないのに」

「あ……うん」

（ミンギョンにプレゼントしたくて、お兄ちゃんが苦労して手に入れたんだよ）

（実は前に会ったキム・ムギョン選手が、お前にってくれたんだ）

そんな言葉がすぐに出てこなければいけないのに、ハジュンの口の中だけをグルグル回っていた。体と心がバラバラになり、拳の中に汗がぐっしょり滲み出てくるようだった。自分はまったく興味のなかった、妹が欲しがっていたから必死に売っている店を探し回っていたぬいぐるみだった。

運良く手に入ったのだから、喜んでプレゼントしなければならなかった。そもそも、そのためにわざわざ箱から取り出すこともせず、そのままの状態で机の上に置いておいたのだ。

「めっちゃカワイイ！　お兄ちゃん、これ……もしかして、あたしの？」

ミンギョンが甘えるように、ぬいぐるみの手を掴んで上下に振りながら尋ねた。

（当たり前だろ？　ミンギョンのじゃなかったら、誰のものなんだよ）

決められたセリフのような返答が頭には浮かんだものの、ハジュンはそれを口の外に出すことができずに困った心情をミンギョンに見せた。生まれてこの方、こんな気持ちになったのは初めてだった。

どうして？　ムギョンが自分にくれたものだから？　だが、ムギョンもハジュンへのプレゼントとしてぬいぐるみを持ってきてくれたわけではなかった。ハジュンとジョンギュの会話、すなわちミンギョンにぬいぐるみをプレゼントしてやりたいというハジュンの話を聞いたから、ぬいぐるみを手に入れてくれたのだ。

だから、あの猫のぬいぐるみは最初からミンギョンのものだった。ミンギョンが欲しがり、ミンギョンにプレゼントしたくて自分もあちこち探し回っていた物。もしも自分が欲しくなったとしても、当然譲るべきだった。二十六歳の男の部屋にぬいぐるみだなんて、似合いもしないしみっともない。

「……お兄ちゃん。これ、誰かからもらったの？」

答えられずにモタついていると、ミンギョンが察して尋ねた。ハジュンは、その質問にもすぐに答えられなかった。ミンギョンがとぼとぼと近づいてきて、ぬいぐるみをハジュンに返しながら不満を言った。

「そうなんだね。はぁ、じゃあそう言えばいいじゃん。なんでそんなに可哀想な顔ばっかりしてるのよ。あたしに奪われるとでも思った？」

「違うよ、ミンギョン。お前にあげようと思って持ってきたんだ。ほら」

やっと気を取り直し、立ち上がってぬいぐるみを押しつけると、ミンギョンが顔をしかめた。

「結構です。他の人がもらったプレゼントを奪うような、空気読めない人間になりたくないし」

「違うって言ってるじゃないか。お前へのプレゼントとして用意したものだよ」

「いいって言ってるじゃん。必要になったら、時々お兄ちゃんの部屋に来て借りていくから。それでいいでしょ？」

明るく答えて部屋を出ようとしたミンギョンは、忘れていたことを思い出したかのように言った。

「お昼ご飯、食べに来て！」

小さな足音がまっすぐリビングへと向かった。ハジュンは、自分の手の中にある枕のような長い猫のぬいぐるみをじっと見下ろし、ため息をついた。ツンと端が上がった三角の目。意地悪そうな印象は、ぬいぐるみの贈り主にそっくりだった。

子どもじゃないんだから。この年で、ぬいぐるみ一つ妹に譲れないだなんて……。

『お前に渡したいものがあって来たんだ』

だが昨晩、夜中に眠っていた自分を呼び出して、そう言いながら箱を差し出したムギョンの顔が浮かぶと、とてもじゃないがクールになることはできなかった。

……一度くらい、年甲斐もなく欲張ったっていいよな？

キム・ムギョンは起きただろうか。二日酔いになってはいないだろうか。自分でなんとかするだろうけど……。

昨日のことを覚えているだろうか。それとも全部忘れてしまったかな。

ハジュンは携帯電話を持ち、暫く躊躇った。二人はセックスをするための時間を約束する時以外には、ほとんど連絡をしなかった。むしろ他の選手たちとは個人的な話を交わし、コンディションのチェックのためにメッセージを送ったりするが、意識してしまうからかムギョンとは自然に連絡を取ることができなかった。

ムギョンは自己管理をかなりしっかりするタイプなので、いちいちチェックする必要がなかったのも事実だ。彼がチームに来たばかりの時に、なぜ自分にだけ触れないのかと言って怒ったように、この部分も同様だった。

ハジュンは愛想のいいほうだったし、他のサッカー選手たちのように大した意味のないスキンシップにも慣れていた。そういう時も、ムギョンを意識はしたが特に彼の体に触れることを避けていたわけではない。他の選手たちとは不必要な接触もして、ムギョンとは必要な接触しかしなかった。違いといえば、それだけだ。

魔法のような夜が過ぎて太陽の光が差す昼間になると、考えないように努めていた思いが、結局は頭のど真ん中にまで割り込んできた。

一体どうしてあんなことをしたんだろう。なぜ、あんな真夜中にわざわざ？

長期的な関係だから？　同じチームだから？　ただ、それだけだよな？

［昨日かなり飲んだみたいだけど、大丈夫か？］

いつの間にかそう入力していたメッセージ欄を見つめながら、ハジュンはどうしても送信ボタンを押せずにいたが、結局諦めてぬいぐるみを抱き寄せたまま、もう一度ベッドの上にドサッと横になった。そして「お兄ちゃん、早く！」と催促するミンギョンの声に、すぐにダダダッとリビングに出た。ミンギョンが心配そうな目で見ながら言った。

「お兄ちゃん、かなり疲れてるみたいだね。今日は全然起きれないいんだもん」

「何度もごめん。ハギョンは？」

「バスケするって言って、先に出てったよ。また汗の臭いをプンプンさせて教室に入ってくるつもりだよ」

ミンギョンが不満を言いながらテレビのチャンネルを変えた。画面には、最近人気の恋愛相談番組が映った。芸能人パネラーたちが、相談のコーナーに寄せられた悩みを深刻な表情で聞いていた。

「いつもは単なる友達とまったく同じなんです。私に特別優しくしてくれるわけでもないし、いい感じなのかと言われれば、そうでもありません。それなのにお酒を飲むと、やたら私に好意があるような素振りを見せるんです。大学の合宿でお酒を飲んで、みんなが寝静まった後にキスをしたこともあります。だから最初は私も期待したんですが、次の日に酔いが覚めると覚えていないのかとぼけてるのか、何も言わないんです。もしかして彼は私のことが好きなのに黙ってるんでしょうか？」

ミンギョンがほうれん草のナムルを箸でつまみながら言った。

「酔って取った行動なんか、真に受けちゃダメだよ。バカだなぁ」

なぜか叱られたような気になって、ハジュンはスプーンでご飯を静かに口に運ぶと、こう言った。

「まるで酒を飲んだことがあるみたいじゃないか」

「あたしは飲んだことなくても、飲む子たちだっているじゃん。お酒を飲んで大騒ぎする子がどれだけ多いことか。うちのクラスに、学校で先生に内緒で焼酎(ソジュ)一本空(から)にして廊下で大号泣した子だっているんだから」

「大号泣？　どうして？」

「何組の誰々を呼べ。じゃなきゃ死んでやるって。でも酔いが覚めたら恥ずかしくなったのか、お互い知らんぷりしてるの。超ウケたよ」

「……お前は本当に飲んでないんだよな？」

「うん、そんなの当たり前でしょ……」

その時、兄妹の母親が食卓につきながら尋ねた。

「飲むって、何を？」

「ううん。なんでもないよ」

言葉尻を濁しながら食事に集中するミンギョンをハジュンは疑いの目で見つめ、軽くため息をつくと箸を動かした。

＊　＊　＊

グリーンフォードとシティーソウルのエースストライカーであり、イングランドプレミアリーグとアジアサッカー界の星、ワールドスターキム・ムギョンは朝から機嫌が悪かった。

そもそも飲みすぎたこと自体がムギョンにとっては不愉快なことだった。酒に酔って意図しない行動を取ったのは、二十一歳の頃が最後だ。

成人して間もない頃、パーティーやら何やらに招待されて贅沢（ぜいたく）することが一番楽しかった。そんなある日、飲みすぎて些細（ささい）なことでケンカになりニュースになってしまったせいで、国際電話までかけてきたジュンソンに大目玉を食らった。必ずしもジュンソンに怒られたからではないが、イギリスにまで来たのにつまらない問題を起こして落ち目になりたくはなかったので、その後はよほどのことがない限り、酔うまで酒を飲むことはなかった。

それなのに昨日。

ムギョンは冷たい水を一杯ゴクゴクと一気飲みしてから、一人暴言を吐いた。

「ああっ、クソッ……」

思いの外ダーツの試合が長引いたことからして問題だった。難なく一等を取れると思っていたが、ムギョンと同じくらいダーツの上手いライバルが登場したのだ。

どうせぬいぐるみを狙っていたのだから、わざわざ一等になる必要もなかったのだが、この忌（いま）まわしき勝負欲が問題の発端だった。すでに集まっていた人々は皆、ムギョンが参戦したことを知っている状況だった。たとえパーティーの暇潰しのダーツ大会とはいえ、いや、だからこそ余計に一等ではない自分など決して想像することができなかった。

二人は同点を記録し続け、ギャラリーの緊張感も次第に高まっていった。パーティーの適当な余興として用意されたダーツゲームコーナーは、ゴォゴォと燃え上がるバトルの場へと変わり、適当にジャンケンなどでイベントを終わらせることもできた司会者も、空気が張り詰めると固唾（かたず）を飲んで二人の血戦を見守った。なかなか勝負がつかずに苛立ったムギョンは、自分の番を待っている間ずっと一杯二杯とグラスを次々と空けた。

バカみたいに何回もダーツを投げた気がする。そしてついにヤツが手を滑らせたのか、的の狙いが外れた時……！もしもそこがピッチだったなら、ムギョンは観客たちにキスを飛ばしながら走るゴールセレモニーでも繰り広げていただろう。人々が歓声を上げ、酔いと勝利に陶酔したムギョンは、バーにいる全員にウィスキーを一杯ずつおごった。その時の人々の熱狂的なリアクションときたら。

そしてゲームで四等を取った人を探し、一千万ウォン相当のブランドバッグとぬいぐるみを交換し、すべての目的を達成し終えると、興に乗じてさらに酒を飲んだのだ。

シーズン前半最後の試合を勝利で終えた上に、短いながらもオフを迎えると思うと少し気が緩みもした。そして酔って、それから……。

「ああっ、クソッ！　チクショウ！」

ムギョンはバンッ！　とコップをテーブルに叩きつけた。いっそ記憶がなくなっていれば良かったものを、ムギョンは昨夜のことを覚えていた。完全に覚えているわけではないにしても、ハジュンの家の前に行って彼を呼び出したことはハッキリと覚えていた。

ムギョンはただ、ぬいぐるみを受け取って今日一日自宅で保管し、明日出勤して「知り合いにもらった」と言いながら、何も特別なことではないという感じでハジュンに渡すつもりだった。まるで別れた恋人みたいに、夜中に家の前まで訪ねていって呼び出して渡すつもりなど、誓って一切なかった。

ビックリした表情で自分を見つめていたハジュンを思い出した。自分がしたバカげた行動も。あんなに急いで、あんな時間に家にまで訪ねていって、何がうれしいのか、バカみたいにヘラヘラしながらぬいぐるみを渡して、大層なものでもあげたかのように包みを開けてみろだなんて言って、気に入らないのかとブツブツ言って。

ヤツを見て、かわいいと言ったのか？　俺が？　そのあたりから記憶が曖昧だった。

もちろん、イ・ハジュンにはかわいいところはある。だが、あんな状況であんな行動をしながら言うコメントではなかった。本当に恥ずかしかった。

俺は一体なぜあんなことをしたんだ？

恥ずかしいのはもちろんだが、ヤツが誤解でもしたらどうするつもりだ？

特別待遇でもされたと思って、無駄な期待でもしたらどうするんだよ。

ムギョンは今、適度なスリルと距離感が共存するハジュンとのセフレ関係に非常に満足していた。にもかかわらず、それを自分の手で台無しにした。

彼はソファの上にドサッと座った。二日酔いはなかったが、別の理由で頭が痛かった。頭を抱えてうずくまっていたムギョンだが、すぐにいいことを思いついたかのように急いで携帯電話に手を伸ばした。

呼び出し音が鳴っている間、ムギョンは唇を噛みながら相手が電話に出るのを待った。なかなか電話に出ないのでイライラして、あと少しで携帯電話を放り投げそうになった時、昨日のパーティーを主催したホストの声が聞こえてきた。

——ああ、ムギョン。昨日は無事に帰れたか？

「ちょっと頼みがあるんだ」

——頼み？　なんだ？　なんでも言えよ。昨日はパーティーに来てくれて、本当にありがとな。

少し落ち着いたムギョンは、ソファの上に寝そべりながら電話を続けた。

「昨日のあのぬいぐるみ。ダーツの賞品だったやつ」

——ああ。お前、一等の賞品と交換してったんだって？　つーか、何をそんなに血眼（ちまなこ）になってたんだ？

「余ってないか？　もう一つくらい手に入れられるだろ？」

——ないよ。

「なきゃ困るんだ。俺にはどうしてもアレが必要なんだよ。ないんだったら作ってでも持ってきてくれ」

——俺だって、うちの子にやろうと一つキープしてあるんだ。これは譲れない。

「今度タダでイベントにでも出演してやるから、俺にくれ」

相手は暫く黙った。ぬいぐるみ一つくらい譲ってくれればいいものを、金だってたんまり持ってるくせに、どうしていつもこう計算高くケチなんだろう。

——そんなに切羽詰まって、何に使うんだ？

「いや、俺に渡さずにちゃんとラッピングして、今から送る住所に俺の名前でプレゼントとしてバイク便で送ってくれ。やってくれるよな？」

――……イベント出演の約束、守れよな。

「俺が約束を破ったことなんてあるか？　キム・ムギョンから義理を取ったら何も残らない」

彼は、「分かったから早く住所を送れ」と言って電話を切った。ムギョンはクラブ関係者専用のイントラネットに接続し、見つけた住所をメッセージで送った。


翌日、練習場に到着したムギョンは表情を引き締めてロッカールームに入った。よほどのことがない限り練習に遅刻することはないが、今日はわざと少し遅れて到着した。おかげで服を着替えに入った時には、すでに他の選手たちは出払った後だった。

閑散としたロッカールームで素早くトレーニングウェアに着替え、廊下を歩きながら窓から芝生の上の様子を窺った。ハジュンはもちろん、選手たちもすでに全員位置について体を動かしていた。ムギョンは「コホンッ」と咳払いを一度すると、何も覚えていないふり、何もなかったふりをして、ドアを開けて歩いていった。

「キム・ムギョン！」

予想通り、一番最初に気が付いたのはジョンギュだった。ムギョンはゆっくりと近づいていった。

「お前、イカれたか？」

しかし、だしぬけに非難されて、すぐに眉間に皺が寄った。彼は近づいてきたジョンギュの顔を手のひらで押しのけた。

「それが挨拶か？」

「イカれてなきゃ、お前がこんなことするわけないだろ？　うちのヒマンの写真も見ようとしないお前が、どうしちまったんだよ。昨日、包みを開けるまでメチャクチャ悩んだんだ。もしかして爆発物なんじゃないかと思って」

ムギョンはわざと答えずに、ハジュンの隣まで歩いていった。ジョンギュが後を追いながら呟き続けた。

「ヨンスさんがあのぬいぐるみを欲しがってたの、どうして分かったんだ？　お前が子どものおもちゃなんかに興味があるわけないし。本当に感動したよ。お前、本当に俺の知ってるキム・ムギョンなのか？」

「この前、お前とイ・コーチが話してるのが聞こえたんだよ」

「えっ？　じゃあハジュン、お前も？」

さっきから目を丸くして二人を見つめていたハジュンは、

会話の内容を把握しようとするかのように暫くぼんやりとしていたが、すぐに頷きながら急いで笑った。

「あ、うん」

「ムギョン。死に際になると人は変わるって言うけど、なんかあるんじゃないだろうな？」

状況を誤魔化そうと急いでプレゼントを贈りはしたものの、プレゼントをしてもこの言われようとは。ムギョンは呆れた。もうジョンギュには二度と優しくしてやるものか。

「プレゼントしてやっても文句かよ」

「いや、ものすごくうれしいんだよ。本当にありがとうございました、ゴッド・ムギョン様」

「知り合いのパーティーに行ったんだけど、イベントの賞品に出てたんだ。だから取ってきたんだよ。大したことじゃない。ちょうど数日前にお前たちがしてた話を思い出してさ」

金を出して買ったわけでもないし、苦労して手に入れたものでもない。ましてやイ・ハジュン、お前一人にやったわけでは断じてない。

ムギョンは自分が強調したかった言葉を言い終えると、ハジュンをチラリと見た。ジョンギュが大喜びしているせいで、ハジュンはただ笑いながら彼と話をしていた。

「やっぱりデキる友達は違うな。こんなふうに突然手に入れるだなんて、誰も思わないだろ」

「そうだな。ヒマンが大喜びするだろうな」

「ヒマンはまだ小さいから、なんだって喜ぶよ。あの年頃の子どものおもちゃなんて、どれも親の好みさ。ヨンスさんが、このぬいぐるみをどうしてもヒマンに買ってやりたいって言ってたんだ。ヨンスさんが喜ぶ姿を見てると、本当にうれしかったよ」

ジョンギュは愛する奥さんを思い浮かべただけでも幸せそうにヘラヘラと笑っていた。ハジュンも一緒になって心から満足そうに笑った。

「ジョンギュ！　ちょっとこっちへ来い」

「あ、はい！」

おしゃべりはそこで途切れた。監督の呼びかけにジョンギュが急いで走っていくと、三人がいた場所にはムギョンとハジュンの二人だけが残った。浅はかな真似をした人が必ずそうなるように、ムギョンはやたらと緊張した。今まではジョンギュがベラベラと喋(しゃべ)ってくれていたおかげで平気だったが、ハジュンのリアクションは果たしてどうなのか、ムギョンとしても簡単には推測できなかったのだ。

ハジュンはムギョンに向き合うと、ジョンギュと話していた間浮かべ続けていた微笑みを消さずに言った。

「俺もちゃんとお礼を言わないとな。ありがとう、キム・ムギョン」

ムギョンはすぐには答えずに、暫くその顔を見つめていた。

「……まぁ、別に。これで終わりか？　一人で大騒ぎしたのが恥ずかしくなるくらいアッサリとした反応だった。

「結構飲んだみたいだけど、二日酔いしなかったか？」

「……ああ」

「じゃあ、そろそろ練習を始めよう。遅刻してきたんだから急がないと。他のみんなは、もう軽くストレッチを済ませたぞ」

そう言ってノートを持ち直すと、背を向けて先に歩き始めた。上手く誤魔化せたのだから黙っていればいいのに、なぜか後味が悪かった。結局、後をついて歩いていたムギョンが切り出した。

「妹は、なんか言ってたか？」

いくらジョンギュにもあげたにしたって、夜中に訪ねていってプレゼントを渡した人に対して、あまりにリアクションが薄すぎるんじゃないか？　いつものハジュンと比べても、むしろ事務的な態度だった。妹の反応を聞かれると、ハジュンは少し困った表情になったが、すぐに笑顔に戻った。

「ごめん、まだ渡してないんだ。ちゃんと渡しておくよ」

「まだ渡してない？」

「妹は受験生なんだ。今朝は入れ違いで顔を合わせられなかったから、仕事が終わって家に帰ったら渡そうと思ってる。きっと喜ぶよ。お前がくれたって必ず伝えるから。本当にありがとう」

元気な少女の姿を思い出した。きっと全身で喜びを表現することだろう。欲しがっていた人のところにぬいぐるみが行ったんだから、良かったんだ。ムギョンは、自分の心配に比べてずいぶんとアッサリしたハジュンの反応に少し虚(むな)しさを感じたが、合理的に考えようと努めた。

「家にはちゃんと帰れたか？」

余計な虚しさと一人戦っていると、突然ハジュンが尋ねてきた。ムギョンは肩をヒョイッとすくめた。実はハジュンにかわいいとか言いながら頬をつねった後のことは、記憶がプチプチと途切れてほとんど思い出せなかった。この年で飲みすぎたりなんかするとは。

日が覚めると、ハジュンの使う部屋のベッドで全裸のまま伸びて寝ていた。酔って二階に上がるのが面倒で、そこで寝てしまったのだろう。今、自分に尋ねることが、ちゃんと帰宅したかどうかの確認だけだなんて。酔ってヘンな行動を取ったせいで、ハジュンがバカなことを考えているんじゃないかと心配していたが、やはり彼は今日もクールだ。

クールだ、クールすぎる。余計なことを考えていないなら御の字だ。ああ、なんとも頼もしいことだ。

「ああ、目が覚めたら家だったよ」

短く答えると、ハジュンは頷きながら相変わらず笑っていた。ムギョンは密かに顔をしかめた。ありがとうと礼を言っているところだし、練習中だからだろうが、他のみんなにするように今日はやけにハジュンがニコニコしているのが、なぜか気に入らなかった。

クールなのは結構だが、今日は少しおかしい。イ・ハジュンは俺の前ではこんなふうに笑わないのに。妹にぬいぐるみをプレゼントできるのが、そんなにうれしいのか？

「ありがたいと思ってるんなら、口で礼を言うだけじゃなくて、今日ウチに来て恩返しでもしたらどうだ？」

おぼろげな記憶の中には、昨夜ハジュンが「キム・ムギョン。俺、少しならできるけど……」と言いながら自分を誘惑しようとしていたシーンが残っていた。少し皮肉りたくなって尋ねたのだが、躊躇っていたハジュンは「ごめん」と言うように笑いながら首を横に振った。

「今日はちょっと……。母さんの通院日だから、早く帰らなきゃいけないんだ」

何か一言付け加えたくて口を開こうとした時、誰かがハジュンを呼んだ。

「コーチ！」

「あ、うん」

ハジュンは急いでそいつのほうへと走っていった。ムギョンは後ろに立って、その姿をただ見つめていた。

「昨日からずっと太ももが張ってるんです。前に教えてもらったテーピングやマッサージをしても、治らなくて……」

「そうか？　検査しても異常がないってことは、筋肉の問題だと思うけど……。ここに座ってみて。やっぱりプログラムを変えないとな」

するとムギョンのほうに振り返って言った。

「キム・ムギョン、今日は他のコーチとストレッチしてくれ」

できないことはないが、気に入らない展開だった。

どうして？　あいつが他のコーチに診てもらえばいいだろ。ムギョンはチームに入ったばかりの頃、ハジュンがそれとなく自分を避けていた雰囲気を久しぶりに感じた。気のせいだろうが、なぜかあの時の雰囲気が戻ってきたようなデジャヴを感じた。

「分かった」

だがムギョンは、それ以上引きずることなく背を向けた。ハジュンは暫く彼の背中を見つめていたが、過ち（あやま）でも犯したかのように急いで視線を逸らして選手のチェックに集中した。

間もなく監督が選手たちに招集をかけた。ハジュンはコーチ陣の位置へ、ムギョンは選手たちが集まった場所へとそれぞれ向かった。監督が全体練習前に連絡事項を伝えた。

「来週の夏季キャンプの詳細が出た。イントラネットに接続して、連絡事項をしっかり確認するように。特別事項はないが、もし個別に伝えるべきことがあれば、俺に言ってくれ」

「はい！」

休日が終わり、新たに始まった一週間。選手たちは元気にトラックを走り始めた。シーズン前半の試合は終わったが、コンディションをキープするため、すぐさまトレーニングを終わらせることはない。選手たちが休暇をもらうまで、まだ少し時間が残っていた。

合間の休憩時間。他の選手たちがいる時には叱咤激励（しったげきれい）の言葉ばかりを口にしていたキャプテンのジョンギュのそばにハジュンとムギョンだけが残ると、やっと不満をこぼした。

「キャンプなんて、冬に一度行くだけで十分じゃないか？」

ハジュンが答えた。

「仕方ないさ。スポンサーは大事だろ？」

「うちのスポンサーは、どうして真夏にリゾートをオープンしたりするんだよ」

「じゃあ、海辺のリゾートを真冬にオープンするとでも？」

ムギョンがからかった。シティーソウルの最大のスポンサーであり建設会社を保有するペクサングループが東海岸に新しくリゾートをオープンし、夏のキャンプ地提供に協力すると文書を送ってきた。

言葉こそ協力であり提供だが、要は顔を出せということだった。ヨーロッパのように秋春制で運営されるのではなく、春から始まって冬に終わるKリーグの各チームは、シーズン中間の夏は飛ばして冬にだけキャンプをする場合もあるので、ジョンギュが文句を言うのも理解できた。同様にシティーソウルも今年は夏季キャンプを省略しようとしていたところに、突然飛んできた協力文書のせいで急いでキャンプ日程を決めたため、選手たちの不満は余計に大きかった。

オフとはいえ、今年は九月から暫くの間Aマッチ[10]のスケジュールも組まれているので、オフも練習で忙しくなる予定だった。本当の休みは一週間あるかないか。きっと家族ともっと長い休暇を送りたがっていたであろうジョンギュは、それでもすぐに状況を受け入れたように頷いた。

「ああ、夏に海を見るのも悪くないよな」

「海に行くのなんか、久しぶりだよ」

ハジュンが微笑んで芝生の遠く向こうを見つめながら言った。ムギョンがその横顔をぼんやりと見つめている間に、ジョンギュが答えた。

「弟妹が高校生じゃ、旅行に行くのも大変だろうな」

「ああ。それに今年は二人とも受験生だから」

「おい、だからってお前まで遠慮しなくたっていいだろ？早く恋人を作れ。恋人と山や海に行ったり、海外旅行したりしなきゃ。弟妹が大学に入ってみろ。今まで懐いてたのが嘘みたいに、お前のことを放って遊びまくるんだから」

ハジュンはただ笑っているだけだった。ジョンギュがムギョンのほうを向いて、お前も言ってやれと言うように振る舞った。

「こう言うと、いつも何も言わずに笑ってばかりだ。やっぱりこいつ、恋人いるっぽいぞ。そう思わないか？」

「お前はサッカーが趣味で、お節介が本業なんだろ」

ムギョンはジョンギュをイジりながら、心の中でクスリと笑った。

恋人だなんて。最近、時間さえあれば夜ごとに自分に組み敷かれていて恋愛なんかする時間もないということ

10 訳注：国際Aマッチのこと。ＦＩＦＡが認定するAナショナルチーム（年齢制限のない代表チーム）同士の国際公式試合。

は、ムギョンが一番よく知っていた。ついさっきのようにハジュンがムギョンの誘いを断るのは母親か弟妹関連の用事がある時なので、よそ見をする暇などまったくなかった。ムギョンが心の中で嘲笑っていると、ハジュンが言った。

「ああ、俺もそうしたいよ」

いつもは黙ってジョンギュの小言を笑ってやり過ごしていたハジュンが、今日に限って調子を合わせる返事をした。案の定、ジョンギュが間髪入れずに飛びついてきた。

「ハジュン、誰か紹介してやろうか？　お前と付き合いたがってる人はたくさんいるんだ。列を成してるぞ」

「いや、いいよ。俺はそうやって誰かにくっつけてもらうのは、ちょっと……。心が惹かれないと」

「何言ってんだよ。会ってみなきゃ、心が惹かれるかどうかなんて分からないだろ！」

二人の会話を聞きながら、ムギョンは思わず顔をしかめた。そんな素振りはなかったのに、恋人を作りたがっていたようだ。

何か言う隙もなく練習が再開した。真夏になり、ムギョンの「時間の無駄」も、そろそろ半分ほどが過ぎようとしていた。

07

ソウルから出ただけで、ムシムシとした暑さと埃っぽかった空気が清々しく澄んだ。キャンプなんて面倒だ、休みたい、旅行に行きたい、などとコソコソ不満を呟いていた選手たちは、いざバスから降りて爽やかな空気を吸うなり騒ぎ出し、仲間同士でふざけながらケラケラと笑った。

ムギョンは一番最後にバスから降り、周りを見回した。新しく建てられオープンしたばかりだというリゾートは、新築だけあって綺麗で豪華だった。古くさくもなく手垢などまったくついていない、青空の下にそびえ立つピカピカの大きな建物は、見ているだけでも気持ちを爽快にした。

「ふざけてないで、大人らしく行動しろ」

監督が選手たちを冗談めかして叱りながら集合させた。

ジュンソンのリハビリ中に赴任した臨時監督を、当初ムギョンは歓迎しなかった。しかし彼はジュンソンが信頼する後輩であり、自身が率いていたとある市民サッカークラブから、経営の不正に立ち向かったことで強制的に追い出されたと知ってからは、それなりに丁寧に接するよう心がけていた。

「監督が話してるだろ」

ムギョンが低い声で力を込めて言うと、ガヤガヤしていた若い選手たちは多少大人しくなり、数人のおしゃべりが口をつぐむと、チーム全体が静かになった。

グリーンフォードでムギョンは中堅に属す選手だったが、若い選手たちを中心に構成されているシティーソウルでは違った。ベテラン選手数名を除けばムギョンは他の選手たちよりも年上だったし、ムギョンはこのチームのその点を非常に気に入っていた。監督が咳払いを一度して、話を続けた。

「今日は初日だから、荷物を整理して簡単にウォーミングアップを行なうだけにしよう。三時までに練習場に集まるように。ロビーでシティーソウルというチーム名を告げて、各自名前を言ってキーをもらえばいい」

「はい！」

選手たちがドドッとロビーに向かっていった。ムギョンは肩にカバンを掛け直し、ゆっくりと歩いた。自分のルームメイトはジョンギュだから、急がなくても勝手にキーをもらってくれるだろう。

ムギョンは目だけを動かしてハジュンを探した。ハジュンはコーチ陣の間に混ざり、今日も笑いながら話をしているところだった。何か冗談でも言ったのか、その中の一人がハジュンの頭をクシャクシャと撫でた。ハジュンが声を出して笑う姿が目に入ってきた。

（まったく……ヘラヘラしやがって）

チッと舌を鳴らし、ムギョンはクルリと背を向けズンズンと歩いていった。

シティーソウル以外にも国内外の複数のスポーツチームをキャンプ地に誘致するつもりらしく、リゾートは一般的な室内練習場以外にもゴルフ場、サッカー場、野球場、ボーリング場など様々なスポーツ施設を備えていた。選手たちは芝生のチェックも兼ねて、簡単なランニングとトラッピング、パス練習などを行なうためにサッカー場へと向かった。

選手たちがリゾート内を行き来するたびに、人々がチラチラと彼らを見物した。シティーソウルはサッカーに詳しくない人も顔を見れば分かるほどの有名選手たちが相当数所属しており、何よりもキム・ムギョンがいるのだから、どこへ行っても注目された。

「キム・ムギョン選手、こんにちは」

「こんにちは」

勇気を出して声をかけた一人の女性ファンにムギョンがニコリと笑いながら答えると、すぐに仲間内で楽しそうに騒ぐ声が聞こえてきた。ジョンギュがムギョンの肩に腕を回しながら冗談を言った。

「お前はファンサービスだけはいいから助かるよ」

「それしかいいところがないみたいに言うな」

コーチ陣はすでに練習場に到着して準備をしていた。キャンプ初日だということを知っているかのような快晴だった。真っ青な空の下、緑の芝生の上で、首回りの白いTシャツを着て立っているハジュンは、いつもよりもさらに白く明るく見えた。

あいつは日焼けもしないのか？　ムギョンは暫くそこを見つめていたが、やがてそっぽを向いた。選手たちが横に並び、監督とコーチ陣も列を作って立った時だった。監督が誰かを探すようにキョロキョロした。

「まだ来てないのか？」

「もうすぐ来るそうです。ちょっと渋滞しているとメッセージがきました。先に始めましょう」

監督の独り言のような言葉にハジュンが答えた。誰の話かと思い、選手たちも疑問を抱いた表情で目配せをしていると、ちょうど練習場の扉が開いた。開いた扉の間から一人の男が挨拶をしながら入ってきた。

「こんにちは！　遅れてすみません」

彼は足早に選手たちに近づいた。ムギョンの目もそちらに向かった。練習場に入ってきたのは、ムギョンのまったく知らない男だった。このチームに来て数か月が過ぎ、スタッフはもちろんのこと、練習場の管理人や食堂の調理師たちの顔もすべて覚えたはずなのに、いくら頭の中をひっくり返してみても記憶になかった。

スッキリした顔と体格に、明るい表情だった。着ている服はスポーツ用のジャージーシャツではあったが、シティーソウルから支給されたスタッフ用シャツではなく私服だった。監督が彼を手招きして迎え入れた。

「こんにちは。監督、コーチのみなさん」

「間に合ったな。どうぞ並んで」

監督の催促に男はペコリと会釈しながら微笑むと、当たり前のようにハジュンのすぐ隣に立った。背はハジュンよりも高いが、ムギョンよりは低そうに見えた。

彼が列に並ぶと、ハジュンは心からうれしそうな明るい笑顔で彼を見上げ、手を上げて肩の高さくらいに差し出した。すると男も笑顔でハジュンを見つめ、手を伸ばしたのだった。

二人は、いつもそうしているかのように手慣れた様子で軽くハイタッチをした後、並んで手を後ろに組んで選手たちのほうを向いて立った。その間、ムギョンは思わず眉間に深く皺を寄せていた。

ムギョンは軽く首を傾げ、隣に立っているジョンギュに尋ねた。

「あいつ、誰だ？」

「ああ、あの人？」

すると、ジョンギュが答えるよりも先に監督が彼を紹介した。

「今回のキャンプでコーチングを手伝ってくれることになったユン・チェフン・コーチだ。非常に有名なので知ってる人もいると思うが、Jリーグに勤めた後、シーズン後半から国内に復帰した。世界的にも名高い、高橋コーチと共に働いていたから、学ぶべき点や助けてもらう点が多いはずだ。他の予定があるため、残念ながらご一緒するのはこのキャンプだけだが、その間は自分のチームのように思って手を貸してくれるとのことだ」

ユン・チェフンという男が挨拶をした。

「久しぶりに韓国に帰ってきたので、本当にうれしいです。最近、シティーソウルが快進撃を続けているという噂は日本にいる時から耳にしていましたが、こうしてご一緒できて光栄です。短い間ですが、一緒に頑張りましょう！

「よろしくお願いします！」

豪快な口調と爽やかな男の印象に、選手たちも彼を歓迎するように声を上げた。ムギョンは気に食わず、口を開かなかった。

すぐに練習が始まった。六人ずつグループを作ってパス練習が進められた。ムギョンはパスの代わりにフリーキックの練習をすると言って、自らジョンギュとペアを組み、みんなとは少し離れたゴールへと向かった。

ボールを蹴ったり受け取ったりしている合間に、二人は言葉を交わした。

「ユン・チェフンってヤツ、お前も知り合いなのか？」

「ああ。俺が初めてプロチームに入った時に一緒だったんだ」

ポーン。蹴り飛ばされたボールが、ジョンギュの手のスレスレをかすめてゴールに突き刺さった。「ああっ」と言って、ジョンギュが悔しそうに舌打ちをした。そうして暫くムギョンは黙ってボールを蹴り、ジョンギュはゴールを守った。ジョンギュに何回かシュートを止められると、ムギョンが顔をしかめた。

「ちょっと休もう」

長時間ムギョンのボールからゴールを守っていたジョンギュが、休憩を提案した。二人はベンチに向かい、水を飲んだ。ムギョンは一息つきながら、練習場の風景を見渡した。

選手たちは変わらずボールをパスし合っており、ハジュンは例によって選手たちの間を歩き回っていた。いつもと違う点があるとすれば、その隣にユン・チェフンという男もくっついて立っているということ。いや正確には、選手たちの間を行き来するユン・チェフンの後を、ハジュンが母鶏を追うヒヨコのようにチョロチョロとついて回っていると言うべきだろうか。

そうしている間も二人は何かおしゃべりを続けながら、

頻繁に笑っていた。喉の奥まで見えそうなくらいに大きく口を開けて声を出して笑うハジュンを見て、ムギョンは顔をしかめた。

「イ・コーチと仲が良さそうだけど」

「誰が？」

「ユンなんとかっていうヤツ」

「ああ。メチャクチャ仲いいよ。ハジュンが引退して、これからどうしようか悩んでいた時に助けてくれたんだ。コーチの仕事を勧めたのも、あの人なんだ。一緒に勉強会もして、ハジュンはチェフンさんからいろいろと学んだんだよ。お前にとってのパク監督みたいな人だと思えばいい」

ということは、とても特別な関係だ。パク監督に例えられて、あんなに仲がいいのも納得がいくと自分自身に言い聞かせていると、チェフンがハジュンの髪をグシャグシャにしながらふざけていた。

ハジュンはそんな彼の手を払いのけるどころか、ハハハと笑って鬼ごっこでもするかのようにふざけた。すると最後には捕まえられ、ユン・チェフンの胸にぽすっと抱かれてケラケラと笑っているではないか。

「お前の目は節穴か？」

「えっ？　何が？」

突然の悪口に、ジョンギュが怪訝(けげん)そうに目を見開いた。しかしムギョンは説明する代わりにチェフンとハジュンの様子を睨(にら)み続けていた。

あれのどこが俺とパク監督のような関係なんだ？　どう見てもイチャついてるだけじゃないか。いや、もうそんな段階はとっくに終わってセックスまでしたのかもしれない。ハジュンがどれほど展開を進めるのが速いかは、ムギョン自身が経験しているのでよく分かっていた。ジョンギュは、ハジュンが男が好きだという事実を知らないから、それに気付いていないだけだ。人間というものは、知っている分だけ物事が見えるのだ。

「選手出身なのか？」

「いや、元々トレーナーをしてたんだけど、偶然サッカー選手たちの体を診るようになって、今は完全にこっちに転向したんだ。まぁ、良かったよ。ハジュンも現役時代に知り合って、ずっと仲良くしてるらしい」

「じゃあ、相当長い付き合いなんだな」

「ああ、少なくとも五年は経(た)ってると思う」

江原道(カンウォンド)[11]の空気が急に熱く感じた。イライラの発散も兼ねてポンポンとボールを蹴っていると、ふと人の気配を感じた。また練習を一時ストップしようと、ジョンギュが手を上げて合図を出し、ムギョンの後ろを見ながら挨拶をした。

「お久しぶりです、チェフンさん！」

「やぁ、ジョンギュ。久しぶり」

　ムギョンの背後からチェフンが歩いてきていた。噂をすれば何とやら……。彼はジョンギュに挨拶をしながらも、ジョンギュよりムギョンのほうに興味があるらしく、ムギョンを見つめながら軽く会釈をした。気に入らなかったが、ムギョンも仕方なく会釈をすると、ジョンギュがボールを持って二人に近づいてきた。

「キム・ムギョンです。ワールドスター。うちのチームのエース」

「うわぁ、実際に見ると本当にカッコイイですね。実はキム・ムギョン選手に会いたくて、このキャンプに入れてくれって言ったんですよ」

（だったら、練習に参加してもいいのかどうか、俺に許可をもらわなきゃいけないんじゃないのか？）

　ムギョンが心の中で思い切り皮肉りながら彼を見下ろすと、冷ややかな態度を素早く感知したかのように、ジョンギュはムギョンが何か言い出す前に会話を続けた。

「奥さんも一緒に帰国されたんですよね？　ナリムも大きくなったでしょう」

「ああ。一緒に帰ってきたよ。ヒマンも、もう二歳[12]くらいになったかな？」

「ええ、写真見せましょうか？」

　結婚と安定の幸せを説いて回ることに加え、娘の写真を自慢するのが趣味のジョンギュだった。彼はチャンスを逃さずに携帯電話を取り出し、チェフンに差し出した。二人の男がキャッキャとお互いの携帯電話を覗(のぞ)き込みながら子ども自慢をしている姿は、普段ならムギョンがうんざりするものだったが、今のムギョンは目の力を抜いて、その姿を見守ることができた。

（なんだ、既婚者だったのか？）

　突然気が楽になり、夏の空気が爽快に感じられた。

「先輩は誰と一緒の部屋なんですか？」

「ハジュンと」

「良かったですね。二人は仲がいいから、そういう部屋割りにしたんでしょうね」

「ハジュンのおかげで、キャンプにも入れてもらえたんだよ」

「もう、そういうこと言わないでくださいよ。こっちがお招きしたんだから」

しかし、浮気をしたり、世間に胸を張って言えないようなことをしたりする既婚男は、この世に山ほどいる。

妻不在の東海岸のリゾートで何日か外泊するんだから、あの図々しい顔で、できないことなどないだろう。

ムギョンは、遠くで選手たちとトレーニング中のハジュンをチラリと見た。彼はいつも持ち歩いているノートを見ながら立っていた。また何かを一生懸命記録しているのか、軽く口を開いてノートに書き込んでいる横顔は真剣だった。

その背後から、選手数人がそろりそろりと近づく姿が見えた。芝の上で呑気（のんき）に立っている羊やヤギに後ろから襲い掛かろうとするオオカミの群れを連想せずにはいられなかった。何をするつもりなのかと思って眉間に皺を寄せて見守っていると、ついにそのオオカミの群れがハジュンを背後から襲い、自分たちのほうへ引き寄せると芝生の上に倒してしまった。

そして、みんなでひとまとまりになってゴロゴロと転がるのだった。驚いて「うわっ」と声を上げるハジュンの悲鳴に続き「ビックリした！」と叫ぶ声、何が可笑（おか）しいのか、みんなのケラケラという笑い声までが聞こえてきた。もちろんハジュンも楽しそうに笑っていた。

練習中に一体何をしているんだ？　若造どもが現役時代には先輩だった年上のコーチを組み敷いてふざけるなんて話にならないのに、なぜハジュンはいつも、あんな悪ふざけを受け入れてやるのか、ムギョンはまったく理解できなかった。

今まで真面目に考えたことはないが、注意深く見てみると、チームの中で取る行動一つひとつがチョロい男にしか見えない！

このチームでイ・ハジュンと寝た男は自分一人だと思っていたのに、そうじゃないかもしれないという思いが急激

11　訳注：韓国の東海岸エリアの地名。自然豊かで多くのドラマのロケ地にもなっている。

12　訳注：韓国では数え年で年齢を表すため、ここでの二歳は日本でいうと〇歳から一歳にあたる。二〇二三年六月に満年齢方式に統一する制度が施行され、現在の韓国では数え年方式は廃止されている。

に押し寄せ始めた。

いいや、いくらなんでもそんな時間はなかったんじゃないか？　あいつも俺も似たような時期にチームに来たんだから……。数式もない計算でグチャグチャになった頭の中が、グツグツと沸騰して忙しいのに、そばからユン・チェフンが尋ねてきた。

「どうですか？　キム・ムギョン選手。十年ぶりに韓国でサッカーをする気分は？」

「最悪ですよ」

「えっ？」

ポーン。ムギョンが誰もいないゴールに向かってボールを蹴った。

「おい！　どうしたんだ？」

ジョンギュが尋ねたが、ムギョンはズンズンと歩いて出口に向かうと、そのまま練習場から出ていってしまった。ジョンギュはボールを小脇に抱えてぼーっとすると、口をあんぐり開けてため息をついた。

「アイツ、なんなんだ？　ああいう態度、ここ最近はなかったのに。チェフンさん、すみません」

「あ、いや。気にしてないよ」

驚いたチェフンを背にして、ジョンギュは急いでムギョンの後を追って走っていった。突然ムギョンが練習場から抜けてしまったことに気が付いた数人が、何事かとお互いに視線を交わしながら様子を窺っていた。

芝生の上を転がりながら選手たちとふざけていて、遅れて体を起こしたハジュンも目をパチクリさせながら、出口から出ていくジョンギュの後ろ姿を戸惑いの表情で見つめた。

「キム・ムギョン！　おい、ムギョン！」

ジョンギュがいくら呼んでもひたすら直進する戦車のように歩いていたムギョンは、練習場からある程度離れて二人だけになると、やっと歩みを止めてクルリと振り返った。

「部屋を変えろ」

「えっ？」

「俺がイ・ハジュンと同じ部屋を使うから、お前があのユンなんとかと同じ部屋を使え」

ジョンギュが顔をしかめた。

「部屋割りは、選手は選手同士、スタッフはスタッフ同士だって知らないのか？　急にどうして？」

「必ずそうしなきゃいけないって法律で決まってるの

か？」

「お前なぁ。仲のいい者同士が久しぶりに再会して、積もる話をしようってのに、なんで邪魔するんだ？　何がそんなに気に入らないんだ？」

ムギョンが答えずに表情を硬くしていると、ジョンギュがため息をついた。

「分かった。じゃあハジュンに訊いてみるよ。お前が部屋を変えようって言ってるけど、いいかって」

「ダメだ。訊くな。イ・ハジュンには何も言うな」

ムギョンが無理ばかり言うので、人のいいジョンギュも、とうとう声を荒げた。

「ああっ、どうしろってんだよ！　なんでもお前の思い通りにすれば、それで終わりか？　ハジュンの考えも訊かなきゃダメだろうが！」

「クソッ。じゃあ、もういいから、ほっとけ！」

二人とも一九〇センチを超える体格のいい男だ。お互いに声を荒らげている険悪な姿は、周りの人たちの視線を集めた。声を上げたムギョンが、またクルリと背を向けてロビーに向かって歩いていった。ジョンギュは、それ以上何も言えずに腰に手を当てたまま、呆れるあまりにハハッとせせら笑いを飛ばした。

「ったく、あの野郎。ヤツの気まぐれには、付き合い切れないよ」

練習はスケジュール通り行なわれた。無断で練習から抜けたムギョンだけは、そのまま部屋に行って服を着替えてから外出をしてしまい、夕食の時間を大幅に過ぎた頃にホテルに戻ってきた。

監督が彼を呼んでたしなめたが、形式的なものだった。このチームでムギョンに厳しく接することができるのはパク・ジュンソン監督だけだったが、彼は今ここにはいなかった。

レンタル移籍以降、ムギョンのそれなりに温和な姿しか見てこなかったシティーソウルの選手たちは、なぜムギョンに幼い頃から悪ガキだとか問題児とかイカれたヤツなどというあだ名がついたのか改めて実感しつつ、ただ不在のパク監督を恋しがるしかなかった。

ムギョンが練習場から抜けた後、一日中ソワソワしていたハジュンはジョンギュを呼び出して尋ねた。

「キム・ムギョンは？」

「戻ってくるなり、寝てるよ」

ジョンギュが首筋をポリポリと掻いた。

「一体どうしたんだろう。出発の時はご機嫌そうだったのに。お前、何か知らないか？」

　ハジュンは困り顔で首を横に振った。ジョンギュはハジュンに部屋の話をしようとしたが、ものすごい剣幕で「何も言うな」と言っていたムギョンを思い出して口をつぐんだ。ただでさえ突発的な行動を取ったヤツを、わざわざ刺激する必要はなかった。

＊　＊　＊

「足首のバランスに、もう少し気を遣わないと」

　トレーニング二日目、ユン・チェフンの言葉にムギョンは顔をしかめた。

　今日、チームはリゾートの室内練習場を数時間貸し切った。チェフンという男は元々リハビリトレーナーだったので、体を診ることにおいては特に優秀なコーチだからと、監督は選手全員に彼のコンディションチェックを受けるよう指示した。それはムギョンも例外ではなかった。

　もちろん、足首についてはグリーンフォードでも何度も指摘されたし、片脚ばかりを使うフォワードならば誰だって注意している問題だった。しかし、その問題にそこまで気を遣う人間は、ムギョンのこれまでの選手生活を通じてハジュンが初めてだった。

　自分でもたった今気付いたのだが、やはりムギョンは内心そこが気に入っていたらしい。ハジュンが自分の足首に注意を払う理由には、この男から何かを学んだ影響があるのかもしれないと思うと、それすらも不愉快になったのだから。

「ちょっと触ってみてもいいかな？」

　挨拶は済んだってことか？　年上とはいえ、そこまで変わらないのに、なんでタメ口なんだ？

「いえ」

「えっ？」

「自分の足首のことは自分が一番分かってるんで、わざわざ診てくれなくても結構です。Jリーグのコーチには、韓国よりも優れてる部分があるのかもしれませんけど、EPL[13]ほどじゃないだろうし」

　チェフンの顔が固まり、その隣に立っていたハジュンは目を大きく見開き、ハッと口まで少し開けて驚いた表情になった。ムギョンはその顔に向かって眉を軽く上げた。

なんだ？　何がそんなに気に入らないんだ？

　ムギョンはそれ以上何も言わず、チェフンと向かい合っているだけだった。眼鏡の奥にある目が瞬きもせずムギョンを見つめていたが、すぐに困った笑顔を浮かべた。

「僕が触れちゃいけないくらい、高価な体なのかな？」

「言わなきゃ分かりませんか？」

　チェフンの一歩後ろで、ハジュンが表情と口をパクパクさせる動きだけで「お前、なんてこと言うんだ？」と尋ねた。周りの選手たちも、気まずそうな表情で体の動きを機械的にキープしながら聞き耳を立て、わけも分からず薄氷の上を一緒に歩いていた。

「オッケー。じゃあ、また次の機会に」

　相手がチームの正式コーチならば、ムギョンのこんな態度は大問題になっていただろうが、どうせ彼は臨時コーチだった。チェフンは事を大きくせず、頷きながら立ち上がって次の選手のほうへと向かった。ハジュンは呆れた様子、もしくは信じられないと驚いた様子で目を見開いてムギョンを見つめていたが、急いでチェフンの後を追っていった。小鳥のように彼の後を小走りでついていく姿を見ていると、ムギョンは胸糞悪くなって頭がおかしくなりそうだった。

　ただでさえ昨日練習から無断で抜けたせいで、練習場には足を踏み入れにくかった。深呼吸をして扉を開け放つや否や、目に入ってきた光景はひどいものだった。ユン・チェフンとハジュンは、離れたら大変なことでも起きるかのようにくっついていたのだが、何より見ていられなかったのはハジュンが彼を見つめる表情と眼差しだった。

　普段から春風のようによく笑うヤツだが、他のチームメイトに笑いかける時とは違った。

　牧場の柵をすべて取り払ったような、警戒心など一切ない……飼い主でも見つめるかのような顔。

（クソッ……。あんな不倫関係を、神聖なキャンプ地で目にしなきゃならないとは）

　誰も知らない不貞関係を一人勝手に怪しんでいると、ムカムカしてきた。いい人ぶったあいつが、イ・ハジュンと同じ部屋に泊まって一体何をしたかなんて知るか。昨夜二人で何をしやがったのか、知るかってんだよ。笑ってるところを見ると、さぞかし満足な夜だったことだろう。

13　訳注：イングリッシュ・プレミアリーグの略称。

自分とひとしきりキスをした後、次のステップに進むために駐車場に向かうハジュンの淡々とした顔が、まるで昨日のことのように頭に浮かんだ。チームメイトになって間もない自分とあんなふうに始まって今のような関係に持ち込んだのだから、自分をコーチの仕事に導いて共に勉強もした男とは甘い逢瀬を幾度も繰り返したと考えるのが自然だった。昨日一晩くらい何ということはないというほど、何度もセックスをしたかもしれないのだ。

誰かが自分の頭の中を覗いたら、こんなふうに尋ねるかもしれない。イ・ハジュンが誰と寝ようが、それの何が問題なんだ？　と。

それは相手が既婚者だからだ！

いくらセックス好きだとしても、守るべきラインというものがある。道徳的に越えてはならない一線を越えるなんて、間違っている。

今日も天気は快晴だったが、感情を隠す様子すらないエースがまき散らす不機嫌な空気に、キャンプ地の雰囲気は夕立を抱いた黒雲が立ち込めたように暗かった。若い選手たちは大先輩を気にして、ふざけたり大声を出したりせずに、ひたすらトレーニングに集中した。おかげで緊張感を持って練習に臨み、夏のキャンプらしからぬ厳しい雰囲気が漂ったことは、それがいい方向に働いた結果とも言えるかもしれない。

「ちょっと来い」

ムギョンがベンチに寝転んでバーベルを上げていると、いつの間にかハジュンが隣に立っていた。表情や口調、声までもが冷たかった。ようやくユン・チェフンのそばを離れて自分のところに来たという事実が少しうれしかったが、当然ながらムギョンがすぐについていくことはなかった。返事もせずに残りのセットを終えてから、ゆっくりと体を起こした。

「なんだ？」

「外で話そう」

余裕ぶっていただけで、ついていくつもりがないから時間稼ぎをしたわけではなかったので、ムギョンは黙ってベンチから起き上がった。

ハジュンが先を歩いて室内練習場を出た。二人は暫く歩き、ひと気のない非常口付近の廊下にたどり着くと、先に立ち止まったハジュンが長いため息をついた。

「お前、なんなんだ？」

「何が？」

ハジュンが怒りを我慢するように、グッと口をつぐんで髪をかき上げた。

「とぼけるな。チェフンさんに対する態度だよ。チームのことを思って、専属でもないのに時間を作って来てくれた人に……」

硬い表情でユン・チェフンの肩を持つイ・ハジュンの姿は、今日は猫を被った仔牛ではなく狐のように見えた。純粋な顔をして裏では遊びまくっている尻尾を九本ほどつけた白狐。[14]

ムギョンは少し呆れて、失笑をこぼしながら腕を組んだ。

「ボランティアでもしに来たのか？　金をもらって仕事に来てるんだろ？」

「チェフンさんは、お金欲しさに仕事をする必要なんかない人なんだよ」

ハジュンが疲れたというような表情でムギョンを見た。もう少し正確には、嘆かわしいという表情のような気もした。

「お前、こういうことするのが趣味なのか？」

「趣味？　趣味って？」

「前に俺にもこうだっただろ？　コーチ陣の中から一人を決めてイビるのが趣味なのかって聞いてるんだ」

なんだって？　ムギョンは呆れて、眉間に軽く皺を寄せたままハジュンを見下ろした。つまりハジュンは今、「自分とユン・チェフンが、キム・ムギョンにとって同一線上に置かれた存在なのか？」と訊いているのか？

鳥肌が立つ。誰が誰を？　バカ言え。ムギョンが呆れている間、ハジュンは話を続けた。

「お前がすごい選手だってのは分かってる。このチームでプレーしてくれることに感謝すべきだってことも。それを否定する人はいないよ。でも、いくらなんでも」

感情が高ぶったのか早口になっていた。彼は話す速度を落とそうとするかのように口をつぐみ、一度深呼吸をした。ムギョンは相変わらず言葉を失ったまま、そんなハジュンを見下ろしていた。きっとハジュンにしたら、「言いたいことがあるなら言ってみろよ」という態度に見えていることだろう。再びハジュンの声が落ち着いたように低くなった。

14　訳注：美女に化けて男をたぶらかす尻尾が九本ある狐の妖怪。九尾狐と呼ばれ、ずる賢い人のことを比喩することもある。

「もう少しスタッフを尊重してほしいんだ。どのみち、今シーズンの間はお前のチームメイトじゃないか。誰も韓国に戻ってこいだなんて強要してない。お前が決めたことだ」

「あいつは俺のチームメイトなんかじゃない」

悔しくなって、すぐさま反論が出た。シティーソウルのスタッフを尊重しなかったことなどない。ここに来てすぐの頃、ハジュンにああいう態度を取ったのは、ハジュンが明らかに自分を避けていたからだ。

「チェフンさんのどこがそんなに気に入らないんだ？」

そう尋ねるハジュンの瞳は、とても切実だった。

呆れた。ムギョンは笑い出しそうだった。これは一体どういう状況だ？　今、イ・ハジュンがこんな切実な眼差しで口にしているのは、「なぜ、そんなにもユン・チェフンをイジメるんだ？」ということだった。

神聖なキャンプ地に、チームメイトでもないよそ者の既婚者が割り込んできて不貞行為をしているんだから、そりゃあ不愉快にもなるだろ。ムギョンは頭の中で日数を数えてみた。最後にハジュンとセックスをしたのは、もう一週間も前のことだった。酒に酔って真夜中にイ・ハジュンの家を訪れて余計なことをしたあの日から、ハジュンにはずっと用事があったため、今度、また今度と先延ばしにされていたのだ。

それなのに、昨日ユン・チェフンとは寝たのか？

日本にいて韓国に帰ってきたらしいが。……ということは、この一週間あいつと会っていたから自分とのセックスを先延ばしにしていたんじゃないか？

そこまで考えると、まるで胃酸が広がるように胸が熱くなっていった。

「見た目が気に入らない」

「えっ？」

「ブサイクじゃないか。目、鼻、口。どれも腹黒そうだ」

勢いに任せて口にした返事に、ハジュンがさっと顔をしかめた。

「チェフンさんのどこが？　十分イケメンだろ」

最近はテレビでも、誰も彼もイケメンだと言うもんな。

「あいつの味方をしてるのか？　お前のチームメイトは、あいつじゃなくて俺だ」

「一体なんの話だ？　こんなことで味方も何もないだろ？　それにフニさんレベルなら、本当にカッコイイし」

「ハッ！」

ムギョンが大きく嘲笑った。ハジュンが、まったく呆れたと言わんばかりに目を丸くした。

「アニさんだと？　ニックネームまであるのか」

「ニックネームってほどじゃ。普通に名前を呼んだだけだろ？」

「お前の目には、本当にあれしきでカッコよく見えるのか？　見る目がなさすぎじゃないか？」

たしかに今までの行動を見れば、まともなヤツらと付き合ってきたようには思えなかった。でも、いくらなんでも一応キム・ムギョンのステディなセフレなんだから、そこまで見る目がなくてどうするんだ。

「俺だけじゃない。チェフンさんレベルなら、誰だってカッコイイって言うさ」

「俺よりはイケてないだろ」

「お前と比べてどうするんだよ。お前はカッコよすぎるから……」

そう言うと、余計なことを言ってしまったと思ったのか、すぐに口をつぐんで顔をしかめながらムギョンをチラリと睨みつけた。

そうか。イ・ハジュンにとって、俺はカッコよすぎるのか。まぁ、だからあんなふうに飛びかかってキスもしたんだろう。

幸い、目は正常らしい。いつも……ついさっきもイ・ハジュンと会話をすると妙な引っかかりを感じていた。そのせいか彼から正直な言葉を引き出したことが、なぜだかちょっと痛快だった。少し機嫌が良くなったムギョンは、気になっていたことを尋ねた。

「どうしてそんなにあいつのことを気遣うんだ？　お前になんの関係があるんだよ」

「関係あるさ。仲だっていいし、俺にとっては恩人なんだ。俺が頼んで手伝いに来てもらったのに、どうしてチェフンさんがあんなことを言われなきゃならないんだ？」

頼んだだと？　大した人間でもないのに何をそこまで。いや、違う。せっかくソウルを離れて遠出する口実ができたから、呼び出して密会でも楽しもうと思ったのかもしれない。

普段ハジュンが家族たちのことを気にして外泊を渋っているということは、よく知っていた。ムギョンの家に泊まっていく程度なら、やっと慣れつつあったというだけだ。

ハジュンは、まだ何か言いたいことが残っているかのように目をキョロキョロさせながら、そわついていた。言いたいことがあるのに簡単に口にできない雰囲気。ムギョンは、それをムスッとして待った。ハジュンは生唾を飲み込むと、ようやく口を開いた。

「チェフンさんに、ああいう態度を取らないでほしいんだ」

結局出てきたのが、そんなセリフだという事実に腹が立った。今ハジュンにとってキム・ムギョンは悪役、ユン・チェフンは主人公らしい。

なんとも一途なことだ。時代劇に例えるならば、キム・ムギョンは悪徳高級官僚、ユン・チェフンは悪徳高級官僚に苦しめられる学者、イ・ハジュンは学者と不貞関係を結びながらも純情を捧げようと悪徳高級官僚に訴え出た内縁の恋人とでも言おうか。彼はこの物語の中で一番バカげた役を与えられていた。

このバカが。お前がいくら一途に思ったところで、あいつは既婚者なんだぞ！　ムギョンは心の中で叱責しながら、黙ったままハジュンを睨んだ。

「チェフンさんは……」

それでもハジュンはまだ言いたいことがあるのか、再び口を開きかけてつぐんだ。ムギョンは催促せずにハジュンを睨み続けていた。暫く躊躇(ためら)っていたハジュンが、ぽつぽつと言葉を続けた。

「チェフンさんは、コンディションをチェックするのがすごく上手いんだ。お前から見たら大したことないかもしれないけど、本当に有能な人なんだ。だから、お前も一度チェックしてもらいたくて……忙しいのは分かってたけど、来てほしいって頼んだのに……」

「……」

「それなのに、お前があんな態度だから、俺はチェフンさんに……合わせる顔が……」

言葉尻を濁したハジュンの顔が、次第にほんのり赤くなっていった。ムギョンは、その姿をじっと見つめた。

クソッ。心の中で暴言が飛び出た。一体これはどういう展開なんだ？　つまりは、一途は一途でもキム・ムギョンのための一途さだったということらしい。キム・ムギョンの体のコンディションと健康のために、忙しい人を招いたんだ、と。

何がそんなにすごいヤツなんだ？　どれだけ必死に、どうやって頼んだんだ？　枕営業でもしたのか？　とぼけやがって。

「一週間以上だ」

「……えっ？」

「一週間以上、シてない」

まだ不満を言っている心の中とは違い、口から出た声と口調はずっと穏やかになっていた。ハジュンはムギョンの言葉をすぐには理解できなかったかのようにぼんやりとしていたが、やっと気付いたのか目を動かした。

「今日一回ヤったら、態度を改めることも考えてみるよ」

「今日？　キム・ムギョン、みんなでキャンプに来てる場所なんだぞ」

ハジュンが「バカなことを言うな」と言わんばかりに閉口した。二人のセックスは、いつも決まってムギョンの家で行なわれた。主にゲストルームのベッドで、リビングのソファで。あの時一度失敗して以降、バルコニーでは再チャレンジもできずにいた。とにかくムギョンは一回で終わることはなかった。行為が終わる頃になると、ハジュンはまともに体を支えられないほど疲れるので、結局はベッドでするのが一番楽だった。

ベッドならここにだってあるし、ドアに鍵をかけてヤれば、他の人のことなどどうでもいい。自分からは逃げてばかりいるみたいで癪に障る。ヤる時はいつも後ろを突かれながらダラダラと精液を垂れ流して感じまくっているヤツが、淡泊な人間を装っている。

セックス好きなのは、俺だけだとでも言いたいのか？　セックス好きと言うなら、イ・ハジュンだってムギョンに引けは取らなかった。他のヤツにぶち込んでもらったから、こんなにも落ち着いてるんじゃないか？

「ユン・チェフンと寝たのか？」

結局、一番訊きたかった質問が口の外に飛び出した。ハジュンの目が、また大きく見開かれた。話の内容が頭に入ってこないという表情でムギョンを見つめた。

「なんだって？」

そう聞き返したハジュンは、ハッと我に返ったかのように周りを見回した。ここは誰でも出入りできる場所だったし、こんな会話をするのに適切な場所ではなかった。ハジュンは声を落として囁くように問いただした。

「イカれたか？　急に何バカなこと言ってんだよ！」

あっけにとられた表情を斜に構えて見つめていたムギョンが、クスリと失笑した。猫を被るのもいい加減にしろよ。ここまできて、すっとぼけやがって。

「一緒の部屋だし、昨夜はずいぶんとお楽しみだったんだろうな。違うか？」

「お前、何を言ってるんだ？　チェフンさんと俺は、そんな関係じゃない」

「イ・ハジュン」

名前を呼ばれると、ムギョンの次の言葉が気になるのか、ハジュンは口をついて出ていた言葉を急いで止めた。

「お前が俺だったら、そんな言葉を信じられるか？」

面食らってどうすればいいのか分からずにいたハジュンの表情が、一瞬硬くなった。

その真面目な表情に、ムギョンは心の中で嘲笑を飛ばした。芝居したり猫を被ったり逃げたりしたって、この俺に通用するものか。

一度の軽いキスで、襲い掛かるようにキスをしてきたイ・ハジュンだ。あの日、そのまま自分の車に乗って、すぐにセックスをした。早く挿れてほしくて前戯も必要ないと言っていた姿、自分の提案にセックスする気があると答え、ワンナイトは初めてではないと言って頷いた無表情な顔が今もありありと目に浮かぶのに、あんなにも好きで好きでたまらないというのがバレバレな男と、まだシてないだと？

ハジュンは固まったまま黙っていた。ムギョンは、それ以上問い詰めることもなく待った。果たして何と答えるのか、気にもなった。

「俺が……」

そう話し始めながらも暫くの間ぼんやりとして黙っていたハジュンが、首を小さく振ってムギョンの目をまっすぐ見つめた。

「俺が誰と寝ようと、お前に関係ないだろ」

正論での反撃に、今度はムギョンが顔をしかめた。

「そりゃあ、お前が誰とヤろうが関係ない。でも、家庭のある男はマズいんじゃないか？　だから俺はあいつが気に入らないんだよ。やることが汚いから。既婚者のくせに外で人に手を出しやがって。俺は何人もの女と付き合ってきたけど、既婚者に手を出したことはない」

「だから、違うって言ってるだろ」

ハジュンがもう一度キッパリと言った。ムギョンは口をつぐんだ。困ったり疲れたりする時によくそうするように、ハジュンが髪を一度かき上げた。図星を指されたからか指先が少し震えているようだったが、ムギョンは見て見ぬふりをした。

「お前の言う通り、既婚者とはしない」

「……」

「それに、チェフンさんは知らないんだ」

「……何を?」

「俺が、男が好きだってこと……知らないんだよ」

ムギョンの目が微(かす)かに細くなった。そういうことだったのか。

「だからチェフンさんに、ああいう態度は取るな。チェフンさんは何も知らないんだから」

ムギョンは、自分を上手く避けながら神経を逆撫でしていた頃のハジュンを思った。自分に性的な好感を持っているのかと思って、ちょっとカマをかけてみたら、すぐに全身を投げ打つかのように飛び掛かってきたヤツ。

あれはきっと、相手がキム・ムギョンだったから可能な展開だったのだろう。最初の頃の自分がそうだったように、普通の男どもなら適当に避けているうちに「あいつは俺のことが嫌いなんだな」と、自分も不愉快になって疎遠になったり、親しくなろうと努力をして距離を縮めたり、そうじゃなければ単に「そんなものか」と思ってやり過ごしたり。まぁ、そんなうやむやな結果が出る。キム・ムギョン一人ではなかったのだろう。だが、ユン・チェフンという人間にハジュンがどんな気持ちを抱いていたか知らないが、上手くいかなかったのだ。向こうに家庭があるからか、それとも男同士の関係を想像もできない頭の固いタイプだからかは知らないが、ともかく。

そうして、いい先輩後輩としての今の関係を保っているのだ。だから他意があることに気付かれたくないのだろう。ムギョンは今までの状況を、大体そのようにまとめた。

「お前は一体……」

そう考えると少し呆れてしまい、ムギョンは短くため息をついた。ハジュンがこれだけ言ってもまだ何か言いたいことが残っているのか? という、少しふてくされたような表情でムギョンを見た。

「そんなことして、誰が分かってくれるんだ? 俺だったら、暴言吐かれても放っておくだろうけど。なんでそこまでして庇(かば)うんだ?」

「……さっきから何を言ってるんだ?」

「もういい。この話はやめよう」

ウジウジしやがって。ムギョンは、そのセリフをどうしても口に出せずに飲み込んだ。いっそのこと不倫という単語から連想する淫乱な笑みでも浮かべていれば、そこまで腹も立たないだろうに、ユン・チェフンの隣に立っているハジュンの顔があまりに白く明るいので、余計に腹が立った。

事情を知ると、ユン・チェフンのことがさらに嫌いになった。大したヤツでもないくせに、人のチームの大事なコーチに気苦労をかけやがって。その反面、今もまだ憂鬱な表情を隠せずにいるハジュンに対しては少し情けない気持ちになりつつも、同時に最悪な気分にもなった。

セフレの過去なんて、世の中で一番知る必要のない情報だ。可哀想に見えたり、情けなく見えたり、人間対人間として哀れみが生まれたり……。そうなると困ったことになる。興味を断ち切らねばならない。

クソッ、あんなヤツの何がいいんだ。めちゃくちゃカッコイイわけでもない、イイ体をしているわけでもない、金をポンポン稼いでいるわけでもない、どこがそんなにいいんだ？　そんなに優しくしてくれたのか？

……こんな矛盾した二つの思いが、モグラ叩きゲームのように一つの胸の中から順番にヒョコヒョコと頭を出した。

「イ・ハジュン」

しかし、誤解は誤解だ。ムギョンは自分の過ちを認めた。

「えっと、よく知りもしないのに、あんなふうに言ったのは悪かったよ」

「……もういい。お前の軽率さと口の悪さは、世間の人全員が知ってることだから、別に今さら」

トゲトゲしい雰囲気でありながらも、大したことじゃないと言うようにはぐらかされた。イ・ハジュンがトゲを立てたところで、ハリネズミはおろか怒った仔牛くらいにしか見えないというのが問題だったが。

「誤解が解けたなら、キャンプ中は協力してくれよ。そんなに長い期間でもないだろ？　お前にとってもメリットのあることなんだから」

結論は、やはり一つだった。ユン・チェフンにつらく当たって空気を壊すな、ということだ。人の痛いところを突くという過ちを犯したせいで何も言えなくなったムギョンは、返事をする代わりに微かに数回頷いた。ハジュンがため息をついた。

「さぁ、戻ろう」

練習場に戻ろうと言いながら手招きをするハジュンに、ムギョンが尋ねた。

「で？　ここではシないってことか？」

「ソウルに戻ったら、すぐにする。それでいいだろ？」

スポンサーの要請によって突然決まった四泊五日のキャンプなので、通常一、二週間ほどの予定で組まれるキャンプに比べれば短期間だったが、それでもまだ数日残っていた。こんなにも長期間禁欲させるだなんて。

合意して体を交えるセフレでなく、「息を荒らげて頼むんだったら一回くらいヤらせてやってもいいか」と、もったいぶっている彼の姿がバカらしかった。ひとたび突っ込んでやれば、泣いてすがって我を忘れるのは一体誰なんだ!?

しかし、キャンプ地でのセックスは危険だというハジュンの言葉にも一理あったので、ムギョンは大人しく従うことにして体を立て直した。ソウルに戻ったら覚えてろよ。次の日、起き上がれなくしてやるから。そう決意しながら並んで歩いていると、突然ハジュンがぶっきらぼうに硬い声で言葉を投げかけてきた。

「それにお前、既婚女性とスキャンダルになったこと、あるじゃないか」

「えっ？　ないよ」

「あるだろ。中国の鉄鋼事業家の奥さん」

ムギョンが数回瞬きし、眉間に皺を寄せた。一体いつの話を持ち出すんだ？　彼の言うスキャンダルは、もう二年ほど前のことだった。

「誓って言うけど、既婚者だなんて知らなかったんだ。あれはノーカウントだろ。唇だって触れてもいないのに、あんな写真を撮られたんだよ」

悔しさいっぱいに反論するムギョンを見ながら、ハジュンは呆れたというようにクスリと笑った。ブツブツ言っていたムギョンの中で、不満よりも不思議に思う気持ちのほうが大きくなった。

「イ・コーチ、なんでも知ってるんだな」

「……選手たちの情報は、できる限り詳しく把握してるんだ。お前は資料を漁ればそんな記事ばかりだから、イヤでも目に入ってくるんだよ」

大したことじゃないと言うように語る無表情な横顔を、細めた目で窺っているうちに室内練習場の扉の前に到着した。扉を開ける前、言うことが残っていたムギョンはハジュンを呼んだ。

「コーチ」

「今度はなんだよ」

「コーチは選手たちからナメられてるみたいだぞ。フレンドリーに接するのもいいが、一応コーチなんだから、選手たちの統率もできなきゃダメだろ。おふざけを受け入れてやるのも、ほどほどにしろ」

「お前が言うことか？　このチームの選手の中で俺のことを一番ナメてるのは、お前じゃないか」

鼻で笑いながら図星を指してきた。言い返す言葉を見つける前に、ハジュンが扉を開け放った。

大人しく待っていろという同い年のコーチの指示に従い、ムギョンはベンチに座ってハジュンがユン・チェフンに何かを一生懸命話している姿を見守った。笑ってはいるが、多少低姿勢で頼むように頭を下げている姿を見ると、また胃がムカムカしてきた。まったく、なんて状況だ。

話を終えたユン・チェフンがハジュンを尻尾のようにくっつけて、またムギョンのほうへ近づいてきた。頭のてっぺんからつま先まで平凡そのものにしか見えないのに、こんなヤツの何がいいんだろう。近くで顔を見ると、やはり忌々しい。

ムギョンは相変わらず硬い表情のまま彼を冷たい目で見たが、チェフンはこういった事態には慣れているかのように、爽やかな態度でムギョンに尋ねた。

「ちょっと足首を診てもいいかな？」

「……どうぞご勝手に」

負けたような気がして歯ぎしりをしたが仕方ない。協力すると約束したのだから。

＊　＊　＊

ムギョンが比較的大人しくトレーニングに協力し始めると、キャンプ地に正常な雰囲気が戻った。黒雲がなくなると選手たちは笑顔を取り戻し、チェフンとムギョンは相変わらずお互い挨拶もまともに交わさなかったが、もうその姿を気まずく思う人もいなくなった。

三日にわたって選手たちを細かくチェックしたチェフンは、最終日に各選手に個別トレーニングプログラムを組んでハジュンに渡した。その時のハジュンときたら、天下の宝物でも手に入れたかのように大喜びしていた。それがコーチとして褒められるべき素晴らしい態度だと分かっていながらも、ムギョンは腸が煮えくり返りそうだった。

キャンプ四日目。明日になればチームはまたソウルへ戻らねばならなかった。最終日のトレーニングは昼前に終わり、昼食後は自由時間が与えられた。選手たちは各自観光しに行ったり海水浴を楽しんだりして、束の間の休暇を楽しもうと励んでいた。

いい感じに日焼けしたガタイのいい青年たちが服を脱いで海岸に立つと、その光景に人々の視線は釘付けになった。笑いながら海に飛び込んで遊んでいる彼らの姿を見物する人もいれば、写真を撮ったりする人もいた。

ジョンギュもがっちりとした上半身を露わにして、水着代わりの短パンを穿いているだけだった。彼は砂浜でストレッチをしてから、パラソルの影の中、隣で退屈そうな顔でビーチベンチに座っているムギョンに向かって尋ねた。

「お前は？　入らないのか？　海、好きだろ」

「こういうところは趣味じゃない。プライベートビーチでもないのに、どうしてわざわざ」

「はぁ、キム・ムギョン選手。何かにつけて人をムカつかせる秘訣を教えてもらえませんか？」

ジョンギュがマイクを向けてインタビューをする真似をしたかと思うと、波に向かって走っていった。そんなジョンギュを無視して、ムギョンは楽しそうに遊ぶ人々をサングラス越しに見ているだけだった。

海や水遊びならムギョンも人並みに好きなほうだったが、あんなガキみたいにはしゃいでいるチームメイトたちの間で遊ぶ気分ではなかった。みんなの前で上半身裸になって、突然の撮影会を開催したくもなかった。

夏季休暇というなら、太平洋や南ヨーロッパの休養地くらいは行ってやらないと。ヨットに乗ってパパラッチや人々の視線を避けることのできる海の奥のほうまで入って、そこで泳いだりシュノーケリングをしたりしなきゃ。こんな混み合った町の商店街みたいな海水浴場で服を脱いでウロウロしたところで他人に目の保養にされるだけだ。

しかし、ずっとパラソルの下で寝転んでばかりいると暑いし飽きるので、風にでも当たろうと海に近づいていった。少し歩いていくと、砂浜に座っているハジュンが見えた。キャンプ期間中ずっと既婚者の野郎に、選手たちに、コーチたちに、いろんな人に囲まれて忙しそうだったが、ようやく一人になっていた。

「海に入らないのか？」

近づいてそう尋ねると、座ったまま顔を上げてムギョンを見上げた。

「ああ、俺はちょっと」

「どうして？　泳げないのか？　教えてやろうか？」

半分真剣に訊いたのに、ハジュンは日差しが眩しいのか少し目を細めて笑いながら答えた。

「いや、人がたくさんいるところで脱ぎたくないんだ。服が濡れるのもイヤだし」

まただ。どうして最近こんなふうに笑ってばかりなのだろう。

元々イ・ハジュンは自分の前ではあまり笑わなかった。ムスッとして憂鬱そうに見えるほど表情を硬くしている時のほうが多かった。

ユン・チェフンのせいで言い争いをしていた時のほうが、むしろムギョンにとっては見慣れた表情だった。チームメイトになってかなり経ったし、肌を合わせるようになっても久しいから、自分に心を許してよく笑うようになったのだろうか。しかし、どうも気に入らない。

「傷痕のせいか？」

「あ、うん。ちょっと……」

「そんなに気にならないけどな。男の体に傷痕の一つや二つ、あったからって別に」

「……お前の目にそう見えるんなら、良かったよ」

ハジュンは、さらに大きな笑顔を浮かべた。笑っている横顔が日差しを受けて輝くように白かった。それでいて少し寂しそうで明るい笑顔には見えず、ムギョンはその妙な隙間を観察するようにじっと彼を見下ろした。

「……俺の顔に、なんかついてるか？」

「いや」

ハジュンが頬を手で探り始めると、ムギョンは視線を外した。

（それ、どうして怪我したんだ？）

そう尋ねたかったが、やめた。愉快な話であるはずがないだけでなく、尋ねるのも憚られる話題だった。

「ユンなんとかは？」

「お土産を買いに行ったよ」

「お土産？」

「娘さんに」

まったく、柄にもないことしやがって。自然とせせら笑いが出た。あんなにイチャイチャしていたくせに、時間ができると一人放ったらかして自分の子どもへのお土産なんかを買いに行く、それが既婚男の限界だ。

それでこんなふうに一人ぽつんと惨めに座っていたのか？　まったく……。

焼けるような日差しと海辺の湿気のせいか、だんだん蒸し暑くなってきた。海に入らないのならば、ホテルの部屋に籠もっていたほうがマシな気がした。

「俺は部屋に戻るけど」

「ああ、部屋で休めよ」

「暑いのに海に入らないんなら、お前もホテルに戻ったらどうだ？」

「いや、見てるだけでも楽しいから」

頬杖をついて海を見つめているハジュンを背にして、結局ムギョンはホテルへと向かった。少し歩いてから振り返ってみると、一人で座っている後ろ姿になぜか胸が痛んだ。

別に気にならないんだから、海に入って遊べばいいだろ。Tシャツを脱いだくらいじゃ、そこまで目立つ傷痕でもないのに。

ムギョンはハジュンの背中を見つめながらウロウロしていたが、クルリと背を向けた。エアコンの効いた部屋で昼寝でもするのが一番のような気がした。

夜になると酒盛りが開かれた。選手たちは合宿に来た大学生のように、あちこちの部屋を回りながらふざけ、数人のコーチたちやベテラン選手たちは監督の部屋で一緒に酒を飲んだ。パーティーならばともかく、部屋の隅で酒盛りをする趣味などないムギョンは乗り気になれず、「キャンプの間お疲れ様」という挨拶だけを短く交わして部屋に戻ってきた。

ジョンギュもムギョンについて酒盛りを避けて部屋に籠もった。わざわざ自分の相手をする必要はないと言ってやりたかったが、ジョンギュも頑固な性格だと知っているので、ムギョンはただ黙っていた。

「俺たちは、俺たちだけで一杯やろう」

バルコニー付近に置かれたテーブルに、ジョンギュがビールを置いた。彼の誘いまで拒むつもりはなく、ムギョンも向かいに座った。

部屋は海を見下ろすオーシャンビューだった。真っ暗な今は波の音が聞こえてくるだけだったが、窓から吹き込む爽やかな海風が気持ち良かった。プシュッと缶ビールを開ける音が小さく行き交い、二人は簡単に乾杯をした。

「とにかく、ありがとう。最初はなんて最悪な空気にしてくれるんだと思ったけど、途中からでも思い直してくれて」

「別に、あいつのことが気に入ったわけじゃない」

「気に入ろうが気に入るまいが、仕事には関係ないだろ？　どうせお前にとっては、今後もずっと顔を合わせる人でもないじゃないか」

話をしている間、ジョンギュの携帯電話がヴーッと短く振動した。ジョンギュがメッセージを確認すると、にたにたと笑みを浮かべながらムギョンに携帯電話を差し出した。

「うちのヒマン、見てみろよ。パパに会いたいって、こんなふうに」

「見ない」

「……ったく、冷たいヤツだな。お前にとってヒマンは姪っ子みたいなもんだろ？」

「だから、ちょくちょく小遣いをやってるじゃないか」

ジョンギュは返す言葉がないと言うように、舌を鳴らしながら携帯電話をしまった。ムギョンは彼に娘が生まれてから、出産祝い、百日のお祝い、そして満一歳の誕生日にも、かなりの額を贈っていたのだ。韓国に戻ってきた今もまだ一度も会ったこともないし、誕生日パーティーにも行けなかったが、とにかく厚意は十分表現してきたつもりだった。

二人は夜の海風を楽しみながら、ゆったりと会話を続けた。中学生の頃の話から始まって、それぞれ選手としてプレーしながら経験した様々な話が流れ、ジョンギュはムギョンの女性遍歴をからかい、ムギョンはジョンギュの生真面目さをからかった。こうして話をしているうちに三年前のワールドカップが話題に上ると、ジョンギュは感心するように、やれやれと首を横に振った。

「お前って本当に他人に興味がないんだな。ハジュンに気付かなかったのだって、ビックリしたんだから。一か月も一緒にいた相手をすっかり忘れやがって。ここまでくると才能だな」

「興味がないんじゃなくて、特殊な状況だったんだよ。分かってるだろ？　あの時はイラついてて、何も目に入ってこなかったんだ」

三年前のワールドカップは、ムギョンにとって初めてのワールドカップだった。本来ならば、その前のワールドカップにも出場できたのだが、当時は軽傷を治療中だったし、負傷を把握していたグリーンフォードはムギョンがワールドカップに出ないことを望んだ。

「怪我になど屈しない」なんてのは昔の話だ。韓国代表といえば、何よりも優先して駆けつけていた昔とは違う。ムギョンは若かったし、プレミアリーグでのキャリアを歩み始めてまだ間もない頃だった。わざわざ危険を冒してまで招集に応じる理由がなかった。その二年前のオリンピックで兵役を免除された後だったので、尚更。

それでもワールドカップは、すべてのサッカー選手の夢の舞台だ。ムギョンは次のワールドカップ予選に韓国代表として参加し、一年後には本戦に出場した。優勝などという高望みな夢は見もしなかったが、キム・ムギョンがいるのだからベスト16くらいは絶対に進出してやろうと心に決めた。

しかし不運が重なった。アジア予選で一緒にプレーしていた数人の主力メンバーが相次いで負傷し、本戦に出られなくなってしまったのだ。仕方なくサブメンバーの選手たちが主戦として出なければならなくなった。ただでさえ辛うじてレベルを合わせていたチームだったので、当然ムギョンが彼らを気に入るはずがなかった。

初練習の時からチームの呼吸は合わず、ムギョンは腹が立った。彼は一回戦を終えた直後のインタビューで「レベルの差が大きすぎる。こんな状態のチームじゃ予選すら通過できない」などと平気な顔をして発言し、マスコミと大衆から非難を浴びた。

もちろん、その中でも悪くない選手は数人いたはずだ。しかしムギョンが望む望まないにかかわらず、彼はすでにチームから孤立していたし、プライベートな時間はもちろん、練習の時でさえも他の選手たちとほとんど話をすることはなかった。当時もジョンギュだけはムギョンと話をしていたが、ジョンギュも若かったので、空気を和ませるには経験不足だった。

最悪な初ワールドカップだった。忘れてしまった部分もあったが、思い出したくないのでわざと無視していた部分もないわけではない。来年になればまたワールドカップが戻ってくる。スポーツ選手にとって三年は短くない。振り

15 訳注：韓国では、子どもの満一歳の誕生日を盛大に祝う風習がある。式場を借りて親戚や友人などを招きパーティーを行なう。招待客はもちろん、パーティーに参加できない人もご祝儀を出す。

返ってみると、一人だけ意欲満々で過度に神経質になっていたと思う点もあるので、来年は同じ過ちを繰り返さないと心に決めていた。このワンシーズンの韓国生活が、もしかしたら役に立つかもしれない。

「あの時、ハジュンは驚いただろうな。アシストしたヤツのことも、すっかり忘れやがって」

しかしイ・ハジュンの場合は違う。あの時だって自分のことをコソコソ避けていたかもしれないじゃないか。もしそうだとしたら、当時の関係者のことすらいちいち覚えていないのに、イ・ハジュンだからって特別に覚えているわけがない。

「ハジュンに優しくしてやれよ。気苦労の多いヤツだから、これ以上苦しめたりしないで」

ジョンギュが叱るように言った。思い当たる節がないわけでもないので、ムギョンは顔をしかめた。

「イ・ハジュンは怪我で引退したみたいだけど」

「ああ、その通りだ」

「どうしてすぐにコーチになったんだ？　復帰できないほどの怪我だったのか？」

ジョンギュはビールを一口飲んで、どう言おうか考えているかのように黙っていたが、口を開いた。

「当時は相当疲れてたみたいだ。それなりに華々しく活躍してた時もあったけど、ハジュンのお母さん、ちょっと体の具合が悪いんだよ。肝臓だか腎臓だかが慢性的に悪いから、今もずっと治療してるはずだ。リハビリするにしたって受け皿がなきゃ。韓国プロサッカーに、怪我人を抱えて待ってくれるほどの余裕はないだろ」

「じゃあ、金の問題で？」

「金も金だし、時間とかいろいろ。俺は理解できるよ。金を稼いでるのは自分だけなんだから、他に頼るところなんてないだろ？　いつ終わるか分からないリハビリをするくらいなら、一日でも早く稼ごうと思ったんだろうな。お母さんのこともあるけど、下に二人もいるだろ？　子どもってのは金がかかるんだ。子どもが生まれてみて分かったけど、本当にいくら金があっても足りないよ。幸い選手としての経歴がしっかりしてるから、一から始めるより、いろんな意味でずっとマシだし」

ビールを何口か飲み込んだジョンギュは、苦々しい表情になった。

「昔ハジュンが、自分よりも大変な人だってたくさんいるって言ってたよ。それも間違いじゃない。選手からコーチに転向して、すぐに安定したのだって、容易(たやす)いことじゃないさ」

「……」

「お前、知らないだろ？　あのワールドカップが終わった後、ハジュンもフランスからオファーがきてたんだ。二部リーグではあったけど、お前だって最初はそういうところから始めたんだし。いざとなればゴール前まで上がってきて点だって入れてたし、アイツは大人しいけどセンスは抜群だったから。もったいないよ。アイツは韓国よりもヨーロッパで活躍するタイプだったのに……。怪我のせいで全部水の泡になっちまった」

「もういい」

ムギョンが言葉を遮った。ずっと話をしていたジョンギュが鼻白んだ。

「なんだよ。こういうのも陰口か？」

「イ・ハジュンのことは、別に知りたくない。気分のいい話でもないし。誰かの成功話ならともかく、苦労話や失敗談なんて聞いたところでシラけるだけだろ」

「……」

「俺の人生だって十分暗い出来事が多いから、人の暗い過去なんて興味ない。成功するためには、人の話だって成功談をたくさん聞かなきゃいけないんだよ。だから世間も成功談とか自己啓発書とかに金をかけるんだ」

「まったく、人情のないヤツだ」

悪態をつきながらもジョンギュは引き下がった。彼は、ムギョンの「暗かった」頃をパク・ジュンソン監督の次によく知る人間だったからだ。別に意地悪を言おうとしたわけではないということは、誰よりもよく分かっていた。残りのビールをゴクゴクと飲み干したムギョンが席を立った。

「どこへ行くんだ？」

「ちょっと風に当たりに行ってくる。他のヤツらともっと飲みたいなら、好きにしろ」

「遠くへ行くわけじゃないよな？　あんまり遅くに帰ってくるなよ。明日はソウルに帰る日なんだから」

「言われなくても、それくらい分かってる」

ジョンギュは、ムギョンが女にでも会いに外出すると思っているようだった。そんな予定はなかったが、わざわざ違うと弁明する必要性を感じられず、ムギョンはホテルを出て、また海岸へと向かった。

予想通り夜の海に出て酒を飲んでいた選手数人が一斉に顔を上げて声をかけてきた。

「あっ、ムギョン先輩！」

「俺たちと一緒に飲みましょうよ！」

楽しそうにせがむ若者たちに向かって、ムギョンは手を振った。

「いいから、お前たちだけで飲め」

そう言って歩き出そうとしたが、砂浜に座っている選手たちの間から突然白い豆腐のかたまりのようなものがズイッと飛び出し、ムギョンに向かってちょこちょこと近づいてきた。一匹の白い毛の犬がムギョンの足首のあたりまで近づいてきて、尻尾を振りながらヘッヘッと息をしていた。ムギョンは顔をしかめた。

「なんでこんなところに子犬が？」

選手たちが競って答えた。

「飼い犬なのか野良犬なのか分かりませんけど、さっきからここにいるんです」

「かわいいから、遊んでやってたんですよ」

「先輩のことが好きみたいですね」

毛が綺麗なところを見ると、野良犬ではなさそうだった。

ムギョンは自分にくっつこうとする子犬に向かって軽く足を踏み鳴らした。

「あっち行け」

脅されても尻尾を振って、なかなかムギョンから離れようとしなかった。

「シッ」

しかしムギョンが怖い目をして何度か追い払う素振りをすると、結局キャンキャン言いながら他の選手たちのほうへ戻っていった。一人が子犬を守るように抱きかかえると、様子を窺いながら尋ねた。

「犬、嫌いなんですか？」

「ああ」

かわいいのに……。残念そうに呟く声を背にして、ムギョンは長く続く砂浜をゆっくりと歩き始めた。人の少ないところへ行きたかった。

海水浴場なので、近くの店の灯(あか)りや照明があって夜でもさほど暗くはなかった。それでも海の水は墨のように真っ黒に見えた。穏やかに打ち寄せる白波が光を受けて、海と砂浜の境界線がやっと分かる程度だ。そしてパシャパシャという水音から、ここが海だということが分かるだけ。

ホテルが遠くなり、人通りも次第に少なくなった。店が立ち並ぶエリアからも抜けて周囲が薄暗くなると、黒い海の上に浮いている小さな月の光が今さら見えるようになった。歩き続けていると、ついには人の声もまったく聞こえない、ただ波だけがザーッと微かな音を出しながら周囲を埋め尽くしている場所に到着した。

ムギョンはやっと歩みを遅くし、ある瞬間完全に立ち止まった。歩みを止めたのは、必ずしも求めていた場所に到着したからではなかった。誰もいないと思っていた場所に人がいたのだ。

ムギョンは先客の横顔を見つめた。暗いせいか波の音のせいか、彼はムギョンが来たことに気付いていないようだった。

イ・ハジュンだった。暗がりの中で一人で立っている姿を見ると、いつか見た、暗いリビングで野兎のように立っていた彼の姿を思い出した。

しかし今日のハジュンは、迷子のウサギのような雰囲気ではなかった。ここまで来てもまばらに置かれた街灯と意外に明るい月の光がハジュンの顔を青白く照らしていたが、彼はまるで夜に覆われて消えた水平線が見えるかのように無表情で遠くを見つめていた。

ムギョンは声もかけず、それ以上近づきもせずに少し離れてじっと彼を見ていた。ハジュンも動くことなく、突っ立って海の向こうだけを見つめていた。

先に動いたのはハジュンだった。彼は履いていた靴を脱いだ。靴からスルリと抜けて砂を踏む、何度も見た彼の素足が、今日のムギョンの目には絵画の誤った一部分のように感じられた。砂浜でも靴は履いていたほうがいい。怪我するかもしれないから。

裸足になったハジュンが前へと歩いていった。一歩一歩、音もなく美しい砂浜の上を歩いていた白い足と足首が、砕ける黒い波の間に消えていった。

イ・ハジュンも、どこかで酒を飲んだようだ。

ユン・チェフンの野郎と飲んだのかもしれない。

そして風にでも当たりたくなって、さっきの自分と同じように若いヤツらに絡まれて、人の少ない場所を探してここまで来たのだろう。少し暑いので、海に足をつけたくなったのかもしれないし。

そんなことを考えながら、ムギョンはピクリともせずに立っていた。二人の存在感など大したことないと言うかのように、一定の間隔で鳴り響きながら他の音を打ち消す波の音が耳を満たした。

そうしている間も、ハジュンはゆっくりと海の中へと入っていった。足首を浸したかと思うと、いつの間にか膝の深さにまでなっていて、黒い海は腰まで飲み込んだ。適当なところで止まるかと思ったが、ハジュンはひたすら前進していった。波の音が大きすぎて、彼が海水をかき分ける音などまったく聞こえず、ハジュンはまるで海に吸い込まれているかのように見えた。

「あのバカが」

見かねたムギョンが悪態をつきながら動いた。靴を脱ぐことも忘れ、走って海の中にザブンと飛び込んだ。

夜とはいえ暑い空気に晒されていた体が突然冷たい水に包まれると、ゾクゾクと鳥肌が立った。しかし寒さすらまともに感じなかった。バシャバシャという水音を上げながらハジュンの後ろ姿を追いかけていたムギョンが、大声で彼を呼んだ。

「イ・ハジュン！」

ついさっきは腰までだったのに、今は胸のあたりまで浸かっていた。ムギョンは泳いで近づき、ある程度距離が縮まると体を起こして海水をかき分けながら歩いた。

「イ・ハジュン！」

イライラして、もう一度名前を呼びながら腕を伸ばした。ハジュンのTシャツの裾が辛うじて指に引っかかった。すると、やっとハジュンが振り返った。白い顔の上にある目がまん丸になった。

「キム・ムギョン？」

ムギョンはいつの間にか息を荒げていた。九十分フルタイムでプレーしても、すぐに呼吸を整えるムギョンだ。いくら海の中とはいえ、たった数メートル移動しただけでここまで息が上がるはずがなかった。

人を驚かせておいて、何事もなかったかのような平然とした顔に怒りが込み上げてきた。ハジュンが向きを変え、ムギョンに向かって水をかき分け近づいてきた。

「ここには、いつ来たんだ？」

しかし一人だけ大騒ぎして怒りたくはない。異様にドキドキする胸を押さえつけながら、ムギョンは張り上げそうになる声を意識的に抑えた。

「……お前、何してるんだ？」

「風に当たろうと思って外に出たんだけど、今からでも少し泳ごうかなって。昼に泳がなかったから、やっぱりもったいないし、ちょっと海に入ってこようと思ってさ」

「夜にこんな深いところまで入ったら危ないだろ」

そう言うと、ハジュンの濡れた顔に素直な笑顔が戻った。

「天気もいいし、波もそんなにないだろ？　これくらい平気だよ。俺、泳ぐの得意なんだから」

「ここはプールじゃなくて海なんだよ！」

無理に抑えていた声が結局は大きくなってしまった。突然飛んできた怒号に、笑っていたハジュンの目が丸くなり頬が固まった。

ムギョンは濡れた顔を手で拭い上げた。塩水のせいで目がヒリヒリする。驚いたハジュンが反射的に謝った。

「あ、ごめん……」

「早く出るぞ」

わけも分からずモジモジと謝っているハジュンの手首を掴み、犯罪者を逮捕した刑事にでもなったかのように、ムギョンは海岸に向かって歩いた。一人ではないので、今度は泳ぐ代わりにバシャバシャと歩いて海から出た。

何も言わず砂浜に立つと、水を含んで濡れた服が下へと伸びた。ハジュンが着ていたTシャツの裾を持ち上げて絞ると、ジャーッと水が流れ落ちた。ムギョンは歯ぎしりしながら濡れたTシャツを脱ぎ、砂浜の上へ放り投げた。適当に放ったTシャツが地面の上を転がり、砂まみれになった。

靴を履いたハジュンは様子を窺ってそのTシャツを拾い上げ、自分の物と同じように絞った。ジャッと音を上げながら水が砂の上に注がれた。捨てればいいものを貧乏くさい。そんな彼の姿を見ていると余計に腹が立った。

しかし、これ以上怒りたくないムギョンは、黙ってハジュンの数歩前に立っているだけだった。Tシャツの水気を絞ったハジュンが近づいてきた。その後歩き始めると、もう手首を掴んで引っ張らなくてもハジュンは隣を歩いてついてきた。暫くそうして黙って歩いていると、ハジュンが弱々しい声で話しかけてきた。

「なぁ……、驚かせたなら、悪かったよ。溺れてると思ったのか？」

誰が驚くか。

夜にあんなに深いところまで海に入ったら危ないということくらい、小学生だって知っている。驚いたんじゃなくて、呆れて腹が立ったんだ。

答えずに歩き続けていると、ハジュンももう何も言ってこなかった。さっきは耳に涼しかった心地よい波音が、今のムギョンには気に障る騒音のように聞こえて、頭がおかしくなりそうだった。歩いているとまた周りが明るくなってきて、人の姿もポツポツと増え始めた。酒を飲みながら子犬と遊んでいた選手たちは、相変わらず同じ場所にいた。

「あっ、コーチ、先輩！　泳いだんですか？　二人だけでズルいなぁ」

黙れ。

事情も知らず、からかうように話すヤツらの唇をひねってやりたかったが、ムギョンは顔をしかめただけで黙々とホテルのほうへと向かった。後ろから彼らをたしなめる、笑い声の混ざった声が聞こえた。

「ごめん。みんな、飲みすぎるなよ」

こんなにも人を怒らせておいて、何も考えていない。

水気を絞ったとはいえ相変わらず服は湿っていたし、歩いている間に少しは乾いたとはいえ、やはり体は濡れていた。

真夜中に体格のいい二人の男が頭のてっぺんからつま先までずぶ濡れでロビーに入ると、スタッフたちは少し驚いたようだったが、特に何も言わずに彼らをエレベーターのほうへと案内した。海水浴場近くのリゾートなので、この程度のことには慣れているようだった。

ハジュンがチームメイトたちの部屋が集まっているフロアのボタンを押した。四角い箱が上がっていく間も二人は黙っていた。チーンというベルの音を鳴らして開いた扉を抜け、水滴を落としながらカーペットの敷かれた長い廊下を歩いていると、先にハジュンの部屋の前に到着した。ハジュンがモジモジしながらチラリとムギョンを見て言った。

「キム・ムギョン。服を洗ってやるから、ちょっと寄っていけよ」

「……ユン・チェフンは？」

「チェフンさんはいないと思う。さっきコーチたちと飲むって出ていったから」

ハジュンがドアの脇にある機器にカードキーをかざすと、ピッ、ガチャッという音と共に鍵が解除された。ドアを開けると、本当に部屋はがらんとして静かだった。ハジュンが先に部屋に入り、ムギョンも後をついていった。すぐにバスルームへ向かったハジュンは、やっと体に張りついたシャツを脱ぎ、シャワーノズルから水を被りながら不満をこぼした。

「海水を吸うと洗濯が面倒だから、昼には海に入らなかったんだけど。上だけでも脱いで入れば良かったな」

バスルームのドアが開けっぱなしなので、服を脱いだハジュンの体がそのままムギョンの目に入ってきた。海水に濡れたまま歩き続けたからか、夏なのに体温を奪われたかのように肌が一層白く見えた。

そして、あの傷痕。最初は見せたくないと言わんばかりに両手で覆い、見たくないなら服を着てヤると言ってTシャツを引っ張って隠していた赤黒い痕と、その隣に長く続く縫い跡にムギョンの視線が届いた。

白く美しい肌に、たしかに不似合いな傷痕だ。全体的に赤黒いが斑で、凸凹している部分もある。詳しい理由は知らないが、見た感じ火傷の痕のようだった。骨盤近くの腰から始まり太ももの上の部分まで続いている。今はズボンに隠れて下のほうは見えない。

「キム・ムギョン。下着とズボンも脱いでこっちにくれ。自分の部屋にはバスローブを着ていけばいい。俺が洗って乾かして、明日持っていってやるよ」

いつもと変わらない平穏極まりない口調。ムギョンは黙って言われた通りにした。濡れたズボンと下着を脱ぐと、一糸まとわぬガッチリした裸体が露わになった。バスルームの中のハジュンに服を渡すと、彼はいつもと変わらぬ表情でそれを受け取った。

すると服を渡したムギョンがバスルームの中にズンズンと入ってドアを閉めた。新築リゾートの浴室はかなり広かったが、平均以上に大きな男二人が入ると窮屈に感じられた。ハジュンが顔を上げながら尋ねた。

「ここでシャワーを浴びるつもりか？」

部屋に入れ、服を脱げと言って煽っておいて、またとぼけてやがる。今日のムギョンは、そういう言動に一切興味も湧かなかったし、答えるのも面倒だった。黙ってハジュンの腰を片腕で抱き寄せた。ガタンと体が揺れたハジュンの手から、濡れた服がドサッと落ちた。

濡れた前髪の間から見える丸い額、その横の形のいい耳が視線の下に置かれた。一週間以上も仕事が終わるとすぐに帰ってしまったせいで、暫く噛んでいなかった。歯を立ててクチャクチャと噛むと、ハジュンは驚きながらムギョンを手で押し返した。もちろんムギョンはビクともせず、ハジュンの腰を抱く腕にさらに力を入れるだけだった。

「お、お前、何して……ふっ！」

細く立てた舌を耳の中に入れて細かく出し入れを繰り返すと、その小さな愛撫に腕の中に閉じ込められた体から力が抜けた。ムギョンはそんなハジュンを自分の体でゆっくりと押して、タイルの壁にもたれかけさせた。

唇を離さずに、耳から続く顎のラインに沿って線を描くように下ろした。急ぎもしなかった。生唾でも飲み込むかのように上下する喉仏の上、鎖骨の上、胸の真ん中を舌で撫でて、横にスッと滑らせながら、すでに立っている乳首の上をねっとりと舐めた。もう海水は洗い流されたのか、肌からは水道水の味しかしなかった。

「う、ううん……」

ハジュンの体がビクつき、胸が激しく上下した。ムギョンは再び乳首の上をねっとりと舐めながら、ピンと立った水滴のようなそれを観察した。最初も口を当てる前から、こんなに尖らせて立たせていたっけ？

よく思い出せなかった。ムギョンは少し急いで、目の前のものを早く平らげようとするかのように、今度は軽く歯を立てて小さな突起と乳輪を引っ掻いた。

「あっ、あ、あ……」

歯で引っ掻いたり先端を突いたり擦ったりするだけでは足りず、最後には乳首の周りの薄い肉まで口全体でチュッチュッと音が出るほど吸い上げ、突起を舌で覆うようにして押しながら舐めた。するとハジュンは、胸ではなく性器でも舐められているかのように腰をヒクつかせながら喘いだ。

「やめろ……。ダメだ。ここじゃ……」

無視して、もう片方の乳首に唇を持っていった。たっぷり舐められて赤く腫れ上がったほうを指でこねるようにして転がしてイジりながら、もう片方にも同じ愛撫を繰り返すと、ハジュンの手が肩を押そうとした。

普段は腕力が弱いほうではないのに、一旦始めてしまうと力が抜けるからか、そういうふりをしているのか、ハジュンはさほど腕力を発揮できなかった。その点は今日も変わらなかった。ただ肩の上に置かれた手に突然力が入り、指先がムギョンの肌を軽く引っ掻いた。

「はぁ、あぅ、痛い、痛い……！」

突然飛び出した訴えに、ムギョンはふと顔を上げてハジュンを見上げた。本当に痛いのか、皺の寄った眉間。顔が赤い。

ムギョンは、すでに長いこと咥えて舐めていた突起を、あまりに強くつまんでいることに気付いた。乳首はもちろん、周りの肌まで赤くなっていた。手を下ろすと、ハジュンはホッとしながら細くため息をついた。

そういえば、こうして顔を見上げるなんて珍しかった。彼の頭から下を愛撫したことは何度かあったが、大体寝かせていたりうつ伏せにしていたりしているうちに、結局は見下ろしているという感じだった。

胸をいじめるのをやめ、さらに下りた。みぞおちや肋骨、そしてムギョンのものに比べれば薄いが滑らかに並んだ腹筋の上をなぞり書きでもするかのように舌を滑らせた。すると、ゼェゼェ言いながら喘ぎ声を我慢する息遣いが聞こえてきた。

まだ穿いたままだったズボンと下着を一気に引き下げた。体の中心を確認すると、性器は勃っていなかった。最近は何度か触って、あちこち適当に口づけてやればすぐに勃たせて喘ぐ姿しか見たことがなかったせいか、思わず顔をしかめた。

痛い。

先ほどハジュンが吐き出した言葉が頭の中で再生された。それなりに感じているように見えたが、痛くてまともに勃たせられなかったのだろうか。それとも、ユン・チェフンと相部屋のバスルームだから不安なのか？ アイツは酒を飲みに行って、今ここにはいない。勃たせられない理由なんか何があるんだ？

「何してるんだ……。もうやめろ」

ズボンを下ろしておいて、何もせずに性器と下半身を監視するかのように見つめている姿が怪訝だったのか、ハジュンは恥ずかしさの混ざった声で制止した。服を引き上げようと屈めた腰を、ムギョンは後ろに押して動きを妨げた。

その指先に傷痕が触れた。人並み外れて美しく滑らかな肌の上、その部分だけが小さな廃墟として存在しているようだった。他のところとは触り心地からして違っていた。柔らかさなどなく、硬くて表面が少し凹凸している。隣にある縫い跡は、そこからいびつに長く伸びた木の枝や線路のように見えた。

ムギョンは、そのいびつな傷痕をじっと見つめていたかと思うと、ゆっくりと顔を近づけた。最初は軽くかすめるようにしていた唇が、すぐに粗い肌の上を力強く押した。

彼の体に口づけしたことは何度もあるが、未開拓の地に初めて足を踏み入れるかのような妙な気分だった。ハジュンが驚いたように腰をビクつかせているのが、その上に当てた唇と掴んでいる両手から伝わってきた。

チュッ。暫く当てていた唇を離して顔を上げると、肉と肉とが離れながら生まれる小さな接触音がバスルームに一際大きく響いた。唇を離し、すぐさま舌を出した。濡れた肉の塊が傷痕の上を優しく舐め進んでいくと、ハジュンは避けるかのように体をすくめたが、ムギョンの手が彼を固く掴んでいた。

蜜でも塗って舐めているかのように、体に焼きついた柄を上塗りでもするかのように、ムギョンの舌がゆっくり、ねっとりとその上を行き来した。舐め続けていれば、古くなった傷痕の上に新しい細胞ができて、傷がすべてなくなると信じているかのように。

手に触れる腰は、相変わらず柔らかく滑らかだ。ただ、この小さな領域だけが、当て繕った布のように色も感触も異なるだけ。

痛い。

ついさっき聞こえたハジュンの訴えが、また耳元をグルグルと回った。その声と共に、昼にも頭をかすめた質問がムギョンの頭の中を煙のようにいっぱいにした。

ここ、どうしてこうなったんだ?

乳首をちょっと強く触っただけでも痛いと騒ぐヤツが。どこを触れたって、感じてガクガク震えるくらいに肌だって敏感なヤツが。

どうしてこんな大怪我を?

「キム・ムギョン……」

催眠術にでもかかったかのように、暫く傷痕に口づけて舌を滑らせていたムギョンは、自分を呼ぶ声に動きを止めた。名前を呼ぶ声が、いつもより小さかった。微かに震えているような気もした。

ムギョンは顔を上げてハジュンと目を合わせた。人を呼んだくせに、ハジュンはすぐに言葉を発せずに、ぼんやりとムギョンを見下ろしていた。その表情は一言でまとめることができないほど複雑で、見慣れなかった。

泣きたがっているようでも、笑いたがっているようでもあった。かと思えば無表情なようでもあったし、すぐ目の前のムギョンを見ているようで、つい先ほど海で遠くを見つめていた視線に似ているような気もした。

どうして、そんな顔で見るんだよ。

わけもなく不満を覚えた。今日の昼、チェフンと一緒にいた彼の姿が思い浮かんだ。ユン・チェフンが組んでくれたトレーニングプログラムを受け取り、明るく笑っていたイ・ハジュン。その微笑みはチームで働いている時に儀礼的に人に見せる笑顔とは違い、当然ムギョンの前で見せてくれる笑顔とも違った。

あんなのが、そんなにすごいのか？　グリーンフォードにはヤツよりもっと優秀なコーチだって山ほどいる。

ムギョンはそれ以上ハジュンが話し始めるのを待たなかった。太ももから始まる傷痕の下端から腰に続く上端までを、ねっとりと舌先で舐め上げた。その愛撫を催促として受け取ったのか、ピクピクしてばかりいた唇から、さらに小さくなった声が流れ出た。

「そこ、感覚が死んでるから……何も感じないんだ……」

そう言うと暫く沈黙が流れた。ムギョンは無表情で顔を上げた。言い終えたハジュンの唇が微かに震えているのが見えた。まるで恥ずかしい秘密でも告白したかのように。

自分と目を合わせない白い顔を凝視していたムギョンは、また舌を出して傷痕の上を押し、ゆっくりと擦りながら舐めていった。口から出てきたムギョンの声は、表情と同じくらい淡々としていた。

「感じさせようと思ってやってるわけじゃない」

そう言いながら、少し前に乳首を愛撫した時のように歯を立てた。顎に力を入れずに引っ掻くと、ハジュンの口から吐息が漏れ出るのが聞こえた。

チュッチュッと音を出しながら、そこを舐めた。何も感じないと言いながら、ハジュンの体は音が出るたびにピクピクした。腰を掴んでいた手が滑り、いつの間にか太ももの上を撫でていた。外側を滑らせてから内ももを探り、柔らかく弾力のある肉を揉みしだいた。

そんなムギョンの視線が、顔を埋めている骨盤の横……相変わらずまともに勃たずにいるハジュンの中心へと向かった。ムギョンは暫く舐めていた傷痕から舌を離さず、筆で文字を書くかのように舌を横にして顔を動かした。

骨盤と腰の間にあった唇が、おへそのほうへと滑っていった。ムギョンが何をしようとしているのか分からないと言うように、ハジュンは相変わらずぼんやりした顔で彼の姿を見下ろしているだけだった。

「はぅ、うっ！」

ハジュンが一瞬目を見開いた。不規則な呼吸ばかりをしていた口から喘ぎ声が飛び出した。太ももの内側をグッと押して脚を広げたムギョンが、突然ハジュンの性器を吸い込むかのように飲み込んだのだ。まだ熱を帯びる前だった肉の塊が、一瞬で熱い口の中に入っていった。

　ムギョンは今まで、ハジュンにいちいち数え切れないくらい何度もフェラされた。最初は不慣れだったハジュンのほうからフェラの話を切り出すようになり、喉の奥深くで性器を締めつけながら自分のモノを舐めてもらっている間、ムギョンは一度も同じ行為をハジュンにしてやろうと思ったことはなかった。

　イ・ハジュンは元々男が好きなヤツだから別に関係ないだろうが、俺は違う。適当に手でしごいて後ろの穴にハメることまでは平気でも、同じ男のアソコを舐めてやろうと思うほどの気持ちはない。

　そう思いながら、彼の柔らかな舌が亀頭を舐め、粘膜が竿を包み、チュッチュッと舐め上げる感触を楽しんだ。時には狭くヌルヌルした喉を、まるで後ろのように使って性器を突っ込みながらも、一度だってハジュンのモノを口にしようなどとは思いもしなかった。

　それなのに、なぜか今日はできそうな気がした。少し衝動的に口に含んだ性器には、意外と何の拒否感も覚えなかった。汚くもないし臭いもしなかった。綺麗な肌や傷痕や髪、そんな他の部分と同じイ・ハジュンの一部に過ぎなかった。

「ふぅ、な……何、してるんだ、あっ……!」

　首を前後に動かしながら、まっすぐ伸びた陰茎を舐め上げた。今日は愛撫をしても鈍い反応だった性器が、ダイレクトな刺激にすぐに反応した。アソコも本人に似て曲がった部分一つなくまっすぐ伸び、色も薄いほうだった。こんな表現は少し可笑しいかもしれないが、カッコいいアソコだった。

　後ろをハメられながらも毎回しっかり勃たせていたが、やはり直接舐められる感じはまた違うのか、いつもよりも硬く勃っているような感じがした。

　してやったことはないが、してもらったことなら何度もある。豊富な間接経験のおかげで、ムギョンのフェラは初めてにしては上手かった。亀頭と竿が繋がる部分に舌を当て、スリスリと舐めながら深く飲み込んで舐め上げ、亀頭の上を舌でグリグリしつつ、手でシュッシュッと音が出るように竿をしごき上げ、またぐぷんと飲み込んだりもした。

　しきりに浮ついた喘ぎ声を流しながらビクつく体の反応は、初めてのフェラに対する褒め言葉のように感じられた。

「んんっ、ふっ、やめろ、やめ……あっ、あっ！」

　深く咥えていたモノを舐め上げながら舌でねっとりとしごいてやると、ハジュンは腰をヒクつかせながらタイルにもたれていた首を反らした。ハジュンの手がムギョンの頭の上にドサッと乗ってきたが、髪を鷲掴みにしようとしてやめたかのように指先だけが震えていた。ムギョンは性器を吐き出すと、濡れたソレを大きな手のひらに閉じ込めた。乱暴にしごき上げながら責めた。

「なんだよ。してやっても大騒ぎかよ」

「う、はうっ！　な、なんで、ふっ、急に、どうして……」

「お前と初めて寝た時は、何か特別な理由でもあったか？」

　したいならするだけだ。衝動と欲望に理由などない。昨日は絶対にできないと思っていたことに、今日は惹かれることだってあるのだ。手で隙間なく包んだ陰茎を撫で上げながら、ムギョンはその下に置かれた丸い睾丸の上まで唇を滑らせた。

　性器を擦るスピードを上げながら、果実のようなそれを口に入れて転がすように舐めると、さっきはとてもじゃないが力が入れられないと言わんばかりに躊躇ってばかりいたハジュンの手が、短い髪をガシッと掴んできた。太ももがプルプルと震えているのが見えた。

「あふっ、あっ！　あっ！」

　手の中にあるものがビクビクした。ムギョンは、もうすぐ絶頂に達するかのように揺れているモノをまた飲み込み、根元から舌で撫でながら舐め上げた。やはり限界だったのか、すぐに口の中に熱い液体がドドッと注がれるように広がった。

　精液が口の中に跳ねる感覚が生々しかった。手でも良かったものを、わざわざ口で受け止めた。ムギョンは、そんな自分の行動を心の中で嘲笑った。キム・ムギョン、盛り上がりすぎてイカれたな。

「はぁ、はっ、ふぅぅ……」

　射精をして力が抜けたのか、倒れるように前に傾いた上体をムギョンが手で押し返して立ち直させた。精液のにおいをプールの水のようだと表現したハジュンの言葉を思い出し、クスリと笑みが出た。

同じ男のモノを舐めただけではなく、精液を口で受け止めるだなんて。想像すらできなかった。お世辞にもいいとは言えないが、思ったより悪くはない。ものすごく気持ち悪いかと思っていたが、性器を口に含んだ時のように、これも受け入れられるレベルのものだった。

ムギョンは口の中に広がった液体を大方飲み込み、手の甲で唇を拭いながらスクッと立ち上がった。ムギョンを見上げていたハジュンの頭が、ゆっくりと下に沈んだ。俯いたハジュンの首筋から胸までが赤く染まっていた。

恥ずかしいのか驚いたのか、ハジュンは顔を上げられずビクビクしていた。過ちを犯して居たたまれないかのような態度だった。慰めようという気には一切ならなかった。たしかに彼は罪を犯したのだから。夜の海に飛び込んで、人を驚かせたという罪を。

壁にもたれた体にピッタリとくっついて立ち、そっと体を押しつけた。一度射精をして少し弱々しくなったハジュンの性器と、お腹の上でビンと反り立ったムギョンの性器が向かい合った。熱く硬いモノの先端が下っ腹をグッグッと押すと、いつもその中で行なわれる動きを想像させるように何度かゆっくりと滑らせた。ハジュンは顔を上げられずに肩を震わせた。黒い頭のてっぺんを見下ろしていたムギョンは、命令するような口調で言った。

「洗面台を掴んで立て」

「……キム・ムギョン、ここは……」

ムギョンはハジュンの返事を聞きもせず、腕を引き寄せて洗面台の前に立たせた。腰まで映る大きな鏡に、ハジュンの赤く火照って困惑した顔がくっきりと映った。自分自身と目が合ったハジュンはビックリして、さらに深く俯いた。

後ろに立ったムギョンは、鏡の中のハジュンを凝視しながら棚にあった乳液を掴み、何度か手に絞り出した。

「どうして急にアソコを舐めるのかって聞いたよな？　お前が一回イってから挿れたほうが気持ちいいんだよ」

とろりとした白い乳液が、ハジュンの腰とお尻の上にポタポタと落ちた。まるで精液をかけたように見えて、ムギョンの口角が微かに上がった。

白くとろみのある粘液が丸いお尻の上、両側がえくぼのようにくぼんだ尾骨の上をゆっくりと流れ落ちた。その乳液を下へ広げて塗っていたムギョンの指が、お尻の間……奥に隠れた入口の中に躊躇なく入り込んだ。

「ふっ……！」

「ちゃんと掴んで立て」

唇を何度かグッと噛みながら固まって立っていたハジュンは、結局腕を伸ばして洗面台を掴んだ。手の甲の骨が浮かび上がり、指に力が入り、指先が白くなった。緊張しているのか、お尻がグッと閉じていた。ムギョンは、その上を指でなぞりながら耳元に唇を持っていった。

「力を抜け。そんなことしたって、やめないぞ」

「キム・ムギョン、本当にダメだ。こんなことして、チェフンさんが戻ってきたら……」

焦るように続けられた言葉を塞ぐように、閉じた入口を中指がグッと押し入っていった。

「うっ……！」

一週間ほど休んでいたからか、立っている姿勢のせいか、それとも本当に緊張しているからか……いつもならちゃんとほぐしてやれば指四本を飲み込むハジュンの穴は非常に狭く、指一本を押し入れることさえキツかった。

この状態で勃起したモノを突っ込むのは無理そうだった。いや、やろうと思えばやれるだろうが、そんなことをしたら、どちらか一人か、もしくは二人とも怪我をしてしまうだろう。血を見る趣味はない。ムギョンは潤滑剤の力を借りて、とりあえず中まで押し入れることに成功した中指で、ハジュンの感じるポイントを探りながら、そっと押した。

緊張して固まっていただけで、一度射精した後だ。すでに体には性感が広がっていた。指で前立腺の上を擦りながら浅くピストンするように動くと、予想通りハジュンは小さく荒い息を吐きながら腰を震わせ始めた。

「はぁ、はぁ」

「こういう時に、他のヤツの話を出すな。萎える」

「あっ、うっ、そうじゃ、なくて……！」

「キャンプ期間中、お前が協力しろって言うから協力しただろ」

「――ふっ、あっ！」

「気乗りしないが、言われた通りにしたんだから、最後に見返りを求めたっていいんじゃないか？」

もう片方の手を胸に持っていって、少し前にパンパンに腫れるほど舐めた乳首をツンツンと弾くと、ハジュンは鞭を打たれたかのように全身をビクッとさせた。どうせ感じ始めたのなら、棄権はハジュンにとっても苦しいはずだ。脅迫でもするかのように声を落とし、耳元で囁いた。

「今度はお前が協力する番だ。尻を後ろに突き出せ」

「ふうっ……」

「お前が協力すれば、早く終わらせられる」

ムギョンが乳首を触っていた手をスルリと滑らせ、ハジュンの骨盤を掴んで後ろへ引っ張った。するとハジュンも一度大きく深呼吸した後、ゆっくりと何歩か下がった。洗面台を掴んだまま後ろに下がると自然と腰が引け、お尻がムギョンのほうへと突き出された。

ある程度余裕ができると、ムギョンはすぐに人差し指も押し入れた。早く中を広げたくて、中でピースサインを作るようにして指と指の間を広げると、口をグッとつぐんでいたハジュンが、また喘ぎ声を吐き出した。

「ふうっ！　ふぅ、あっ」

たしかにちゃんと感じているのに、いつものように早くほぐれる感じがない。ムギョンは唇を軽く噛んだ。最初の時には、そのまま突っ込んだ。あの時のようにヤってしまおうか。あの日はハジュンが我慢できなかったから。そして今日はムギョンが我慢できないから。

腫れ始めた前立腺のあたりを擦り続けながら、ムギョンはもう片方の手で自分の性器を掴んだ。もう一度乳液をたっぷりと塗った。たくさん塗ったからといって、いつものローションに比べれば、やはり滑り具合に欠けるが仕方ない。中を愛撫していた指をズルンと抜き、そのまま亀頭を入口にグッと押し当てた。

「あ、あっ」

感じているのか怖がっているのか、ハジュンが腰をピクピクと震わせた。性器の侵入を拒もうとするかのように、かえってお尻に力を入れているのが目でも分かった。火照った性器の先で何度か入口をグッグッと押しながらムギョンが言った。

「早く終わらせたいなら、もうそろそろ挿れなきゃいけないんだけど」

ゼェゼェという息の音だけが返事として返ってきた。催促するかのように少しずつ腰を押すと、背中しか見えないままハジュンが尋ねた。

「本当に……ヤるのか？」

「じゃあ嘘(うそ)でヤろうか？」

「……他のことをしてあげるんじゃダメか？」

口でも使うということだろう。最初はまともに飲み込むこともできなかったのに、最近は何かにつけて口ですると言う。ここまでくると、最初の不慣れな姿はやはり芝居だったのではないかと怪しくなった。

今まで何人の男のアソコを舐めながら喘いでいたのかと思うと、いつもなら笑っていたであろう言葉に、ムギョンはむしろ腹が立ってきた。口調がさらに断固としたものとなった。

「怪我したくなかったら、力を抜け」

まるで唸（うな）るように出てきた声に、ハジュンの口から漏れる長いため息がムギョンの耳まで聞こえてきた。同時に硬くなっていた体の力が抜けた。

こういうところを見ると、たしかに元スポーツ選手だ。苦痛や怪我を最小限に抑えるため、必要な時に息を吐いて全身の力を抜くということは、長い間体を使ってきた人間にとっては染みついたコツだ。

骨盤を掴んで腰を突き出すと、十分にはほぐれていないながらも太い亀頭がずぷんと中へ押し入っていった。たっぷり充血した性器が、狭く熱い内壁にピッタリと埋まった。ムギョンも噛み締めた歯の隙間から音もなく息を吸った。

普通、バックで関係を持つ時はハジュンの顔が見えない。しかし今は二人の前に鏡があった。ハジュンが俯いているせいで揺れる前髪が表情を隠していたが、それでも荒く呼吸をしようと上下にピクピクしながら開けられた唇は目に入ってきた。その姿を見ていると、下のほうに一層力が入った。

「動くぞ」

「……ふっ……うっ、うん」

両手で洗面台の角をグッと掴み、ハジュンも結局は頷いた。とりあえず一度挿れたので、焦っていた気持ちも多少落ち着いた。ムギョンは急ぐことなく、ギンギンになった陰茎を奥深くまでグッグッと押すようにして挿れていった。

もう拒む言葉が出てこない唇の間から吐き出される小さな喘ぎ声も、興奮を煽るだけだった。たかが一週間ちょっと味わえなかっただけなのに、ものすごく久しぶりにこの体の中に浸っている気分だった。

指一本すら、なかなか入らないギュッと閉ざされた体。

……本当に何もなかったようだな。

一番にそんなことを思う自分を嘲笑いたくなって、ムギョンはわけもなく腰を強く打ちつけた。ゆっくり内壁を押し進んでいた性器が突然ズブンと奥まで突っ込まれると、ハジュンが苦しそうに腰を前に引いた。

「あうっ！」

続いて「はぁ、はぁ」と唇の間からこぼれ出る普段とさほど違わない息遣いが、今日はやけにムギョンの胸をざわつかせた。もしかしたら緊張しているのはイ・ハジュン一人ではないのかもしれない。

ムギョンはハジュンに聞こえないくらいに息を殺しつつゆっくりと深呼吸をして、ハジュンの背中を撫で下ろしながら再び言った。

「力を抜け」

ほとんどすべて入った性器は、あとは根元の部分を残すだけだった。ハジュンの骨盤を一息に引き寄せながら、ムギョンは残りを最後まで押し入れた。

「ふっ！　ううっ！」

我慢しているかのような短い喘ぎ声。洗面台を力いっぱい掴んだ手から続く腕と肩、呼吸に合わせて震えてピクピクしている肩甲骨が、挿入の衝撃に耐え抜く姿を余すところなく見せてくれた。ムギョンは深く突っ込んだまま、暫く動かずに待った。

しかしユン・チェフンが戻ってくるかもしれないというハジュンの心配は杞憂ではなかったし、早く終わらせなければいけないというのも事実だった。体の奥深くまで貫いた感覚に慣れる時間を長く与えるわけにはいかない。ムギョンはすぐに、あまり速すぎず、かと言って決して遠慮もせずに腰を動かし始めた。

挿入は激しくない代わりに長く深かった。ムギョンは亀頭が入口に引っかかるまで性器をできるだけ抜いてから、それが内壁の一番奥の狭まるポイントを押すまで、恥骨とお尻がピッタリとくっついて押し潰される感じがするまで、ゆっくりと突っ込んだ。

とにかくムギョンのモノを数え切れないほど包んだ体だった。一度始めれば三、四回は基本で、その中に精液を注ぎ込まなければ離さなかった体。ハジュンの心はこの状況に焦っているとしても、体はムギョンを覚えていた。そうして何度か奥まで突っ込んだり腰を引いたりしていると、中はムギョンの性器の形の道ができ、抵抗感も次第に消えていった。

「はぅ……うっ、んんっ、ふっ……！」

ゆっくりと抜いてまた押し入れるたびに、ハジュンの歯の隙間から抑えた喘ぎ声が漏れた。速く打ちつけるのもいいが、ゆっくり動くのも内壁が性器を締めつける感じを、さらに濃厚に楽しむことができて悪くない。

　最初は尻を少し後ろに突き出しただけで、ほとんどまっすぐ立っていたハジュンの上体が、次第に倒れ込みながら腰を後ろに引いた姿勢に変わった。口ではダメだと言っていたのに結局アレを求めるかのようにお尻を突き出す姿に、ムギョンが微かにニヤリと笑った。おかげで挿入しやすくなった。

　そういえば立ってヤるのは初めてじゃないか？　ムギョンは少し斜めに立って、わざと角度を変えて挿入した。いつもと違うポイントを刺激されたハジュンは、驚いたように後ろをグッと締めつけながら、すでに隠せないほどに熱を帯びた声を吐き出した。

「あっ、あっ！」

「はぁ……。すぐぶち込んでも、まとわりついてくるぞ」

　入口から内壁の一番深い場所までを性器で何度か擦っている間、ハジュンの柔らかい中は、もう熱くなっていた。いつもの性感を完全に思い出したかのように、全身をビクビクと震わせていた。口では何と言おうが、体はもっと突っ込んでくれとせがんでいる。

　体が要求する通りにハメ続けたい欲望を抑えながら、ゆっくりと、ハジュンが身をすくめるポイントのすぐ手前まで押し入れた。

「こんなんで、一週間以上もヤらずに、どうやって我慢してたんだ？　本当に誰ともシてないのか？」

「ふぅぅ……！」

　ちょうどその手前まで。それ以上は侵入せずに、感じる場所を突くようで突かずに浅く腰を動かした。最初は喘ぎ声を我慢しながら、ひたすら洗面台に掴まっていたが、押し入ってきた太い棒が快感ポイントまで届かず、その周辺ばかりをウロウロしていると、だんだん吐息が荒くなった。

「答えないと」

「あ、うっ、ふっ……。してな、してない……はぁ、あ……一体、誰と……」

　さぁな。誰とだってヤれるだろ。

　ユン・チェフンでなくとも、誰とだって。チームの中には年頃の男は山ほどいたし、彼らはみんなイ・ハジュンのことが好きだ。女性ばかりを相手にしていたムギョン自身も、たった一夜でハジュンとしか関係を持たなくなったではないか。ハジュンがその気になれば、このチームの若いヤツの一人や二人誘うくらい、わけはないだろう。

そう考えると悔しくなった。今まで何の疑問もなく、ハジュンにとっても自分だけが唯一のステディなセフレであるだろうと考えていたが、そうじゃないかもしれないと思うと、目の前に置かれた白い背中が、尻が、他人の物のように感じられた。必ずしもそうしようと約束したわけではないが、不公平だと思った。俺は最近お前としかシてないんだから、お前も俺とだけシろ。

そんなふうに言いたくはないが、そう言っておけばよかったという、自分でも幼稚で不合理だと思う意地。今まで一度だって、自分が唯一のパートナーであることを相手に望んだことはなかった。むしろ、ヘンな錯覚に陥ったり自分にしがみついたりするくらいなら、相手も自由に楽しむことを望んだ。溜まった水が腐ってしまうように、感情も一か所に留まっていると傷まないわけはなく、傷んだ感情は頭の痛い状況を呼ぶものだから。

一人と固定的な関係を持ったことがないから、知らなかったのだ。名分や理屈を離れ、自分と相手の前提となっているポジションが違うということは、相当にプライドが傷つくということを。

「ふうっ、はぅ……」

ずっと決定的な刺激を与えずに、その周辺ばかりをついていると、とうとうハジュンが自ら腰を動かした。小さな半円を描きながら前後に揺れるお尻をムギョンの手が続けざまに叩いた。バシバシと肉を叩く音が、バスルームという場所のせいで普段よりも大きく響いた。

「あっ、あっ！」

小さな悲鳴が飛び出した。わざわざ大人しくしていろと警告しなくても、ハジュンはすぐに動きを止めた。揺れていたところをピタリと止まった腰が細く震えた。お尻に赤く滲む手の跡を、ムギョンはじっと見下ろした。

できることならもう数発叩いて、この手の跡が何日か残るようにしたい。そうすればどこかへ行ってむやみに下着を脱ぐこともできないだろうから。

「大人しくしてろ」

そう言うと突然ズブッと性器を深く突き入れた。

「うっ、あっ、あっ！」

必死に殺していた喘ぎ声が、一瞬で悲鳴のように変わった。入口を熱くし、うんと快感を期待して膨らんでいた内壁が、思い切り性器を締め上げながら絡みついた。

そうされればされるほどムギョンはより激しく出し入れしながら、自分にまとわりつく湿った柔らかな肉をメチャクチャにこねくった。そんなにチンコが好きなら好きなだけ食えと言わんばかりにパンパンと奥に突っ込んだ。

「ふぅ、ふっ、うっ、ううっ……！」

自分の声に驚いたかのようにハジュンの喘ぎ声が歯ぎしりの音に変わり、震える背中と腰が完全に後ろに引け、洗面台にしがみつくかのように上体が低くなった。

ムギョンは性器を突っ込みまくった。洗面台の上に突っ伏してお尻だけを後ろに引いたまま立っているハジュンの体を見下ろしながら、奥深くまで、今度は途中まで、上下に、左右に。

ランダムで激しくおざなりな動きが、むしろハジュンにさらに大きな快感をもたらしたのか、何度も背中が大きく跳ね上がり、中の肉が一層ピッタリと性器にまとわりついてきた。打ちつけるたびに弱く波打つ長い腰の筋肉が、水面に浮かんでは消える波紋のように現れては収まった。その後ろ姿を見下ろしていたムギョンは、ふと渇望を覚えてため息をついた。

「ふうっ、ううっ、キム、ムギョン……」

藁にも縋るかのような切ない呼びかけに答える代わりに、太く硬いモノをこん棒のように奥深くへ思い切り突っ込んだ。ハッという声が出るほど息を吸い込む音が聞こえ、視界の下にある腰がブルブルと震えた。

続きを言え。そう返事をするかのように暫く腰を止めると、息を切らしていたハジュンが辛うじてこう言葉を続けた。

「お前、どうして……怒ってるんだ……？」

「……俺が？」

「本当に……ふうっ、してな、い……。ど、どうして怒ってるのか、教えてくれれば、ふっ！」

言い終えるのを待つことなくムギョンが腰を打ち上げると、言葉が途中で途切れ、苦しそうな長い喘ぎ声が漏れ出てきた。

「ふぁ、あ……」

「本気で聞いてるのか？　クソッ、お前のせいで真夜中にバカな真似をしちまったじゃないか」

叱るかのように腰を速く強く打ちつけた。白い洗面台の上に傾いた体が、声も出せずに咳でもするかのように大きく跳ね上がった。肉と肉がぶつかるパチュンという音がバスルームの壁にぶつかって跳ね返り、喘ぎ声というより殴られて散らばった息遣いのようなものばかりが、ハジュンの唇の間から飛び出た。

お尻と恥骨が激しくぶつかるたびに、ハジュンの首が揺れ、何度も顔が沈んだ。洗面台に水でも溜まっていたら、すでにその中に浸かっているくらい低く。ムギョンは手を伸ばしてハジュンの顎を掴み上げた。赤く染まった顔、濡れ始めた目と開いた唇が鏡に映ると、顎を掴んだムギョンの手の力が少し強くなった。

「ハジュン？」

別の人の声が聞こえたのは、その時だった。ムギョンはピタリと動きを止めた。ハジュンの体も、その瞬間に硬くなった。

「部屋にいるのか？」

行為に熱中するあまり、外から人が入ってくる物音が聞こえなかったようだ。鏡に映った火照った顔から血の気が引くと、ハジュンはアタフタと姿勢を立て直そうとした。

しかしムギョンは眉間に皺を寄せて、ハジュンの骨盤を腕全体に力を入れて掴んだ。ハジュンが腰を前に引いたが、ムギョンが掴んでいる力のほうが強く、相変わらず内壁の奥まで突っ込んでいる性器は出てこなかった。

離せ！　とハジュンが口パクで叫んだ。ムギョンは彼を離す代わりに、隣に掛けられたシャワーのレバーを上げた。ザーッ。突然、降り注ぐ水がバスタブの底を打つ音がバスルームを埋め尽くした。コンコン。それとほぼ同時に外から誰かがドアをノックし、ユン・チェフンの声が続いた。

「ハジュン、バスルームにいるのか？」

ムギョンとハジュンの目が鏡の中で合った。真っ青になったハジュンの顔を見たムギョンの口の端が、ある瞬間こっそり上がった。体を屈めたムギョンが、ハジュンの耳を舌でスーッと舐めた。信じられないと言わんばかりに震える瞳を、落ち着いて見つめながらムギョンが囁いた。

「早く返事しろ」

「……ふっ……！」

すると、奥深くに挿れられていた性器がねっとりと絡みつく内壁を潰すようにそっと押しながら、ゆっくり抜けていった。体の中が掻き回されるような感覚に、ハジュンの頭の中は水蒸気で曇った鏡のように一瞬で白くぼやけた。

しかしそれはバスルームの中の事情に過ぎず、外に立って返事を待っている人間はわけも知らずにもう一度ドアをコンコンとノックしてきた。

「ハジュン？」

「はい……！　中にいます！」

「シャワー浴びてるのか？」

アタフタと答えるハジュンの声は震えていたが、水音が混ざっているのでドアの向こうのチェフンはそのか細い不安までは感知できないだろう。短い会話が続けられている間に、ムギョンの性器はほぼ最後まで抜け出ていった。

このまま完全に抜いてくれることを、挿入を終えて腰から手を離して自分の体を起こしてくれることをハジュンは切に願った。一つのバスルームにいることくらい、ともすれば一つの空間で体を洗うスポーツ選手の仲ではなんら疑いを買うことではない。一緒に夜の海水浴をしたのだと、だから早くシャワーを浴びたくて一緒に入ったのだと説明すれば終わりだった。

「はい、シャワー中……」

そう言っていると性器がまた押し入ってきた。クラッとする感覚に頭の中が揺れ、ハジュンは思わず目を閉じた。

緊張した体は突然何倍も敏感になり、ぷっくりと膨れ上がった亀頭はもちろん、陰茎に浮いた血管までがハッキリと感じられた。太くいびつに描かれた線のようなそれらが、内壁をゴリゴリと引っ掻きながらズッと押し入ってくる感覚。体が激しく震え、口をつぐんでも小さな喘ぎ声が漏れ出ようとした。

「答えないと」

耳元に唇を当てて囁くムギョンが「時間をやろう」と言うかのように、暫し腰を止めた。ハッと息を吐いたハジュンが急いで答えた。

「シャワー中です」

「そうか。僕は、また外に出るよ」

答え終わるなり、止まっていたムギョンのモノが一番奥まで滑り込んできた。声なきため息と共に、ハジュンの口が大きく開いた。

顎はガクガクと震え、焦点の合わない瞳が正気を保とうと忙しく瞬きをした。しかしムギョンは、それ以上待ってやるつもりはないと言わんばかりに、いつものように腰を振り始めた。肉がぶつかる音がするほど強くないだけで、スピードはまったく落とさなかった。

狂ってしまいそうだという言葉を、これほど実感したことはない。まるでムギョンの性器が、後ろではなく頭を掻き回しているようだった。ハジュンの下腹はビクつき、脚がガクガクと震え始めた。ドアの向こうからチェフンの声が続けて聞こえてきた。

「今日は監督の部屋で夜を明かしそうだ。もし僕が戻ってこなくても先に寝ろよ。暇だったら、監督の部屋で一緒に飲んでもいいし」

「はい……。わ、わかり、ました！」

抜けかけていたモノが、突然予告もなしに前立腺の上を押しながら中に入ってきた時は、思わず腰がビクンと大きく揺れて声まで上ずった。

やめろ、頼むからやめてくれ。ハジュンは心の中でそう叫びながら、また鏡に向かって首を横に振ったが、激しく震えているハジュンの瞳に比べ、ムギョンの瞳はいつもよりもずっと落ち着いていた。

チェフンの声が次第に遠くなっていった。バスルームを通り過ぎ、部屋の中へ入っていったのだ。声が遠くなると、ムギョンの動きはすぐに激しくなった。深く突っ込んだまま腰を前後にスピーディーに揺らしながら、ゆっくりと抜いたかと思うと乱暴に突っ込んだ。

「――あうっ、うっ、う、う……」

歯を食いしばって耐えても、声を完全に我慢することはできなかった。水音に埋もれた小さな喘ぎ声が、ハジュンとムギョンの耳にしか聞こえない程度に漏れ出てきた。

血管が浮かんだ竿に引っ掻かれるたびに、熱くなった奥から立ち上(のぼ)る感覚が耳元まで伝い上がってきた。奥の粘膜が短く擦られると、その小さな動きに全身が飲み込まれていくようだった。丸く太い先端に中をグッグッと突き上げられると、バランス感覚が崩れてきちんと立っていることすらできなかった。半ばもたれかかっている洗面台がなかったら、とっくに倒れていただろう。

これはムギョンだけのせいではなかった。ハジュンは唇を噛んだ。

どうして……。こんな状況で一体どうして、こんなにも感じているんだ……？

目元が一層赤く染まり始めると、突然ムギョンが腕で体を包んでハジュンの上体をほぼまっすぐに起こした。ムギョンのモノに貫かれた体がフラつきながら立ち直った。背後から近づいてきた手が、今まで俯いていたハジュンの顎を持ち上げた。快感に惚けた顔がくっきりと鏡に映った。

力が入らないのになんとか歯を軽く食いしばっている口、

泣きそうに濡れた瞳、赤くなった目元、快感に耐えようと半泣きの表情になった眉、火照った頬。

ただの一度も自分の目で見たことのない、セックス中の自分自身。

バカみたいに見えた。見たくないので目を閉じると、ムギョンがチュッと音が出るように耳に口づけた。耳の中に響くその音さえ敏感になった性感を刺激し、ハジュンは唇をグッと噛みながら喘ぎ声を我慢した。するとムギョンが唇を耳元に当てたまま、低い声で低俗な言葉を囁き始めた。

「はぁ……。外に人がいるから、穴がヤバくなってるぞ。お前、こういうのが好きなんだろ」

「……ふうっ、ふっ、抜いてくれ、抜いて……」

「どうしようかな。お前の穴は、出ないでくれって言ってるけど」

抵抗するハジュンの声は小さく、それにもかかわらず、どの瞬間よりも大きく震えていた。

性器を深く埋めたまま、ムギョンが腰を軽く揺らした。

「ここに入ってきた時、ドアに鍵をかけなかったんだ。いきなりユン・チェフンがドアを開けたらバレちまうな」

「んっ、う、ふぅ。動く、な、頼む……」

むしろ楽しむかのようにいたずらっぽさまで漂わせ、平気な顔をしてそう言われて、ハジュンは目に涙を溜めた。ついグスグスと泣き声が出そうになった。

しかし泣き声なんか出したりしたら、本当にチェフンが入ってくるかもしれない。「どうしたんだ？」と言いながら、彼がバッとドアを開ける想像をしただけでも、座り込んでわんわん泣きたくなった。

「いっそのこと見せちまおうか」

突然飛び出したムギョンの言葉に、ハジュンは思わず目を見開き、首をブンブン横に振りながら懇願した。

「ダ、ダメ、ダメだ、ダメ……。やめてくれ」

「スリルのあるセックスが、一番ゾクゾクするもんなんだよ」

「イヤだ、俺はイヤだ、イヤ……、うっ、あっ……！」

予告もなく内壁をゆっくり掃きながらたった一度出入りした性器の感覚に、ハジュンは口を開けてブルブルと震えながら体を反らした。後頭部がムギョンの鎖骨と肩のあたりに擦れた。

「嫌がってる人間の反応じゃないだろ」

ん？　ムギョンはグリグリと押しつけながら、鍵盤でも弾くかのように自分のモノでいっぱいになったハジュンの下腹のあたりをトントンと叩いた。はぁ、はぁ、はぁ。激しく息をしていたハジュンの頬の上に、ついにツーッと涙が流れた。

ムギョンはそんなハジュンの顔を見下ろしていたが、すぐに軽快にピストン運動を始めた。性器が濡れた中を行き来し、グチュグチュという音が大きく聞こえた。水を出しっぱなしにしてはいるが、この音が本当に外に聞こえていないかハジュンは自信がなかった。五感がメチャクチャに絡まってしまった。

「う、ううっ、うっ……！　ふぅ、う、うっ……！」

バレるんじゃないかと思うと怖かった。にもかかわらず、ムギョンの言う通りいつもより何倍も感じている体が信じられないほど憎らしかった。

恐怖と快感がひとまとまりになって体の中を転がり、そんな自分に対する羞恥心が押し寄せては、それがまた快感になる。固まって転がりながら次第に大きくなっていく雪玉のように。

ムギョンが熱く硬い性器で中を引っ掻くたびにお腹の中がカッカッと熱くなり、全身を響かせる濃厚で敏感になった感覚が電流のように頭を直撃した。声帯を乱暴に引っ掻きながら飛び出てくる声を我慢しようとしたが、ちゃんと我慢できているのかすら、もうよく分からなかった。もしかして自分は、出てくるがままに声を上げているのではないだろうか。

声を殺すために噛んだハジュンの唇に血が滲もうとしていた。ハジュンの様子を見守っていたムギョンが耳元で尋ねた。

「声が聞こえそうで怖いなら、口を塞いでやろうか？」

頼む、塞いでくれ。

涙で滲んだ視線を落としながら激しく頷くと、胸の上にあった大きな手が首を伝って上ってきて唇を覆った。水に濡れているのに熱い手のひらが口元をグッと押さえた。と同時に、後ろに入って中を擦るスピードも速くなった。

「うっぷ、うっ……！」

快感に喉を鳴らしながら出てきた声は、大きく分厚い手のひらに阻まれてまともに漏れ出ることができなかった。軽い呼吸困難をもたらす微かな眩暈と、声が隠れたという安心感に、ハジュンは力なく目を伏せた。まぶたを微かに震わせながら、涙をポロポロとこぼした。

こぼれ落ちた涙がムギョンの指の上を伝い下りた。まるで小さく細い魚が泳ぐように、指と指の間をくすぐった。

「はぁ……」

指の上を流れる、細くゆったりとした水の流れ。その微かで小さな感覚が、狂おしいほどムギョンを刺激した。

「泣くな。お前の泣き顔、そそるんだよ」

その言葉にハジュンは瞳を震わせたかと思うと、まぶたをギュッと閉じた。ムギョンも唇の内側を噛みながら、腰を速く大きく打ち上げた。突然の激しいピストン運動に、ムギョンに背中を預けていた体がプルプルと跳ね、中が強く縮んだ。ふぅ、ムギョンが苦笑いに似た低い喘ぎ声を吐き出した。

俺だって我慢してるんだから、あんまり刺激するな。

外に声が聞こえようが聞こえまいが、できることなら腰を掴んで壊してしまうほど突き上げたい。ギリギリと歯ぎしりをしていると、ついにコンコンとドアを叩く音がした。そして、また外から声が聞こえてきた。

「ハジュン、じゃあ僕は行くよ。また後でな」

口を塞がれているハジュンは何も答えられなかったが、幸いチェフンは特に気にも留めず、そのままバスルームの前を通り過ぎていったようだ。ピリリッという部屋のドアを開閉する音がハッキリとムギョンの耳に届いた。

気に入らないヤツだ。さっさと消えればいいものを、いつまでもズルズルと。ムギョンは心の中で彼を罵りながら唇を覆っていた手を滑らせてハジュンの胸を包み、待っていたと言わんばかりにその体の奥深くへ押し入った。

「ふぁ、ああっ……!」

ムギョンの胸に背中をピッタリとくっつけて立っているハジュンのお尻が緊張で硬くなった。奥のほうまで力が入り、性器を痛いほど締めつけた。ハジュンは首をブンブン横に振りながら、相変わらず声を殺して喘いだ。

「ふうっ、や、優しくして、くれ、あぅ、うっ……!」

余裕のない切実な懇願に、ムギョンは俯いて彼の耳元で囁いた。

「イ・ハジュン、大丈夫だ。ユン・チェフンは出てったぞ。バレてない」

「……ふぅ、ふっ、で、出てった……?」

「ああ。さっき声かけてきたの、聞こえなかったか？　だから、もう声を出してもいい」

言い聞かせるように説明すると、「本当か？」という表情で、睫毛の濡れた目をパチクリさせながら見上げた。赤くなった顔を無言で見つめていたが、ムギョンは今まで我慢していた分を取り返すかのように激しく腰を打ちつけた。手のひらで塞がれていたハジュンの喘ぎ声が飛び出た。

「あぅ、ううっ！　ああ、ああっ！　あっ！」

シャワーから出る水音の間に、濡れた肉同士がバチュバチュと音を出してぶつかる音が小さくエコーした。突然の第三者の妨害に動きを小さくしようとしたせいでムギョンのモノはいつもよりもずっと硬く反り立ち、放出できずにいた熱のせいで熱く火照った。

「ふぅ、あっ、んっ、メチャクチャ、激しい、メチャクチャ……！　あ、あ、あっ！」

「ふぅ、メチャクチャ……なんだ？　メチャクチャ、気持ちいいのか？」

好き勝手に解釈して聞き返しながら、ムギョンが腰を打ちつけるスピードをさらに上げた。ハジュンはもう悲鳴も上げられずにぶつかられるがままに揺れていたが、体を押され続ける反動の衝撃に耐えられず、また洗面台の上にドサッと倒れ込んだ。机の上に突っ伏すように洗面台に腕をつき、上体を屈めたままお尻だけを突き出してメチャクチャに突き刺さる太いモノを受け止めた。

ハジュンの骨盤を拘束具のように掴んだムギョンの大きな手に次第に力が入っていった。本当に熱い物体を中に押し入れて抜くかのように、内壁の肉が縮んで性器にまとわりついた。

「ん？　はぁ、気持ちいいかって、訊いてるだろ」

奥を突くたびにお尻から脊髄を伝い上がる震えが肩甲骨やうなじまでをブルブルと震わせている体を、何度も突きまくった。甘く絡みつきながら自分を奥深くに引き込もうとする内壁の感触に、ムギョンの口から荒い息が何度も飛び出した。

「ふぅ、んんっ、いい……っ！　ふっ、気持ちいい」

「はぁ、あっ、ふぅ」

いつも同じように返ってくる答えに満足した。耳を通じて頭の中にまで麻薬のように流れ込んできたその返事が、体をゾクゾクさせる甘い快感に混ざった。もつれた口調と声にグッときた。ガキのようにメチャクチャに突きまくりながら尋ねたくなった。

イ・ハジュン、俺とシてる時が一番いいんじゃないか？　俺はお前とシてる時が一番いい。言ったろ？　最近は試合中でも、お前にハメたくなるって。

しっとりヌルヌルしていて、それでいて熱くてねっとりしたイ・ハジュンの中の肉はとても甘い。

ああ、アソコで味わうだけじゃ足りない。もう口に入れてしまいたい。

俺が全部食っちまうぞ。

欲情と快感が支配したムギョンの頭の中で理性が薄れ、ただ本能だけが残った。中を無慈悲に打ちつけていた陰茎が、突然体の中からズルンと抜けた。お腹の中を隙間なく踏み潰していたモノが急に抜けると、飢えのような感覚が襲ってきてハジュンは身震いをした。

終わったのか？

ハジュンはぼーっとした頭で疑問を抱いた。しかし、終わりにしては絶頂に至った感覚がなかった。いつもなら、一皮剝けたように敏感になった粘膜の上にムギョンの熱い体液が注がれる生々しい熱気で終わりが告げられた。ムギョンは射精をしても最後の最後まで体の中に留まってから出るのが好きなので、こんなふうに突然抜くことはない。

終わりが告げられなかったので、体を起こそうとも思えずに喘ぎながら息を整えていると、お尻を伝い下りて太ものの後ろを探る大きく熱い手を感じた。やはり、まだ終わりではなかった。その手はただ撫でたり触ったりしているのではなく、たしかな熱気を帯びて肉を揉んでいた。

その手が、お尻の両側を掴んで開いた。ついさっきまで太いモノを突っ込まれていた後ろは、完全には閉じずに開いているだろう。親指の先が入口に触れると、赤く膨れ上がって濡れた肉はその丸い質感を敏感に感じ、手が触れると葉を閉じる植物のように本能的に縮もうとした。

指でも性器でも、どちらにしても中を割って引っ掻き回して入ってくる硬く鋭い感覚を覚悟しつつ、ハジュンは目をギュッと閉じ唇を噛んだ。

「——はうっ、ああっ！」

しかし、閉じていたハジュンの目はすぐに見開かれた。つま先から全身が感電でもしたかのようにブルブルと震えた。

「何を、はぁ……」

何をするんだ？

そう言おうとしたが、言葉がまともに続かなかった。唇と顎までがガクガクと震え、寒い日に外に立っているかのように上下の歯がガチガチとぶつかった。しかし、すぐに耐えられずに自然と飛び出てくる声を上げた。

「ふうっ！　うっ、ふぅ、ああっ！」

後ろに触れたのは、ゴツゴツした指でも硬い性器でもなかった。濡れて柔らかなもの、自由に形を変える弾力のある肉の塊が開かれた入口を撫でていた。

尖った先端が、筆やペンのように後ろの皺を刺すようになぞったかと思うと、突然平らになって会陰から撫で上げた。広げられた肉の塊が入口を覆い尽くすように密着して何度も穴の上を舐め上げると、その柔らかな感触がショックのように体を食い荒らし、視界がグルグルと回りながら真っ白になった。

何も入っていない下腹がゾクゾクして、大きな手に掴まれたお尻が跳ね上がった。腰と脚から力が抜け、容赦なく震えた。

「はぁ……」

低く喉を鳴らす声と熱い吐息が、お尻の間に直撃した。尾骨の下を突いているのは、高くそびえ立った鼻先に間違いなかった。

ハジュンは目をパチクリさせながら状況を把握しようと努めた。錯覚でないなら、後ろを撫でているのはムギョンの舌で、そのたびに上下にぶつかる柔らかいものは唇だった。

どうして、どうしてそこを。どうして口で。

「あ、あっ、や、やめろ……！　どけっ！　あううっ！」

「大人しく、はぁ、してろ」

赤い肉を出したまま、ヒクつく中を暫く黙って見つめていたムギョンは、そのままお尻の間に口を埋めた。ハジュンが腰をひねったが無駄だった。太いモノに突かれていた穴は簡単に開いた。

そっと唇が遠ざかったと思うと、また深く顔を埋める重量感に、洗面台の上に置かれた手がギュッと握り拳を作りながらプルプルと震え、手の甲に骨の形が浮かび上がった。と同時に、さらに熱のこもった喘ぎ声がどうしようもなく口の外へ漏れ出た。

「ふぅ、ふっ、うっ！　はぅぅ、うっ……！」

表面を撫でていた舌が、今度は入口を広げるように中をほじくりながら入ってきた。先を尖らせた肉の塊が、内壁の濡れた肉をいたずらっぽく押してゆっくりと舐めた。

ハジュンの視界がぼやけたり元に戻ったりを繰り返した。少しでも体を起こそうと腰を引こうとしたが、お尻から骨盤までを一気に掴んだ手の力は強く、洗面台の下に垂れ下がった脚には力がまともに入らなかった。

「あううっ！　もう、はうっ、やめ……ッ！」

逃げようとすればするほど、後ろを執拗に舌が追う。性器に比べれば小さな肉の塊が、前後に短く出入りしながら中を愛撫する。硬く中を突き刺す指や性器とは違い、内壁に密着して形を変えながら絡みついて全身を這い上がる蔓のような快感に、ハジュンはとてもじゃないが正気ではいられなかった。

そうして暫く中を舐めていた舌が、やっと抜け出ると思った次の瞬間だった。まともに息もできずにいたハジュンが長く息を吐き出すと、唇全体が穴を覆いチュッチュッと音を出して入口を吸い上げた。

「あっ、あ……！　あっ！」

ダ……ダメだ、ダメだ。

今や言葉にもならずフニャフニャになった声が、唇の間から力なく漏れた。視界に微かな光の群れのようなものが滲み、目頭が熱くなった。暫く止まっていた涙が、また一気に流れ出た。

中の肉がムギョンの口の中に吸われていくようだった。体が熱く火照り、そのまま溶け落ちる。人間の体ではなく、ムギョンの口の中で溶けていく無機物になったかのように。

性器を受け止める時とは違った。後ろから出るにしてはやけに湿り気に満ちた音が耳元までピチャピチャと、まるで海辺で聞いた波の音のように押し寄せ、舌や唇が触れたところに火がつき、そこから体が燃えて溶け落ちた。

全身が、頭の中が、熱くなって流れ落ちる蝋のごとく崩れていくような気分になり、ハジュンはもう何も考えられなかった。喘ぎ声を垂れ流し、むしろお尻をさらに突き出してムギョンの口淫に身を任せていると、優しく舐められていた穴の中に突然太く長い指が深く滑り込んできた。

「……あっ、うっ……！」

後ろに指を入れられたのは一度や二度ではないのに、すぐに声を上げられないほどの快感が、お腹の中から喉をかすめて上がってくる熱の塊のように押し寄せた。ゾクゾクする快感が、つま先から電流のように伝い上がって脳天まで貫通した。

骨盤がピクピクして、指を咥えたお尻にギュッと力が入った。ハジュンに、また絶頂が訪れたのだ。

「あっ……！　あっ、ふぅ、イヤだ、はぅ……あっ！」

ベッドの上だったら、今頃シーツを足で蹴って腰を反らしながら全身を震わせていただろう。しかし床を支えて立っている今、ガクガクと痙攣(けいれん)しているハジュンの足は、つま先を立てようとすることしかできなかった。

グチュグチュと音が出るように指で中を揺らしながら、ムギョンは立ち上がった。ずっと後ろを吸ったり舐めたりしていた唇と、大きく開いていた顎が少しズキズキした。

濡れた内壁が指二本に強く吸いつきながらブルブルと震えた。今この中に突っ込んだら、どれだけ気持ちいいだろうか。想像しただけで、もうアソコがピクピクした。

揺れまくるお尻の両側の肉を手のひら全体で包んでしっかりと広げると、ムギョンは今までたっぷり愛撫して熱くなった中に、一気に腰を押し入れた。

「ああっ！　はぁ、はぁ……！　あっ、あっ！」

鞭でも打たれたかのようにハジュンの体が何度か跳ね上がると、内壁が強烈に締まった。これ以上挿れるのは無理だと感じるほど、ギュッと縛り上げようとする中の動きにムギョンは思わず歯を食いしばった。

「また、ふぅ、食いちぎろうとしてるだろ」

「ああ……！　あっ、あっ、あっ！」

いい加減にしろと叱るように、一気に根元まで突っ込んだ。震える悲鳴が続けざまに上がり、手で揉みしだくかのように内壁がウネウネと性器を絞った。

「はぁ……」

ムギョンは、ハジュンが後ろで絶頂を迎える時いつもそうするように、深く埋めたまま腰の動きをゆっくりに変えた。これ以上動いたら自分も射精してしまいそうだった。まだダメだ。途中で邪魔をされたせいか、足りなかった。まだ、もっとこの体を感じたい。

「あっ、うっ……ふっ、あ、あ、あっ……！」

奥深くに埋まってゆっくりと内壁を掻き回して、時々ギュンとするばかりの性器を刺したままの状態でも、ハジュンは突かれまくっているかのように喘ぎ続けた。二度目の絶頂に襲われた体が、白い洗面台の上に半分重なったまま、ぐったりと伸びてピクピクと痙攣した。

かかとが完全に持ち上がると、滑らかな脚の筋肉が際立ち、太ももとふくらはぎに縦線が入った。腕全体で洗面台を掴んでいたが、それだけでは震える体を支えるのには力不足だった。

「ふぅ、うっ……！」

快感に耐えているだけでもつらいのに、勝手に痙攣する体をまともに受け止めてくれる場所がなかった。いつもならベッドの上で震えが止まるまで快感に耐えればよかったが、今は違った。

ハジュンはどうしてよいか分からず、腰をピクピクさせ背中を震わせると腕で体を支えて仰け反った。少しでもしっかり立とうと努めている姿だった。しかし力が抜けた脚がフラついて、体が倒れそうになった。

「まだダメだ」

ずり落ちかけた骨盤を掴んだムギョンの手が、ハジュンの恥骨のあたり、下腹の上をガシッと掴んだ。そのまま両手を組み、沈む腰をグイッと引き上げた。ハジュンの体が崩れると同時に、抜け出ようとしていた性器が一番奥深くまでズブッと突き刺さった。

「ふぁぁ！」

痺れるつま先で床をもぞもぞと押しながら、ハジュンが声を上げた。泣いている子どもをなだめるようにかけられるムギョンの声は対照的に低く囁いた。

「分かった、分かった。しんどいよな？」

いや、ムギョンの腕に捕らえられて、足がほとんど地面から浮きかけていたというほうが、もう少し正確な表現だった。つま先はただ床に触れているだけで、もう体重をまともに支えられなかった。

「もう少しだけ、はぁ、頑張れ」

「ううっ……、ふあっ！　あ、あ、あっ！　あっ！」

「はぁ、あっ！」

腰をムギョンの腕に掴まれ、空中に浮くようにして洗面台に腕と頭を突っ込んでうつ伏せになって不安定な姿勢で立っているハジュンの後ろに、ムギョンはまた激しく突っ込み始めた。

絶頂感に小刻みに震えながらねっとりと性器にまとわりつく内壁は、自分の持ち主の事情など知るかと言うようだった。ただムギョンのモノをもっと、もっとくれと言うように吸って咥え込むだけ。

快感の頂点に向かってパンパンとお尻に打ちつけていたムギョンの目に、ガクンと俯いたハジュンの後頭部が入ってきた。打ちつけられるがままにガタンガタンと揺れ、一歩間違えれば角に頭をぶつけてしまいそうだった。ムギョンは、ハジュンの下腹を固定していた腕を胸のほうへスッと滑り上げて上体を起こした。やっとハジュンの足が床に着き、体がまっすぐに立った。

「はうっ！」

性器が中を突き刺す角度が変わると、ハジュンは仰け反りながら喘いだ。ハジュンの手が、アタフタと自分の胸を押しているムギョンの腕を掴んだ。

「イ・ハジュン、俺にしっかり掴まってろ」

ムギョンは立った姿勢のまま、ハジュンの片脚を持ち上げて腕に引っかけた。全裸になって片脚を上げ、まるで小便をしている犬のような姿勢になったハジュンは、鏡に映った自分の姿を目の当たりにして、涙を流しながら顔を歪めて目を閉じてしまった。その表情が、またムギョンの下腹を熱くさせた。

ムギョンも、もう最後までイきたかった。さっきからイきたくてギンギンしている性器を、歯を食いしばって激しく突っ込んだ。立った姿勢で滑り込んできた亀頭が、正確にハジュンの前立腺をグッグッと押し上げながら一番奥まで入ってきた。

片足立ちで思う存分身悶えることもできないハジュンが、頭をムギョンの体に激しく擦りつけた。プップツと途切れる言葉の混ざった喘ぎ声を吐き出した。


「あっ、ふぅ……！　あうっ、イヤ、これ、イヤだ……あう、ふうっ！」

両脚がガバッと開かれて露わになった股から、ハジュンの勃起した性器がまたすぐに射精しそうに揺れていた。鏡を見つめながら腰を動かしていたムギョンは急に笑い出した。

今日初めて口に入れて舐めたハジュンの揺れるアソコが、今はとてもかわいく見えた。この世にいくら体を交えて芽生える情というものがあるとしても、ここまでくると「あばたもえくぼ」もヒドすぎるんじゃないか？

感じて涙をポロポロ流す顔も、ハメられるたびにビクビクする腹筋も、強く吸ったり触られたりして赤く変わったままの乳首も、さらには、今やヒクついている穴や揺れているアソコまで。

「クソッ、呆れるよ……」

ああ、認めよう。頭のてっぺんからつま先まで、メチャクチャかわいい。

自分の感想に自分でも戸惑ったムギョンが笑みを含んで、ハジュンの耳を歯でさわさわと撫でた。

「イ・ハジュン、お前ってどうしてアソコまでかわいいんだ？」

「うっ、ぅ！　ふ、ふぅ……、やめ、やめろ！　ヘンだ……！　ヘン、あ、あ、あっ……！」

「今日も、ふっ、一緒にイこうか？」

終わりを知らせるように激しく中を突きまくりながら、ついにムギョンもかなり長いこと耐えていた絶頂の痕跡をハジュンの中に思い切り解き放った。熱い体液がぶちまけられた体の中が、まるで受け止めたものを閉じ込めようとするかのようにグッと縮み、最後までムギョンのモノをチュッチュッと愛撫した。

全身にゾクゾクと広がる快感を満喫しながら、ムギョンは手でハジュンのモノを掴んだ。一緒に射精をするため、ただそれだけだった。

「あっ、ああっ……。あ、ふぁぁ！」

手がハジュンのモノに触れるとすぐに、胸に触れた背中が感電でもするかのように小刻みにプルプルと震えた。手の中に閉じ込められた性器がドクッと一度ビクついたかと思うと、突然その先端から水がビュッと飛び出てきた。

ムギョンの目が見開かれた。性器から飛び出した水がムギョンの手を伝ってダラダラと流れ落ち、バスルームの床にまで落ちた。色は透明で量も多かった。どう見ても精液ではなかった。

「ふぅぅん……。うっ、はぅ、あ、あ……！」

そうして水を出している間にも、ぐったりと疲れ果てた白い体は快楽の余波に耐えられずに息を切らしていた。ムギョンの首筋と胸元にもたれ、背中と頭を擦りつけた。そのの体重をしっかりと支えて立ちながら、ムギョンは瞬きもせずに鏡に映った噴出の様子をぼんやりと見つめていた。

少しずつ息を整えたハジュンも、ムギョンにもたれて反らした頭を戻した。自分の前にある鏡へ、呆然と視線を移した。

「うっ……」

真っ赤になった顔を手で隠したハジュンは、性感とは違う理由で半泣きになっている状態を隠すこともできなかった。ムギョンは、つい先ほど目の前で起こった事態に驚き、そんなハジュンに言葉をかけることも忘れ、未だに少しずつ水を垂れ流している性器を離さずに肩の下をじっと見た。

（なんだ、これ……。小便漏らしたのか？）

ハジュンの脚を下ろしたムギョンが、流れ落ちる水で濡れた性器を手で何度かパシパシと叩いた。

「ふぁ、あっ！　やめ、やめろ！」

ハジュンが悲鳴を上げながら腰をビクつかせた。少しサラサラした感じもして、小便とは違っていた。においもやはり違うので、気持ち悪い感じは一切しなかった。

これって、もしかして……。

自然と苦笑いが出た。男も潮を吹くという話は聞いたことがあったが、当然興味を持ったことなどなかった。イ・ハジュンのおかげで、一生見ることもないと思っていた様々なことを目にするようになった。あまりに不思議で、ムギョンはすぐにでもハジュンを捕まえて大騒ぎしたい気分だった。

とはいえ、ここですぐに「お前、潮も吹くのか？」と尋ねてしまったら、つまらないいんじゃないだろうか。ムギョンはニヤリと笑いながらハジュンをからかった。

「小便漏らしたのか？」

「ふっ、ち、違う、違う……」

「そうなんだろ？　俺の手に小便をジャージャー出したんだぞ、お前」

「うっ、ううっ……」

ムギョンが声を少し低くして、耳元で囁いた。


「お前が漏らしたのを見たから、俺も小便がしたくなった」

「はぅ、うっ」

「まだ抜きたくないから、もうお前の中で出しちまおうか」

その言葉に、ハジュンの体が緊張するかのように少し硬くなった。ムギョンは本当に小便をするかのように、射精を終えても硬さをキープしたままの性器を軽く揺らした。

しかしハジュンはムギョンがそうしている間にも体をガチガチに硬くしたまま、飛び出し続ける嗚咽を飲み込みながら大人しくしていた。ムギョンが眉間に皺を寄せながら、ギュッと締めつける内壁の奥をガンッと突き上げた。すでに二回も絶頂に達して潮まで吹いたハジュンは、今や小さな刺激にもプルプルと身震いをした。

「あうっ……！」

「お前、どうしてじっとしてるんだ？　本当に小便したら、どうするつもりだ？」

ハジュンが相変わらず半泣きでいる間、バカらしいと言わんばかりに詰るような言葉を流しながらムギョンの性器が滑ると、体の外へ抜け出た。

「……」

ハジュンは鼻をすすり上げながら、やっと顔を上げた。

ムギョンは今や苦笑を浮かべていた。自分のことを情けないと思っているようなその表情に、ハジュンは素早く目を伏せた。セックスをしていて漏らしてしまうなんて。五つや六つの子どもでもあるまいし、自分で考えても本当にあり得なかった。ムギョンが怒っていると思って焦げついていた気持ちも、チェフンにバレるんじゃないかと緊張していたことも、そのせいで不安になって泣き出したことも、過ぎたことのように脳裏からぼんやりと蒸発してしまった。セックスをしていて小便を漏らしたという前代未聞の失態が、今ムギョンと自分の間に消すことのできない現実として置かれていたから。

「もう、離してくれ……」

力の抜け切った声で勇気を出して頼むと、ムギョンは離すどころか腰をさらに強く抱いた。

「なんだよ。恥ずかしいのか？」

答える気力もなく口をつぐむと、ムギョンはハジュンを向き直させて抱いたまま、まるで子どもを自分の足の甲の上に乗せてよちよち歩くかのように引きずって歩いていった。

二人は、まだ人のいない空間にお湯を放っているヘッドの大きなシャワーの下に立った。大きく丸いシャワーヘッドから降るお湯が、二人の体を同時に濡らした。ちょうどいい温かさのぬるま湯が気持ち良かったが、ハジュンは到底恥ずかしさが消えず、ムギョンの肩に顔をもたれかけさせて目を合わせなかった。

格闘技のクリンチのようだった。攻撃を防ぐために体をくっつけて立ち、攻撃を飛ばす間隔をなくしてしまう。しかしムギョンがハジュンに飛ばす攻撃手段は、硬い拳や強烈なキック力を持った足ではなく、いつも減らず口だった。だから、今度はどんなふうにからかわれるのかと内心自暴自棄になって待っているのに、ムギョンは無言だった。お湯に体を濡らしながら暫くハジュンを抱いていたかと思うと、バスタブの縁に座らせただけ。

すると手にシャンプーを絞った。ハジュンがぼーっと彼の姿を見守っていると、ムギョンは手をハジュンのほうへと伸ばして髪を洗い始めた。突然の親切にハジュンの肩がすくんだ。指先が頭皮を擦る感覚に、くすぐったい気持ちになった。ハジュンが頭を後ろに引きながら言った。

「自分でやる」

「ちょっと黙ってろ」

そう言いながら髪を洗う手つきは、お世辞にも上手いとは言えなかった。ハジュンは左後頭部をもう少しシャンプーで擦りたかったが、とてもそんなことは言えなかったし、シャワーで流す時も額のあたりをもう少し洗い流したかったが、同様に言えなかった。

泡が顔の上に流れ落ちて目に入りそうなのでギュッと目を閉じ、ムギョンは髪を洗い終えてからも体のあちこちにシャワーを当てて泡で洗い、またそれを洗い流しながら忙しく動いた。おかげで中途半端に残った泡も、それなりにすべて洗い流された。

「終わったぞ。先に出ろ」

突然どうしてこんなことをするのか分からず、ハジュンは赤くなった目をパチクリさせた。しかし最後には首を横に振るしかなかった。

「……後で自分で洗ってから出るよ。お前が先に出ろ」

「どうして？　髪も体も洗ったじゃないか」

ハジュンは生唾を飲み込んだ。今日は一体何度キム・ムギョンの前で恥ずかしい思いをしなければならないのだろう。

できるだけ平然としたふりをして無表情を装って説明した。

「中も洗わないといけないから」

「中？」

「中に、あるだろ？　精液が……」

ムギョンが顔をしかめた。言いたくなかったことを言ったハジュンは、積もりに積もった羞恥心に耐え切れず目を逸らした。

「それ、どうしても洗わなきゃダメなのか？　勝手に出てくるんじゃないのか？」

「……自分でやるから、先に出ろ」

「いいから答えろ」

「中を洗わないと、後でお腹が痛くなるから」

諦めて一気にすべてを説明したハジュンは、「分かっただろ？」と念押しするような表情でムギョンと目を合わせた。

「だから、先に洗って出ろ」

ムギョンの眉間の皺がより深くなった。その表情に、やっと落ち着いた心がまたザワついた。どうしてまた機嫌を悪くしてるんだ？　ハジュンが心の中で推し量っていると、ムギョンの声が少し大きくなった。

「腹が痛くなるだって？」

「……ああ」

「また抗議アピールか？　どうしてそういうことを今になって言うんだよ」

「洗い流さなかったら痛くなるけど、ちゃんと洗えば痛くならない」

「バカ言うな」

やっと機嫌を直したかと思ったら、どうしてまた怒るのだろう。何が問題なのか分からない。洗い流さなければ痛くなるけど、ちゃんと洗えば問題ない。ただ、それだけ。洗うという行為が恥ずかしいので言いたくなかっただけだ。疲れてもいるし彼が怒る理由が分からないので、ハジュンはただ知らんぷりして無表情で口をつぐんだ。するとムギョンは一度ため息を吐くと、さっきフェラチオをした時のようにハジュンの足元に跪（ひざまず）いた。ビクッと驚いたハジュンは、反射的に後ずさりした。

「後ろを向いて尻を突き出せ」

「――いい。自分でやるって言ってるだろ？」

「そうやって人をイラつかせ続けるつもりか？」

「イヤだ」

どうしてお前がイラつくんだよ、と尋ねたいところを我慢して口の内側の肉を噛んだ。今日のキム・ムギョンは最初から怒っていた。ハジュンが海で溺れたと思って勝手に驚いて、海に飛び込んだことが気に入らない様子だった。ただでさえ、さっきそこに口づけられて舐められたせいで死ぬほど恥ずかしかった。それなのに、それと似たようなことをまたやれだなんて。しかもセックスも終わったというのに。

「つーか……。何を今さら恥ずかしがってるんだ？」

俺は、いつだって恥ずかしい。ハジュンがその言葉を飲み込むと、ムギョンは諦めたかのように立ち上がった。安堵（あんど）のため息を軽く吐き出すと、ムギョンがハジュンの腰を抱き寄せた。

先ほどのように、また胸と胸がピタリとくっついた。ムギョンが何をしようとしているのか気付いたハジュンは体をよじった。

「やめろ。俺が、自分でするってば！」

「いいから、じっとしてろ」

シャワーヘッドから流れ落ちるお湯が、お尻の間を濡らした。まだぐちょぐちょにほぐれている入口にムギョンの指が割り入ってきた。ハジュンは仕方なくムギョンの肩に赤くなった顔を埋め、この新体験の瞬間が終わるのを待った。

なぜこんなにも恥ずかしいことばかりが増え続けていくのだろうか。やっと慣れたかと思うと、また一つ、それにも慣れたと思ったら、また一つ。

しかし、緊張していたハジュンの体もムギョンの指が中を撫でている間に少しずつほぐれていった。感じる部分を押したり擦ったり、指を何本も入れて奥を掻き回したり出し入れしたり。

彼はそうしなかった。本当に自分が中に出した精液を掻き出そうとするように、慎重に内壁を引っ掻き下ろしているだけ。

すると余計にヘンな気分になった。腫れ上がった中を長く硬い関節がかすめるたびに、後ろをいじめられていた時の性感とは異なる、くすぐったくて微妙な感覚が体を這い上がり心臓まで届いた。ムギョンは単に自分を洗っているだけなのに一人だけおかしな気分になるのがイヤで、ハジュンは唇を噛んだ。まったく今日は、本当に最初から最後まで恥ずかしいことばかりだ。

やっと力が戻ってきた脚が震えた。ムギョンを抱く腕に力を入れてなんとか耐えていると、後ろを撫でていた指がゆっくり抜けていくのが感じられた。

「全部出たと思うけど」

そう言う声が聞こえてきた。目の前がクラクラして、ハジュンはムギョンの肩からすぐに顔を上げることができなかった。ムギョンは、そんなハジュンの腰を支えて抱きつきながら尋ねた。

「こうすればいいのか？」

ハジュンは激しく息をして頷きながら体を起こした。この暑いバスルームから早く脱出したかった。ムギョンが離れたかと思うと、頭の上にカラッとよく乾いたタオルが乗せられた。それを急いで引き下ろして顔まで覆った。

「お先に」

「ああ」

ハジュンは急いで歩き出した。ムギョンを置いて慌ただしくバスルームのドアノブを回すと、ガチャリと鍵が外れた。その小さな音が、ハジュンの耳には銃声のように大きく聞こえた。ぼんやり立っていると、ムギョンの笑いの混ざった声が後ろから聞こえてきた。

「何を驚いてるんだ？　本当に鍵をかけてないとでも思ったのか？」

返事をするのにも疲れた。ハジュンは黙ってバスルームをフラフラと出て、まともに拭いてもいない体に寝巻代わりのTシャツと半ズボンを適当に引っかけると、ベッドの上にドサッと倒れた。体が濡れていたせいで、エアコンの冷風で冷えた部屋が余計にヒンヤリと感じられた。布団をグルグル巻きつけてから、引き寄せた枕に頭を乗せて横になった。

ムギョンとのセックスを終えると毎回最後にはヘトヘトになるが、今日は少し違う意味で疲れた。空中で何度もあちこちに翻り、濡れた地面に落ちてへばりついた落ち葉になったような気分だ。

バスルームからは、まだ水が滴り落ちる音が微かに聞こえた。まだムギョンがあそこにいる。まだムギョンは近くにいた。彼の家はとても広く、下のフロアだけでも浴室が三つもある。部屋を出てシャワーを浴びに行ってしまうとムギョンが家の中にいるのかどうか分からないほど、小さな音さえ聞こえなかった。

元はと言えば疲れたのもキム・ムギョンのせいだが、そんな状態でも彼の出す音が聞こえてくるので、一人でいるよりかはマシだった。少し休んで彼が部屋に戻ったら、海水で濡れた服をちゃんと洗わないと、と思った。どこかに干して、それから寝ないと。

ぼーっとやるべきことを考えていると、水音が止まってドアが開く音がした。部屋に入ってくる気配を感じた。別に寝たふりをするつもりはなかったが、ハジュンはベッドの上に寝転がったままピクリともしなかった。

スリッパを引きずってムギョンが歩く音が続いた。クローゼットの扉をキィッと開ける音も。そういえば、この部屋には彼が着替える服がないので、さっき自分が言った通りバスローブを着て部屋に戻らねばならない。バスローブが空気をかすめながらはためき、一瞬沈黙を揺らして暫く静かになったかと思うと、またムギョンが歩く足音が聞こえた。その音はドアではなく、ハジュンが横たわっているベッドへと近づいてきていた。

「寝てるのか？」

ハジュンは答えなかったが、目を閉じもしなかった。ドサッと座られたマットレスが軽く傾いて揺れた。隣に座ったムギョンが、横になっているハジュンと目を合わせた。一人で体を洗っている間にまた機嫌が良くなったのか、ムギョンの顔は微笑みを含んだ穏やかな表情だった。

今日はやけに気まぐれでいらっしゃる。その表情にハジュンは無性に腹が立った。いくら機嫌を損ねたからって、八つ当たりするみたいに人をこんなにも疲れさせておいて、自分はもうご機嫌になったってことか。

「今日はちょっと疲れただろ？」

少し申し訳なさそうに咳払いを一度すると、そう尋ねてきた。それとなく様子を窺うその表情に、少し機嫌が悪くなっていたのも虚しく、ハジュンはついクスリと笑ってしまった。笑ってしまったので、もう怒るふりができなくなった。

それでもムギョンのほうから気を遣ってくるのは珍しかったので、一言言い放った。

「今まで疲れなかったことなんか、あると思うか？」

ムギョンが体を屈め、ハジュンのほうへ顔を近づけた。隠し切れない気まずさが口調や表情に表れていた。

「何も言わないから、中に出したら腹が痛くなるなんて知らなかったじゃないか」

「言ったら？　中に出さないのか？」

「それは保証できないけど……。さっきみたいに洗ってやるよ」

「本当にいいってば。自分でやるほうが、ずっと楽だ」

体の中に残った精液を洗うためにキム・ムギョンに毎回お尻を突き出すと思うと、今から頭が痛かった。それでもムギョンは体を起こさずにハジュンをじっと見つめていたかと思うと、出し抜けに尋ねた。

「お前、他の男とヤる時にも、潮吹いたことあるのか？」

「……潮？」

「また、そうやってとぼけやがって。さっき俺の手に出しただろ」

ああ、その話は蒸し返さないでくれよ。ハジュンの顔が一瞬で赤くなった。

セックス中に小便が出ることを、潮を吹くというのか。聞き慣れない単語が聞き取りづらいのはもちろん、恥ずかしさでモジモジして答えられなかった。どこを見ていいのか分からずハジュンが目を逸らすと、ムギョンがニヤリと笑いながら体を起こした。

「ないよな？」

「当たり前だろ！　あんなこと一度だってしたことない。もう二度とないだろうし」

「どうして？　出るなら我慢するなよ」

「ああっ、もうその話はやめてくれ」

他人事だと思って、まぁよく騒ぐことだ。恨めしそうに睨むと、彼はからかうように目を細くしてハジュンを見下ろしていたが、とても楽しそうな口調で、ふと独り言のように言った。

「イケてないヤツらとどんなに付き合ったって、得になんかならない。なんだって、量より質だからな」

また何をわけの分からないことを言ってるんだか……。

それでもあからさまにムスッとしていた先ほどに比べれば、すっかりご機嫌そうだ。ハジュンは行為中ずっと気になっていたことを、おずおずと尋ねた。

「もう怒りは収まったのか？」

ハジュンが尋ねると、ムギョンの表情が照れくさそうになった。怒っていたという自覚はあるらしい。しかしすぐにムギョンはかえって目を吊り上げて、八つ当たりに対する責任をなすりつけるような口調で不満そうに言った。

「真っ暗な夜に、あんなふうに海の深いところにまで入っていくのを見たら、誰だって驚くだろ」

「……お前の言う通りだ。ごめん。泳ぐのは得意だから、深く考えてなかった」

ムギョンの言う通り、プールと海は違う。いくら泳ぎが得意な人でも、暗い海では一歩間違えば大変なことになるかもしれない。ライフセーバーはおろか周りに誰もいない状況だったので、万が一にでも誤ったら、助けを求めることもできなかっただろう。

そう考えると、驚いたであろうムギョンに申し訳なくなったし、不用心に危険なことをしてしまった自分自身に少し肝が冷えた。

最初は人の少ない場所まで散歩しようと思っただけで必ずしも泳ぐつもりはなかったのに、海を見つめて立っていたら、ある瞬間惑わされたかのように中に入りたくなった。夜の海と波の音の魔力だったのだろうか。その時は、なぜか危ないとは思わなかった。

「イ・ハジュン」

暫く黙っていたムギョンがハジュンを呼んだ。妙に硬い口調だった。

「ん？」

「セックスするだけの関係に、約束や拘束なんてものはあるべきじゃない。それは、よく分かってる。でも、お互いキッチリさせておいたほうが、スッキリしていいから……。この関係を続けている間は、お互い他の人とシないってのは、どうだ？」

突然の言葉にハジュンは目をパチクリさせた。どういうことなのか、よく分からなかった。答えられずにいると、ムギョンは少し焦った様子で付け加えた。

「暫く女と会うつもりがないから、お前とヤることにしたんじゃないか。その間はお前も俺としかシないってのは、どうかってことさ」

「わざわざそんな約束しなくたって、お前としかシないよ……」

何を言うかと思ったら。ハジュンは呆れて言い返した。チェフンとセックスをしたのか？　とか、本当に誰ともシてないのか？　とか尋ねてきたりして、無駄なことばかり疑う。

彼の目には自分がそんなことをするような人間に見えているということまでは分かるが、自分が他の人と関係を持つかどうかを気にするなんて、少し意外だった。

「本当か？」

「本当だ」

「いや。今はそう言ってても、状況が変わるかもしれないだろ？　だから約束、いや、俺と寝てる間は、他のヤツとは会わないって誓え」

まぁ、キム・ムギョンも人間だ。エサをやっていた犬が他の人に懐(なつ)いたら、寂しく思うのが人の心情というものだ。病気……とかが心配なのかもしれないし。

「分かったよ」

ハジュンは、わざわざ確約を得ようとするムギョンに、彼の望む答えを返してやった。しかし約束をするも何も、他の男と付き合おうだなんて思ったこともなかった。男女を問わず、自分から恋愛感情や性的な衝動を引き出した人間は、今までムギョンしかいなかったのだから。

だが、こんなことを言うということは、キム・ムギョンも今まで本当に他の女性と関係を持たなかったという意味なのだろうか。このところスキャンダルや噂は落ち着いていたが、本当にムギョンが自分としか寝ていないなどという期待はしていなかった。最近のムギョンの相手は自分だけだったと思うと、ヘンな気分になった。

そうして暫く黙っていると、突然ハジュンの隣にドサッと大きく重いものが落ちた。マットレスが揺れた。

ハジュンの目が丸くなった。いつの間にかムギョンがすぐ隣に寝転んでハジュンと向かい合っていた。たしかに機嫌が良くなったのか、いたずらっぽい瞳と視線を合わせると、その目に映った自分のこわばった顔が見えた。

自分が溺れたと思った時のムギョンよりも、もっと驚いたのではないだろうか。一瞬、心臓が壊れたのではないかと思うほどドキドキと速く跳ねた。微笑みを浮かべた整った顔がハジュンをじっと見つめている。自分の心臓の音が丸聞こえだから、あんなふうに笑っているのではないかと不安になり、次第に視線を合わせていられなくなった頃、タイミングよくムギョンが尋ねた。

「ユン・チェフンも戻ってこないって言ってたし、もうここで寝ていこうか?」

囁くように投げかけられた質問に、ハジュンは瞬きもできずにムギョンをじっと見つめた。笑みを含んだ目元がフッと細くなり、口角は微かに上がり、枕も当てず隣に寝転んで様子を窺うかのように軽く傾げた顔。

このままガバッと抱き寄せて、好き勝手にキスしたい衝動が限界まで引き上がった。

(どうする?)

しかし、そう尋ねるようなこの魅力的な表情を、ハジュンはしっかりと覚えていた。

自分から口づけておいて、今みたいに薄笑いを浮かべながら首を傾げていた。この後はどうするんだ? と尋ねるように。

カマをかけるためにキスをしたと言った。出方を窺うために、わざと。

「自分の部屋があるのに、どうしてここで寝るんだよ。チェフンさんが飲んで帰ってくるかもしれない。ダメだ」

明け方に自分を訪ねてきて、いきなり猫のぬいぐるみを手渡してきたのはついこの間のことだった。一晩中魔法にかかったような気分でドキドキして、夜が明ける頃になってやっと眠りについた日、プレゼントを受け取るべき本来の持ち主にどうしても手渡せずにベッドの上に置いたあのぬいぐるみを、次の日すぐにミンギョンに渡した。「すぐに渡さなくてゴメン」という言葉と共に。

ミンギョンは、「どうして? 本当にくれなくても大丈夫」と何度も遠慮したが、ハジュンのほうが大丈夫ではなかった。そのぬいぐるみを見るたびに死ぬほど恥ずかしくなったから。

自分の物ではない物を欲張って欲しがると、いつも最後は惨めになる。人は学習する生き物だ。目の前に置かれたエサがいくら美味しそうに見えても、何度も同じ罠にかからないようにしなければならなかった。

「帰ってきたら、どうだって言うんだよ。セックスさえしてなけりゃ、いいんじゃないか？」

「まったく、お前は……。さっき俺がどれだけビックリしたか分かるか？」

無事に過ぎたから冗談で済んでいるだけで、さっきは本当にどうなることかと思って自然と涙が出た。しかしムギョンは鼻先で笑うだけだった。

「気持ち良くておかしくなってたくせに、俺のせいばかりにして」

「キム・ムギョン……。さっさと部屋に戻れ」

本気で怒りが押し寄せてきた。声にドスを利かせて追い出すと、ムギョンは気を悪くするどころかケラケラと笑いながら体を起こした。

「心配するな。声が聞こえたとしたって、もうヤツは酔ってたよ。お前は、それどころじゃなくて分からなかっただろうけど」

一度で諦めたということは、やはりカマをかけたのだ。ドアのほうへ向かっていたムギョンが、思い出したというように付け加えた。

「服は俺が持っていくから、もう寝ろ。貧乏たらしく、またバスルームで服を洗ってダラダラ汗を流したりせずに」

「いいから置いといてくれ。明日にでも洗うから」

「こんなこと、どうして自分でやるんだ？　朝に預ければ、出発前にはアイロンまでかけて戻してくれるのに」

ムギョンにそう言われて、ハジュンも何も言わなかった。これ以上言い争いをしたくもなかったし、実はもう疲れすぎてピクリとも動きたくなかった。ムギョンはバスルームに立ち寄ってから、部屋のドアを開けながら声をかけた。

「明日な」

「ああ」

ガチャン、ピッ。機械音と共にドアが開閉し、部屋は完全に静かになった。

試合が行なわれるピッチでの言語は、試合が終わってピッチの外に出れば通用しない。ムギョンがベッドの上で言う言葉も、それと同じだ。

たくさんの人と、夜ごと甘い言葉をボールのようにやりとりしたであろうキム・ムギョン。その言葉は、ただその時その時の雰囲気作りのためのものや、単なる一種の遊びで何の意味もない。それを分かっていながら受け入れられず、ベッドから出た後も彼にしがみついた人たちの話をハジュンは知っていた。

その物語の結末で、いつもムギョンがどれだけ冷たかったかも。ムギョンの愛を手に入れようとして破綻を迎える求愛者たちのストーリーは、ゴシップ記者たちが大好きなブラックコメディのネタだったから。

ハジュンは二度ほど瞬きをすると、横になったまま灯りを消して目を閉じた。つい先ほど見た夜の海のような黒い睡魔が、すぐに彼を襲った。

* * *

ハジュンは朝の光に目を開けた。いつの間にかチェフンが戻ってきていた。服も着替えず、うつ伏せでベッドで伸びている姿からすると、かなりベロベロになって帰ってきたらしい。やはりムギョンを部屋に帰して良かった。

人が入ってくる音にも気付かずに眠っていたので、相当疲れていたようだ。ハジュンはチェフンを起こさないように、そろりそろりと動いてバスルームに入った。ちゃんと乾かさずに寝たせいで、後頭部の髪が軽く跳ねていた。適当に櫛で梳き、服を着替えてから部屋を出た。昨日、キム・ムギョンと大騒ぎしたからか、目が覚めるとすぐに腹が減った。

朝食を摂りに食堂に着いて最初に目に入ったのは、チームの中でも背の高い一九〇センチを超える二人の男が窓際の席に座っている姿だった。大男二人がくっついているので、見ないようにしても、どうしても目についてしまう。通り過ぎる人たちが彼らをチラチラと盗み見ていた。しかし食堂という場所のせいか、座っているだけでも迫力溢れる二人の雰囲気のせいか、近づいてサインをねだったり写真を撮ってくれと言ったりする人はいないようだった。

ムギョンは言うまでもないが、一緒に座っているジョンギュも印象のいい美男子だ。冗談めかして「お前たちに挟まれると引き立て役になる」とかなんとか不満をこぼすが、ハジュンはまったくそう思わなかった。そんな冗談を言える性格こそがジョンギュの長所であり、だからこそキャプテンも務まるのだろう。

皿に適当に料理を乗せていると、ジョンギュがハジュンを見つけて手を振った。

「よぉ、ハジュン」

ハジュンは料理を取っていたトングを振って応えた。ジョンギュの向かいに座って新聞を読んでいたムギョンは、ジョンギュの言葉にやっと顔を上げてハジュンを見つめた。クスッと自然と緩む唇。キム・ムギョンは、いつから自分を見てあんなふうによく笑うようになったのだろう。

ハジュンはなぜか胸が熱くなって息苦しくなり、目配せだけをして、また皿に料理を乗せた。目玉焼き、トースト、ベーコン、サラダ、朝から酢豚、八宝菜などなど。

他の席に座るのもヘンなので、二人が向かい合って座っているテーブルに近づいた。よく考えたら、クラブの食堂ではいつも数人で昼食を食べることが多いので、ムギョンがいるテーブルでも適当な席に座れば良かったのだが、今はジョンギュの隣かムギョンの隣。二つの席しか選択肢がなかった。

どちらに座るか悩んだ。キム・ムギョンの隣？　ジョンギュの隣？　やっぱりジョンギュの隣のほうが気まずくないよな？　結局ジョンギュの隣に座ることに決めて歩き始めたが、突然ムギョンが隣に置かれた椅子を後ろに引いた。

「イ・コーチ、座れよ」

「おっ、いつになくジェントルじゃないか」

何気ないジョンギュの冗談も、なぜか意識してしまう。ハジュンは黙ってムギョンが引いた椅子に座り、すぐに半熟の黄身をフォークで刺しながら尋ねた。

「お前たちは？　もう食べ終わったのか？」

「いや、目を覚まそうと思って、ちょっと座ってたんだ。そろそろ食べないと」

ジョンギュの言葉にハジュンは頷き、持ってきた料理を順番に口に運んだ。「空き腹にまずい物なし」だからか、朝食の味がいいからなのか、スルスルと喉を通っていく。

「コーチ、朝からよく食うな」

突然聞こえてきた声に、ハジュンは口に入れようとしていた酢豚を下ろした。食べるのに集中して暫く周りを気にしていなかった間にムギョンは頬杖をつき、顔を完全にこちらに向けて座って自分のことをじっと見ていた。

ハジュンは軽く顔をしかめながら、水を一口飲んで咎（とが）めた。

「どうして食べてる人間を見物してるんだ？　お前たちも早く料理を取ってこいよ」

「分かりましたよ、コーチ」

そう答えると、大男二人が同時に席を立って料理を取りに行った。椅子を引いて立ち上がった瞬間、食堂にいる人全員がこちらを見つめているのにハジュンは気付いた。まったく、いちいち動きが目立つ。

食事を終えて部屋に戻り、荷物をまとめた。昨日、酒をしこたま飲んだチェフンは、頭痛がするのか朝食も食べずにベッドに横になってうんうん唸っていた。ハジュンは彼の荷物もまとめて、大きなカバン二つを持って立ち上がった。出発時刻が近づき、やっとのことで体を起こしたチェフンに心配そうに尋ねた。

「チェフンさん、大丈夫ですか？」

「あー、死にそうだよ。久しぶりだからって飲みすぎた。大丈夫だから行こう。そろそろバスに乗らないと」

キャンプ入りは別々だったが、ソウルへは一緒に戻ることにした。チェフンは立ち上がって、「ううっ」と死にそうな声を出しながらハジュンの隣を歩いた。

「酔い覚ましの薬でも買ってきましょうか？」

「いや、薬局に行こうと思ったら、また外に出なきゃいけなさそうだし」

「でも……」

「そう言ってくれるだけで、ありがたいよ。どこへ行っても僕の心配をしてくれるのはハジュンだけだからな」

チェフンが笑いながらハジュンの肩に腕を掛けて、もたれかかってきた。ハジュンも笑いつつ、そんなチェフンの肩をトントンと叩きながらエレベーターの前に着いた。

「おっ、ハジュン。チェフンさん」

エレベーターの前には、ジョンギュとムギョンもいた。二人もバスに乗りに行こうと、カバンを一つずつ肩に掛けていた。

「チェフンさん、大丈夫ですか？　疲れてるみたいですけど」

「正直、大丈夫じゃないよ。頭が割れそうだ」

「そんな状態で、バスに乗っても大丈夫かな」

ジョンギュとチェフンが話をしている間、ムギョンは、ハジュンとチェフンを交互に見ると眉間に皺を寄せた。彼がチェフンのことを気に入っていないということは、もう誰もが知っている状況だ。ハジュンは「また何かヘンなことを言うんじゃないか？」と緊張した顔で固まり、どうか彼が黙っていてくれることを望みながら向かい合った。

「よこせ」

だがムギョンは他に何も言わず、ハジュンが持っていたカバンを一つひったくっていっただけだった。

「荷物持ちじゃあるまいし、どうして人の荷物まで持ってるんだよ」

「キム・ムギョン。今日はやけにジェントルだな」

「黙れ」

はしゃぐジョンギュの言葉に、ムギョンは笑いもせずに返した。ジョンギュは気にもせずに、今度はハジュンに向かって手を差し出した。

「ハジュン、それもこっちにくれ。俺が持つよ。お前はチェフンさんを頼む」

「いや、俺のなんだから」

ジョンギュの言うようにジェントルだから施した厚意ではない。酒が抜けずにハジュンの肩にもたれかかってぐったりしたチェフンのことが気に入らないと言わんばかりに睨みつけたところを見ると、なぜあんなことをしたのか分かるような気がしたが、ムギョンが不満そうに言ったセリフには語弊があった。

（そんな言い方したら、お前だって荷物持ちになるじゃないか……）

それも、彼が目の敵にしているユン・チェフンの荷物持ちに。しかし、思いついた言葉をそのまま口に出したところで幸せになる人は誰もいない。ハジュンは、ただ小さくため息をついてエレベーターに乗った。

バスの周りには、すでに選手やスタッフたちが集まっていた。自分も手伝うと言い張るチェフンに、早くバスに乗って休むように言い聞かせてから、ハジュンは他のコーチたちと一緒にクラブ共用の荷物をバスのトランクに載せた。それからバスに乗って空席を探していると、目についた席は二か所だった。チェフンの隣と、ムギョンの隣。どっちに座ろう。また躊躇っていると、ムギョンと目が合った。彼は食堂で椅子を引いた時と同じ表情をして軽く手を上げた。

（……チェフンさん、寂しく思ったりしないよな？）

すでに目を閉じて窓にもたれたまま眠っているチェフンの横を通り過ぎ、ハジュンはムギョンの隣に座った。

みんなが一つ二つと席を埋め、ブルルンとエンジンをかけたバスがゆっくりとリゾートを出発した。結局、明るい時には一度も入れなかった海が太陽の光を反射してキラキラしていた。窓の外に見える景色を眺めていると、ムギョンが声をひそめて耳元で囁いた。

「約束、覚えてるよな？」

「……約束？」

「ソウルへ戻ったら、すぐヤることにしただろ？」

ハジュンが目を丸くした。

「昨日ヤったじゃないか」

「一回出して終わったことなんかないだろ。残りはソウルに帰ってヤるぞ」

ハジュンは丸め込まれたような気分になって顔をしかめたが、今ここでその問題について言い合うこともできず、そっぽを向いた。通路側に座ったので、到着し次第、一番にバスを降りて逃げてしまえばいい。

いずれにせよ、すべてが無事に終わった。思わず入っていた肩の力が抜けた。今回のキャンプを最後に、シティーソウルはシーズン後半期開始まで束の間の休息に入る。当分の間、試合はもちろん練習の予定もなかった。

08

練習がない間は少し暇になるかと思ったが、とんでもない勘違いだった。短いオフの間、ムギョンは分身の術を学びたいと思うほど忙しかった。

待っていましたと言わんばかりに押し寄せてくる国内の各種インタビューや撮影。ロンドンを含めたヨーロッパなどから入ってくるリクエストはもちろん、韓国に帰ってきたチャンスに乗じて、近隣の中国や日本、東南アジアのスポンサーたちからも招待状が飛んできた。その中から優先順位を決めて数件に応じると、一息つきにどこかへ遊びに行く暇もなく、あっという間に休暇はほとんど消えてしまった。

夏の真っただ中、行く先々は息が詰まるほど暑かったが、それでもムギョンは、こういったファンツアーを嫌がりはしなかった。自分が住んでいる家、着ている服、運転している車……。どれもファンなくしては手に入れることができない物ばかりだ。プロスポーツはファンがいなければ成立しない。子どもたちが多く参加するイベント会場を訪れる際には、特に気を遣うタイプだった。

この世に悪魔が実在していると信じ、ただその場から逃げ出すことだけが唯一の目標だった時期があった。まるで沼の底に沈んでいるかのように、いくら足掻いてもどうしても這い上がることができなかった日々。ジュンソンと出会いサッカーという人生の道具を手にしたことで、ムギョンは「人間」らしい人生を生きられるようになり、今は誰もが羨む人生の主人公になった。

みんながみんな自分と同じラッキーボーイにはなれないということは分かっているが、どうなるかは分からないではないか。自分を見て、似たような希望を感じる人もいるかもしれない。始めるまでは、何も分からないから。子ども好きなのかと問われれば、そうだと答えることはできない。しかし子どもたちにより良い未来を望んでいるかと問われれば、自信を持ってそうだと答えることができた。

様々なイベントが押し寄せてきたせいで、暫くハジュンと会えなかった。セックスとは別に、こんなにも長い間ハジュンと顔を合わせることすらできなかったのは、韓国に来て初めてだった。

ムギョンは何年もモデルをしているスポーツブランドの広報のため台湾と中国を続けて訪問し終え、夕方前になってやっとソウルに帰ってくることができた。最後のイベントだった。たった数日だが、次の練習が始まるまで正真正銘のオフがやっと与えられた。

「お疲れ様でした」

エージェンシーが空港に迎えに寄越した運転手を帰し、ムギョンは疲れた体を引きずってエレベーターに乗った。すぐに自宅に入り、シャワーを浴びて休みたかった。しかし、いざ玄関に入ると、長い間留守にしていた家特有のひっそりとした感じに、なぜか余計に寂しい気分になった。

自宅とはいえ、ワンシーズン住むために自分の目で確認することもなく決めた場所である上に、最近ずっと留守にしてばかりなので、自宅ではなく臨時宿舎に帰ってきたような感じしかしなかった。ムギョンは水を一杯飲んでから、携帯電話の画面を点けた。

「なんで返事がないんだ?」

すでに何度も携帯電話のメッセージを確認しているムギョンは独り言を呟き、眉間に皺を寄せた。北京で飛行機に乗る前にメッセージを送ったのに、相手からは返事が来るどころか既読表示すらつかなかった。

ツアーを回っている間にも、ムギョンは時折、長期的で安定した関係を結んでいるセックスパートナーのことが気になった。キャンプ地を出発したバスがソウルに到着すると、ムギョンがカバンを下ろしている一瞬の隙を突き、ハジュンはササッと逃げていってしまった。そのせいで、結局一度もできないまま海外へ出発しなければならなかったのだ。

一緒に練習をしたり試合があったりする時は、いつもお互いが視界の中にいたし、セックスする約束をした日には練習が終わるとすぐに一緒に家へ来たので、顔を合わせる時間が空くことなどなかった。その言葉が嘘だったならば何の意味もないが、ムギョンの提案を拒む時、ハジュンはいつも妥当な理由を事前に説明してくれた。母親や弟妹の予定が理由になる場合が大半だったし、チーム内のコーチ陣の残業や、コーチングの勉強会やワークショップが理由であることも時折あった。

練習も試合もないオフの間、ハジュンはムギョンの視界から完全に消えてしまった。キャンプの時から始まったモヤモヤが続いていることなど言うまでもない。お互いの関係が継続している間は他の人とはシないという口約束はしたが、そんなもの、その気になればいくらだって騙せるのだから。

とはいえ、お互いに会えないことが分かり切った状況で、わざわざ海外から特に用件もないのに何をしてるのかと尋ねたり、今日のスケジュールをいちいち問い詰めたりするようなことか？　人をつけて監視でもするか？　まさか。ムギョンはツアーを消化しつつ、当然イ・ハジュンのことなど一切思い出していないかのように振る舞った。それでも帰国直前の北京空港では、もうモヤモヤに耐えられず、すでにメッセージを送った状態だった。しかし、何時間も返事が返ってこないどころか既読表示すら出ない。

こんなにも返事がないなんて、一体何をしてるんだ？

「お前としか寝ない」と言って目を隠してスネていたくせに、内緒でどこかのベッドの上でお楽しみなんじゃないか？

——もしもし。

「俺だ」

結局、返事のないハジュンの代わりに別の人間に電話をかけた。

——帰国したのか？　昨日テレビにお前が出てたぞ。久しぶりだからか、お節介な声も今日はやけに懐かしかった。

「さっき着いた」

——じゃあ、しっかり休めばいいだろ？　どうしたんだ？

自然に、あくまでも仕事の話のように。

「イ・コーチに何かあったのか？」

——ハジュン？　何かって？

「訊きたいことがあってメッセージを送ったんだけど、ずっと返事がないんだ」

——さぁ。何かあったって話は聞いてないけど……。あっ。

ジョンギュが何かを思い出したかのように、短く声を上げた。

——最近あいつメチャクチャ忙しいんだ。すぐに返事を返せないかもしれないな。

「どうして？」

——今度、スポーツ学会のセミナーでハジュンが発表するんだ。直前だから準備で忙しくて、きっと他のことに気を遣う余裕がないんだと思う。そのせいで、キャンプから帰ってきた直後からずっと忙しいんだよ。

その言葉に、ムギョンは受話口の向こうに聞こえないほど小さくため息をつきながら、ソファに背中を預けた。そんなにお忙しかったなら、公私とも多忙なコーチといえども他の火遊びをする時間はなかっただろう。

「その発表、いつなんだ？」

——三日後だ。うちのチームも聞きに行くぞ。監督コーチ陣からも数人。俺も行くし。

「選手も行く場所なのか？」

——絶対ってわけじゃないけど、同じチームから少しは行ってやらないと。ハジュンのヤツ、初めての発表で恥ずかしいから他の選手たちは来ないでほしいって言うんだよ。だから、代表で俺だけ行くことにしたんだ。

ムギョンが軽く顔をしかめた。

「なんで俺は知らなかったんだ？」

——お前には言わなかったんだろ。

「切るぞ」

まだ何か言おうとするお節介との通話を一方的に終え、ムギョンはしかめた顔をそのままに携帯電話の画面をインターネットに切り替えた。スポーツ学会、セミナーなどといういくつかのキーワードを入れて検索すると、三日後の日程と発表者名簿、場所などがまとめられた公式ブログが出てきた。

去年行なわれたセミナーの写真もあった。見知らぬ男たちがスーツを着て壇上に立って発表をしている退屈そうな光景を、スッスッとスクロールしてざっくりとブログに目を通したムギョンは、インターネットウィンドウを閉じた。

暫く物思いに耽って虚空を見つめていたムギョンは、メッセージを送るのをやめてすぐに電話をかけた。呼び出し音がやたらと長く鳴った。しかしムギョンは、携帯電話を耳に当てて辛抱強く待った。ある瞬間、呼び出し音が途切れると、やっと向こう側から人の声が聞こえてきた。

——キム・ムギョン？

開口一番名前を呼び、電話に出るなり「なんの用だ？」というニュアンスがたっぷり滲んだ聞き慣れた声。もっと早く電話をかければ良かった。心ではやっと声が聞けてうれしいくせに、口では挨拶の一言もなく、まず不満が飛び出た。

「コーチ、どうしてメッセージを見ないんだ？」

——えっ？　あ、ごめん。最近携帯電話を見る暇もなくて、メッセージが来たのにも気付かなかった。

知ってはいたが、まったく淡泊なヤツだ。クールなイ・コーチは自分と離れている間、携帯電話を一度もいじることがなかったらしい。

「大事な用件で連絡したのかもしれないのに、選手の管理が疎かすぎるんじゃないか？　俺に何かあったら、どうするつもりだ？」

――どうしたんだよ。何かあったのか？

「ツアーを終えて、今日ソウルに戻ったんだ」

――……ああ、そうか。お疲れ。しっかり休めよ。

拍子抜けしたかのように答えると、やっとメッセージを確認したのか、なだめるような口調で言葉を続けた。

――キム・ムギョン、三日後以降じゃないと時間が取れそうにない。今、仕事で忙しいんだ。

なぜ忙しいのか説明してくれるのかと思って少し待ってみたが、ハジュンもムギョンの返事を待っているのか、黙っていた。結局、ムギョンが先に話し始めた。

「分かった。お前、学会のセミナーで発表するんだって？」

――……。

「俺も行く」

その言葉に小さなため息が聞こえ、驚きもしないというように聞き返した。

――ジョンギュが言ったのか？

「あいつ、俺には言うなって口止めされてたのに、バラしたようだな」

――隠してたわけじゃなくて、初めての発表だから恥ずかしいんだよ。それに、お前はツアーでずっと忙しかっただろ？

「今、時間あるなら、ちょっと会おう」

――今は俺が忙しいんだってば。

「ちょっとだけだ。すぐに済む」

その言葉の後に、かなり長い沈黙が続いた。そんなに黙り込んで何を悩んでいるんだ？　そんな時間があるなら、簡単に「うん」と答えて、やることをやったほうがマシだろう。待つのに苛立ったムギョンが何か言おうとすると、ちょうど返事が返ってきた。

――分かった。その代わり、本当に少しだけだからな。

「家の前に着いたら電話するから、出てこいよ」

――ああ。

ムギョンはすぐに車のキーを持ち、再び駐車場に下りていった。ツアーから戻った直後だったが、さほど疲れてもいなかった。彼の家へ行く道は、今や自分の家への帰り道かのように慣れていた。マンション団地に到着したムギョンが電話をかけてから三分ほどが過ぎ、ハジュンが車に乗りに下りてきた。

「久しぶりだな。おかえり」

少しぎこちなく挨拶をしながら助手席に乗り込むハジュンは、その言葉通り久しぶりに、ほぼ二週間ぶりにムギョンに会うのだった。

別に大したことじゃないのに久しぶりに会うからか、うれしい。満足したムギョンが助手席のほうへ体を傾けて彼の首に手を掛けて顔を引き寄せたが、ハジュンは肩をすくめて踏ん張った。ムギョンの眉間に自然と皺が寄った。

「なんだよ」

「まだ明るい。家の近所じゃないか」

まったく、いつもお高くとまりやがって。ムギョンは、そんなハジュンを睨むようにじっと見つめてから、首を隠した襟元をグイッと引っ張って広げた。

「キム・ムギョン、ここじゃダメだってば」

ハジュンの抗議を無視して、ムギョンは襟の下に隠れた白い首筋をじっくり観察してから彼を離すと、ハンドルを握った。隠したいことがあるから逃げるのかと思ったが、首は綺麗だった。前置きすら省略しなければならないほど、お忙しいってことか。

すぐにエンジンをかけた車がゆっくりと動いて道路へ出ていく間、視線をぼんやりとどこかへ落としたハジュンは、行き先を尋ねることもなく黙っていた。ムギョンもあえて目的地を説明しなかった。

暫く走って車が停まると、ハジュンはやっと軽く俯いていた顔を上げた。ムギョンがエンジンを切り、運転席のドアを開けながら言った。

「降りろ」

ハジュンは窓の外を眺め、「ここはどこなんだろう」という疑問を含んだ表情を浮かべながら、ムギョンに続いて車を降りた。到着した場所はムギョンの家でも、かと言って、この前のような野外駐車場や人通りのない場所でもなく、明かりの灯った店が集まっている繁華街だった。モーテルやホテルのような宿泊施設でもあるのだろうかと思い、ハジュンはキョロキョロと周りを見回したが、それらしき建物もなさそうだった。

こんなところへ、なぜ来たんだろう。ハジュンが気になっていると、ムギョンが手招きした。

「こっちへ来い」

そう言うと、巨大でゴージャスな建物のガラスドアを開けて入っていった。ハジュンも急いでついていった。わざわざ何を売っている店なのか訊かずとも、そこがどんな店なのかひと目で分かった。ショーウィンドウに紳士服を着たマネキンが数体見えたからだ。

（服でも買いに来たのかな？）

ハジュンはあまりこういった類の服を買ったことがないので、さほど見る目もなかった。買い物に付き合わせたところで大して役には立たないだろうに、どうしてわざわざ忙しいと言う自分を連れてきたのか分からない。

インテリアに無駄な物などない広い店内、端正で高級感溢れるスーツが作品のように展示された店の鏡に、適当な服を引っかけて店にやってきた自分の姿が映った。ハジュンは恥ずかしくなって、その虚像から目を逸らした。

カジュアルな身なりなのはムギョンも同じだが、不思議なことに、彼はこの空間にまったく不似合いな存在には見えなかった。着ている服が高級品だからだろうか、着こなしが上手いからだろうか。今さらながらカッコイイ彼を見てぽかんと立っていると、ムギョンがまた手招きをしたので急いで近づいた。ハジュンが駆け寄ると店員が尋ねた。

「こちらのお客様のお召し物をお求めですか？」

ハジュンが違うと首を横に振ろうとすると、ムギョンが先に答えた。

「はい」

「まず、サイズをお測りします。こちらへどうぞ」

ハジュンはムギョンに目配せして「どういうことだ？」と尋ねたが、ムギョンは黙って店員についていけと言わんばかりに手を振るだけだった。「一体なんなんだ？　どういうことなんだよ」と声を出して訊きたかったが、生まれて初めて入った静かで優雅な店の雰囲気がハジュンの声を遮った。ハジュンは手綱を掴まれて引きずられていく動物のように、ただ黙って店員の後をついていった。

メジャーを取り出した店員が、ハジュンの体のあちこちを測り始めた。軽く凍りついた表情で、それでも店員の指示通りに体を動かしながらサイズを測っている間、店員が残念そうに説明した。

「三日後にお召しになるということですので、お直しのみ可能です。ですがスタイルが良いので、既製服でも上手く着こなせるかと思います」

そう言うと、「少々お待ちください」という言葉と共に、どこかへ消えた。やっとハジュンが戸惑った顔を軽くしかめて状況把握を始めた。

「何してるんだ？」

「何ってなんだよ。服を買いに来たんじゃないか」

「服？　こんな服、必要ない」

「発表の時、スーツを着なきゃいけないだろ？」

ハジュンの目と口が同時に開いた。

「発表は二十分くらいで終わる。昔着てたのを着ればいい」

「昔っていつ？　買って何年も経ってそうだけど」

図星を指され、ハジュンは口をつぐんだ。ムギョンがズイッと近づいてきて、目を細めながら何かいい冗談を思いついた子どものように笑った。

「前から、お前はスーツを着てやる仕事も似合うと思ってたんだ」

「……」

「そのセミナーは俺も見に行くんだし、俺の気に入る服を着せなきゃいけないから黙って受け取れ」

何か言い返そうとしたが、その前に店員が戻ってきた。車輪のついた大きな移動用ハンガーポールを引っ張ってきていた。

「何着か選んで参りましたので、ご覧ください」

ムギョンが頷きながら近寄った。まだどう対処すべきか分からず、ぼーっと立っているハジュンを顎で呼んだ。

「こっちに来て、見てみろ」

仕方なく近づいたが、まだキョトンとしていた。一度だって自分で金を出して買ったことのない服を見たところで、どれが良いかなんて分かるわけがない。だが、生地を見ただけでも高価なものだということは分かった。

スーツといえば韓国代表時代にオフィシャルスーツとして作ってもらったものを除き、ハジュンにとっても悪くないオファーが入ってきた時に、当時マネジメントを任せていた会社の社長がお祝いに買ってくれたものが一着あるだけだった。いずれにせよ、彼の言う通りすでに何年も前のものだ。

今となっては取り出すのも多少憂鬱なものになってしまったが、どうせスーツを着ることはほとんどないので、わざわざ新たに買おうなどとは思わなかった。職業柄、毎年スーツを新調して着る必要もなかったし、その頃から体形が大きく変わったわけでもないので、必要な時にはそれを着ればいい。

「これ、どうだ?」

ムギョンの質問にハジュンが口を開く前に、店員が先に答えた。

「こういったツーボタンのベーシックなデザインこそ、カバーすべき短所がないスタイルの良い方にお似合いになりますよ。イタリアで織られたオーストラリア産最高級ウール生地でございます。完全なブラックではなく濃いグレーに近く、フォーマルでありながら重苦しく見えません。照明によってトーンも自然に変わるので、どんな雰囲気にも合わせることができます」

そう言って微笑みながらハジュンのほうへと顔を向けた。

「正確にお直しするため、ご試着をお願いします。こちらからお試しになりますか?」

「結構です」と言おうとしたが、店員の期待に満ちたキラキラした瞳がハジュンの心をくじいた。一生懸命に営業中の彼の前で、「必要ない、持ってるスーツを着ればいい」と言い張り続けることもできず、ハジュンは仕方なく頷くと案内に従って試着室へ入った。


四方に鏡が取りつけられた試着室には、生花が活けられた花瓶に加えて小さなソファまで置かれており、服屋の試着室というより、まるで小さな部屋のようだった。暫くモジモジしていたが、Tシャツを脱ぎ、気後れするほど白いドレスシャツを着始めた。

スーツは息苦しい服だと思っていたが、いざ着てみると意外と体にフィットして楽だった。肩のラインや手首の上に落ちる袖のラインなどが、たしかに他のものとは違った。見る目のない人から見ても、いい服だとひと目で分かった。

シャツにズボン、ベスト、ジャケットまで着てから鏡を見ると、正直、我ながら素晴らしかった。髪をかき上げて額を出してみた。久しぶりに整った身なりになった鏡の中の自分の姿に軽く酔いしれていると、店員の声が聞こえてきた。

「お手伝いいたしましょうか?」

「あっ、着替え終わりました」

試着室のドアを開けて出た。前で待っていた店員の顔がパアッと明るくなった。彼がシャツの襟とジャケットのラベルを内側に隠しながら言った。

「とてもよくお似合いです。他にも試着なさいますか?もう少し明るいグレーやブラック系もお似合いになると思いますが。軽く柄の入った生地もいいと思いますよ」

ムギョンがゆっくりと近づいてきた。彼はハジュンの頭のてっぺんからつま先までを観察すると、満足そうに微笑みを浮かべた。

「他を試着する必要はなさそうだ。ネクタイを見せてください」

「かしこまりました」

店員は、あらかじめ用意しておいたネクタイの陳列台を持ってきた。ムギョンはその中から何本かをハジュンの顔の下に交互に当て、とても真面目な顔で色を選んだ。

そうしている間、ハジュンは困り果てたような気分になり、軽く握った手をモゾモゾさせるしかなかった。何もないはずの手の中で何かが這い回っているような、くすぐったい気分だった。

「色が白いから、こういう色も合いますよね」

ムギョンがコーラルと薄紫色のネクタイを持って尋ねた。暫くぼんやりして他事を考えていたハジュンは驚いて何か答えようとしたが、同意を求めるその言葉は店員に向けられたものだった。店員が笑いながら答えた。

「ええ。お肌の色も明るく、目鼻立ちもハッキリしてらっしゃるので、こういった鮮やかなお色味もお似合いになります。スーツの色が暗く、落ち着いた雰囲気になりますので、あまりに重い場でなければ、ネクタイは明るい色をお選びになってもよろしいかと。それに、こういったお色味のネクタイは、やはりお年を召すと次第に手が伸びなくなるものですから、今のうちにたくさんお召しになっておいたほうがよろしいですよ。こういったバーガンディカラーもお似合いになると思いますが」

ハジュンを人形のように立たせたまま、ムギョンは店員と話をしながら何本かネクタイを選んでラッピングを頼んだ。店員が陳列台を持ってカウンターに向かっている間、ムギョンが言った。

「発表会場は落ち着いた雰囲気だろうから、あのネイビーのソリッドタイにしろ。他のは、また必要になったら使えばいい」

「スーツを着ることなんてほとんどない。一本あれば十分だ」

だがムギョンは答えることもなくカウンターへ向かった。ついていこうとしたが、店員が「サイズ直しのためにもう一度採寸させてほしい」と言ってハジュンを捕まえた。店員は体のあちこちをメジャーで測りながら服に印をつけると、やっと着替えをするように案内してくれた。ハジュンは試着室で、半ば魂が抜けた状態で自分の服に着替えた。

　試着室を出ると、その間に支払いを終えたと思われるムギョンが、ショッピングバッグを持って他の物を暇潰しがてら見ているところだった。彼が暫く商品を見るのに気を取られている間に、ハジュンは声を落として店員に尋ねた。

「これ全部で、いくらですか？」

「お支払いは、もうお済みですよ」

「はい、ですから値段だけ……」

「ああ」

　店員が微笑みながら計算書を見せてくれた。そこに印刷された数字を見て呆然としていると、ムギョンが忘れていたと言わんばかりに声を上げた。

「そういえば、靴を見てなかったな」

「お履き物もご入り用ですか？」

　店員の質問に、ハジュンがキッパリと答えた。

「いいえ、結構です」

　近づいてきたムギョンの腕を掴んだ。

「俺、もう本当に時間がないんだ。行こう」

「靴も買わないと」

「家にある靴を履けばいい。どうせ壇上で発表するんだから、足元なんか見えない」

　これ以上はダメだ。計算書に書かれた価格を見て、貧血のように軽く眩暈がした。ムギョンが店に入ってからこの短時間に使った金額は、ハジュンの年俸の半分だった。もちろん、ハジュンも一時期プロ選手だったので普通の会社員よりはたくさん稼いでいたし、絶好調だった頃には億の契約を進めたことだってある。しかし今の自分にとっては、まったく不釣り合いな値段だった。

　突然の買い物にアワアワと巻き込まれて服を受け取ったところまではともかく、これ以上は借りを増やしたくはなかった。無理やりムギョンを店から連れ出して車に乗ると、ムギョンは最後までとても残念そうな顔をしていた。

「買ってやるって言ってるんだから、一足買えばいいのに」

　ハジュンは真っ青になった顔をムギョンに向けた。プレゼントをもらう人の態度とは程遠いが、ハッキリさせなければならなかった。

「高すぎる」

「既製服だから安い。時間さえあれば、オーダーメイドにしたのに」

「俺に一着一千万ウォンを超えるスーツなんて、必要ないだろ」

「オーダーメイドだったら、その三倍はするぞ」

ムギョンは鼻で笑った。

「高かったら、なんだ？　すでに購入したものを返品するつもりか？　支払う時まで何も言わなかったくせに、どうして今さら。俺にはそんな真似(まね)はできないから、お前の好きにしろ」

「そういう意味じゃないよ。ただ……」

セミナーの準備をしていたら「ちょっと会おう、すぐに済む」と言われ、軽い気分で出てきた。いや、軽い気分で出ようと努力した。

すぐに済む。その言葉には、今や二つの分岐点が生まれた。突然のセックスか、突発的なイベント。今日は後者だったし、この前と同じくらい困惑した。今日のムギョンは、酒に酔ってもいなかったから。どこへ行くのかも、なぜ行くのかも分からないまま、なるようになれという投げやりな気持ちでついてきたが、身の丈に合わないものをどっさり受け取ってしまった。

「どうでもいいスキャンダルには詳しいくせに、俺がどれだけ稼いでるのかは知らないのか？　これしきのことでギャーギャーと」

気を悪くしたかのようにブツブツ言うムギョンに、ハジュンは遅まきながら気を取り直してお礼を言った。

「ありがとう。ただ……あんまりにも突然すぎるじゃないか。こんなこと予想もしてなかったから」

「ジョンギュだったら、金持ちの友達がいて良かったって大喜びで受け取ったはずだぞ」

「……」

「友達でもなく、セックスしてる仲で、こんなもの一つ受け取れないのか？」

ハジュンの心が、戸惑い揺らいだ。何と答えればいいのかすら簡単に決められない。この言葉に喜ぶべきなのか悲しむべきなのか、怒るべきなのか笑ってやり過ごすべきなのか。キム・ムギョンに一度振り回され始めると、簡単な選択肢すら選ぶことができないバカになってしまう。自分が覚えている感情が何なのかも、時々分からなくなる。

クルクルと高速回転しながら、複数の色が一つになってしまうルーレット。その中から正解を選ばなければならないのに、今は確信がなかった。だからハジュンは、一番基本的だと思われる無難な答えを選んだ。

「ごめん」

続けて、もう一言。

「ありがとう」

するとムギョンは無表情でハジュンを見つめ、クスッと笑ってしまった。誤った答えを言ってしまったようだ。彼がエンジンをかけた。ハンドルを回して車を出発させながら、靴の話をした時のように残念そうに口を開いた。

「そんなに忙しいなら、今日はもう帰れ。セミナーが終わったら、あの日あんなふうに逃げた償いをしろよ」

「前日にシたのに、お前がまたヤろうとするからじゃないか」

「だからって、約束はなくならないだろ？」

「またそうやって減らず口を」

ムギョンがショッピングバッグを顎で指しながら言った。

「ちゃんと持っていけよ。置いていかずに」

ハジュンはショッピングバッグを抱えて中を覗いてみた。ラッピングされたネクタイボックスが数個入っていた。どさくさ紛れに受け取りはしたが、自分に高級ネクタイだなんて、まったく豚に真珠だった。ハジュンはバッグの中から視線を上げられず躊躇っていたが、ムギョンの様子を窺いつつ口を開いた。

「キム・ムギョン」

「今度はなんだよ」

「俺、ネクタイを上手く結べないんだけど……」

ハジュンの自信のない声に、ムギョンは暫く黙っていたが、抑揚のない口調で聞き返した。

「じゃあ、どうするつもりだったんだ？」

「結ばなくていいネクタイあるだろ？　それを締めようと思ってたんだ」

ムギョンは呆れたように小さくため息をついた。

「学校の制服のネクタイみたいなヤツか？」

「遠くから見れば、目立たないから」

「お母さんは？　結び方、知らないのか？」

「その日、母さんは病院の予約を入れてるから、朝早く出かけなきゃいけないんだ」

「今まではどうしてたんだ？　韓国代表のイベントでネクタイを締めることだって、あっただろうに」

「その時その時、結べる人に頼んでた。急ぎの時は、自分で結んだこともあったけど……」

　信号に引っかかって車が停まった。ムギョンがハジュンのほうを向き、目を細くしてニヤッと笑いながら見つめてきた。どうして突然、またあんなふうに笑うんだろう。毎度のことだが、彼の考えていることは、すぐには分からない。ハジュンはその顔に暫く視線を向けていたが、目を逸らした。

「結んでくれってことだな」

「……えっ？　違う！」

　ムギョンが運転席にゆっくりともたれながら尋ねた。

「セミナーは何時に始まるんだ？　会場に入る前に会おう。結んでやるから」

「いい。そんな意味で言ったんじゃない」

「じゃあ、どうするつもりだ？　本当にニセネクタイを締めていくのか？　一千万ウォンのスーツに？」

「……」

「それともなんだ？　他のヤツに結んでくれって頼むつもりか？」

　信号が青に変わり、周りの車が動き始めた。ムギョンが前方に視線を向け、付け加えた。

「一本取り出して結んでみろ。どの程度なのか見てやろう」

「イヤだ」

「なんでだよ」

「どうせ、からかうんだろ？」

「相当深刻なようだな」

　ムギョンがクスクスと笑った。ハジュンの顔が赤くなった。母は時々、ハジュンに向かって手先が不器用だと言って笑った。手を動かすこと自体はハジュンも特に人に劣るほうではなかったが、細々（こまごま）した作業をしなければならない時は、急に落ちこぼれになってしまう。幼い頃に両親がなんでもかんでもやってくれるのが癖になってしまったせいで、指先の動きが発達しなかったのではないかと、ハジュンは時々そう推測した。

　ムギョンと初めて向き合ったあの日、いくら手が震えていたとはいえ、伊達（だて）に靴紐（くつひも）すらまともに結べず、ぼんやりしていたわけではない。父親がこの世を去るまでは、自分でスニーカーの紐を結んだことすらないハジュンだった。適当にネクタイを結んで出かけようと思えばできないこともなかったが、それでは高価なネクタイがもったいないと思った。

「じゃあ俺に任せろ。せっかく買ってやった服なんだから、アフターサービスだと思え」

これ以上、運転中の人間と言い争いたくもないので、ハジュンは口をつぐんだ。彼の言う通り、一千万ウォンを超えるスーツに安物のフェイクネクタイだなんて、とんちんかんなのは事実だった。ハジュンが得体の知れない感情の隙間を泳いでいる間、車は高速で走ってハジュンの住むマンション団地の前に到着した。

「服は、時間に合わせて店から送ってもらえるはずだ。しっかり準備しろよ」

ムギョンはその言葉を最後に簡単な挨拶だけを残し、本当に他に何の要求もせずに帰ってしまった。今日のハジュンは、ムギョンがどう思おうと構うことなく、車が見えなくなるまで団地の入口に立っていた。シルバーグレーの車の後ろ姿が次第に小さくなり、他の車と道の果てに埋もれて完全に視界から消えると、やっと背を向けてショッピングバッグを持ちトボトボと歩いた。

ハギョンとミンギョンはまだ塾から帰ってきておらず、母親は約束があるからと家を留守にしており、一人で留守番をしていたところだった。部屋に入ると、本やノートが開いたままの散らかった机が目に入ってきた。

必要なデータを収集してまとめることには自信のあるハジュンだが、日常的な整理整頓は苦手なタイプだった。だから机はいつもグチャグチャだった。何が大切な物で、何が捨ててもいい物なのか分からないので、他人が勝手に片付けることもできなかった。

そんな環境に慣れ、特に直す必要を感じたこともなかったのだが、今日はやけに机を見たくなかった。ごちゃごちゃと様々な物が無秩序に散らかった机の上が、まるでイ・ハジュンという人間の本性を見せてくれているようで。

ハジュンは椅子の代わりにベッドに座り、ショッピングバッグを開けた。ラッピングからして高級そうな、黒青色の縦長のボックスのうちの一つを開けると、その中にムギョンが自分の顔の下に当てながらとても真剣に色を見定めていたライラック色のネクタイがあった。

ハジュンはショッピングバッグの中にあるボックスを数えてみた。人生で何度スーツを着るかも分からないのに、今日買ったネクタイだけで合計八本もあった。取り出してみると、不安になるほど滑（なめ）らかで柔らかい。シルクの手触りが指の間を砂のように抜けていった。

これは本当にキム・ムギョンがイ・ハジュンにくれたものだ。他の人に渡してくれと言われたものでも、酒に酔って訪ねてきたわけでもない。一つひとつ自分の顔の下にネクタイを当てながら、キム・ムギョン自ら選んだ物。

『セックスしてる仲で、こんなもの一つ受け取れないのか？』

そんなこと、俺には分からない。

セックスする仲なら、普通こういうものも受け取るのか？

セックスする仲だから、余計に受け取っちゃいけないいんじゃないか？

じゃあ、なんだ？　ぬいぐるみは良くて、服はダメなのか？　高いから？

「……全然分からないや」

いつも気分によって自由気ままに振る舞う人間の行動を、総合的に解釈しようとしたところで何の意味もない。あまりに突然だからか、あまりに高級品だからか、何もかもに現実味がなかった。

ハジュンはベッドの上にドサッと寝転び、一本のネクタイを目の上に乗せ、その下で目をパチパチさせた。ネクタイと鼻筋の間にできた隙間から蛍光灯の光が入ってきた。プレゼントを受け取って、こんなに複雑な気持ちになるのは初めてだった。

＊　＊　＊

多くの人がそうであるように、ハジュンも子どもの頃は人前に立つことが好きだったたし、発表も得意だった。小学校三、四年生くらいまでは学級委員を務めたこともあった。詰め込み教育のせいか何のせいか、そんな子たちも次第に授業中に手を上げなくなり、お互いに周りの様子を窺ってばかりで前に出るのを嫌がるようになる。ハジュンの場合、ちょうどそんな時期に父がこの世を去り家庭環境が急変したせいで、多少慌ただしくその変化を経た。

高級スーツを着たからといって、自然と自信が湧き出てくるわけではない。コーチ歴も長くないし大した成果もない自分が、身分不相応な場に招待されたという焦り(あせ)が喉元まで込み上げてきた。学会側も大きな期待をして呼んだわけではないだろう。元韓国代表選手の若いコーチに対する善意からの招待だということは分かっているが、だからこそ余計に「その程度か」と思われるようないい加減な姿を見せたくなかった。二つ返事で招待を承諾してからは、その選択を後悔しつつ資料を作成しては修正し、検討しては発表の練習をする日々の連続だった。

ハジュンは、本来到着すべき時間よりも少し早く会場に着いた。入口に立ってキョロキョロと周りを見回すと、駐車場に一台の見慣れた車が停車するのが見えた。「ネクタイを締めてやるから十分前に会おう」と提案した男が到着した。ハジュンは誰かに見られるんじゃないかと車へ駆け寄り、助手席に乗り込んだ。

「やぁ」

挨拶をしながら目を合わせると、ムギョンはすでに笑っていた。

「イ・コーチ、今日はものすごくカッコイイじゃないか。発表を見に来た人全員が惚れちまいそうだ」

「からかってないで、早くネクタイを締めてくれ」

ハジュンは顔をほんのり赤くしながら、ネクタイが入ったケースを差し出した。高級スーツ姿にノーネクタイなのでキマっていない気がして、さっきから余計に焦っていたのだ。普段はカジュアルな服装なので気にすることもないが、今日は違った。発表に対する不安から、些細なことまで気になってしまうのかもしれない。

「こっちに近づけ」

ネイビーのネクタイを取り出したムギョンが、体を傾けながら手招きした。ハジュンも運転席のほうへ体を傾けた。

一瞬ムギョンの手がシャツの襟の後ろへ回ってネクタイを垂らし、すぐに前方へ抜けた。スッスッと左右に引っ張って両端の長さを調整したかと思うと、すぐさま長い指を動かして器用にネクタイを結び始めた。

彼の視線がハジュンの顔ではなく、首筋あたりに向かった。視線を落とすと、いつもは鋭い目元の上にまぶたと睫毛がカーテンのようにかかっており、多少は柔らかい雰囲気に見えた。だからハジュンは思う存分ムギョンの顔を見つめることができた。

暫く黙ってネクタイの両端をあちこちへ持ち上げながら形を整えていた彼が、結び目を作りつつ静かな声で言った。

「ネクタイを締める時は、この部分が大事なんだ。結び目のすぐ下。ここを適当に済ませる人がいるが、それじゃダメなんだよ」

そんなことを言われても、自分の顔の下の様子がハジュンに見えるわけがない。それでも下を向いたまま小声で説明するムギョンの姿がうれしくて、ハジュンは「うん」と短く答えながら頷いた。

「こうやってくぼみを作って立体的にしてやらないと。スーツがツーボタンだから、真ん中に一つだけ作ろう」

どういうことかもよく分からないが、ハジュンはまた小さく頷いた。ムギョンは、ハジュンの首をじっと見つめながら結び目を絞った。シャツの襟元がキュッと締まる感じがした。するとムギョンはハジュンをチラリと見上げて尋ねた。

「苦しくないか?」

「うん、ありがとう」

十六歳のあの時、靴紐を結んでくれたムギョンの姿が思い浮かんだと言ったら、あまりにオーバーだろうか。きちんと発表内容を入れて整理しておいた頭の中で、誤って箱をひっくり返してしまったかのように、独りよがりの思い出がバラバラと散らばった。初めて恋に落ちた瞬間のときめきと数時間後に控えた発表に対する焦りが混ざって、頭がクラクラした。新鮮な空気が必要だ。

「もう降りてもいいか?」

「こんなに暑いのに、そんな格好で早く出ていってどうするつもりだ?」

言われてみればたしかにそうだと思い、ハジュンは小さくため息をついて前を見た。その横顔を見て、ムギョンは苦笑いを浮かべた。

「緊張してるのか?」

「……ちょっと」

「手を出してみろ」

ムギョンが右手を差し出しながら言った。ハジュンは少しモジモジしてから、運転席側の左手をその上に差し出した。

彼は手を掴むと指先をグッグッと押した。ムギョンの手が親指と人差し指を過ぎて中指に届いた時、その姿を見つめながらハジュンが口を開いた。しかし、ハジュンが尋ねる前にムギョンのほうが先に説明を始めた。

「子どもの頃、母さんが教えてくれたんだ。不安な時に効くって」

「……」

彼が「母さん」という単語を口にするなんて、珍しいと思った。

ハジュンが知る限り、ムギョンは十一歳頃に両親を亡くした。ハジュンが父親を見送った時期よりも少し早かった。両親二人が同時に事故でこの世を去ったそうだ。他に身寄りもなく、すぐに施設に預けられた。そこでムギョンの「悪ガキ時代」が本格的に始まり、いつか彼自身が話していたように「あらゆる悪事」を働いたせいで、警察署に何十回も出入りした。

問題児ではあったが、その頃のムギョンはすでに飛び抜けて足が速くサッカーが上手かった。周りの子たちは彼を怖がりながらも、クラス対抗サッカー大会などがあると、様子を窺いながら近づいてきて試合に出てくれと頼んできたそうだ。

そんな彼が持つ才能の価値に初めて気付いたのは、よく知られている通りパク・ジュンソン監督だ。中学で出会ったパク監督の指導を受け、ムギョンは運命のごとくピッチでの一歩を踏み出した。ここまではムギョンがインタビューやテレビ番組でよく明かしている話であり、ハジュンが覚えてしまうほど何度も見聞きした事実だった。

スタート部分だけを見れば、ハジュンもムギョンも大した違いはなかった。しかし始まりが同じだからといって、誰でも光り輝く勝利者になれるわけではない。数え切れないほど多くの人が同じ地点からスタートしても、それぞれ違う展開、ピンチ、絶頂を経て、「こうして彼は夢を叶えた」という結末にたどり着く人は数えるほどしかいない。

ムギョンは、その数少ない人のうちの一人だった。自分に相応しい場所を見つけた彼は、それ以降はケンカや窃盗などに身を投じる必要がなくなり、その後は誰もが知る光り輝く勝利者になった。

そして、そのキラキラ輝く星の隣に永遠に並ぶことなどできないだろうと考えていたハジュンは今、彼の隣の席に座って手を掴まれている。勝利とまでは言えずとも、かなり飛躍的な進歩と言えるのではないだろうか。

彼の母親がどんな人だったのかは分からない。しかし、自分の手を見下ろしているムギョンの睫毛の下に微かな懐かしさが漂っているようにも見え、緊張していたハジュンの心は少しずつバランスを取り戻した。

この強靭な体のどこかに柔らかく弱い部分があるとは思えないほど自信満々で傲慢な男。いつも上から目線で自分を手のひらの上で弄ぶ彼が、ほんの少し見せてくれた素顔のような過去の断片に、ハジュンはなぜか慰められたような気分になった。

十歳やそこらで聞いた話を今も覚えているということは、ムギョンも時々こうして自分の指先を押していたのだろうか。彼も緊張で不安になる時があるから。

「もう大丈夫だ」

指先を押すマッサージに本当に効果があるのか、胸の中をピンボールのように跳ね回っていた不安が落ち着いた。ムギョンがゆっくりと手を離した。暫く車に留まっていた間に、さっきまで閑散としていた会場の入口を行き来する人がかなり増えていた。

そろそろ会場に入る時間だと時計が知らせていた。ハジュンはドアハンドルを掴みながら言った。

「ありがとう。いろいろと。俺は先に会場に入るよ。発表者は別に集まることになってるから」

「イ・ハジュン」

「ん?」

「終わったら、俺んちへ行くんだぞ。今日は簡単には放してやらないから覚悟しとけよ」

その言葉に、ハジュンは恥ずかしそうに瞳を泳がせながら目を逸らしたが、最後には微笑んで何度か頷いてから車を降りた。まっすぐに立った姿が車の窓の外に見えると、「やっぱり、いいスーツを見立てた」と思い、ムギョンは声を出さずに笑った。

窓にはスモークフィルムが貼られているので外からムギョンの姿はまともに見えないだろうに、ハジュンは運転席に向かって手を振って急いで歩いていった。緊張して硬くなった表情で手を振る姿に、ムギョンは軽く苦笑いした。体が大きいだけで、小学校に入学する子どもを見つめる気分は、こんな感じなのではないだろうか。

しかし、イ・ハジュンは子どもではない。体にピッタリ合ったスーツを着た後ろ姿が目を楽しませてくれた。セミナーが終わったら、すぐに家に連れていくんだ。あのスーツを着せたまま一回ヤらなきゃプレゼントした甲斐(かい)がない。服を贈る理由なんて、結局は脱がすためじゃないか?

たった三、四日でもオフを楽しもうかと思ったが、ハジュンがセミナーの準備で忙しくしていた間に、その短い休暇も終わった。シーズン後半の初試合まで少し時間は残っているが、明日から練習が始まる。だが今日は絶対に逃がしてやるわけにはいかなかった。決心を固めながらムギョンも車を降りると、ジョンギュから電話がかかってきた。到着したという連絡だった。

　ジョンギュと一緒に入った発表会場は思ったよりも綺麗で広く、集まった人もかなり多かった。小規模セミナー程度だと思っていたが、予想以上にオフィシャルなイベントだった。ムギョンは少し意外に思いつつ席を探した。

　席に着いた彼は、すぐに顔をしかめた。シティーソウルの人だけが集まっているとばかり思っていたのに、そこには意外な人物が座っていたのだ。

「こんにちは」

「やぁ」

　ムギョンは、ジョンギュに挨拶された男をキッと睨みつけ、声もかけずに自分の席に座った。考えてみれば、ユン・チェフンと一緒にコーチ職に就く勉強をしていたのだから、こういった場に彼が来るのは自然なことだった。チェフンもムギョンが自分に挨拶をするとは期待していなかったのか、ジョンギュだけに応えると、冷たい雰囲気で前を向いた。

(ジョンギュにもユン・チェフンにも言ったくせに、俺にだけ黙ってたってことか)

　けしからんにもほどがある。この代償は今夜、体で払わせてやる。ムギョンは心の中で歯ぎしりをしながら腕を組んで正面を見た。

　同じ業界とはいえ、ムギョンはスポーツ理論に大して興味がなかった。レンタル元のグリーンフォードでも、少し年を取った選手の中には引退後のキャリアのためにコーチングやスポーツマーケティング、もしくは関連する他の学問を勉強している人もいた。しかしムギョンにとってはまだ先の話だったし、少し退屈な気分で他の人たちの発表を聞き流しながらハジュンの番を待った。

「次は、シティーソウルのイ・ハジュン・コーチによる、ジュニアユースサッカー選手のモチベーションの特徴についての研究発表です」

　朗々とした司会者の声に、ムギョンは姿勢を正して座り直した。そういえば、シティーソウルに来る前はジュニアユースチームにいたと言っていたっけ。

　視聴覚資料を利用する発表が多い関係上、発表者の立つ演壇付近を除いて会場の照明は暗かった。聴衆よりも高いところに立ち、ペコリと会釈をして挨拶するハジュンの白い顔には緊張の色が漂っていたが、知らない人が見たらそれすらも上品だと思うほどの雰囲気だった。プレゼントしたスーツがいい仕事をしていた。ムギョンは満足してニヤりと笑った。

「発表者のイ・ハジュンです。このような素晴らしい場に私のような若輩者をご招待いただき、ありがとうございます」

ハジュンはそう挨拶を終えると、すぐに本題に入った。

「今からお見せする資料は、約二年間のジュニアユースサッカーコーチの経験を基に作成したもので、コーチングの方向性と性質が選手たちの動機付けにどのように、どれほど多くの影響を与えるかを分析究明することを目的として作ったものです。事例分析後は、海外のジュニアユースサッカーチームと比較して改善点を見ていきます。性別や年齢、選手個人の学習傾向の違いを考慮したという点を、まずは申し上げておきます」

マイクを通して聞く落ち着いた声と口調は、いつもよりも少し事務的で丁寧だった。簡単な要約の後、画面を次のスライドに移したハジュンは詳しい発表を始めた。

さっきまでは退屈だったのに、今はとても面白かった。実を言うと、彼が発表する内容には大して興味がなかったムギョンだったが、素敵なスーツを着てマイクを片手に立ってペラペラと話すハジュンを見ていると、学会発表というよりアイドルのライブか何かを見ているような気がした。

片手に小さなリモコンを持ったハジュンは、画面上の資料をゆっくり切り替えながら順番に話を進めた。声が震えたり発音が不明瞭だったりもせず、たまに聴衆を笑わせたりもしながら穏やかに進行する姿は、車の中で冷たくなった手を自分に委ねていたイ・ハジュンとは別人のようだった。スーツを買ってやったからか、ネクタイを締めてやったからか、ハンドマッサージをしてやったからか。とにかくムギョンは自分が何かこの場に貢献でもしたかのように、なんとなく満ち足りた気持ちになった。

「拙い発表でしたが、ご清聴ありがとうございました。これで私の発表は終わります」

ハジュンの言った通り発表は二十分ほどで終わり、演壇から下りる頃には顔に張りついていた緊張も解け、むしろ軽く上気していた。パチパチパチ。落ち着いた拍手の音が会場をいっぱいにした。ムギョンも同じように手を叩いていると、ジョンギュが体を少し傾けて囁いた。

「今日のハジュン、めちゃくちゃオシャレじゃないか？まるでスーツモデルだ」

お節介野郎にも見る目はあるんだな。ムギョンは心の中で笑いながら適当に頷き、発表会の終了だけを待った。他の人たちの発表には一切興味もなかった。すべてが終わるまで、あとどれだけ待たねばならないのだろう。ちょっと外に出て風にでも当たろうかと思い、ムギョンが腕時計に目をやったその時だった。

ジリリリリッ！

時計を見ようとしていたムギョンは、突然の轟音（ごうおん）に顔を上げた。まだ壇上では発表の真っ最中なのに、会場を出ろと非常ベルの音が鳴り響いていた。

故障なのか火事なのか、様子を窺って座ったまままみんながキョロキョロしている中、一人が勢いよく席を立った。その人をきっかけに、人々が右往左往しながら立ち上がり始めた。会場の中が白い煙でいっぱいになっていたのだ。

「火事だ！」

誰かがそう叫ぶと、会場が一瞬にして騒然とした。ムギョンも席を蹴飛ばして立ち上がった。発表のため照明を落としてあった室内は煙が満ちると、あっという間に前すらまともに見えなくなった。

「ムギョン、先に避難しろ！　俺はハジュンを連れて出る」

ジョンギュが切羽詰まった口調で言った、するとチェフンが前に出た。

「二人とも、先に逃げて。僕がハジュンを探して連れていくから」

こいつら二人して、なんなんだ……？　ムギョンは顔をしかめた。

「二人のほうこそ、先に行け。監督を頼む」

ムギョンはそう言い放つと、煙でまったく見えない演壇のほうを向き、出口ではなくそちらへと歩き始めた。発表者の席は演壇近くに設けられていた。

「イ・ハジュン！」

勢いよく部屋から出ようとする人波の中を、鮭（さけ）のように逆走しながらムギョンが叫んだ。もしかしたら、もうすでにハジュンは非常口や他の場所から逃げ出したかもしれないが、確認するまでは自分も避難できない。

「イ・ハジュン！　イ・コーチ！」

もしも本当に大火事になって、ハジュン一人だけ逃げ遅れでもしたらどうするんだ。会場の外に出たのに、そこにいるのが自分とジョンギュとユン・チェフン、他のスタッフたちだけだったら。

一緒に逃げなければ。誰一人として取り残されてはならないし、今一番逃げにくいのは、出口から一番遠い発表者席にいるハジュンだった。

「イ……」

もう一度彼の名前を叫ぼうとしたムギョンの口から声が途切れた。暗闇と煙で一寸先もまともに見えない会場の中、誰かがムギョンの手首をガシッと掴んだのだ。ムギョンが目を細く開け、サッとその手の主を確認した。いくら煙のせいで視界がぼんやりしていても、すぐ目の前に立っている人くらいは見えた。

「イ・ハジュン」

大丈夫か？

そう尋ねようとすると、その手の主は黙ってムギョンの手首をグイッと強く引き寄せた。身長はもちろん、体重も相当あるムギョンが思わずよろけてしまうほど強い力だった。

そして背を向けて前を歩き始めた。いや、歩くというより走ると表現したほうが適切なくらい焦った大股歩きだった。彼を連れていこうと演壇の前まで来たのに、実際にはハジュンがムギョンの手首を掴んだまま、出口に向かって急いで進んでいた。

手首をギュッと握ったその手は氷のように冷たいにもかかわらず、汗が滲んで湿っていた。そんなわけはないのに、ハジュンの胸の中で不安定に跳ねている心臓の鼓動が、手のひらが触れた手首からムギョンにまで伝わってくるようだった。

ハハッ。

そんな場合ではないのに、ムギョンの口から小さな笑いが出てきた。誰もが我先に逃げようと狭い非常口や出口に殺到する霞んだ会場の中、自分より背も低く体格もずっと小さな男が、自分を助けようとでもするかのように、必死に手首を掴んで人波をかき分けながら先を歩く姿に。

危険な状況に感じるべき不安や焦りよりも先に押し寄せてくる愉快さを味わいながら、ムギョンは大人しく自分の手首を預けてハジュンの後をついて歩いた。これはやはり、無事に避難した後に命を救ってくれたお礼をしなければならないと思った。

一気に押し寄せる人たちで少し混雑はしていたものの、会場の中にいた人数がさほど多くなかったので、建物から出るのは難しくはなかった。窓から煙が漏れる建物の外に出ると、玄関から少し離れた場所にジョンギュとチェフンが立っていた。二人を見るなりジョンギュが「ハジュン！ムギョン！」と名前を叫ぶと、大声で言った。

「お前たち、大丈夫か？　急にいなくなって全然出てこないから、どうかしたのかと思ったじゃないか！」

「大丈夫、無事だ」

ムギョンが余裕を持って答えた。すると手首を掴んでいたものがなくなった。彼はかなり長い間、力強く掴まれていた手首をチラリと見下ろした。どれほど強く掴んでいたのか、日焼けした肌の上にも手の跡がくっきりと残っていた。近づいてきたジョンギュが屈んで、まずハジュンを確認した。

「ハジュン、大丈夫か？」

「ああ、大丈夫だよ。すぐに避難したから」

「火事じゃなくて、漏電か何かで煙が出ただけだってさ」

「そうか。良かった」

三人のそばにチェフンが近づいてきた。

「とにかく建物がこんな状態だから、残りの発表は日を改めるらしい。今日はもう帰ったほうが良さそうだ。ハジュン、行こう。送るよ」

「はい、ありがとうございます。チェフンさん」

なんだ、この状況は？　すぐに眉間に皺を寄せたムギョンは、従順に答えるハジュンの肩を急いで組んだ。

「イ・ハジュン、今日は俺と約束があるじゃないか」

「あ……」

ハジュンが力ない声を出しながら、軽く目を丸くしてムギョンのほうへ振り返った。本当にすっかり忘れていたような態度に少し傷ついたが、ジョンギュとチェフンの前なので落ち着いた態度をキープした。

ハジュンが俯いていた顔をふと上げ、チェフンを見て言った。

「そうだったな。チェフンさん、今日はキム・ムギョンと一緒に帰ります」

「約束？　お前たちだけでなんの約束だ？　俺を除け者にして、二人で酒でも飲みに行くのか？」

ジョンギュが寂しそうに文句を言った。これだからジョンギュにバレたくなかったのだが、今日は状況が状況だから仕方ない。ムギョンはわざと深刻な表情を浮かべ、彼に近づいて声を落とした。

「そんなんじゃない。今度教えてやるよ。また三人で一緒に一杯やればいいだろ」

深刻なふりをしてもったいぶって言うと、予想通り何か言えない事情があると思ったのか、ジョンギュは怪訝(けげん)な表情を浮かべながらも、すぐに口をつぐんだ。「行こう」とムギョンがハジュンに囁き、肩を組んだまま背を向けた。

「じゃあ、お気を付けて」

軽く会釈をしてチェフンに別れを告げると、声をかけられるとは思っていなかったのか、彼は片眉を軽く吊(つ)り上げた。

ムギョンは理由もなく助手席のドアまで開けてハジュンを乗せ、運転席に乗り込んだ。先に車に乗っても、ハジュンはシートベルトを締めようともせず座っていた。

こうして見ると顔が陶器の人形のように青白く、さっきから目もうつろだ。火事かと思ってそんなに驚いたのか？ ムギョンが黙って助手席のほうへ体を屈めると、ハジュンが驚いて体をビクつかせた。

「な、なんだよ」

「いや、シートベルトを締めようと思って」

「あ……」

ムギョンがシートベルトをシュッと引っ張り、腰元にあるバックルにカチッと差し込んだ。ハジュンが髪をかき上げた。

「ありがとう」

「ちょっと寝ろ。ここから家まで二十分はかかるから」

頷いても目を閉じる気配がなかったが、数分が過ぎると窓に何かがコツンと軽くぶつかる音が聞こえた。チラリと横を見ると、ハジュンが頭を窓につけてもたれていた。

並んでいる前の車を見つめていると、今まで何度も自分の車に乗っているのに、ハジュンは一度も眠ったりウトウトしたり、こんなふうに窓にもたれて姿勢を崩したことすらなかったということにムギョンは気付いた。

車では眠れないとか、居眠りをしないとかいうタイプなのかと思えば、クラブのバスに乗った時はそうではなかった。助手席に座ったら眠らないのがマナーだというが、長距離運転をするわけでもないし、そこまでキッチリ守る必要はないのに。しかし、起きていようとしている人間にわざわざ寝ろと要求するのもおかしいので、ムギョンは黙って運転に集中した。

*　*　*

家に到着したムギョンは、ハジュンが靴を脱いで部屋に上がる姿を見守りながら後をついていった。帰ってきても自分の家のような気がしなかった自宅に二人の人間が入ったからか、この空間にやっと少し親近感を覚えた。

完全に二人きりの空間で、発表前に車内にいる自分の視線を奪っていったスラッとした後ろ姿が、今は取って食われるのを待っている鹿のようにムギョンを誘惑していた。いつもカジュアルなTシャツかジャージを着た姿ばかり見ていたので、今日は本当に新鮮だ。毎日のようにトレーニングウェア姿で芝生の上に転がしておくだけでは、やはりもったいない素材だ。

彼とこういった関係になって以来、この二週間余りは一番長い禁欲期間だった。海外ツアー中、待っていましたと言わんばかりに手を伸ばしてくる誘惑は数え切れないほどあった。だが、自ら決めた「当分の間」はまだ終わっていなかったので、応じたいという気持ちがまったく起きなかった。

ツアー中はもちろん、特にここ数日はこの瞬間だけを首を長くして待っていた。熱くなった視界には、ハジュンが頭のてっぺんからつま先まで、自分のために用意されたエサのように見えた。

リビングの中央あたりに来た時、ムギョンはハジュンを背後から引っさらうように抱き寄せ、うなじに顔を埋めた。ほぼ半月ぶりに吸い込んだハジュンのにおいが、夕立のように渇きを慰めた。久しぶりだからか、体から香るにおいも今日はやけに強く感じられた。すぐに血でも吸うように歯を立てて、滑らかでありながら弾力のあるまっすぐに伸びた首筋を噛(か)んだ。

「ふっ……」

たちまち漏れ出る儚(はかな)げな甘い声。

何層にも溜(た)まった我慢が、揺れる地層のようにピシピシとひび割れた。一番下に沈んでいた欲望が、せわしない手や唇の動きと息遣いとして表れた。キッチリとボタンが掛けられたジャケットの中、シャツの上を手荒にまさぐりながら、片手は下を乱暴に掴んだ。腕の中に閉じ込められた体が揺れると、後ろに手が伸びてきてムギョンの太ももを掴もうとした。

「あっ、あ」

荒い手つきに、ハジュンは感じているというより慌てたように驚いた声を出した。ムギョンは彼を引きずるようにしてベッドルームへ連れていった。そのままベッドの上に押し倒そうとしたが、ふと気が変わり、向き合った姿勢で体を押した。

ハジュンは背後に置かれた机の前に慌ただしく立った。そのまま胸を押すと、彼のお尻が机の端に引っかかった。

「今日みたいな服装には、ベッドより机が合う。そう思わないか？」

ハジュンは時々、この机にノートやタブレットなどを広げて持ち帰った仕事をしていた。ベッドで仕事をしていて寝落ちするなんていう、しみったれた姿を目にして買った机を、こんなふうに使うことになるとは思わなかった。

「イ・コーチ、今日は俺を助けてくれただろ？　本当に火事にでもなってたら、お前は俺の命の恩人だった。ご褒美をやらないとな」

ジャケットを脱がして投げ捨てたムギョンの手が、まずシャツの上から乳首のあたりを撫でた。服の上からは見えなかったが、触れると小さな突起が引っかかった。その上を撫でてからつねるようにキュッとつまむと、ハジュンは肩をビクンとさせながら大きく息を吐き出した。うぅん、と鼻にかかったような小さな喘ぎ声も続いた。

シャツのボタンを一つひとつ急がずに外していった。気は急いていたが、ここで乱暴にボタンを引きちぎったり、誤った手順を踏んだりしてはつまらない。せっかく着せた素敵な服ではないか。ゆっくり脱がせるのも悪くない。ムギョンは白いシャツの中に隠れた、何度も目にしてすでに形を覚えているしなやかで筋肉質な体を頭の中でスケッチしながら、スピーディーかつ余裕を持って手を動かした。

四つ目のボタンを外すと、みぞおちまでが露わになった。ムギョンの大きな手がボタンを外すのをやめ、はだけたシャツの間からズイッと入り込んだ。親指が乳首を擦り、残りの四本の指がその周辺の様々な場所をくすぐるかのように軽く上下した。

「ふぅ、うっ……」

ハジュンは内側から押し出される喘ぎ声を小さく吐き出すばかりで、今日はやけに大人しかった。やめろ、くすぐったい、ゆっくりしてくれ、イヤだ、などといういつものコメントも一切言わず、大きな机に座ったまま大人しくムギョンの愛撫を受け入れた。どうせ結局は最後までやるくせに、わざと逃げるふりをするのもそれなりにかわいいが、こういう素直な雰囲気も悪くない。

ムギョンがゆっくりと体を傾けて体重を乗せた。それとは反対に、座っていたハジュンの体は次第に後ろへ倒れ、最後には机の上に寝転ぶ体勢になった。顎の下から露わになった胸元までを手でスッと撫で下ろすと、手が触れるたびに喘いだ。

「はぁ、あっ」

開かれた口から白い息が出てもおかしくないほどに真っ青になった顔は、相変わらず力が抜けたようにぼんやりしていた。ムギョンはボタンをもう二、三個外してから暫くその姿を見下ろし、つい先ほど自分が締めてやったネクタイの結び目を片手で握ってスルッと引っ張った。すでに緩んでいたネイビーのシルクタイが解け、形を失って長い布切れに戻った。

「目隠ししてみようか？」

ムギョンはネクタイをハジュンの目の上に持っていき、視界を遮った。手早く頭の後ろで緩く結んでしまうと、ネクタイで隠れた目の下にある唇が、か細く震えながら一層大きく開かれた。

「それとも、手を縛ってみるか？」

目の上にネクタイを乗せたまま、今度は机の上に力なく置かれていた両手を一気に掴み上げた。カフスの上にまっすぐ伸びた手首が、大きな手にガシッと掴まれた。節々がゴツゴツして男らしくありつつも長く柔らかな白い指先をペロリと舐めながら、ムギョンが尋ねた。

「どっちがいい？　コーチ。選べよ。好きなほうをやってやるから」

返ってくるのはゼェゼェという息の音だけ。ハジュンは答えなかった。

「それとも、両方するか？　ネクタイなら、俺もたくさん持ってるし」

ムギョンは返事のない質問を繰り返しながら愛撫を続けた。シャツの前合わせを手で広げ、露わになった乳首を舌で舐め上げた。横たわった体がピクピクと震えた。

掴んだ手首を机に押しつけたまま、ムギョンはさらに本格的にシャツの中をまさぐり始めた。手で擦られてピンと立った乳首を、舌先でツンツンとつついた。そのたびにハジュンの腰がピクピクした。

両方の乳首を舌先で交互に撫で、スベスベでありながらもガッシリついた胸の筋肉の間を這い上がり、鎖骨と首筋に届いた。顎と首が繋がる柔らかな部分を音を立てて吸うと、ハジュンの体が細く震えた。吸われた部分が濃いピンクに色づき、小さな花びらが乗っているようだった。

「うっ……ふぅ、はぁ」

まだ適当に愛撫をしただけなのに、ハジュンの全身がひどく震えた。唇の間から漏れる息の音が激しくなっていた。普段と状況が違うからか、ハジュンの感度もいつもよりいい気がする。ムギョンはニヤリと笑った。ハジュンが穿いているズボンのボタンを外し、下着と一緒に掴み下ろして投げ捨てた。まだシャツのボタンすべてを外し切っていないので、先に白い脚が露わになった。

ああ……、服装が新鮮だからか？　今日は、やけにそそるじゃないか。

机の上に寝そべっているハジュンの姿が文字通り美味しそうに見えて、ムギョンは舌なめずりをしながら、どこから食べようか狙いを定める獣のように体のあちこちを観察した。

最初に手を触れたいところは、やはり決まっていた。食事を摂る時も、ムギョンは好きなものから手をつけるタイプだった。机の下に半分落ちた片脚を持ち上げて肩に引っかけると、脚が開いて露わになった股の間の後ろを見下ろしながら手を上げた。

一本くらい、ローションなしで入れても平気だろう。ローションが入っている引き出しはすぐ隣にあったが、それを開け閉めすることすら面倒に感じた。ムギョンは中指を自分の舌で舐めると、入口の上に何度か擦りつけてずぷんと中へ押し入れてみた。ほぐれていない入口は、指一本すら警戒するかのようにギュッと締まった。

「あっ、あ……！」

突然の挿入に、ハジュンは驚いたように腰を跳ね上げながら身をよじった。机の前に座って一生懸命にペンを動かしたりキーボードを叩いたりしていた誠実なコーチの姿が、乱雑な風景にオーバーラップした。ムギョンの下半身は、すっかり熱くなった。

今すぐ自分のモノを突っ込みたい欲望を、歯ぎしりして抑えつけながら指を動かした。必ずしも意図したわけではないが、指の動きが速く荒くなった。気持ちは焦っているのに、潤滑剤を塗っていない後ろはいつもよりも広がるスピードが遅かった。ハジュンの荒くなった息の音に、自然と苦しみの色が混ざった。

「あうっ……ふぅ、はぁ……！」

「はぁ、クソッ」

思うようにいかない。ムギョンは腹立ち紛れに指を抜き、急いでローションを取り出した。引き出しを乱暴に開け閉めする音が部屋に響いた。

それでも多少は緩くなった穴の上に直にローションを絞り、急いで自分のズボンのバックルを外し、痛いくらいに硬く反り立った性器を取り出した。熱くなったモノをベトつく手で何度かしごいてから、濡れた陰茎全体を慌ただしく入口の上に擦りつけた。

熟れて割れた果実のように柔らかな隙間と皺の上を、硬く膨れ上がった太い肉棒で速く激しく擦りつけた。ゼェゼェというハジュンの息の音が喘ぎ声のように大きくなり、耳を濡らした。机の上に横たわった体の震えが次第に大きくなった。触れた体の振動が欲求をどんどん膨らませ、穴の上を滑らせていたムギョンは歯を食いしばり、ある瞬間ズブッと亀頭を突っ込んだ。

「あ……ふっ！」

ローションをサッと塗っただけでまともに前戯がなされていない中は、まだ閉じていた。ハジュンの口から、再び苦痛の滲んだ喘ぎ声が飛び出した。体は焼けるように熱いのに、その声を聞くと、すぐには腰を打ちつけることができない。ムギョンは、寝そべった体の骨盤の横やお尻を慰めるかのように撫でた。

「ふぅ、そんなに痛いか？」

「あ、い……、いや……」

机の上に乗った頭が、ゆっくりと横に振られた。

「ゆっくりやれば大丈夫か？」

「ふ、ふぅ、うん……。だいじょう、ぶ……」

ネクタイで隠された目の下、ピクピクしている唇から力なく声が漏れた。ムギョンは生唾を飲み込みながら、ため息をついた。

お前が大丈夫だって言ったんだ。そうだろ？

さっき吸い込んだ煙が脳に入りでもしたのか、湯気が立ち込めた頭は正当化を簡単に受け入れた。ムギョンは腰に力を込めた。滑り入れるというより無理やり押し込むようにして、性器が中へウネウネと入っていった。

開かない分、ねっとりと絡みつく感じは少なかったが、いつもよりも狭い内壁がモノ全体を包んで締めつける感覚には満足だった。ムギョンは根元まで自分を押しつけ、暫くそのままの状態で待った。

「う、はあっ……はぁ……」

大きく開いたハジュンの唇の間から、荒い息が漏れ出た。大きく開いたハジュンの唇の間から、荒い息が漏れ出た。

ネクタイを被せた目は見えなかった。全身をブルブルと震わせるハジュンの膝から太ももの内側まで、わざとチュッチュッと大きな音を立てながら口づけた。唇が触れるたびに腰と脚に力が入り、中がヒクついた。ハメられるのには慣れている穴だから、何度か出し入れすれば体もほぐれるだろう。いつもそうだったから。

ムギョンは腰を後ろに引き、再び中へ突っ込んだ。「ふぁ」という、ため息と喘ぎ声が半分ずつ混ざった熟れた声が流れた。さらに太ももを引き寄せて体と体を密着させると、挿入が一層深まった。

「あうっ、うっ、ふうっ……！」

「イ・ハジュン、はぁ、ちょっと力、抜けって」

中の奥深いところまで突っ込んで腰を前後に大きく動かすたびに、ハジュンは全身をビクつかせながら、込み上げてくる喘ぎ声を吐いた。しかし中は、モノが抜けるとまた急いで狭まって、締めつけるというより、ほとんど硬直しているかのように硬くなっていた。何度出し入れしても、硬い壁をぶち破って挿れているような気がして、ムギョンは焦った。

前戯が多少足りなかったとはいえ、今日はやけにほぐれるのが遅い。久しぶりだからか？　いっそのこと、今からでも後ろをほぐしたほうがいいかもしれないと思いながらも、ムギョンはすでに始めた行為を簡単には止められなかった。むしろ、次第にピストン運動を速めた。隙間なく狭まろうとするばかりの柔らかな中の肉を、硬い竿がすりこぎのように突き砕いた。

二人の荒い呼吸、肉と肉とがぶつかる音が部屋のあちこちに跳ね返った。ついに耐え切れなくなったムギョンが、もう我慢できないと言わんばかりにパンッと音を立てながら情け容赦なく乱暴に中へ入った。

「……あっ……！」

可能な限り奥に突っ込まれたハジュンは、口を大きく開けた。グッと詰まっていたものが爆発するかのように小さな悲鳴が弾けて、静かになった。

開いた唇の間から、声にもならずに震えている呼気が飛び出した。ただ体だけが激しく震えていた。ブルブルしている体の中、押し入っても閉じようとするばかりの中を、執拗にもう何度か強く突き入れると、ムギョンは舌打ちをしながらゆっくりと動きを止めた。

やはり、おかしい。

「イ・ハジュン」

「あう、うっ……！」

ムギョンが体を屈めた。挿入したまま上体を下げたせいで性器がさらに深く入ったのか、ハジュンは痛そうに軽く歯を食いしばりながら仰け反った。ムギョンは怪しいものを調べるかのように目を細めて軽く首を傾げながらゆっくりと腰を引き、まだギンギンに勃っているモノを抜いた。

すると、多少無理やり押し入った入口が少し腫れていた。

ムギョンは暫く苦々しい表情を浮かべて、その様子を見下ろしていた。肩に引っかけた脚を下ろし、もう一度屈んでハジュンの顔の上に自分の顔を近づけた。

ピストン運動を受け止めて体が揺れていた間に、ハジュンの目の上に適当に結ばれていたネクタイは滑り落ちてズレていたが、それでもまだ目は隠れていた。急いでネクタイを取り払った。ムギョンが生唾を飲み込んで尋ねた。

「……お前、大丈夫か？」

セックスをする時はいつも赤く熟れていた顔が、さっきよりもさらに真っ青になっていた。丸い額の上に冷や汗がじっとりと滲んでいた。まぶたが下りて半ば隠れた瞳は焦点を失って暗くなっていた。

最初は単に、いつもセックスする時のように刺激で体を震わせているだけかと思ったが、そうではなかった。ハジュンは、まるで寒いところにいるかのように体を硬くして震え続けていた。ムギョンはすでに彼の体から抜け、指一本触れてもいないのに。

「そんなに痛かったのか？」

少し無理に挿入したとは思ったが、こんなに痛がるとは思わなかった。それに、こういうことを初めてした時はもっと乱暴に挿れたけど、最後までちゃんとやれたじゃないか。

ムギョンはひどく動揺して、初めてどうすればいいのか分からなくなった。二度目に関係を持った日、突然ハジュンが目の前で自慰をし始めた時もかなり面食らったが、こんな気持ちにはならなかった。

単にセックスのステップや主導権を失った時とは違った。ムギョンは、目の前にいるハジュンにどう触れればいいのかすら分からなかったのだ。自分よりもたった十センチ程度背が低いだけの逞しい男なのに、今誤って触れたりしたら、どこか一か所が簡単にポキンと折れてしまいそうだった。あり得ない考えだが、ムギョンはそんな気がした。

暫く黙って激しく呼吸だけをしていたハジュンが、困惑した表情で自分を見下ろしている顔に向き合った。彼は辛うじて首を横に振った。

「痛かったからじゃないよ……」

声も消え入りそうで力がない。ムギョンの眉間の皺が一層深くなった。

「だったら?」

ハジュンは荒い息を殺しながら、苦痛に耐えようとする人特有のぼんやりと遠くを見つめるような視線を投げかけたかと思うと、結局は睫毛の先を震わせて顔を背けた。

「ごめん。ちょっと体調が悪いみたいだ……」

喉が詰まったかのように、言葉尻が重く静かに濁った。ハジュンはさっきまでネクタイで覆われていた目元を、今度は手の甲で隠した。ムギョンはその姿をぼんやりと見下ろしていたが、ハッと我に返ると手を伸ばした。具合が悪いと言っているのに、机の上に寝かせておくわけにはいかない。

「イ・ハジュン、ベッドへ行こう。なっ?」

「大丈夫だ。暫くこのままでいるよ」

「ここじゃ体が痛いし休めないだろ。すぐそこじゃないか」

ムギョンはハジュンの背中に腕を回した。シャツ一枚だけを羽織って、ずっと机に触れていた背中が冷たかった。ハジュンは諦めたかのように、ムギョンの肩を掴んで体を起こした。

座った姿勢に戻ったハジュンを支えて立ち上がらせようとした時、突然彼が体を屈めた。背中が小さく跳ねた。

「イ・ハジュン?」

はぁはぁと荒い呼吸をしていたハジュンの口から、もう我慢できないと言わんばかりに小さく呻(うめ)くような声が流れ出た。

「うっ……」

おえっとえずく音にムギョンは驚き、急いでハジュンに寄り添った。

「おおっ」

焦るあまり間の抜けた声を出しながらハジュンの口の下に大きな手のひらを差し出すと、間一髪でその上に吐瀉物(としゃぶつ)がポタポタと落ちた。発表の準備で緊張して食事を抜いていたのか、胃液に近いそれを見てムギョンの表情は一層深刻になった。彼はハジュンの顔色を確認しながら、独り言のようにこぼした。

「さっき、そんなに驚いたんだな」

しかしハジュンは何も答えず、ムギョンの顔だけを見上げていた。吐いたせいで息切れしそうなものだが、細く開いた唇の隙間からは息を止めたかのように呼吸音すらまともに漏れていなかった。涙が溢れんばかりに溜まった目は大きく見開かれ、驚いているように見えた。

驚くような出来事はとっくに過ぎたのに、どうして今になって目をまん丸にして人のことを見つめるんだ？ ムギョンは、とりあえずハジュンの背中を撫でながら言った。

「全部吐いたか？ 気持ち悪いなら、もっと吐け」

「……だいじょう、ぶ」

「じゃあ手を洗ってくるから、ちょっと待ってろ。体を軽く流してから横になったほうがいい」

ムギョンは急いで部屋を出て浴室に向かった。ジャーッと水が流れる音が耳を冷まし、水が手に触れると少しは我に返った。手を洗いながら、これは一体どういう状況なんだろうと思った。

具合が悪いなら最初からそう言えばいいのに、どうしてされるがままにしていたんだ……？ 本当に病気にでもなったら、どうするつもりなんだよ。最初の時にそのまま挿れろと言ったり、挿れたまま小便を出すとふざけてもじっとしていたり……。思い返してみると、かなり頑固なところがある。

部屋に戻ると、ハジュンは机に座ったままだった。さっきはちゃんと受け止めたと思っていたが、部屋に入りつつ確認するとシャツに吐瀉物が少し付いていた。ムギョンはハジュンの前に近づき、彼の腕を持ち上げた。

「俺の肩に腕を回せ。それくらいの力は残ってるよな？」

「えっ？ あ……」

体を屈めると、ハジュンは言われた通りに弱々しく腕を回した。

「おい、しっかり掴まれよ」

軽く文句を言いながら、ムギョンは一気にハジュンを抱き上げた。急に体を持ち上げられたハジュンは、驚いたようにアタフタとムギョンの背中に腕を回した。だが抱きかかえられた体はこわばっていて、抱き上げている人に協力するつもりはさほどないように感じられ、ムギョンは文句を言った。

「イ・ハジュン、ちゃんとくっつけ。落っことしちまう」

「は、離してくれ。自分で歩くから」

「支えて歩くより、こっちのほうが楽なんだよ」

「いいって言ってるだろ？　一人で歩ける……。重いじゃないか」

ムギョンが鼻で笑いながら、ドアを通過して部屋から出た。

「お前は、俺より重いのか？」

「……いや」

「じゃあ黙ってろ」

スポーツをする男ならば、自分の体重の二倍くらいまでは軽く持ち上げられなければならないと思っているムギョンだった。トレーニングの時に俺が持ち上げているバーベルの重さを知らないわけでもないのに、バカなことを言いやがる。

ハジュンも納得したのか、それ以上は何も言わずにムギョンの肩に顔を預け、しっかり腕を回してしがみつくように抱かれていた。そうやって大人しくしてくれれば、かわいいんだよ。だからといって、ツンツンした態度がイヤだというわけではないが。

ムギョンが使う浴室のバスタブは、引っ越し前に施工を終えたジャグジー型の特殊な浴槽だ。管理する人が別にいるため大体いつも一定の温度のお湯が張られており、広いバスタブの端に人ひとりが横になれるほど広かった。ムギョンはハジュンをそこに座らせ、残りのシャツのボタンを急いで外した。まだ服すら脱いでいないムギョンを見て、ハジュンが力ない声で言った。

「濡れちゃうじゃないか」

「服なんか洗えばいいんだから、そんなこと気にするな」

ムギョンは大したことではないというように答え、シャワーを掴んでハジュンの脚にお湯をかけた。温かなお湯が、冷たくなったつま先から順番に体を温めた。

お湯は腰や背中、胸、首まですぐに流れ落ち、ムギョンは濡れた親指でハジュンの唇の上を拭うように何度か擦った。そしてシャワーを置くと、鏡の後ろにある棚から新しい歯ブラシを取り出して歯磨き粉を絞り出した。

「歯を磨け。口の中が気持ち悪いだろ」

ハジュンは、それを受け取って口の中に入れた。シャカシャカと小さな音が空気まで震わせている間にムギョンも服を脱ぎ、ハジュンはその姿をぼんやり見つめながら歯を磨いていた。脱いだ服とハジュンのシャツと靴下をまとめてバスルームの隅に投げ捨てるムギョンを見ながら、ハジュンは紳士服店で見た計算書のことを思い出した。シャツ一枚だけでも相当な値段だったのに、着てすぐに汚してしまった。

長い歯磨きを終え、ムギョンから渡されたコップの水で口をすすいだ。その後、何をすべきか分からずにバカみたいに座っていた。するとムギョンが、ハジュンの手を自分の手の中に閉じ込めた。指先を何度か押すように握ると、顔をしかめた。

「手が冷たい。胃もたれしたのか？」

「もう大丈夫だよ」

「単に驚いただけか？　病院に行ったほうがいいんじゃないか？」

「本当に大丈夫だってば。朝から緊張してたのに、さっきは本当に火事にでもなったかと思って……。そういう時って、あるだろ？　ビックリして気持ち悪くなること」

「早くお湯に浸かれ」

ムギョンが肩をトントンと叩いて催促した。ハジュンは暫く黙って座っていたが、頷いてバスタブの中に入った。

温かなお湯が全身を包み込むと、一時的に押し寄せていた体のこわばりや吐き気、そして体の奥底から来た地震のような震えも洗い流され、まるで嘘のように落ち着いた。痛いほどに緊張していた筋肉が柔らかくほぐれ、ハジュンは思わず目を閉じて頭を後ろに倒した。

ふと小さな波が体に触れ、ちゃぷんという音が聞こえた。ハジュンは目を開けて、後ろに倒していた頭を起こした。ムギョンもバスタブに入ってきていた。目が合うと、彼はニコッと笑って浴槽に付いたボタンを指さした。

「泡風呂もできるんだけど、やるか？」

「いや」

「残念だな。お前の体調さえ良ければ、バスタブで一回ヤるところなのに」

ハジュンは、その言葉に薄く笑った。

「してもいいよ」

「体調不良で吐いといて、何言ってるんだ。具合が悪いなら、そう言えばいいだろ。されるがままで、どうするんだ？驚いたじゃないか」

「具合が悪かったのは、さっきだけだよ……。もう大丈夫」

ハジュンはそう言って、暫く黙ってムギョンを見つめた。自分の言葉に反発したり突っぱねたりする時以外、ハジュンがこんなふうに自分をじっと見ることは珍しい。ムギョンは少し気まずい気分になりながら尋ねた。

「なんだよ」

「いや……」

ハジュンの小さな声が、シャボン玉のようにバスルームを彷徨(さまよ)った。

「あんなもの、どうして手で受け止めたんだ？　汚いじゃないか」

「そんなの、洗えば終(しま)いだ。お前のチンコだってケツの穴だって舐めたのに、今さらそれしきのこと汚くもなんともないだろ？」

自嘲(じちょう)半分、からかい半分の口ぶりに、ハジュンはクスクスと声を出して笑った。その顔を見たムギョンも、次第に微笑みを濃くして体を近づけた。

「イ・ハジュン、こっちへ来い。髪を洗ってやるから」

「自分でやるよ」

「やってやるって言ってるんだから、大人しくしろ」

「お前、髪洗うの下手だったんだけど」

「なんだと？　下手だって？」

文句を言いながらも、ムギョンは気を悪くしなかった。体を交えても、いつもどこかツンケンした感じが残っていたハジュンが、今は自分にかなり気を許している感じがしたのだ。さっきはどうしたことかと思ってビックリしたが、本当に一時的な症状だったのか、すぐに回復したようだ。

「目に泡が入りまくって、痛かったんだから」

「それは俺が洗うのが下手なんじゃなくて、お前が悪いんじゃないか。少し頭を後ろに倒せば、泡は顔のほうに流れないだろ？」

後ろを向いて湯船から出たムギョンが、バスタブの縁に座って手にシャンプーを出している間、ハジュンは「そうかな」と呟きながら頭を後ろに倒した。濡れた後頭部がムギョンのお腹のあたりに当たった。湿った前髪が後ろに滑り、白く丸い額が露わになった。

熱いお湯に体を浸している間に真っ青だった頬にも赤みが差し、さっきまでの簡単に折れてしまいそうな姿は跡形もなくなっていた。その顔を見下ろすムギョンの口元に微笑みが漂った。

約二週間ぶりに抱く体だった。正直言うと、ハジュンを家に連れ込んで抱く瞬間だけを昨日から待ち続けていたと言っても過言ではない。だが、死体のようにぐったりしている相手を捕まえて一人で抜くほど悪趣味じゃない。今は少しマシになったとはいえ、無理をさせたらどうなるか分からない。だから今日は諦めざるを得ない。

爆発寸前まで膨れ上がっていたのに不発に終わった欲求を慰めるのは苦しくはあったが、さほど不快な気分ではなかった。ふわふわの泡がついた頭皮を擦ると指に絡まってくる柔らかな髪の感触も楽しかった。

流れた泡のかたまりが白いうなじの上にポタポタ落ちる。気の向くままマッサージをしてから、シャワーのレバーを上げて細く落ちる水流で泡を洗い流している間、ハジュンは目を閉じて黙っていた。

「今日はどうだ？」

綺麗に泡を洗い流し終えて尋ねると、やっとハジュンが目を開けた。黒い瞳がムギョンを見上げると、水滴が乗って一層白く見える顔に微笑みが滲んだ。

一方、その顔を見下ろしていたムギョンの顔からは次第に笑みが消え、一点に集中する時特有の、純粋な無表情になっていた。

「百点」

ハジュンが口を開くと、暫く魂が抜けたかのように視線を固定していたムギョンは、我に返ったかのようにニヤリと笑った。

「ほらな。俺は器用なタイプなんだよ。やっぱり、この前はお前が悪かったんだ」

「そうみたいだな」

ハジュンはすぐに頷いて、さらに頭を後ろに倒した。自分の後ろに座ったムギョンを見上げながらも黙ったままだった。そして、微かに笑いながら独り言を呟いた。

「まったく、分からないな……」

「何が？」

ハジュンは答える代わりに顔にゆっくりと笑みを浮かべ、ムギョンを穏やかな目で見つめるだけだった。思い切り後ろに反りかえった首が痛そうだ。そう思いながら、「俺も湯船に入るから、ちゃんと座れ」と言おうとすると、ハジュンのほうが先にムギョンを呼んだ。

「キム・ムギョン」

ムギョンは軽く眉を上げげた。

「なんだ？」

ハジュンは二度ほど瞬き（まばたき）をすると、口調一つ変えずに言葉を続けた。

「俺、お前のことが好きだ」

バスルームの天井を響かせていたおしゃべりの声が一瞬消え、時が止まったかのように静まりかえった。シャワーから流れる水音だけが、細い雨音のように床を叩き続けていた。

ムギョンはハジュンをじっと見つめたまま黙っていた。そんな彼を平然と見つめているのはハジュンも同じだった。突然の告白を口にした彼は、トレーニングプログラムやクラブの食堂のランチメニューの中で何が好きだという話をした後のような表情だった。

ムギョンは訂正するチャンスをやろうと言うように、言葉をかけてきた相手と同じく平然と尋ねた。

「俺の聞き間違いか？　なんだって？」

「俺、お前のことが好きなんだよ」

だがハジュンは引かなかった。彼を見下ろすムギョンの喉がゴクリと鳴った。

彼らしくなく困惑でもしたのだろうか。何を言ってるんだと怒ろうとしているのだろうか。平気なふりをして切り出したが、ハジュンは神経を尖らせてムギョンの小さな表情の変化一つひとつに全神経を傾けていた。たった数秒の沈黙が永遠のように感じられた。

雰囲気が硬くなったのは暫くのことだった。固まったムギョンの目と口が、ゆっくりと緩んだ。ハジュンを鋭く凝視していた目の端が曲線を描き、唇も柔らかく曲がり、顔に苦笑いが軽く滲んだ。

「いつ……」

そう言いかけてムギョンは黙り、冗談でも言うかのように少し軽い口調で尋ねた。

「セックスしてるうちに、情でも湧いたのか？」

「……みたいだな」

知っていた。

もしくは、そうだと思っていた。

気のせいか、まるでそう言うようなムギョンの表情に、ハジュンはなぜか笑えてきた。笑うムギョンを見て一緒に笑うと、大きな手がシャンプーを終えたばかりの髪を散らした。

「考えたな、イ・コーチ。具合が悪い時に言えばこっちは何も言えないと思って、隙を狙ってシレッと白状しやがった」

「その通りだよ」

「俺たちみたいな関係で、そういうことを言うのは反則だって分かってるだろ？　お前の具合が悪いから、今日だけは見逃してやるよ」

　ハジュンは笑いながら頷いた。

「ああ」

　話を終えたムギョンが、体を滑らせながらお湯の中に入ってきた。ハジュンの背中に、硬いお腹と胸が触れた。ハジュンは横を向いた。すぐ横にある整った顔が、不思議な生物を興味深く観察するような目で自分を見ていた。

　一緒に体を洗っていて、こんなふうに出し抜けに好きだと告白されたのは、ムギョンだって初めてなのではないだろうか。それなら、あんなに不思議そうな目で自分を見るのもおかしくはない。案の定彼はクスッと笑うと、困惑を大げさに表しながら冗談を言った。

「知れば知るほど、うちのコーチは変わってるよ。人の前で吐いて、シャワーを浴びて、普通そんなこと言うか？」

「そうだな」

　告白を拒まれたのはもちろん、見世物に成り下がった自分の境遇を分かっていながらも、なぜかハジュンは平気だった。いや、むしろ笑気ガスでも吸ったかのように、わけもなく笑いが込み上げてきて、まるで自分の告白に肯定的な返事をもらいでもしたかのような、ほんわかした気分に浸っていた。恥ずかしい状況から逃げ出したい時に、自分を正当化するようなものだろうか。

　でも、ムギョンが笑っているじゃないか。突然の告白に、ムギョンは怒りもせず不快そうな様子も見せなかった。冷たい顔をして軽蔑したり、今すぐ家から出ていけと声を荒らげたり、もうこの関係は終わりだと脅すこともなかった。予想していたどんな最悪な反応も、今この場には存在していなかった。

　ここにいるのは笑っているムギョンと自分。そして一つのバスタブの中で体をくっつけているという変わらぬ事実だけ。

　不正確で漠然とした感情と想像がふるいにかけられて流れ去り、実在する様々な事実だけが唐突に目に入ってきた。必死に隠して悩んでいたことすべての意味が消えた。視界を遮っていた色眼鏡が突然取り去られ、明々白々な「本物」だけが目に入ってきた。

　彼と自分の間に実際に起こった出来事を整理すると、ムギョンは一千万ウォン以上のスーツを自分にプレゼントしてくれた。招待してもいない発表会場に来てくれたし、自分の吐瀉物を素手で受け止め、自分を抱えてバスルームに連れていって洗ってくれた。

肌の色に合うネクタイを一つひとつ選んでくれたし、それを彼の手で結んでくれた。緊張していた自分の指先をマッサージしてくれた。酒に酔って明け方に訪ねてきて、ぬいぐるみを手渡してくれた。結果的には自分へのプレゼントではなかったが、今となってはそれさえもうれしかった。何はともあれ、すれ違いざまにちょっと小耳に挟んだ話を覚えていて、自分のために手に入れてくれたんじゃないか。

焦って行動した挙句に感じていた些細で小さな痛みの数々は、独りよがりの寂しさに過ぎない。最初からムギョンはハジュンに何一つ約束していないし、守るべき義理もなかったのだから。

「そろそろ出よう。長風呂してると、のぼせるぞ」

ムギョンの言葉にハジュンは頷きながらバスタブを出て、もう一度シャワーで体を洗い流した。肌の温もりは、もう完全に戻っていた。

ハジュンは顔にお湯を浴びながら、いつの間にか流れ出していた涙を消した。いくらムギョンでも、この涙を見たら笑ってはくれないだろう。今さらわけもなく深刻な雰囲気にしたくはなかった。

バスルームを出て白いバスローブを着て髪を乾かしてから、ムギョンに言われた通りにベッドに横になった。そんなハジュンを見下ろしていたムギョンが、微笑みを浮かべた顔のまま言った。

「少し寝ろ。まだ朦朧(もうろう)としてるみたいだけど、寝れば少しは治るだろう」

突然の告白を、コンディション不良のせいだと思っているような口調だった。ハジュンは大人しく枕に頭を乗せて頷くと、机の上に置かれた携帯電話を手に取って部屋を出ようと背を向けたムギョンを呼び止めた。

「キム・ムギョン」

もう自分の意思というより、衝動的に口が開いた。グッグッと抑えつけられていた気持ちが解き放たれて外気の味を覚えてしまったのか、とめどなく外に逃げたがった。ムギョンがハジュンのほうを振り返ると、ハジュンは早口になった。

「一緒に寝よう」

その言葉に、ムギョンは驚いたように顔をしかめた。さっきバスルームで告白をした時よりも、ずっと意外だという雰囲気でムギョンは聞き返した。

「ここで?」

「ベッドだって、広いじゃないか」

「どうして?」

「一緒に寝たいんだ。今日は具合が悪いから、一人でいたくない」

グズる子どものようにスラスラと出てくる言葉に、ムギョンは「はぁ」と声を出しながら失笑した。歪んだ微笑みを浮かべた顔でハジュンを見下ろすと、肩をすくめて歩み寄りベッドに腰掛けた。

「あとは?」

「えっ?」

「言っちまえよ。今日は具合の悪さに乗じて、ガキみたいに駄々をこねようって魂胆だな? やるべきことはできもしなかったくせに、要求ばかり多くて困る」

ハジュンは遠慮しなかった。

「添い寝して、抱きしめてほしい。それからキスもしてくれ」

「お前、さっき吐いたじゃないか」

「ちゃんと歯磨きしたけど……」

からかう口調に今は笑うこともできずに、ハジュンはシュンとした。いくらなんでも吐いた後にキスをねだり続けるのは難しい。誰だって気持ち悪いだろうし。

「それだけか?」

「……うん」

「言えって言ってるんだから遠慮するな。ほら、言えよ」

彼に皮肉られたが、一度勢いが削がれると、もう言うことが思いつかなかった。実を言うと、これ以上望むことはなかった。

ムギョンはそんなハジュンの顔をじっと見下ろして、せせら笑いなのかため息なのかよく分からない小さな呼吸音を出した。そして「分かった」と言うように頷くと、ベッドに上がった。完全に体をベッドにくっつけて自分のほうを向いて横になったムギョンを、ハジュンは息を殺して見つめた。

「ほら」

そう言ってハジュンに向かって両手を広げた。自分から頼んでおいて、ハジュンは近づくこともできずに目をパチクリさせているだけだった。

「何してるんだよ」

すぐに飛び込んでこないハジュンのことが気に食わない

かのように、ムギョンは眉間に軽く皺を寄せながら催促した。やっとハッとしたハジュンは、のそのそと彼の胸の中に潜り込んだ。

すぐに硬い腕と大きな手が背中を包んだ。自分のことを小さいと思ったことはないが、ムギョンの胸や肩はハジュンのものよりもずっと広くガッチリしていて、まるで大地のように体を受け止めた。小憎らしく冷たい口元とは違い、銅色に日焼けした硬い体は自分に根を下ろされてもビクともせずに、大地のような力強さを感じるばかりだった。

「抱きしめてくれ」

バカみたいに震えた声が出た。すでに背中を包んでいたムギョンの腕に力が入り、胸の中にハジュンを強く抱き寄せた。

キスもしてくれ、そう言いたかったが急に喉が詰まった。せっかく洗い流して乾いた涙が再び流れ出しそうになって口を開くことができず、ムギョンの肩と胸が繋がるあたりに顔を埋めた。ムギョンは、そんなハジュンの後頭部を撫でながら言った。

「顔を上げろ。キスするから」

「ちょっと後で」

「してくれって言ったのは誰だよ。いつもそうやって拒んでばかりだ」

呆れたと独り言のように呟く声が耳をくすぐった。口の外に飛び出しそうな泣き声を抑えようと努めたが、喉の奥を膨張させるように込み上げてくる熱は、なかなか冷めなかった。

今日だけだ。こんな自分をムギョンが見逃してくれることなんて、二度とないだろう。だから泣かずに満喫したいのに、愚かな体は心を裏切る。

「うっ……」

結局すすり泣く声が唇の外に漏れ出てしまうと、ほんの一瞬で堰を切ったように涙がボロボロと溢れ出した。いくら抑えようとしても無駄だった。むしろ我慢しようとすればするほど涙はさらに溢れ、飲み込んだ嗚咽は胸と肩を一層震わせるだけだった。

顔を埋めた胸にたちまち熱い涙が滲むと、予想外の感覚に、ムギョンは顔をしかめながらハジュンを軽く押しのけた。さっきシャワーを終えてスベスベだった白い顔が濡れているのを見て、ムギョンは舌打ちをした。

「なんだよ。さっきまでの図々しさはどこへ行ったんだ？」

「うっ、ううっ、ごめん、うっ」

ハジュンが急いで手の甲で涙を拭った。だが大泣きしているので、手で拭ったところであちこちに広がるばかりで乾きはしなかった。グッと詰まった喉から出てくる声もハッキリしなかった。

「ごめん、すぐ、うっ、泣き止むから」

「構わない。告白してフラれたんだから、涙くらい出るだろ」

淡々とした言葉に、ハジュンはうるんだ目でムギョンを見つめた。彼は扱いづらい厄介者を見るような表情で、しかし、つい先ほどバスルームにいた時と同じように興味深そうな目で自分を見ていた。ふと彼がこの前口にした言葉を思い出して尋ねた。

「キ、キム・ムギョン、セックス、ふっ、するか?」

ムギョンの眉間が狭まった。何を言ってるんだと聞き返すように、ハジュンの額を指でツンツンと押した。

「お前だったら、こんな雰囲気で勃つかよ」

「俺の、ううっ、泣き顔、そそる……って言ってただろ?」

「あの時と今の泣き顔が同じだと思うか?」

「な、何が、違うんだよ」

「俺のことをクズに仕立てやがって」

ムギョンは呆れたと言うように鼻で笑い、暫く目を細めてハジュンを見ると首を横に振った。

「そそられたとしても、今日はダメだ。お前、コンディションが悪いじゃないか」

『今はダメだ。時間が遅すぎる。今は寝る時間だろ? お前は俺よりスタミナもないじゃないか』

酒に酔っていたあの時と似たようなセリフだった。ほんの少しでも期待して勘違いしていたことが恥ずかしくて、思い出したくもないあの日のワンシーンがフラッシュバックした。収まりつつあった涙が、また流れた。

「お前はクズなんかじゃない。そんなこと、今まで一度も……」

「黙って口を開けろ。キスしてやるから」

嗚咽が続くせいで、ハジュンはしゃくりあげながら口を開いた。

「舌を出せ」

言われた通りに舌を出すと、ムギョンは体を起こしてハジュンの上に上体を被せた。大人しく待っていた舌を優しく舐め上げて飲み込むと同時に、唇をさらに深く押しつけた。ムギョンの口の中に閉じ込められた舌がまた別の肉の塊に占領され、先端や横や裏までをくすぐるように擦られた。

「ふっ、んっ……」

こちょこちょと、まるで舌だけでなく心臓のあたりに誰かが細く風を吹き込んでくすぐっているようだ。キャンプ地でムギョンに髪を洗われた後、指を突っ込まれて体液を洗い流された時と似た気分がした。セックスの時以外にキスをするのは、彼が酔ったあの日以来初めてだった。そしてきっと、もう二度とこんなチャンスはないのではないだろうか。

ムギョンはチュッと音を立てながら唇を離すと、今度は舌を咥えて頭を細かく動かしながら、まるで口淫をするかのように舌を舐めた。その先端がゾクゾクして、唇と顎までが細く震えた。涙でぼやけた視界の上に、小さな埃のような光がキラキラしながら滲んでいった。開いた唇の間からは、嗚咽と喘ぎ声が混ざった上ずった声が漏れた。

「ふぅ、はぁ」

「興奮するなよ。今日はシない」

嫌みを言いながら、ムギョンはまた唇を深く押しつけてきた。柔らかな唇の感触、舌と舌が擦られて蘇るゾクゾクするようなくすぐったい快感、そうしている間、自分の首を支えている硬い腕、頭を包むように置かれた大きな手の温もりまで、ハジュンは何一つ手放したくなかった。

片腕を上げてムギョンの背中に回すと、ムギョンは好きなだけ抱けと言わんばかりに上体をさらに持ち上げた。ムギョンの胸に抱かれて動けなかったもう片方の手も自由になり、ハジュンは思い切りムギョンを抱き寄せた。

こうしてまた一つ事実が加わった。ムギョンが自分を抱きしめてキスしてくれたという事実。ベッドのすぐ横に置かれた、今日部屋に入るなり上に横たわった机がふと目を引いた。あれもムギョンが用意してくれたものだった。

持ち帰った仕事をここでしろと言って部屋になかった机を置いてくれて、ここに来た時に着るバスローブも用意してくれた。彼の家に泊まった翌日には朝食も用意してくれた。それらの出来事こそが、ムギョンとハジュンの間に存在する「実際にあったこと」の数々だった。

彼が自分のことをどう思っているのか、少しでも別の想いを持っているのではないか、この関係はどう終わるのだろうか、もしも自分の気持ちを知ったらムギョンはどう反応するだろうか……。

一日に何度も心を蝕んで自分を疲弊させた想いの数々は、

すべてハジュンの想像や推測に過ぎず、ただの一度も事実や真実だったことのない起こりもしない出来事に過ぎなかった。

蜜のように甘いキスが続いた。ムギョンは、まるでハジュンがやめようと言うまではやめないと言わんばかりに、何度も何度も唇を擦り舌を絡め続けた。抱きしめた体の温もり、重なった柔らかな唇、お互いの口の中を泳ぐ舌が伝える快感は、漠然とした暗い想像とは正反対にビビッドで鮮やかだった。

呼吸が荒くなった。ムギョンの背中の上にそっと乗せていた手は、いつの間にか服を掴み、その上をゆっくりと引っ掻き下ろしていた。舌先が上顎を擦るたびに、腰までがビクビクと震える。まるで息継ぎをさせるようにして時折ムギョンが唇を離して顔を上げると、濡れた唇の間にある赤い舌は、そんな彼を捕まえようとするかのように、さらに長く差し出された。ムギョンは、息を切らしているハジュンの姿を微笑みながら見下ろすと、再びグッと唇を押しつけた。そのたびに、ハジュンの頭の中で色とりどりの花火が上がった。

「はぅ、はぁ」

「イ・ハジュン。お前、このままじゃ勃っちまうぞ。今日はシないって言ってるのに」

「シても、シてもいい……のに、んんっ」

「シない。勝手にやらかした罰だ」

さっきはご褒美をやると言っていたくせに、今度は罰をやると言う。だが、ハジュンの意識は麻薬を盛った水でいっぱいにしたようにしっとりと朦朧として、そんな言葉を憎らしく感じなかった。涙腺は故障し、判断力すら落ちた。ご褒美でも罰でも、ムギョンがくれるものならなんだっていい。今は、この快感だけに溺れていたかった。

その時その時の一瞬と現実に忠実でいようと思って生きてきた。思い出は思い出として残して、しがみつかないでおこう、と。諦めると決めたことは最初から自分のものではなかったと思おう、と。

いつからかハジュンにとって人生は、スピードを落とさず体や手で転がさねばならない巨大な車輪も同然だった。それは自分を転がす者に何が起きようと一瞬たりとも待ってはくれなかったし、少しでも休もうとすると、すぐに立ち上がれと促して止まることはなかった。

その車輪を回すことだけに集中していると、一日一日が過ぎていった。その一日の欠片(かけら)の数々を継ぎ接(は)ぎすると一年になり人生になる。ハジュンだけではなく、多くの人がそうやって生きているのだから、特別なことでもなかった。

　過去の輝きに未練を持ったところで、胸を痛めるのは自分だ。今、目に見える物と自分を取り巻く状況だけを見ようと決心して久しいのに、なぜムギョンのことだけは上手くいかないのだろうか。誤った道を進んでいた。

　長い長いキスの途中でムギョンが突然顔を上げ、セックスの時によく尋ねる質問と似たようなことを尋ねてきた。

「イ・ハジュン、そんなにいいか？」

　涙のせいで、彼の笑顔が輝いているように見えた。ハジュンはムギョンに微笑みながら頷いた。

「いい。すごく……すごくいい」

　愛する人たちだからといって、いつも自分の力になってくれるとは限らなかった。時には、彼らと共に転がすべき車輪が重すぎて、そのまま手放してしまいたくなった。誰でもいいから、代わりにその重さに少しでも耐えてくれたら……そう望んだことが何度もあった。

　だが一瞬でも自分が手を放せば、その車輪がまっすぐに進めずにフラついて倒れてしまうと分かっているから、愛する人たちが下敷きになって怪我(けが)をするのが明らかだから、脇目もふらずに今までやってきた。

　一人抱いてきた気持ちを、ついに解放してしまったせいだろうか。愛を告白して儚くフラれてしまった直後、まるでタンポポの綿毛のように自分の気持ちを軽く吹き飛ばしたその男の胸の中で、ハジュンは自分の人生に責任を取り始めて以来初めてその重荷を暫(しば)し手放し、今まで味わったことのない安らかな休息を楽しむ気分に浸った。

　目を閉じると感覚が絡み、何度も見上げたうららかな空の色が頭の中に広がった。学生時代に選手としてプレーしていた頃、一日中練習をして汗に濡れた体で芝生に転がって一息つくたび、青い空を見上げてロンドンへと発ったムギョンを想った。帰宅後、テレビやパソコンのモニターで彼がゴールを決めてフィールドを疾走する姿を見ていると、明日への活力が湧いてきた。

　一生懸命やっていれば、もう少し広い世界に踏み出すチャンスが自分にも来るのではないかという希望も抱いた。いつか一度くらいは、彼の隣で仲間として認められながらプレーしてみたかった。

　ハジュンにとってサッカーというものは、なぜか生まれ持って若干の才能に恵まれ、希望のなかった未来をそれなりに保証してくれそうな将来の生計手段に過ぎなかった。サッカーを熱意を傾ける対象にはできなかった自分に、夢や目標というものを抱く方法を教えてくれたのがキム・ムギョンだった。

十六歳、傍若無人だった少年が、いきなり体を屈めてほどけた靴紐を結んでくれて、目の前で勝利者の輝きを見せてくれたあの日から一度も変わることなく。

ムギョンの姿を見て明日への勇気を得た人は、自分以外にも全世界に数えられないほどたくさんいるということくらいは分かっている。だが、偶像を愛するということは本来そういうものだ。みんなが同じようにしている経験とはいえ、自分のものが一番特別だという甘い錯覚に中毒になっていく。

自分のことが好きじゃなくても構わない。彼が自分の存在を知りもしなかった頃から、いつだってキム・ムギョンはイ・ハジュンに力と勇気をくれる人だったから。初めからこの長い片想いは、ムギョンの知らない一方的な物々交換のようなものだった。彼への一方通行の想いに対して、多くのものを受け取っていた。

ムギョンのキスが永遠に続くことを望みながらも、ハジュンは彼の顔をもう一度見たくなった。両頬を包んでそっと押し出すと、彼が微笑みを含んだ唇を離した。

「もう飽きたのか？」

飽きるなんて、あり得ない。

しかし何か答える余裕もなく、ハジュンは魅入られたように彼の顔だけを見つめた。様々な想いが頭の中を水のように流れていく。

お前に愛される人は、どれほど幸せだろう。

好きでもない俺にだってこんなにも優しくしてくれるんだから、好きな人にはどれだけ優しいことだろう。

だから、もしかしたら自分にも可能性があるんじゃないかと欲張って期待してしまったようだ。でも今、分かった気がする。自分にはこれで十分だし、もう苦しむ必要もないということを。一瞬でもお前に自分の体を預けられたなら、それ自体を幸運として受け入れればいいということを。

最初の頃は、お前との一夜もサプライズプレゼントだと思っていたはずなのに、人の欲というものは、一滴ずつ落ちては知らぬ間に大きな穴を作る雨垂れのようだ。だから何事においても初心が大切だというのだろうか。だけど、今はハッキリと言える。

お前を好きになったことは、お前のセフレになったことは、俺の人生最高の幸運だ。

告白してよかった。絶対に後悔することはないだろう。

十年という歳月の間、きつく縛りつけてきた気持ちを伝えて、綺麗さっぱりフラれた。ずっとずっと一人で縮こまりながら抱えてきた気持ちは、いざ取り出してみればフワフワと胸の中を飛び回る色鮮やかな風船に過ぎず、自分を押しつけていた重い荷物ではなかった。

好きだと言いたかった。その後どうなろうと今日、そう言いたかった。

七月末だった。すぐにシーズン後半が始まる。十一月になればムギョンのレンタル移籍の契約期間が終わり、彼はすぐに本来いた場所に戻って一番熾烈(しれつ)な時期の戦いに投入されるだろう。その時まで、ハジュンはもう余計なことは考えないつもりだった。

告白を拒んでも、ムギョンはセックスをやめようとは言わなかった。自分に与えられた役割を奪うことまではしなかった。なんという幸運だろう。

ムギョンに愛を告白した人たちが迎えた最後を、ハジュンは不必要なほどよく知っていた。失恋の憂き目に遭うばかりではなく、ムギョンに冷たい目で見られ、時には世間の嘲笑(ちょうしょう)の的に成り下がったたくさんの人たちの話を。この気持ちがバレたら自分もそうなるのではないかと、どれほど恐れていたことか。

ムギョンが発つその日まで、彼と肌を重ねることができるという事実、いつも応援している彼の力に少しでもなれる存在でいられるという事実に感謝しながら、これからは目の前の現実に忠実でいたかった。未練と恋しさは違う。今はどうしようもなく泣いているが、時が過ぎれば、きっとこの時間が残りの人生を支える原動力になってくれるということは分かる。もう二度と戻ってこない、ぼんやりした夢のような日々。人生という車輪を回し続けて疲れた時に、たまに取り出してみてはまた頑張れる、そんな思い出として。父が生きていた頃の様々な思い出の欠片を、今も思い出しては微笑むように。

〈ハーフライン2 に続く〉

この作品はフィクションです。実在の人物・団体・事件等とは関係ありません。

本書は各電子書籍ストアで配信中の『ハーフライン』1～13話までの内容に加筆・修正をしたものです。

作者紹介

マンゴーベア

韓国の人気作家。
代表作に『ハーフライン』『セコンドピアット』『ウィンターフィールド』など。

訳者紹介

加藤 智子　かとう ともこ

大阪外国語大学外国語学部国際文化学科日本語専攻（専攻語：朝鮮語）卒業。
2018年よりウェブトゥーン翻訳を中心に韓日翻訳の仕事を始める。
翻訳済みウェブトゥーンは4,000話以上、その約半数がBL作品。
ボイスル第1回 ウェブトゥーン翻訳コンテスト 韓国語→日本語 優秀賞受賞。

ハーフライン1

2023年11月4日　第1刷発行

作　者　マンゴーベア

訳　者　加藤 智子

発行者　徳留 慶太郎

発行所　株式会社すばる舎

PLEIADES PRESS

東京都豊島区東池袋3-9-7 東池袋織本ビル 〒170-0013
TEL 03-3981-8651(代表)／03-3981-0767(営業部)
FAX 03-3981-8638　https://www.subarusya.jp/

印　刷　株式会社シナノパブリッシングプレス

落丁・乱丁本はお取り替えいたします

ISBN978-4-7991-1173-4